LE VIOLONISTE

G. E. Froideval

LE VIOLONISTE
Coup d'archet

Dépot légal : novembre 2019
Image de couverture : © Shutterstock
ISBN : 978-2-9568652-4-7

À toi, Marc, mon amour, pour ta patience et ton soutien, voici enfin le fruit de mes nuits blanches, la raison de mes états d'âme, ton rival de papier.

À mes filles, mes amours, continuez la musique !

Prologue

Franz Schligg, disciple du grand virtuose, Jakob Shahn, était l'un des plus talentueux violonistes de sa génération. Bien qu'il eût débuté à l'âge où son mentor offrait déjà des récitals, son niveau dépassait toutes les attentes de son pygmalion.

Immanquablement, il suscitait l'admiration, surtout auprès de la gent féminine qu'il captivait d'un claquement de doigts – une autre technique apprise de son maître. Or, Franz en tirait profit d'une façon bien particulière.

Le violoniste était un homme versatile, complexe. Il s'adonnait à un jeu dont il ressortait toujours vainqueur : faire en sorte qu'une femme minutieusement sélectionnée s'abandonne à lui, s'en amuser et, pour finir, la rejeter. Ce refus, vécu comme une humiliation par la victime du jour, lui apportait un divertissement inouï et délicieux. Simple, enfantin, mais efficace. Un plaisir solitaire, car il ne s'en vantait pas, conscient de sa perversité. De toute manière, qui d'autre que lui aurait pu comprendre ?

Lui-même n'avait pas de réponse à cette question et cela ne le torturait pas plus que ça. Il lui suffisait de savoir qu'il en était capable.

Le secret de la séduction résidait dans la gestuelle, le regard, les mots ; toutes ces ruses qu'il avait apprises de ce grand maître dans l'art de la séduction tout autant que du violon, Jakob Shahn.

En substance, il réduisait les femmes à deux catégories : celles dignes de son attention et les autres.

Un deuxième tri s'opérait alors : les proies faciles et les autres. Simple. Binaire. N'étant pas un chasseur dans l'âme, il avait une petite préférence pour la première espèce. Aucune règle n'était figée : le hasard, les circonstances ou son humeur dictaient la sentence.

Pour celles assez chanceuses d'en être épargnées, ce manque d'intérêt signifiait tout simplement qu'il n'avait pas envie de *jouer*.

Partie 1
Le coup d'archet

1

« À vingt-sept ans, le violoniste Franz Schligg tire sa révérence !
Hier soir, lors du concert de clôture organisé par le nouveau Directeur du Conservatoire de Vienne, Jakob Shahn, le violoniste Franz Schligg, son illustre élève, a surpris le monde de la musique par l'annonce de ses adieux à la scène. »

Après avoir lu le gros titre de la rubrique culturelle, Jakob Shahn posa le journal sur son bureau. Il n'eut pas besoin de l'avoir sous les yeux pour répéter à voix haute la conclusion de l'article :

—« *... réticent aux enregistrements de ses performances... les mélomanes du monde entier se désolent, comme en témoignent les tweets de New York à Tokyo : ce violoniste-là, il fallait le voir en vrai !* »

Le virtuose aux cheveux grisonnants mélangea le contenu de sa tasse, but une gorgée de son infusion au tilleul, s'adossa à son siège et le fit pivoter pour s'adresser à son visiteur.

—Peux-tu m'expliquer, Franz ?

Debout, nez collé à la fenêtre, un jeune homme aux cheveux auburn admirait la ville. En contrebas, les tramways, les véhicules et les passants s'affairaient, s'entrecroisaient sur la vaste Schwarzenbergerplatz, aveugles aux merveilles de l'architecture viennoise. Le regard gris pâle du violoniste quitta le palais baroque donnant son nom à la place et s'attarda sur la statue équestre homonyme.

Au bout d'un moment, Franz soupira et se retourna.

Pour gagner du temps, il fit mine d'apprécier les boiseries, puis le plafond. Une fresque de style néo-Renaissance rappelait la descente aux enfers d'Orphée. Le regard perdu, il soupira à nouveau et s'adressa à son mentor :

—Je suis fatigué, souffla-t-il. Fatigué des tournées, de ce rythme de vie.

Jakob Shahn accueillit l'information d'un hochement de tête tout en sirotant sa tisane. Il comprenait sa lassitude. Depuis qu'il avait accepté ce nouveau poste, il trouvait que son ancien élève avait du mal à gérer sa carrière seul. D'ailleurs, il regrettait de ne pas avoir prêté attention aux signes avant-coureurs qui auraient pu anticiper cette décision. Enfin il avait une explication pour les annulations intempestives et le manque de planification de l'agenda du violoniste. Dans un premier temps, il avait attribué les soucis de son protégé à la perte de son père, survenue six mois plus tôt.

– Je voudrais un peu de stabilité, poursuivit Franz, en contemplant à nouveau la fenêtre.

Shahn sourit, une étincelle dans les yeux. Son fils spirituel devait avoir une idée en tête. Fonder une famille ? Il s'apprêtait à boire le restant de sa tasse d'une traite, lorsque Franz le fixa, l'air grave.

– Je voudrais enseigner le violon ici, lança-t-il sans ambages.

Shahn manqua de s'étouffer. Même réaction que la veille à l'annonce des adieux du violoniste.

– Pardon ? s'enquit-il entre deux toussotements.

– Je voudrais enseigner le violon ici.

– Mais tu es trop jeune ! Certes, tu es un prodige, le monde entier t'adule, mais cela ne suffit pas ! Je me désole de savoir que je ne t'entendrai plus jouer sur scène. Tu nous prives de ton art alors que tu es fait pour briller. D'ailleurs, tu ne laisses même pas d'œuvre pour la postérité : tu as toujours refusé les enregistrements.

– Pour quoi faire ? Paganini n'a pas eu besoin de disques. Composer, c'est laisser quelque chose pour la postérité. J'ai le temps, je peux le faire ici.

– Mais tu n'es pas Paganini, répondit Shahn, bienveillant, comme s'il s'adressait à l'enfant de douze ans si prometteur qu'il avait formé.

Quel gâchis ! Shahn refusait que Franz quitte la scène. Il était sa fierté. Son orgueil. Son œuvre à lui, son héritage. La preuve vivante de ce que lui, Jakob Shahn, était capable de construire. Des compositions ? Trop peu pour lui. À la place, il avait créé un génie à son image, voire plus doué que lui.

Après une brève réflexion, le Directeur décida de lui accorder la faveur qu'il réclamait, à condition qu'il continue à jouer en intégrant l'orchestre du Conservatoire.

– Moi ? Premier violon ? s'interrogea Franz, pensif.

Une légère moue se dessinait sur sa bouche. L'idée de se retrouver associé à un orchestre ne l'emballait pas.

Shahn analysa l'attitude de son ancien élève, inquiet d'un refus de sa part. Il réalisait qu'il venait de réagir comme un papa gâteux face à un enfant capricieux. Alors, il posa enfin la question principale :

– Franz, pourquoi veux-tu enseigner ?

– Pour donner un peu de ce que j'ai reçu, trancha-t-il.

Shahn fut touché par cet argument et comprit ce que le mot stabilité représentait pour le violoniste. Après tout, il avait remarqué que son fils spirituel préférait la solitude des bars, à l'écart des *escort-girls* qu'il pouvait lui offrir. Il supposa que le jeune homme cherchait une relation sérieuse.

Comment penser autrement ? Shahn ignorait les *jeux* menés par son élève.

Franz aussi pensait à son divertissement. Ses *petits jeux*, pratiqués aux dépens des femmes depuis plusieurs années, à l'écart des regards, facilités par l'itinérance.

Il considéra la proposition et se demandait si le plaisir serait le même sur un terrain de chasse réduit à la seule ville de Vienne.

– Je ne veux usurper la place de personne.

– Je suis le Directeur, je décide de la composition de mon orchestre, n'est-ce pas ? Je vais voir ce que je peux proposer à Max ; il ne sera pas déçu, crois-moi. En revanche, en tant que premier violon, tu devras t'entendre avec le chef d'orchestre.

Franz haussa les épaules :

– Qu'est-ce qui te fait croire que je ne vais pas m'entendre avec Oskar ?

Shahn leva les yeux vers la fresque du plafond, sans s'attarder sur le sein nu d'Eurydice. Il connaissait le violoniste : sa versatilité, son impulsivité, son manque total d'esprit d'équipe et sa tendance à l'improvisation en faisaient le cauchemar des chefs d'orchestre.

Non, décidément, il ne pourrait pas garder Oskar Koller, le chef d'orchestre attitré. S'il voulait Franz, il devrait en trouver un nouveau et impliquer son protégé dans sa recherche.

⁂

Les magasins autour du Ring scintillaient allégrement, annonçant l'approche des fêtes de Noël. Des pots de poinsettias décoraient les vitrines et l'intérieur des commerces. Leurs feuilles rouges apportaient une touche agréable, apaisante, au milieu des rubans dorés, des sapins et des sphères multicolores.

Les yeux rivés vers l'extérieur, Albert observait, émerveillé, comme s'il les voyait pour la première fois, le Rathaus, l'Hôtel de ville, le Burgtheater, le palais impérial de Hofburg et son architecture hétéroclite. Les immeubles, les places et les rues de cette ville qu'il aimait tant.

Bientôt, il pourrait quitter ce tramway qu'il jugeait trop lent. Son pied trépignait et son pouce tambourinait, impatient de presser le bouton pour signaler son arrêt. À sa descente, il soupira profondément. Ce rendez-vous représentait un achèvement pour lui. Après toutes ces années d'efforts et d'études, il était à quelques doigts de réaliser son rêve : triompher comme chef d'orchestre à Vienne.

Ce fils et petit-fils d'illustres musiciens Britanniques s'était longtemps préparé dans son Angleterre natale, convaincu qu'un jour il se ferait un nom. Pour cela, il devait se rendre au pays de tous ses grands maîtres : Mozart, Haydn, Schubert ou Mahler, pour ne citer qu'eux.

Enfin, son travail acharné avait porté ses fruits. Albert Carring avait réussi à décrocher un entretien avec l'éminent

Jakob Shahn, Directeur du Conservatoire, pour un poste à la hauteur de ses ambitions. Il attendait ce moment depuis plusieurs jours, voire des semaines. Tout devait se passer sans fausse note. La perfection démarrait avec la ponctualité, de ce point de vue, il demeurait irréprochable malgré les péripéties qu'il avait dû surmonter.

En effet, plus tôt, la malchance s'était acharnée sur lui : une panne de réveil suivie d'une interruption de sa ligne de métro. Il avait dû courir pour attraper une autre correspondance. Malheureusement, le froid ne l'avait pas empêché de tremper sa chemise. Son apparence en avait pris un coup.

Par miracle, il avait néanmoins réussi à atteindre les portes du Conservatoire avec dix minutes d'avance. Quoi de mieux que de profiter de ces quelques instants de répit pour évacuer son stress avec du tabac ? Malheur ! Il tapota en vain toutes ses poches alors qu'il visualisait avec précision le paquet laissé sur la table du petit-déjeuner. Il se rappelait bien l'image dégoûtante d'un poumon découpé, une illustration choquante, qui n'enrayait pas son besoin de fumer dans des situations comme celle-ci.

Il n'aperçut aucun bureau de tabac autour de lui. Le plus proche se trouvait à l'arrêt du tramway. Il n'avait pas le temps d'y retourner, d'attendre d'être servi et de s'en griller une. Ironiquement, tout cela lui donnait une envie de nicotine à la limite du désespoir.

Résolu à mendier pour obtenir sa dose, il prit un bol d'air, avant d'aborder le premier quidam croisé. Il aperçut un individu grand et mince, le port altier, habillé avec une certaine classe. Celui-ci tenait une cigarette entre ses longs doigts fins.

Albert resta figé devant l'homme dont le nom et la célébrité ne lui étaient pas inconnus. Il n'osa pas lui demander l'objet de sa convoitise et se contenta d'observer sa cigarette comme un chien assoiffé. Le violoniste la faisait valser dans sa main, en même temps qu'il dodelinait de la tête, tantôt à droite, tantôt à gauche, comme s'il écoutait une mélodie.

Franz Schligg. L'Anglais avait eu la chance de le voir à Bath quelques années auparavant. Il était d'autant plus intimidé, qu'il aurait préféré engager une véritable conversation avec ce grand virtuose, au lieu de lui quémander une banale clope.

De son côté, le violoniste contemplait alternativement sa main et un point fixe de l'horizon. Finalement, il sortit un briquet doré de son pardessus et alluma la cigarette pincée du bout des lèvres. Il ressentit soudainement un regard braqué sur lui. Franz se retourna, examina quelques secondes le jeune homme devant lui, puis exhala la fumée.

– C'est ma dernière, aujourd'hui j'arrête, annonça-t-il en anglais.

Il la tendit à Albert d'un geste engageant.

– La voulez-vous ?

– Oh, je ne peux pas l'accepter, répondit-il, en allemand, étonné qu'il se soit adressé à lui dans une autre langue. Puisque c'est votre dernière, allez-y, profitez-en.

Le violoniste demeura silencieux. Après une seule et lente bouffée, il jeta la cigarette par terre et l'écrasa. Albert la lorgna avec tristesse.

– De toute façon, cette merde va nous tuer, affirma Franz en anglais, les yeux rivés vers le mégot broyé sur le bitume.

Aussitôt, il le ramassa et le déposa dans la poubelle à proximité.

– Ce maudit vice pollue les rues, ajouta-t-il.

– Excusez-moi, mais je suis curieux. Pourquoi me parlez-vous en anglais ? s'enquit Albert.

– Parce que vous le comprenez, voyons ! rétorqua-t-il avec un sourire amusé.

L'Anglais voulut rappeler qu'après quinze années de pratique de l'allemand, il était tout à fait bilingue. Mais avant qu'il ait eu le temps d'ouvrir la bouche, le virtuose leva son poignet d'un geste dédaigneux et consulta l'heure. Albert remarqua une magnifique Rolex dorée.

– Je ne sais pas pour vous, mais moi j'ai un rendez-vous, commenta Franz en poussant le portail du Conservatoire. Au plaisir !

Albert se sentit bête, il n'avait même pas pu lui serrer la main. À son tour, il examina sa montre et découvrit qu'il lui restait cinq minutes avant son entrevue. Il s'aventura à demander une cigarette au premier passant. Lorsqu'il eut obtenu le Graal, il n'osa plus fumer. Il lui restait trois minutes pour trouver, dans les méandres du Conservatoire, le lieu du rendez-vous.

Dès qu'il poussa le portail, une montée d'adrénaline l'envahit. Sensation connue et apprivoisée à coups de respiration ventrale. Pourtant, cette technique n'était pas adaptée pour grimper les étages de l'impressionnant escalier hélicoïdal.

Il atteignit le bureau du Directeur, où l'assistante lui précisa que l'entretien aurait lieu dans une autre aile. Elle le conduisit jusqu'à une petite salle occupée par un imposant piano à queue. Au fond, il aperçut un vieil homme distingué, Jakob Shahn. Derrière lui, un invité inattendu : Franz Schligg, qui l'accueillit avec un grand sourire de camaraderie.

Franz savait que sa nouvelle vie risquait de mettre un frein à son divertissement préféré. Professionnel, il s'interdisait tout rapprochement avec ses élèves de sexe féminin. De toute façon, leur attrait s'amenuisait à mesure que leur talent se développait, comme si le violon marquait une sorte de barrière.

Il constatait sans étonnement que sa classe attirait le plus grand nombre d'aspirants. Au moins, il pouvait se permettre de ne garder que les meilleurs. Quant aux autres femmes papillonnant autour de lui, il n'aspirait qu'à les séduire, les embobiner et les humilier, car indignes de lui. Tant pis si elles le considéraient comme un objet d'admiration. Lui, il les regardait comme des racoleuses.

Comme Shahn s'y attendait, la mésentente entre son protégé et Oskar Koller, le chef d'orchestre, fut telle que ce dernier annonça rapidement son départ. Leur association était impossible : tandis que l'un gardait ses préjugés à l'encontre de ce violoniste qu'il jugeait insupportable, l'autre répondait par une totale indifférence.

Bien que Franz se fût interdit de *chasser* au sein même de l'orchestre, il avait décidé de profiter des départs consécutifs à la démission du chef d'orchestre et s'adonner à ses *petits jeux*.

Pour remplacer Koller, Shahn ne regrettait pas d'avoir impliqué son protégé dans la recherche de la perle rare.

Albert Carring et Franz Schligg formaient une excellente équipe. Le virtuose l'avait sélectionné en raison de toutes les caractéristiques qu'ils avaient en commun : leur jeunesse, leur sensibilité, et surtout, leur déracinement. L'un, loin de son pays, l'autre, à force de parcourir le monde, avait perdu toute attache. Franz l'avait élu comme un enfant choisit un copain de jeu, mais certainement pas pour l'inclure dans *ses jeux* à lui.

Un beau jour, leur entente parfaite fut mise à l'épreuve par l'arrivée d'une jeune flûtiste. Cheveux roux, le teint pâle et des yeux verts en amande, sa présence avait envoûté les deux musiciens, surtout Franz. Elle s'appelait Teresa.

Lors de son audition pour rejoindre l'orchestre, ni Albert ni Franz ne l'avaient réellement écoutée, fascinés par sa splendeur. Bien qu'habitué à ce que des femmes ravissantes se prosternent à ses pieds, Franz fut bouleversé par l'éclat de ses yeux. Sa beauté fragile lui rappelait la tendresse qu'il n'avait jamais ressentie. Pourtant, à la détailler, de pied, face à lui, flûte traversière sur sa main tremblante, il eut l'impression de l'avoir déjà vue, adorée, aimée. Pour elle, il se sentait capable de composer la plus belle des sonates. Étrange sensation que cette belle inconnue lui procurait, comme si elle venait de combler un vide, une fissure restée longtemps béante au plus profond de son âme.

– Ton avis ? demanda le violoniste lorsqu'elle fut partie.

– Je viens de tomber amoureux, avait murmuré Albert, rêveur, comme pour lui-même.

Franz était resté silencieux, mais n'en pensait pas moins : « Tu n'es pas le seul ! ». Il aurait voulu le mettre en garde, exiger qu'il ne s'en approche pas. De toute façon, il savait que l'Anglais n'avait aucune chance face à lui.

⁂

Les mois passèrent. Ni l'un ni l'autre n'avait tenté la moindre approche vers Teresa. Albert s'était abstenu, par souci de professionnalisme, selon ses dires. Franz avait interprété cela comme un abandon. Normal, comment pouvait-il prétendre le rivaliser ? Charismatique, grand et athlétique, regard bleu acier qui se détachait de son visage finement sculpté, le violoniste n'ignorait rien de ses atouts. Au contraire, il savait en jouer.

Néanmoins, malgré l'admiration qu'il vouait à Teresa, Franz n'osait rien entreprendre. Au contraire, il avait préféré poursuivre ses *petits jeux* avec d'autres femmes. Il s'amusait à attirer dans ses filets des filles sans aucun talent particulier, sans personnalité à ses yeux. Des *ressources jetables*, comme il disait. Tour à tour, chacune d'entre elles avait quitté le Conservatoire sans susciter le moindre regret. Après tout, elles avaient décidé de partir de leur propre chef.

Shahn n'avait jamais fait de reproches à son protégé, même si Albert lui avait rapporté un ou deux propos qui se disaient sur le violoniste dans les couloirs. Alors, Franz avait préféré changer de terrain de chasse, soucieux de sa réputation. Il ne tenait pas à passer d'un pur fantasme à une sorte de *Jack l'Éventreur* qui expulsait, à sa façon, des femmes du Conservatoire. Alors, il opta pour les soirées mondaines auxquelles Shahn l'invitait sans cesse, gorgées de proies faciles.

Au fur et à mesure qu'il s'adonnait à son divertissement, il s'éloignait de Teresa. Conscient de l'image négative qu'il renvoyait, il en éprouvait même un sentiment de honte vis-à-vis d'elle. Il se persuadait qu'il ne méritait pas cet ange inclassable, inaccessible, presque féerique. Il l'avait placée sur un piédestal tellement haut qu'il ne pouvait que l'admirer béatement.

De son côté, Albert s'était consolé avec une autre rousse aux bras avenants : Liesl, une violoncelliste.

Cette relation avait inspiré une idée à Franz, qui commençait à s'ennuyer par la routine et pensait à corser ses *petits jeux*. Pourquoi ne pas traquer au sein de l'orchestre à nouveau ? D'ailleurs, il avait déjà repéré la proie parfaite, une petite brune aux yeux noisette, timide, mignonne. Lili. Elle représentait un défi intéressant, car elle était toujours accompagnée par Liesl, la chérie d'Albert.

Son plan ? Il profiterait un soir d'une fin tardive des répétitions. Et dès que sa cible serait seule, disponible, il ne resterait plus qu'à la charmer et la mettre à ses pieds.

Il imaginait déjà quelle serait sa réaction. Le raconterait-elle à son amie ou se sentirait-elle tellement idiote qu'elle n'en dirait rien ? Et si elle parlait, Liesl le raconterait-elle à son tour à Albert ? Comment réagirait-il ?

Oserait-il braver leur amitié ? Affronterait-il le protégé du Directeur ?

Rien que d'y penser, il se délectait par avance, amusé par l'éventuel chaos que cela pourrait produire.

2

Lili se trouvait seule dans la salle dédiée au dépôt des instruments. Maniaque, elle nettoyait méticuleusement son violoncelle. Après avoir vérifié les cordes et passé de la colophane sur la mèche de l'archet, elle le plaça en douceur dans sa boîte. Lorsqu'elle s'apprêtait à le poser aligné à côté de ses pairs, elle remarqua une petite tache de résine sur son étui. Elle souffla dessus et frotta, pour faire partir la poussière, mais son geste entraîna accidentellement la chute des autres instruments, qui tombèrent comme des dominos. Elle réprima un juron et se pencha pour les ramasser à la hâte.

– Fais attention, ils ne t'ont rien fait ! s'exclama une voix, ironique.

Lili sursauta et sa surprise lui fit lâcher les instruments qu'elle venait de ramasser. Elle se retourna pour découvrir celui qui l'observait depuis le seuil de la porte. « Est-ce bien Franz Schligg ? » se demanda-t-elle, étonnée. Elle ne percevait qu'une silhouette dissimulée par le clignotement sporadique du néon au plafond. Le violoniste lui avait parlé d'un ton si cordial qu'elle eut du mal à reconnaître sa voix. Pourtant, c'était bien lui. Elle put le confirmer lorsqu'il s'approcha d'elle pour l'aider à ranger les instruments. Son cœur s'affola dès qu'elle huma son parfum frais aux notes de bois de santal. Il sentait si bon !

Avec son étui de violon, il tapota légèrement l'ampoule pour qu'elle cesse de clignoter. Quand la lumière se stabilisa, la jeune femme cilla, stupéfaite. Le violoniste se tenait devant elle et pour la première fois, il lui adressait des mots gentils, au lieu des directives générales assénées sur un ton sec et hautain.

Comme d'autres, Lili n'était pas insensible à son charme. Secrètement, elle le vénérait et le fantasmait. Alors, se retrouver seule avec ce dieu mettait tous ses sens en émoi. Pourtant, sa petite voix intérieure la sommait de se méfier de cet homme.

– Tu as prévu quelque chose, ce soir ? lui demanda-t-il avec un sourire discret, la fixant. Puis-je t'offrir un verre ?

Non. Elle n'était pas assez naïve pour tomber dans ce piège. Pourquoi elle ? Pourquoi maintenant ? Mais elle ne pouvait pas échapper à son regard bleu acier. À la fois curieuse et flattée, elle se laissa tenter. Elle savait à qui elle avait affaire et resterait sur ses gardes.

Elle accepta son invitation et ils se retrouvèrent à Grinzing, dans un bar intime, contrastant avec les joviales *heurigen* typiques du quartier. Sur une petite scène, trois musiciens animaient la salle avec du jazz manouche. Animée par les alcools ingérés, Lili parlait de sa vie, de ses aspirations, sans imaginer que Franz prêtait une oreille plus attentive à la musique.

Le violoniste savait faire parler les filles. Il lui suffisait d'acquiescer, de lancer une ou deux questions ouvertes afin de donner l'impression qu'il s'y intéressait comme s'il buvait leurs paroles. Un moyen simple d'amadouer sa cible pour mieux la détruire.

Sa proie dégageait une fragilité, une sensibilité qui faisaient d'elle la victime parfaite. Pourtant, pendant un bref instant, Franz trouva cette fille simple et délicieusement ordinaire plutôt sympathique. S'il avait eu un scrupule, il fut vite balayé par l'obsession de son jeu.

Il n'oubliait pas qu'il s'était fixé un objectif à atteindre.

⁂

Une heure plus tard, Lili claquait violemment la porte de l'appartement de Franz, les larmes aux yeux. Elle se méprisait, se détestait. Comment avait-elle pu être aussi idiote ! Pourquoi s'était-elle crue différente ? Pourquoi n'avait-elle rien tenté pour résister à ce regard électrique, ensorcelant ? D'autant plus que ce n'était pas dans son habitude de suivre un homme le premier soir. Et, d'ailleurs, pourquoi pleurait-elle, au juste ? Avait-elle une raison de se sentir humiliée ? Il ne l'avait même pas touchée. C'était bien cela le problème !

Comment avait-elle pu en arriver là ?

Alors qu'ils étaient dans le bar, à la chaleur discrète d'un énième mojito, elle avait cru deviner les intentions du violoniste à travers son attitude. Ses yeux avaient quelque chose de magnétique, de puissant : ils lui parlaient, la déshabillaient, la désiraient. Elle avait fini par perdre tout repère, toute raison. Toute pudeur.

Comment s'était-elle retrouvée chez lui ? Elle ne s'en souvenait plus, tellement son charme l'avait subjuguée. L'avait-il invitée ou, au contraire, l'avait-elle suivi, telle une petite souris envoûtée par le flûtiste d'Hamelin ? Peu importe, elle avait été incapable de se contrôler, certaine qu'il la convoitait. Sinon, comment expliquer ce regard ?

Avant de quitter le bar, sans un mot, juste un regard entendu, Franz avait laissé un billet sur la table et s'était levé pour partir. Comme hypnotisée, elle en avait fait de même. Elle l'avait suivi quand il traversa la rue Feilergasse et s'arrêta devant le magnifique portail d'un immeuble de style Art Nouveau. Avant de pousser la porte, il s'était retourné vers elle d'un air dédaigneux qu'elle n'avait pas ressenti. Ils franchirent le hall et montèrent dans un étroit ascenseur. Dans l'exiguïté, si près de son corps et de son parfum frais, elle s'était aventurée à goûter ses fines lèvres. Lui, il s'était laissé faire, mais sans répondre aux caresses de la jeune femme. Sans se démonter, Lili déduisit que l'endroit n'était peut-être pas idéal. Pas grave, elle attendrait. Enfin arrivés, Franz ouvrit la porte de son appartement, mais il ne l'avait pas invitée. Il ne lui avait pas demandé de partir non plus. Perdue dans ses fantaisies, elle avait enlevé son manteau et repéré un confortable canapé en cuir blanc. Elle s'y voyait déjà pour la suite de leurs ébats. Peu à peu, elle avait déboutonné sa blouse et avait fait glisser sa jupe par terre.

Mais il n'avait pas réagi.

– Alors ? avait-elle demandé, quelque peu décontenancée.

– Alors, quoi ? avait-il gloussé en retour. Tu me fais quoi là ?

Il avait pouffé de rire. Lili n'avait pas compris et ne sut que répondre. Ce ne pouvait pas être possible ! Comment avait-elle pu se méprendre sur ses intentions ? Affolée, elle avait scruté rapidement le salon, supputant qu'il devait y avoir une caméra dissimulée quelque part, certaine qu'elle venait d'être l'objet d'une mauvaise blague.

Elle n'attendit pas plus et s'était empressée de ramasser ses affaires, les enfilant à la va-vite. Sans demander son reste, elle s'était enfuie en claquant la porte, tantôt en se culpabilisant, tantôt en rejetant la faute sur lui. De tous les goujats qu'elle avait connus - et dans sa vie, Lili en avait connu tellement -, celui-ci était le pire.

Seul dans son appartement, le violoniste arborait un sourire puéril de victoire. « Une de plus, une de moins » se félicita-t-il en marquant avec son index un trait imaginaire dans les airs. Il pouvait enfin se relaxer sur son canapé et écouter de la musique : *Dead Can Dance*, pris au hasard dans l'étagère. Il chercha la télécommande de la chaîne parmi le désordre sur la table basse. Il la retrouva sous une enveloppe à bulles de laquelle s'échappa un CD dont la jaquette reproduisait le Weisbuch accroché au mur « Coup d'archet », un tableau représentant un violoniste. Le disque contenait l'un de ses rares enregistrements, réalisés sous l'insistance de Jakob Shahn. Ce dernier se désolait que son protégé eut refusé d'apparaître sur la couverture, car d'après lui, cela lui aurait assuré des ventes supplémentaires.

Cette fixation que les gens, surtout les femmes, avaient pour son physique, l'insupportait. Il sentait, à leur regard, qu'elles l'évaluaient comme un objet, un trophée, un jouet. Par conséquent, il ne pouvait pas les respecter, et le mépris qu'elles lui inspiraient excitait son sadisme, son désir de vengeance. Il était certain que n'importe quelle femme, prise au hasard, ne tarderait pas à s'offrir à lui sans qu'il ait à fournir le moindre effort. Toutes pareilles. « Toutes des garces », pensait-il, à l'exception de Teresa.

S'il devait être considéré comme un objet, soit. Mais il serait un trophée inaccessible.

⁂

Les jours suivants, Lili ne s'était pas présentée au Conservatoire. Franz avait remarqué cette absence, sans y accorder trop d'importance. Il avait rapidement oublié cette aventure.

La vie poursuivait son cours, et d'autres affaires courantes monopolisèrent bientôt son attention, comme écouter les monologues de son mentor, puisque Shahn estimait son avis et ses conseils toujours nécessaires. À cela s'ajoutait le travail de correction de sa première symphonie, dont la composition s'éternisait depuis quelque temps. Enfin, la préparation de ses vacances en trekking dans le désert marocain, qu'il attendait avec impatience.

Lili, de son côté, avait prétexté un souci de santé pour s'éclipser le temps que ses congés prévus arrivent et que l'on cesse de s'interroger sur son éventuel départ. Pendant ce temps, elle s'était reposée à Sankt Pölten, sa mère et sa meilleure amie à ses côtés pour lui remonter le moral. Elle ne pouvait se résoudre une seule seconde à tout abandonner.

Au retour de ses vacances, Franz s'étonna de retrouver Lili.

À la revoir, la sensation s'avéra déroutante. Éprouvait-il des remords ? La jeune femme semblait l'ignorer, et cela lui convenait très bien. Mais lui, il ne pouvait pas ignorer tout connaître de sa vie, de ses goûts, de ses aspirations... Il sentait encore la chaleur de ses lèvres lorsqu'elle l'avait embrassé.

Comment oublier qu'il l'avait séduite, mise à nu et humiliée ? La retrouver, si près, la tête haute, lui fit l'effet d'une gifle donnée au nom de toutes ses *victimes*.

C'était tellement plus simple quand elles disparaissaient complètement de sa vie.

Le soir du premier concert de la saison, Franz s'exerçait dans une salle jouxtant le dépôt d'instruments, un lieu où il aimait s'isoler avant chaque représentation.

Lors de ces moments de quiétude, il travaillait en quête de perfection. Or, cette fois-ci, son retranchement s'expliquait aussi par le besoin de vider son esprit.

Quelques heures plus tôt, un miracle s'était produit. Teresa, sa muse, son ange, son doux rouge-gorge, avait osé l'aborder. Il était comblé.

Elle l'avait cueilli à sa sortie du bureau de Shahn.

Le regard du violoniste avait plongé pour la première fois dans les iris verts de la jeune femme. Aussi intimidé qu'elle, il avait détourné aussitôt ses yeux jusqu'au sol, où il avait découvert ses petits pieds chaussant de coquettes ballerines en velours.

– Bonjour ! Teresa Baden, s'était-elle présentée d'un ton enjoué, en lui tendant la main.

Comment aurait-elle pu s'imaginer que les présentations étaient inutiles ? Il connaissait si bien son nom, sa date de naissance, son adresse, même. Déstabilisé, incrédule, il avait balbutié en lui demandant à deux reprises de reformuler.

Elle l'avait abordé pour obtenir des conseils sur les duos flûte-violon, en vue de passer un concours.

Franz s'était demandé s'il s'agissait d'une fausse excuse ou d'un véritable intérêt. Dans tous les cas, cette annonce l'avait troublé : voulait-elle partir ? Son cerveau fonctionnant au ralenti, il fut incapable de lui fournir une réponse.

Il se désola de son attitude, supputant que Teresa l'avait certainement perçue comme de l'arrogance. Il ne s'attendait pas à ce qu'elle lui propose d'en discuter ultérieurement.

Pendant quelques secondes qui lui semblèrent des heures, Franz réfléchit. Est-ce que son ange était en train de le draguer ? Était-elle en train de descendre de son piédestal ? De se rabaisser à la même place que les autres ? Était-ce un pauvre subterfuge de séduction ? Cela ne l'empêchait pas de la trouver magnifique. Il n'avait d'yeux que pour son visage mutin entouré de deux mèches rebelles, le reste de sa chevelure rousse attachée en queue-de-cheval. Quel cadre parfait pour ce visage au teint de porcelaine, illuminé par l'éclat de ses gemmes, serties par de longs cils faussement noirs !

Tandis qu'il l'admirait, songeant à une musique jamais entendue, il remarqua des petites taches de rousseur sur les joues de sa muse, et avait lutté pour contenir l'envie de les caresser. Comment aurait-il dû réagir ?

Durant une milliseconde, il hésita à l'inviter prendre un verre après le concert. Les prunelles émeraude de Teresa possédaient une telle force que, malgré leur fuite, elles étaient capables de scruter son âme. Si une autre s'était présentée de la sorte, deux issues se seraient offertes à lui : couper court à la discussion, si elle ne suscitait pas son intérêt ; ou la continuer autour d'un verre, dans le cas contraire, pour s'amuser. Or, pour une fois, il n'osait pas répondre. Par crainte. Il avait peur de lui-même.

– Peut-être qu'on peut en discuter plus tard ? avait-elle proposé.

– Oui... plus tard, avait-il haleté, comme s'il venait de récupérer son souffle après une longue apnée.

Ne sachant que dire d'autre, il avait fait demi-tour pour retourner dans le bureau de Shahn. Il était temps de lui reprocher l'absence des duos flûte-violon dans le répertoire.

Depuis cette rencontre, la même scène repassait dans sa tête, comme s'il s'agissait d'un rêve. S'il osait lui proposer un verre, saurait-il se comporter ?

Il évita d'y penser et poursuivit sa routine d'échauffement à l'archet. Il fut à nouveau interrompu lorsque la porte s'ouvrit intempestivement, le sortant brusquement de sa rêverie.

– Oh ! Je suis désolée ! Je me suis gourée ! s'exclama l'intruse au fier sourire narquois.

Franz fut étonné de la voir s'inviter au lieu de déguerpir.

– Navrée de vous importuner, Monsieur Schligg ! feignit l'impertinente sur un ton faussement peiné qui ne le trompa pas.

Il la connaissait, cette insolente : la petite chérie d'Albert. Cette amie *avec bénéfices* dont la liaison avec le chef d'orchestre se voulait discrète. Désabusé, le violoniste regarda sa montre : il était encore dans les temps. Il ne comprenait pas ce qu'elle faisait là. Alors, il choisit de l'ignorer. Il se rassit, posa son étui sur ses genoux et rangea son instrument. L'importune s'approcha avec une assurance féline.

– Je m'appelle Liesl Kruse, salua-t-elle, en tendant sa main. Nous faisons partie du même orchestre.

– Je sais qui vous êtes, soupira Franz, agacé par l'audace de la demoiselle.

Quelle différence avec le regard de biche apeurée de Teresa !

– Vous me connaissez ? minauda-t-elle en s'approchant comme un chat qui chercherait à séduire son maître.

– Nous faisons partie du même orchestre, riposta Franz en imitant caricaturalement le ton que Liesl avait utilisé.

Comme si elle était invisible, il retourna à ses affaires, vérifia la position de son instrument et ferma l'étui.

Elle fit un pas en arrière, puis tourna lentement autour de lui. Elle le fixait du regard comme un prédateur avant d'attaquer. Finalement, elle se plaça derrière son dos et, sans crier gare, posa délicatement ses mains sur sa nuque.

Sur le coup, Franz faillit bondir. Il la laissa faire lorsque ses doigts de fée parcoururent doucement ses cervicales, car elle lui procurait une sensation de volupté qui ne lui déplut guère.

– Vous êtes très tendu ! Je continue ? proposa-t-elle.

Sidéré, il ne put répondre, mais elle poursuivit sa tâche, ce qu'il apprécia sans l'exprimer. Il s'abandonna à la jouissance que ce massage lui procura.

Il comprit enfin pourquoi Albert profitait de cette talentueuse musicienne-masseuse.

Elle ne dit plus un mot, et ses mains se déplacèrent vers son crâne. Puis elle effleura ses tempes, son front et sa mâchoire, pressant des points précis pour lui faire du bien. Teresa et le concert étaient bien loin. Cette jeune femme avait fini par exacerber un sentiment mêlé de jalousie et d'avidité. Comment Albert pouvait-il avoir accès à ce type de plaisir et pas lui ?

Néanmoins, malgré les bienfaits, il n'approuvait pas sa démarche. De quel droit s'était-elle permis cette proximité ? Il avait à cœur de retourner la situation, car cette petite effrontée avait profité de lui.

– Puis-je vous inviter à boire un verre après le concert ?

3

Sur scène, l'orchestre attendait le *la* du hautbois pour s'accorder. Franz lança un coup d'œil furtif vers sa jolie flûtiste. Teresa rayonnait dans sa robe verte, mettant en valeur la couleur de ses yeux, ses cheveux et ses courbes dévoilées de manière sublime. Avant qu'il donne l'accord, leurs regards se rencontrèrent. Elle lui sourit timidement, puis se concentra sur ses partitions. Fasciné, il ne put s'empêcher de jeter un coup d'œil en direction des violoncelles, remarquant au passage l'allure fière et satisfaite de Liesl.

Soudain, il fut assailli par un doute. Qu'avait-il dit à Teresa ? Était-ce ce soir qu'ils devaient discuter des duos flûte-violon ? Qu'avait-il promis à Liesl ? Il venait de réaliser que, très probablement, il leur avait fait croire la même chose. S'il ne s'était agi de Teresa, il n'aurait eu aucune hésitation à les confronter, histoire de flatter son ego de mâle.

Les arpèges de la harpe accompagnèrent la *Valse des fleurs* de Tchaïkovski, faisant voyager le violoniste dès les premières notes. L'état d'excitation provoqué par sa courte discussion avec Teresa et le merveilleux massage de Liesl permirent à son esprit de s'évader le temps d'une mélodie.

Cette musique le renvoya à des souvenirs liés au Mariinsky à Saint-Pétersbourg, où il s'était produit peu avant sa dernière tournée. Teresa lui rappelait la beauté et la grâce des ballerines qu'il y avait connues. Notamment Irina, sa seule véritable amie.

Une belle rouquine, comme Teresa.

Le concert terminé, Franz s'éclipsa afin de fuir toute rencontre. Il ne se sentait pas capable de gérer les interactions sociales ce soir.

Liesl s'en aperçut et lui emboîta le pas, confiant son instrument à Lili. Les deux violoncellistes se connaissaient depuis leur enfance, ayant vécu toutes les deux dans le même quartier à Sankt Pölten. Liesl représentait la grande sœur que Lili n'avait jamais eue. C'était elle qui l'avait encouragée à revenir au Conservatoire, lui faisant miroiter une possible vengeance. Elles voulaient donner à ce mufle une leçon qu'il n'oublierait jamais.

Liesl connaissait la légendaire malchance amoureuse de son amie, qui tombait inéluctablement sur les pires spécimens. Sa mésaventure avec le violoniste fut la goutte qui fit déborder un vase rempli à ras bord des outrages passés.

Pour Liesl, la preuve d'amitié était d'autant plus belle qu'accoster le violoniste représentait un grand sacrifice. D'une part, parce qu'elle le trouvait désagréable, d'autre part parce qu'elle éprouvait des sentiments pour Albert, le chef d'orchestre. Son ami *avec bénéfices*, bien qu'elle ambitionnât davantage de leur relation. Séduire Franz sous le nez de son amant impliquait un immense effort.

Elle le rattrapa dans les coulisses, juste au moment où Teresa s'approchait également, de l'autre côté.

Franz cherchait à éviter la violoncelliste à tout prix et ne remarqua pas l'inexorable arrivée de la flûtiste. Peine perdue, la première le retrouva et lui rappela l'invitation. Elle caressa sa nuque avec un tel magnétisme qu'il ne put la renvoyer.

Malheureusement pour lui, ce fut l'instant même où Teresa les surprit. Croyant les déranger, elle s'arrêta net. Franz la remarqua, décontenancé, troublé. Incapable de réagir tellement sa muse le déstabilisait.

– Désolée, ma chère, il est déjà pris pour la soirée ! claironna Liesl d'un ton triomphant, ses doigts effleurèrent le cou du violoniste, le contrôlant comme une marionnette.

Franz se reprocha de n'avoir rien tenté. Sa crispation à l'encontre de la violoncelliste augmentait et il la détesta aussitôt. Elle devint pour lui une cible à abattre. Il sortirait avec elle et trouverait le moment parfait pour l'humilier.

Ironiquement, il tint sa promesse quelques minutes plus tard, sans le savoir, lorsqu'ils quittèrent ensemble le Conservatoire. Liesl dut feindre l'indifférence lorsqu'elle croisa fortuitement le regard médusé d'Albert.

⁂

Tout compte fait, Franz hésitait à mener son jeu jusqu'au bout. Liesl semblait une proie complexe, de celles qu'il préférait éviter. Ne sachant comment s'y prendre, il proposa un pub au hasard, près du Conservatoire. Elle insista pour écouter du jazz, il trouva l'idée bonne et décida de l'amener à son bar fétiche à Grinzing. Au moins, sa soirée ne serait pas gâchée.

Ils s'attablèrent, commandèrent à boire et Franz tentait d'écouter l'artiste du jour, un pianiste au jeu nerveux qui s'adonnait à du Free jazz, un genre qu'il n'appréciait guère. Il ne remarqua pas que Liesl l'observait, amusée. Sa mâchoire crispée, signe de tension, était-elle si évidente ?

– Tu n'as pratiquement pas touché ton verre, se plaignit-elle, posant à nouveau la main sur sa nuque.

Il repoussa son geste et se redressa, irrité, levant les yeux au plafond.

– Tu t'ennuies ? continua-t-elle. Ne me dis pas que tu es comme ça avec les autres ? J'en ai tellement entendu sur toi...

– Ah oui ? Quoi donc ?

– Tu es un trophée que toutes arborent.

– Ah bon ? s'étonna-t-il, méfiant.

Il était sur le point d'écourter sa soirée, lorsqu'elle effleura avec ses doigts magiques son cou, ses cheveux et l'arrière de ses oreilles.

– Allez, je t'avais promis un massage, proposa-t-elle. Tu habites tout près, n'est-ce pas ?

– Ça ne te regarde pas. Je pense qu'il est temps d'en finir, gronda-t-il en rejetant sa main. Je n'aime pas les filles dans ton genre.

Elle sourit en coin, une étincelle éclaira ses yeux.

– Les filles dans mon genre ?

Franz ne répondit rien. Il braqua ses iris sur les siens, constatant qu'il n'avait aucune emprise. Au contraire, on aurait dit qu'elle voulait l'intimider. Liesl s'approcha, doucereuse, et lui susurra à l'oreille :

– Domine-moi, alors.

Le violoniste se leva, paya l'addition et sortit sans l'attendre. Ses pas furent suivis de ceux de la jeune femme. Lorsqu'il eut atteint le portail de son immeuble, il se retourna et la découvrit derrière lui, sourire coquin et regard fier. Que faire d'elle ?

Malgré les avertissements de sa voix intérieure, le violoniste ne trouva pas de mots pour la repousser. C'était ce qu'elle voulait après tout, songea-t-il. Non, il ne lui donnerait pas ce plaisir. Il ne pensa plus à l'humilier - il n'en serait pas capable -, mais changea de stratégie. Il se comporterait en parfait gentleman, tout en restant sur ses gardes, car son assurance lui rappelait celle qui avait fait de lui un monstre.

D'un signe de tête, il l'invita à le suivre. Dès qu'il ouvrit la porte, il scruta ses mouvements : elle pénétra dans l'appartement, tout à son aise, enleva son manteau, ses escarpins et fit un tour dans le salon, admirant la décoration. Son attention fut attirée par un somptueux violon doré, une œuvre d'art grandeur nature avec une touche de modernité : il était éclaté de manière symétrique autour d'un archet qui paraissait l'avoir coupé en deux. Une pièce inspirée d'Arman et un objet très cher à son propriétaire. Franz l'avait acquis peu avant le décès de son père.

Intriguée, la jeune femme caressa de la pulpe de ses doigts l'extrémité pointue de l'archet doré, se piquant de manière inattendue. Liesl mit son index à la bouche pour le sucer, tandis que de sa main libre elle ouvrit le décolleté de sa robe, puis simula un mouvement d'éventail avec sa paume.

– Il fait horriblement chaud, ici ! se plaignit-elle. Dehors il gèle et ici on ne peut pas rester habillé.

Toujours sous le charme du violon en laiton, elle le saisit pour mieux l'admirer. Bien qu'elle se fût attendue à un comportement grossier de la part de son hôte, elle fut surprise quand il le lui arracha des mains.

Excédé, Franz balança l'instrument sur le canapé. Il n'aimait pas qu'on touche à ses affaires, surtout pas elle. Il regrettait de l'avoir fait monter.

– Finissons-en, va-t'en ! Dégage ! asséna-t-il.

Puis, comme s'il se parlait à lui-même, il ajouta :

– Tu as gâché ma soirée...

– Ah ! Teresa ? devina-t-elle, d'une voix mystérieuse.

Entendre ce nom le surprit. Il ne s'attendait pas à ce que son admiration pour la flûtiste parût évidente. Si elle avait remarqué son intérêt à lui, avait-elle aussi remarqué celui d'Albert ? Il songea brièvement à utiliser ce dernier pour la rabaisser. Mais avant d'attaquer, il avait besoin de prendre l'air, d'échapper à la chaleur ambiante pour remettre en place ses idées.

Il fit quelques pas jusqu'à sa baie vitrée, tira la poignée de la porte du balcon et lui signifia d'un ton acerbe qu'il ne voulait plus la voir à son retour.

« Mais, que tu peux être con ! » se tançait-il alors que le vent frais caressait son visage. Depuis qu'il avait commencé ses *petits jeux*, c'était la première fois qu'il se retrouvait dans ce genre de situation difficile à gérer.

Lorsqu'il rentra, il la découvrit à demi-nue sur le sofa, manipulant la réplique en laiton. Violon au menton et archet à la main, elle faisait semblant d'en jouer. Agacé, Franz ramassa le manteau de la jeune femme et le lui jeta avec dédain.

– Ça suffit, tu me dégoûtes. Dégage ! tempêta-t-il.

– Mais toi, tu ne me dégoûtes pas, répondit-elle d'une voix doucereuse.

Elle déposa le violon et l'archet sur le canapé, ramassa ses affaires, puis asséna :

– Je m'attendais à ce que tu éclates de rire, pas à te voir énervé.

Comme saisi par une décharge électrique, le violoniste se figea quelques secondes, fit un pas en arrière et répéta sur un ton ferme l'ordre de partir. Il en avait assez pour la soirée et commençait à comprendre son jeu à elle.

Tendu, il la vit se rapprocher un peu plus de lui. Il lisait sur son visage la fierté d'avoir réussi à le provoquer. Bien qu'il la dépassât d'une tête, elle ne semblait pas intimidée et soutenait son regard. Il ne s'attendit pas à ce qu'elle le prenne par les pans de sa chemise pour l'attirer et lui voler un baiser.

– Prouve-moi que tu es un homme ! proféra-t-elle.

Soufflé par son impertinence, outré par son comportement, il la rejeta, posant ses mains sur ses épaules, marquant une limite à ne pas dépasser. Comme il la touchait, d'un geste défensif, elle le poussa avec force. Il perdit l'équilibre et tomba sur le canapé.

– Tu ne cherchais qu'à les humilier, maintenant tu sais ce qu'elles ont subi !

– Mais de quoi tu parles ? fulmina-t-il, les yeux écarquillés, sidéré. Que t'a raconté l'autre conne ?

Il avait enfin réalisé que la meneuse ne pouvait être que Lili.

– Ça suffit ! Tu viens de m'agresser, tu dégages ou j'appelle la police, tonna-t-il en se relevant, le regard noir de colère, le poing serré, menaçant.

À la vue de ce poing serré, elle s'emporta. Animée par la colère, pas tellement pour ce qu'il avait fait à son amie, mais par la rage contre tous les hommes qui osent lever la main sur une femme, elle commit une folie : dès qu'il eut le dos tourné pour prendre le téléphone, instinctivement, elle s'empara de l'objet en laiton et le frappa à la nuque de toutes ses forces.

Son hôte s'écroula. Terrifiée par son acte, Liesl hésita quelques secondes, ne sachant pas s'il jouait la comédie ou si elle l'avait vraiment blessé. En hâte, elle enfila son haut, mit ses chaussures, ramassa son manteau et son sac à main, puis courut jusqu'à la porte. Prise de remords, elle se retourna. Vraisemblablement, il ne jouait pas la comédie, elle était allée trop loin.

Elle revint sur ses pas pour s'en assurer. Bafouillant des mots d'excuse, elle se pencha sur lui. Ses yeux exprimaient la honte et la peur.

Il se redressa enfin, se massant l'endroit douloureux. En pleine confusion, Franz remarqua par terre l'objet qui l'avait frappé : le violon, dont l'archet était resté sur le canapé.

Décidé à lui faire regretter ce coup, il prit un ton doux pour se désoler de son emportement. Il se leva et s'avança jusqu'à l'entourer de ses bras et s'approcher de son visage.

– Fallait pas te rhabiller, lui susurra-t-il.

Soudain, il l'embrassa et, lèvres collées à sa bouche, la poussa sur le sofa. Prise de court, elle tenta de résister, mais il la serra contre lui. Ce n'était pas une étreinte passionnée, mais brutale, comme si une pulsion l'obligeait à lui faire mal. Physiquement. Comme elle l'avait fait.

Son baiser devint violent, il la mordit pour maintenir la bouche fermée, tandis que de sa main droite, il se saisit de l'archet en laiton et le lui enfonça dans le cou. Elle se débattit quelques secondes avant qu'une marée de sang ne jaillisse de sa blessure et ne l'étouffe. Dans leur lutte, ils glissèrent au sol. Une pulsion irrationnelle poussa le violoniste à ressortir l'archet et à transpercer sa gorge de nouveau.

Franz tint l'arme, puis la relâcha lorsqu'elle cessa tout mouvement. Le corps sans vie de Liesl gisait par terre, sur le fin tapis à poil court qui se teintait progressivement de rouge carmin. Le jeune homme se releva et contempla le visage de sa victime. Les lèvres déchirées, dénaturé, il arborait une expression de douleur et d'horreur.

Confus, il réalisait peu à peu les implications de son acte. Il s'affala sur le canapé et regarda sa main tremblante, couverte de sang. Son esprit repassait la scène en boucle, même si sa raison voulait à tout prix avancer ou reculer le temps pour en effacer l'événement.

Ses yeux hébétés se posèrent à nouveau sur le corps de la jeune femme. Dans sa tête, une seule pensée tournait : « Qu'ai-je fait ? ».

D'un geste machinal, Franz se releva. Le regard aussi vide que son esprit, il ressortit sur le balcon. L'air frais frappait son visage tandis que sa vue se perdait dans la noirceur du ciel, comme celle de son avenir. Plongé dans un état second par les évènements qu'il venait de vivre et la chaleur ambiante, il ne sentit pas ses jambes le reconduire à l'intérieur, jusqu'à son lit. Il s'y étendit et demeura prostré à fixer le plafond. Épuisé aussi bien physiquement que mentalement, il ne tarda pas à s'endormir. Son sommeil fut criblé de cauchemars, interrompus par des périodes léthargiques.

Le même rêve repassait en boucle : il redécouvrait Liesl, resplendissante et pleine de vie. Sourire fier et hautain. Subitement, son visage se déformait dans un rictus de douleur. Les yeux exorbités, elle vomissait du sang. Son cou, affreusement tordu et mutilé, saignait aussi. Franz se voyait ouvrir la bouche pour hurler, sans qu'aucun son n'en sorte. La scène se terminait toujours par un déluge d'hémoglobine s'abattant sur lui.

Lors d'un énième délire, il entendit sa victime s'égosiller. Ses cris aigus furent d'une intensité telle que le violoniste finit par sortir de sa torpeur. Enfin, il se réveilla trempé de sueur, frissonnant, il s'étonna de se découvrir dans son lit. Pendant un court instant, il caressa l'espoir que cela n'ait été qu'un mauvais rêve.

Quelques secondes suffirent pour qu'il réalise que les « cris » venaient de la sonnerie du téléphone et non pas de sa tête. Il se précipita dans le salon, mais dès qu'il prit le combiné, celui-ci ne tinta plus. Il jeta un coup d'œil vers la baie vitrée et remarqua, surpris, la lumière du jour. Les rideaux virevoltaient, soulevés par le vent, lui signifiant que la porte du balcon était restée ouverte.

Il se dépêcha d'aller la fermer et faillit trébucher sur le corps de Liesl. Ce n'était pas un cauchemar ! La vision du cadavre le terrifia davantage. Écœuré et au bord de la syncope, il courut vider tripes et boyaux dans les toilettes. Conscient d'avoir dépassé les limites, désespéré, il réalisa qu'il avait gâché sa vie. Plus rien ne serait jamais comme avant.

« Que faire ? » se demanda-t-il. « Me dénoncer à la police ? Peut-être pourrais-je invoquer la folie ? Oui, ça doit être ça. Un homme sain d'esprit n'aurait pas pu commettre cet acte. »

« Mais ce n'était pas de la folie ! Elle m'avait attaqué, elle l'avait cherché ! C'était de la légitime défense ! » voulait-il se convaincre, tandis qu'il revenait au salon.

À côté de la victime se trouvait l'archet souillé. Il le ramassa et contempla la tache de sang pendant quelques secondes. Écœuré, il le balança par terre.

Il refusait d'aller en prison, il ne le pouvait pas. C'était un accident ! Il n'avait jamais cherché à la tuer ! Cela avait été un véritable coup de folie, mais il était hors de question de payer pour ça. Soudain, il eut une idée qui rendit son crime plus abject encore.

Hésitant, il se pencha au-dessus du corps. Avec dégoût, il lui ferma les yeux et nettoya le sang séché sur sa bouche. Il la repoussa, ainsi que les meubles, pour dégager le tapis maculé et l'enrouler. Il releva Liesl en la prenant par les aisselles et tenta de la placer en position debout. Au bout de son délire, il la rhabilla de son manteau tandis qu'il réfléchissait. Comment s'en débarrasser ?

Lorsqu'il aperçut la porte ouverte du balcon, il se souvint des défaillances du système de chauffage hors d'âge. Les dysfonctionnements avaient commencé l'année précédente, date à laquelle un voisin avait eu la folle idée d'y mettre son chien mort. Pourrait-il procéder ainsi avec le corps de Liesl ? Depuis cet incident, seulement les membres du conseil syndical possédaient une copie de la clé pour accéder aux locaux techniques. Par chance, il en faisait partie.

Maintenant qu'il savait où s'en débarrasser, il s'affaira à rendre une allure « normale » à Liesl. Il la coiffa d'un bonnet pour camoufler les cheveux raides de sang coagulé, lia ses poignets avec du scotch pour les maintenir ensemble. Puis, il couvrit la blessure à la gorge en enroulant autour sa propre écharpe.

Il la laissa en position assise sur le canapé pour enfiler sa gabardine, qu'il boutonna rapidement, songeant in extremis à dissimuler sa chemise maculée. Il inspira profondément et poursuivit, un soupçon de chagrin l'emplit et il se surprit à étouffer un sanglot. Il souleva le corps de sa victime et plaça ses bras inertes autour de son cou, ils l'enlaçaient comme une amoureuse s'accroche à son amant. La portant par la taille, il attrapa le trousseau de clés de service et s'équipa d'une petite lampe torche.

D'ordinaire, il ne croisait que très rarement ses voisins. Il n'avait pas consulté l'heure, peu lui importait, mais il espérait qu'avec un peu de chance, personne ne le verrait descendre au sous-sol. Il ouvrit la porte, vérifia que le couloir était désert et transporta le cadavre jusqu'à l'ascenseur : une machine très ancienne dont la lente et grinçante remontée se faisait attendre.

« Et s'il tombait en panne ? »

Lorsque l'ascenseur fut arrivé, il parvint tant bien que mal à ouvrir la grille et s'enferma à l'intérieur avec la morte. L'étroitesse de la cabine et les barreaux qui l'entouraient amplifièrent son angoisse. Tel un claustrophobe coincé dans un cercueil, il commença à sentir qu'il étouffait sous le poids du cadavre.

« L'ascenseur ne descend pas jusqu'au sous-sol ! » réalisa-t-il, accablé, confronté aux boutons. Comment avait-il pu négliger ce détail ?

Lorsqu'il eut atteint le rez-de-chaussée, le hall était vide. Il le parcourut des yeux et repéra la porte de la cave. Soudain, il entendit le portail extérieur s'ouvrir. Un possible témoin ! Il plaqua rapidement le corps de Liesl contre le mur le plus proche, prit son visage entre ses mains et l'embrassa. Il dut réprimer le dégoût, tout comme la sensation oppressante qui l'asphyxiait.

Des pas s'approchèrent et s'arrêtèrent devant la cage de l'ascenseur. Le cœur du violoniste cessa de battre jusqu'à ce que l'appareil s'élevât, le laissant enfin seul avec le cadavre.

Écœuré par la bouche morte qu'il avait dû embrasser, il réprima un haut-le-cœur, avant de reprendre du courage pour porter le corps jusqu'à la porte d'accès au sous-sol. Il la referma à clé derrière lui et descendit les marches, laissant traîner les pieds de Liesl. Elle lui paraissait de plus en plus lourde. Arrivé en bas de l'escalier, la respiration haletante, il s'interrogea sur sa stratégie. De toute façon, il ne pouvait plus faire marche arrière. Il essaya d'inspirer un grand coup pour s'enhardir et poursuivre, même si l'air lui manquait.

Incapable de trouver un interrupteur, il s'éclaira de sa petite lampe torche pour avancer. Il s'engouffra dans un couloir parcouru de tuyaux dont émanaient des effluves de poussière et de moisissure. Son cœur lui semblait battre tellement fort qu'il couvrait le bruit de ses propres pas.

Conscient du traitement indigne qu'il infligeait à Liesl, il ne put retenir ses pleurs tandis qu'il traçait son chemin dans ce passage humide et terreux.

« Misérable, lâche, égoïste ! » se répétait-il jusqu'à ce qu'il eût trouvé la chaudière. Tétanisé, il hésita quelques instants et posa le cadavre par terre. Puis, à contrecœur, tourna la manivelle pour ouvrir le foyer. Une vague d'air brûlant l'accueillit, rendant l'atmosphère d'autant plus étouffante. Avec beaucoup d'efforts, il souleva sa victime et se démena pour la faire rentrer, se demandant si la chambre de combustion serait assez profonde.

Quand le corps disparut à l'intérieur, il ferma la porte et gira la manivelle dans le sens inverse jusqu'à la bloquer. Une fois son forfait accompli, il ne put s'empêcher d'éclater en sanglots, terrifié par son acte. Au moment où il quittait la pièce, il avança dans la pénombre pour ressortir et vit le couloir s'éclairer subitement. Des pas firent écho aux siens. La frayeur l'envahit. Ses nerfs se brisèrent comme du verre, son cœur et sa respiration s'arrêtèrent en même temps qu'il s'écroula.

– Monsieur Schligg, ça va ?

Franz entendit la voix nasillarde du gardien l'arracher au néant. Aussitôt, les images de son acte le frappèrent violemment qu'il cria, terrifié. Ses mains palpèrent son torse, pour vérifier que son pardessus couvrait toujours sa chemise ensanglantée.

– Ça va ? Vous m'avez fait une de ces frayeurs ! poursuivit le concierge en l'aidant à se relever. Vous n'avez pas l'air bien. Venez, je vous raccompagne. Je vous appelle un médecin ?

Encore étourdi, Franz répondit que non, que tout allait bien. Il voulait savoir ce que le gardien avait vraiment vu. La peur lui soufflait des idées paranoïaques, l'incitant à se méfier de sa sollicitude suspecte. Avait-il examiné la chaudière ? Avait-il aperçu le sang sur la chemise ? Il se reprocha de ne pas l'avoir changée. L'odeur l'avait trahi ?

– Qu'est-ce que vous faisiez là de sitôt ? La porte était fermée à clé !

– Et vous, qu'est-ce que vous faites là ? demanda le violoniste, hautain, ignorant sa question.

Avant de répondre, visiblement enrhumé, le concierge sortit un mouchoir et souffla dedans. Puis se plaigna d'avoir le nez bouché.

– Je voulais passer en coup de vent avant de partir. J'aurais dû le faire depuis deux jours, mais je n'ai pas pu. Un résident se demandait si ce n'était pas encore Monsieur Szabó qui avait mis un chien dedans...

Le jeune homme écarquilla les yeux, pétrifié. Avant que l'effroi ne s'empare de lui, le gardien poursuivit :

– ... Mais apparemment vous avez voulu faire mon travail. Quelle idée de venir ici ! Vous m'avez foutu une de ces trouilles ! Ne soyez pas impatient, il y a une réparation de prévue lundi.

– Lundi ? murmura-t-il, confus. Quel jour sommes-nous ?

L'homme le regarda, incrédule. Il insista pour le raccompagner à son appartement, même s'il avait l'air pressé de partir. Franz réussit à s'en affranchir au pied de l'ascenseur, puis le suivit des yeux, pour s'assurer qu'il ne reviendrait pas inspecter le sous-sol dans l'immédiat.

Il attendit la cabine. Des questions l'assaillirent : le corps disparaîtrait-il rapidement ? La combustion pourrait-elle provoquer des odeurs suspectes ? Ou nuire davantage à son fonctionnement ? Trouverait-on quelque chose dans le corps de chauffe lundi ? Auquel cas il était foutu, un témoin l'avait vu.

Malgré tout, l'idée de fuir, de quitter la ville, voire le pays, ne lui vint pas à l'esprit. Il ne savait plus. Tout ce qu'il voulait, à cet instant ? Retrouver sa vie d'avant.

Lorsqu'il revint chez lui, une note sur la porte lui avait appris la visite d'Albert. Franz se souvint du moment où il avait embrassé le cadavre de Liesl. Quelqu'un avait pénétré dans l'immeuble. La nausée l'envahit à cette pensée. Ce devait être lui. Deux témoins déjà !

À l'intérieur, son attention se fixa sur les preuves de son crime. Il attrapa le rouleau de sacs-poubelles et en prit deux pour envelopper le tapis. Un autre pour y mettre le violon en laiton, le sac à main de Liesl et sa propre chemise. Ensuite il essaya de faire disparaître les taches de sang restantes. Enfin, il profita d'une douche, en ouvrant bien la bouche pour tenter d'enlever la saveur de sa victime. Hélas ! Après plusieurs brossages et gargarismes mentholés, il ne put se défaire de cet arrière-goût qui lui rappelait le baiser morbide.

Enfin, il considéra les possibilités pour se débarrasser des preuves. Tandis qu'il réfléchissait, il fut distrait par la petite lumière clignotant sur son téléphone fixe. Était-ce un message d'Albert ? Le rappel d'un engagement qu'il aurait eu avec l'orchestre ? Cela expliquerait la note sur la porte, mais il s'occuperait de cela ultérieurement.

Pour l'instant, son unique priorité était de faire disparaître les preuves. Il abandonna l'idée de retourner à la cave les brûler. L'envie de prendre sa voiture et partir pour ne plus s'arrêter le titilla. Cette vision s'accompagna d'une image lointaine : le dernier trajet vers chez lui, du temps où son père habitait encore à Annsberg. Il se rappela la longue cheminée se dressant sur l'autoroute A1, au nord, à l'extérieur de Vienne. Une déchetterie industrielle ? Dans tous les cas, un endroit idéal pour brûler les preuves.

Il prit une belle somme d'argent en liquide, imaginant qu'il serait facile de soudoyer l'intendant pour tout calciner. Puis, il monta dans sa voiture, emprunta l'autoroute en direction de Linz et roula, avec comme seul destination une tour en brique rouge, visible depuis la route principale. Lorsqu'il l'aperçut, il prit la première sortie et suivit une série de petits chemins jusqu'à atteindre son but.

La proximité des ruines calcinées de ce qui fut un bidonville lui fit craindre une mauvaise rencontre. La déchetterie semblait abandonnée, tout comme les caravanes alentour. Pourtant, la cheminée crachait de la fumée. Il gara son véhicule sur le côté de la route et s'approcha du grillage. Au pied du conduit, un entrepôt, à l'extérieur, une cabane vide, des carcasses de voitures et du gros électroménager. Derrière la clôture, un rottweiler attaché le suivait silencieusement de ses yeux menaçants.

Un panneau mal orthographié lui interdisant l'accès faillit le convaincre d'abandonner. Sur le point de partir, il aperçut un homme qui sortait de la baraque : un individu crasseux, paré d'une expression creuse. Dès que le bonhomme le vit de près, son visage refléta une sorte d'étonnement auquel Franz n'accorda pas d'intérêt.

— Je voudrais incinérer quelques affaires, dit-il en désignant le coffre de sa voiture. J'exige discrétion et rapidité, vous serez bien payé.

L'individu dénoua la chaîne rouillée et entrouvrit la grille. Franz retourna à son véhicule pour sortir les deux paquets, qu'il ramena aux pieds de l'intendant. Ce dernier prit celui qui contenait le violon en laiton avec un regard avide, prêt à fourrer son nez dedans. Franz le lui arracha brusquement.

– Ne l'ouvrez pas ! Cela appartenait à mon père malade, s'empressa-t-il de mentir.

Une partie de son être lui en voulut de le mêler à son ignominie.

– Débarrassez-vous-en tout de suite, ordonna-t-il, affichant une liasse de billets. Pouvez-vous le faire ?

Le violoniste en tira cent euros et les lui tendit, insistant sur sa dernière phrase. L'individu l'attrapa, fit les yeux ronds et se gratta le haut du crâne avant d'ajouter :

– Il faut que je puisse faire le tri...

Évidemment ! remarqua Franz intérieurement. Mais il était si près du but, qu'il garda son sang-froid pour appuyer sa demande, montrant les billets en éventail.

– Je vous donnerai tout ça après avoir vu l'incinération.

L'intendant finit par acquiescer. Il ramassa le sac et le tapis enveloppé, puis l'invita à le suivre jusqu'à l'entrepôt. Franz regarda derrière lui, la petite voix dans sa tête avertissait contre la confiance aveugle qu'il accordait à l'homme.

Le violoniste lui emboîta le pas et pénétra dans un couloir sombre et étroit, bordé par des étagères remplies de tas de détritus et de gros cartons. Ils atteignirent une vaste salle où se trouvait le foyer. Franz l'observait, figé. Il pensait au cadavre de Liesl, laissée dans la chaudière de son immeuble. Pendant un court instant, il imagina une solution alternative : s'il l'avait découpée en morceaux, il lui aurait été tellement simple de s'en débarrasser dans cet endroit. La seconde d'après, terrifié par cette idée, il secoua sa tête.

Entre-temps, l'intendant avait posé les deux paquets près d'un amas d'autres sacs semblables et des déchets industriels. Il profita des secondes d'inattention et du manque d'éclairage pour échanger le sac avec les objets contre un autre du même gabarit et le fit rentrer dans le foyer avec le tapis.

Le grincement d'une porte métallique retentit et un jeune garçon maigrichon surgit avec un diable. Franz le dévisagea, lui et les sacs qu'il y entassait en vue d'en trier le contenu. Il fut rassuré, car il n'emporterait pas les preuves de son crime.

Raccompagné par l'intendant jusqu'à la grille, Franz remarqua que le chien avait disparu. Sur le bas-côté de la route se trouvait une élégante voiture. Le violoniste supputa qu'il ne devait pas être le seul à solliciter ce genre de service. Pourtant, il remarqua le changement d'expression du gardien : son regard creux au sourire débile avait disparu au profit d'un visage pâle et soucieux. Il referma la grille et repartit en courant vers l'entrepôt.

Avant de démarrer, Franz cogita un instant, l'image du garçon avec le diable en tête. Il eut un doute soudain. Ses sacs avaient-ils bien brûlé ? Pris de paranoïa, il essaya de se remémorer la scène. Avait-il entendu le bruit du laiton lorsqu'il l'avait jeté à l'intérieur du foyer ? Avaient-ils pu être échangés ? Après une courte réflexion, il décida d'y retourner vérifier.

Il revint sur ses pas, ouvrit la grille et avança vers l'entrepôt. Le chien n'avait réapparu dans les parages, l'intendant non plus. Rapidement, il suivit le même couloir jusqu'à ce qu'il entende des voix. Il s'approcha silencieusement et resta en retrait, derrière des cartons empilés.

– Je te jure que je n'ai rien touché ! gémissait l'individu. C'est encore Tchavo, ce gamin qui vient m'aider. Il a dû mettre ton sac de côté...

– Bien sûr, ce n'est jamais toi. C'est à lui, cette belle bagnole dehors ? demanda une autre voix, glaciale.

L'intendant tremblait de peur face au canon de silencieux pointé sur lui. Le violoniste tremblait aussi.

– Je suis désolé. Je ne peux plus te faire confiance.

Le truand dirigea son pistolet vers la tête de son interlocuteur. Franz n'osa pas rester là une seconde de plus et repartit en douce. À peine se fut-il éloigné, qu'une légère détonation retentit, suivi d'un bruit lourd, comme celui d'un corps sans vie tombé au sol. Il prit ses jambes à son cou et s'enfuit. Arrivé au grillage, il se retourna pour vérifier s'il était pourchassé. Personne. Il remarqua, près de la cabane, le chien allongé dans une flaque de sang.

Terrorisé, il se sauva, les mots de l'assassin à l'esprit : il s'interrogeait sur l'identité du propriétaire de l'autre véhicule. S'imaginant poursuivi, il tenta de nouer entre elles les chaînes rouillées, grimpa aussitôt dans sa voiture et démarra nerveusement pour s'éloigner à toute vitesse de ce lieu maudit.

Quand il put s'arrêter sur le bas-côté, loin de là, il inspecta encore une fois le rétroviseur, puis respira une grande bouffée d'air. L'émotion le gagna et se mit à sangloter. Il ne pouvait pas croire à son sort. D'abord Liesl, maintenant ça.

Le lendemain, Franz se réveilla avec une sensation étrange. D'une part, il était heureux d'avoir fait *disparaître* ses problèmes, de l'autre, il pensait au crime dont il avait été témoin.

Il décida se libérer de sa fatigue mentale par l'épuisement physique. Animé par une énergie issue de nulle part, il enfila ses affaires de sport et sortit courir dans les sous-bois de Grinzing. Après deux heures de jogging intensif, il avait presque oublié Liesl, son meurtre, la déchetterie.

Il déchanta en revenant chez lui. Du hall d'entrée, il fixa la porte rouillée du sous-sol, craintif. Elle semblait battre, comme si on voulait la défoncer de l'intérieur. Incapable de détourner son regard, il préféra grimper les marches deux à deux jusqu'au cinquième étage. Une fois chez lui, sous la pluie continue de sa douche, il ne put éviter de penser au meurtre de la déchetterie et à Liesl.

Ça lui faisait une drôle d'impression : deux personnes récemment rencontrées étaient mortes, dont une de sa propre main. « Ce n'est pas comparable », tentait-il de se consoler. Le type de la déchetterie avait été froidement abattu. Tandis que Liesl avait été un *accident*. Du moins

Franz voulait s'en convaincre, pour s'abstraire de sa culpabilité.

Il ressassait dans son esprit les paroles prononcées par l'assassin, sa menace. Qui était-ce ? Pourquoi avait-il tué ? Qu'avait-il ressenti ? Du plaisir ? Cette interrogation l'effraya, car lui-même n'arrivait pas à mettre des mots sur les sensations provoquées par son acte. Des questions sordides l'envahissaient : il croyait avoir joui en plantant l'archet en laiton dans le cou de Liesl. S'était-il délecté aussi en la serrant contre lui pour étouffer son dernier souffle ?

Ces atroces pensées le hantèrent tout au long de la journée jusqu'à l'heure de son sommeil, même pendant sa nuit, étonnamment exempte de cauchemars.

Au matin, l'esprit reposé, le violoniste s'apprêta à se rendre au Conservatoire, comme pour une journée ordinaire, sans égard pour Liesl. Il avait pris en guise de petit-déjeuner une gorgée de vodka. Comment avaler quelque chose de plus consistant ? Les lèvres mortes de Liesl lui avaient coupé l'appétit pour toujours.

⁂

Lundi. Jour de la réparation. Cette maudite chaudière ne tarderait pas à vomir les restes de la malheureuse pour faire éclater la vérité au grand jour. Comment empêcher sa réfection ? Il réfléchit rapidement à un stratagème afin de gagner du temps.

Peut-être le corps de Liesl avait fini par se consumer ? Était-ce possible ? La chaudière possédait-elle cette capacité ? Il craignait que, même si elle fonctionnait correctement, il se passerait certainement plusieurs semaines avant qu'il n'y ait plus de trace de son forfait. Raison de plus pour mettre en œuvre son plan.

Il descendit, armé d'un marteau avec une folle idée en tête : insérer la clé dans l'interstice et la casser, dans le but de rendre la porte momentanément infranchissable. Avant de perpétrer son méfait, il traversa le hall pour vérifier si le gardien était revenu.

À son grand étonnement, il découvrit dans la loge un jeune homme, écouteurs aux oreilles, absorbé par les mots croisés du journal. Lorsque celui-ci aperçut le résident, il se leva et, comme un écolier ayant appris sa leçon par cœur, annonça qu'il assurait l'intérim. Tous les travaux prévus ce jour étaient annulés.

Franz attendit qu'il remette son casque audio pour se diriger vers la porte du sous-sol.

Il y rentra sa clé et donna deux coups de marteau. Le premier l'enfonça, le second la brisa. Il avait un souci en moins, mais la paranoïa lui soufflait des idées. Qui était cet individu ?

Il avait déjà vu des remplaçants. Rien de plus normal. Mais il ne pouvait s'empêcher de trouver tout cela bizarre, compte tenu des circonstances : l'assassin de la déchetterie savait qu'il avait eu un témoin, il devait le chercher. Était-ce lui ? Avait-il découvert ce qui se dissimulait dans la chaudière ?

4

Teresa sortit de la station Rennweg et traversa l'avenue en courant, sans attendre le feu vert. Franz l'observait par hasard depuis son véhicule, ravi qu'elle ensoleille sa journée de si bon matin. Sa muse. Sa déesse. La femme dont la beauté préraphaélite lui faisait perdre ses moyens.

Sans le vouloir, il l'avait humiliée lorsqu'il lui avait préféré Liesl, il en était sûr. Il craignait qu'elle n'ose plus jamais lui parler. N'était-il pas le mieux placé pour savoir combien cela les offensait ?

Il avait tout simplement peur de ne pas être à la hauteur. Pourrait-il revenir vers elle avec une fausse excuse ? La constitution d'un duo, par exemple ? Cela ne lui paraissait pas insensé. En trouverait-il le courage ? C'était une autre question.

Pour l'instant, il devait affronter Albert et se justifier de ses absences. Son ami s'énerverait, l'accablerait de reproches, s'irriterait quelques minutes ; puis, au soir il aurait tout oublié et proposerait d'aller boire une bière, ou de se faire une partie de squash. Comme d'habitude. En revanche, quelle serait sa réaction face à la disparition de Liesl ? Franz parviendrait-il à garder le silence ?

Le violoniste poussa la porte du bureau d'Albert sans frapper, s'attendant à le trouver seul. Or, il ne l'était pas. Il découvrit une femme à la magnifique crinière dorée. Dès qu'il le remarqua, le chef d'orchestre se leva pour l'accueillir. L'inconnue se retourna et, d'un geste dédaigneux, coiffa sa lumineuse chevelure vers l'arrière.

– Ça par exemple ! s'exclama Albert. Quelle surprise de te voir ici ! Viens, entre. Nous avons de la visite. Voici Andréa Steinger.

La jeune femme sourit légèrement lorsque son nom fut prononcé et resta assise, levant seulement sa main quand Franz s'approcha. Il ne l'avait jamais croisée auparavant, mais sa renommée ne lui était pas indifférente.

Andréa Steinger s'affichait comme la soliste la plus en vogue sur les scènes qu'il avait laissées vacantes. Certes, elle était une violoniste très talentueuse. Mais, d'après lui, son public était attiré par son physique avantageux.

Maintenant qu'il la rencontrait en personne, il était agréablement surpris de constater sa sublime beauté : cheveux blonds au brushing parfait, majestueuse et élégante dans un tailleur rose découpé pour sa silhouette de rêve. Ses longues jambes, bien dessinées et bronzées, prenaient fin avec délicatesse sur de vertigineux escarpins noirs, ceints d'une triple fine bride à la cheville.

L'image de Teresa, dont le visage avait occupé les pensées quelques minutes auparavant, disparut de son traître esprit. Pourtant, habitué aux belles femmes se jetant à ses pieds, il en fut ébloui. Elle avait quelque chose de dominant, de captivant, dans le regard insolent et arrogant. Chacun de ses gestes apparaissait majestueux. Comme une chorégraphie réglée au millimètre. Il était devant une véritable reine. Dans son esprit il n'y avait plus de Teresa, de Liesl ou de crime atroce. Seulement les mystérieux yeux noisette de la blonde, égayés par ce sourire, trop forcé pour paraître sincère.

Franz prit la délicate main que la jeune femme lui tendit, et l'effleura des lèvres. Visiblement, elle ne s'attendait pas à cela, et ne put réprimer un gloussement coquin. Lorsque leurs prunelles se rencontrèrent, l'ambiance s'électrisa.

En dehors de leur monde, Albert se fit entendre avec une fausse toux pour capter l'attention de Franz. Il tenait à lui parler en privé. Andréa se leva, salua le chef d'orchestre et lança au violoniste une œillade très explicite.

Il y reconnut son regard à lui, sa manière d'envoûter les femmes pour les amener là où il voulait. Si jamais une autre le lui avait lancé, il l'aurait certainement ignorée, mais pas Andréa. Pas elle.

La jeune femme sortit du bureau. Enfin seuls, Franz remarqua la mine grave de son ami. Son visage semblait porter les stigmates de moments difficiles.

– Franz, que s'est-il passé avec Liesl ?

Albert posa son regard sombre dans les insondables yeux bleu gris de son interlocuteur. Celui-ci ne répondit rien. Il enfouissait ses sentiments jusqu'au plus profond de son être.

– Que veux-tu dire ?

– Où est-elle ? aboya l'Anglais, en levant les bras en l'air. Qu'as-tu fait avec elle ? Depuis jeudi vous êtes introuvables ! Tous les deux !

L'irritation exprimée par le chef d'orchestre eut un effet apaisant, malgré l'accusation très directe. Il eut envie de lui avouer qu'effectivement Liesl ne viendrait plus, qu'il l'avait tuée et s'était débarrassé de son corps dans une chaudière. Mais il ne le lui dirait pas.

– Albert, j'aimerais que tu ne te mêles pas de ma vie privée. Je suis adulte et elle aussi.

– Tu sais bien de quoi je parle, Franz. Je ne t'ai jamais questionné pour les autres filles. Après tout, cela ne me regarde pas. J'ai même fermé les yeux concernant leur départ soudain du Conservatoire ! Mais Liesl n'est pas comme elles. Je ne comprends pas comment elle a pu sortir avec toi !

Le violoniste faisait semblant de ne pas l'écouter, il lui fallait garder sa contenance. Il pensait à la chaudière. Avec un peu de chance, le corps finirait par se consumer. À défaut, il pourrait toujours invoquer la folie.

– Franz, Liesl avait un entretien très important vendredi matin pour préparer un concours. Elle m'en avait parlé jeudi même ! Elle ne s'est pas présentée et je n'ai pas réussi à la contacter ! Il n'y a pas de raison. Je ne comprends pas !

Quand le chef d'orchestre eût lâché tout ce qu'il avait sur le cœur, il s'affala sur son fauteuil. Une expression d'angoisse se dessinait sur son visage et son front perlait.

Son regard n'accusait plus son ami ; au contraire, il lui demandait un réconfort que le violoniste était incapable de lui offrir.

– Que veux-tu que je fasse ? Bordel ! répondit Franz, creusant le fossé entre eux.

– Que s'est-il passé jeudi soir ? À quelle heure vous êtes-vous quittés ?

Franz demeura silencieux, le lorgnant avec mépris. Il lui paraissait si pitoyable.

– Je te préviens, si elle ne réapparaît pas, je... je vais appeler la police ! bredouilla l'Anglais, dépité.

– Albert, arrête ! Tu es ridicule ! s'exclama-t-il, lui tournant le dos, prêt à partir.

Le chef d'orchestre se souvint de sa visite chez Franz samedi dernier. Ils avaient convenu de se voir ce matin-là. Il avait cru le reconnaître, mais pas la fille. Afin de ne pas les interrompre, il était monté jusqu'à l'étage, croyant que Franz reviendrait.

Soudain, un doute l'assaillit. Pouvait-il s'agir de Liesl ?

– Je vous ai vus ! asséna-t-il lorsque le violoniste s'apprêtait à tourner la poignée de la porte. Je t'ai vu avec elle samedi, chez toi ! Je sais que c'était elle, la fille que tu embrassais dans le hall.

Le virtuose reçut cette information comme un coup de massue. S'il avait fait demi-tour, son ami se serait aperçu de sa culpabilité, affichée sur ce visage devenu soudain translucide.

Pourquoi diable avait-il dû tomber sur Albert ? Parmi tous ceux qui auraient pu l'apercevoir ce jour-là, à cet instant précis ? Il dut s'armer de toutes ses forces, du peu qui lui restaient après cette épreuve, pour ne rien laisser transparaître.

Subitement, Liesl, son meurtre, la déchetterie vinrent heurter son esprit. Le souvenir affreux de cet instant où il s'était obligé à goûter ses lèvres mortes provoqua un soulèvement de cœur.

Sans répondre, il quitta le bureau, bien décidé à claquer la porte, mais la présence d'Andréa à l'extérieur le retint.

Comme un phare en pleine tempête, Andréa illumina son chemin. Il ne put s'empêcher de rougir en la découvrant. Compte tenu de la pâleur précédente, la jeune femme ne put ignorer son emprise.

Elle l'attendait accoudée à la balustrade, souriante et intrigante. Elle pouvait être le meilleur remède au malaise que Franz commençait à ressentir. Sa tête continuait de virevolter, mais d'une manière particulièrement plaisante.

– Que fait une grande violoniste comme vous ici ?

– C'est vous, le grand violoniste, Monsieur Schligg.

– Que font deux grands virtuoses ici, alors ?

Elle rit. Cette soudaine gaieté supprima une barrière invisible. Touché par son sourire si lumineux, il ne put s'empêcher de lui proposer de boire un verre plus tard, sans autre intention que de se perdre dans ses yeux envoûtants couleur miel.

Elle accepta, conquise, et il sentit revivre en lui les premiers émois de son adolescence… avant que Shahn ne vienne tout gâcher en contrôlant sa vie.

Plus tard, Franz et Albert se retrouvèrent pour une séance de répétition dans la salle de concert.

Le violoniste avait complètement oublié leur altercation matinale. Par conséquent, il tentait de s'adresser au chef d'orchestre dans leurs termes habituels. Peine perdue ! L'Anglais n'était pas de nature rancunière, mais gardait le goût amer de leur discussion. Le silence de Liesl lui paraissait de plus en plus lourd à supporter.

Albert eut un comportement peu professionnel, en faisant mine d'ignorer la présence de son premier violon. Si d'aventure leurs yeux venaient à se croiser, il lui lançait un regard fulminant.

« Ça passera », pensa Franz, qui avait d'autres soucis en tête. Il regagnait son pupitre lorsque Andréa, majestueuse, fit son apparition. Albert l'accueillit et la présenta au reste de l'orchestre, la couvrant d'éloges et la remerciant de lui faire l'honneur de sa visite.

La violoniste prit place dans les gradins et lorgna son homologue d'un œil complice. Après cela, elle se tourna vers le côté opposé de la scène et agita discrètement la main en souriant. Pris d'une curiosité aux limites de la jalousie, Franz leva les yeux pour savoir à qui elle s'adressait. Il découvrit Lili, occupant le siège vacant de Liesl, elle répondait au salut. Quand leurs regards se croisèrent, elle détourna le sien aussitôt.

À la voir comme premier violoncelle, il réalisa qu'il avait tenté le diable lorsqu'il avait approché Lili. Cette petite idiote lui avait gâché la vie. Il s'avisa soudain qu'elle avait envoyé Liesl lui donner une leçon, comme on lâche un chien d'attaque. Maintenant, il comprenait mieux quelques détails qui l'avaient intrigué sur le moment. « Quelle conne ! »

Il la dévisagea à nouveau, avec ressentiment.

Lili se sentit littéralement agressée par son regard rempli de haine. « Crétin ! » fut le seul mot qui lui vint à l'esprit, gênée par ces beaux yeux qui n'avaient plus rien de charmant et s'avéraient acérés comme des lances.

Elle fut d'autant plus irritée par son attitude, qu'elle s'inquiétait pour Liesl. Depuis que cette dernière était sortie avec le violoniste, elle n'avait plus eu de ses nouvelles malgré ses appels.

Incapable d'imaginer le pire, et connaissant bien son amie, elle se demandait quelle escapade avait-elle encore entreprise. « Je suis une femme libre », se justifiait Liesl à chaque fois qu'elle lui racontait une de ses aventures. Par conséquent, même si Lili essayait de ne pas trop s'en préoccuper, elle lui en voulait un peu. Pourquoi la laisser dans le doute ?

Le regard haineux du violoniste l'intriguait. Et s'il y était pour quelque chose ? Elle lui avait remarqué un comportement inhabituel. Silencieux. Effacé. Fatigué. Alors qu'il était d'habitude glabre, une petite barbe négligée peinait à camoufler des joues bien plus creuses que du temps de leur rendez-vous. Enfin, sa peau arborait une pâleur déconcertante. Visiblement, il avait mené une bataille. Était-ce à cause de Liesl ?

Ses pensées furent interrompues par Albert, qui donna les instructions pour le début de la répétition. Au programme, le deuxième mouvement de la *Symphonie n° 9 de Dvorak*. Du coin de l'œil, elle ne put s'empêcher de le lorgner à nouveau. Instrument en main, le violoniste parut soudain apaisé.

La musique avait toujours eu un effet relaxant pour Franz, surtout cette mélodie qu'il chérissait. Néanmoins, cette fois-ci, au fur et à mesure qu'il glissait son archet sur les cordes, un flot de sensations le frappa de plein fouet. Des images de sa soirée avec Liesl le tourmentèrent. Il revit le moment où elle s'était emparée de son violon en laiton pour le caresser et il revécut sa réaction barbare, lorsqu'il lui enfonça l'archet dans le cou. Il avait franchi les limites. Un futur incertain, un présent amer.

La flûte de Teresa retentit avec une beauté apaisante, presque comme une berceuse. Il suivit avec son instrument, guidant les autres cordes. Albert les arrêta pour donner ses instructions. Franz profita de la pause pour diriger son attention vers les fauteuils d'orchestre où la ravissante Andréa Steinger écoutait, tandis qu'il admirait ses magnifiques jambes croisées.

Devant ce spectacle, il sentit un désir fougueux monter en lui. Il brûlait d'appétit pour cette femme.

Le solo de flûte recommença. La concupiscence décuplait à chaque note. Andréa suscitait en lui l'envie de se laisser posséder. S'il devait être un objet, il serait le sien. Paradoxalement, elle attisait en lui des réminiscences de sa dispute avec Liesl. Comme si son subconscient voulait lui rappeler que désormais, le plaisir lui était interdit.

Il préféra ne plus y penser, et dirigea son attention sur le fond de la salle, sombre et vide. Mais l'obscurité fut propice à raviver les souvenirs du meurtre de la déchetterie.

Au loin, il aperçut une ombre. Elle semblait observer la scène. C'était peut-être de la suggestion, son cerveau commençait à lui jouer des tours. Cette silhouette massive, calme, immobile, restait debout, bras croisés. Franz avait l'impression qu'elle le regardait lui. Uniquement lui. Était-ce bien réel ?

Quelques coups de baguette irrités du chef d'orchestre le ramenèrent à la réalité, à son tour d'indiquer le mouvement. Il donna le tempo aux cordes et se mit à jouer, dirigeant à nouveau son attention vers le fond de la salle, à la recherche du mystérieux individu. Toujours là, bien réel. Il marchait lentement vers la scène. Puis, au milieu du parterre, il s'arrêta et glissa sa main à l'intérieur de son pardessus, à hauteur de la poitrine.

Il fut certain qu'il s'agissait de l'assassin de la déchetterie. « C'est lui ! Pour sûr. » s'affola-t-il dans sa tête. « Quel idiot ! » Dans sa folie, il imagina qu'il le recherchait pour l'abattre, lui. Son cœur s'emballa lorsqu'il craignit qu'il ne tue tout le monde.

Comme électrisé par une décharge, il donna un brusque coup d'archet. Cela attira l'attention de tous, principalement le regard réprobateur d'un Albert excédé. Seule Andréa fit semblant de ne rien remarquer, elle examinait ses ongles manucurés, un petit sourire malicieux au coin de ses lèvres.

Franz se leva d'un bond, abasourdi par cette vision, embarrassé, sa tête tournait comme une toupie.

– J'ai besoin d'air !

Il effectua trois pas chancelants et s'écroula comme un chiffon. Il fut rattrapé de justesse par Lili, qui n'avait pas hésité à lâcher son instrument pour accourir vers lui et atténuer sa chute.

Agacé dans un premier temps par l'attitude du virtuose, Albert se figea de surprise, comme le reste des musiciens. Sur l'avant-scène, Andréa se précipita, tout aussi inquiète. Après quelques secondes de stupéfaction, l'Anglais demanda qu'on apporte de l'eau, qu'on appelle les secours ; enfin, que tous ceux qui n'avaient rien à faire là déguerpissent. Anxieux, il fouilla dans ses poches, s'empara de son portable et se retrouva incapable de composer le numéro d'urgence. La vision de son ami, inconscient, les yeux révulsés, le terrifiait.

– Est-ce qu'il respire ? Fais quelque chose ! hurla-t-il à Lili.

Troublée, elle ne l'entendit pas. Pas tout de suite. Elle cherchait à comprendre. Comme un automate, elle s'était ruée pour l'aider. Pourquoi ? Maintenant qu'il se trouvait évanoui dans ses bras, inoffensif, elle ne put s'empêcher de l'admirer. Ces pensées la mirent mal à l'aise.

Albert insista. Ne sachant comment s'y prendre, elle s'approcha et colla son oreille près de sa bouche. Les fines lèvres moites du violoniste caressèrent involontairement sa pommette, comme pour un baiser. Elle n'eut pas le temps de frissonner. Lorsque sa raison la ramena à la réalité, elle entendit les appels désespérés de l'Anglais, la sommant de le réveiller. D'une main tremblante, elle lui donna des petites tapes sur la joue. Sans résultat. Puis, sous l'injonction du chef d'orchestre – et surtout pas par le souvenir douloureux de sa soirée avec lui – elle le gifla de toutes ses forces.

Franz ouvrit brusquement les yeux, comme s'il émergeait d'eaux sombres, attiré par la lumière d'un phare : Lili. Leurs prunelles se croisèrent l'espace d'un instant, sans haine ni rancœur.

Pendant qu'il tentait de reprendre ses esprits, il ne remarqua pas le regard de tendresse de la violoncelliste lorsqu'elle attrapa son poignet pour sentir son pouls. Elle exigea qu'on lui apporte de l'eau et du sucre.

Le chef d'orchestre s'exécuta. Envahi par un sentiment de culpabilité, il tremblait encore. Il se désolait d'avoir manqué de flegme et déversé sur son ami toute son anxiété au sujet de la disparition de Liesl. Derrière la scène, il trouva de l'eau à côté de sa tasse de thé vide et prit le morceau de sucre laissé sur sa soucoupe. Dans sa main droite, il avait encore son portable et hésitait à prévenir Jakob Shahn. Machinalement, il choisit le contact et appuya sur le bouton d'appel. Après la première sonnerie, il préféra raccrocher et revenir vers Franz.

Ce dernier se rassit, soutenu par Lili qui lui tendit le sucre et une petite bouteille d'eau. En même temps, la vision du mystérieux individu le frappa et il se dévissa le cou pour le chercher au fond de la salle. En vain. Disparu. Était-ce une hallucination ? S'était-il donné en spectacle pour une simple hallucination ?

Albert prit la place de Lili et se proposa de l'accompagner à l'hôpital, mais le virtuose refusa catégoriquement. Tout comme il rejeta sa main tendue pour se relever.

Debout, Franz remarqua qu'Andréa était montée sur la scène, mais demeura en retrait. Il l'observa échanger quelques mots avec Lili et fut surpris par l'expression qu'afficha cette dernière. Il n'était pas en mesure de déterminer si son visage exprimait de la haine, de la compassion, ou bien les deux à la fois.

Le violoniste paraissait désorienté. Albert le prit par le bras et proposa à nouveau de l'amener chez un médecin. Franz n'eut pas le temps de répondre qu'il vit les deux femmes s'approcher.

– Je pense qu'il a juste besoin de manger et de se reposer, marmonna Lili en direction du chef d'orchestre.

– Je vais m'occuper de toi ! intervint Andréa aussitôt.

Elle entoura le violoniste de ses bras, comme une araignée attrape sa proie, l'arrachant à Albert. Franz ne répondit rien, comme s'il n'avait rien entendu. Tout ce qu'il voulait c'était d'être ailleurs. Il aurait suivi n'importe qui, n'importe où pour échapper à tous ces regards condescendants.

Il scruta une dernière fois le fond de la salle. Toujours vide. Avant que les deux violonistes partent, Andréa et Albert remercièrent Lili de sa sollicitude. Franz se sentit obligé de faire de même, contre son gré.

– Fallait pas..., bafouilla-t-il.

Lorsque leurs regards se rencontrèrent, il éprouva de la répulsion à son égard, malgré son geste. Comme il la rendait responsable de ses malheurs, il aurait tant aimé lui cracher la vérité sur Liesl.

Dépité, Albert dut remettre la répétition à plus tard. Une fois de plus, il ne pourrait pas compter sur Franz, mais, cette fois-ci, il ne pouvait pas lui en vouloir. Malgré leurs différends, il l'estimait beaucoup et s'inquiétait pour lui.

– Je ne savais pas que tu connaissais Andréa Steinger, lança-t-il, en se tournant vers Lili.

– On s'est fréquentées à une époque, répondit-elle de manière laconique.

Si elle avait été bavarde, elle lui aurait parlé de son lien avec Andréa et Liesl. D'ailleurs, elle aurait pu profiter de la conversation pour évoquer l'absence de cette dernière. Si elle n'avait pas eu de ses nouvelles, peut-être Albert en avait-il reçu, lui ? Mais elle n'osa pas. Optimiste, elle se persuada qu'il ne fallait pas s'inquiéter.

Il la vit partir, sans imaginer qu'elle figurait dans le palmarès de Franz, puis, consulta sa montre. Il restait une dizaine de minutes avant la reprise. Soudain, son téléphone vibra : un appel entrant de Jakob Shahn. N'étant pas d'humeur à répondre, il laissa sonner jusqu'à entendre le tintement d'un message vocal, puis pianota un SMS. Ce faisant, il se sentit observé et leva les yeux vers le fond de la salle. Surpris, il découvrit qu'il n'était pas seul. La vue d'une silhouette massive lui provoqua des frissons, mais il n'eut pas le courage de lui signifier que la répétition n'était pas publique.

Cette présence le mettait tellement mal à l'aise qu'il quitta la scène sur-le-champ.

5

Franz suivit Andréa jusqu'au parking, devant une imposante Porsche Cayenne. Ses sens l'attiraient vers elle, tandis que son esprit, encore embrouillé, lui commandait de fuir, car il ne savait pas à quoi s'attendre avec elle. Les magnifiques yeux couleur d'ambre de la jeune femme l'hypnotisèrent lorsqu'elle l'invita à monter.

– Viens déjeuner chez moi !

Sa voix sensuelle l'aurait entraîné jusqu'au bout du monde. Il se retrouvait face à un dilemme : une infime partie de son être exigeait du repos, l'autre voulait découvrir sa féminité.

Paradoxalement, cette blonde arrogante réunissait tous les clichés qu'il détestait chez une femme. Son excès d'assurance aurait pu le blaser ; or ce fut le contraire. Dès qu'ils furent installés dans le véhicule, elle posa la main sur sa cuisse, le paralysant. Désormais, il lui appartenait. Les angoisses et la fatigue le quittèrent. L'emprise qu'elle exerçait sur lui l'invitait à s'abandonner à toutes ses fantaisies. Elle voulait en faire son trophée ? Il le lui accorderait volontiers.

Elle l'emmena chez elle, rue Grimmelshausen, près du Stadtpark et de sa célèbre statue de Johann Strauss. L'intérieur coquet dégageait une sensation de chaleur et de volupté, accentuée par les tons mauves de la décoration et par une kyrielle de petites bougies dispersées un peu partout.

Le salon était éclairé par une baie vitrée donnant sur une terrasse ombragée, où un chat roux au pelage long et soyeux grattait la vitre. Elle ouvrit la porte-fenêtre et le félin pénétra en miaulant, puis leva son museau pour renifler le nouveau venu. Curieux, il tournait autour de Franz, serpentant entre ses jambes, fier d'inspecter l'amant du jour.

Andréa prit le chat dans ses bras, l'embrassa et proposa à son invité de s'installer sur le canapé.

– Ça te dirait de manger du sushi ? suggéra-t-elle.

Franz ne réagit pas. Il n'avait pas faim. Pas de nourriture, du moins. Une seule envie trottait dans sa tête : la goûter tout entière. Ses instincts lui dictaient une attitude jamais adoptée pour aucune autre et cette sensation nouvelle le déstabilisait. En parallèle, sa peur s'intensifiait. Peur de la découvrir ou d'être déçu. L'inconnu l'effrayait.

Elle prit le téléphone, passa commande chez le traiteur en bas de la rue, et saisit la télécommande de la chaîne.

– Je te laisse avec ma petite compilation, parfaite pour l'occasion, susurra-t-elle, mystérieuse. Attends-moi, je vais me mettre à l'aise.

Il apprécia le ton sensuel qu'elle avait adopté en prononçant ces derniers mots, pourtant, il se sentait anormalement anxieux. Ses désirs, ses souvenirs proches et lointains, s'assemblèrent pour le tourmenter. Le félin sauta sur ses genoux et, instinctivement, le violoniste le caressa. Sa fourrure, sa petite respiration saccadée par le ronronnement lui procurèrent une sensation de bien-être inouï.

Il ne vit pas le temps passer, il aurait pu s'écouler une minute comme une heure, le chat avait réussi à l'apaiser. Enfin, Andréa reparut vêtue d'un ensemble de lingerie affriolante, savamment dissimulé sous un déshabillé en dentelle transparente. Le violoniste demeura figé, bouche bée, déchiré entre l'envie de l'admirer éternellement et celle d'attaquer l'étape suivante, même si l'idée de perdre le contrôle le stressait. Avant qu'il n'ait bougé, la sonnette de la porte retentit. Franz se leva et se précipita pour recevoir le livreur. Il ne la laisserait pas dévoiler ses charmes à aucun autre.

De son côté, la jeune femme sortit du réfrigérateur un demi de Champagne, qu'elle lui tendit. Les mains tremblantes, il fit sauter le bouchon et remplit l'unique flûte. Elle s'en empara et la porta à sa bouche, effleurant le rebord avec ses lèvres. Devant l'air étonné du violoniste, elle agita son index négativement, comme si elle interdisait à un enfant de manger un bonbon.

– Pas d'alcool pour toi ! interdit-elle, l'air mutin, lui proposant du jus de fruits.

Elle trinqua et s'abreuva d'une gorgée ; Franz, anxieux d'occuper ses mains autrement, avala son verre d'une traite et s'approcha d'elle, l'entourant de ses bras, prêt à la combler de baisers. À nouveau, elle stoppa ses élans.

– Ferme les yeux ! ordonna-t-elle.

Amusé par le jeu, il obéit. Elle sortit du sac le plateau de sushi, le posa sur la table basse et décrocha une paire de baguettes. Elle prit un maki saumon, le trempa dans la sauce soja et le mit directement dans la bouche ouverte du violoniste. De l'autre, elle parcourut de ses doigts son cou, les glissant doucement jusqu'aux épaules.

À la seconde bouchée, son corps s'embrasa. Subitement, le goût infect laissé par Liesl disparut de ses lèvres et il n'avait qu'une seule envie : goûter celles d'Andréa. Il enleva à la hâte ses habits et l'attrapa par les fesses, l'attirant à lui. Il plongea son nez dans sa blonde crinière et huma son parfum de violettes. Lorsqu'il s'apprêtait à l'embrasser, elle l'interrompit dans sa fougue, en mordillant ses lèvres. Ses doigts experts glissèrent dans son pantalon et elle suggéra de poursuivre sur le canapé. Tous deux chassèrent sans remords le chat de son territoire. Elle le poussa à s'allonger, puis parcourut son torse de sa langue, ses mains s'affairèrent à déboucler sa ceinture.

Sous sa totale emprise, il s'abandonna. Elle savait exactement comment le combler, affolant ses sens. Au son des musiques envoûtantes, ils poursuivirent leurs ébats dans la chambre, détrônant à nouveau le félin contraint de se trouver un autre nid. Le chevauchant en amazone, elle se lança dans un déhanché pour le conduire jusqu'à l'extase sur les airs de Dvorak.

Au point culminant de leur passion, au summum de la volupté, la sensualité et l'horreur se mêlèrent dans l'esprit du violoniste. Une rafale de visions confondant Liesl, l'assassin de la déchetterie et le mystérieux individu du Conservatoire l'assaillirent. Il sentit son esprit se dédoubler : une partie de lui se délectait de l'instant présent, à cajoler les seins merveilleux de sa maîtresse ; une autre, bien loin, détachée, dégustait les lèvres ensanglantées de Liesl. Ce monstre, submergé par l'excitation, saisit l'archet en laiton et le lui enfonça dans le cou.

Cette image provoqua un remous ardent, orgasmique, enveloppant son corps. Il ouvrit les yeux et découvrit Andréa, en pleine extase au-dessus de lui. Instinctivement, pour prolonger ce moment de volupté, de la pulpe de ses doigts, il frôla le cou de la jeune femme, puis l'attrapa fermement. Avec ses pouces, Franz le caressa, descendit jusqu'au creux du sternum, dessinant des petits ronds, puis en remontant. Soudain, une envie intempestive de l'écraser de ses mains. La lutte contre ses pulsions se manifesta par un cri, excitant la belle, loin d'imaginer ses intentions.

Elle captura ses poignets, écarta ses bras en croix. Sans les lâcher, elle s'allongea sur lui, les amenant sur sa tête. Puis, elle finit par poser ses lèvres sur les siennes et l'embrassa langoureusement.

Un moment qu'il aurait voulu éternel. Malgré les pulsions ressenties, il se trouvait sur un nuage où il serait resté toute sa vie. Le plaisir l'emmenait loin, dans le néant. Le plongeant dans un profond sommeil. En paix. Jusqu'à ce que les premières lueurs du matin et la sensation d'être observé le réveillent. Andréa n'était plus nue ni en extase sur lui, mais assise à ses côtés. Vêtue d'un sobre tailleur beige, coiffée d'une tresse bien compliquée, une fragrance de violettes embaumait la pièce.

– Mon bel au bois dormant, murmura-t-elle en s'inclinant sur lui, le gratifiant d'un tendre baiser.

Luttant pour garder ses lèvres collées à elle, il se releva pour maintenir le contact avec sa bouche charnue. Elle posa sa main sur son épaule et se pencha sur son oreille.

– *Initials B.B.*, lui susurra-t-elle.

Il eut l'air perplexe.

– On jouit tous les deux sur du Gainsbourg, confia-t-elle, comme s'il s'agissait d'une certitude.

Elle se redressa et défroissa sa jupe.

– Tu es magnifique ! s'exclama-t-il, replongeant sur le lit.

Il l'avait dit sans émotion apparente, comme un mauvais acteur aurait récité un texte appris à la dernière minute. Pourtant, il n'avait jamais été aussi sincère.

– Je dois prendre un avion pour Londres, répondit-elle en bouclant son nécessaire de voyage. Je reviendrai dans quelques jours et je t'amènerai dans un lieu spécial, au milieu des montagnes et des lacs… l'endroit idéal pour faire l'amour.

Ensommeillé, les mots lui manquaient pour la prier de rester et poursuivre leurs ébats.

– Bon, il faut que j'y aille ! dit-elle. Avant de partir, tu pourras donner à manger à Brubru et le faire sortir ? Voici mes clés. Ferme la porte et mets-les dans la boîte aux lettres, s'il te plaît. La gardienne a un double et viendra s'en occuper pendant mon absence.

Franz eut du mal à saisir ses paroles. Elle partait de chez elle ? Comment était-ce possible de le laisser là ? Seul ? Avec son chat, en plus ? Elle prit ses bagages, se pencha sur lui et lui donna un tendre baiser d'au revoir sur le front.

– Tu es si différent ! s'exclama-t-elle.

La voyant filer, il bouscula le félin, lequel avait trouvé la position parfaite sur ses jambes, et courut la rattraper. Au seuil de la porte, il l'enlaça et tenta de l'embrasser. Transporté par sa passion, excité par ses courbes qu'il parcourait de ses mains, il ne put la pénétrer de sa langue. Les lèvres murées, elle le repoussa gentiment.

– Je dois partir, un taxi m'attend. On remettra ça, d'accord ?

– Andréa, tu es la première et la seule femme de ma vie ! s'empressa-t-il d'avouer, bêtement, tenant à ce qu'elle le sache.

Elle lui lança un regard circonspect, suivi d'un petit rire, presque enfantin. Comment pouvait-elle croire que c'était sa première fois.

6

Aussitôt qu'Andréa partit, Franz se rhabilla et quitta l'appartement en oubliant les consignes. À contrecœur, il s'obligea à rentrer chez lui. Rien ne l'horripilait plus que de porter les mêmes vêtements que la veille.

Dans la rue, il put respirer l'air frais tandis qu'il se délectait des souvenirs de son expérience avec la violoniste. Elle l'avait placé dans une bulle, à l'abri du monde extérieur. À peine effleuré par l'idée qu'il était peut-être l'homme le plus recherché d'Autriche, suite à la découverte du corps de Liesl. Il imaginait la justice inspecter son appartement à l'instant. Alors, il décida de profiter de ces quelques moments de liberté qui seraient peut-être les derniers. Il se promena dans la verdure du Stadtpark avant de rentrer en tramway.

Au n° 17, rue Feilergasse, il n'aperçut aucune voiture de police. Le hall d'entrée semblait aussi vide que la loge du gardien. La porte du sous-sol ? Intacte. Dans sa boîte aux lettres, il ne trouva que publicités et factures. Aucune convocation. Pas de bande jaune signalant le gel des lieux.

Pouvait-il enfin respirer ? Il se félicitait d'avoir cassé la clé. Autrement, il aurait été tenté de retourner au sous-sol, vérifier la chaudière à la recherche des restes de sa victime.

Son sentiment de sérénité ne dura pas très longtemps. Une fois dans son appartement, ses propres démons l'assaillirent. Comme si les bienfaits de sa nuit avec Andréa s'étaient estompés.

Qu'avait-elle fait pour lui ouvrir les portes vers de nouvelles sensations ? À la vue du canapé blanc du salon, un flot d'images de Liesl et de son forfait se mêla à sa jouissance avec Andréa.

Pour se débarrasser de toutes ces visions étranges, il attrapa son violon et entama quelques gammes. Son instrument ne l'aida pas à oublier qu'il avait osé entourer de ses mains le cou d'Andréa. Qu'avait-il recherché ? Il décida d'interpréter quelque chose de plus complexe, une mélodie capable de détourner son attention de ces pensées. Ce mélange de plaisir et du meurtre.

« Un accident, pas un meurtre ! » tentait-il de se convaincre.

Il commença à jouer la *Tarentelle* de Wieniawski, qui finit par chasser l'orage de sa tête.

Après cet intermède, il décida de se rendre au Conservatoire. Au préalable, il prit une douche revigorante, se rasa et soigna son apparence un peu plus qu'à son habitude. Déterminé à ne pas offrir le même spectacle que la veille, il chercha dans son réfrigérateur et ses placards de cuisine de quoi se nourrir, mais ne trouva rien. Il profiterait de la marche en direction du tramway pour s'arrêter à une boulangerie et, le soir, il penserait à s'approvisionner en rentrant.

La vie suivrait son cours. Comme si de rien n'était. Il irait voir Albert et s'excuserait une nouvelle fois. Il regrettait son impertinence, mais surtout de l'avoir complètement lâché lors de la répétition... cela devenait une habitude chez lui.

Enfin arrivé, alors qu'il déambulait dans les couloirs à la recherche d'Albert, une idée le tracassa. Les derniers mots qu'Andréa avait prononcés résonnaient dans sa tête : « Tu es si différent ». Différent de quoi ? Que disait-on sur lui ? Qui le disait ?

Son ego lui avait toujours évité de se poser des questions sur toutes ces femmes humiliées. Il était content de ne plus les revoir. Il ne s'était jamais demandé comment ses proies considéraient ses agissements. Il n'imaginait pas à quel point cela les affectait, persuadé qu'elles tournaient vite la page. Maintenant, il se demandait si elles l'avaient vécu comme une agression.

Aussi naïf fût-il, il réalisa enfin que ses victimes devaient en parler autour d'elles et grossir les faits. Elles le désignaient probablement comme un pervers, voire pire. Justement, qu'avait dit Lili à Liesl, puis à Andréa ? La veille, malgré son esprit brouillé, il lui avait semblé que Lili et la violoniste se connaissaient. Si au moins il pouvait les faire taire, toutes !

Préoccupé, il percuta une jeune femme. Une très jolie métisse qu'il n'avait jamais vue. Lorsque la demoiselle leva les yeux, elle le reconnut et, sans cacher son émotion, voulut engager la discussion. Elle avait un charmant accent français.

Après un bref échange, il sut qu'elle s'appelait Émilie, qu'elle était contralto, bénéficiant d'un programme France – Autriche. Pendant qu'elle parlait, une idée lui traversa l'esprit et il sourit d'un plaisir anticipé. Qui remarquerait sa disparition ? Il se haït aussitôt pour cela et s'éloigna d'un pas décidé sans prendre congé.

Lorsqu'il arriva dans le bureau d'Albert, il entra sans frapper. À l'intérieur, il surprit le chef d'orchestre en plein entretien avec un individu d'âge mûr, bâti comme une armoire à glace et d'aspect miteux. Il jugea qu'il n'était certainement pas musicien.

L'Anglais se leva pour l'accueillir, visiblement ravi de le voir avec une bien meilleure mine. Il avait l'air de vouloir s'enquérir de sa santé, mais avant qu'il ne puisse émettre une salutation, l'autre prit l'initiative de se présenter lui-même : Friedrich Neumann, inspecteur de police.

« Merde ! » pensa Franz en lui serrant la main, un sourire forcé au coin de sa bouche.

– C'est au sujet de Liesl, j'imagine ? demanda le violoniste.

L'enquêteur acquiesça.

– Sa famille n'a pas eu de nouvelles depuis jeudi dernier. Ses amies non plus, avança Albert, comme s'il voulait s'excuser de lui infliger cette rencontre. Il semblerait que tu sois le dernier à l'avoir vue.

Franz perçut la gêne de son ami et fut d'autant plus irrité par cette accusation.

– Permettez-moi de le souligner, mais ce n'est pas un peu tôt ? se risqua-t-il, s'adressant à l'inspecteur. Je veux dire, cela ne fait même pas une semaine !

Le violoniste poursuivit son argumentation après avoir pris place sur le siège à côté du policier. Il se tourna vers ce dernier, espérant que la vérité ne se lise pas sur son visage.

– Il m'arrive de m'éclipser quelques jours quand j'ai besoin de respirer. Pas vous, Monsieur ?

Sans obtenir de réaction, il dévisagea Albert, qui était rouge d'embarras.

– Vous cherchez à m'interroger ? C'est ça ? demanda-t-il d'un ton sincèrement amusé que ses interlocuteurs interprétèrent comme du sarcasme.

– Je fais une simple enquête de routine, répondit l'inspecteur en sortant de sa veste un petit carnet et un stylo. Monsieur Carring m'a déjà dit tout ce qu'il savait sur Mademoiselle Kruse. Maintenant, je procède au recueil des témoignages de ceux qui l'ont vue le jour de sa disparition. Surprise ! C'est votre tour !

Le ton ironique du policier ne rassura pas le violoniste, qui n'avait même pas envisagé l'éventualité d'une investigation. Il lui paraissait si évident que le corps de Liesl serait découvert et que tous les indices prouveraient sa culpabilité, il invoquerait un coup de folie et serait interné dans un asile. Dans son esprit, tout s'arrêterait là.

Comment pouvait-il imaginer la possibilité d'une simple enquête ne le visant pas directement ? Il décida que pour l'instant il valait mieux dire la vérité tout en omettant le meurtre. Il n'avait qu'à décrire, voire avouer, le contenu de ses nombreuses soirées avec de belles femmes, lesquelles se finissaient par une stupide humiliation. Ce n'était pas interdit, après tout.

– Albert, je souhaiterais que tu nous laisses seuls, le pria-t-il, sans lever son regard au-dessus du bureau qui les séparait.

Compréhensif, Albert quitta la pièce à contrecœur. Le violoniste essayait de vider sa tête avant de s'adresser à l'inspecteur. Avec le goût d'Andréa sur ses papilles, il pensait à sa nuit de folie, réalisant tout ce qu'il avait pu rater. Pendant ce temps-là, son interlocuteur le sondait, impatient.

– Que voulez-vous que je vous dise ? demanda Franz, arborant un sourire satisfait.

– Racontez-moi quand vous avez vu Mademoiselle Kruse pour la dernière fois.

– Jeudi dernier. La dernière fois que je l'ai vue, c'était chez moi.

– Ah ! Voilà qui devient intéressant ! J'adore mon métier ! murmura l'inspecteur d'un ton paillard, comme s'il s'attendait à des détails torrides.

– Nous sommes allés boire un verre après le concert. Nous avons voulu continuer la soirée chez moi. Elle est partie un peu avant minuit, poursuivit-il, crachant les phrases comme s'il récitait une liste de tâches apprise par cœur, le regard se balançant de gauche à droite sur le plafond.

– C'est rapide, n'est-ce pas ? commenta Neumann en surlignant l'heure qu'il venait d'écrire sur son calepin. Si le concert s'est terminé à 22 h 30, vous avez fait vite.

– Nous n'avons rien fait, assura le violoniste, les yeux ronds.

Franz fixa ensuite le plancher, attiré par une minuscule araignée qui s'approchait de la chaussure délacée de son interlocuteur.

– Nous n'avions pas d'atomes crochus, poursuivit-il comme s'il se parlait à lui-même. Ça peut arriver.

– Et vous l'avez laissée partir ? À pied ? En taxi ? Vous ne l'avez pas raccompagnée chez elle ?

Le jeune homme hocha la tête négativement.

– Pas très galant. Vous avez dû vous quitter en mauvais termes...

– C'est bien cela.

– Puis-je savoir pourquoi ? Attendez, pas d'atomes crochus ?

Le violoniste acquiesça. Ses yeux bleus gris criaient son innocence.

– Mais, vous l'avez revue le samedi suivant ?

Franz fouilla dans ses souvenirs. Quand s'était-il débarrassé du corps ?

– Un témoin est allé chez vous samedi matin et a cru vous reconnaître tous les deux dans le hall de votre immeuble.

Le sang du virtuose se glaça. Comment Albert avait-il pu oser raconter cette histoire à la police ? Parmi tous les gens, pourquoi lui ?

– Albert ? Je sais qu'il est passé chez moi samedi dernier, mais je ne l'ai pas vu.

– Mais étiez-vous avec elle ?

– Non ! Je n'ai pas le souvenir d'avoir amené une autre fille chez moi ! Encore moins de l'avoir embrassée dans le hall de mon immeuble !

– Qui a parlé d'embrasser une fille dans le hall ?

– Albert le dit ! Écoutez, allez lui demander, moi, j'en ai assez.

L'Inspecteur écrivit quelque chose dans son calepin que Franz tenta de voir.

– Quels habits portait-elle ? Des bijoux ou autres signes distinctifs ?

– Je ne sais pas... à un moment elle ne portait rien, lança-t-il d'un ton amusé, pour détendre l'atmosphère.

Mais son interlocuteur ne réagit pas, l'obligeant à creuser dans ses souvenirs.

– Franchement je n'ai pas remarqué ses vêtements. Elle avait plein de bagues aux doigts...

Il se remémora le délicieux massage de Liesl, et encore une fois le plaisir se mélangea à la scène du meurtre.

– Il y avait un pendentif coloré...

– Quelle couleur, le pendentif ?

– ... rouge, répondit-il, l'image du cou percé et couvert de sang dans son esprit.

Le violoniste ferma les yeux et retint sa respiration quelques secondes. Geste que Neumann ne manqua pas de remarquer et de noter dans son carnet. Franz le regarda griffonner, imaginant qu'il écrivait en grosses lettres le mot *COUPABLE.* Convaincu que sous ses faux airs de bureaucrate inoffensif se cachait un vrai flic qui marchait à l'instinct.

– Une dernière question, étiez-vous au courant de la relation qu'entretenaient Mademoiselle Kruse et Monsieur Carring ?

Franz acquiesça d'un signe de tête comme si la réponse était évidente.

– Pourquoi sortir avec elle, alors ?

– Parce qu'elle me l'avait proposé.

Franz rétorqua du tac au tac, levant ses yeux gris vers l'inspecteur. Celui-ci termina ses notes, se releva et quitta la pièce. Le violoniste resta assis, car il avait deux mots à dire à Albert.

Le chef d'orchestre revint, visiblement mal à l'aise. Il subit le regard haineux de son ami.

– Mais, qu'est-ce qui t'a pris d'aller lui raconter des conneries ? lui jeta le virtuose à la figure en se relevant, énervé. Depuis quand viens-tu chez moi pour m'espionner ?

– Je te rappelle que tu m'avais proposé de passer chez toi. Et je sais bien que c'était toi et Liesl. Pourquoi ne veux-tu pas le reconnaître ? Elle a disparu, que ce soit jeudi ou samedi c'est important ! Je veux comprendre pourquoi elle aurait loupé son entretien ! Pourquoi se serait-elle coupé du monde depuis jeudi, si samedi elle se trouvait avec toi ?

– Parce que ce n'était pas elle, Sherlock ! Et cela ne te regarde pas ! poursuivit-il en s'avançant vers la porte, laissée entrouverte.

Le violoniste se retourna vers lui et, avec un ton méprisant, ponctua :

– Ma vie n'est pas aussi ennuyeuse que la tienne. Et si la disparition d'Andréa Steinger t'inquiète également, va consulter les journaux de ton pays, elle est là-bas !

7

Liesl avait disparu depuis une bonne semaine. Son corps n'avait toujours pas été découvert. Paradoxalement, il n'y avait plus de problème de chauffage dans l'immeuble.

Franz sentait qu'il pourrait enfin respirer si l'absence du gardien ne le tracassait pas. À chaque fois qu'il traversait le vaste hall, il fixait la porte rouillée du sous-sol, se demandant si la clé cassée séjournait toujours dans l'interstice. Le remplaçant du concierge l'intriguait et lui inspirait si peu confiance qu'il l'évitait. Néanmoins, il lui fallait obtenir des renseignements.

D'ordinaire hostile envers ses voisins, il se força à rompre son isolement en échange des informations.

Il discuta avec le vieil homme du deuxième étage, celui qu'il avait l'habitude de croiser lors de ses joggings matinaux. Il découvrit avec effroi que l'ancien gardien ne reviendrait plus, terrassé par une crise cardiaque et que la chaudière avait déjà été réparée depuis le début de la semaine.

Ces nouvelles faillirent lui retourner l'estomac. Est-ce que quelqu'un savait pour son crime et l'aidait en éliminant tout indice et témoin compromettant ?

« Pourquoi ? » se demanda-t-il en avalant une gorgée de vodka, une fois rentré chez lui. Pris de paranoïa, il parcourut son appartement à la recherche de la moindre preuve qui confirmerait ses craintes d'être épié. Il fut soulagé de ne rien trouver d'anormal.

Les interrogations sur l'état du corps de Liesl rongeaient ses nerfs. Ne pas partager cette inquiétude l'accablait.

Sa solitude l'oppressait, bien qu'elle ne lui ait jamais posé de difficulté auparavant. Sa vie était devenue frivole, futile et sans amour. À cet instant, Andréa lui manquait comme une drogue. Elle lui aurait fait oublier tous ses ennuis. Mais elle était loin.

Lorsqu'il se rendit au Conservatoire, il croisa à nouveau Émilie. Majestueuse, elle descendait le grand escalier. Son jeune visage rayonnait, éclairé par le faisceau de lumière pénétrant par la coupole vitrée. Il la gratifia d'un charmant sourire comme il en avait le secret, Franz s'enticha aussi subitement de cette inconnue.

Tel un écheveau, des images, des émotions se mêlaient dans son esprit : la mort de Liesl et l'extase avec Andréa ne devenaient qu'une seule et unique sensation. Le meurtre dont il avait été le témoin involontaire se confondait à un désir, une pulsion morbide de tuer. Plus il se reprochait ces terribles pensées, plus le désir grimpait. Un appétit viscéral, animal, comme celui qu'Andréa suscitait en lui.

8

Depuis la malheureuse soirée chez le violoniste, Lili n'avait cessé de s'en vouloir de s'être montrée aussi stupide. De nature peu rancunière, elle avait pourtant ruminé. L'idée d'une possible vengeance avait même effleuré son esprit.

Au lieu de ressasser dans son coin, elle avait tout raconté à sa confidente, Liesl. Cette confession lui avait permis d'éjecter le poison loin du cœur. Son amie, quant à elle, voulait une revanche. Ainsi, lorsque Liesl avait réussi à enjôler Franz, Lili avait déjà tourné la page. Mais son amie y tenait. Elle voulait s'amuser, lui donner une leçon, disait-elle. Soit. Elle était persuadée de résister aux charmes du violoniste et surtout ne pas subir d'humiliation.

Après plusieurs jours sans nouvelles, Lili comprit qu'il y avait anguille sous roche. Lors du malaise de Franz, elle avait partagé l'incident à Liesl. Mais son SMS est resté sans réponse. Depuis, son silence la tracassait.

Où était-elle passée ? Sa disparition ne pouvait pas être liée à lui. Elle la connaissait très bien. Elle la savait impulsive, capable de fuguer sur un coup de tête, comme dans son adolescence. Plus récemment, elle avait décidé de partir à Londres en auto-stop, pour voir le concert d'un groupe dont elle s'était éprise du jour au lendemain. Bon gré, mal gré, elle avait avoué ces détails insignifiants à l'inspecteur Neumann lorsqu'il l'avait questionnée.

Oui, son amie pouvait faire des folies, mais jamais elle n'ignorerait ses proches.

Elle apprit qu'Albert avait lancé l'alerte suite à l'absence de Liesl pour l'entretien de vendredi. Il avait contacté rapidement sa famille, qui ne se doutait de rien. Sa mère, habituée à un appel hebdomadaire, avait attribué son silence à l'issue de la fameuse entrevue. Pourtant, ses proches furent consternés d'apprendre qu'elle ne s'était jamais présentée.

Comme si ses soucis pour Liesl n'étaient pas suffisants, une autre image vint la tourmenter : Franz au bras d'Andréa. Encore une vieille connaissance. Toutes les trois, dans le palmarès du violoniste. Pas étonnant. Beau, sûr de lui, conscient de l'effet exercé auprès des femmes. Quoi de plus naturel qu'il possède toutes celles qu'il désirait ? Sauf que, de toutes les trois, ce qu'elle avait vécu avec lui, elle, l'idiote, ne se comparaît pas à ce que ses amies avaient certainement goûté.

Une idée conduisant à une autre, elle se souvint de l'instant où elle l'avait rattrapé dans sa chute. Les sensations procurées par cette proximité avaient remué ses entrailles. Elle revit son visage, beau, innocent. Son air de petite bête effrayée l'avait attendrie lorsqu'il avait repris connaissance. Et ses yeux ! Ils avaient affiché la honte et le remords, elle en était persuadée.

Pour chasser cette vision de sa tête, Lili pensa à son amie. Si Liesl avait décidé de partir définitivement, elle aurait pris son instrument. Afin de le vérifier par elle-même, elle monta jusqu'au dépôt, au dernier étage. Or, son violoncelle se trouvait toujours là. Après avoir consulté le nom sur l'étiquette, elle reposa l'étui avec les autres.

Soudain, un bruit sec la fit tressaillir. La porte venait de se rabattre et elle sursauta lorsqu'elle découvrit le violoniste, adossé, les bras croisés, la défiant du regard.

Ses émotions furent contrastées : inquiétude, colère, surprise. Digne, elle se dirigea vers la sortie, même s'il la bloquait. Tête baissée, elle lui demanda poliment de la laisser passer. Sans succès.

Franz se maintint, dos à la porte, impassible en apparence. Il la savait déstabilisée, puisqu'elle avait évité de le regarder. Confiant, sûr d'avoir pris le dessus, il hésita un instant, au souvenir de sa gentillesse quand elle l'avait secouru. Puis il l'accusa. Elle, l'unique coupable du cauchemar qu'il vivait.

– C'est de ta faute ! la blâma-t-il, la voix pleine de haine.

La jeune femme leva les yeux, sans comprendre.

– Tu veux savoir où est ton amie ? poursuivit-il. Pourquoi n'as-tu pas fait comme les autres ? Tu as gagné quoi à tout raconter, à part t'humilier encore plus ?

Sur son visage, il perçut que son agressivité lui avait fait perdre tous ses moyens. Elle leva ses yeux, brillants comme des gemmes, non pas pour le regarder, mais pour réprimer les larmes qui luttaient pour sortir. Il vit la honte qu'elle s'efforçait de dissimuler. Étonnamment, il en fut touché au point de lâcher ce qui l'étouffait.

– ... Liesl est morte..., murmura-t-il.

– Quoi ?

Il put enfin voir ses yeux noisette, inquiets, incertains des mots qu'elle venait d'entendre. Il y lut une profonde tristesse, une blessure, une lutte interne pour garder la tête haute. Elle éclata en sanglots. Franz fut sidéré de percevoir tous ces troubles, mais ce qui l'étonna davantage fut d'être confronté à une victime de ses actes.

– Pardonne-moi, susurra-t-il, ému, sans savoir comment réagir.

Avec une empathie, certainement inconnue jusque-là, il l'entoura de ses bras, ce qu'elle prit pour une agression.

– Lâche-moi ! Sors ! Dégage ! cria-t-elle en se libérant.

– Pardonne-moi ! Vraiment, pardonne-moi ! Arrête de pleurer, s'il te plaît.

Il vit la confusion et la surprise se mêler dans le regard de la jeune femme. Avait-elle compris son aveu ? Lui, il se sentait débarrassé d'un lourd fardeau, même si cela n'était pas très judicieux. Elle l'examinait avec des yeux ronds, comme si elle venait enfin de saisir le sens de ses mots. Ses aveux. Ses excuses. Elle paraissait perdue.

– J'ai besoin d'aide ! poursuivit-il en marmonnant, comme s'il se parlait à lui-même.

« C'est... ta faute... », aurait-il voulu ajouter. Il l'avait peut-être fait, car elle riva toute son attention sur lui, le désarçonnant. Profondément ému, comme elle, il ne fit aucun effort pour retenir ses larmes.

– Je ne sais pas comment c'est arrivé...

– Où veux-tu en venir ? Qu'est-ce que tu essayes de me dire ? demanda-t-elle, intriguée par son attitude.

– Tu lui as mis des idées en tête... tu la connaissais... tu connaissais son tempérament, hoqueta-t-il, le souffle coupé par des sanglots.

– Ce n'est pas vrai !

Lili semblait commencer à comprendre le sens de ses révélations.

– ... un assassin me poursuit..., balbutia-t-il.

– Assez !

La jeune femme coupa court au charabia en le giflant, surprise elle-même par son geste. Elle recula, effarée, car il bloquait toujours la porte. Le violoniste toucha sa joue brûlante. Ce n'était pas la première fois qu'elle le giflait, et cela lui fit du bien. Cette claque lui permit de reprendre ses esprits, de réaliser qu'il commettait un acte stupide. Il essuya ses larmes du revers de sa main, se retourna et quitta l'entrepôt, en silence.

Lili profita pour sortir aussi, soulagée. Mais il l'attendait, dos appuyé contre la rambarde de l'escalier, les bras croisés en guise de défi. Son regard n'affichait plus la même peur et fragilité. Elle l'ignora en s'acheminant vers l'escalier. Avant de poser un pied sur la marche, elle se tourna vers lui et scruta ses yeux, comme si elle s'interrogeait sur la part de vérité dans cette histoire.

– De toute façon, tu ne diras rien à personne..., la nargua-t-il, avec un air d'autosatisfaction. Tu es toujours folle de moi ?

– Imbécile !

La violoncelliste partit, furieuse, secouée par la scène qu'elle venait de vivre. Lui, il put enfin respirer, pour le moment. Il avait exprimé ce qui l'oppressait.

Il n'en craignait pas les conséquences, car il la croyait encore sous son emprise. Il avait aperçu l'innocence et la fragilité s'afficher dans ses iris marron. Elle ne dirait rien, il en était sûr. Ils auraient pu en finir là, il aurait pu se taire, mais non. Son envie de la rabaisser pour lui montrer qui était le plus fort, l'avait submergé. Pitoyable.

Il la suivit des yeux jusqu'à ce qu'elle fut arrivée au rez-de-chaussée, où elle leva la tête vers lui. Ce geste inattendu le surprit, il s'écarta de la barrière et il ressentit soudain un doute. Il n'aurait peut-être pas le dernier mot.

Pour l'éviter, il emprunta un autre chemin. Tant pis, il serait en retard à sa prochaine leçon.

Il ne descendit que d'un étage, pénétra au hasard dans un long couloir, vers une autre aile du Conservatoire.

Sur le chemin, il fut soudain interpellé par une puissante intonation de contralto. Il s'arrêta à côté de la salle d'où provenaient les vocalises. Le timbre lui rappelait quelqu'un. Il lança un défi stupide au destin : si cette voix était bien celle d'Émilie, il trouverait le moyen de la revoir. Sinon, il la laisserait tranquille. Ses motivations ? Elle semblait la proie idéale pour satisfaire son fantasme.

Il ouvrit la porte, l'air distrait, s'excusa d'interrompre la leçon, et repartit avec un grand sourire de soulagement.

9

Ce vendredi ensoleillé coïncida avec un concert spécial organisé au Stadtspark au profit d'une association caritative. Une occasion appréciée, surtout d'Albert, car elle représentait une opportunité pour lui et son orchestre de se faire remarquer au-delà des murs du Conservatoire.

La totalité des places avait été prise d'assaut. Le cadre idyllique et la présence du virtuose s'affichaient comme un atout pour ce type d'événement.

Pour Franz, cette esplanade lui rappelait la magie de certains lieux où jadis il avait joué. Des endroits audacieux, qui sortaient de l'ordinaire, soit en parfaite communion avec la nature ; soit dans les vieilles pierres, lesquelles procuraient une acoustique féerique.

Lorsque Franz arriva, les techniciens terminaient les derniers ajustements sur la scène. Côté public, quelques sièges commençaient à se remplir, même s'il restait encore une bonne heure avant le début du concert. Il aperçut Albert, visiblement heureux, qui discutait avec Jakob Shahn. Le violoniste s'apprêtait à les rejoindre quand il entendit prononcer son nom derrière lui.

En se retournant, il découvrit... un ange. Franz n'en croyait pas ses yeux : Teresa, avançait d'un pas décidé. En robe longue, avec un sublime décolleté magnifiant son gracile cou de cygne, son manteau en laine, négligemment ouvert, virevoltait au rythme de sa marche.

Pour parachever le tableau, quelques mèches écarlates s'échappaient d'une trop sage queue-de-cheval.

Réjouie, elle s'approcha de lui, les yeux étincelants d'un éclat aussi brillant que la lune au-dessus de leurs têtes. Dès qu'elle se retrouva face à lui, machinalement, Franz se pencha pour l'embrasser sur la joue, alors qu'ils n'avaient jamais eu cette familiarité. À la seconde où il sentit sa peau contre la sienne, il huma son envoûtant arôme, mélange de jasmin, muguet et réglisse. Son esprit s'envola aussitôt vers un nuage de volupté exalté par la musique de Gainsbourg, ainsi que par le souvenir des délices dégustés non loin de là, chez Andréa.

– Je suis arrivée un peu trop tôt. Ça fait plaisir de voir un visage connu ! se justifia-t-elle nerveusement.

Franz sourit, lorgnant du coin de l'œil Albert et Shahn. Il comprit qu'ils l'intimidaient, voilà pourquoi elle ne les avait pas approchés. Tant mieux.

– Que dirais-tu d'une petite balade ? proposa-t-il, en même temps qu'il entoura du bras les frêles épaules de la jeune femme, dans un geste qui se voulait protecteur.

Ils s'éloignèrent, en discutant de tout et de rien. D'ordinaire peu bavard, Franz se dévoila sur sa vie de soliste en perpétuel voyage. Lui, qui d'habitude faisait parler les filles, pour mieux les charmer, montra un autre visage. Il éprouva une sorte de confiance avec elle, une invitation à se mettre à nu, lui montrer le vrai Franz Schligg. Surtout pas le *Don Juan* pervers ni le meurtrier à l'archet. Elle le faisait sentir comme une personne *normale*.

Au fur et à mesure qu'ils continuaient leur promenade, leur conversation voguait vers d'autres sujets plus ou moins banals : le ciel, le parc, les gens. Teresa ne laissait pas le silence s'installer. Si d'aventure cela se produisait, il suffisait qu'elle s'émerveille à nouveau de ce qui les entourait : ces touristes indiens et leurs tenues colorées, par exemple, ou ces étudiants en vacances, ou encore, cette magnifique statue que l'on croirait en or. Elle représentait Johannes Strauss fils, jouant du violon.

Tels des pèlerins, eux aussi firent une longue halte devant le bronze doré. Franz le fixait d'un air à la fois nostalgique et anxieux. Il ne pouvait s'empêcher de comparer l'archet de ce violon à celui qui avait servi d'arme à son crime. Malgré tout, il en regrettait amèrement la perte.

Était-ce dû à sa mélancolie apparente que Teresa décida de le laisser un instant seul avec ses pensées ? La flûtiste se dirigea vers un groupe de jeunes touristes et leur proposa de les photographier. De toute évidence, ils avaient du mal à trouver la bonne position avec leur smartphone pour se prendre en photo.

La voir si ouverte, alors qu'il la croyait timide, le fit sourire. Elle avait réussi à détendre l'atmosphère. Il s'écarta de la cohue et l'observa jouer les photographes, mais il fut reconnu par un couple de touristes japonais qui souhaitèrent immortaliser cette rencontre avec le Maestro. Il fut contraint d'accepter, suscitant la curiosité des badauds. D'autres inconnus voulurent être pris avec lui ; même si la plupart ignoraient qu'il s'agissait d'un virtuose du violon et non pas d'une vedette de cinéma.

Lorsque l'affluence se fut calmée, il découvrit, ému, un grand sourire enfantin éclairer le visage de la belle. Il brûlait de lui avouer que près d'elle, tous ses problèmes, toutes ses inquiétudes, s'envolaient. Qu'elle était le meilleur remède à ses maux ! Qu'il avait une folle envie de l'embrasser à l'instant ! Mais il n'osa pas.

Pressés par l'heure, ils s'éloignèrent. Franz ne put éviter de se retourner pour apprécier à nouveau ce lieu magique. Les badauds s'étaient dispersés. Il ne restait plus que deux personnes, ils ne contemplaient pas la statue de Strauss, mais un autre violoniste : lui.

Franz présuma qu'il s'agissait de simples touristes, bien qu'ils n'en eussent pas l'air. L'un, petit, les yeux globuleux, portait un trench beige Mackintosh, l'autre, grand, un pardessus noir. Le violoniste crut reconnaître chez le deuxième le même air sinistre et l'allure intimidante du meurtrier de la déchetterie.

Lorsque leurs regards se heurtèrent, ce dernier lui adressa un sourire pervers, tordu par une cicatrice à la lèvre supérieure. Comme frappé par un coup de fouet, Franz se sentit défaillir et s'agrippa à Teresa. Reprenant aussitôt contenance, il se retourna, mais les deux individus étaient repartis. Après un profond soupir, il laissa Teresa et regagna la scène en accélérant ses foulées pour marcher seul.

La jeune femme le talonna, le priant de l'attendre, inquiète. Elle suivit le rythme hâtif de ses grandes enjambées. Aussi étonnée que soucieuse, elle s'enquit sur sa santé, lui posant une infinité de questions qu'il ignora.

Franz pensait à ces deux hommes, persuadé qu'il s'agissait bien de l'assassin et d'un complice. Que faisaient-ils là ? S'approchant de la scène, il ralentit et attendit, enfin, la flûtiste. L'orchestre et le public étaient déjà installés. Il ne manquait plus qu'eux.

Le violoniste remarqua la préoccupation dans les traits du chef d'orchestre. D'ailleurs, celui-ci parut soulagé de le voir, mais il fit la grimace en découvrant Teresa arriver derrière lui.

Avant que chacun rejoigne sa place, le violoniste se pencha à l'oreille de la jeune femme.

– Attends-moi à la fin, susurra-t-il.

⁂

L'*allegretto* de la *Symphonie n*° 7 de Beethoven s'intensifiait au fur et à mesure que les cœurs du premier violon et de la jeune flûtiste rousse s'embrasaient.

La note finale retentit, suivie d'un tonnerre d'applaudissements. L'ovation s'éternisait, pour le plus grand bonheur d'Albert Carring et de l'orchestre, sauf pour le violoniste. Les longues acclamations ? Très peu pour lui. Il en avait tellement connu au cours de sa carrière de soliste. Et puis ce soir, il avait hâte de retrouver celle qui l'avait inspiré, Teresa, sa muse.

Enfin il avait approché celle qui le faisait rêver, celle qui lui rappelait un ange. Celle dont le parfum de jeunesse et de joie de vivre l'enivrait.

Dans l'attente de leur deuxième rencontre, un désir impatient, puissant, agitait ses entrailles. Une sensation différente de celle qui l'avait attiré vers Andréa. Teresa faisait battre son cœur, papillonner son ventre. Alors que l'autre suscitait des émotions se concentrant principalement dans le bas-ventre, un plaisir charnel.

La force de la jeune flûtiste résidait en sa capacité à balayer les tourments de son esprit. Lors des applaudissements, il l'avait vue souriante, extasiée, contente. Elle affichait la gaieté et le bonheur. Le même qu'elle montrerait, comblée, à son mariage, ou à la naissance de ses enfants, rêva-t-il. Méritait-il un tel bonheur avec elle ?

Dès que les bravos s'estompèrent, les musiciens quittèrent la scène. Albert et Franz furent retenus par Jakob Shahn, prompt à leur présenter des personnalités, des partenaires, des mécènes et des prospects. Le violoniste réussit à se dégager au moyen d'une ruse infaillible, consistant à couvrir d'éloges le chef d'orchestre. Son objectif ? Détourner l'attention sur son ami pour s'éclipser en douce.

Albert n'était pas dupe. Il avait compris le stratagème de son ami. Franz lui signifia son départ discrètement, d'un simple coup d'œil. Puis, il se tourna vers Teresa, restée en retrait, son beau visage sublimé par le clair de lune. Le labeur des uns, le plaisir des autres.

Franz s'approcha de la rousse et lui proposa de reprendre leur promenade. La nuit était si agréable qu'il désirait profiter de sa clémence pour discuter de tout et de rien. Elle acquiesçait et l'écoutait attentivement, tandis que lui ne manifestait à aucun moment de l'intérêt pour la connaître. Comme s'il avait parlé à une idole sur un piédestal… ou comme si elle avait été translucide.

Leur promenade les conduisit à nouveau devant le bronze de Strauss. Cette fois il n'y avait pas âme qui vive. Cet endroit semblait idéal pour un premier baiser. Mais Franz paraissait fasciné par la statue, hypnotisé par l'archet doré. Malgré la présence de Teresa, le meurtre de Liesl vint le hanter.

– Je n'ai jamais aimé son style, lâcha-t-elle, l'air de rien, en quête d'une réaction chez celui qui demeurait figé, mutique.

Quelques instants s'écoulèrent avant qu'il ne dise mot, les yeux rivés sur Strauss. Puis, il se retourna, posa sa main sur l'épaule de la jeune femme et laissa glisser ses doigts fins le long de son cou.

– J'avais un violon doré, déclara-t-il lorsque ses pupilles grises quittèrent enfin la statue et se braquèrent sur elle.

Ses doigts effleurèrent le gracile visage de Teresa. Il s'attarda sur le menton qu'il prit délicatement, le dirigeant vers lui.

– J'aurais tant aimé te le montrer, poursuivit-il.

Elle ferma les yeux tandis qu'il s'inclinait.

– Si tu veux.

La voix de la rousse dégageait une chaleur incandescente, comme si elle trépignait pour qu'il l'enlace et la possède.

Les mains du violoniste parcoururent sa mâchoire, caressèrent à nouveau son cou, et restèrent posées là, à savourer sa respiration et les battements de son cœur. Comme s'il était maître de sa vie, au souvenir du dernier souffle de Liesl.

– Jamais ! s'écria-t-il en s'écartant subitement.

Elle le regarda, les yeux grands ouverts. Surprise. Désenchantée. Perdue.

– Tu es si spéciale ! ajouta-t-il.

Franz la considéra tendrement, frôlant sa joue. La pâle lumière de la lune illuminait le visage de la flûtiste, lui donnant une allure ingénue et langoureuse, comme échappée d'une peinture de Klimt. Il soupira, ses mains derrière son dos, contemplant l'astre céleste.

– C'est une nuit inoubliable, tu sais ?

– Inoubliable ? s'étonna-t-elle.

– Je voulais mieux te connaître, susurra-t-il, peiné, même s'il réalisait qu'il ne la connaissait pas davantage qu'hier.

Tous deux se regardèrent. Teresa souriait, tandis que le virtuose porta subitement son attention vers la statue, à nouveau. Puis, il revint vers elle et lui tendit la main.

Elle essuya rapidement la sienne, moite d'émotion, sur son manteau. Le violoniste la prit et l'embrassa doucement.

– Sais-tu que tu ne laisses pas Albert indifférent ?

Si on l'avait arrosée d'un seau d'eau froide, Teresa aurait été moins choquée. Elle parut perplexe, comme si elle avait eu du mal à comprendre les paroles de Franz. Qui pourrait s'attendre à ce genre de révélation ? Surtout dans un moment comme celui-ci.

– C'est un brave homme, ajouta-t-il. Bien plus que moi, crois-moi. Largement. Je ne vaux rien à côté de lui.

– Pourquoi me dis-tu ça ? demanda-t-elle, étonnée.

Franz ne répondit pas, intimidé. Il observa l'endroit où ils se trouvaient. Là où il avait reconnu son traqueur quelques heures plus tôt. Si au moins ce dernier pouvait réapparaître et le tuer d'une balle dans la tête !

– Mais il n'y a pas qu'Albert sur terre, n'est-ce pas ? Tu dois avoir tellement de soupirants. Tu es si belle ! s'exclama-t-il, extasié par l'éclat émeraude de ses iris. Pourrais-je mériter quelqu'un comme toi ?

Elle le fixa, ébahie, confuse. Franz ne détourna pas son regard du sien, espérant que, par miracle, elle lirait dans ses pensées. Si elle pouvait savoir tout ce qui l'étouffait. Il se dit que Teresa méritait quelqu'un de mieux. Surtout pas un meurtrier. Il aurait voulu s'apitoyer sur son sort, lui avouer son problème avec les femmes, lui qui avait passé les dix dernières années de sa vie à jouer, rabaisser, humilier, alors qu'il manquait de confiance. Elle ne le méritait pas.

– Je ne te comprends pas, Franz, répéta-t-elle.

Elle ne s'y attendait pas et imagina que ce désintérêt soudain faisait partie de l'une de ses innombrables tactiques de séduction.

Pour Franz, la magie s'était vraiment estompée. Brusquement. Subitement. Elle ne l'intéressait plus.

Il proposa de la raccompagner chez elle par galanterie. Ensemble, en silence, ils regagnèrent sa voiture. Il n'ouvrit la bouche que pour lui demander son adresse et la saisir dans le GPS. À deux ou trois reprises, Teresa tenta de briser le silence, lançant quelques phrases, des trivialités, pour obtenir une réaction de sa part. Sans succès.

La voix mélodieuse du navigateur annonça leur arrivée à la rue Lottgasse, de l'autre côté du Danube. Franz gara sa voiture au pied d'une petite résidence. Il se pencha vers l'avant, étira son cou jusqu'à frôler le pare-brise, scrutant autour de lui, en quête d'une plaque de rue, car il se méfiait encore de la navigation par satellite. Tout ça pour éviter de lui adresser la parole. Teresa lui indiqua que c'était bien là. Elle le remercia et ouvrit la portière. D'un geste rapide, il décrocha sa ceinture de sécurité pour avoir la liberté de l'approcher avant qu'elle ne sorte. Il lui planta un baiser sur la joue, puis huma lascivement son cou afin de mémoriser son arôme.

S'il avait su ce que son geste représenterait pour Teresa, il se serait retenu. Cette caresse ébranla la jeune femme. L'espace de quelques secondes, elle fantasma un autre scénario : il descendrait avec elle et ne la quitterait plus. Elle sortit et demeura figée, rêveuse, la main sur sa joue.

Franz ne dit rien, même pas au revoir. Il s'allongea quasiment sur le siège passager afin d'attraper la portière. Sans ménagement, il la referma et redémarra aussitôt.

Il roula jusqu'à la jonction de Florisdorf pour traverser le Danube avec une seule idée en tête : vérifier si cette sensation, ce mélange d'extase et de pulsions meurtrières reviendrait en compagnie d'une autre femme. Émilie. Il voulait en faire l'expérience avec elle et se demandait ce qui se passerait, maintenant qu'il avait brisé la barrière des plaisirs charnels.

Il fouilla dans ses poches, en quête d'un petit bout de papier avec ses coordonnées, récupérées quelques heures plus tôt. Réfractaire aux portables et smartphones, il regretta de ne pouvoir l'appeler sur-le-champ. Il décida de s'arrêter dans un bar où il trouva un téléphone. Hilare, il goûtait à l'ironie de la situation. Tous ces efforts pour la voir ? Alors qu'il venait de congédier Teresa ? Mais l'envie n'était pas la même. Émilie n'était qu'un test.

Il composa son numéro et laissa le destin choisir. S'il tombait sur sa messagerie ou n'obtenait pas de rendez-vous, il rentrerait sagement chez lui. Sinon, il se contenterait de penser qu'une fille capable d'accepter l'invitation d'un quasi-inconnu à une heure si tardive ne valait rien.

Émilie l'attendait à l'extérieur d'une boîte de nuit branchée où elle avait commencé à profiter de sa soirée. Elle lui proposa de faire un tour sur la piste pour lui présenter ses camarades. « Surtout pas ! » se dit-il. Il détestait ce genre d'endroit. Rien que de contempler la ribambelle de jeunes surexcités, suppliant l'imposant videur de leur permettre d'entrer dans ce lieu infernal, le dégoûtait de la nature humaine.

– Viens, je vais te faire écouter de la véritable musique, proposa-t-il.

Elle ne se fit pas prier et accepta. Portable greffé à la main, elle s'empressa de tapoter un SMS, certainement pour prévenir ses amis. Avant qu'elle ne termine, il le lui arracha, affichant un sourire coquin, une telle force dans ses yeux qu'elle ne put que renoncer à son téléphone.

Il l'amena à son club de jazz préféré à Grinzing, où cette fois, une chanteuse égayait la soirée, accompagnée d'un piano et d'un contrebassiste. Il commanda aussitôt du champagne et guetta le moment idéal pour l'entraîner chez lui. Cependant, son charme ne fonctionnait pas. Elle ne parlait pas, n'appréciait pas cette musique et n'était pas sensible à l'alcool. « Une hyperactive » se dit Franz, la cernant. Elle, c'est l'action qui l'intéressait. Peut-être qu'elle aurait aimé brûler la piste de danse quelques heures de plus, avant de s'envoyer en l'air. Tout, sauf rester là, assise à écouter cette musique agaçante.

Alors, il se vit contraint à accélérer le rythme.

Il la fixa de ses yeux d'acier, d'un air qui se voulait lascif, lubrique. Elle réagit en balayant ses cheveux frisés en arrière, comme si elle montrait les endroits qu'elle offrait au violoniste. Sa main effleura son décolleté, puis descendit jusqu'à ses cuisses, qu'elle gardait bien serrées.

– Si je dois finir cette bouteille à moi tout seul, je vais m'endormir dans tes bras. Ce qui ne me déplairait pas du tout, lança-t-il, faisant danser sa flûte.

Elle s'en empara et la vida d'une gorgée, sans effectuer la moindre grimace, et demanda à être resservie. Pendant quelques minutes, son attitude se transforma et devint un peu plus bavarde, se révélant une agréable compagnie. Son charmant accent français y était pour quelque chose. Malgré son prétendu désintérêt pour le jazz, elle se mit à fredonner les mêmes airs que la chanteuse.

Franz l'analysait, se livrait à une lutte interne. Poursuivre ou arrêter ? Il laissa ses impulsions le guider et s'approcha d'elle pour sentir la tiédeur de son souffle, la dévorant toujours du regard. Elle ne tarda pas à répondre et s'aventura à explorer sa bouche de ses lèvres, l'enlaçant comme si elle ne voulait pas qu'il lui échappe.

– J'ai envie de toi ! lui chuchota-t-elle à l'oreille.

Ils quittèrent le bar en direction de Feilergasse, n° 17. Dans le hall d'entrée, les yeux de la jeune femme pétillaient d'impatience pendant qu'ils attendaient l'ascenseur. Franz ne put s'empêcher de fixer la porte métallique du sous-sol. Sans frissons, cette fois. D'une part, il semblait exaspéré par cette fille trop entreprenante à son goût. D'autre part, il voulait à tout prix savoir si cette étrange et sordide pulsion réapparaîtrait. Et surtout s'il serait capable de l'apprivoiser.

Il se laissa porter par les avances d'Émilie comme il l'avait déjà fait avec Andréa. Cette dernière l'avait aidé efficacement à vaincre sa peur des femmes. Du moins, il le croyait. Dès qu'ils franchirent le seuil de la porte, il commença à ressentir une appréhension. Cette fille ne l'inspirait pas. Certes, elle était jolie, surtout maintenant qu'elle venait d'enlever quelques habits. Cependant, il sentait un frein, une sorte de barrière invisible infranchissable.

Elle avait retiré tout le superflu, pour ne garder qu'un soutien-gorge à paillettes, sa mini-jupe moulante et ses bottes diablement sexy. Elle le plaqua, le dos à la porte et lui sauta au cou. Ses jambes l'entouraient autour de la taille, tandis qu'elle écrasait ses seins contre sa poitrine et guidait ses mains jusqu'aux fesses.

Sauvagement, elle déboutonna sa chemise et effleura, presque en le griffant, son torse nu. Elle reposa les pieds au sol, sans le quitter des yeux, lui lança un regard lascif, tourné vers le bas. Ensuite, elle déboucla hâtivement sa ceinture.

Lui, emporté par la fougue de la jeune femme, aima se laisser faire. Elle sortit de son sac un préservatif et le dissimula dans son soutien-gorge, puis s'agenouilla devant lui et embrassa son sexe, le couvrant de caresses réveillant des sensations enfouies. Il réprima un cri de plaisir et s'agrippa aux cheveux frisés de celle qui poursuivait voluptueusement.

Un courant d'air frais le ramena sur terre. Instinctivement il regarda en direction de la porte du balcon, mais son attention fut attirée par un objet brillant sous le canapé. L'archet en laiton. Persuadé de s'en être débarrassé, il fut étonné. Comment avait-il pu l'oublier ? Elle termina sa petite gâterie et lui sauta au cou, serrant à nouveau sa taille entre ses jambes.

– Dans le canapé, lui souffla Franz.

Elle était accrochée à lui quand il la déposa. Il esquiva sa bouche lorsqu'elle voulut l'embrasser. Sur elle, il plongea son nez dans ses cheveux crépus, les huma et mordilla légèrement le lobe de son oreille. En même temps, son bras attrapa l'archet. Au moment où il le saisit, il se rendit compte qu'il n'en avait pas besoin.

Elle continuait ses caresses, le plaisir l'envahissait. Une volupté différente, pas aussi intense qu'avec Andréa, mais tellement réjouissante. Émilie s'appuya sur ses puissantes jambes pour l'inviter à inverser la position. Elle monta sur lui, prit le préservatif et le glissa avec dextérité. Enfin, elle le chevaucha avec engouement et frénésie. Tous deux tombèrent du canapé. Le rire se mêla au plaisir.

Le va-et-vient se poursuivit au sol, enflammant Franz. Ses mains parcoururent la taille de la jeune femme, remontèrent ses côtes jusqu'aux seins dont il se régala, puis caressèrent son cou. Loin, si loin que ses doigts ne firent que le frôler.

Aucune pulsion. Il était sain d'esprit ! Guéri. Enfin il pouvait se lâcher et se délecter de cette rencontre.

En plein orgasme, les lèvres d'Émilie se rapprochèrent et il s'amusa à les esquiver. Elle insista, attrapa sa tête par les cheveux et introduisit suavement sa langue dans sa bouche. Ce geste fit exploser tous les sens du virtuose qui, par un acte irréfléchi, entoura sa gorge de ses doigts et serra.

D'abord excitée par le jeu, elle jouit jusqu'à ce que l'étreinte ne devienne trop forte. Elle se débattit, tentant vainement de hurler en même temps qu'elle le repoussait. Franz étira son bras à la recherche de l'archet qui traînait quelque part au sol. Dès qu'il l'eut trouvé, il l'enfonça dans le cou de sa victime.

Elle lâcha un cri muet, qu'il n'entendit pas. Une sorte d'acouphène insupportable perçait de l'intérieur son cerveau, comme s'il venait de perdre son âme, sa lucidité, sa raison. Sa victime grimaça de douleur, se releva et vacilla, l'archet à demi planté dans le cou. L'horreur et l'incompréhension se lisaient dans ses yeux terrorisés. Subitement, comme frappée par la foudre, elle recula et tomba en arrière, fracassant la table basse.

Le violoniste la découvrit, ébaubi, terrifié, comme s'il venait de se réveiller, conscient d'avoir dépassé les limites. Son corps fut saisi de tremblements, la chaleur de la concupiscence fut soudain emportée par une vague de froid. Comment avait-il été capable de ce geste ? Il se releva et accourut vers elle, tandis qu'il priait pour qu'elle soit encore vivante, que ce coup d'archet ne fut pas réel.

Le corps de la Française s'étalait grotesquement entre les restes de la table basse et le sol. Ses jambes fuselées, toujours chaussées avec les bottes, reposaient sur la table en verre craquelé, son torse formait un angle bizarre. Par terre, son visage était couvert par des cheveux ébouriffés. Sur sa gorge se trouvait l'archet en laiton, à moitié tordu.

Il lui parla. Une mare de sang se dessinait tout autour de sa tête, tel un halo macabre. Il se pencha sur elle, releva quelques mèches et découvrit un trou au milieu du front.

Le courant d'air froid l'entoura à nouveau. Un individu pas si étranger que ça se trouvait dans son balcon. Il l'avait déjà aperçu : au parc, quelques heures auparavant ; au Conservatoire, la veille ; à la déchetterie, quelques jours plus tôt.

Il l'avait vu assassiner un homme.

Ce type était bien réel et se trouvait chez lui, un pistolet muni d'un canon silencieux à la main.

– Bravo ! acclama l'intrus simulant des applaudissements.

10

Un bruit de bouteilles entrechoquées accompagna le réveil du violoniste. Il se découvrit étalé, face contre terre. À ses côtés, les prunelles mortes d'Émilie l'observaient d'un air accusateur. Un trou au milieu du front le fixait comme un troisième œil.

Dans la cuisine, près du bar, se tenait l'homme qui l'avait espionné jusque dans ses ébats avec sa victime. Il posa sur la planche une bouteille de whisky et servit généreusement deux verres.

– Avez-vous fait de beaux rêves ? demanda-t-il, aimablement.

Franz se releva lentement. Les informations se bousculaient dans son esprit embrouillé : la vue de cet intrus, pistolet à la main ; le cadavre de la jeune femme, affreusement contorsionné entre le sol et la table basse en verre ; enfin, sa nudité. Lorsqu'il s'aperçut de ce dernier point, il reprit possession de ses sens.

D'un coup d'œil rapide, il chercha ses vêtements. Ils étaient éparpillés de la porte d'entrée jusqu'au canapé. Se rhabiller n'était pas une priorité. Enfin il saurait ce que cet individu lui voulait.

– Sans ma présence ici, je me demande comment vous vous seriez débrouillé, planta-t-il, nonchalant.

Franz le regardait avec défiance. Comme s'il avait anticipé une question, l'intrus poursuivit d'un ton calme.

– D'habitude, j'évite de tuer les femmes. Mais vous étiez paralysé. Elle souffrait.

Un long silence s'instaura. Le violoniste observait son interlocuteur, un type ordinaire, finalement. Imposant de carrure, regard bleu, froid et perçant. Néanmoins, il n'avait pas l'allure d'un gangster. Même son bec-de-lièvre lui paraissait plutôt banal et n'évoquait pas des bagarres en prison. Ses mains le surprirent. Pas tant par l'arme qu'elles tenaient, mais par leur délicatesse. Elles ne pouvaient pas appartenir à un truand.

– C'est comme ça que vous avez tué l'autre ? l'interrogea-t-il en pointant du menton le corps.

Franz attrapa le verre de whisky, le vida d'une traite, puis grimaça. Son gosier eut du mal à accueillir le breuvage. Son cerveau fonctionnait à cent à l'heure, forcé de se poser des questions sur cet homme et son propre devenir. D'un côté, il remerciait le destin de l'avoir envoyé, pour abréger les souffrances d'Émilie ; de l'autre, il redoutait d'avoir à affronter ce type. Il voulait être dévoré par un trou noir ou qu'une météorite géante détruise la ville. La fin du monde !

Faisant fi de son hôte, le mystérieux individu prit un torchon et se dirigea vers le cadavre. Il s'agenouilla, épongea la flaque de sang maculant le parquet, puis il s'attarda un instant devant ce macabre spectacle. Comme s'il admirait un chef-d'œuvre.

– Au moins, ce n'était pas la jolie rouquine du parc. J'avoue qu'avec elle j'aurais eu vraiment du mal à appuyer sur la détente.

Franz comprit l'insinuation. Teresa. Un sentiment d'horreur s'empara de lui lorsqu'il imagina l'issue de la soirée si celle-ci avait pris la place d'Émilie. Tout son être se mit à trembler et ses yeux ne purent réprimer ses larmes. Il n'avait plus rien à cacher à cet homme, de toute façon.

– Je... je ne comprends pas ! balbutia-t-il enfin, lui adressant un regard suppliant. Qui êtes-vous ? Que me voulez-vous ?

– Je m'appelle Karl, Monsieur Schligg, juste Karl. Et je vous ai observé.

L'intrus revint dans la cuisine, se resservit un verre, sortit un paquet de cigarettes et lui en proposa une. Le violoniste refusa, impatient de connaître les explications.

– Nos chemins se sont croisés l'autre jour à la déchetterie. J'y menais mes petites affaires. Un lieu discret, n'est-ce pas ? Mais voilà ! Je commençais à me méfier de l'intendant depuis un moment. Puis, j'ai vu votre véhicule garé à l'extérieur. La goutte qui a fait déborder le vase ! Je devais savoir à qui appartenait cette voiture. Vous suivre m'a été d'une simplicité affolante. Par contre, vous m'avez surpris, Monsieur Schligg !

Karl termina sa phrase en exhalant sa fumée sur le visage de Franz. Dégoûté, ce dernier l'ignora. Il enjamba le corps pour sortir sur le balcon y respirer l'air frais et apprécier ce spectacle qui le calmait naguère. Des petites lumières scintillantes en haut de la colline, les tours de l'autre côté du Danube... Par terre, il découvrit des mégots écrasés. Visiblement, l'homme l'avait attendu un moment.

– Agréablement surpris, j'avoue ! reprit Karl en le rejoignant. La cerise sur le gâteau, si l'on peut dire. Vous aussi vous êtes un assassin ? Votre nouveau loisir ? Si Jack l'Éventreur avait été musicien, lui aussi se serait servi d'un coup d'archet ! Mais, lui, il aurait au moins vérifié l'efficacité de son arme.

Les piques de son interlocuteur n'eurent aucun effet ; le violoniste ne l'écoutait pas vraiment. Il regardait au sol, cinq étages plus bas, et se demandait s'il pourrait se jeter du balcon. Serait-ce douloureux ?

– Vous croyiez vraiment pouvoir vous débarrasser du corps dans la chaudière ? lança-t-il.

Franz comprit enfin qu'il devait sa liberté à cet individu.

– Vous l'avez trouvée ?

– Du moins, ce qu'il en restait.

– Où est-elle ?

– En lieu sûr.

Après une longue pause, l'assassin termina sa cigarette. Le violoniste s'impatientait.

– Pourquoi m'aider ?

– Vous aider ? Je pourrais vous tuer ! répondit Karl, plutôt amusé de le voir sursauter. Rassurez-vous, personne ne m'a payé pour vous tuer. Je ne vais pas gâcher une balle.

– Et elle ? Qui vous a payé pour la tuer ?

– Elle ? Un investissement. Je vous l'ai dit, je n'ai eu aucun plaisir. Ma bonne action du jour. De toute façon, elle était fichue. Vous avez merdé et je vous ai encore aidé. Cela fait deux services que je vous rends. Vous avez une dette envers moi.

– Que voulez-vous ? De l'argent ? Combien ?

Karl éclata de rire.

– Non, Monsieur Schligg, même si je sais que vous avez largement les moyens de me payer, votre argent ne m'intéresse pas... Pas pour l'instant, en tout cas. Je pense tirer profit de quelqu'un comme vous, de votre position.

– De quoi parlez-vous ?

– Je vous ai rendu service quand j'ai effacé les traces de votre première amie. Je peux faire la même chose avec celle-ci, conclut-il pointant le corps d'Émilie avec sa cigarette.

– La police recherche Liesl ! répondit Franz, esquissant enfin un sourire sarcastique, mêlé d'amertume.

– Ah bon ? Elle s'appelait Liesl ? Très joli prénom. Sachez que la police l'a déjà retrouvée... Mais elle est méconnaissable, n'est-ce pas ?

Le violoniste se sentit moins malin. Surtout plus écœuré. Il rentra dans son appartement et s'arrêta devant le cadavre.

– Et le gardien dans tout ça ?

– Il est mort.

Franz refoula un haut-le-cœur. La présence de Karl et les alcools ingérés ne faisaient pas bon ménage. Il ne put plus retenir cette envie de vomir toutes ses tripes et courut aux toilettes. Une fois qu'il eut tout vidé, la force et le courage de se relever lui manquèrent. Dans le salon, Karl poursuivait son monologue.

– Croyez-moi, si je n'avais pas flairé la bonne affaire, je ne vous aurais pas aidé à vous en débarrasser. Vous allez m'être utile, Monsieur Schligg. Mes services contre les vôtres.

– Quel genre de services ? demanda-t-il, le visage blême, en se tenant à l'encadrement de la porte.

– Venez vous asseoir, invita l'intrus, en montrant le canapé.

Le violoniste ne bougea pas.

– Vous allez m'aider, Monsieur Schligg. Vous allez reproduire ce dont vous avez déjà l'habitude, à ce que je vois, dit-il, l'index pointé vers le corps. Mon métier, enfin, en ce qui vous concerne, consiste à éliminer des obstacles. Tueur à gages si vous préférez. Mais je n'abats pas des victimes ordinaires. Pas toujours. Il faut savoir brouiller les pistes. Surtout, j'ai besoin de quelqu'un comme vous pour atteindre certaines cibles. Si vous saviez comme c'est dur de tuer une femme...

– Mais vous venez de le faire ! Vous êtes dingue si vous croyez que je vais tuer pour vous ! hurla-t-il, sidéré, poussé par ses dernières forces.

– Bien sûr, vous ne tuerez pas pour moi, affirma-t-il calmement tandis qu'il sortait un calepin de sa veste. Vous le ferez pour : Teresa Baden, Andréa Steinger... Mhh, non. Elles m'ont l'air d'être vos prochaines victimes. J'ai aussi noté un certain Jakob Shahn. Peut-être que vous tenez à votre mentor ?

Le visage de Franz se décomposait à chaque nom prononcé.

– Nous possédons tous un talon d'Achille, Monsieur Schligg, pour l'instant je n'ai que ceux-là, mais j'en trouverai d'autres. Et s'il n'y a personne et que vous ne m'aidez pas, je ne vous offrirai pas une mort rapide. À votre place, j'accepterais le marché. De toute façon, vous n'avez pas d'option alternative. Je m'occupe du nettoyage et vous payerez le moment venu.

Le violoniste soupira et regarda Émilie, fixant le torchon teinté de rouge carmin. Si lui ne pouvait pas disparaître, au moins il voulait se débarrasser de cette vision d'horreur. Il se vit obligé d'accepter, pas d'autre choix.

– D'accord, j'accepte.

– Excellent ! s'exclama Karl avec un large sourire que la cicatrice à la lèvre rendait diabolique. Dans ce cas, il faudra me faire confiance et partir d'ici. Revenez demain, demandez vos clés au nouveau gardien. Vous aurez de mes nouvelles le moment venu.

Karl tendit la main comme s'ils avaient conclu un marché. Franz refusa de la serrer. Il cherchait du temps pour réfléchir et trouver une issue, un moyen d'échapper à cette sinistre transaction. Il ramassa le reste de ses affaires et se rhabilla, oubliant sa pudeur, son esprit occupé par ce qu'il venait de vivre. Un crime raté, un cadavre chez lui et un individu chargé du nettoyage ? Un inconnu, tueur à gages, qui plus est. Que pouvait-il se passer d'autre ? Il posa ses clés sur le bar de la cuisine et sortit silencieusement.

11

Franz marchait sans destination précise, dans les artères désertes et sombres. Comme si les réverbères n'assuraient qu'un service partiel à cette heure de la nuit. De temps à autre, les phares d'une voiture éclairaient le chemin. Le violoniste se demandait ce qu'un autre humain pouvait trafiquer si tard. Il regarda sa montre : quatre heures.

Lorsqu'il atteignit la gare de Nussdorf, il aperçut au loin un groupe de jeunes gens très animés qui lui rappelèrent Émilie. Sa fraîcheur et sa vivacité frappèrent ses souvenirs. Elle dégageait tant de vitalité, plus tôt, à l'extérieur de la boîte de nuit. S'il n'avait pas insisté pour l'emmener, elle aurait pu faire partie de cette joyeuse bande de noctambules. Elle se serait réveillée dans les bras d'une conquête ou seule, avec la gueule de bois, mais en vie.

Plus jamais. Par sa faute.

Comment en était-il arrivé là ?

Une fantaisie idiote. Un enchevêtrement de sensations, ressenties aussi bien avec Andréa que Liesl. Tout cela avait brouillé son jugement, au point de le conduire à ce geste atroce. Il s'était laissé tenter. Comment pouvait-il imaginer que le meurtre lui procurerait du plaisir ?

Soudain, le dernier regard de chacune de ses victimes envahit son esprit confus. Ce mélange de terreur, d'incompréhension, de supplique. Combien de fois serait-il obligé de revivre cela ? Maintenant qu'il était enchaîné à cette dette macabre, la prison ou l'hôpital psychiatrique lui semblaient les seules issues.

Ou la mort.

Sa descente de la colline de Grinzing l'avait mené sur les rives du Danube. Dans le lointain, derrière une frange noire, il percevait les petites lumières scintillantes des édifices des Nations Unies. Près du quai, son attention fut captée par les remous du barrage de Nussdorf. Il s'en approcha pour contempler le tourbillon.

Trouverait-il le courage de s'y jeter ?

Dans la digue ou dans la rivière, il aurait pu en finir. Mais il n'oserait pas. Il se savait lâche, il n'avait pas le courage de se supprimer. Ce serait tellement plus simple si ce Karl s'en chargeait.

Tandis qu'il marchait, il méditait à ce qu'il était devenu depuis qu'il avait connu le succès. Non content de mettre les filles à ses pieds, il se délectait de les humilier. Pire que cela. L'espace d'un instant, il avait même cru prendre du plaisir à les tuer.

S'il y avait un coupable à blâmer, c'était son mentor, Jakob Shahn. N'était-ce pas lui, ce père de substitution, ce génie du violon gouverné aussi par la braguette, le fautif ?

À peine adolescent, encore immature, il avait perdu l'innocence avec une femme, de trente ans son aînée. Prostituée ou call-girl, peu importe. Un « cadeau » de son mentor. Après tout, quatorze ans représentaient l'âge idéal pour un dépucelage, avait-il jugé. Ne se vantait-il pas d'avoir commencé plus tôt ? Or, pour Franz ce fut la plus humiliante expérience.

Ce cadeau, cette catin, personnalisa toutes les femmes pour lui. La pute, l'insolente, l'arrogante, trop sûre d'elle et de ses atouts. Celle qui le voyait comme un objet, un divertissement. Toutes pâtissaient de cette haine, sauf Teresa. Les autres, il rêvait de les humilier, les punir. Se venger.

Karma ou destin, il se métamorphosa en un séduisant jeune homme conscient de son charme. Le souvenir de cette expérience développa à parts égales sa haine et son égocentrisme. S'estimant exceptionnel, il se savait néanmoins indigne de la gent féminine. Au lieu de collectionner des conquêtes comme d'autres, lui ne voulait que faire mal. Jusqu'à Liesl, il ne choisissait que les proies les plus « faciles ». Il évitait celles qui lui rappelaient son vécu.

Aujourd'hui, il s'interrogeait. Comment en était-il arrivé là ? L'histoire aurait-elle été différente s'il était resté proche de son père ? Il se rappelait qu'à sa mort, il avait pris conscience de sa vie dissolue. Il attribuait ses erreurs à la célébrité fulgurante, à son train de vie. Tout ce qui l'avait éloigné de son paternel. Le Conservatoire était venu matérialiser une sorte d'exutoire, un foyer, une stabilité. Sans endiguer sa haine ni sa peur.

Et maintenant, le meurtre. Voilà où l'avait conduit son attitude, pensait-il, revivant ce coup d'archet sur le cou d'Émilie. Des flashs : son visage, son horreur, l'incompréhension dans ses yeux.

Seul, dans le froid, il prenait conscience qu'il était devenu un monstre.

Par ses actes, il déshonorait son pauvre père. Le premier à croire en lui, à son talent et à sa destinée. Il le savait, Shahn le lui avait répété, même si son mentor n'évoquait que rarement son père. Lorsqu'il le faisait, c'était avec grandiloquence et dramaturgie, déduisant qu'après avoir travaillé dur pour voir son fils triompher, il s'était laissé mourir.

Quand il pensait à son père, Franz ne pouvait ignorer les histoires entendues durant son enfance. Gustav lui assurait que sa maman, qu'il n'avait jamais connue, l'observait du ciel. Adulte, il imaginait la souffrance de ses parents, spectateurs de ses atrocités.

Après de longues minutes d'errance, il s'assit sur un banc public et ressentit une envie irrépressible de fumer. Pourtant, il était si fier d'avoir abandonné le tabac, le jour même de sa rencontre avec Albert. Depuis, il conservait néanmoins le briquet en or – le dernier cadeau de son père –, qu'il glissait par habitude dans ses poches. Comme une ironie du destin, celui qui l'avait prié de renoncer à la cigarette, succomba à un cancer du poumon sans jamais avoir fumé.

Ce briquet, dédicacé, il le gardait en souvenir, mais surtout comme témoin de sa force de volonté. Soudain, un doute surgit dans son esprit. De la même manière, avait-il gardé involontairement chez lui l'archet en laiton ? Une sorte de rappel pour ne pas récidiver ?

Il alluma le briquet. Une petite flamme étincela quelques secondes puis s'éteignit. Il répéta l'opération trois fois de suite, jusqu'à ce qu'il n'y eut plus rien. Le feu l'aidait à méditer sur ses actes, il réalisa soudain la place de la combustion. Il s'en était servi pour dissimuler son crime : d'abord dans la chaudière, avec Liesl ; ensuite dans le four, à la déchetterie. Là où il avait voulu détruire les affaires maculées de sang ainsi que ce maudit violon en laiton.

La déchetterie.

Les preuves n'avaient pas été éliminées.

Il en était sûr.

⁂

La ville se réveillait. Au loin, le bruit du train brisait le silence matinal. Dans le barrage, on entendait les voix des employés municipaux qui démarraient leur labeur. Les premières lueurs du jour se fondaient avec l'éclairage mourant.

Toujours sur son banc, Franz réalisa qu'il était temps de partir. Où ? Il n'avait pas d'idée. Alors qu'il rangeait le briquet dans la poche de son manteau, il retrouva les clés d'Andréa.

Naïvement, la violoniste les lui avait confiées sans imaginer qu'elle avait mis un meurtrier dans son lit.

Tandis qu'il pensait à elle, il comprit qu'il voulait sentir la chaleur de son souffle, les émotions révélées par ses caresses. Monter sur le nuage de plaisir où elle seule pouvait le conduire. Pourtant, il n'éprouvait pas de sentiments pour elle. Pas d'amour. Autrement, il aurait tout quitté pour la rejoindre. Mais non. Cette idée ne le tentait même pas. Il préférait l'attendre sagement.

Il avait une dette, il n'oubliait pas.

Pourrait-il tuer sur commande ? Qui serait sa prochaine victime ? se demandait-il. Le visage d'Andréa revenait sans cesse dans son imaginaire. Serait-ce une étouffante amante ou une encombrante épouse ? Une femme, en tout cas. Ou deux. En fait, il ne savait pas à combien de meurtres s'élevait sa dette.

Ses divagations ne faisaient qu'embrouiller d'autant plus son esprit confus. Il avait besoin de repos, il le trouverait chez Andréa.

Il se leva et déambula jusqu'à la première bouche de métro pour attendre le premier train. Quelques stations plus tard, il descendit à Stadtpark, près du lieu où la lune l'avait vu marcher aux côtés de Teresa.

Sur le plan, il réussit à identifier la rue Grimmelshausen. Puis, il chemina jusqu'à une placette face à l'immeuble d'Andréa. À l'intérieur de son appartement, un chat ambré en manque de câlins le reçut en grande pompe. Il miaulait en se tortillant autour de ses jambes, son corps frémissant de ronronnements.

– Comment a-t-on pu te laisser seul ?

Il prit le chat dans ses bras. L'animal ne paraissait pas souffrir, Franz avait compris que la gardienne lui donnait à manger et changeait la litière, mais le matou semblait friand d'attention et de caresses. Au son de ses miaulements, un peu de nourriture lui conviendrait, pensa-t-il.

Affamé lui aussi, le violoniste chercha de quoi remplir leurs deux estomacs. Il fut désorienté, la plupart des produits lui étaient inconnus : konjac, shirataki, kishimen, quinoa...

Enfin, il mit la main sur ce qui ressemblait à des biscuits au sésame, qu'il croqua avant de s'occuper du félin. Il ramassa son bol et y versa du lait. Le félin s'en approcha, le renifla et s'éloigna avec dédain, miaulant toujours. Il réclamait quelque chose de mieux, comme les croquettes que Franz venait de trouver.

« Les chats ne boivent pas de lait ? », se demanda-t-il en reprenant le récipient pour le rincer et le remplir d'eau. Sur le bol était marqué en belles lettres écrites à la main « Brullen ».

– Brullen, c'est comme ça que tu t'appelles ? Brubru ?

Il versa une poignée de nourriture pour chat dans un petit plat que le félin dévora goulûment. Franz s'assit sur le plancher et l'observait. Pour un instant, il aurait pu profiter de la scène et oublier son crime, mais les images d'Émilie et de Karl vinrent le frapper. Des larmes coulèrent le long de ses joues, et il ne put réprimer quelques sanglots. Laissant le chat dans la cuisine, il s'affala dans un fauteuil du salon. Rassasié, le minet sauta sur ses genoux.

Le violoniste caressa la longue et soyeuse fourrure de Brullen, se demandant pourquoi il n'avait jamais pensé à avoir un animal de compagnie. Cela aurait fait une nette différence dans sa vie. Rien de tout ce cauchemar ne serait jamais arrivé.

Le chat se pelotonna et se mit à ronronner. Ce petit bourdonnement rassurant fut le meilleur remède contre l'ouragan de sensations vécues dans la soirée.

Quelques secondes suffirent pour qu'il s'endorme, convaincu qu'avec un chat à ses côtés toutes les nuits, il n'aurait jamais eu besoin des femmes ni pour le meilleur ni pour le pire.

12

Franz se réveilla doucement, au rythme du lapement du chat dans son bol. Enfin reposé, il s'étira et regarda sa montre : à peine trois heures écoulées depuis son arrivée chez Andréa. Le jour était levé.

« Il est temps de partir », se dit-il. Pour aller où ? Pourrait-il rentrer chez lui ? Karl avait-il fini ? Comment se débrouillerait-il avec le corps d'Émilie ? Était-il de connivence avec le nouveau gardien ? Ce dernier avait-il une dette, lui aussi ? L'intendant de la déchetterie aussi ? Avait-il été tué en raison de sa désobéissance ?

Il se souvint de ses derniers mots : « C'est encore Tchavo ». Qui donc était ce Tchavo ? Un prénom tzigane. Il se remémora des caravanes abandonnées, brûlées, près de la décharge.

Tandis qu'il se perdait dans ses pensées, le matou sauta sur lui. Le violoniste l'embrassa, le reposa au sol et secoua ses vêtements en se relevant. Il avait pris la décision, qu'il savait insensée, de se rendre à la déchetterie. Le félin fut une nouvelle fois abandonné à son sort. En partant, Franz n'oublia pas, cette fois-ci, de glisser les clés dans la boîte aux lettres.

Malgré les rayons de soleil qui éclairaient la ville, celle-ci semblait encore endormie. De courageux joggeurs ou promeneurs de chien apparaissaient au loin, le tramway arpentait l'avenue. Franz réalisa qu'il avait besoin de sa voiture. Or, il avait tout laissé à Karl. « Pauvre imbécile ! »

Il remarqua alors un taxi garé non loin de la station de métro. Franz interpella le chauffeur, le surprenant avec une étrange exigence :

– Prenez l'autoroute A1, direction Sankt Pölten.

Le chauffeur se mit à rouler sans autre indication précise, avec ce passager peu enclin à la conversation. Néanmoins, le violoniste n'eut pas du mal à le convaincre, avec son allure élégante et une promesse magique : « Je vous payerai le double ».

« Prenez cette sortie. Suivez ce chemin » furent les seules directions que Franz lui donna avant qu'il s'écrie abruptement :

– Arrêtez-vous là !

– Êtes-vous sûr, Monsieur ? s'enquit le chauffeur, inquiet.

L'environnement n'avait pas l'air rassurant, en plein milieu d'une route déserte, bordée par les carcasses des caravanes et autres restes des taudis cramés.

Le violoniste acquiesça et paya. Le chauffeur reformula sa question sur un ton plus affable, content de sentir l'argent dans ses mains.

– Voulez-vous ma clé à molette ? proposa ce dernier.

– Pour quoi faire ? répondit Franz en descendant du véhicule, amusé par la suggestion.

L'homme reconsidéra les billets et proposa de l'attendre, lui demandant à nouveau quel était son lieu de destination. La déchetterie se trouvait encore loin, à quelques centaines de mètres. Franz préféra garder le mystère, et lui prit sa carte, pour le rappeler en cas de besoin, sachant pertinemment que cela lui serait difficile sans téléphone portable.

Le véhicule s'éloigna en soulevant la poussière. Quand il disparut de sa vue, Franz soupira, conscient de commettre une folie. Il comparait sa situation actuelle au ressenti expérimenté plus tôt. Il avait le même sentiment que quand il s'était tenu face au vide sur son balcon, et plus tard au-dessus des remous provoqués par le barrage. Sa présence ici, c'était un suicide.

Au loin, une cheminée industrielle dominait les carcasses de remorques. Son esprit se vida et il poursuivit sa marche vers le bâtiment. Autour de lui, les restes du bidonville le ramenèrent à la réalité de sa stupidité. Sa voix intérieure s'accrochait à la vie, elle criait de ne pas chercher à savoir et de partir. Pragmatique, il se dit qu'au mieux, il trouverait un téléphone pour rappeler le taxi.

Il marcha pendant une bonne vingtaine de minutes. Décidément, il avait mal évalué sa progression dans ce terrain difficile. Lorsqu'il arriva devant les grilles de l'entrée, fermées par un cadenas, la petite cabane semblait vide et le cadavre du chien ne gisait plus à terre. Plus aucun signe de vie n'était visible aux alentours.

Franz contourna la clôture à la recherche d'une fente ou d'un passage. À quelques mètres de là, il trouva la grille complètement renversée, non loin de squelettes de vieilles voitures couvertes d'eau stagnante et de poussière.

« Que fais-je ? » se demandait-il en piétinant la clôture.

Il se glissa dans le bâtiment principal, par un petit abri à la porte grande ouverte. Un frisson le parcourut, tandis qu'une faible voix dans sa tête l'implorait de quitter immédiatement les lieux. Finalement, il fut convaincu qu'il courait au suicide, celui auquel il aspirait depuis quelques heures.

– Il y a quelqu'un ? appela-t-il, en s'insinuant dans les sombres couloirs.

Ses mains parcoururent les murs crasseux à la recherche d'un interrupteur, sans succès. Le couloir se terminait sur un hangar, dans lequel s'alignaient de hauts rayonnages. Avec une caisse, il coinça la porte de façon à permettre le passage d'un faible faisceau de lumière extérieure.

Il se souvenait vaguement avoir traversé ce chemin lors de sa première visite pendant qu'il se demandait ce qu'il cherchait vraiment. L'endroit où il avait déposé le sac ? Les restes de l'intendant ? Il envisagea même qu'il puisse retrouver son violon en laiton, comme s'il lui manquait.

Puis, il remit ses idées en ordre. Il était là pour ce fameux Tchavo.

Rapidement, il atteignit le corps de chauffe. Il était éteint et il n'y avait aucune trace de cadavre, pas plus que de son instrument. Dans cette atmosphère suintant le bois pourri et la poussière humide, la perspective de fouiller ne l'enchantait pas.

« Idiot. Quelle idée stupide ! », pensait-il, prenant enfin conscience de l'impasse.

Comment rentrer ? En stop ? songea-t-il, presque amusé.

Sa dernière expérience remontait à loin, lors d'une escapade en Russie. Irina, la seule amie qu'il ait jamais eue et lui avaient fait de l'école buissonnière. Ce souvenir d'adolescent égaya son présent.

Irina, une magnifique ballerine, époustouflante de beauté et de grâce sur scène, un véritable garçon manqué en dehors. Il aimait son côté intrépide et rassurant, et regrettait qu'ils se soient perdus de vue, contraints par des adultes ambitieux à suivre des voies différentes.

Un bruit sec l'extirpa de sa rêverie. La porte venait de se rabattre, plongeant le hangar dans le noir absolu. « Sûrement le vent », se consola-t-il. Ou alors, il y avait quelqu'un.

– Tchavo ? souffla-t-il, la voix étranglée par la peur.

Il réitéra son appel, certain qu'il parlait dans le vide. Il luttait pour se persuader qu'il devait l'obscurité à une rafale de vent. Or, au fur et à mesure de son avancée, il avait l'impression d'entendre une respiration haletante qui n'était pas la sienne.

– Tchavo ? répéta-t-il. Je ne vous veux pas de mal…

– Connard !

Soudain, il fut projeté à terre par un coup dans le dos, porté avec un lourd objet métallique. Au sol, l'agresseur se défoula sur lui, enchaînant de furieux coups de pied contre ses côtes, le piétinant comme s'il n'était qu'un vulgaire insecte. Tant bien que mal, le violoniste tentait de parer les coups avec ses avant-bras et profita d'un court moment de répit pour riposter lui aussi et s'écarter en rampant.

Ses côtes le faisaient souffrir, mais il dut ignorer sa douleur. L'autre ne le lâchait pas. Franz réussit à rassembler toutes ses forces pour se relever, en évitant ses attaques. Il parvint enfin à l'agripper par les épaules, puis le relâcha aussitôt, surpris par l'extrême finesse de ses bras.

– Je ne vous veux pas de mal… je veux juste…

Il ne termina pas sa phrase. Un coup de tête lui explosa le nez. Paniqué, son attaquant hurlait des mots inintelligibles tandis qu'il déversait sur lui une pluie de crochets et de directs, aussi rapides qu'étonnamment puissants pour quelqu'un de son gabarit.

L'agresseur l'acheva d'un coup de pied à l'entrejambe et Franz s'écroula, le souffle coupé. Sans lui laisser cette fois une once de répit, l'individu le frappa encore au visage jusqu'à ce qu'il fut certain de l'avoir mis hors de combat. Puis, il prit soin de lui vider les poches.

Les lampes de l'entrepôt s'allumèrent. À demi sonné, le violoniste aperçut son attaquant par la fente d'un œil amoché. Un gamin à peine ! Au son d'un coup de feu, celui-ci bondit comme un lapin et s'éclipsa d'un pas affolé, faisant trembler le sol.

Poussé par l'adrénaline, Franz se redressa péniblement et tenta de se cacher derrière les allées formées par les rayonnages remplis des cartons et du matériel.

Une douleur lancinante le saisit à nouveau. Impossible de se tenir debout ni d'avancer.

Des pas s'approchèrent. Sa respiration déchirait ses entrailles, alors qu'il s'efforçait de rester silencieux. Le bruit des pas s'intensifia, puis s'arrêta brusquement. De l'autre côté des étagères, au sol, Franz découvrit, effrayé, une paire de bottes, avec une tirette jaune à l'arrière, comme des Dr. Martens. Le violoniste essaya de trouver refuge en rampant jusqu'à l'autre bout de l'allée, où un coup de crosse l'attendait.

13

Les rayons de soleil s'infiltrèrent par les minces interstices des volets. Lili regrettait ne pas avoir eu le temps, depuis deux semaines, de poser les rideaux. Ceux-ci traînaient sur son bureau, à côté d'un mug de thé froid de jeudi, ou était-ce vendredi ?

Elle avait l'habitude de laisser ménage et travaux pour les week-ends, quand elle ne rentrait pas à Sankt Pölten pour oublier la vie à Vienne. Ce samedi-là, elle avait décidé de rester pour traiter une affaire urgente.

Depuis son étrange rencontre avec Franz, elle n'avait pas arrêté d'y penser. Comme si elle avait entrevu deux facettes distinctes dans la personnalité du violoniste. Dans un coin, un Franz vulnérable criant à l'aide, envers lequel elle pouvait éprouver de l'empathie ; dans l'autre, le monstre qui l'avait humiliée.

Lequel des deux avait avoué ces mots terribles, qu'elle n'arrivait pas à assimiler ?

« Liesl est morte »

Pourquoi avait-il mentionné cela, en la tenant, elle, pour responsable ? Sur le moment, elle n'avait pas su comment réagir. Le message avait atteint bien plus tard son cerveau. Depuis, elle creusait cette histoire afin de comprendre le charabia du violoniste. Elle se résolut à le revoir pour discuter sérieusement. Mais cette fois, elle fixerait les règles. Elle décida de se rendre chez lui, à l'improviste, jugeant qu'il serait plus enclin à parler ouvertement ailleurs que dans le Conservatoire.

– Tu vas faire quoi ? avait demandé sa mère, effrayée, lorsqu'elle reçut un étrange coup de fil de sa fille.

Lili l'avait prévenue de ses intentions, en citant clairement son nom : Franz Schligg. Une visite inopinée pour *discuter*. Elle lui avait précisé, sur un ton mélodramatique, que si un malheur lui arrivait, il devrait être tenu comme seul responsable.

Connaissant bien sa fille, la mère n'aurait pas été troublée par sa requête, mais la disparition de Liesl changeait la donne. Au moins, Madame Bylen pouvait soupirer satisfaite. Sa fille avait enfin divulgué le nom d'un de ces salopards qu'elle attirait comme des mouches, malgré ses nombreux avertissements et conseils.

Après son appel, Lili partit en direction de Grinzing et retrouva sans difficulté l'immeuble Art nouveau qu'elle avait quitté couverte de honte, quelques semaines plus tôt.

Elle attendit patiemment à l'extérieur devant le grand portail, comptant sur le premier quidam qui le franchirait pour s'y faufiler. Le moment advenu, son enthousiasme se dissipa dans le hall. La vue de cet ascenseur, digne d'une pièce de musée, et de ce fastueux escalier en marbre lui rappelèrent cette nuit-là.

Elle souffla un grand coup et se ressaisit. Lorsque la porte de la loge du gardien s'ouvrit, elle décida d'emprunter l'escalier, en grimpant deux à deux les marches.

Au fur et à mesure qu'elle s'approchait de l'étage, elle se demandait si son idée ne relevait pas de la folie. Elle avait toutes les chances de se faire rembarrer à nouveau par le violoniste. Mais si elle avait parcouru tout ce chemin, c'était surtout pour comprendre la signification de l'incroyable révélation exprimée au Conservatoire.

Elle pressa la sonnette à trois reprises. Chaque impulsion espacée d'une minute. Un premier coup pour s'annoncer. Un deuxième par crainte de ne pas avoir appuyé assez fort la première fois. Et le dernier de manière soutenue, certaine que l'appartement était vide.

« Bien essayé ! » se dit-elle, soulagée.

Dès qu'elle tourna le dos, elle entendit un bruit sourd de l'intérieur. Un brin curieuse, elle se demanda quel pouvait en être l'origine.

Elle appela l'ascenseur. L'appareil entama sa lente montée en grinçant, pendant que la jeune femme se retourna et observa la porte. Elle lui semblait battre comme un cœur.

Lorsque la cabine atteignit enfin le cinquième étage, Lili hésita quelques secondes devant la grille. Sa conscience lui soufflait d'en avoir le cœur net. Avant qu'elle ait pris sa décision, l'ascenseur fila vers un autre niveau.

Elle revint sur ses pas et colla son oreille à la porte. N'entendant aucun bruit, mis à part son propre rythme cardiaque, elle sonna une dernière fois, tête baissée, honteuse d'insister.

Toujours pas de réponse.

Déterminée à abandonner après cette ultime tentative, elle s'appuya machinalement sur la poignée.

Celle-ci céda sous son poids. Intriguée, elle poussa le montant vers l'intérieur. Elle était ouverte !

Lili s'engagea, craintive. Elle s'attendait à se faire insulter pour cette irruption, mais en balayant du regard la grande pièce, celle-ci lui sembla vide.

Sur le canapé, elle remarqua un violon en laiton posé négligemment. Elle avait le souvenir de l'avoir aperçu sur une étagère lors de sa première visite. En s'avançant, elle découvrit, surprise, la table basse au verre craquelé et puis… cette chose.

Pétrifiée, elle réalisa, qu'il y avait une personne à terre. Était-ce Franz ? Elle n'aurait pas su le dire tellement ce visage tuméfié était méconnaissable.

Affolée, elle hésita à s'approcher. Elle l'appela par son prénom. Pas de réponse. Terrorisée, elle fouilla son sac à la recherche de son portable. Inutile, il était déchargé. D'un coup d'œil rapide, elle repéra un téléphone fixe qu'elle attrapa avant de courir vérifier si la victime respirait.

Sans oser toucher ce visage meurtri, elle se pencha sur lui et tint son poignet pendant qu'elle composait le numéro d'urgence. Alors qu'elle attendait une réponse, elle détecta un pouls ainsi et une main qui la serra fort. Et là, elle put enfin souffler.

14

« Qu'est-ce qu'il fait ici ? » furent les mots attribués par Franz au cauchemar à la déchetterie. Son cerveau fonctionnait au ralenti, anesthésié par la douleur du coup de crosse reçu à la tête.

– Qu'est-ce qu'il fait là ? Il n'a rien ! Pas de papiers, pas d'argent ! Comment il a fait pour venir ici ? bredouilla une voix.

Il avait été traîné jusqu'à l'entrée de l'entrepôt. Si près de la sortie, mais il manquait de force nécessaire pour se redresser. Il aperçut à nouveau les Dr. Martens devant son nez cassé. Sa tête fut brusquement relevée, tirée par les cheveux. Une douleur insupportable. Son front brûlait et il sentait que son cuir chevelu allait être arraché par ce jeune gothique aux traits sauvages, trop fier de brandir un pistolet.

– Classe, ton manteau ! s'exclama-t-il, en le relâchant.

Le violoniste tomba sur les genoux et l'agresseur le prit violemment par le col et abaissa les manches jusqu'à immobiliser ses bras.

– T'es qui ? demanda-t-il, saisissant sa mâchoire.

Le supplicié ne put répondre, incapable d'émettre un son intelligible. L'assaillant ne comprenait pas qu'il l'empêchait lui-même de parler. Ce silence le rendit furieux et il finit par lâcher. Le violoniste tomba à la renverse :

– Franz Schligg ! Je m'appelle Franz Schligg !

– Attends ! intervint une nouvelle voix, terne.

Affaibli, le virtuose entrevit un autre homme en retrait. L'individu, d'une apparence aux antipodes de son agresseur, pianotait sur son téléphone. Il portait une gabardine beige Mackintosh et arborait un visage de crapaud inexpressif. Franz fut certain de l'avoir déjà vu.

Les compères discutèrent pendant un moment, comme s'ils l'avaient oublié. Le violoniste se libéra des manches qui l'immobilisaient et tenta de s'échapper. Dans son esprit, il aurait pu courir au moins jusqu'à la grille et atteindre le bord de la route. Et après ? Il n'eut le temps de l'imaginer. Il n'avança que de quelques mètres avant qu'une douleur térébrante sur les côtes ne stoppe sa progression.

La même douleur que ravivait à présent l'auscultation du médecin.

« Qu'est-ce que je fais ici ? » se demandait Franz maintenant que le cauchemar semblait terminé. Malgré la vue de cet effrayant objet tenu par une infirmière au doux visage, lorsqu'il vit la seringue, l'image se confondit avec celle de l'homme crapaud qui tenait, lui aussi, une seringue à la main. Le blanc. Le néant. Il lui avait semblé plonger dans un tourbillon d'eau pour ensuite flotter à la dérive, paisiblement, malgré les cris des mouettes, des sirènes des bateaux, et arriver enfin au port éclairé par un phare providentiel.

« Qu'est-ce que je fais ici ? » se demandait Lili en triturant son sac à main. Cela faisait une éternité qu'elle patientait sur le banc. Lasse, elle se leva pour faire les cent pas dans les allées de la salle d'attente de l'hôpital.

Elle revivait les derniers événements. Cette main qui l'agrippait, comme pour se raccrocher à la vie. La longue attente des secours pendant laquelle elle contemplait le visage estropié, cette *chose* qui balbutiait des sons inintelligibles. Puis, à l'arrivée de l'ambulance, le dilemme. Qui était-elle pour lui ? D'abord, lors de l'appel aux secours elle s'était présentée comme une collègue. Ensuite comme une amie. Enfin, elle devint sa fiancée. Elle n'avait rien trouvé de mieux pour obtenir le droit de l'accompagner.

Elle tournait en rond, énervée à cause de son téléphone déchargé. Elle n'avait pas pu prévenir sa mère, lui dire qu'elle allait bien, qu'elle se trouvait à l'hôpital, inquiète. Lui raconter qu'elle avait eu la frayeur de sa vie lorsqu'elle avait cru trouver un homme mort. Que c'était l'homme qu'elle détestait. Le minable qui l'avait fait souffrir. Celui pour qui elle priait en ce moment.

Un médecin vint s'entretenir avec elle. Lili ne l'écoutait pas, tiraillée entre l'envie de partir et celle de rester. Elle avait accompli sa bonne action, il était hors de danger. À quoi bon s'attarder ? Tenait-elle à obtenir des éclaircissements au sujet de Liesl ? Cherchait-elle de la reconnaissance ? Des remerciements ? Qu'il admette qu'elle l'avait sauvé, malgré tout ?

Peut-être tout à la fois. Le discours du médecin fut rassurant sur son pronostic vital, même s'il devait passer la nuit en observation.

Elle demanda à le voir. En pénétrant dans la chambre, Lili trouva Franz endormi, paisible comme un enfant. De nombreux hématomes déformaient son visage, néanmoins son aspect lui parut moins impressionnant. Le bandage sur son front et l'attelle sur son nez rendaient le reste plus supportable.

Elle attrapa une chaise et s'assit près de lui, puis contempla ce visage dont aucun centimètre n'avait été épargné par les coups. Le voir dans cet état effaça toute rancune, toute haine, tout passif.

Il lui inspirait de la pitié, à tel point qu'elle éprouva un besoin irrépressible de le toucher, de lui montrer un peu de tendresse. Malgré le pansement sur la tête, elle caressa, soulagée, ses cheveux cuivrés, comme si elle les coiffait, puis elle prit sa main.

Au bout d'un moment, il n'ouvrit qu'un œil, le moins amoché. Un iris quasi translucide balayait la pièce. Un œil sans vie, tentant de s'échapper de ce morceau de peau violacée, avant de se refermer pour de bon. Les doigts entrelacés aux siens, elle constata une réaction.

– Reste avec moi... gémit-il faiblement comme un soupir.

– Je suis là.

Yeux fermés, il posa sa main sur son cœur. Elle sentit sa respiration profonde avant qu'il ne lui demande d'une voix léthargique :

– Qui es-tu ?

Elle fut étonnée par la question. Elle hésita, maintenant qu'elle le savait en sécurité et dans de bonnes mains, allait-elle s'éclipser ? Elle tarda à répondre, d'une toute petite voix.

– Lili...

Il prit sa main et l'embrassa délicatement. Les lèvres rendues râpeuses par les ecchymoses la firent tressauter. Il s'efforça d'ouvrir un œil, la contempla, puis le referma.

– Lili, je te dois la vie, souffla-t-il, comme dans un murmure.

Franz serra sa main plus fort, tandis que l'ombre d'un sourire se dessinait sur son visage. Il se rendormit. Elle resta à ses côtés.

Elle ne sentit pas le temps passer lorsqu'elle le vit s'agiter, émergeant péniblement des limbes. Son œil meurtri l'avait de nouveau fixée brièvement avant de se refermer. Entre deux sanglots, il la remercia à trois reprises, bafouillant des mots sur sa propre stupidité. Il répétait ne pas être digne de son aide, qu'il ne méritait rien du tout

En silence, elle acquiesça, émue par la sincérité de sa voix. Elle ne se serait jamais attendue à des excuses de sa part, encore moins de le voir dans cette situation.

Franz, de son côté, avait encore du mal à saisir les bouts d'information que son cerveau trop lent essayait d'assembler. Son esprit embrumé ne ressentait pour le moment qu'un bonheur relatif, une sensation de paix et de sécurité jamais expérimentées auparavant. Pourtant, cette fille lui rappelait une vague d'émotions contrastées où s'intercalait la confusion, la honte, et des souvenirs aussi lointains que terribles : Émilie, Karl, la déchetterie.

Que faisait-elle dans tout cela ? Sa présence ne s'emboîtait pas dans ce puzzle.

Parallèlement, les événements récents se mêlaient au jour où il l'avait humiliée. Comment avait-il pu la blesser moralement ? Comment avait-il pu la détester, la rendre coupable de la mort de Liesl ?

Il méritait tout ce qui lui arrivait.

– Me pardonneras-tu un jour ?

– C'est du passé, Franz. Oublie.

– C'est la deuxième fois que tu me sauves…

Il gardait en mémoire ce moment d'effroi, le jour de son malaise, quand il avait cru voir Karl. Elle avait été là pour lui, tel un ange gardien. Sa présence auprès de lui ne faisait que confirmer la bonté de cette fille. Malgré ce qu'il lui avait fait, elle était là. Elle était toujours là. Il se sentit misérable.

La compagnie de Lili l'apaisait. Comme s'il savait que ni Karl ni les individus qui l'avaient agressé ne s'en prendraient à lui tant qu'elle serait là. Néanmoins, sa présence engendrait des remords. Il réalisait que s'il n'avait pas commencé par s'attaquer à elle cette nuit-là, s'il ne l'avait jamais humiliée, Liesl serait toujours vivante. Rien de tout ce cauchemar ne se serait produit.

– Pardonne-moi ! marmonna-t-il encore, en serrant sa main, l'attirant à nouveau vers son cœur. Je sais que j'ai fait des conneries, tu n'as pas été la seule à en souffrir, je le regrette énormément…

Il se tut, la voix étranglée par l'émotion. Tous deux se regardèrent au plus profond des yeux.

– Que s'est-il passé, Franz ?

– Comment suis-je arrivé ici ?

– Je t'ai trouvé chez toi… c'était terrible…

Elle se tut un instant. Elle pensa à l'image de cet homme qu'elle avait cru mort. Après un soupir, elle poursuivit :

– Que t'est-il arrivé ? Les secours, la police, on se pose tous la même question…

Le violoniste lâcha sa main. Pourquoi avait-elle mentionné la police ?

Émilie.

Son image lui revint. Le cadavre de la malheureuse était toujours chez lui ? Lili l'avait-elle découvert ? Il hésita à parler et parut soudain plus tendu.

– Je ne sais pas ce qui m'est arrivé… on m'a agressé, volé mon portefeuille, mon manteau…

– Ton appartement n'avait pas l'air d'avoir été cambriolé.

– J'étais chez moi ? insista-t-il, confus. Que faisais-tu là ?

– J'étais venue discuter de Liesl.

Une infirmière pénétra dans le box pour vérifier la perfusion, examiner l'œil du violoniste et prévenir la visiteuse qu'elle devrait bientôt partir.

Il soupira et posa son regard tuméfié sur la jeune femme, esquissant un sourire. Elle le trouva si pur, si innocent, qu'elle crut voir en lui une autre personne. Elle se cala dans le fauteuil et y resta les bras croisés, à le contempler. Lui, il sentit une sensation étrange, troublante, à l'idée qu'elle s'était inquiétée pour lui.

– Tu as eu de la chance, affirma-t-elle au bout de quelques minutes. J'étais sur le point de partir. J'ai entendu un bruit et je suis entrée. La porte était ouverte.

Elle attendit une réaction de sa part. Il ne dit rien. L'infirmière revint annoncer la fin des visites. Avant le départ de Lili, Franz s'empressa de lui exprimer sa gratitude encore une fois.

– Dois-je prévenir quelqu'un ? demanda-t-elle, candide.

Il réfléchit un court instant et prononça uniquement les noms d'Albert Carring et Jakob Shahn avant de se raviser.

Non, il ne fallait informer personne. Il n'avait pas de famille.

– Je reviens demain, alors !

Franz n'eut ni le temps ni l'envie de refuser. Il la regarda partir, un tourbillon d'émotions contrastées le submergea. Le souvenir de la nuit où il l'avait puérilement offensée le tourmenta.

Combien de filles aussi nobles qu'elle avait-il blessées ?

15

Lili sortit de la salle des soins, confuse. À l'extérieur, dans le couloir, l'inspecteur Neumann l'interpella. Distraite, elle passa devant lui sans s'arrêter, mais au second rappel, elle se retourna, surprise.

Quelques secondes lui suffirent pour se souvenir de l'individu, grand et costaud, aux épaules larges comme une armoire à glace, venu enquêter sur Liesl. Elle le salua courtoisement, en espérant que sa présence n'était qu'une pure coïncidence.

– Bonsoir, Mademoiselle Bylen. Quelle joie de rencontrer la future Madame Schligg ! Dites-moi, vous vous êtes fiancés avant ou après qu'il sorte avec votre amie ?

Jugeant cette approche pernicieuse, elle préféra le silence. Sa conscience lui criait « Bien fait pour toi ! » Pourquoi avait-elle inventé ce mensonge ? Était-ce dû au choc, au stress, ou à l'envie de le protéger ? Ces trois raisons l'avaient conduite à l'imposture.

– Pardonnez mon manque de tact. Je le perçois dans vos yeux. Avouez qu'à ma place vous trouveriez cela curieux.

– Vous venez voir Franz ? L'heure des visites est terminée.

– Oh, j'aurais pu, oui, en effet. Mais je n'ai pas souhaité vous interrompre. J'en aurai l'occasion ultérieurement. Puis-je vous raccompagner ?

Comment refuser ? Après toutes les émotions de la journée, elle n'avait aucune intention de prendre les transports en commun.

Le confort d'une voiture la tenta et elle accepta de bonne grâce, même si elle s'attendait à en payer le prix. Il chercherait à lui soutirer des informations, elle en avait la certitude.

– Pourquoi êtes-vous là ? s'enquit-elle.

– Par hasard. J'étais d'astreinte et je m'ennuyais. Entre jouer au solitaire et faire semblant de travailler, j'ai choisi la seconde option. J'ai su pour votre ami. Excusez-moi, je veux dire votre fiancé. Pour une fois que toute cette modernité informatique sert à quelque chose...

– Avez-vous des nouvelles de Liesl ?

– Oh oui ! Un indice, venez.

Intriguée, elle le suivit dans le parking. Elle se demanda si Franz n'avait pas menti en lui avouant la vérité sur son amie. Morte ! Et si c'était vrai ? Comment le savait-il ? Une seule hypothèse, la pire de toutes, obsédait son esprit. L'avait-il tuée ? Certes, elle le savait lunatique et imprévisible, mais de là à commettre un crime, il y avait un fossé.

Ils arrivèrent devant une Volkswagen Passat. L'inspecteur ouvrit la portière passager, retira une chemise cartonnée pour lui permettre de s'asseoir, fit le tour du véhicule, dossier à la main, s'installa et le lui tendit en rallumant le plafonnier. Lili hésita à jeter un coup d'œil, puis découvrit à l'intérieur deux photographies en noir et blanc.

Elle reconnut les bijoux de Liesl et se demanda ce qu'elle devait en conclure.

– Parfois, les photographes de la police se prennent pour des artistes ! ironisa-t-il, en faisant démarrer le véhicule. Qu'est-ce qu'on en a à foutre des images en noir et blanc ?

Elle ne répondit rien.

– Ça vous dit quelque chose, ce pendentif ? Votre fiancé - il prononça ce mot avec une pointe de malice - a été le seul à l'avoir vu rouge. Je ne pensais pas qu'il était daltonien.

Effectivement, Lili gardait en tête ce magnifique bijou en émail et en or. Les couleurs s'inspiraient du style bigarré d'Alphonse Mucha. Quant au rouge, il brillait par son absence. Elle se remémora le jour où son amie, heureuse, l'avait affiché ; fière de cette parure, cadeau d'Albert.

– Un autre détail curieux : notre enquête avance, et le dernier à l'avoir vue subit une étrange agression. Je parle de votre promis. Vous ne trouvez pas cela bizarre ? De toute évidence, il a été attaqué ailleurs, drogué et ramené chez lui. Qui a fait ça ? Il n'y a pas de trace d'effraction dans son appartement ni de bagarre. Au contraire, tout a l'air très propre. Incroyable pour un célibataire ! Au fait, où est-ce que je vous dépose ?

Elle l'écoutait, abasourdie, ne sachant que répondre. Dans quelle sale affaire venait-elle de se mettre ?

– Leopoldstadt. Rapprochez-moi de la station de métro de Vorgartenstrasse.

– Ah ! Vous ne vivez pas ensemble ? Quoi de plus normal de nos jours ? Chacun chez soi. Comme ça, il poursuit sa petite vie. Je parie qu'il ne déposera pas plainte et exigera l'arrêt de toute investigation. Cela arrive dans les cas d'extorsion…

La jeune femme commençait à regretter d'avoir accepté sa proposition. Elle comprenait les piques, lancées pour l'amener à réagir. Certaine qu'il savait qu'elle mentait pour protéger Franz, elle tenta de détourner la conversation. Elle l'observa, remarquant une alliance à sa main gauche. Pour elle, son aspect débraillé ne correspondait pas à celui d'un homme marié. Elle imagina le flic qui ne vivait que pour son travail. Sa femme l'avait-elle quitté ? Perdue dans ses conjectures, elle ne put s'empêcher de ressentir un peu de pitié pour lui.

De son côté, Neumann poursuivait son soliloque.

– Voyons où ça nous mène, je parle du GPS, bien sûr ! Vous aviez évoqué cette relation entre Mademoiselle Kruse et cet Anglais, Monsieur Carring. Il semble extrêmement inquiet, mais il demeure plutôt discret sur leur affaire. Vous qui le connaissez, vous ne trouvez pas qu'il jalouse un peu votre fiancé ? Je vous le dis parce que…

« Vous êtes arrivé. »

La voix salvatrice du GPS, interrompit l'élan du flic.

– Ben voyons ! Ils sont bien ces appareils ! Au début, je n'y croyais pas, mais une directive nous exhortait à…

– Pourquoi dites-vous cela ? demanda-t-elle, enfin intéressée.

– Pour le GPS ? Ah, pour votre ami. Eh ben, à cause de ce que m'a dit Monsieur Carring à son sujet. Sur ses habitudes avec les femmes, notamment. Comme s'il lui en voulait. Au fait, ça ne vous dérange pas, cette étiquette de coureur de jupons collée à votre fiancé ?

Elle sentit de la commisération dans la voix de l'inspecteur. Elle décida de revenir au fameux indice.

– La photo que vous m'avez montrée, le pendentif. Qu'est-ce que cela signifie vraiment... est-elle morte ?

– Ce n'est qu'un indice.

– Est-ce qu'il a été retrouvé près d'un corps non identifié ?

Convaincu qu'elle devait regarder trop de séries policières, le flic ne put éviter de ressentir un nœud dans sa gorge et soupira, parfois il détestait son métier.

– Oui, il a été retrouvé près de restes. Des examens supplémentaires sont en cours. Des empreintes dentaires, tout cela.

– Et pourquoi cherchiez-vous Franz si précipitamment, sans attendre l'expertise ?

– Je le répète, je me trouvais là par pure coïncidence. Si j'avais voulu le voir, je ne me serais pas gêné. C'est mon travail, j'écoute mon intuition et elle me siffle que votre fiancé - cette fois, il ponctuait chaque syllabe - ne nous dit pas tout.

– Et pourquoi me racontez-vous tout ça ?

– Oh, je suis très très bavard, vous savez ? conclut-il en se garant.

– Quand est-ce qu'on en apprendra plus sur l'enquête ? demanda-t-elle en ouvrant la portière.

– Vous connaîtrez les détails par les journaux ! Quoi qu'il en soit, la famille sera la première à en être informée. Ah ! En parlant des canards, la rubrique de faits divers sert toujours à remplir les espaces, ça fait vendre quand cela concerne des célébrités. Jetez-y un coup d'œil demain, qui sait ?

Une fois chez elle, Lili chargea son téléphone et passa un coup de fil rapide à sa mère, morte d'inquiétude. Elle la rassura, omettant les détails de son angoissante journée.

Après avoir raccroché, elle vérifia à nouveau ses notifications, avec le mince espoir de découvrir un mot de Liesl.

Cette histoire de pendentif l'inquiétait. Comme si elle enterrait tout espoir de retrouver son amie vivante. Son portable n'affichait aucun autre message ni appel, uniquement les nombreuses tentatives de sa mère pour la localiser. Dépitée, elle faillit l'éteindre lorsqu'elle se souvint d'Albert. Il fallait le prévenir. Franz n'avait personne d'autre, à part lui ou Shahn. Elle ne put s'empêcher de sentir de la compassion pour lui. Pour elle, la famille était sacrée, et lui, il n'avait personne pour le soutenir ?

Ses certitudes se trouvèrent ébranlées. Elle ne voyait plus le séducteur pernicieux qui l'avait humiliée, aussi beau que maléfique. Non, Franz lui faisait penser à une créature vulnérable, désemparée, qu'elle se devait de protéger.

De plus, il s'était excusé, se rassura-t-elle, convaincue qu'elle avait connu pire, comme enfoiré. Et elle s'en était sortie. Avant sa malheureuse soirée avec Franz, elle venait juste de se remettre d'une liaison houleuse avec un lunatique, un pervers narcissique qu'elle avait cru pouvoir redresser, l'aider à vaincre ses démons, à tort. En comparaison, le violoniste lui paraissait un ange.

Elle tapota un bref SMS, puis l'effaça et reformula une vingtaine de fois jusqu'à renoncer, terrassée par la fatigue.

Les heures défilèrent sans lui permettre de sombrer dans un sommeil réparateur. Les photos du bijou virevoltaient dans ses pensées. La conversation avec l'inspecteur Neumann l'avait sonnée.

Le lendemain, elle se rendit de bonne heure à l'hôpital. Sur le chemin, elle acheta quelques douceurs, un bon café à emporter et quelques exemplaires des journaux.

Dans son lit, Franz comptait les gouttes de sa perfusion, les yeux rivés sur la pochette, scrutant la petite perle en train de tomber et parcourir le tuyau jusqu'à son bras. Dans ce précieux liquide il devait couler un produit qui lui permettait d'oublier l'horreur qu'il avait vécue. L'angoisse s'était atténuée, mais pas le désespoir de se trouver là. Il languissait, pressé de quitter les lieux, agacé par sa situation, par les gens, les odeurs et le manque d'intimité.

Lorsque l'infirmière pénétra dans le box, accompagnée de Lili, il ressentit soudainement une chaleur rassurante. Il ne s'attendait pas à ce qu'elle revienne. Par son sourire étonné, il supputa son apparence meilleure que la veille. À sa demande, l'infirmière approcha un miroir. Il eut du mal à se reconnaître dans ce visage tuméfié et ses yeux cerclés de noir, comme un panda.

L'infirmière termina son inspection et s'éclipsa. Arborant un grand sourire bienveillant, Lili le salua et lui tendit le café *latte* et un *cinnamon roll.*

Il les accepta, ravi. La nourriture de l'hôpital lui paraissait infecte, au point qu'il se laisserait mourir de faim, malgré les cris de son estomac creux.

Franz se sentait relativement mieux. Le docteur lui avait donné le feu vert pour sortir, à condition qu'on vienne le chercher. La visite de Lili représentait son ticket. Son violon lui manquait déjà. Il avait hâte de vérifier si la douleur aux côtes l'empêcherait de jouer.

Entre-temps, grâce aux anxiolytiques, il avait arrêté de ressasser les mauvais souvenirs de la veille. L'esprit calme, il put réfléchir en silence. Quelles options s'ouvraient à lui ? S'il quittait Vienne pour revenir à sa vie de soliste, serait-il en sécurité ? À l'étranger, en exil, pourrait-il se soustraire à sa dette ?

Ses pensées furent interrompues par Lili :

– J'ai discuté hier soir avec l'inspecteur Neumann. Il ne l'a ni confirmé ni infirmé, mais je crois que Liesl a été trouvée... du moins ses affaires. Il m'a montré des photos d'un pendentif, peut-être le sien.

Le violoniste la regardait attentivement, silencieux, l'air grave. Elle poursuivit :

– Il pense que tu ne dis pas tout...

Avant de l'avoir digéré, il sentit le goût du *cinnamon roll* lui provoquer une brûlure d'estomac. Non pas pour les suppositions du policier, mais par les circonstances entourant la découverte du corps. Elle poursuivit :

– Il a aussi affirmé que tu ne porterais pas plainte pour ton agression…

– Porter plainte contre qui ?

Lili haussa les épaules.

– Écoute, franchement je me fous de savoir ce qui t'est réellement arrivé. C'est ton problème, pas le mien. Tu comprends que ce n'est pas ordinaire de te retrouver dans cet état ? Tu as été battu et drogué ! Ton appartement ne comportait aucune trace d'effraction, j'ignore s'il est sous scellés ! Ça ne te fait rien ? Parfait ! Tiens, je t'ai apporté des journaux, lança-t-elle en déposant le paquet au pied de son lit. Qui sait ? Tu pourrais figurer dans les faits divers ?

Il prit un quotidien et le feuilleta dédaigneusement. Elle en fit de même. Franz ne cherchait pas à trouver sa propre agression, il s'en fichait, néanmoins, il imaginait pouvoir dénicher des informations concernant le pendentif.

Si le bijou avait été découvert, un corps avait dû se retrouver à proximité. Les journaux l'évoquaient-ils ? Désabusé, il le parcourut brièvement. Que des actes de barbarie envers des femmes. Sans y figurer, il avait contribué. Cette idée le dégoûta de lui-même.

– Il n'y a rien ! marmonna-t-il, en le balançant.

Le journal tomba par terre, ses feuilles s'éparpillèrent. Quand Lili se leva pour les ramasser, Franz regretta son geste. Il baissa le regard et ses yeux se posèrent sur une page illustrée d'une carcasse carbonisée. Ébahi, dès qu'elle l'eût ramassé, il le lui arracha des mains.

L'article mentionnait une collision spectaculaire dans laquelle une voiture avait fini sa course au fond d'un ravin. L'accident était survenu deux jours plus tôt. Il impliquait un certain Wenzel Krotz, un candidat d'opposition très populaire, qui en était sorti indemne.

Franz s'intéressa à l'autre véhicule, retrouvé calciné. Quelle meilleure façon de se débarrasser d'un corps déjà brûlé ?

Il se souvint des bijoux de Liesl. Ce foutu pendentif et ses quatre bagues volumineuses. Il avait stupidement tout laissé dans la chaudière.

Pendant un instant, il éprouva de la reconnaissance pour Karl.

16

Ce bref séjour à l'hôpital fut vécu comme une pause salutaire pour le violoniste. Il avait l'impression de vivre un cauchemar depuis sa soirée avec Émilie. Une horreur à laquelle Lili en avait mis fin. Grâce à elle, aucun danger ne l'atteignait plus. Maintenant, qu'il devait quitter sa bulle, il appréhendait le retour chez lui.

Comment se croire en sécurité ? Il se sentait complètement dépossédé de son appartement. Il l'avait abandonné à un criminel et à un cadavre. Puis, comme par magie, après sa virée à la déchetterie, lui-même y était réapparu. Comment ne pas envisager un complot impliquant Karl, le nouveau gardien, le type aux Dr. Martens et l'autre individu à la tête de crapaud ? Ses craintes le poussaient à vouloir quitter Vienne, l'Autriche, l'Europe. Partir ailleurs, loin, très loin.

Le trouvant encore sous le choc, le médecin lui avait prescrit un stock conséquent en anxiolytiques, même si Franz considérait d'emblée qu'il n'en aurait pas assez. Il se demandait si un jour il retrouverait sa sérénité d'avant ?

S'il avait rencontré Andréa plus tôt ! Pourquoi aucune autre femme avant elle n'avait réussi à le séduire ? Elle lui avait fourni des plaisirs comparables aux vibrations des cordes de son violon.

Il se surprit à penser à sa consœur, aussitôt remis sur pied ; malgré la présence de Lili, un agréable soutien moral. Andréa. Pourquoi s'empêcherait-il de fantasmer sur sa prochaine rencontre avec celle qui lui avait offert des jouissances inconnues jusque-là ?

À l'instant, un pincement sur son flanc raviva sa douleur aux côtes. La gymnastique amoureuse attendrait. D'ailleurs, que dirait-elle de son apparence actuelle ? Voudrait-elle de lui ? Il avait vaguement aperçu son reflet et se demanda combien de temps il garderait les traces de ses blessures.

Il remarqua enfin Lili, venue le chercher pour quitter l'hôpital. Sans elle, il ne serait plus là, il en était convaincu. Sa présence le réconfortait tout autant qu'elle lui brisait le cœur. Elle était si noble, son ange gardien. Pourquoi l'avait-il humiliée ? se demanda-t-il, perdu dans ses réflexions.

Elle s'était occupée de toute la paperasse de sortie et l'avait encouragé à se rendre au commissariat. Sur place, il ne déclara que la perte de ses documents. Face à ce visage amoché, l'agent dut insister pour confirmer qu'il ne s'agissait pas d'une agression.

Franz remarqua que Lili l'observait, silencieuse. Elle lui avait parlé de sa rencontre avec Neumann. Lui avait-il fait part de ses suppositions concernant l'agression ? Il préféra ne pas chercher à en savoir plus. Il avait encore besoin d'elle, lui, qui redoutait de rentrer seul chez lui.

Arrivé à son immeuble, Franz se présenta dans la loge du concierge. Le jeune remplaçant le reçut avec un mouvement de recul. De toute évidence, il paraissait encore impressionné par le remue-ménage provoqué par l'incident de la veille. Il s'enquit de sa santé, par politesse, tandis qu'il scrutait indélicatement le visage du violoniste. Clés en main, Franz se demanda s'il n'avait pas été un poil paranoïaque. Ce garçon n'était qu'un simple intérimaire.

Lili l'attendait dans le hall, adossée à la porte du sous-sol, comme si son intuition féminine avait deviné que Liesl était passée par là. Il la rejoignit et la scruta attentivement. Il trouva qu'elle dégageait soudain moins d'assurance, sans imaginer les mauvais souvenirs que ces lieux lui inspiraient.

Ils grimpèrent dans l'ascenseur. Les étages défilèrent devant eux. En silence, chacun revivait un instant douloureux : pour elle, l'excitation à l'idée de passer un bon moment avec ce bel homme, avant de subir la douche froide. Pour lui, le souvenir d'une jeune femme, morte, tête penchée sur la paroi de la cabine. Lili avait adopté la même pose.

Au fur et à mesure, il réalisait qu'elle lui produisait un drôle d'effet. Pourquoi s'était-il évertué à la rendre coupable de ses propres actes alors qu'elle avait été sa victime ? En la ramenant chez lui, il la mettait en danger.

La liste des noms de Karl émergea dans son esprit. À présent elle y figurait, il en était persuadé.

⁂

– Vas-y !

À l'approche de la porte, Franz titubait. D'une main tremblante, il hésitait à enfoncer la clé dans la serrure.

– Je suis là, l'encouragea Lili.

Conscient qu'il ne méritait pas ce soutien, il temporisa, puis ouvrit et s'insinua lentement dans l'appartement. À peine le seuil franchi, il s'immobilisa et examina le salon. La jeune femme lui emboîta le pas et referma derrière lui.

Le violoniste fixait le sol, à l'endroit où il avait laissé Émilie. Nulle trace de sang.

En relevant les yeux, il aperçut la table basse, le verre toujours craquelé, comme pour lui rappeler son crime. Il aurait pu soupirer de soulagement, s'il n'avait pas découvert le violon en laiton trônant sur son canapé. En transe, il se rua pour s'en emparer et l'écrasa contre le sol, avec des cris frénétiques, sans se soucier d'abîmer le parquet. Quand il eut fini de se défouler, il le projeta violemment vers l'entrée. Lili l'esquiva de justesse. Effrayée, elle se réfugia dans la cuisine et attendit quelques minutes avant de sortir de sa cachette.

Elle découvrit le violoniste, assis par terre, le dos appuyé à la porte, une masse informe de laiton dans les mains. Il pleurait.

« Il est fou ! » se désola-t-elle, incapable de partir en douce, car il bloquait la seule issue.

Il se releva soudainement et sortit sur le balcon, inspectant à droite et à gauche, comme un chien en alerte. Ensuite, il courut vers les chambres. Lili l'entendit ouvrir et refermer des portes, tiroirs et placards. La peur au ventre, mais inquiète pour lui, elle décida de l'attendre. Enfin, il revint au salon et se jeta sur le canapé, où il crut distinguer une infime tache de sang qu'il tenta de faire disparaître en frottant avec son index et de la salive.

Quand il eut fini, il la remarqua enfin. Surpris.

– Tu dois imaginer que je suis fou, n'est-ce pas ? lui demanda-t-il d'une voix étonnamment calme.

Lentement, elle s'avança et s'assit près de lui, craintive. Elle ne répondit rien. Oui, elle le pensait cinglé. Elle venait d'en avoir une belle démonstration ! Mais elle ne prononça pas un mot, pour ne pas l'angoisser davantage. Malgré tout, elle ne pouvait pas s'empêcher de le voir tel un animal blessé qu'elle devait protéger.

– Je te dois des explications. Tu es venue pour ça.

– Un autre jour, Franz. Repose-toi.

Il se prit la tête entre les mains, sans oser la regarder. Il marmonnait des choses inintelligibles. Le danger pesait sur elle, et lui, il avait besoin de quelqu'un de confiance. D'un geste maternel, elle s'approcha et posa une main chaleureuse sur son épaule.

– Tu peux tout me dire, si tu veux, lança-t-elle.

– Si je le fais…

Il ne réussit pas à finir sa phrase. Qu'ajouter d'autre ? S'il se confessait, elle le détesterait encore plus, au pire, elle le dénoncerait à la police. Abattu, il releva la tête, fixant cette chose dorée, comme un rappel de sa dette. Eux, Karl, les types de la déchetterie, ils étaient nombreux contre lui. Et lui, il était seul.

– Il s'est passé quelque chose la nuit où Liesl est venue ici…

Sa voix s'entendait comme un chuchotement. Lili éprouvait des difficultés à saisir le sens de ses paroles. D'un sourire apaisant, elle l'invita à continuer.

– … je ne voulais pas qu'elle vienne, poursuivit-il. Je ne sais pas pourquoi j'ai accepté… « Encore une nana ! » Mon ego de mâle fut le plus fort… je n'avais pas deviné ses intentions. Peut-être que je voulais rendre Albert jaloux. Un homme agit avec stupidité parfois.

Jusque-là, elle ne semblait ni surprise ni déçue. Franz se confiait comme un pénitent dans un confessionnal. Avoir au moins une oreille attentive pour l'aider à expier sa faute. Oui, il avait été stupide.

– Liesl a eu un comportement pénible, agressif…

Il se tut quelques instants pour voir le visage de la jeune femme. Elle l'écoutait sans le juger.

– Elle était déterminée. C'est assez noble ce qu'elle a voulu faire. Me donner une leçon pour te venger.

En prononçant cela, il la regarda, espérant savoir si sa supposition était la bonne. Après tout, il avait toujours cru à cette hypothèse de vengeance. Lili exprima par un rictus amer qu'il y avait du vrai dans ce qu'il avançait. Pleine d'empathie, elle répondit par un sourire d'encouragement.

– Et puis, tout s'est déroulé si vite, enchaîna-t-il. Je lui ai demandé de s'en aller. Elle a refusé. J'ai voulu lui faire peur… quelque chose d'idiot comme faire semblant d'appeler la police pour la faire partir… Ensuite, je ne sais pas ce qui lui est passé par la tête ! Elle a pris ce violon de laiton pour me frapper. Alors moi, j'ai…

– Non ! Je ne te crois pas !

Il ne réussit à finir sa phrase que la violoncelliste s'insurgea, furieuse. De toutes les réactions possibles, il n'avait pas imaginé celle-là. Pourtant la plus évidente.

– Tu l'as frappée ? Tu as osé frapper une femme ?

– N-non… ce n'est pas ce que tu crois, bégaya-t-il, confus. Et puis je te signale qu'elle avait commencé…

– Ce n'est pas une raison ! Tu vas me frapper, moi aussi ?

Incapable de se contenir, elle le gifla de toutes ses forces. Par réflexe, elle bondit hors du canapé, pour se défendre, s'attendant à un coup en retour. Mais il n'en fut rien. Le violoniste tomba en arrière, sonné, mains sur le visage. Secouée, elle courut à la cuisine pour chercher des glaçons au réfrigérateur. La colère lui avait fait oublier ses blessures.

Se confondant en excuses, elle revint avec des glaçons et un torchon. Le violoniste s'étendit sur le canapé, frottant sa mâchoire endolorie. Lili s'agenouilla à ses côtés et prépara une compresse froide. Elle ne pouvait s'empêcher de se sentir désolée, tandis qu'elle ressassait la confession.

– Vous, les femmes, ne vous rendez pas compte de la force que vous avez...

Le visage en feu, des étoiles dans les yeux, Franz pensa à Liesl. Elle l'avait aussi frappé très fort. Il éviterait de mentionner Émilie. Cela relevait d'un miracle que Lili ne soit pas partie. Peut-être que l'horripilante suite de l'histoire finirait par l'écœurer pour de bon.

– Je n'avais pas l'intention de lui faire du mal... Je ne sais pas ce que j'ai fait... ça a été un coup mortel... j'ai été un lâche...

– Alors, c'est vrai ?

Lili se sentait perdue, mais étonnamment elle ne réussissait pas à le haïr. Pas en ce moment. Pas maintenant qu'elle se sentait responsable de lui. Elle se tut quelques instants pour assimiler la nouvelle. Elle savait enfin ce qu'était devenue son amie. Elle ne la reverrait plus.

– Où est-elle ?

– J'ai voulu la cacher... dans la chaudière... sous-sol...

Franz se méprisait. En avouant son crime, il réalisait la gravité de ses actes.

Lili trouva cette histoire si atroce, misérable et irrespectueuse pour la mémoire de son amie qu'elle éclata en sanglots. Il poursuivit pour raconter son drame à lui cette fois.

– Je voulais me débarrasser de tout ce qui était lié à sa mort, y compris ce violon de laiton. J'ai trouvé une déchetterie...

Le violoniste stoppa et observa Lili. Elle pleurait, couvrant son visage, elle ne semblait plus l'écouter. Il soupira, tandis qu'elle renifla et s'essuya larmes du revers de la main.

Puis, elle fit un geste qu'il interpréta comme une invitation à poursuivre. Il enchaîna alors avec des bribes inintelligibles :

– J'y ai vu des choses... un assassin... il a tué un type... sans raison ! Il avait remarqué ma voiture. Je crois qu'il m'a suivi. Il a découvert Liesl...

Lili regardait par terre, abasourdie. Elle avait du mal à encaisser la révélation de Franz, encore plus à comprendre son charabia. Une voix intérieure la sommait de partir, rapidement, d'appeler la police et le dénoncer. Mais elle restait immobile. Elle leva la tête et découvrit son visage à lui : perdu, apeuré, désolé. Elle voyait en lui un être désemparé qui avait besoin d'aide, de protection, comme les animaux qu'elle avait pour habitude de recueillir, enfant.

Il poursuivit son monologue :

– Je ne sais pas ce qu'il a fait d'elle... Il m'a juste dit que j'avais une dette envers lui... J'ai eu peur. J'ai agi bêtement. Je suis retourné à la déchetterie. L'intendant avait mentionné un autre type, un certain Tchavo... Je voulais lui parler. Peut-être qu'on est deux dans la même situation... c'est là que j'ai été attaqué.

Elle tentait de suivre ces phrases incohérentes, limite absurdes.

– Et le gentil agresseur t'a aimablement ramené ici ? demanda Lili, incrédule.

– Non, ils étaient deux... trois en fait...

La jeune femme demeura silencieuse, sans savoir que penser. Quelque chose dans la voix du violoniste, apeurée et cassée par les sanglots, l'obligeait à rester près de lui. Comment cet homme fragile avait pu tuer son amie ? Se débarrasser du corps dans une chaudière ? Impossible ! Abominable ! Le dégoût l'envahit.

Il n'ajouta plus grand-chose, mais la regardait de ses yeux d'acier, comme s'il cherchait l'absolution. Lili regretta l'envie de connaître la vérité. Elle était contrariée. Entre l'envie de réclamer justice et celle d'aider cet homme qui lui inspirait tant de pitié. Elle lui avait sauvé la vie, le sauver pour l'enfoncer encore plus ? Non, elle ne pouvait pas l'imaginer. Il avait besoin d'aide malgré les horreurs qu'il venait de confesser. Elle se sentit devenir d'office la complice du meurtre de sa propre amie.

– J'ai peur qu'il t'utilise pour me menacer...

« Voilà le comble ! Mais de quoi il parle ? » pensa-t-elle.

– Pourquoi moi ? Je ne suis rien pour toi ! s'indigna-t-elle, provoquant le rire amer du violoniste.

– La dette. Si je ne fais pas ce qu'il attend de moi, il s'en prendra à mes proches... Mais je n'ai pas de famille ! Comment veux-tu qu'il sache que tu n'es rien pour moi ?

Lili entendit la voix de l'inspecteur Neumann prononcer à sa façon « votre fiancé ».

– Je te promets que je ferai tout pour te protéger...

« Il est fou », songea-t-elle, convaincue que la seule vérité dans son histoire demeurait l'assassinat de Liesl, accidentel, peut-être, mais toujours un crime.

– Tu vas raconter tout cela à la police ? lui demanda-t-il

– Non, c'est à toi de le faire.

17

Ce lundi matin, un Albert anxieux se rendait au Conservatoire, après avoir survécu à un sombre week-end, où une seule image l'avait hanté : Teresa et Franz. Son pire cauchemar devenu réalité. Pourtant, il devait s'y attendre. Il avait toujours su qu'un jour ou l'autre, cela arriverait. Or, son angoisse s'était intensifiée, car l'absence et le silence de Liesl commençaient à le troubler.

Pour compliquer sa situation, il ne pouvait pas s'empêcher de leur en vouloir, Liesl et Franz. Tous deux l'avaient trahi. Pourquoi Liesl aurait-elle eu cet intérêt soudain pour Franz ? Pourquoi lui, l'aurait-il accostée, alors qu'il connaissait leur relation ? Il se haïssait de soupçonner son ami, pourtant, il était persuadé qu'il lui cachait la vérité.

Puis, Albert considéra sa situation à froid, et comprit qu'il n'était que le seul à blâmer. Il jugeait Franz, mais lui aussi, il avait joué avec les sentiments de Liesl. S'il avait eu le courage d'approcher Teresa, celle qui l'avait envoûté, il ne se serait pas rabattu vers la violoncelliste en guise de lot de consolation. Elle n'avait représenté qu'un refuge. Maintenant, son absence soudaine lui rappelait combien il tenait à elle.

Il se souvenait encore de leur dernière discussion, peu avant sa disparition. Elle commençait à se lasser de leur liaison purement charnelle. Et si Franz disait vrai quand il affirmait qu'elle l'avait approché ?

Pourquoi lui en vouloir, alors qu'il avait avoué à maintes reprises que cette relation ne signifiait rien pour lui ?

Cela n'enlevait rien à l'amertume ressentie à les voir partir ensemble. Si, depuis tout ce temps, l'Anglais n'avait pas fait le premier pas envers Teresa, celle qui l'intéressait vraiment, il tenait aussi le violoniste comme responsable. Franz, celui qu'il considérait comme un coq dans un poulailler. Si sûr de lui, capable de mettre n'importe quelle femme à ses pieds. Même Teresa. Surtout Teresa. Jaloux, il avait remarqué les œillades qu'elle lui lançait, fascinée. Le type de regard qu'il aurait espéré susciter en elle.

Pour calmer le feu de sa passion, il s'était rabattu sur Liesl. Une amie devenue son amante, ou l'inverse. Il n'arrivait toujours pas à mettre des mots dans leur relation : de l'amitié ? Certainement. De l'affection ? Peut-être. De l'amour ? Il l'ignorait.

Néanmoins, l'attraction pour Teresa l'emportait toujours.

Il respira mieux dès que la belle rousse apparut. Elle venait d'arriver aux répétitions, rayonnante, comme éclairée par des projecteurs, telle la star qu'elle était à ses yeux. Soudain, le doute l'envahit : à qui devait-elle ce sourire radieux ? À Franz ?

À l'instant, son portable vibra. L'inspecteur Neumann lui proposait de le retrouver à midi dans une brasserie non loin du Conservatoire.

Sa journée commençait bien. Teresa et la perspective de nouvelles fraîches sur Liesl diminuèrent son inquiétude de l'absence de Franz, après tout, il en avait l'habitude.

À midi, il se précipita sur le lieu de rendez-vous, où le policier dégustait déjà un sandwich avocat crevettes. Albert s'installa en face de lui et commanda la même chose.

– Avez-vous des informations sur Liesl ?

Neumann finit sa bouchée, passa la serviette sur sa moustache, saisit une chemise jaune d'une vieille sacoche en cuir et la lui tendit. Tandis qu'Albert en sortait des photos sans comprendre, son interlocuteur tira de sa veste calepin et stylo.

– Il me semble que votre description de Mademoiselle Kruse le jour de sa disparition était quelque peu incomplète. J'ai commis une faute de débutant, pour ainsi dire, car je n'ai pas insisté sur les accessoires. Heureusement, votre ami violoniste n'a pas oublié ces détails, fit-il en ponctuant cette dernière phrase.

– Que voulez-vous dire ?

– Des bijoux. Portait-elle des bijoux ?

– Oui. Toujours. Mais elle avait l'habitude de les changer régulièrement. Je crois que ce jour-là elle avait une petite chaîne en or avec un gros pendentif d'un joli dessin inspiré d'Alphonse Mucha, genre Art nouveau. C'est moi qui le lui avais offert… Avez-vous une piste concrète ?

– Quelle couleur ?

– Ben, plein. Connaissez-vous l'œuvre de Mucha ?

– Non. Rouge ?

– Plutôt bleu et doré. Pourquoi ?

Albert commençait à craindre la tournure de l'enquête et n'osait pas demander le rapport avec le pendentif. Avait-elle été retrouvée ? Dans quelles circonstances ?

– Des expertises sont en cours, c'est tout ce que je peux vous dire pour le moment. La famille a reconnu ce pendentif, mais ils n'ont pas vu Mademoiselle Kruse le jour de sa disparition, n'est-ce pas ? Et votre ami violoniste ne m'avait pas fait la même description.

– Et alors ? Allez lui poser la question directement ! répondit Albert, sans dissimuler son agacement.

Cette histoire commençait à lui faire craindre le pire.

– Où était ce pendentif ? interrogea le chef d'orchestre, s'attendant à une issue tragique.

– Je n'en sais pas plus que vous pour l'instant, croyez-moi. Quant à Monsieur Schligg, je n'ai pas voulu le déranger à l'hôpital…

Albert parut consterné par ce dernier mot.

– Oh, vous n'êtes pas au courant pour Monsieur Schligg ? poursuivit l'inspecteur, satisfait d'avoir obtenu l'effet recherché chez son interlocuteur. Il a été victime d'une agression samedi dernier. Mais ne vous inquiétez pas, il a quitté l'hôpital et sa fiancée s'occupe très bien de lui.

Neumann avait insisté sur le mot « fiancée ». Mais Albert ne le remarqua pas, assommé par la nouvelle. Il laissa tomber son déjeuner. Invoquant une excuse banale, se leva et abandonna Neumann savourer seul son délicieux sandwich.

« La vie est si imprévisible ! » déplorait le chef d'orchestre. Depuis cette terrible annonce, il comptait les heures et les minutes pour finir ses obligations et accourir auprès de son ami. Accablé, il culpabilisait d'avoir douté de Franz. Comment aurait-il pu imaginer qu'il serait victime d'une agression ?

Avant de lui rendre visite, Albert s'enquit sur son état auprès de Jakob Shahn. Selon ses dires, Franz l'avait prévenu d'un *petit* accident. Un contretemps nécessitant du repos chez lui pendant quelques jours. D'ailleurs, le Directeur se désolait de ne pas pouvoir lui rendre visite, puisqu'il était en déplacement.

Sur son chemin, Albert ressassait les mots de Neumann : une agression et une fiancée à son chevet. Pouvait-il s'agir de Teresa ? Pourtant, il l'avait vue radieuse. Serait-elle ravie d'avoir pu l'aider ? D'avoir partagé des moments de confiance... d'intimité ?

Il chassa enfin ces idées et préféra penser à Franz plutôt qu'au beau sourire de Teresa. Après une brève halte au supermarché pour acheter quelques victuailles destinées à son ami, il l'appela à nouveau. Sans réponse.

Enfin arrivé au cinquième étage du n° 17 de la rue Feilergasse, il fit sonner timbre et téléphone en même temps. Cette double sollicitation porta ses fruits, puisque au bout de la cinquième sonnerie, la porte s'ouvrit.

– Qu'est-ce que tu veux ? demanda un Franz las, la voix marquée par une pointe d'agacement.

L'Anglais n'aurait jamais imaginé découvrir quelqu'un d'aussi soigné que Franz dans un pareil état. D'ailleurs, il eut un peu de difficulté à le reconnaître. Pas pour son allure débraillée – vêtu d'un jogging, d'un simple t-shirt, un plaid en polaire sur les épaules, décoiffé et mal rasé –, mais à cause de ce visage meurtri, ce regard vitreux, perdu. Le gris de ses yeux lui paraissait quasi-transparent, creux, sans âme.

– Tu vas arrêter ça ? demanda-t-il, désignant le portable que l'Anglais tenait.

Le violoniste aperçut les sacs de courses aux pieds de son ami, fit demi-tour, laissant la porte ouverte, et retourna s'allonger sur le canapé. Albert s'empressa de déballer les courses dans la cuisine, où il remarqua plusieurs boîtes de médicaments vides.

L'invité parcourut des yeux le salon, étonné par le désordre qui y régnait. Que faisait ce violon de laiton, si cher à Franz, par terre et cabossé ? Le chef d'orchestre se rappelait de l'émotion avec laquelle son ami évoquait l'acquisition de ce bibelot, acheté à un brocanteur à Paris.

Autour du canapé, c'était le désastre : un violon posé au-dessus de la table basse dont le verre était tout craquelé ; par terre, les restes de cinq archets abîmés, brisés ou déméchés. « Cinq cadavres d'archet » pensa-t-il en contemplant ce fouillis.

– J'avais pourtant dit à Jakob que je n'avais besoin de rien ni de personne...

Allongé sur le sofa, emmitouflé dans son plaid, Franz parlait doucement, sans paraître énervé.

Albert fixait le pansement sur son front, le tissu de gaze commençait à se décoller. Il examina le reste des blessures sur son visage : son teint livide rehaussait de manière grotesque les contusions et les yeux au beurre noir. Il aurait même pu dire que son nez avait changé de forme. Voilà qui confirmait qu'il avait bel et bien été tabassé.

– Que t'est-il arrivé ?

– Je suis tombé dans l'escalier.

Le chef d'orchestre le contempla, incrédule. Un léger sourire au coin de la bouche lui signifia qu'il ne goberait pas ce mensonge.

– Franz, j'ai su par l'inspecteur Neumann que tu avais été agressé. Tu aurais dû m'appeler, moi ou Shahn...

– J'avais mon ange gardien ! coupa-t-il.

Le violoniste balança la couverture par terre et se tapota le front, à l'endroit où le pansement se décollait. Il tira d'un geste net, laissant à découvert la marque de sa blessure, quelques points de suture.

– Ça, c'était la dernière marche, ajouta-t-il, toujours dans son mensonge. Tu crois que ça va disparaître ?

– Tu m'as entendu ? Pourquoi tu ne nous as pas appelés ?

Son ami ne dit rien, mais fixa le plafond, sourire aux lèvres, et murmura comme si Albert n'était pas présent :

– J'avais mon ange gardien... mais je l'ai laissée partir. Je lui ai demandé de ne plus jamais revenir...

Albert évita de s'enquérir sur cet ange gardien et son attention dévia vers les archets.

– C'est quoi ce bordel ?

– Je n'arrive pas à jouer, j'ai mal. Ça m'énerve...

D'un coup d'œil rapide en direction de la cuisine, Albert remarqua les boîtes de médicaments, blister vidés.

– Tu n'as pas pris que des antalgiques... As-tu respecté les doses ?

– Je veux dormir, je n'ai rien d'autre à faire. Personne ne meurt d'une surdose de Xanax. Tu viens pour te plaindre de mes absences ? Je suis en arrêt. Tiens, un justificatif ! lança-t-il en signalant d'un geste dédaigneux la paperasse sur le plan de travail.

– Non, je suis venu parce qu'un ami a besoin de moi. Je pense que tu n'as rien mangé de la journée, je vais te réchauffer un plat et après tu me raconteras.

Devant tant de sollicitude, Franz n'eut pas le courage de le mettre dehors. Après tout, Albert avait raison : à cet instant, seule la présence d'un ami lui était nécessaire.

Depuis que Lili était partie, il avait tenté, sans succès, malgré les calmants avalés comme des bonbons, de se réfugier dans la musique. S'il avait pu !

Elle lui avait proposé de revenir tout de même, mais il avait refusé, à contrecœur. Elle en avait tant fait, alors qu'il ne le méritait pas. Tout comme il ne méritait pas la sympathie et l'aide sincères d'Albert.

18

Franz fixait la vitrine abritant l'instrument laqué rouge. Le Stradivarius que Jakob Shahn exhibait fièrement à défaut de le jouer. Il n'osait plus utiliser, de crainte de ne plus être à la hauteur, et prétendait le destiner à son fils spirituel.

« Quand je mourrai, tu ne pourras plus le refuser ! » semblait-il menacer, quelques fois.

Beau cadeau, même si pour Shahn, il était évident que son protégé pouvait exceller avec n'importe quel violon, car il portait la musique en lui. Sinon, comment expliquer les sons merveilleux que Franz tirait de ce vieux violon, cadeau de son père ? Un simple instrument qui l'accompagnait toujours et dont il se servait pour pratiquer.

Pendant les années d'apprentissage du jeune homme, son maître n'avait pas cessé de lui rappeler que le jeu ne se composait pas que de technique, mais surtout de passion. Donner vie aux cordes avec le cœur et les tripes, ne pas considérer son archet comme un simple artefact, mais comme une extension de soi.

Face à l'exemplaire carrière du jeune virtuose, Shahn affirmait que nul autre n'avait réussi à le surprendre autant que ce jeune garçon prometteur qu'il avait pris sous son aile.

Shahn aimait se remémorer cette époque où il avait façonné son élève, qu'il érigeait en « œuvre d'art », son héritage pour la postérité. Franz, quant à lui, haïssait en silence cette période remplie de mauvais souvenirs.

S'il se trouvait dans le bureau de son mentor, ce n'était pas pour évoquer le passé, mais pour discuter de son avenir. Il avait profité de cette parenthèse forcée pour réfléchir.

Plusieurs jours s'étaient écoulés avant qu'il ne revienne au Conservatoire, bien décidé à imposer ses nouvelles volontés. L'absence de musique l'avait sans doute aidé à récupérer, puisqu'il avait été obligé de dormir comme une marmotte. Il ressentait le manque. Depuis qu'il avait commencé le violon, il n'avait jamais traversé une si longue période sans jouer.

Le vieil homme écoutait d'une oreille distraite le discours de son protégé, absorbé par les cicatrices et les bleus sur son visage.

– Je ne puis que te soutenir dans ton souhait de reprendre ta carrière de soliste. Tu n'as pas trouvé ton bonheur ici ? répondit Shahn, après une profonde inspiration.

– Je voudrais voyager, comme avant. Tu sais qu'il y a toujours de la demande.

– Prends-toi un agent, moi je ne peux pas m'en occuper comme à l'époque, sauf si tu pars avec l'orchestre ou pour des échanges.

Le Directeur fit une pause, songeur, arborant un regard que Franz connaissait si bien. Cet air empli de fierté, à chaque fois qu'il évoquait l'époque où il agençait les journées de son protégé.

– Enfin, reprit-il, il faudrait me donner le temps de m'organiser ici. Je ne comprends pas, il y a un mois tu me disais te plaire dans ta nouvelle vie.

– J'aime enseigner.

– Mais tu n'es ni strict ni exigeant. Comment veux-tu enseigner la discipline ? Bon, je reconnais que tes élèves sont talentueux. Toutefois, ils ont besoin d'un maître qui s'éclipse pour les laisser exister et pas le contraire. Toi, tu es fait pour briller. Tu ne peux pas t'effacer devant leurs capacités comme moi je l'ai fait avec toi. C'est là, la véritable maestria.

Franz apprécia ce retour. La première critique sincère de son travail. Il aurait été incapable de s'auto-évaluer. Il avait toujours eu l'impression que son maître, par affection ou par compassion, laissait passer ses fautes depuis qu'il enseignait.

Shahn demeurait silencieux, concentré. Seul son regard ambitieux trahissait ses idées.

– Je pense qu'il y a des pistes à explorer, ajouta-t-il. Dans quelques jours j'irai à New York. Souhaites-tu m'accompagner ? Tu pourrais annoncer ton retour et nouer des contacts.

– Je voudrais quelque chose de discret.

– Autant jouer dans le métro, alors ! ricana-t-il.

Franz n'avait qu'un objectif : s'éloigner de Karl, l'empêcher de le retrouver. Il pensa à Lili. Il se devait de lui offrir sa protection, lui fournir un meilleur avenir et ne plus la revoir. Puisque Shahn avait mentionné des échanges, il décida de sauter sur l'occasion, vantant, sans mentir, les qualités de la violoncelliste.

– C'est drôle que tu me parles d'elle, intervint Shahn. Son nom ne me disait rien avant cette histoire de disparition. Figure-toi que l'année dernière, c'est Liesl Kruse, une autre violoncelliste, qu'on avait envoyée en France.

Ce nom provoqua une amertume chez le violoniste, il visualisait le cou ensanglanté de sa victime, ce cadavre qu'il avait dû embrasser. Shahn remarqua cette réaction, mais ne le questionna pas. Il lui lança tout de même une petite pique avant de se quitter :

– Fais attention avec l'escalier. Par miracle tes mains sont indemnes, mais à te voir, on dirait que tu es tombé sur la tête ! Préserve ce qui te permet de jouer.

– C'est le cœur qui me permet de jouer, répondit Franz en se relevant.

La mâchoire crispée comme s'il hésitait à s'exprimer davantage, Shahn préféra rester muet, certain que son protégé lui avait menti, mais - il le savait - il ne fallait surtout pas le brusquer pour connaître la vérité.

Le violoniste avança vers la porte et, avant de franchir le seuil, se souvint de l'autre raison de sa visite. Il se retourna, percevant chez son maître une pointe d'inquiétude dissimulée, qu'il décida d'ignorer.

– Puis-je prendre un archet au dépôt ?

S'il n'avait pas fini ses médicaments en un temps record, Franz n'aurait pas senti le besoin urgent de revenir à sa routine. Il ne supportait pas de rester seul, cloîtré, sans jouer de son violon. Il n'avait pas assez d'énergie pour sa course matinale ou quelques mouvements de brasse à la piscine.

Il venait seulement de reprendre contact avec le monde extérieur. Avant de se rendre au Conservatoire, il s'était armé de patience pour réaliser toutes les démarches administratives afin d'obtenir un duplicata de ses documents volés. Puis, il avait ramené ses archets chez son luthier.

Alors qu'il se rendait au dépôt, il monta l'escalier jusqu'au dernier étage. Endroit indissociable de sa rencontre maudite avec Lili. Tout ce qui s'était passé depuis était de sa faute à elle. C'était elle la responsable !

Troublé, il changea encore d'avis. Lili avait été la bonté et le pardon. Elle le ferait presque croire en l'humanité. Sa présence et leurs conversations lui avaient manqué terriblement. Il aurait tant aimé qu'elle prenne l'initiative de lui désobéir et vienne lui rendre visite. Mais elle ne le fit pas.

Le téléphone était resté silencieux ces derniers jours, à part les quelques coups de fil d'Albert ou de son mentor. Même Andrea ne s'était pas manifestée, elle lui avait pourtant promis de l'amener à son chalet pour passer un week-end de délice. « La vie est si compliquée ! » songeait-il. Si au moins il pouvait avoir une Andréa pour le sexe, une Lili pour le protéger, enfin, une Teresa pour l'admirer. Tout serait devenu nettement plus simple.

Perdu dans ses pensées, il atteignit l'entrée du dépôt. Il se démenait avec un trousseau bien fourni pour trouver la bonne clé.

– Tout ça pour un archet ordinaire ! marmonna-t-il.

Au bout d'une énième tentative, il réussit à ouvrir, tandis qu'il se demandait à quels autres mystérieux endroits donnaient accès les clés restantes. Le toit ? Il avait toujours été curieux de monter sur le toit afin d'admirer de l'extérieur la coupole de verre et d'acier. Cette verrière et l'escalier hélicoïdal donnaient un charme unique au Conservatoire.

Les rayons de soleil traversèrent la petite fenêtre en œil-de-bœuf rendant la pièce moins lugubre que d'ordinaire. Franz avança vers le fond devant une étagère contenant plusieurs boîtes cartonnées de taille assez fine. Il prit un premier archet et l'examina, puis un deuxième pour les comparer, avant de conclure que les deux étaient identiques. Il prit un étui de violon, s'assit et enduisit la mèche de colophane, sortit l'instrument et l'essaya.

Entendre chanter le violon le revigora. Le faire vibrer égayait son cœur. Il se sentit inspiré pour exécuter une *Sarabande* de Bach, assez passable à son goût. Dans l'urgence, l'archet lui conviendrait. Il reviendrait si nécessaire. Il reprit son jeu, repensant à sa sauvagerie.

L'intensité de ses coups d'archet allait crescendo devant un flot d'images. Comment oublier qu'un coup d'archet avait été fatal à Liesl et blessée mortellement Émilie ? Cette dernière, pauvre victime. Élue pour vérifier ses pulsions mêlant plaisir et meurtre, comme si elle avait été une femme jetable.

Il accentuait son martelé au fur et à mesure que les souvenirs de ses meurtres l'accablaient. Il avait pactisé avec le diable, pour le prix de son plaisir.

Soudain, la porte se referma brutalement.

Le cœur battant la chamade, Franz s'arrêta de jouer et se retourna. La seule issue était barrée par un jeune homme, à peine la vingtaine, brun et maigrichon. Ses traits sauvages rendaient son expression faciale difficile à déchiffrer : la peur ou la folie ?

L'intrus respirait bruyamment, le souffle entrecoupé ; des gouttes de sueur perlaient sur son front tandis qu'il le fixait d'un air inquiétant. Pétrifié, Franz revivait les moments de frisson passés à la déchetterie. Il lâcha le violon.

– Monsieur Schligg ? Franz Schligg ? s'enquit le jeune Tzigane, les yeux exorbités de curiosité, comme s'il venait de rencontrer son idole.

Le virtuose n'émit aucun son, une main invisible le serrait à la gorge. Il l'observait, croyant reconnaître, avec difficulté, l'un de ses agresseurs à la déchetterie. Celui-ci se rapprocha. Sans moyen de reculer, le musicien examina la pièce autour de lui, à la recherche de quelque chose, d'un objet pour se défendre. Empoignant l'archet, il réalisa qu'il serait moins utile que celui en laiton. Dépité, il lorgna le violon au sol, puis il leva la tête en direction du gamin.

– Vous m'reconnaissez ? l'interpella-t-il.

Le violoniste ne répondit rien. D'un geste de la main, le jeune homme exigea l'instrument et l'archet. Le virtuose les lui tendit sans état d'âme. Arborant un sourire enjoué, l'intrus improvisa une mélodie rythmée que Franz aurait appréciée dans d'autres circonstances.

– Moi aussi, chuis violoniste ! ajouta-t-il, empli de fierté, comme un enfant à qui on demande ses aspirations.

– C'est toi Tchavo ? cracha enfin Franz, d'une voix étranglée par la peur.

Difficile de faire le lien entre ce gamin squelettique et la machine à coups qui l'avait passé à tabac.

– Chuis désolé ! lança-t-il.

Le jeune Tzigane prit son sac à dos et y rangea délicatement violon et archet, dans le même geste, il fouilla pour en tirer un petit paquet qu'il tendit au musicien.

– Tenez, vos affaires. La Rolex et le briquet sont gravés, j'vous l'rends. Par contre, désolé, l'argent n'est plus dans votr'porte-feuille...

Devant l'absurdité de la situation, Franz, la peur encore au ventre, ne put réprimer un rire nerveux qui le fit se tordre de douleur. Il souffrait encore aux côtes. S'il avait su que le voleur allait se présenter à lui pour lui rendre ses papiers, il aurait évité toutes les tracasseries administratives du matin.

– Comment vous m'connaissez ? questionna le jeune.

– Ce jour-là, l'intendant avait mentionné votre nom, avant d'être tué...

– Je croyais que vous étiez avec eux. Je bossais à la déchetterie, y avait des trucs intéressants à récupérer. Wundt, le gardien, m'avait dit de faire attention parce qu'il faisait affaire avec des gens louches. Vous aussi, vous êtes louche ?

– Oui..., répondit Franz après une pause.

En effet, il n'était pas plus innocent que Karl et ses acolytes.

– Ah ouais ? Et pourquoi vous me cherchez ?

– Je ne sais pas !

Franz fut incapable d'avouer à cet enfant qu'il aurait voulu solliciter son aide, croyant qu'il était aussi sous la menace de Karl. L'idée en soi lui paraissait débile, mais surtout, il ne voyait pas quel secours ce garçon lui apporterait.

– Franchement, ils savaient pas que j'existais. Vous m'avez balancé ! Wundt, puis vous ! Mais moi, on m'trouvera pas.

Les yeux écarquillés, le violoniste tentait de comprendre, avec difficulté, de quoi il parlait.

– Vous êtes suivi, faites gaffe, conclut le Tzigane.

Franz trouvait cette rencontre tellement surréaliste, qu'il n'écouta pas.

– Laisse-moi sortir, s'il te plaît.

Avec une prudence féline, le jeune homme ouvrit la porte et vérifia le couloir, avant de se faufiler dehors. Il pointa du doigt le violon caché dans son sac, esquissa un grand sourire de remerciement et s'enfuit.

Franz resta planté là, abasourdi, frappé par cet étrange entretien. La surprise retombée, il se rappela ce qui l'avait conduit au dépôt ; il prit le premier archet qu'il avait à la main et quitta la pièce. Il descendit le grand escalier en traînant des pieds.

De retour au bureau de Shahn, il subit une étrange hallucination : Liesl était apparue. Une Liesl vivante, fraîche et bien plus belle que celle qu'il avait jetée dans la chaudière. La vision se transforma soudain en une Liesl plus âgée, sobre et digne. L'allure qu'elle aurait pu porter dans quelques années s'il ne lui avait pas ôté la vie. Ces deux apparitions présentaient une triste mine.

Déçues de ne plus être ni jeune ni vieille. Elles ne trahissaient aucun signe de haine dans le regard. Il aurait voulu qu'elles le toisent avec dégoût, lui crachant au visage la vérité : assassin.

« Je t'ai tuée », s'entendit murmurer Franz alors que la vision s'éloignait.

La mère et la sœur de Liesl venaient de quitter le bureau du Directeur, Albert se trouvait à la porte. Ce dernier l'accueillit avec un air grave et ne put se retenir de prendre appui sur ses épaules, soulagé de voir un ami avec qui partager sa peine.

– Franz, Liesl est morte ! se plaignit-il, la voix étranglée par un sanglot.

Mais le violoniste était déjà bien loin.

– Je l'ai tuée.

19

Lili s'apprêtait à siroter sa tisane au miel avant d'entamer sa lecture du soir. À peine installée confortablement dans son lit, elle venait de retrouver sa page lorsque son portable sonna.

C'était sa mère. Elle l'appelait, dévastée, pour lui apprendre une terrible nouvelle : Liesl, son amie d'enfance, n'était plus de ce monde.

La jeune violoncelliste la laissa narrer un étrange déroulé de faits, qui ne collait pas avec la confession de Franz. Elle lui parlait d'un kidnapping, d'un accident de la route et d'un cadavre calciné retrouvé dans le coffre d'une voiture brûlée, au fond d'un ravin. De son amie d'enfance, il ne restait plus rien.

La voix de sa mère dégageait de l'angoisse, à juste titre. La pire crainte pour un parent n'était pas celle qui frappait sa progéniture ? Elle l'avait connue depuis toujours, cette petite. En pleurs, Madame Bylen sommait sa fille de faire très attention.

Lili raccrocha, ébahie. Elle ne savait plus que penser. Comment la confession de Franz, son histoire de la chaudière et de la déchetterie s'imbriquaient avec cet accident ? Peu importait. Elle n'avait qu'une seule certitude : son amie était morte et elle connaissait l'identité de son meurtrier. Le deuil serait difficile.

Ses sentiments étaient contrastés. Elle se haïssait avant d'éprouver de la colère contre Franz. C'était sa faute à elle, à elle seule. Si elle n'avait pas ressassé, si elle ne s'était pas sentie stupide au point de vouloir quitter l'orchestre, Liesl n'aurait jamais approché son assassin pour la venger. Finalement, en lui racontant ses malheurs, elle avait conduit son amie dans la gueule du loup.

Franz avait raison. Ne l'avait-il pas incriminée ? C'était bien sa faute à elle. Maintenant elle comprenait la colère de ces mots, lorsqu'il l'avait retrouvée une seconde fois dans le dépôt.

Anéantie par la culpabilité, elle pleura de toutes ses larmes. Avant cet appel elle gardait un mince espoir que Franz lui ait raconté un mensonge cruel. Tant que sa dépouille n'était pas retrouvée… il y avait toujours de l'espoir. Malgré sa confession.

Lili reprit son téléphone portable et glissa son index sur l'écran. Les visages de ses contacts défilèrent jusqu'à ce qu'elle s'arrête sur celui de Liesl. Sa photo la présentait rieuse, grimace et pouces en l'air. Elle était une femme forte, protectrice, la grande sœur qu'elle aurait aimé avoir.

Elle essuya une larme avant de cliquer sur « supprimer contact ». La rouquine disparut, pour toujours. L'instant d'après, comme si le destin l'avait invoquée, une autre amie la contacta : Andréa.

Elles avaient grandi ensemble à Sankt Pölten. Liesl, la fille de la maison voisine, avait toujours été sa complice, son amie, sa sœur. Elles partageaient l'absence d'un père, mais c'était la musique qui les avait rapprochées. La musique leur avait fait connaître Andréa, fille des musiciens, leur aînée. La jeune fille gagnait de l'argent de poche en donnant des cours de soutien. Elle leur donna plus : elle leur avait transmis sa passion pour la musique, ainsi que des leçons de vie. Comme vivre chaque jour comme si c'était le dernier, vivre libres, suivre leur volonté. Surtout, ne jamais se limiter à leur condition de femme.

En pensant à cette dernière phrase, Lili éprouva un rire amer : voilà où ces leçons avaient conduite son amie. Puis, sa petite voix de la conscience se fit entendre. Liesl n'avait pas à se reprocher plus qu'elle-même. N'avait-elle pas collectionné les relations malsaines ? Sans le soutien de son amie, elle serait perdue, elle le savait. Finalement, Lili réalisait que Liesl avait bien compris ces leçons de vie et pas elle. Andréa leur répétait « soyez libres, mais pas stupides ». Or, sa situation actuelle reflétait l'inverse.

Le tintouin du téléphone la sortit provisoirement de sa rêverie. Les SMS d'Andréa s'étaient cumulées. Elle pensa à la dernière fois qu'elles avaient convenu de se voir toutes les trois. Le temps les avait distanciées. En dépit de sa carrière fulgurante, Andréa gardait toujours contact et retrouvait ses anciennes « disciples » si son agenda serré le permettait.

Le jour du malaise de Franz, Andréa leur avait fait une visite surprise, mais de toute évidence elle avait changé d'avis dès qu'elle avait mis l'œil sur le violoniste. Au souvenir de ce jour-là, Lili éprouva un frisson qui la fit sentir encore plus mal. Elle s'en voulait de penser à ces instants où elle avait admiré le beau visage du violoniste, évanoui dans ses bras. Ce sentiment, cette sensation qu'elle ne savait pas nommer, accentuait son sentiment de culpabilité. Il l'avait envoûtée, à jamais.

⁂

Le lendemain, Lili se rendit au Conservatoire. Elle avait promis d'accompagner la famille de Liesl pour toutes les douloureuses démarches, la première étant celle d'annoncer le décès. Andréa, de passage, avait promis de leur apporter du soutien moral également. En attendant l'arrivée de la violoniste, Lili préféra attendre en bas du grand escalier hélicoïdal. Appuyée sur le balustre, elle consultait son téléphone portable lorsqu'elle fut bousculée par un jeune Tzigane qui dévalait précipitamment les marches. En une fraction de seconde tous deux se regardèrent dans les yeux. Le fuyard sursauta, surpris, puis fila. Secouée, Lili avait songé à un voleur.

Andréa ne tarda pas à apparaître. Elles échangèrent quelques mots quand, soudain, un vacarme éclata dans un étage supérieur. Elles tournèrent leur tête et aperçurent les proches de la défunte, à mi-chemin du dernier palier de l'escalier. Intriguées, elles regardaient dans la même direction : le bureau de Shahn.

Des hurlements de folie retentirent avec des propos insupportables. D'autres curieux s'approchèrent du hall. En bas de l'escalier, Lili dévisagea Andréa, soucieuse, les yeux écarquillés. Comme si elle se trouvait seule, s'exclama :

– C'est Franz !

Sans un mot ni explication, Andréa s'excusa et grimpa en vitesse, tandis que Lili, partagée entre l'incrédulité et la jalousie, la suivait des yeux monter les marches.

Quelques heures plus tard, Albert se décidait à sortir de son isolement. Après les événements, il avait ressenti le besoin de s'enfermer dans son bureau, pour tenter d'assimiler tout ce qui lui était tombé dessus en une seule journée. Le choc provoqué par le décès de Liesl fut vite relégué au second plan par la crise de Franz. Albert ne pouvait pas s'empêcher de se sentir fautif. Depuis quelques jours, il avait voulu mettre la disparition de son amie sur le dos du violoniste.

Mais ce trouble sur son visage, cela ne s'inventait pas. Il avait trouvé sa réaction un peu exagérée, bien qu'il le sût sensible et sur les nerfs ces derniers temps. D'ailleurs, son agression n'avait certainement pas arrangé les choses. Comme il était sous médication, Albert se demandait s'il n'avait pas abusé. Ce mélange devait expliquer les aveux d'un meurtre imaginaire. Albert n'y croyait pas une seconde. Comment pouvait-il affirmer avoir tué Liesl alors que la mère de la défunte venait de lui expliquer les circonstances ?

Définitivement, l'Anglais avait de quoi se sentir fautif. Il avait déclenché cette crise. Dès qu'il lui avait annoncé la fin tragique de la violoncelliste, son ami s'était mis à trembler et à prononcer l'innommable. Sidéré, Albert était resté figé comme une statue de glace et seul Shahn avait su réagir. Ébranlé, le Directeur avait accouru vers son protégé, d'un geste paternel l'avait pris dans ses bras, avait refermé la porte et, avec des mots rassurants, l'avait conduit jusqu'au sofa. Le vieil homme avait eu l'air si troublé de voir son fils spirituel dans pareil état, qu'on aurait dit que des rides supplémentaires s'étaient creusées sur son front et sous ses yeux fatigués.

Franz n'arrivait pas à se calmer, mais ni Shahn ni Albert n'avaient osé appeler une ambulance tant qu'il alléguait avoir commis l'irréparable. Il n'y avait pas eu besoin, car un ange blond, au parfum de violettes, avait fait irruption en la personne d'Andréa. Elle avait frappé à la porte et ouvert sans avoir attendu d'y être invitée. Dès qu'elle avait vu son amant affalé sur un canapé Chesterfield, les mains tremblantes et marmonnant des propos incohérents, elle s'était précipitée vers lui. Elle avait pris sa main et embrassé son front, le calmant aussitôt.

Encore une fois, la blonde lui avait servi d'infirmière et avait promis de s'occuper de lui. Shahn, bien que secoué, avait esquissé tout de même un petit sourire coquin. Convaincu qu'une femme comme Andréa pouvait soigner n'importe quel mal.

L'incident terminé, Albert avait dû entendre par la suite les élucubrations du Directeur, persuadé que la seule explication à cette réaction excessive résidait dans une liaison entre son protégé et la disparue. À trois reprises il avait demandé à Albert s'il était au courant. À chaque fois, Albert pensait douloureusement à sa propre relation avec Liesl. Ce n'était que maintenant qu'il se demandait s'il éprouvait des sentiments à son égard, si elle représentait plus qu'un plaisir charnel. À force de la côtoyer, il avait développé une amitié. Qu'en était-il de l'amour ? Peut-être bien que oui, même s'il s'avouait toujours fasciné par une autre belle rouquine : Teresa.

Pour empirer sa journée, Shahn l'avait prié d'annoncer le décès aux membres de l'orchestre. Il aurait aimé se soustraire à cet instant douloureux.

Après l'annonce, tout le monde l'avait assailli d'une foule de questions : Comment était-ce arrivé ? Pourquoi Franz Schligg avait-il dit l'avoir tuée ?

Accablé, le chef d'orchestre les avait ignorés et était parti s'enfermer dans son bureau. Il y pensait à la mère de la défunte, impressionné par sa dignité. Elle avait dit ne pas vouloir connaître tous les détails scabreux entourant cette affaire, tandis que lui, au contraire, voulait tout savoir.

Avec le recul, Albert comprenait la réaction de son ami et culpabilisait. N'avait-il pas fait pression sur lui ? Ne l'avait-il pas signalé auprès de Neumann comme celui qui détenait la clé de la disparition de la violoncelliste ? N'avait-il pas avoué au policier qu'il le soupçonnait à l'origine du départ inopiné d'autres filles ?

Pour un homme fragilisé par une agression récente, il était tout à fait probable de craquer devant cette terrible révélation. De toute façon, vu les éléments, les déclarations du violoniste lui paraissaient inconcevables.

Lorsqu'il se décida à quitter son bureau, son refuge, il retrouva Teresa dans le couloir, assise sur un banc. Dès qu'il fut sorti, elle se leva et l'approcha.

Son visage débordait d'optimisme, ses petites taches de rousseur illuminaient des joues chaleureuses.

– Albert, je suis désolée...

Dans ces moments où il sentait la tristesse envahir tout son être, voilà que le ciel avait écouté ses prières. La terre pouvait s'arrêter de tourner.

Les mains de la flûtiste vinrent rencontrer les siennes, puis ses épaules. Il accueillit ses condoléances par une étreinte intense et les larmes longtemps retenues s'échappèrent enfin.

20

Au volant de sa Porsche Cayenne, Andréa profita d'une halte pour tenter d'admirer ce qui restait du beau visage de son amant.

– On ne t'a pas loupé ! s'exclama-t-elle pour briser le silence, accompagné d'un rire espiègle quelque peu forcé.

Voilà qu'elle le retrouvait à nouveau dans un moment de faiblesse, soumis. Elle aurait pu s'en vouloir d'avoir délaissé la famille de Liesl au profit de son amant, mais elle savait qu'il avait besoin de son aide. Il allait mal. La preuve ? Ses cris, ses mots. Et ces marques sur son visage, que lui était-il arrivé ?

Elle conduisait, détournant furtivement les yeux de la route pour le dévisager.

– Tu crois que tu vas garder les cicatrices ? Interrogea-t-elle.

Lui, il préféra s'enfouir sur son siège et regarder le paysage défiler par la vitre.

Au bout de deux heures, le véhicule s'arrêta sur un chemin de terre, devant les eaux calmes et cristallines du lac Traunsee, entouré des montagnes enneigées. Garés entre deux manoirs surplombant les berges, un petit sentier invitait à découvrir, au loin, une minuscule cabane en bois sur pilotis.

– C'est ici.

Sourire aux lèvres, Andréa déboucla sa ceinture de sécurité et se tourna vers Franz. Sans prévenir, elle tira sur le levier pour allonger le siège passager en même temps qu'elle grimpait sur lui, le regard lascif.

– Tu l'as déjà fait dans une voiture ?

Elle pouvait le transformer en coton, la douleur physique de ses côtes se trouvait dans un autre plan astral. Il brûlait de désir d'être pris dans ses bras, que ses mains expertes lui fassent voir monts et merveilles. À présent, il appartenait à cette femme transpirant la volupté.

Son regard trahissait ses envies. Malgré sa position horizontale, il tenta de l'approcher, de l'embrasser, de la déguster. Sourire malicieux, elle reculait, excitée par le désir dégagé par les yeux du violoniste.

Franz se leva doucement afin de sceller ses lèvres à celles d'Andréa et voyager par-delà sa bouche. Ses mains parcouraient ses formes, la serrant contre lui jusqu'à ce que le pincement sur les côtes l'oblige à reprendre pied dans la réalité. Dans son atterrissage, il remarqua par la vitre la tourelle du manoir les surplombant.

– Et si on nous voit ?

Laissant planer le mystère sur ses intentions, elle demeura silencieuse, puis continua de l'embrasser avec ardeur. Ses doigts s'empressèrent de déboucler sa ceinture, déboutonner son pantalon et poursuivre ses caresses.

Le va-et-vient de son amante lui rappelait par intermittence une lointaine gêne au torse, facile à supporter. Andréa avait le talent de l'inviter à tout oublier : la douleur, les fantômes qui le hantaient, ses pulsions atroces. Tout était loin, derrière les vagues des limbes où elle le menait. Elle lui donnait la sensation de faire l'amour en apnée, saisi d'une impression d'ivresse décuplant son plaisir.

À la vue de la tourelle, son esprit divagua, comme si dans un rêve, il se trouvait à l'intérieur. Dans son imagination, il vit un lit à baldaquin drapé de soie ; au milieu, une femme alanguie s'offrait à lui. Lorsqu'il s'en approcha et effleura ce corps, il ne put percevoir son visage. Comme si un linceul couvrait sa propre figure, nouant sa gorge, l'enveloppant tout entier, l'immobilisant jusqu'à l'asphyxie. En même temps qu'une chaleur brûlante le consommait, tous ses sens explosèrent, le menant plus loin encore. Un lieu où Andréa caressait ses cheveux d'un geste maternel. Elle posa un tendre baiser sur sa cicatrice au front.

– On y va ?

Ils sortirent du véhicule et suivirent un sentier jusqu'à la petite cabane sur pilotis. L'intérieur était très austère :

un salon encombré d'un poêle à bois, un canapé et une petite table donnant sur une lumineuse véranda avec vue sur le lac.

Prenant appui sur une chaise, se tenant les côtes, Franz chercha partout où se trouvait le lit dans cette maison de poupée. Il ne tarda pas à le trouver, après avoir monté un petit escalier menant à une mezzanine.

– Ça te plaît ? Tu veux te reposer ? demanda-t-elle en allumant le chauffage.

Rien de tout cela ne l'intéressait, il voulait qu'elle l'enflamme avec ses caresses. Mais, exténué, il ne se fit pas prier pour se jeter dans les draps blancs et moelleux du futon. Elle vint le rejoindre. Malgré sa fatigue, il ne put que se plier aux désirs de son amante, occupé à ne pas penser à sa douleur. Ainsi qu'à se forger une barrière mentale contre toute idée morbide pouvant surgir de son esprit.

⁂

Les douces plaintes de la musique d'un violon accompagnèrent le réveil de Franz. Seul. Endolori comme s'il avait mené une bataille. À la recherche de son hôtesse, il se releva et se pencha sur la rambarde. Il l'aperçut sur la terrasse, à travers la verrière, un violon en main. Soudain, son bien-être se transforma en un léger dégoût.

Il se rhabilla et descendit, son regard attiré par les calmes eaux du lac, illuminées par les rayons du soleil matinal. Elle arrêta de jouer, s'essuya quelques larmes du dos de la main, puis, le remarquant, rentra.

– Ah, voilà mon bel au bois dormant !

Elle l'embrassa, puis caressa son torse découvert par une chemise négligemment déboutonnée, s'attardant sur une grosse tache bleutée.

– C'est moi qui t'ai fait ça ? minauda-t-elle.

La tristesse n'était plus apparente son visage. Elle était redevenue soudain la maîtresse ardente.

– J'ai envie de toi.

Incapable de se refuser à elle, il céda à ses avances. Andréa n'exagérait pas lorsqu'elle lui avait décrit son chalet comme « l'endroit idéal pour faire l'amour ».

Après la bataille, il se retrouva une nouvelle fois dans le futon, avec Andréa à ses côtés. Elle dessinait des cercles sur son torse. Il avait perdu tout repère temporel. Les moments d'extase se multipliaient et il craignait de revenir sur terre affronter ses démons.

– Tu es beau quand tu dors, murmura-t-elle.

– Quelle heure est-il ?

– Tu parles quand tu dors.

Elle se leva et se couvrit avec la chemise de son amant pour descendre préparer le petit-déjeuner. Inquiet, il se demanda ce qu'il avait bien pu dire pendant son sommeil.

– Je ne savais pas que tu connaissais Liesl Kruse, envoya-t-elle, depuis la cuisine.

À l'évocation de ce nom, le violoniste sortit de son enchantement. Pourquoi la mentionnait-elle ? Il descendit en vitesse et la jeune femme releva sur son visage le changement d'attitude.

– Mais ne fais pas cette tête ! Je ne suis pas jalouse !

Elle s'était exprimée avec un sourire rassurant, comme celle qui cherche à éviter une scène à tout prix. Nostalgique, elle poursuivit :

– Nous nous connaissions de longue date. On a grandi ensemble à Sankt Pölten avec Lili Bylen, une violoncelliste de l'orchestre...

Lorsqu'il entendit ce prénom, Franz sentit son estomac se nouer, trouvant instantanément son interlocutrice moins séduisante et autrement plus ordinaire.

– C'est vraiment horrible ce qui lui est arrivé...

Les obsèques de Liesl furent organisées aussitôt que les proches eurent récupéré ses restes. Sa dépouille reposerait aux côtés de son père, dans le caveau familial, au Cimetière Central de Vienne.

Andréa tenait à y assister. Choix compréhensible, étant donné sa relation avec la défunte. L'épuisant week-end en amoureux avait pris fin. Au grand dam de Franz, Andréa avait passé le reste du temps à raconter de nombreuses anecdotes sur Liesl. Elles lui rappelaient le monstre qu'il était devenu, provoquant une folle envie de tout lui avouer, pour avoir la paix.

Cette visite au cimetière le mettait mal à l'aise. Il aurait tout donné pour disparaître, écrasé par la pesanteur des sépultures. Puis, il médita. Comment aurait été perçue son absence ? Certes, il avait les meilleures excuses pour se défiler, mais il décida de rester, discret, à l'écart.

Famille, confrères musiciens et amis attendaient le cortège funèbre au bout d'une interminable allée. Andréa l'avait abandonné pour accompagner la mère et la sœur, soutenues par Lili.

Le corbillard fit son apparition et s'arrêta près du sentier attenant à la crypte. Des hommes en noir sortirent du véhicule pour extraire le cercueil, auquel Albert se joignit pour aider à le porter. Ce geste toucha profondément le violoniste, qui préféra s'écarter un peu plus de la foule. Il ne put s'empêcher de verser une larme et remarqua au même instant que Lili le dévisageait. Lorsque leurs regards se heurtèrent, il en fut bouleversé.

Franz la retrouvait pour la première fois depuis qu'il l'avait congédiée, à sa sortie de l'hôpital. Encore touché par sa générosité, il eut un pincement au cœur de la voir si attentionnée auprès de la famille de sa victime. Comme ce devait être dur pour elle ! Les prunelles accusatrices de la violoncelliste le frappèrent comme une violente gifle, difficile à encaisser. Il savait ce qu'elle voulait lui signifier : comment osait-il ?

Face à la sévérité de ces yeux noisette, il recula à petits pas. Comme pour trouver une échappatoire, il se faufila parmi les nombreuses tombes, en quête d'un soutien ou d'une issue. Ce lieu chargé d'histoire lui paraissait insupportable.

Il traversa le carré des compositeurs, exhumant les souvenirs de ses visites. La première, avec son mentor, qui tenait à lui présenter les grands auxquels il fallait aspirer à ressembler. La deuxième, avec son père, pour lui montrer les génies qu'il prétendait égaler. La troisième, la plus douloureuse...

– Vous n'assistez pas à la cérémonie, Monsieur Schligg ? l'interrompit l'inspecteur Neumann derrière lui.

Exaspéré par cette irruption, le virtuose hocha négativement la tête et stoppa sa marche. Les yeux rivés par terre, envahi par une sensation étrange, mélange de tristesse et de nostalgie.

– Quelle drôle d'histoire ! s'exclama le policier. Vous ne trouvez pas ? Au départ une simple disparition. Aujourd'hui un accident. Deux morts dans une voiture volée, Mademoiselle Kruse dans le coffre...

– L'autre corps a été identifié ? s'aventura à demander Franz tout en poursuivant sa marche.

– Oui. Vous n'allez pas me croire ! Il s'agit de votre gardien d'immeuble, Victor Gans.

L'inspecteur fit une pause dramatique dans l'espoir de décrypter sa réaction. Franz stoppa abruptement. Un frisson parcourut tout son être. Il regarda autour de lui, comme si, instinctivement, il cherchait la seule issue possible.

– Il n'était pas mort d'une crise cardiaque ? s'enquit-il, surpris.

– Je me demande à quel moment il a repéré Mademoiselle Kruse, médita Neumann, comme s'il se parlait à lui-même.

Le violoniste demeura silencieux quelques instants, rassemblant dans sa tête le puzzle construit par Karl.

– Et vous croyez que tout ça, c'est de ma faute ? demanda-t-il.

– Pourquoi dites-vous ça ?

– Je l'ai laissée partir cette nuit-là...

– Cette nuit-là, Monsieur Gans est allé voir un match mémorable entre les Rapid Vienne et le Red Bull Salzburg. Au vu des heures mentionnées, il n'aurait pas pu la croiser. De plus, sa femme n'a rapporté sa disparition que le lundi suivant.

– Il était marié ?

Franz réalisa qu'il ne connaissait pas son gardien, il ignorait tout de sa vie. Le poids de tous ces destins brisés se cumulant sur ses épaules le suffoquait.

– Donc, poursuivit le policier, il a dû repérer Mademoiselle Kruse un autre jour. Curieusement, il a travaillé samedi matin, le même jour où Monsieur Carring avait affirmé vous avoir vus tous les deux : vous et Mademoiselle Kruse.

Le malaise du violoniste s'amplifia avec cette remarque. L'étau se resserrait et il devait décider la stratégie à suivre. Soit il réfutait l'avoir revue, soit il avouait. S'il choisissait la seconde option, il lui faudrait expliquer l'absence de Liesl à tous ses engagements.

– Oui, d'accord. J'étais avec quelqu'un ce samedi-là. Lili Bylen, lâcha-t-il, sans mesurer les conséquences.

– Oh, oui. Votre fiancée, tout à fait compréhensible. Mais il y a beaucoup de choses étonnantes dans cette histoire, voyez-vous. Par exemple, Monsieur Gans avait téléphoné à son employeur pour se faire remplacer pendant une durée indéterminée. Il a averti son chef et pas sa femme. Bizarre ! Ne trouvez-vous pas ?

– Oui, c'est étrange, acquiesça le violoniste, dubitatif.

Il fixait au loin une crypte où se dressait la statue d'un pénitent couvert d'une capuche, funeste image qu'il n'avait pas oubliée depuis sa dernière visite. Faisant fi de son interlocuteur, il entama sa marche dans cette direction. Le policier lui emboîta le pas jusqu'à ce que le musicien s'arrête à nouveau, contemplatif.

– Cette situation est aussi singulière que votre agression, pour laquelle vous n'avez pas porté plainte..., insista Neumann.

– Vous savez ce qui est le plus curieux ? renchérit le virtuose d'un air narquois, satisfait de se débarrasser enfin de l'encombrant inspecteur. Nous nous retrouvons devant la tombe de mon père, si vous permettez un peu d'intimité...

– Ah, oui ? douta le flic en se penchant devant la sobre dalle en marbre noir pour vérifier les dires du violoniste. Oh, veuillez m'excuser ! Gustav Schligg ? Je suis vraiment embarrassé.

Dans son désir de fuir la cérémonie et de Neumann, Franz s'était laissé diriger vers cette tombe qu'il avait évitée si longtemps. Il se sentit ignoble d'avoir utilisé son père pour parvenir à ses fins et chasser l'inspecteur. Comme il devait souffrir, là-haut !

Il avait tout représenté pour Franz : l'amour, le soutien. Il avait suscité l'admiration de son fils, qui le voyait noble, humble et fidèle à cette mère disparue trop tôt. Sans la confiance de son paternel, il ne serait jamais devenu violoniste. Au-delà d'un caprice d'enfant, il avait été sensible à la fascination que le violon provoquait en lui.

Le destin voulut que Franz apprenne la mort soudaine de son père alors qu'il se trouvait à l'autre bout du monde. Foudroyé par la nouvelle, et par une très mauvaise grippe, il n'avait pas pu rentrer à temps. Shahn s'était occupé des obsèques et avait choisi ce lieu chargé d'histoire, croyant lui faire plaisir.

À son retour, Franz s'était rendu une seule fois sur cette tombe et s'était juré de revenir chaque semaine, comme jadis son père visitait celle de sa mère.

Promesse absurde ! Il savait pertinemment qu'il détestait les cimetières, dans lesquels il estimait avoir passé trop de temps dans son enfance. Malgré tout, il avait envisagé de rapprocher ses parents l'un de l'autre, sans parvenir à choisir l'endroit définitif, hésitant entre Annsberg ou Vienne. À la fin, il ne fit rien, les abandonnant tous les deux.

Le violoniste cessa de contempler le marbre noir, les souvenirs s'estompèrent aussitôt. Il tourna sa tête en tous sens, réalisant que l'inspecteur l'avait laissé seul.

Son attention revint à la pierre tombale et quelques mots s'échappèrent de sa bouche :

– Pardonne-moi, papa.

21

Les jours suivants, Franz aurait voulu éviter le Conservatoire. À cause de son futur voyage, il dut se faire une raison, puisqu'il avait encore du travail, des affaires à boucler, des adieux à faire et ignorer toute allusion à sa crise. Il en profita également pour insister auprès de Shahn afin qu'il accélère le départ de Lili, pour laquelle il avait obtenu un échange culturel avec la France.

Pour lui, une seule issue s'offrait dans l'immédiat : New York. Un exil contraint, avec un mince espoir d'échapper à la dette qu'il avait contractée avec Karl, le tueur de la déchetterie. Depuis sa dernière rencontre avec lui, il vivait dans une crainte perpétuelle qu'il exige un meurtre en paiement.

Pourtant, le départ l'attristait, car il se sentait bien à Vienne. Il y avait trouvé des repères pour la première fois de sa vie. Fatigué du rythme effréné des tournées, de ses *petits jeux*, de sa solitude, l'arrêt de sa carrière de soliste lui avait été salutaire.

Désormais, survivre devenait sa raison de vivre.

Comme il pensait ne plus jamais revenir, il avait envisagé visiter les tombes de ses parents, pour leur dire adieu pour toujours. Il prit alors conscience que cela faisait plusieurs années qu'il n'avait pas rendu visite à celle de sa mère, à Annsberg.

Convaincu qu'il trouverait du temps pour y aller avant son départ – après tout, il lui restait une semaine –, il mit cette excursion en bas de la liste de ses priorités.

Pour le moment, il n'avait qu'une seule préoccupation : se préparer pour le gala offert par le magnat Ernst von Liechtenau, un important industriel et principal mécène du Conservatoire. Franz s'était laissé convaincre par son mentor d'être présent. Shahn ne tarirait jamais d'éloges des vertus sur la sociabilité. Surtout dans l'optique de glaner des contacts et assurer ses prochaines dates en tant que soliste.

Sans aucune envie, Franz se rendit au Conservatoire ce soir-là. La réception se tenait dans la salle d'apparat. C'était une de ces soirées mondaines, comme celles qu'il adorait fréquenter autrefois. Elles offraient un excellent terrain de chasse où les victimes potentielles tombaient comme des mouches dans son escarcelle. Il n'avait plus qu'à se servir.

Or, il avait bien changé. Ce sport ne l'intéressait plus. Maintenant qu'il avait vu jusqu'où l'avait mené son jeu cruel, qu'il était conscient des blessures commises contre des filles aussi gentilles que Lili, il n'avait plus envie de recommencer. Il se croyait guéri.

Adossé à une des colonnes de style ionique, au fond du grand salon, le violoniste observait tout ce petit monde papillonner, évitant de se faire happer. Shahn aimait bien l'afficher auprès des convives influents. Comme un trophée ou la preuve vivante de sa capacité à dénicher des talents. Même si Franz était conscient que vanter les qualités de son protégé lui servait de prétexte pour se mettre lui-même en valeur. Il avait réussi à se soustraire aux griffes de son mentor, contrairement à Albert.

Compte tenu des traces encore visibles de son agression – une légère marque sur son front, la peau jaunâtre autour de ses yeux et de ses pommettes –, cette discrétion lui convenait. Comme si les stigmates n'étaient pas suffisants, il imaginait que des rumeurs sur sa crise devaient aussi circuler. Rien ne l'exaspérait plus que d'attirer ce type d'attention malsaine.

De sa cachette, il observait le spectacle, remarquant au passage la nouvelle épouse du mécène : une ravissante brune, tellement jeune qu'elle aurait pu être sa fille.

En contemplant ce couple artificiel, Franz songeait à sa dette. Est-ce que Karl pourrait choisir de la tuer, elle ? Ou, au contraire, l'ex-épouse du magnat ? Il réalisait que n'importe qui, parmi toutes ces oies couvertes de bijoux et en robe haute couture, représentait une potentielle future victime.

– Oh ! Mais qu'est-il arrivé à ce beau visage ? s'exclama une dame.

Son âge avancé lui permettait de l'aborder comme un bambin. Le violoniste l'avait déjà vue à plusieurs reprises, elle ne ratait aucune réception. Il ne lui en voulait pas, tant son air candide lui rappelait sa grand-mère.

– J'ai protégé une dame, elle allait se faire voler son sac ! mentit-il avec un sourire charmeur.

Son interlocutrice s'extasia et engagea une ennuyeuse conversation, qu'il écouta d'une oreille sourde. Il scrutait les convives, en quête d'une tête connue, pour s'échapper. Soudain son regard se posa sur une crinière rousse d'un éclat unique, comparable à la déferlante de diamants et autres pierres précieuses. Teresa, sa muse, celle qu'il avait tant négligée ces derniers temps. Comment l'avait-il oubliée ?

Vêtue d'une élégante robe fourreau vert olive, lui seyant à merveille, la flûtiste arborait un sourire timide. Cette vision suffit à raviver tous les sentiments enfouis jusque-là. Ce visage d'une tendresse à faire craquer le plus dur, cette innocence, ce rire. Mais à qui les offrait-elle ? La belle discutait avec un individu qu'il n'arrivait pas à reconnaître. Il n'eut qu'une seule envie : la séparer de ce type.

S'excusant poliment auprès de la vieille dame, il courut vers un serveur, prit deux flûtes de champagne et s'approcha de la belle.

– Teresa, quelle belle surprise ! Un verre ? proposa-t-il.

– Merci, contente de voir que tu vas mieux...

Elle parlait d'une petite voix, comme si elle craignait de le gêner en évoquant sa santé. Puis, elle se tourna vers son interlocuteur pour le présenter. De dos, ce dernier prenait un canapé au passage d'un serveur. Lorsqu'il se retourna, le virtuose fut stupéfait. Il avait un aspect banal, insignifiant. Ses yeux globuleux de crapaud lui rappelèrent des instants de frayeur à la déchetterie.

– Hans Jürgens, à votre service !

Franz revivait la scène dans laquelle ce type s'approchait dangereusement, seringue à la main.

– Monsieur Jürgens est ici pour..., annonça Teresa.

Le violoniste n'écouta pas les présentations, cela ne l'intéressait pas. Il n'avait qu'une seule envie : frapper cet individu et l'éloigner rapidement de sa muse.

– Que faites-vous là ? interrogea-t-il.

– Justement, j'allais te dire..., s'empressa-t-elle de répondre.

– Teresa, veux-tu nous chercher à boire ?

– Mais ton verre est plein !

D'une gorgée, il le vida et le tendit à la rousse, interloquée par son attitude. L'homme crapaud observait le petit manège, presque amusé. Avec une moue de déception, elle les quitta.

– Que faites-vous là ? Qui êtes-vous ? s'enquit Franz, hautain.

– Vous savez qui je suis. Si vous aviez laissé la demoiselle s'exprimer, vous auriez appris que je ne viens qu'en représentation du sénateur Wenzel Krotz.

Ce nom lui rappelait quelque chose.

– Qu'est-ce que vous manigancez ?

– J'ignore de quoi vous parlez, cher Monsieur.

– Arrêtez de faire l'idiot ! C'était vous à la déchetterie !

Sans cacher sa rage, le virtuose le prit par le revers de sa veste, menaçant, et le souleva de quelques centimètres. Teresa les rejoignit, étonnée.

– Holà ! Qu'est-ce qui se passe ?

– Monsieur Schligg croit m'avoir vu dans une déchetterie, c'est fou ! N'est-ce pas ? Il est tordant, votre ami ! Une déchetterie ! Drôle d'endroit pour une rencontre ! répondit Jürgens.

Elle sourit affablement avant de remarquer le regard du violoniste, il n'avait jamais été aussi sombre. N'importe qui aurait pu croire que ces deux-là se connaissaient et se livraient à des devinettes.

– Franz, ce monsieur a été très gentil de me tenir compagnie, annonça-t-elle, rassurante.

– Personne d'autre ne pouvait te tenir compagnie ? Tu es la fille la plus sublime ici ! s'étonna le virtuose, comme s'il se parlait à lui-même.

La jeune femme sourit timidement et tourna sa tête vers l'entrée de la salle, comme si elle cherchait quelqu'un.

– Que faites-vous ici, vraiment ? reprit Franz, s'adressant à Jürgens.

– Je vous l'ai déjà dit. Officiellement, je suis là pour représenter le sénateur Krotz. Mais la vérité est que je suis venu pour profiter d'une excellente soirée, n'est-ce pas, Mademoiselle ?

Elle ne répondit pas tout de suite, l'esprit ailleurs. Elle fixait l'entrée sans dissimuler un geste d'ennui qu'elle aurait voulu discret. Franz le remarqua et constata qu'elle fixait l'endroit où Albert et Shahn discutaient avec le Baron von Liechtenau et toute sa cohorte.

– La musique est sublime, intervint Jürgens en s'adressant à Teresa. Je suis un excellent tanguero ! Me permettez-vous ?

La rousse accepta volontiers de le suivre sur la piste de danse. L'homme crapaud tendit son verre à Franz, qui se retrouva bêtement avec deux flûtes de champagne à la main. Il découvrit, ébahi, que ce type insipide savait mener le pas de tango sous les airs de *Por una cabeza*. Pendant un instant, il crut vivre un mauvais rêve, comme s'il se trouvait sur une autre planète.

Il posa les deux flûtes sur un plateau et décida de quitter la fête. Il passa subrepticement à côté d'Albert, toujours en conversation, et lui signifia son départ par une tape amicale dans le dos. Le chef d'orchestre se retourna et remarqua alors Teresa aux bras d'un inconnu.

Tout au long du trajet de retour, une image encombrait les pensées du violoniste : Teresa et Jürgens, l'homme crapaud, en pleine connivence. Simple coïncidence ?

D'aussi loin qu'il la connaissait, il avait remarqué son ouverture et sa spontanéité. En somme, une proie facile pour cet individu. Avait-il commis une erreur en l'abandonnant, seule avec lui ? Il ne parvenait pas à comprendre comment ce type si ordinaire, si insignifiant, lui inspirait tant de peur.

De retour à son appartement, il sortit au balcon prendre un peu d'air frais. Il admirerait la ville ou scruterait le firmament à la recherche d'étoiles, voilà ce qui l'apaisait jadis. Bientôt, il verrait d'autres lumières, d'autres cieux, songeait-il en tirant de sa poche un paquet de cigarettes. Malgré son vœu d'abstinence, respecté jusque-là, il ne pouvait plus se le refuser. Il en avait besoin pour éteindre l'anxiété que ni les médicaments ni la musique n'arrivaient à soulager. Il ne lui restait plus qu'à replonger dans ce vice, dont l'abandon l'avait rempli de fierté.

– On rentre bredouille ? interrogea une voix derrière lui.

– Putain !

Franz hurla de surprise et lâcha le paquet, qui s'échoua cinq étages plus bas.

– Que faites-vous là ?

– Je me disais, voilà une soirée idéale pour que vous rameniez une nouvelle victime, répondit Karl avec un ton calme.

– Laissez-moi tranquille ! aboya le musicien, sans réfléchir, oubliant qu'il parlait à un criminel.

– Vous laisser tranquille ? Nous verrons cela lorsque vous aurez accompli votre part du contrat.

– Dites-moi qui je dois tuer, alors ! réclama-t-il, exaspéré.

– Voulez-vous crier encore plus fort, qu'on vous entende dans la rue ? Rentrons.

L'intrus arborait un sourire énigmatique, comme si les réactions de son interlocuteur l'amusaient. Il s'assit sur le canapé, tandis que son hôte restait debout, apathique, s'interrogeant sur l'objet de cette visite. Connaîtrait-il enfin le nom de sa prochaine cible ?

– Vous ne me proposez rien à boire ? Le whisky de l'autre jour m'irait bien.

Le violoniste marcha à contrecœur jusqu'à la cuisine, prit deux verres et les posa sur le bar. Au moment où il s'apprêtait à les servir, il aperçut ses médicaments. L'espace d'une seconde, il se demanda quel effet provoquerait une dose massive de Xanax dans le breuvage de Karl. Lentement, ses doigts effleurèrent la boîte et il se retourna, pour vérifier que sa Némésis était bien assise. À sa grande surprise, Franz le découvrit derrière lui, imposant et impassible. L'assassin s'empara de la boîte, l'examina pendant un court instant, puis la reposa.

– Je vous conseille d'éviter de mélanger ceci avec de l'alcool. Asseyez-vous.

– Que faites-vous ici ? Qui est ce Jürgens, que j'ai croisé à la soirée ? Je l'ai déjà vu. À la déchetterie.

– Justement, voilà l'un des sujets à discuter. Que fabriquiez-vous là-bas ?

– Je ne sais pas, avoua le musicien, le regard perdu.

Il se demandait combien de temps il supporterait sa présence et lança une œillade de dépit à la boîte de Xanax.

– Étiez-vous à la recherche de quelqu'un, pour une quelconque raison stupide ?

L'assassin le toisa de ses yeux ozone, froids et perçants. Franz sentit qu'il venait de lire dans son esprit et baissa le regard.

– Ce Tchavo ? devina Karl.

Franz leva aussitôt le menton, se dénonçant.

– En quoi pourrait-il vous rendre service ? Poursuivit l'assassin.

– Je ne sais pas de quoi vous parlez.

Déstabilisé, Franz revit ces moments d'angoisse à la déchetterie. Un visage revenait, celui de l'homme crapaud. Il s'aventura à poser ses questions.

– Et vos amis ? Que fabriquaient-ils ce jour-là ?

L'intrus sourit, comme s'il se délectait par avance de la réponse.

– Auriez-vous oublié qu'il fallait se débarrasser d'un cadavre ? Êtes-vous idiot ou avez-vous cherché le meilleur moment pour vous enfoncer encore plus ? J'avoue avoir hésité un instant à vous jeter dans le four, vous aussi, avec votre amie.

Sur le coup, Franz ne sut comment réagir. Il n'avait jamais éprouvé la sensation de mort imminente, hormis durant ces longues minutes à la déchetterie. Sentant le sol se dérober sous ses pieds, il se laissa tomber sur le canapé. Son esprit troublé par une pensée alternative : il avait été à deux doigts de périr. Tous ses problèmes auraient pu être résolus !

Au moins, il connaissait la vérité sur les restes d'Émilie. Cette fois-ci, il avait la certitude qu'elle ne réapparaîtrait plus.

– Pourquoi n'avez-vous pas fait pareil avec Liesl ? Pourquoi cette mise en scène de l'accident ?

– Vous vous posez trop de questions, Monsieur Schligg ! Je vais vous apprendre la règle numéro un du métier : moins vous en savez, mieux vous vous portez. Règle numéro deux : vous arrêtez vos conneries et vous attendez mes instructions, c'est tout.

– Dites-moi qui je dois tuer, alors.

– Vous croyez que je gère une agence de coursiers ? Hop ! On a commandé trois meurtres pour ce soir ! Un autre demain ? Non, Monsieur Schligg. Moi, je ne fais que suivre des ordres et pour cela, je place des pions. Vous, Monsieur Schligg, vous en êtes un, par conséquent vous patientez. Vous imaginez que l'on dispose de la vie de quelqu'un, comme ça, d'un coup de tête, comme vous ? Eh bien non, Monsieur Schligg ! C'est une décision mûrie, réfléchie. Car une fois la commande passée, il n'y a plus de marche arrière possible. Mais un grand poids sur la conscience, qu'il faut être prêt à assumer, même pour un commanditaire.

Le virtuose ne répondit rien. Son esprit encaissait chaque mot, lentement, essayant d'en saisir la signification profonde.

– Cigarette ?

Franz refusa d'un geste de la tête et sortit à nouveau sur le balcon, suivi par Karl, clope au bec. Malgré les effluves de tabac et la présence de son cauchemar vivant, le jeune homme tenta de l'ignorer. L'air frappait son visage tandis que la fumée envahissait ses narines jusqu'à ses poumons, comme s'il fumait lui-même.

Tandis que l'assassin fixait le lointain, le violoniste se demandait s'il aurait la force de le pousser par-dessus la rambarde.

Avant qu'il n'ose cette folie, Karl se tourna vers lui.

– Continuez votre petite vie, pour l'instant. Je vous contacterai le moment venu. Rappelez-vous bien la règle numéro deux. Ne me prenez pas pour un con, vous pourriez le regretter.

Il exhala une bouffée et, d'une façon aussi rapide qu'inattendue, éteignit son mégot en l'écrasant sur le garde-fou du balcon. Pile au milieu de l'espace laissé entre l'index et le majeur du violoniste.

Stupéfait par ce geste, Franz précipita son départ.

PARTIE 2

Comme un papillon dans une toile d'araignée

22

Faisant fi de l'avertissement de Karl, Franz prépara sa valise, bien décidé à s'envoler pour New York à la première heure. Il était convaincu que l'assassin ne le rattraperait jamais aussi loin et ne le lui reprocherait pas. Après tout, ce voyage était prévu. Franz ne faisait que suivre ses ordres : poursuivre sa petite vie.

Pourtant, dans cette longue nuit, Franz se demandait, par moments, s'il s'apprêtait à commettre une grave erreur. Il avait ressenti à nouveau un besoin irrépressible de parler, d'exprimer ce qui le taraudait à une oreille attentive et bienveillante. Lili.

Face à ses tourments, il eut soudain une idée. Comment ne l'avait-il pas envisagé plus tôt ? Son violon. La musique, mais pas n'importe laquelle : sa confession transformée en symphonie.

Enfin il crierait au monde entier ses atrocités commises, tout comme ses inquiétudes, ses regrets... ses envies.

Profitant du silence absolu, il coucha sur le papier toutes les souffrances qui l'oppressaient. Elles avaient plusieurs visages : les victimes de ses *petits jeux*, Liesl, Émilie, Teresa, Andréa... Lili.

Il composa toute la nuit jusqu'au petit matin. Puis pendant l'attente à l'aéroport, et à nouveau durant le vol, bouchons aux oreilles, impatient de jouer sa symphonie.

New York. Il connaissait cette ville, il avait gardé de très bons souvenirs de ses précédents séjours.

Cette fois, pourtant, il se sentit immédiatement écrasé par les ombres des immeubles qui l'entouraient et par tout ce monde, envahissant son espace vital.

Avant son départ, il avait réussi à prévenir une connaissance, Anton Heissmann, chargé des relations publiques de la Fondation Von Lichteneau pour les Arts et la Culture. Ce dernier vint le retrouver à l'aéroport. Il avait arrangé son hébergement dans la luxueuse résidence de l'institution, dans le quartier chic de l'Upper East Side, près de Central Park.

Heissmann l'avertit qu'il risquait de croiser d'autres artistes, boursiers, même si les lieux n'étaient pas très occupés. Une grosse vague d'invités était attendue dans quelques jours. Pour sa part, le violoniste lui fit comprendre qu'il souhaitait à tout prix la tranquillité.

Au lieu de commencer à établir des contacts et planifier des dates, Franz décida de profiter de ce temps d'insouciance et de liberté, comme s'il eut été en vacances. Son mentor gérerait tout, comme avant, il en était sûr, même si cela ne relevait plus de son travail.

Avant la venue de Shahn, il disposait d'une petite semaine pour se relaxer dans l'immensité et la solitude des murs de la Fondation. Parfait pour terminer sa composition, enfermé dans sa chambre.

Pour se détendre, il avait repris son jogging quotidien, deux fois par jour. Puis quelques brasses dans la piscine privée. Quelle vie ! Au cours de cette coupure totale, il avait senti un renouveau salutaire. Le contact humain ne lui manquait guère, il évitait de croiser les autres résidents.

Lors d'une promenade, il fut attiré par le son d'un violon. Il provenait d'un vieil homme, près de la fontaine sur le square Grand Army Plaza. Le virtuose jugea son jeu délicieux et resta un bon moment à l'écouter attentivement, attristé par l'indifférence des badauds. Un souvenir enfoui dans son cœur rejaillit à la vue de cette image. Peu avant son dixième anniversaire, Franz s'était entiché d'un violoniste de rue. Son père lui avait donné quelques pièces pour s'acheter des friandises, mais il avait préféré les offrir au mendiant. En guise de clin d'œil à son passé, il glissa discrètement un billet de vingt dollars dans le chapeau de celui qui jouait du Vivaldi.

Franz se remémorait cette rencontre décisive. Celle qui avait confirmé son envie de devenir violoniste. Fasciné par la beauté de l'instrument et des sons qu'il produisait : la gaieté et la tristesse. Paradoxalement, après sa formation, il avait oublié l'allégresse de la rue, remplacée par les lumières de la scène.

« Je ferai de toi le plus grand ! », avait affirmé Shahn quand il l'avait repéré. Franz l'avait suivi sans condition, impressionné par son charisme et son allure.

⁂

De retour à la Fondation, il fut d'autant plus inspiré pour jouer et poursuivre sa symphonie.

Lors de ces quelques moments de répit, il prit l'habitude de revenir entendre le musicien matin et soir, si d'aventure il se trouvait au square. À chaque fois, il glissait un ou deux billets.

Un jour, il tenta de discuter avec le vieillard, mais celui-ci bredouillait un langage incompréhensible et un anglais mâché. Ne trouvant pas d'autre moyen d'échanger avec lui, Franz ramena son propre violon et se mit à jouer. Il se lança avec *L'hiver* des *Quatre saisons* de Vivaldi, que le vieil homme suivit, en faisant l'accompagnement. Comme s'ils communiquaient à travers la musique.

Le duo attira l'attention des badauds par la beauté de la mélodie, jusqu'à ce qu'une femme reconnaisse le virtuose. S'apercevant d'une myriade de smartphones braqués soudainement sur lui, le violoniste salua timidement, serra la main du vieux monsieur et s'éclipsa. Empli d'un sentiment de bonheur, mêlé à celui d'avoir commis une bêtise.

Il imaginait Shahn lui dire qu'il s'était offert la meilleure publicité.

⁂

Le lendemain, Franz évita de quitter la résidence. Il y fut contraint lorsque des journalistes assaillirent la Fondation, désireux de le rencontrer. Il ne comprenait pas pourquoi cet engouement, alors que le monde l'avait oublié. La sensation provoquée par le concert improvisé l'avait placé – contre son gré – sous les feux des projecteurs. Ce n'était pas le moment d'attirer l'attention sur lui.

Au moins dans la résidence, il serait tranquille, songea-t-il. Malgré l'avertissement de Heissmann sur les artistes parrainés et hébergés dans les lieux, il n'avait pas croisé grand monde depuis son arrivée, à part le personnel de service et une jeune fille à la piscine. Cette dernière ne méritait pas le moindre intérêt. Même pas envie de *jouer* avec elle. D'ailleurs, il était résolu à en finir avec cela.

Alors qu'il restait cloîtré, il décida de se rattraper avec une double séance de brasse et la retrouva à nouveau dans le bassin. La jeune fille l'observait. Cette attention le dérangea, d'autant plus qu'il ne se sentait nullement attiré par cette fille d'une maigreur extrême, dont le maillot de bain blanc exagérait la pâleur inquiétante.

Il décida de l'ignorer, prêt à la repousser si d'aventure elle osait l'approcher. Après la piscine, il reprit une session de composition de sa symphonie et profita de la solitude pour l'interpréter. Il avait enfin trouvé la meilleure thérapie à ses maux : écrire et pratiquer. Il se sentait régénéré, renouvelé. Tous ses problèmes, restés bien loin à Vienne, ne lui manquaient pas.

En fin de soirée, il retourna au bassin, soulagé de ne pas revoir la jeune fille. Il nagea quelques longueurs, savourant l'insouciance de ces moments pour vider son esprit et enregistrer un message dans son subconscient : « Tu n'as pas tué. Tu n'as jamais tué. »

Au sortir de l'eau, il fut surpris de la découvrir à nouveau, vêtue d'un peignoir et un Reflex Pentax à la main, elle le fixait. Il ne lui était plus possible de l'ignorer. Le violoniste la défia, avec ses yeux capables d'obliger une femme à se plier à tous ses désirs. Pourtant, elle ne détourna pas le regard.

– Vous faites quoi là ? demanda-t-il d'un ton sec en attrapant sa serviette.

– Je suis artiste plasticienne. Je voudrais vous photographier.

Elle parlait aussi froidement qu'un robot et le fixait d'un air étrange, sans vie ni émotion.

– Et pourquoi me suivez-vous à la piscine ?

– Parce que c'est le seul endroit de la maison où je peux vous trouver. Mon nom d'artiste est Virginie, se présenta-t-elle, impassible.

« Nom d'artiste » pensa Franz convaincu qu'il avait affaire à une folle.

– Je souhaite vous prendre en photo. Vos mains plus précisément, ajouta-t-elle, froidement.

– Vous voulez un violoniste ? Allez vous promener à la fontaine du Plaza. Vous en trouverez un très bon.

– Venez dans ma chambre, je vous montrerai mon travail. Amenez votre violon, l'exhorta-t-elle avant de partir.

Il resta planté là, intrigué. Comme si cette rencontre marquait la fin de ses vacances et de son isolement social. Cette fille l'étonnait. Elle était directe, sèche et froide. Très froide. Jeune, la vingtaine à tout casser. Peut-être que ce mélange de pâleur, de blondeur et son extrême maigreur la rajeunissaient. Épris de curiosité, il décida d'aller la voir après avoir pris sa douche.

Ignorant comment la trouver dans l'immensité de la résidence, il demanda au concierge le numéro de chambre de cette Virginie. Vraisemblablement, elle y était connue par son pseudonyme.

Elle logeait au dernier étage, dans des combles aménagés. Le violoniste constata un accueil moins confortable pour tous ces jeunes pensionnaires de la Fondation, que pour les invités de marque.

La photographe ouvrit la porte, habillée d'un pull et d'un jean. Son visage n'affichait aucune expression. Qu'il vienne ou pas, lui était égal. Il inspecta la minuscule chambre, rapetissée par le désordre. Au fond, une salle de bains faisait office de laboratoire, où des photos pendaient comme du linge sur un fil.

Tout autour, le chaos. Notamment sur le lit, qui servait à stocker divers équipements, des produits de développement et des albums. « Au moins, ce n'est pas un stratagème pour coucher avec moi », pensa-t-il. Malgré tout, il ne pouvait s'empêcher d'éprouver une légère crainte à se retrouver seul avec elle dans sa chambre. Il se demandait si l'effet Andréa se reproduirait et s'il perdrait ses moyens. Mais à la regarder attentivement, il fut rassuré : cela semblait pratiquement impossible.

Une fois la porte fermée, elle se dirigea vers la salle de bains pour décrocher trois photographies qu'elle lui tendit. Sur la première, il découvrit le mendiant et lui-même, prise au moment où ils jouaient ensemble. Le second cliché révélait un gros plan du visage ridé du vieil homme. Enfin, la troisième montrait uniquement les mains du vieillard. Elles étaient usées, fatiguées, durcies par un travail manuel autre que de s'adonner à son violon. Il constata qu'effectivement, ces images étaient très belles.

– Je suis à la recherche d'un sujet pour mon œuvre. Hier vous m'avez donné une idée, lança-t-elle.

– Votre quoi ?

– Le sujet de mon œuvre, les gens de la Fondation veulent bien continuer à me subventionner si je réalise des choses présentables.

– Présentables ? s'enquit-il interloqué, supposant qu'elle devait avoir une étrange conception de l'art.

– Mon œuvre dévoilait la réalité de notre monde, avec sa violence.

Le violoniste obtint la confirmation de ses craintes ; il en fut quelque peu irrité, et s'interrogea : était-ce le hasard ou l'intuition féminine qui l'avaient menée à lui ?

– Tenez, dit-elle en désignant un livre sur le bureau. Je vous conseille de vous asseoir.

Franz esquissa un mince sourire de défi, posa son étui sur le lit et saisit l'album pour le feuilleter, debout. Il y découvrit des images en noir et blanc présentant diverses thématiques dont la puissance augmentait de page en page. Au départ, des scènes de la nuit, de la jeunesse perdue, puis des clichés plus dérangeants : gros plans sur des cicatrices et des plaies béantes, des véhicules accidentés, des faits divers.

– Qui se laisse photographier comme ça ?

– Ceux qui vivent la violence. Je recherche la beauté. La violence existe partout. La photo sert d'exutoire.

– Vous y croyez, vous ? C'est de l'art ça ?

– L'art suscite des émotions.

– Vous faites bien de changer de thématique, affirma-t-il en tournant les pages.

Soudain, une image attira particulièrement son attention. « Ce n'est pas vrai ! » pensa-t-il. Avait-elle osé photographier une scène de meurtre ? Une sensation de malaise l'envahit lorsqu'il réalisa qu'il pouvait s'agir de l'un de ses propres crimes. Une jeune femme gisait à terre, comme un pantin désarticulé, la gorge tranchée, un mince filet de sang coulait de sa bouche, et ses yeux... Ses yeux ! Ils n'étaient pas morts. Ils donnaient une beauté étrange à l'image. Parfaitement maquillés, de longs cils encadraient des pupilles brillantes fixant l'éternité.

Le déclic produit par l'appareil photo le sortit de sa rêverie. Virginie le tenait à la hauteur de son plexus solaire, ses traits présentaient un soupçon d'émotion humaine.

– Qu'est-ce que vous fabriquez ? s'enquit Franz, surpris.

– Votre expression ! L'horreur face à la violence ! Voilà un sujet !

– Elles sont affreuses vos photos ! Qui achète ça ?

– Je vous conseille de faire un petit tour au MoMa pour vous cultiver. À présent, vous connaissez mon travail. Montrez-moi ce que vous valez, parce qu'hier j'ai plutôt apprécié l'interprétation du mendiant.

– Je n'ai pas à vous prouver quoi que ce soit, répondit-il avec un sourire narquois. Je vous rappelle que vous m'avez invité à venir ici.

L'étrangeté de cette fille l'intriguait, pourtant son attitude ne l'exaspérait pas. Bien au contraire, il commençait à se sentir bizarrement attiré. Elle voulait une démonstration, elle l'aurait. Il lui montra ses mains, qu'elle captura avec son appareil sous plusieurs angles ; puis craqua ses phalanges et sortit le violon de son étui. Il se positionna dans un endroit offrant suffisamment de place pour ses mouvements.

– Accrochez-vous, ça risque d'être violent, prévint-il avec un sourire malicieux.

Après une longue inspiration, il réfléchit quelques instants et se lança dans le *Caprice n° 24* de Paganini. Concentré sur son jeu, les yeux fermés, il ne remarqua pas son unique spectatrice.

Elle avait disposé un appareil fixé sur une étagère, qu'elle pouvait déclencher à distance, et gardait un autre avec elle. Dès les premières notes, elle se transforma en un véritable être humain, capable d'exprimer tout un camaïeu d'émotions, en même temps qu'elle photographiait.

Elle continua ainsi pendant une minute, puis elle arrêta pour mieux apprécier. Lorsqu'il effectua le pizzicato, elle fut d'autant plus bouleversée, qu'elle décida d'immortaliser ses propres réactions grâce à l'appareil posé sur l'étagère.

Lorsque Franz eut terminé, il fit une révérence théâtrale, pour pousser la caricature à l'extrême. Il remarqua son air de stupéfaction, des larmes aux yeux, et fut étonné par le trouble exprimé par celle qui lui rappelait davantage un robot.

Avec sa mine austère, elle lui prit délicatement le violon des mains, le posa sur le bureau et l'attira à elle par le col de sa chemise pour l'embrasser fougueusement.

Franz céda, sans pulsion meurtrière. Une sensation nouvelle, pas tout à fait inconnue, s'ouvrait à lui. Il venait de comprendre cette petite phrase de son mentor, entendue à chaque fois qu'il s'éclipsait momentanément avec une parfaite inconnue. Il venait d'assouvir une *nécessité vitale*.

Plus tard, Franz revint dans sa chambre, intrigué par ce qu'il venait de vivre. « L'effet Andréa », comme il nommait ce phénomène qui l'amenait à succomber à une femme. Mais cela n'expliquait pas comment il avait pu se laisser tenter par une fille aussi peu gracieuse que cette Virginie ? Au milieu du bric-à-brac, leur étreinte s'était poursuivie au sol, sans émotion ni sentiment autre que la recherche du simple plaisir physique.

Dès qu'elle s'était estimée satisfaite, elle lui avait demandé de partir. Sèchement. Sans plus d'explication. Ni merci ni au revoir. Il obéit sans se poser de questions, avec l'étrange sensation d'avoir été utilisé, chosifié. Paradoxalement, comme avec Andréa, cela ne lui avait pas déplu.

L'arrivée de Jakob Shahn à New York marqua la fin des vacances du violoniste. Son mentor ainsi qu'une ribambelle d'invités était attendue pour le Gala de patronage. Entretemps, les journalistes étaient passés à autre chose et il en avait profité pour sortir. Le square était désormais vide, l'autre violoniste l'avait déserté.

Sur les conseils de Virginie, Franz visita attentivement les galeries dédiées à la photographie du MoMa. Comment pouvait-on considérer cela comme de l'art ? pensait-il. Certaines images l'étonnèrent, même s'il estimait que l'œuvre singulière de la jeune fille y méritait toute sa place. D'ailleurs, il était curieux de découvrir ses clichés.

À son retour à la Fondation, il frappa à la porte de sa chambre. Elle ouvrit, le visage austère et sans étonnement. Elle le fixait droit dans les yeux et d'un air sérieux, et elle lui balança :

– Pas envie de baiser ni que tu ne t'amouraches de moi. Compris ? Tu veux quoi ?

Avec un accueil pareil, Franz eut du mal à éviter de pouffer de rire. L'étonnante attitude de Virginie le divertissait. À une autre femme, il aurait fait regretter ses paroles.

– Je voudrais voir les clichés que tu as pris hier.

Le comportement de la photographe changea un peu. Moins sur la défensive, elle le laissa entrer et s'assit devant l'ordinateur portable sur le minuscule bureau. Le violoniste se pencha derrière elle, pendant qu'elle pérorait sur son œuvre, discours auquel il ne prêta aucune attention, et ouvrit un répertoire avec les images numériques. Il les trouva très belles, y compris l'étrange composition des émotions. Elle stoppa le défilé devant la photo de Franz observant la scène de crime.

– J'aime bien celle-là ! s'exclama-t-elle. On perçoit de la curiosité, de l'horreur… je dirais même des regrets.

– Comment peux-tu voir cela ? interrogea-t-il, irrité par la pertinence de son jugement.

– Je le vois, c'est tout. Sous cet angle, il y a une petite cicatrice, ajouta-t-elle en agrandissant.

Elle pointa du doigt l'écran, puis se retourna pour l'examiner en vrai.

– Comment c'est arrivé ?

– Je me suis cogné avec une porte…

– Menteur ! affirma-t-elle, un soupçon d'émotion dans sa voix. Vu ton expression, c'est plutôt une agression.

Franz la regardait, intrigué, sans dire un mot. Elle n'avait pas l'air surprise ni étonnée. Elle continuait à scruter son visage, insondable, comme un critique d'art identifie le peintre à partir des coups de pinceau.

– Est-ce que tu viens à la soirée de patronage ?

Il demandait l'air de rien. Avec la seule envie de briser le silence et pour qu'elle arrête de l'analyser.

– Surtout pas ! Pas conviée, et pas envie de voir cette bande de snobs faux-culs. Tant qu'ils me subventionnent, ça me va. Dis, si tu te fais une autre écorchure, tu me laisseras la prendre en photo ?

– Tu peux compter sur moi, répondit-il, blasé.

23

– Excellent coup de communication ! Tu as le chic pour annoncer ton retour ! s'extasia Jakob Shahn dès son arrivée, brandissant un article de journal lu dans l'avion.

– Je n'avais pas l'intention d'attirer l'attention, répondit Franz, comme s'il s'excusait presque. Tout va bien à Vienne ?

– Oh, oui. Albert se désole de ton départ et...

Soudain, son mentor parut plus tendu et l'invita à l'accompagner dans sa chambre.

– Décidément, les faits macabres s'enchaînent, une autre fille du Conservatoire a été portée disparue. Une Française, je ne me rappelle plus son nom. Bref, il faudrait que tu penses à rentrer rapidement, car tu as été convoqué par la police.

– Convoqué par la police ? Au sujet d'Émilie ?

– Émilie ? Ah ! Oui, c'est une certaine Émilie Noël. Donc tu la connaissais ?

– Pourquoi la police veut-elle me voir à son sujet ? s'interrogea Franz, tracassé.

Il sentait l'effroi envahir tout son être. C'était impossible ! Karl avait brûlé son corps, n'avait-il pas dit cela ? Pourquoi établir un lien avec lui ?

– Franz, ça va bien ? demanda Shahn, doublement intrigué. Pourquoi voudrait-on te voir à son sujet ? Non, cela concerne l'affaire Liesl Kruse, chuchota-t-il, tendu, comme s'il avait peur de le froisser. Je vais te trouver un avocat.

– Mais pourquoi en aurais-je besoin ?

Sentant un couperet imaginaire au-dessus de sa tête, le jeune violoniste cherchait à sauver les apparences, malgré ses sueurs froides.

– C'est ton droit, tu sais ? le rassura son mentor. C'est pour te protéger. Tous les témoignages coïncident sur le fait que tu l'as vue la dernière fois. Puis ta crise... enfin, c'est ton gardien qui a... Bref, étiez-vous proches ?

– Pas du tout !

Shahn paraissait mal à l'aise de discuter de cela avec lui. Depuis sa crise, il ne lui avait jamais demandé le pourquoi de sa réaction à l'annonce de la mort de Liesl, persuadé qu'il y avait une amourette dont il ignorait l'existence.

– As-tu arrangé le départ de Lili Bylen ? s'enquit son disciple, pour changer de sujet.

– Oui, cela a été rapide. C'est prévu pour la semaine prochaine. Mais en échange ils t'attendent, répondit-il d'un ton sec, déçu par le manque de confidences de son protégé sur ses liaisons.

Franz aurait aimé se renseigner à propos de Teresa, mais très probablement son mentor ignorait son existence. Shahn avait déjà apporté son lot de mauvaises nouvelles, assez pour briser son envie d'exil.

– Est-ce qu'il y a quelque chose dont tu souhaiterais me parler ?

Shahn insista, braquant les yeux sur lui, comme s'il s'apercevait enfin de la souffrance silencieuse de son protégé.

– Non.

Dégoûté par cet échange, Franz décida de s'enfermer dans ses appartements et de continuer sa symphonie.

Il n'était plus seul et sa concentration s'interrompait constamment à cause des échos d'une conversation dans la chambre contiguë. Le monologue d'une voix portante dont le timbre l'agaçait particulièrement, l'empêchait de se focaliser sur son jeu.

Énervé, il enleva la sourdine de son violon et commença à jouer, d'abord quelques coups d'archet sauvages et sonores. La voix à côté se tut. Satisfait par le retour au calme, il poursuivit, oubliant tout, transporté par le voyage.

Des notes suaves et douces le ramenaient à Vienne, à Teresa. À celle qui l'inspirait tout autant qu'elle l'impressionnait depuis qu'il l'avait vue pour la première fois. Plus d'un an s'était écoulé avant qu'ils n'aient pu passer un moment ensemble, cette courte, mais mémorable, balade à Stadtpark. Pourtant, à bien y réfléchir, seulement quelques semaines le séparaient de cette rencontre fatidique, de ce jour où elle était venue le voir et il n'avait pas eu le courage de rembarrer Liesl pour rester auprès de sa muse.

Que se serait-il passé si elle avait pris sa place ? L'assassin qui couvait en lui se serait-il exprimé ?

Soudain, quelqu'un tambourina à la porte, l'irritant. Il n'y prêta pas attention et poursuivit. Personne ne pourrait interrompre la sonate dédiée à sa déesse. Puis, il continua avec le mouvement qu'il avait écrit en pensant à ses victimes. Cette partie l'amena à extérioriser l'abîme creusé par ses jeux d'humiliation. Tout ce qui l'avait mené jusqu'à la violence du meurtre, il le traduisit par une suite rapide des coups d'archet.

Lorsqu'il eut terminé ce passage, il réalisa qu'il n'avait pas remis la sourdine.

⁂

Franz et Shahn attendaient dans le hall de la Fondation, où un afflux d'élégants convives se rendait à la soirée de gala.

– Es-tu sûr de ne pas en vouloir une ? s'enquit son mentor.

– Non, répondit Franz sèchement.

« Pas besoin » aurait-il aimé ajouter ou « Jamais ! ».

– Alors, tu n'as rien fait pour décrocher des contrats ? se désola Shahn en examinant sa montre, visiblement impatient. Qu'as-tu fait depuis ton arrivée ?

– Me reposer.

Il préféra taire sa véritable activité. Pourtant, il savait que rien n'aurait rendu plus heureux son mentor que d'apprendre qu'il composait une symphonie. Quelle que soit sa source d'inspiration, il aurait été ravi. Néanmoins, il cherchait le moment propice pour le surprendre.

– Je ne vais pas m'occuper de tout ! renchérit le Directeur, comme s'il le réprimandait tel un père à son enfant. Prends-toi un agent ! Achète-toi un téléphone portable ! Je ne comprends pas comment tu peux vivre sans.

Franz ne répondit rien et contempla l'arrivée des invités. Il remarqua une jeune femme blonde, seule, vêtue d'un long manteau ouvert laissant entrevoir une robe courte et seyante. Sans carton d'invitation, elle se présenta directement au portier. Pendant que ce dernier recherchait son nom sur une liste, elle scrutait les personnes dans le hall. Son attention se posa sur lui, qui l'observait.

Lorsque le portier l'eut trouvée, il pointa du doigt les deux virtuoses. Elle avança vers eux, guère intimidée par le regard perçant du plus jeune. Bien au contraire, les yeux gourmands de la demoiselle se réjouissaient par avance.

– Jakob Shahn ? demanda-t-elle, s'adressant à eux, en le fixant.

La détestant pour ce qu'elle représentait, Franz, d'humeur taquine, décida de jouer. Il soutint son regard séducteur, prêt à savourer sa déception lorsqu'elle s'apercevrait qu'il n'était pas son client.

« Tu me veux ? Tu ne m'auras pas ! » semblait-il lui signifier lorsque Shahn l'accueillit. Elle ne put cacher un geste de désappointement et le lorgna. On aurait dit que ses yeux clamaient « cela aurait été gratuit pour toi ». Il sourit. « Tant pis ». Son mentor s'excusa et partit avec elle. « Éternel adolescent » pensait-il, les perdant de vue.

Le violoniste parcourut le grand salon, en épiant toutes ces oies se dandiner. « Snobs faux-culs », se dit-il, en reprenant les mots de Virginie. Il attrapa une flûte de champagne et apprécia le quatuor à cordes. Les reproches de son ancien maître trottaient dans son esprit. Ce dernier le blâmait de n'avoir rien fait pour remplir son agenda.

Parfait ! Il lui prouverait que les contrats viendraient à lui sans qu'il ait à lever le petit doigt.

Il attendit un moment de répit des musiciens. Puis, il fit signe au violoniste et emprunta son instrument. Reconnaissant le virtuose, ce dernier s'exécuta. Sans avoir à monter sur l'estrade ni exiger silence, Franz se mit à jouer un morceau issu de sa symphonie, une sonate dédiée à Teresa. En guise d'ouverture, il exécuta le martelé utilisé un peu plus tôt pour faire taire son voisin de chambre.

Après quelques notes, les invités se tournèrent vers lui, subjugués. Tous l'écoutaient, envoûtés, sublimés par ce legato à la mélodie calme et troublante en même temps. Oubliant son escorte pour un instant, Shahn s'approcha. Ses yeux pétillaient d'émerveillement, comme ceux d'un grand-père découvrant son petit-fils. Les convives admirèrent la beauté de la musique, mais rares furent ceux qui, à l'instar de Jakob Shahn, remarquèrent le prodige. Ce petit bijou n'avait jamais été entendu auparavant.

Au dernier coup d'archet, la foule demeurait figée, extasiée et déçue qu'elle se soit terminée. Au bout de quelques secondes de stupéfaction, la foule applaudit.

Le maître s'avança en même temps que des représentants des plus prestigieuses salles américaines, venus le saluer. Peu à peu, le vieil homme retrouva ce rôle qu'il occupait, lorsqu'il gérait la carrière de son disciple. Franz profita du détournement de son attention pour se sauver. La jeune femme attendait à l'écart, un verre à la main. Il prit une nouvelle flûte de champagne, pour l'approcher, mais dans sa traversée, fut accosté par un individu au sourire carnassier.

– Quel honneur de vous avoir écouté ! C'est la seconde fois, pour ma part, figurez-vous !

– Ah ! répondit Franz avec dédain.

– Oh ! peut-être que je vous ai dérangé ? J'ai tendance à parler fort au téléphone. Mais lorsque j'ai entendu votre musique, je n'ai pas pu m'empêcher de vouloir écouter de plus près ! J'avais ma femme à l'autre bout de la ligne, figurez-vous. Elle m'a dit « D'où vient cette musique ? Elle est merveilleuse ». Elle a senti le bébé bouger, figurez-vous !

Le violoniste ignora le charabia de celui qui s'avérait être son voisin de chambre. Il lança un regard de supplique à l'escorte, pour qu'elle vienne le libérer de cet individu un peu trop encombrant.

– Et vous êtes ? dit-il avec dédain.

– Oh ! Quelle impolitesse ! C'est vrai que j'arrive là, je vous raconte mon histoire et je ne prends même pas la peine de me présenter. Vous, vous n'avez pas besoin de vous présenter ! Ma femme vous adore ! Nous avons assisté à votre dernier concert de soliste, celui où vous aviez annoncé votre retraite. Ah ! Vous nous avez joué un sale tour ! Mais comme vous étiez au Conservatoire, on s'est dit qu'on aurait tout loisir d'aller vous voir. Même si ce n'est pas pareil, n'est-ce pas ? Là, vous revenez en tant que soliste ?

– Et vous êtes ? redemanda-t-il, sans aucune envie de le savoir, seulement pour lui signifier qu'il radotait.

– Ah, oui ! Bien sûr ! L'habitude, quand on est un personnage public, on oublie de se présenter, n'est-ce pas ? Wenzel Krotz, à votre service !

Au son de ce nom inattendu, l'esprit du violoniste se mit en marche, rassemblant les pièces d'un puzzle laissé en suspens depuis quelque temps. Il se revit à l'hôpital, Lili ramassait un journal par terre. Dessus, la photo d'un véhicule brûlé. Puis il songea à Teresa, avant qu'il ne l'abandonne à l'homme crapaud. Ce Jürgens avait affirmé le représenter ? Quel rapport avec la mise en scène de l'accident ? Pourquoi ce Krotz se trouvait-il ici ? Là où il se croyait à l'abri ! De troublantes coïncidences frappèrent son esprit comme des éclats de verre.

– Oh, mon Dieu !

Sortant de ses pensées, le violoniste découvrit sa main ensanglantée, sa flûte brisée entre les doigts. Autour de lui, confusion et stupeur.

Franz regarda le gros morceau de verre enfoncé dans sa paume. Au lieu de sentir la douleur ou de craindre pour son jeu, il songea immédiatement à Virginie. Elle aurait adoré prendre ça en photo !

Shahn accourut à lui et le traîna presque de force jusqu'au hall d'entrée. Krotz les suivait, peiné, se confondant en excuses, car il culpabilisait d'avoir provoqué la blessure.

Visiblement inquiet, Shahn hésitait entre chercher un médecin et l'envie de s'expliquer avec le sénateur. Le Directeur culpabilisait, lui aussi. Il savait pertinemment que cet individu, indirectement lié au décès de Liesl, serait présent et, naïvement, n'avait pas prévu leur rencontre. La réaction de son protégé confirmait ses soupçons à propos d'une relation avec la défunte. Sinon, pourquoi serait-il si troublé ?

Shahn conduisit son fils spirituel jusqu'à un fauteuil. L'escorte les rejoignit aussitôt, équipée d'une trousse de secours qu'elle avait demandé au gardien. Franz lança un regard noir à ce dernier agacé par sa présence. Shahn l'invita à s'éloigner et à tenir d'autres curieux à l'écart. Il laissa son protégé avec l'escorte, et prit Krotz à part pour discuter.

– J'ai fait une formation d'aide-soignante, affirma la jeune femme tandis qu'elle examinait sa main.

Délicatement, elle arracha le plus gros morceau et scruta sa paume, à la recherche de minuscules bouts de verre incrustés.

Franz la laissa faire tandis qu'il observait son mentor et Krotz discuter. Il se demandait par quel coup tordu du destin cette rencontre avait été prévue. C'était comme si une entité maléfique maîtrisait les fils de son existence. Le message devenait clair : il n'échapperait jamais à sa dette. Par dépit, il se tourna vers la jeune femme qui s'affairait à désinfecter sa blessure.

– Quel est ton nom d'artiste ? demanda-t-il avec dédain.

– Mon quoi ?

– Ton nom de pute.

Elle le regarda sidérée, en appuyant la compresse dans sa main. Elle fit semblant d'ignorer ces mots, tandis qu'une partie d'elle voulait lui lancer au visage le flacon d'alcool.

– C'est du jade, ça ? poursuivit-il en désignant son pendentif.

La jeune femme l'ignorait pendant qu'elle le pansait. Elle se pressait pour s'éloigner de ce type qu'elle n'aurait jamais imaginé si odieux.

– Je vais t'appeler Jade, ça fait nom de pute.

– Vous êtes toujours aussi désagréable ? répondit-elle en écartant d'un geste brusque son pendentif. Je préférerais que vous ne m'appeliez d'aucune façon. Vous croyez que je fais ça par plaisir ? Que feriez-vous comme métier sans votre magnifique talent pour le violon ?

– Je ferais le tien, la nargua-t-il.

– Surtout, ne vous obligez pas à me remercier ! Quel con ! pesta-t-elle, l'abandonnant.

Franz contemplait le bandage de sa main. La rage envahissait tout son être. Agacé, il craignait pour son jeu. En même temps, il voulait des réponses. Il se dirigea vers son mentor et le politicien.

– Monsieur Krotz, je souhaiterais vous parler.

À contrecœur, Shahn les laissa seuls. Ses inquiétudes pour son protégé s'évaporèrent dès que la jeune femme déploya ses charmes devant lui.

Franz proposa à l'homme politique de l'accompagner prendre l'air. Il était persuadé que ce Krotz se trouvait dans le viseur de Karl.

– Quelle affreuse coïncidence ! renchérit Krotz. Monsieur Shahn m'a raconté pour votre amie ! Je comprends mieux votre réaction.

– Elle n'était pas mon amie...

– Ah ! Quelque chose de plus sérieux ?

Franz demeura silencieux, sans savoir que répondre.

– Moi aussi, j'ai perdu quelqu'un dans cet accident, poursuivit-il sur un ton plus grave. Georg, mon assistant, conseiller et ami. Il y avait également un journaliste avec nous. Nous revenions d'un meeting à Salzbourg. Je ne devais pas conduire la voiture...

– Ah bon ?

Son cerveau commençait à façonner des théories du complot.

– Georg se sentait indisposé depuis le déjeuner. J'ai pris le volant. C'est dur quand vous êtes le seul à survivre...

Des mots imprégnés d'émotion sortaient de sa bouche, son regard perdu dans le ciel nuageux, reflétant les lumières de la ville. De toute évidence, il cherchait à se livrer davantage. Peut-être voulait-il décrire le choc ? Parler du bonheur de se savoir en vie ou de la tristesse de découvrir ses passagers morts ? Ou dire tout simplement que, malgré tout, il faut s'estimer heureux.

L'homme politique ne dit pas plus. S'apercevant de ses larmes, le musicien n'osa pas le regarder en l'interrogeant de nouveau.

– Vous croyez qu'il s'agit d'un attentat ? s'aventura-t-il à demander.

– Un quoi ?! s'exclama Krotz, offusqué. Ne soyez pas ridicule, vous voyez politique et complots dans le même panier ? J'étais tout simplement au mauvais endroit au mauvais moment.

Krotz n'en rajouta plus. Il avait compris, d'après sa conversation avec Shahn, que le jeune homme souffrait également d'une perte. Celle de la femme découverte dans l'autre véhicule, Liesl. Il ne put s'empêcher de fixer la main du virtuose, son pansement.

– J'ai rencontré un certain Hans Jürgens, votre collaborateur à Vienne, avança Franz pour détourner leur conversation.

– Ah oui ? C'est curieux ! On dirait qu'il était écrit que nos chemins devaient se croiser ! À la mort de Georg, Hans a été nommé d'office pour le remplacer. Je n'ai pas à me plaindre, il est efficace. Vous le connaissiez ?

– Non, pas du tout. Il accompagnait une amie lors d'une soirée.

Le violoniste ne trouvait pas comment l'avertir du danger qu'il courait. Il sentait que quelque chose se tramait, mais quoi ?

– Si ce n'est pas indiscret, que faites-vous à New York ? s'enquit-il, timidement.

– Ah ! Ce n'est pas indiscret du tout ! On en parle dans les journaux ! Du moins à Vienne. Entre nous, pour l'argent et l'influence, c'est ici que ça se passe. N'est-ce pas ? Je rencontre des soutiens qui vont financer ma campagne. Officiellement, je dois assister à quelques conférences aux Nations Unies. Bref ! C'est bon pour mon image, vous savez ? Ça vous intéresse, la politique ?

– Pas du tout !

– Oh, je comprends. Vous, c'est la musique ! Ah ! Si vous saviez, ma femme serait enchantée de vous rencontrer ! Quand est-ce que vous rentrez à Vienne ? Nous serions ravis de vous recevoir !

Franz l'observa, circonspect. Soudain, il eut peur de lui, comme d'une bombe à retardement.

– Je vais rentrer le plus vite possible, répondit le violoniste.

– Parfait ! Je rentrerai avec vous ! Je n'ai plus rien à faire ici. De plus, un sponsor a mis à disposition son jet privé pour mon retour, ça vous tente ?

Non, se retrouver dans le même avion que cet individu ne le tentait pas du tout.

– Je ne veux pas profiter de la gentillesse de votre ami.

– Ne vous inquiétez pas, Maestro, je m'en occupe ! Je vous confirmerai ça demain.

Après leur conversation, Franz abandonna la fête et retourna dans sa chambre. Résolu à retourner à Vienne, il hésitait à tâter le terrain. Qui d'autre pourrait le renseigner à part Lili ?

24

Vienne, quelques jours plus tôt. Lili exultait. Elle avait obtenu une réponse positive pour participer à un programme d'échange avec l'Orchestre National de France. Une merveilleuse opportunité !

D'ailleurs, elle s'étonnait de la rapidité de prise en charge de son dossier. Elle en avait fait une demande, infructueuse, l'année dernière. Cette fois-ci, tout lui avait été servi sur un plateau d'argent : papiers, logement, billet d'avion. Elle n'aurait jamais pu imaginer Franz derrière cela.

Le jour même, Albert avait annoncé le départ précipité du violoniste. Elle avait été déçue, car elle ne le reverrait plus. Ses sentiments étaient contradictoires. Éprouvait-elle de la tristesse ? Certainement. Elle était consciente qu'il avait commis l'irréparable, mais elle savait aussi qu'il avait besoin de son aide. Son for intérieur voulait croire à la thèse de l'accident, persuadée qu'il n'avait jamais eu l'intention de tuer, comme il le lui avait affirmé.

Au Conservatoire, la disparition d'une jeune Française intriguait, les mauvaises langues s'amusaient à insinuer qu'elle aussi était sortie avec le violoniste.

L'enquête sur l'*affaire Liesl* avançait. Lili avait été convoquée pour une déposition. Simple procédure, l'avait rassurée Neumann. Il l'avait reçue avec un jeune enquêteur. Parler n'avait pas été simple. Si mentir sur sa fausse relation avec le violoniste ne lui posait aucun problème, elle craignait de révéler par mégarde ce qu'elle savait du meurtre.

D'ailleurs, ce jour-là, elle avait reçu un courriel sur son smartphone avec l'objet : « Il est là ! ». Le message était accompagné d'un lien vers le clip de Franz jouant à New York avec un musicien de rue. Les commentaires sous la vidéo se moquaient du célèbre virtuose qui avait décidé de changer de scène. Elle y voyait un homme humble et charmant. Surtout pas un meurtrier.

Après avoir terminé sa déclaration formelle, elle regarda à nouveau la vidéo en s'acheminant vers le métro, puis s'interrompit à son arrivée à la station. Sur le quai, elle s'approcha du bord, pour voir si cela accélérait la venue du train. Comme d'habitude, cette technique n'avait pour but que de l'énerver davantage. Mais pas cette fois, elle n'était pas pressée. Elle lisait les commentaires postés lorsque, tout à coup, elle fut bousculée.

Un individu, tout en noir, de style gothique, lui arracha son sac à main avec une telle force que son portable s'envola dans les airs ; elle faillit perdre l'équilibre et tomber sur les rails. Or, un bras providentiel surgit du néant pour la rattraper. Stabilisée, elle aperçut furtivement son sauveur poursuivre le malfrat quelques mètres plus loin. Lorsqu'il le rattrapa, il lui arracha le sac volé et lui assena un coup de poing, le poussant sur les voies. Puis, il s'enfuit, avec son sac à main.

Lili ne comprit pas tout de suite ce qui lui arrivait. Des passants venus à son aide l'entourèrent tandis qu'une rame entrait dans la station. Le truand tenta de l'esquiver en traversant la voie, mais fut électrocuté dès qu'il toucha le rail de traction.

Sous le choc, elle ne pensa plus à ses affaires. Seul son téléphone passa sous les rails.

Suite à cet incident, elle n'avait qu'une envie : rentrer à Sankt Pölten, où elle se sentirait en sécurité auprès de sa mère. Mais avant cela, elle dût retourner au commissariat pour sa déposition. Puis, elle reviendrait chez elle changer les serrures. Autrement, elle ne se sentirait plus jamais en sûreté dans son appartement. Le voleur possédait son identité, ses clés, tout ! C'était décidé, ce soir elle repartirait chez sa mère chercher son passeport, puis attendrait son décollage pour Paris.

Après la venue du serrurier, elle quitta enfin son domicile pour la Westbanhof, la gare de l'ouest. Cette fois-ci, elle prit un taxi, puisqu'elle était terrifiée à l'idée de s'approcher d'un quai.

Alors qu'elle patientait dans la gare, elle évitait de réfléchir aux derniers évènements. Les images revenaient sans cesse dans son esprit : l'agression, le corps sans vie du voleur étalé sur les rails. Elle gardait l'image de ses pieds chaussés de bottines Dr. Martens. De son sauveur (ou complice du malfrat ?), elle n'avait pas vu son visage, tellement il avait filé comme une étoile.

Une enquête supplémentaire, se lamenta-t-elle, ne pouvant pas s'empêcher de penser à Liesl. Selon les suppositions de la police, cette dernière avait été séquestrée par le gardien de l'immeuble dans des circonstances inconnues pour l'instant. Il restait un mince espoir que les témoignages apportent des éclaircissements.

Elle connaissait la vérité. Pire, elle réalisait que Franz baignait dans une sale affaire.

Alors qu'elle était perdue dans ses réflexions, la musique d'un jeune Tzigane et son violon la rassérénèrent. Ce dernier vint se planter devant elle.

– Une p'tite pièce, mam'zelle ?

Elle faillit répondre qu'elle n'avait pas de sou, mais remarqua qu'il lui avait lancé une bourse en cuir rouge. La sienne.

Lili observa à nouveau le jeune homme, interloquée. Soudain, elle se souvint l'avoir aperçu au Conservatoire, peu avant la crise du violoniste. Il s'agissait du garçon qui l'avait bousculée en bas de l'escalier.

Il lui fit signe de l'accompagner. Attablés dans un café, à l'écart de la cohue, il sortit de sa besace le sac volé. Lili en pleura de joie lorsqu'elle demanda :

– Mais qui êtes-vous ?

– Je m'appelle Tchavo, vous êtes en danger… Enfin, plus maintenant, rectifia-t-il.

⁂

Les rayons de soleil filtraient par la fenêtre, mais ils ne furent pas les responsables du réveil abrupt de Lili. À l'abri chez sa mère, à Sankt Pölten, la jeune femme aurait aimé dormir quelques heures de plus, mais une sonnerie matinale et les petits coups contre sa porte la tirèrent des bras de Morphée.

Madame Bylen passa sa tête et chuchota en lui tendant le combiné :

– Un certain Franz Schligg t'appelle, il dit que c'est urgent...

Lili se leva d'un bond, étonnée. Comment l'avait-il trouvée et pourquoi était-ce si urgent ? Elle lui arracha le téléphone et ferma sa porte.

– Qui t'a donné ce numéro ? demanda-t-elle, oubliant toute politesse.

– Comme tu ne répondais pas à ton portable, j'ai demandé tes coordonnées au Conservatoire. C'est le numéro que tu as mis dans ton dossier, mais je l'ai déjà expliqué à ta mère.

Silence.

– Est-ce que tu vas bien ? s'enquit-il.

Elle aurait aimé répliquer par d'autres questions. Se trouvait-il toujours à New York ? Pourquoi l'appelait-il ? Elle avait hâte de lui raconter sa rencontre extraordinaire avec Tchavo et ce dont ils avaient discuté. Mais elle ne souhaitait pas aborder ces sujets-là par téléphone.

Afin de briser le silence, elle rétorqua par une autre question, plus simple :

– Tu sais l'heure qu'il est ?

– J'ai attendu pour t'appeler ! riposta-t-il, rieur. Est-ce que tu vas bien ?

– Oui... et toi ?

– Oui, répondit-il avec une pointe de chagrin.

Lili ignorait la raison de son appel, mais elle sentait partager avec lui l'impression que cette conversation ne les mènerait nulle part. Ainsi, après un profond soupir, elle décida de prendre le taureau par les cornes et de lui révéler sa mésaventure :

– Franz, j'ai rencontré un certain Tchavo...

À l'autre bout de la ligne, elle ressentit son souffle coupé. Elle développa.

– Il m'a aidée dans le métro, un type m'avait bousculée pour me voler mon sac...

Elle laissa sa phrase en suspens, lorsqu'il la coupa avec une question aussi étrange qu'inattendue :

– As-tu des nouvelles de Teresa ?

Pour la violoncelliste, cette question lui fit l'effet d'une douche froide. Comment pouvait-il changer de sujet alors qu'elle évoquait son agression ?

– Teresa Baden ? Je ne l'ai pas remarquée, Franz. Cela fait deux jours que je ne suis pas allée au Conservatoire. La semaine prochaine, je pars à Paris pour six mois.

Un nouveau silence se fit. Elle comprit qu'il devait avoir tant de choses à exprimer, peut-être en rapport avec son agression ? Autrement, pourquoi tant d'insistance ? Avant qu'elle ne s'aventure à lui demander, il souffla d'un coup :

– Lili, je suis à New York et j'ai rencontré le sénateur Krotz. Il est lié à l'accident dans lequel Liesl a été découverte. Pire encore, son assistant, que j'ai vu avant de partir, il était aussi à la déchetterie...

⁂

Comme un enfant se cramponnant à son doudou, Franz se raccrochait à son étui de violon. Sous l'injonction de Krotz, amusé, il s'apprêtait à monter à bord du Falcon 8X.

L'hôtesse ferma la porte avec un sourire avenant et l'engagea à prendre place dans l'un des confortables sièges.

– Il n'y a que nous ? s'interrogea le violoniste.

La perspective de se retrouver dans un avion seul avec cet homme l'inquiétait. Il y voyait un cercueil volant.

– De toute façon, le jet devait rentrer à Vienne ce soir. L'ex-femme de mon ami l'avait emprunté pour venir s'installer à New York. Bref, profitons ! Ici, vous avez la chance de garder votre violon avec vous. Au fait ! Ça va mieux, votre main ? Vous avez enlevé le bandage.

Effectivement, le violoniste avait fait un tour chez Virginie, pour passer le temps avant d'appeler Lili. Déçue qu'on la dérange pour une si petite égratignure, elle parut néanmoins satisfaite d'ajouter le cliché à sa collection. Ensemble, ils avaient assouvi leur *nécessité vitale*.

– Oui, ça va mieux, répondit-il en tambourinant sur l'étui, persuadé que ce vol lui paraîtrait extrêmement long.

Franz ne pouvait pas s'empêcher de visualiser une cible dessinée sur le front de son compagnon de voyage. Krotz, quant à lui, fixait son instrument avec curiosité.

– Un Stradivarius ? lança le politicien.

– Lui ? Non, pas du tout.

– Je croyais que tous les grands violonistes jouaient avec un Stradivarius ou l'autre très connu...

– Un Guarnerius ? On me les prête pour les concerts. À Vienne, j'utilisais celui de Jakob. Celui-ci me sert à pratiquer. J'en ai d'autres, mais lui, il est spécial.

Le sénateur se montra intéressé par l'histoire du violon. Franz esquissa un sourire rêveur, cette évocation l'emmena des années en arrière, au temps de l'insouciance et de l'innocence.

– Mon père me l'avait offert lors de mon dixième anniversaire. Un peu grand pour moi, mais grâce à lui j'ai pu commencer. Je ne saurais dire pourquoi, mais depuis tout petit j'étais fasciné par le violon et sa musique. Dès que je l'ai eu dans mes mains, j'ai senti son pouvoir. Ça paraît bizarre, mais je l'aime.

– Vous aimez votre violon ! Pourquoi pas ?

– Peu avant mes dix ans, j'ai vu un mendiant dans la rue. Il jouait du violon et c'est lui qui m'a permis d'en tenir un, de l'essayer pour la première fois. Là, j'ai su ce que je voulais devenir.

– Magnifique, votre histoire ! Et qu'avons-nous ici ?

– D'après mon luthier, il s'agit d'un instrument sans prétention, de belle manufacture allemande. Un *Excelsis*. Curieusement, le mendiant dont je vous ai parlé avait le même, je me souviens en avoir discuté un peu avec lui.

– Donc vous avez commencé à dix ans ? Je croyais que vous étiez un enfant prodige !

– Jakob l'était. Il a parié sur moi et je lui en suis reconnaissant.

– Toutes ces histoires sont magnifiques ! Dites, la mélodie interprétée à la soirée, c'est une de vos compositions ?

– Oui.

– Comment s'appelle-t-elle ?

– La sonate Teresa. Ça fait partie d'une symphonie, répondit Franz, pudique.

– Une symphonie ? se surprit-il. Comment allez-vous la nommer ?

– Je ne sais pas encore. Chaque mouvement est dédié à une femme... spéciale.

– Une femme par mouvement ! Quelle magnifique source d'inspiration ! Elle doit être sublime cette Teresa.

– Oui. Elle l'est.

Le violoniste regarda les nuages par le hublot, apaisé. Parler violon et musique l'amenait à oublier l'ombre funeste autour de son compagnon de voyage. Maintenant il n'imaginerait plus de bombe dissimulée dans les bagages ni d'étrange créature accrochée à l'aile. Pour autant, il ne fit aucun effort pour s'intéresser à son interlocuteur. Celui-ci s'absorba sur ses notes. Il sortit deux téléphones et un ordinateur portable, puis se mit à travailler.

De son côté, Franz profitait du confort de l'appareil pour tenter de ne pas penser à cette toile d'araignée dans laquelle il s'était empêtré : d'abord le meurtre de Liesl, qu'il considérait toujours accidentel. Puis la mauvaise idée de se débarrasser des preuves à la déchetterie. Sans cela, il n'aurait jamais croisé la route de Karl, le corps de Liesl n'aurait pas servi à ce simulacre d'attentat contre ce Krotz.

Plus il voulait se sortir de ce bourbier, plus il sentait s'enfoncer dans la gadoue.

Dès que l'avion frôla le sol autrichien, Franz sentit le poids de toutes ses angoisses l'envahir. Quelle déception ! Revenir vers ce qu'il avait fui. La présence du politicien à ses côtés n'arrangeait rien.

Il redoutait Jürgens, certain qu'il viendrait les accueillir. Effectivement, l'homme crapaud les attendait au sortir de la douane. À chaque pas, le violoniste entendait dans sa tête le tic-tac d'une bombe. Sa fugue n'avait servi qu'à le piéger davantage. Sans ce voyage à New York, il ne se serait jamais rapproché de Krotz.

Comment le prévenir du danger encouru avec ce Jürgens ? Franz repoussa la sollicitude du sénateur, lequel se proposait de le ramener. Confronté au refus de son invité, l'homme politique remarqua son comportement évasif à l'égard de son secrétaire.

– On dirait qu'Hans vous fait peur ! s'étonna-t-il.

– J'ai rencontré Monsieur Schligg lors du gala du Conservatoire auquel vous étiez convié, répondit son assistant. J'ai dansé avec une charmante demoiselle, il doit m'en vouloir. Comment s'appelait-elle ? Teresa ?

– Ah ! La fameuse Teresa ! claironna Krotz, subjugué. Figurez-vous que notre ami lui a composé une sonate magnifique !

À les entendre parler de sa musique, Franz se prit la tête d'une main, avec l'envie de s'écraser contre un mur pour oublier leurs paroles et sa migraine.

– Hans peut vous emmener chez vous. Pas besoin d'appeler un taxi, insista Krotz.

Franz évita de le dévisager et se résolut à les suivre. Pendant le trajet, ces deux-là discutèrent des affaires courantes, sans prêter attention au violoniste. Celui-ci regardait par la vitre avec appréhension, s'agrippant à son instrument.

Lorsque le politicien quitta le véhicule, Franz tenta d'ouvrir la portière pour sortir aussi, mais elle était verrouillée. Il dut attendre que l'homme crapaud revienne dans la voiture.

– Vous allez arrêter cette comédie. Je descends ici !

Le conducteur ne se retourna pas, mais capta son regard par le rétroviseur. Il le prévint d'une voix soucieuse :

– Pas tout de suite, quelqu'un veut vous voir.

L'annonce de Jürgens avait suffi à lui glacer le sang. Pourtant, il aurait dû s'y attendre. Sa tentative d'évasion n'était certainement pas du goût de Karl.

Le véhicule redémarra et Franz ferma les yeux pour contenir son mal de crâne, reposant sa tête en arrière. Que lui restait-il à part assumer ?

La berline poursuivit sa route. Le passager ouvrit les yeux et remarqua dans le rétroviseur, un coup d'œil furtif du conducteur. Il fit semblant de l'ignorer.

Lors d'un arrêt au feu rouge, Jürgens s'aventura à parler :

– Je ne suis pas votre ennemi.

Étonné, Franz se redressa sur son siège, bouche bée, les yeux écarquillés.

– Je vous conseille de ne plus mettre en danger vos êtres chers, ajouta-t-il.

Le violoniste s'approcha de lui. Mille et une questions l'assaillaient. Avant qu'il ne puisse s'exprimer, la portière arrière s'ouvrit. Karl pénétra dans le véhicule, le saluant de son sourire tordu. Franz s'enfonça sur son siège, tentant par tous moyens de paraître calme. Contenir son souffle ou serrer sa mâchoire traduisaient sa peur.

– Vous avez le chic pour vous attirer des ennuis, lança l'assassin. Mais vous me surprendrez toujours. Il paraît que vous vous êtes fait un nouvel ami à New York ?

Franz riva son regard au rétroviseur, comme s'il recherchait un secours auprès de cet autre individu qui lui avait tendu la main, du moins le croyait-il. Jürgens conduisait, observant discrètement la scène du coin de l'œil.

– Qui êtes-vous, tous les deux ? Que voulez-vous à cet homme ? demanda Franz d'un ton ferme, agacé.

Karl le contempla, circonspect ; son silence amena le passager à comprendre : transgression de la règle numéro un.

– Dites-moi qui je dois tuer, alors ! Qu'on en finisse ! supplia-t-il, désabusé.

– Puisque vous le réclamez, vous serez comblé. En plus, je vais vous laisser le choix, pour cette fois.

– Pour cette fois ?

– Vous savez, votre petite escapade ne m'a pas plu du tout. Au point de me demander si je pouvais vous faire confiance. Partir le lendemain de notre conversation pour aller jouer le violoneux à New York ? Très jolie, votre vidéo au square, d'ailleurs. N'empêche que ça m'a l'air d'une fugue, qu'en pensez-vous ? Chercheriez-vous à fuir vos responsabilités ?

Silence glacial.

– Il était prévu que j'aille à New York, répondit Franz après une longue pause.

– Certes, mais vous avez précipité votre départ. Personnellement, ça ne me dit rien qui vaille...

– Il était prévu que j'aille à New York, répéta Franz comme un écolier qui récite sa leçon.

Karl esquissa un sourire sardonique. Le véhicule s'arrêta devant un grand bâtiment. Un hôpital.

– Nous sommes arrivés.

Karl descendit, laissant la portière ouverte. Le violoniste le suivit sans lâcher son instrument. Ils pénétrèrent dans l'établissement, montèrent un étage et traversèrent un long couloir. L'inquiétude du musicien s'accentuait. Enfin, ils arrivèrent à une chambre. À l'intérieur, une personne alitée. Autour d'elle, un enchevêtrement de tuyaux et de machines aux bruits angoissants.

Sur le seuil, Franz comprit le sens de cette mise en scène. Au fur et à mesure qu'il avançait, son cœur s'effritait en mille morceaux. Ce corps presque mort ne pouvait pas être elle. Un bandage contenait une rousse chevelure ; sous le masque de respiration, il devinait un petit nez en trompette et des petites taches de rousseur. Pas elle !

Son monde s'écroula en même temps qu'il étouffa un cri d'horreur et de rage. Il se retourna, bien décidé à tuer Karl de ses mains, mais celui-ci avait disparu. Fou de colère, il projeta son instrument à la place précédemment occupée par l'assassin. L'étui tomba aux pieds d'une jeune infirmière, médusée.

– Que faites-vous là ? demanda-t-elle d'un ton sévère.

Remarquant son air absent, elle ajouta à voix basse :

– Ce n'est pas l'heure des visites, veuillez sortir.

Dépité, Franz contempla l'étui par terre, regrettant son geste. Sans penser à Teresa ni à l'infirmière, il le ramassa et quitta abruptement la chambre à la recherche de Karl. Il ne le trouva ni dans le couloir ni dans le hall d'entrée. À l'extérieur, aucune trace de la berline ni de Jürgens.

Tourmenté, il s'interrogeait sur ce qui avait pu arriver à Teresa. Pourtant, il l'avait sa réponse. Lili lui avait donné un indice : l'agression. Comme un imbécile, il ne lui avait demandé aucun détail. Lili y avait échappé grâce à l'intervention de ce gamin dont il avait refusé l'aide, mais pas sa muse. Son monde s'écroulait peu à peu, il se sentait sombrer dans la démence. Il voulait retrouver Karl et savoir comment empêcher un nouveau drame.

Tandis qu'il avançait au hasard, un petit bruit dans l'étui l'amena à s'intéresser à son cher violon, malmené par son geste fou. Dans l'espace vert à l'extérieur de l'hôpital, il s'assit sur un banc pour l'examiner. À première vue, son instrument paraissait bien sanglé, seul l'archet s'était détaché et un sachet de cordes se baladait. Il remit le tout en place et le referma, apercevant au loin la jeune infirmière.

Elle fumait une cigarette, observant les jardins.

Lorsque leurs regards se croisèrent, la soignante fut si émue de l'air chagriné et désorienté du violoniste qu'elle décida de s'en rapprocher.

– Ne vous inquiétez pas, votre amie est hors de danger, le rassura-t-elle, mais il demeura silencieux, fixant son étui. J'ai entendu qu'elle est musicienne. Vous travaillez ensemble ?

– Non, répondit Franz d'un ton tranchant. Puis-je avoir une cigarette ?

Compréhensive, elle lui tendit son paquet. Il en prit une, l'alluma et tira une bouffée profonde, libérant toutes ses attentes de paix et de calme dans ce minuscule bout de tabac. La fumée envahit ses poumons, déclenchant une quinte de toux. Le tout aggrava son mal de crâne, qu'il attrapa entre ses mains. Elle le regardait, attendrie.

– Je vais reprendre mon service, dit-elle. Si vous ressentez le besoin d'en parler, je termine à dix-neuf heures.

Elle se leva et lui offrit un grand sourire. L'esprit embrouillé, Franz ne s'étonna pas de sa sollicitude. Il ne savait que penser : tentative de séduction ou proposition d'aide sincère, tout simplement ? Il finit de griller sa cigarette, lentement, le regard perdu dans l'horizon, sans se rendre compte d'une nouvelle présence à ses côtés, Karl.

– Êtes-vous prêt ? lança-t-il.

– Prêt à quoi ?

– À payer.

25

Albert patientait dans le couloir. Dévasté, il veillait Teresa depuis deux jours. Depuis cet « accident ». Une bousculade dans le métro. Une mauvaise chute. Une tragédie anodine.

Malgré le coma dans lequel sa belle était plongée, le médecin se voulait rassurant. Pour l'Anglais, une malédiction s'acharnait contre lui. Après le drame de Liesl, au tour de sa muse d'être frappée par ces aléas de la vie. Pourquoi maintenant qu'ils s'étaient rapprochés ?

Les parents de la jeune femme se trouvaient là également pour lui rendre visite. Ils affrontaient la situation avec dignité et résignation, plutôt confiants. Leur attitude l'apaisait. Bien que la mère ne souhaitât pas se séparer de sa fille, elle acceptait de laisser le chef d'orchestre une petite heure avec elle. Il profitait de ce privilège pour lui faire écouter un peu de musique douce et lire de la poésie. Keats, son auteur préféré.

Il patientait en feuilletant son vieil exemplaire d'« Ode à un rossignol ». Tandis qu'il cherchait quel extrait réciter, il découvrit Franz devant lui. La mine hagarde et l'air perdu. Comme un mort vivant. « Mais, que fabrique-t-il ? » se demanda-t-il, fou de jalousie.

– Franz ! Je te croyais à New York ! s'exclama-t-il en se relevant. Que fais-tu ici ?

Comme s'il évoluait dans une autre dimension, le violoniste ne semblait pas l'avoir remarqué. Il le dévisagea à peine, l'esprit ailleurs.

L'Anglais s'apprêtait à insister lorsque la porte de la chambre s'ouvrit. La famille de la flûtiste.

– Franz Schligg ! Teresa m'a énormément parlé de vous ! s'exclama la mère en venant le saluer. Elle sera contente de savoir que vous êtes là ! Entrez ! Ne soyez pas timide !

Albert se conforma aux souhaits des parents de sa bien-aimée et laissa sa place à son ami. Ce dernier ne semblait pas avoir compris l'invitation et demeura debout. Le chef d'orchestre se leva et proposa de l'accompagner.

– Elle va s'en sortir, le réconforta l'Anglais.

Franz resta muet devant elle. Albert ne dit rien non plus et se maintint à ses côtés ; comme si inconsciemment, il cherchait à la protéger contre ce visiteur.

La jeune infirmière débarqua pour des contrôles de routine. Lorsqu'elle les vit, elle sourit. Surtout à Franz. Lui, il n'eut pas le temps de réagir, troublé. Il examinait, abasourdi, tout ce qui entourait sa muse : les appareils, les tuyaux, la perfusion. Un simple défaut, une coupure de courant, un surdosage pourrait lui être fatal. Elle était si vulnérable. Et lui, face à un dilemme.

En moins de vingt-quatre heures, une femme devait mourir. Sa muse ou la victime qu'il aurait lui-même désignée. Voilà l'épreuve qu'il devait accomplir. Un meurtre gratuit. Non commandité. Uniquement pour le tourmenter. Pour le tester. Pour le punir. En guise de suggestion, Karl lui avait proposé d'éliminer la jeune infirmière qui lui avait donné une cigarette. Pour Franz, elle ou une autre, cela ne représentait aucune différence. Il ne voulait pas le faire, mais il y était obligé.

Comment procéder ? Attendrait-il la fin de son service pour la charmer, l'attirer dans son filet ? Cela lui paraissait simple, elle semblait intéressée. Malgré tout, il devinait son échec. Il ne se sentait plus apte. Pas dans son assiette, incapable de séduire quiconque, encore moins de commettre un meurtre. Comment pourrait-il le faire ? Avec quoi ? Et puis, comment se débarrasser du corps ?

Dans son esprit, il envisageait plusieurs scénarios. Impossible de la ramener à son repaire à Grinzing, puisqu'il n'avait même pas de voiture. D'ailleurs, il ne savait pas où il se trouvait à Vienne. Il se sentait si désorienté et fatigué par le voyage, par Karl... et maintenant par cette tâche.

Peut-être que sa victime connaissait un bar dans le coin, avec des toilettes glauques où il exécuterait le travail. Puis, il abandonnerait le corps jusqu'à ce qu'il soit découvert. Comment s'y prendre ? Aucune idée. Au pire, ses mains. Il n'osait pas imaginer l'étrangler à mains nues. Soudain, il pensa au sachet des cordes de violon. Aurait-il assez de prise ? Il cogitait à tel point qu'il se sentait vidé, comme si la cigarette avait rempli son crâne de fumée.

– Franz, veux-tu qu'on parle ? demanda l'Anglais au bout de quelques minutes de contemplation silencieuse.

– Lâche-moi, Albert !

Le violoniste quitta la chambre, salua timidement les parents de la jeune femme, puis s'engagea dans le couloir et disparut de leur vue.

En attendant l'heure, il élaborait des stratagèmes. Il songea à l'empoisonnement ; au moins, il ne se salirait pas les mains et cela passerait inaperçu. La mort arriverait-elle tardivement ? Mais, avec quoi ? En fait, il n'avait pas d'idée. Il se trouvait dans un hôpital... avec une pharmacie équipée de tout le nécessaire pour tuer quelqu'un. S'il connaissait les dosages, ce serait beaucoup mieux. Peut-être qu'il pourrait obtenir cette aide de l'infirmière ? se demanda-t-il, naïvement.

À la fin, il se décida à guetter sa sortie. Ils se retrouvèrent à l'extérieur, sa future victime le reconnut grâce à son étui de violon.

– Salut ! Je m'appelle Agnès.

– Franz Schligg.

Il s'efforçait de sourire, de la séduire par le regard comme il en avait le secret. Pourtant, il ne se sentait pas capable. Elle proposa d'aller dans un bar pas loin. Il acquiesça, persuadé que ce n'était pas le meilleur endroit pour commettre un meurtre. Qu'à cela ne tienne, il patienterait et trouverait une ruelle sombre pour perpétrer son forfait. Entre-temps, il devait sauver les apparences et évoquer son chagrin ; même s'il n'avait aucune envie de parler, encore moins d'écouter ses conseils. Sa tête ne supportait plus le bruit.

La jeune femme l'emmena dans un agréable lounge-bar, salua amicalement l'homme derrière le comptoir, puis se commanda un soda. Franz opta pour de la vodka et exigea la bouteille. Ils s'installèrent dans un coin discret, qui ne le resta pas longtemps.

– Tu n'es qu'un sale hypocrite ! éclata une voix derrière eux.

Le violoniste se retourna, sans en croire ses yeux. Pourquoi Albert avait-il choisi cet endroit pour noyer son chagrin dans l'alcool ? Un témoin ! « Encore lui ! » se lamenta Franz. Puisque le chef d'orchestre l'avait vu avec sa future victime, tous ses plans tombaient à l'eau. Sauf si... Sauf s'il le tuait, lui aussi ?

– Comment peux-tu rendre visite à Teresa avec ta tête de chien battu et puis draguer une...

L'Anglais dévisagea Agnès et reconnut, ébahi, l'infirmière de sa bien-aimée.

– Je vous rassure, Monsieur, il ne me drague pas, intervint Agnès avec un sourire avenant. Vous vous connaissez tous les deux, je pense que vous avez des choses à vous dire.

– Je n'ai rien à lui dire, signifia Franz après avoir bu son verre.

– Tu n'as rien à me dire ? insista Albert, visiblement éméché. Que fais-tu là ? Tu es venu de New York rien que pour elle ?

– Lâche-moi, Albert.

Le chef d'orchestre s'adressa à la jeune femme : « Méfiez-vous, Mademoiselle ! »

– De quoi il parle ? demanda-t-elle, inquiète de se trouver au cœur d'une tempête.

Le violoniste n'apprécia pas l'avertissement, puisqu'il correspondait à ses intentions. Il commençait à sentir que sa tête explosait et but encore.

Il ne vit qu'une seule tactique pour se débarrasser d'Albert : l'humilier.

– On en pinçait tous les deux pour Teresa, révéla Franz à son accompagnatrice. Mais celui-là, au lieu d'avoir les couilles de lui déclarer son amour, s'est trouvé une autre poule à baiser.

– Je t'interdis de parler comme ça de Liesl, vociféra le chef d'orchestre, en s'approchant dangereusement de Franz. Tu me l'as prise !

Bien décidé à lui refaire le portrait, Albert saisit violemment son ami par le revers de sa veste et ferma son poing. Avant qu'il ne puisse se défouler de sa rage, le violoniste glissa, s'écroulant comme une poupée de chiffon.

26

Lorsque Franz se réveilla, son odorat fut attiré par l'arôme du café. Il se trouvait allongé sur un canapé, dans un lieu inconnu avec le vague souvenir d'avoir reçu un coup de massue. Il supposa un malaise provoqué par la fatigue, le stress et l'angoisse du cauchemar qu'il vivait depuis son retour à Vienne. Quand il se releva et observa autour de lui, l'endroit lui parut familier.

– Ah ! Salut ! J'ai préparé du café, l'accueillit Albert avec une tasse à la main.

– Qu'est-ce que je fais là ? s'enquit-il, honteux de sa dernière phrase.

– Tu n'étais pas en forme hier. D'ailleurs, moi non plus.

– Où est Agnès ?

– Qui ça ? demanda son hôte, mi-outré, mi-interloqué. Je ne sais pas ce que tu avais en tête Franz, mais les plans à trois ne sont pas ma tasse de thé.

Ils se regardèrent un instant. L'invité se redressa, et scruta autour de lui à la recherche de ses affaires. Quand il eut distingué l'étui de violon, son manteau et ses chaussures dans un coin, il prit les devants :

– Excuse-moi, j'ai dit beaucoup de conneries hier soir.

Albert acquiesça, il se rappelait avoir mentionné des choses regrettables lui aussi. Il aurait aimé développer le sujet, avoir une réelle discussion, mais le violoniste se releva, bien décidé à partir. Soudain, le timbre sonna.

– Qui est-ce ? chuchota Franz.

L'Anglais le dévisagea, aussi intrigué que lui. Il posa sa tasse et s'achemina vers la porte, tandis qu'il fouillait dans ses souvenirs. À mi-chemin, il se retourna vers son hôte et répondit, tout sourire :

– Ah, oui ! J'avais oublié ! J'avais proposé à Neumann de passer ce matin.

Franz le regarda ahuri, les yeux écarquillés.

– Shahn n'aime pas le voir traîner dans le Conservatoire, susurra-t-il sur le ton de la confidence. Je veux suivre l'avancement de l'enquête sur Liesl.

Le violoniste ressentit un autre coup de masse s'abattre sur lui. Au moins, à présent il avait la force de l'affronter. Albert ouvrit la porte et l'inspecteur entra.

– Monsieur Schligg ! Vous ici ? s'étonna-t-il. Je vous croyais à New York.

– Je suis rentré hier.

– Parfait ! Une convocation vous attend chez vous, vous savez ? C'est la procédure, je vous rassure.

– Je ne suis pas inquiet, répondit-il en serrant les dents. Puisque c'est la procédure, je vous dirai ce que je vous ai déjà dit.

– Bien sûr, mais là, il s'agit d'avoir une déclaration formelle pour déterminer l'emploi du temps de Mademoiselle Kruse, et le vôtre d'ailleurs. Par exemple, confirmer que samedi, votre fiancée, Mademoiselle Bylen était bien avec vous, et non Mademoiselle Kruse... lâcha l'enquêteur d'un air désinvolte.

– Qui ? demanda le chef d'orchestre. Lili ? Ta fiancée ? Toi, engagé ?

– Surprise, Albert ! répondit le violoniste d'un ton ironique, avec pour seule envie de disparaître de cette scène absurde.

– Je croyais que tu sortais avec Andréa Steinger !

L'inspecteur ne put cacher un sourire narquois face à ce déballage et changea de sujet.

– Souhaitez-vous connaître les avancements dans l'enquête, Monsieur Schligg ?

– Bien sûr, mais là, je n'ai pas le temps, je dois partir.

– Monsieur Carring vous a parlé d'une autre disparition signalée au Conservatoire ? poursuivit l'officier.

Le virtuose faillit se désigner lui-même coupable. Un « et vous pensez que c'est encore de ma faute ? » resta coincé au fond de sa gorge. Mais cette fois, il préféra la fermer pour ne pas s'enfoncer davantage. Inconsciemment, Albert vint à son secours.

– Il est arrivé hier, on n'a pas eu l'occasion d'en discuter. Nous avons veillé sur notre amie.

– Oh oui, pauvre Mademoiselle Baden. C'est curieux ! Deux jeunes femmes de votre orchestre agressées le même jour et dans des circonstances similaires. Mademoiselle Bylen a eu plus de chance. En tout cas plus que son assaillant, mort presque par hasard. Vous êtes au courant pour votre fiancée, Monsieur Schligg ?

– Oui, bien sûr, répondit Franz.

L'Anglais parut interloqué. Neumann poursuivit :

– Et vous veillez sur Mademoiselle Baden ? Pourquoi pas ? Bon, Monsieur Carring, je voulais vous montrer ce qu'on a retrouvé dans la chaudière de l'immeuble de Monsieur Schligg : une des bagues de Mademoiselle Kruse. Une seule ! Alors qu'elle en avait plein, d'après les témoignages. Aucune trace des autres.

– Et qu'est-ce que cela signifie ? demanda Franz.

– Seulement des suppositions, Monsieur Schligg. Peut-être qu'elle était déjà morte au moment de l'accident. La police scientifique a entamé des analyses pour voir s'il y a des traces d'un corps brûlé dans la chaudière. Elle est assez grande pour...

Quand l'inspecteur mentionna ces éléments, le violoniste se sentit défaillir et se laissa tomber sur le canapé. Neumann le remarqua et le regarda attentivement tout comme son ami.

– Probablement le corps n'arrivait pas à se consumer ou le meurtrier a été surpris et a décidé de se débarrasser autrement des restes, poursuivit-il. Voilà pourquoi la police se doit d'établir l'emploi du temps de tous ceux ayant été en contact avec Mademoiselle Kruse. Monsieur Schligg, vous allez bien ?

– Comment voulez-vous que j'aille ?

Albert le fixait, se remémorant les mots crachés par son ami lors de sa crise. « Je l'ai tuée ».

– Vous comprenez pourquoi il est primordial de savoir avec précision quand vous avez vu Mademoiselle Kruse pour la dernière fois.

– Parce que vous pensez que j'ai quelque chose à voir dans cette histoire ? s'exclama Franz d'un air faussement indigné. Vous ne croyez pas que c'est déjà assez effrayant que ça se passe chez moi ?

– Justement ! intervint son ami. Vous avez fait quoi exactement ? Quand est-elle partie ?

Neumann le considéra comme celui qui regarde le feu éclater sans pouvoir l'éteindre. Avant qu'il songe à intervenir pour calmer les esprits, le violoniste s'emporta.

– Tu veux savoir ce qu'on a fait, Albert ? Nous avons fait l'amour comme des bêtes, non-stop. Elle était insatiable – Franz s'inspira d'Andréa pour décrire ce mensonge –, ça s'arrête et ça recommence. Et moi, franchement quand je prends mon pied, je perds la notion du temps. Alors, tu crois que nous allions penser à nos divers engagements de la journée ou de la semaine ? Je ne sais pas quand elle est partie, mais nous avons passé un moment d'enfer !

– Hé ben ! souffla Neumann

Albert ferma ses deux poings au point de les sentir s'ankyloser. Poussé par la même haine que la veille. Si l'inspecteur n'avait pas été là, il se serait jeté sur lui et lui aurait fait regretter ses paroles.

– Dégage ! Sors d'ici ! lança-t-il, furieux.

– Parfait ! J'allais partir ! Merci pour tout !

Franz prit ses affaires, salua Neumann d'un geste et quitta l'appartement, bien décidé à remplir son engagement. Il ne lui restait plus beaucoup de temps.

Une fois la porte franchie, le violoniste demeura quelques minutes dans le couloir, sans savoir que faire. Pendant un instant, il envisagea de demander de l'aide à l'inspecteur. S'il prévenait Neumann, protégerait-il sa muse ? Et lui, comment justifierait-il ce chantage sans se mouiller davantage ? Comment expliquer qu'un assassin l'obligeait à tuer ? S'avouer victime d'une extorsion lui semblait la meilleure issue, cela le disculperait même du meurtre de Liesl.

Soudain, il réfléchit à la bague retrouvée dans la chaudière. Karl l'avait-il déposée exprès ? Avait-il semé d'autres indices ? Que dire d'Émilie ? L'assassin l'avait vu, lui. L'aurait-il filmé à son insu ? Il n'avait jamais songé à cette possibilité. Ce cheminement l'amena à reconsidérer les choses. Demander de l'aide à la police équivaudrait à transgresser de nouveau la règle numéro deux : ne pas le prendre pour un con.

Lorsque Neumann quitta l'appartement d'Albert, il le retrouva.

– Vous ici ? s'enquit-il, étonné.

– Est-ce que vous pouvez me ramener chez moi ?

Franz sortit la première idée venue.

L'inspecteur faillit rétorquer qu'il ne fallait pas le confondre avec un chauffeur de taxi, mais l'occasion lui parut trop tentante pour la refuser.

– À Grinzing c'est ça ? Ou souhaitez-vous aller directement au commissariat pour votre déclaration ? lança-t-il, l'air de rien.

– Là tout de suite, j'ai besoin d'une douche. Rue Feilergasse, n° 17, s'il vous plaît.

– J'espère que vous aurez de l'eau chaude...

Le jeune homme comprit les allusions de l'inspecteur et ne dit plus rien pendant le trajet, préférant contempler le spectacle de normalité défiler par la fenêtre.

– Je croyais que vous resteriez plus longtemps à New York, avança le policier, pour briser le silence.

– J'ai eu l'occasion de rentrer rapidement. Avec Wenzel Krotz, que j'ai rencontré par hasard...

– Quelle coïncidence !

– Oui. Mais je n'avais jamais entendu parler de lui avant l'accident.

– Vous ne vous intéressez pas à la politique ?

– Pas du tout.

– C'est le type d'homme qui bouscule les codes. Il a les bonnes connexions dans le gouvernement et dans le monde des affaires. Pourtant, il semble terre à terre. Par exemple, il n'a jamais demandé une protection particulière alors qu'il a déjà été menacé. D'ailleurs, il y en a qui soupçonnent que le fameux accident était provoqué. J'ai failli sortir de l'enquête...

Les yeux du violoniste s'écarquillèrent. Sans Neumann, l'investigation se serait focalisée sur la collision uniquement ?

– C'est-à-dire ?

– Vous savez, des experts s'y connaissent dans les détails sur la trajectoire, le freinage, l'état du véhicule. Bref, grâce aux assurances, leur enquête est assez poussée. Tant qu'il y a un enjeu financier, un effort est mis en œuvre. Mais qui s'intéresse aux disparitions ou meurtres des femmes ? Bon, je divague. En tout cas, cette pauvre Mademoiselle Kruse s'est retrouvée au milieu d'une sale affaire. Étant donné les circonstances, cela vous concerne aussi. Vous comprenez, je me dois de trouver la vérité pour les personnes qui tiennent à elle, comme sa famille ou votre ami ; et non pas pour savoir qui obtiendra une réparation financière. Et c'est là que le bât blesse, Monsieur Schligg. J'ai peur que cela se termine en une affaire non élucidée.

– En effet, ce serait fâcheux, répondit-il, exultant dans son intérieur. « Pourvu que Neumann ait raison. »

– Mais il n'y a pas de meurtre parfait, savez-vous ? Hormis les véritables psychopathes qui n'éprouvent pas de regrets ; la plupart des criminels tombent parce qu'ils n'arrivent pas à garder leur secret. Les remords. Tuer c'est quelque chose, psychologiquement parlant. Tôt ou tard, l'assassin se confie à quelqu'un qui finira par le trahir. Ou sinon, il viendra se livrer de lui-même. Au pire, il deviendra fou ou se suicidera.

Franz acquiesçait, sans répondre. Le policier avait cité les options s'offrant à lui et l'avenir s'annonçait morose. Comme il n'avait pas l'intention de se livrer ; et que Lili ne l'avait pas encore dénoncé, il ne lui restait que la folie ou le suicide. La première l'atteignait déjà.

– Rue Feilergasse, c'est ça ? vérifia l'inspecteur en s'arrêtant devant son immeuble. J'espère que vous aurez de l'eau chaude, lança-t-il encore avant de partir.

En pénétrant dans le hall de son immeuble, Franz découvrit la convocation dans sa boîte aux lettres, tandis que des bandes jaunes interdisaient l'accès au sous-sol. Exactement ce qu'il craignait au retour de sa première nuit magique avec Andréa. Celle où il avait confondu le plaisir avec des pulsions meurtrières.

Chez lui, il retrouva sa valise, mais cela ne l'étonnait plus. Dépité, il ne vérifia même pas s'il était attendu ou épié dans son propre appartement. Il se doucha rapidement, et ressortit en direction de l'hôpital. Son esprit entièrement consacré au moyen d'accomplir sa tâche. Une petite idée trottait dans sa tête et il s'était équipé en conséquence. La sensation d'une grosse boule dans son ventre l'envahissait et rendait sa respiration difficile.

Arrivé à l'hôpital, il se faufila jusqu'au premier étage sans se faire repérer et pénétra dans la chambre de Teresa. Il lorgna à peine le corps étendu de sa muse et détourna aussitôt son regard vers le sol. Honteux de lui-même et de l'acte qu'il s'apprêtait à commettre, il guettait la visite de l'infirmière. Agnès. Subitement, il réalisa qu'il ignorait son emploi de temps. Serait-elle de garde ? Avait-elle pris sa journée ? Comment savoir ? Peu importe, il ne lui restait qu'une heure. Ce serait elle ou une autre.

La porte s'ouvrit et Agnès entra sans le remarquer. Comme un automate, elle se rapprocha de la perfusion, avec une nouvelle poche de solution à la main, disposée à la remplacer. Méfiant, il sortit de sa cachette.

– Qu'est-ce que vous faites ?

– Vous n'avez pas le droit d'être là ! s'exclama-t-elle, sous le coup de la surprise.

– Qui vous a donné cette pochette ?

L'infirmière le regarda décontenancée, puis affable.

— Vous êtes bizarre. Vous et votre ami. Écoutez, je suis contente de voir que vous vous portez mieux, mais là, vous devez sortir, sinon j'aurai des ennuis.

— Il faut que je vous parle ! insista-t-il.

Elle acquiesça, mais lui fit signe d'attendre et de la laisser poursuivre sa tâche. Elle lui tourna le dos et enleva la poche du poteau à soluté.

Le moment idéal.

Il saisit la corde du violon, la mit devant le cou de la jeune femme et tira vers lui, très fort. Malgré les gants en cuir, il sentait la tension tranchante. Elle se débattit avec difficulté, lui donnant des coups de pied qu'il retint avec sa jambe. Se servant de cette emprise, il l'amena à perdre l'équilibre, tout en serrant le fil.

Au bout d'un moment, elle cessa de lutter. Son corps sans vie glissa jusqu'au sol. Il la maintint, détournant la vue, n'osant pas regarder son visage mort. Abasourdi par son acte, sa raison se noyait dans des eaux sombres. Les idées se mêlaient dans son esprit quant à la démarche à suivre.

— Parfait ! Dans le bon timing, lança abruptement une voix froide et profonde derrière lui.

Karl. Il venait de pénétrer dans la chambre, vêtu d'une blouse blanche. Franz le fixait, les pupilles écartées, le sang glacé.

— Vous auriez pu bloquer la porte, fustigea l'assassin.

— J'en fais quoi ? supplia le musicien, soutenant le corps de la jeune femme par les aisselles.

— Il fallait y penser avant de vous lancer. Tout comme vous auriez dû la laisser finir, dans quelques instants ces appareils vont sonner, annonça-t-il, calme.

Le violoniste se sentit anéanti par cette remarque. Il se rendait compte que, pour comble, il avait mis Teresa en danger.

— Ne restez pas comme ça, il y a un local de service juste à côté. Utilisez votre imagination ! ordonna Karl.

Franz traîna l'infirmière jusqu'à la porte, vérifia le couloir et courut s'y enfermer. Dans un effort pour se maintenir à la surface, sa raison tentait de trouver une issue. Il explora du regard l'endroit exigu, rempli de boîtes à déchets médicaux. Au sol, un chariot et des sacs de linge sale. Au mur, une trappe vide-linge.

Derrière la porte, en provenance de la chambre de Teresa, il entendit des machines émettre d'inquiétants bips dont l'intensité allait crescendo. Ces sons se prolongèrent en un acouphène. Il arrêta de penser à Teresa et, comme un automate, pensait à se débarrasser du corps. Il enveloppa sa victime avec des sacs plastiques, la souleva et la glissa par le conduit. Puis, il jeta les sacs à terre, pour la dissimuler et se débarrassa de la corde de violon dans la boîte des déchets. Enfin, il attendit, affligé, que l'agitation autour de Teresa s'arrête. « Tout ça pour rien ! » se lamentait-il.

Les voix et le bruit des pas s'atténuèrent jusqu'au silence mortuaire. Il sortit du local, le cœur en miettes, sans oser pénétrer dans la chambre de sa muse. Il n'avait qu'une idée en tête : savoir où menait ce vide-linge. Son esprit épuisé fut assailli de questions. Qu'adviendrait-il de ce corps ? Comment le découvrirait-on ? Dans combien de temps ? Accablé, il pensa à Teresa. Il l'avait abandonné... avec Karl. Comment avait-il pu ?

L'acouphène l'assaillit à nouveau. Machinalement, il descendit jusqu'au hall d'entrée, où sa raison n'arrivait plus à identifier de panneau indiquant le sous-sol ou la buanderie. Le sol tournait, tout s'agitait autour de lui. Son cerveau ne distinguait plus rien. Sauf une image : Albert ! Cette vision lui apparut comme si le destin lui avait lancé une bouée de sauvetage. Dans son esprit confus, il demeurait son ami fidèle.

Albert n'eut pas le temps de comprendre. Il venait rendre sa visite quotidienne à Teresa. Arrivé en avance, il lisait les grands titres de journaux dans le kiosque à l'entrée. Soudain, Franz se jeta pratiquement dans ses bras, anéanti, en pleurs. Face à sa détresse, l'Anglais fit abstraction de leur différend du matin, mais imagina le pire.

– C'est Teresa ? Que s'est-il passé ?

Il n'obtint pas de réponse. Inquiet pour Teresa, il hésita à le laisser pour accourir auprès de sa belle. Un médecin vint lui porter secours. Il avait une vilaine cicatrice à la lèvre.

27

Une douce musique berçait le violoniste. Il flottait dans un nuage de paix et de quiétude, tel que celui où les caresses d'Andréa le conduisaient. Son meurtre ? Ailleurs. Caché. Comme si ce souvenir et sa trace étaient rangés dans un coffre à clé.

Andréa. Elle ne devait pas être loin, mais il ne se souvenait pas l'avoir vue. Un autre parfum que le sien interpellait ses sens : d'âcres effluves chimiques, comme ceux d'un hôpital.

Comme si un bras puissant l'arrachait pour le ramener sur terre, la brume se dissipa et il perçut mieux son entourage. Il se trouvait bien dans un hôpital. Il le reconnut à la clarté déprimante du plafond et des murs.

À présent, il commençait à prendre possession de son corps, même s'il le sentait encore en coton. Il se découvrit allongé sur un divan d'examen. Ses mains posées sur le ventre, elles descendaient et s'élevaient au rythme d'une respiration profonde, calme. Il remarqua une présence à ses côtés, elle tenait une sorte de stylo qu'elle faisait tournoyer au-dessus de sa tête. Le violoniste suivit des yeux la petite lampe à diagnostic jusqu'à ce qu'il en reconnut le détenteur.

– Vous voilà enfin revenu !

À son grand étonnement, cette fois, Franz ne ressentit aucune peur en découvrant Karl, toujours vêtu de sa blouse blanche.

– Il va falloir apprendre à contrôler vos nerfs, poursuivit-il, d'une voix calme et posée, comme à son habitude. Pourtant, vous faites de la scène, vous devriez savoir gérer vos émotions...

Le patient ne répondit pas immédiatement. Une partie de son cerveau, encore dans le nuage, aurait répliqué avec ironie. L'autre moitié, plus terre à terre, ne considéra pas cette option judicieuse. Non. Pour l'instant il ne désirait qu'une chose : ne pas descendre du paradis morphinique et profiter de cette merveilleuse sensation. Cet « Élixir d'Andréa » qu'il s'imaginait, sourire niais au visage, commander en pharmacie. Un léger pincement dans le bras le ramena à la réalité.

– Que m'avez-vous fait ? demanda-t-il.

– Une piqûre pour vous tranquilliser, une autre pour vous remettre sur pied rapidement. Vous avez du travail.

– Je peux en avoir plus ? supplia-t-il naïvement, percevant l'inexorable chute de son petit nuage.

– Dans quelques minutes, poursuivit Karl, vous allez vous relever et calmer votre ami avant qu'il ne pose trop de questions. Ensuite, vous rentrerez chez vous. Ce soir, vous avez un engagement. Vous trouverez l'invitation dans votre boîte aux lettres. Voici la cible, annonça-t-il en sortant une photographie de sa poche.

– Et que dois-je faire ? s'enquit-il, candide, devinant la réponse.

– Vous allez la séduire.

– Et après ?

– Juste la séduire.

– La séduire comment ? s'interrogea-t-il, aussi rassuré qu'étonné par la nature de la consigne.

– Je ne vais pas vous apprendre cela !

Franz réfléchit un instant. Il cherchait le piège, même si cette tâche lui semblait soudain plus difficile qu'un meurtre.

– Devrai-je la tuer ?

– Est-ce que je vous l'ai demandé ? Au vu de votre réaction, ce serait inutile… pour l'instant.

« Quel intérêt alors ? » pensa-t-il. Puis, il se ravisa en se rappelant la règle numéro un : ne pas poser de questions.

Dans les jardins de l'hôpital, Albert fumait à la chaîne, finalement rassuré pour Teresa. Elle présentait des signes de réveil, le pronostic du médecin se voulait optimiste. Quant à son ami, il cherchait à comprendre la cause de son étonnante réaction. Il avait réussi à faire parler une infirmière qui lui avoua un « petit incident ». Rien de grave. Seulement une consœur négligente, elle avait abandonné son poste sans terminer les soins. Il se demandait si cela avait mis son ami dans pareil état. Tandis que le mot « ami » revenait dans ses pensées, il constata l'éloignement de Franz. Il le voyait s'éloigner aussi bien de lui que de la réalité. Un changement survenu depuis la disparition de Liesl.

Comme Teresa avait absorbée toute sa concentration, il ne s'était pas occupé de son ami, qu'il croyait pris en charge. Lorsqu'il avait voulu s'enquérir sur lui, personne n'avait réussi à le renseigner. Le violoniste n'apparaissait dans aucun registre. Optimiste, Albert supposa qu'il était déjà parti.

De retour à la chambre de Teresa, l'Anglais fut surpris de retrouver Franz dans la salle d'attente. Son visage lui parut si différent ! Ce calme et cette sérénité lui rappelèrent celui qu'il connaissait. Finalement, son ami valait bien une cigarette supplémentaire et une conversation civilisée.

– Comment va-t-elle ? lui demanda Franz dès qu'il l'aperçut.

– Elle s'est réveillée.

Albert l'observait, intrigué. Il décida alors de lui proposer son soutien :

– Franz, je m'aperçois que tu n'es pas dans ton état normal depuis un moment. Je m'inquiète pour toi. Je voudrais t'aider.

– Tu ne peux pas m'aider, Albert, protesta-t-il, le fixant droit dans les yeux.

Pour une fois, le violoniste ne s'adressait pas à lui sur la défensive ; au contraire, le virtuose transpirait le calme. Décidément, « L'élixir d'Andréa » s'avérait efficace : il avait effacé le bouclier mental forgé par la mort de Liesl.

– Albert, je voudrais que tu saches que Liesl ne t'a jamais trahi.

Cette phrase avait agacé l'Anglais, qui se remémora les mots que Franz avait prononcés le matin et ne dissimula pas son exaspération.

Néanmoins, à voir le violoniste si calme juste après sa crise, Albert se demanda s'il pouvait prendre ses paroles pour argent comptant, car il le croyait plutôt sous l'effet d'une drogue.

– Oui, elle m'avait approché, poursuivit Franz. Mais elle ne cherchait pas à te trahir. Elle n'avait qu'une seule intention : me donner une leçon, car je m'étais comporté comme un connard avec Lili...

Le chef d'orchestre ouvrit grand les yeux, ébahi, complètement largué.

– Lili... ta fiancée ? Quelle leçon ? Je ne comprends rien.

– Il n'y a rien à comprendre. Liesl s'est retrouvée au mauvais endroit au mauvais moment, et tout ça par ma faute. Et je le regrette énormément.

Albert paraissait de plus en plus confus, tandis que le violoniste soufflait enfin, libéré d'un lourd fardeau. Bien que de manière voilée, il avait su trouver les mots pour avouer son crime.

– À présent, je vais partir et je ne reviendrai pas. Ne te sens pas obligé de dire à Teresa que je suis venu la voir.

Franz laissa son ami le cœur empli d'interrogations, il avait du travail pour ce soir.

28

Franz contemplait la photo de sa cible, dépité. Elle était du genre à... éviter. Lui, il les préférait nettement plus jeunes. Les avantages ? La fraîcheur et la beauté. Constamment, il avait recherché à satisfaire au minimum son plaisir visuel. Leurs véritables atouts ? Leur naïveté et leur malléabilité.

Or, sa « victime » du jour lui paraissait trop âgée pour envisager de la séduire. Certes, elle était encore attirante, mais elle dégageait un je-ne-sais-quoi de perturbant. Rien à voir avec ses rides ni avec le douloureux souvenir qu'elle lui inspirait. Non. Ce qui le troublait le plus dans cette histoire concernait son propre rôle. Obligé de séduire celle qui, dans d'autres circonstances, il n'aurait jamais approchée. Sa réalité l'écœurait : un meurtrier rabaissé à se prostituer.

Il soupira profondément avant d'entrer dans la galerie d'art pour assister à un vernissage. Des photographies représentant une étrange vision du monde, qui se symbolisait par l'écrasante et triste symétrie d'habitations identiques en forme, mais pas en couleurs. Un ensemble bariolé perdu dans un désert du tiers-monde. Il s'attarda quelques secondes sur la première. En définitive, ces images lui paraissaient aussi belles et intéressantes que leur encadrement. Il les compara à celles de Virginie. Bien que son œuvre fût totalement différente, celle de la jeune fille possédait une âme.

Il la chassa de son esprit. De toute façon, il n'était pas là pour admirer quoi que ce soit, mais pour travailler. Il lui restait à identifier sa cible. Au milieu de la lumière tamisée et des gens, sa tâche s'avérait difficile. Pour lui, avec l'âge, toutes ces bonnes femmes se ressemblaient.

Sur la photo, elle portait un sobre tailleur et de sages cheveux blonds, mi-longs, lui faisant penser à une bigote. De nombreuses questions le taraudaient : Qui était-elle ?

Quel type de femme était-elle ? Pourquoi devait-il la séduire ?

Il l'aperçut enfin. Elle discutait avec trois convives. Tout ce petit monde venait compliquer les choses. Tel un prédateur, il repéra un coin discret pour guetter sa proie et attendit. Lors des pauses dans leur conversation, elle se tournait pour apprécier un tableau reproduisant le même paysage monotone à l'infini. Il en profita pour sortir de sa cachette et s'avancer. Dès qu'il l'aurait captivée avec son regard, elle tomberait à ses pieds, il en était persuadé. Affaire conclue. Puis, de nouvelles questions vinrent l'assaillir. Sa technique fonctionnerait-elle avec une femme plus expérimentée, moins niaise ?

Il l'observa pendant de longues minutes. Elle le remarqua et tenta de l'ignorer. Impossible. Le poids écrasant de son regard était trop fort, trop intimidant. Puis, comme poussés par la providence, ses compagnons l'abandonnèrent, du moins, il le croyait. Peut-être bien que, attirée par cet inconnu qui l'observait, elle n'a pas voulu les suivre.

Au bout d'un moment, leurs prunelles se croisèrent. Elle ne fuit pas, au contraire, soutint son regard, presque défiant. Lui aussi. En fin de compte, il eut raison d'elle. La cible déclara forfait en détournant son attention vers une autre photographie, contemplative.

« Ça y est », se dit-il. Le moment idéal. Il s'approcherait, l'aborderait. Et soudain, il n'eut plus d'idée pour la suite. Fallait-il faire connaissance ? Devaient-ils se revoir ? Jusqu'où aller avec elle ? Karl l'observait-il ? Comment saurait-il qu'il avait accompli sa part du marché ? Qu'entendait-il par séduction ? Il chassa toutes ces idées de son esprit et l'accosta discrètement.

– Ça vous plaît ?

Elle se retourna et le découvrit, impressionnée, le toisant comme si elle se demandait s'il parlait de lui-même ou de l'image.

– Je n'y connais rien ! avoua-t-elle, souriante. Je suis là pour faire plaisir.

Elle lui tourna le dos, semblant admirer la photographie. Franz attendit patiemment, sans la quitter des yeux. La dame ressentit l'attention que l'inconnu lui portait, la chaleur de sa présence, la sensualité de son parfum. Intimidée, elle tourna discrètement la tête pour vérifier qu'il était toujours là. Leurs yeux se retrouvèrent et il appuya son regard azuré sur elle.

– Moi aussi, je suis ici pour faire plaisir, ajouta-t-il.

Elle sourit timidement et tourna la tête en toutes directions, à la recherche d'une autre œuvre à admirer. Franz s'approcha un peu plus d'elle et souffla à l'oreille :

– J'aimerais vous faire plaisir, ajouta-t-il d'un ton mystérieux.

Elle fit volte-face, le toisant sévèrement.

– Je vous trouve insolent, jeune homme !

Elle conservait son arrogance et sa fierté, mais ne partit pas. Au contraire, elle scrutait les profondeurs des pupilles du violoniste. Lui, il sut qu'il l'avait envoûtée. Leurs regards furent assez éloquents pour exprimer plus que des mots. Elle esquissa un sourire en coin, le dévorant de ses yeux gourmands.

– Soyez mon cavalier servant pour la soirée, alors ! lança-t-elle d'un air complice. Monsieur ?

Franz s'approcha d'elle, huma le parfum imprégné dans ses cheveux et souffla à son oreille un long et mystérieux « Chut ! ». Puis, son bras entoura ses épaules d'un geste protecteur. Elle tressaillit et se ventila discrètement, comme si elle avait eu soudain très chaud.

Il lui proposa de quitter les lieux, invitation qu'elle accepta, ravie. Aussitôt, ils se retrouvèrent seuls dans la rue. À son attitude, elle paraissait attendre qu'il fasse le premier pas. Il opta pour une approche en douceur.

– Puis-je vous offrir un verre ?

– Pour quoi faire ? répondit-elle, braquant ses yeux sur les siens.

Avec un regard de prédatrice, elle attrapa le bout de sa cravate pour l'attirer à elle, effleurer ses lèvres et l'embrasser avec fougue. Surpris par cette attitude abrupte, il céda néanmoins, accompagnant son geste par des caresses bienvenues.

– J'habite à côté, souffla-t-elle, la respiration haletante.

– Parfait !

Franz la suivit à quelques pas de la galerie, dans un petit immeuble surplombant l'animation du square d'Yppenplatz. Obligé de continuer, mais redoutant les conséquences. Le violoniste ignorait jusqu'où aller avec elle. Pire encore, il appréhendait ses propres pulsions. Avait-il guéri ? Il croyait ses envies meurtrières disparues. Il n'en avait plus eu ni avec Andréa ni avec Virginie. D'ailleurs, avec cette dernière, ce fut un étonnant mélange de froideur et de passion.

Dans son appartement, la dame se montra de plus en plus entreprenante. Cela ne lui déplut pas, même s'il avait remarqué que dans ce genre de situations, il ne contrôlait plus rien.

Débarrassés de leurs manteaux et de leurs vestes, ils poursuivirent leurs caresses. Elle ne s'attarda pas à le mettre à l'aise ni à installer une ambiance, comme Andréa. Cette femme voulait que les choses aillent vite et à sa façon. Comme une mante religieuse, elle l'enveloppa de son corps, le fixant, ardente. Du coin des lèvres, son sourire explicite, concupiscent, marqua la sentence : il devait s'abandonner à elle.

Il acquiesça, nerveux, recevant cet ordre, ou invitation, comme une décharge électrique. Une sensation enfouie qu'il ne saurait pas nommer s'éveilla. Son souffle se raréfia, comme si la laisser prendre les rênes l'empêchait de respirer. Il hésita, envahi par un mélange de peur et d'effervescence. Cette femme l'impressionnait, l'intriguait.

Elle le fixait, telle un serpent hypnotisant sa victime. Lascivement, elle ôta son foulard en soie aux motifs bariolés et attrapa un bout dans chaque main, le tendant fermement devant lui. Il comprit le jeu et se pencha vers elle, pour qu'elle lui bande les yeux. Malgré l'angoisse, la douceur de la soie et le caractère inouï de la situation exacerbèrent ses sens. Dans un mélange d'appréhension et d'excitation, il envisagea même d'essayer cela avec Andréa, une façon de détourner son esprit du moment.

Puis, elle guida sa proie aveuglée jusqu'à sa chambre et ils s'arrêtèrent au bord du lit. Le jeune homme voulut chercher sa bouche pour l'embrasser délicatement. Après avoir enlevé sa cravate, elle s'apprêtait à déboutonner sa chemise. Lui parcourait ses formes pour saisir la fermeture éclair de sa robe fourreau et la glisser lentement jusqu'à ses pieds. Cependant, il hésita à toucher cette chair qu'il devinait flétrie. Les mains tremblantes, il n'eut pas le temps d'atteindre ses hanches, puisqu'elle attrapa subitement ses poignets et les lia fermement avec la cravate.

– Qu'est-ce que vous faites ? s'étonna-t-il.

Pour lui, le niveau d'excitation et de peur s'égalisait. Sa libido décuplée, il ne pouvait que céder aux désirs de sa maîtresse. Elle chuchota à son oreille des mots d'une voix douce et rassurante, l'invitant à se laisser faire.

Elle le poussa à s'allonger et, telle une chatte, grimpa sur lui pour mieux le dominer. Puis, sans crier gare, elle s'empara de chaque extrémité de la cravate et réalisa un double nœud, plus ferme. Le jeune homme se retrouva les bras au-dessus de sa tête, immobilisés, figés aux barreaux du lit.

L'angoisse commençait à submerger Franz. Dans sa respiration saccadée, il faillit protester, mais à peine ouvrit-il la bouche qu'elle y fourra son bas en guise de bâillon. Enfin, de ses doigts habiles, elle parcourut son torse, enfonçant légèrement ses ongles en même temps que ses baisers dessinaient un chemin vers son plaisir.

« Se laisser aller », répétait-il dans son esprit, tout comme elle lui soufflait la même rengaine en prenant possession de son corps, de son intimité jusqu'à son âme. Cet ordre raviva en lui de douloureux souvenirs enfouis au plus profond de son être.

Que lui restait-il ? Devenir son objet. Dans cette position, il réalisait qu'en fait, il n'avait jamais rien contrôlé.

Le schéma se reproduisait systématiquement dès qu'il se trouvait seul avec une femme plus forte : invariablement, il serait chosifié.

Quelle alternative ? Prendre le rôle du prédateur. Humilier sa proie avant qu'elle ne fasse de lui sa chose.

S'il le pouvait. S'il le voulait. Si elle s'y prêtait.

Sa geôlière, elle, ne semblait pas le genre à devenir une victime. Tout son contraire.

Pire encore, elle lui rappelait les sensations associées à une mélodie : celle qui fit naître le monstre.

⁂

Après deux ans d'une formation intense, durant laquelle il avait consacré son temps et son énergie au violon, Franz avait enfin atteint un niveau de jeune prodige aux yeux de son mentor. Pour étoffer son apprentissage et sa technique, Shahn lui avait fait rencontrer d'autres maîtres, ce qui impliquait de nombreux voyages. À quatorze ans, son séjour à Saint-Pétersbourg fut le plus marquant.

À l'époque, il n'avait que très peu de contacts avec des jeunes de son âge. Solitaire, cela ne le dérangeait pas. Il voulait se consacrer à son instrument dans le seul but de devenir le meilleur, de surpasser Jakob Shahn.

Quelques fois, il était amené à côtoyer d'autres garçons. Des idiots à ses yeux, peu concernés par la musique, bousculés par les hormones, fascinés par le mystère féminin. Souvent, ces mêmes adolescents, qui connaissaient la réputation de son maître, l'approchaient uniquement motivés par la curiosité de savoir à quoi d'autre Shahn l'avait formé. Naïf, Franz ne comprenait pas où ils voulaient en venir.

À leur compagnie, il préférait celle d'Irina, une jeune danseuse russe dont le chemin coïncidait parfois avec le sien, au gré des voyages. Plus tard il apprit que son maître courtisait sérieusement sa professeure, même si Franz avait remarqué qu'il avait pour habitude de s'éclipser avec de belles femmes charmées en quelques secondes.

Mis à part cette professeure de danse, Franz ne lui avait jamais connu de compagne sérieuse. Il ne lui avait jamais demandé non plus pourquoi il ne s'était pas marié, alors qu'il avait du succès auprès de la gent féminine. Ces questions ne l'intéressaient pas et, au contraire, il ne voyait qu'une seule explication : Jakob Shahn avait consacré sa vie à son art. Des pas que son disciple projetait de suivre.

Avec Irina, Franz avait une relation complice. Les deux étaient sur la même longueur d'onde. Encore enfants dans leurs têtes, ils discutaient de tout et de rien, plaisantaient ou jouaient des tours aux adultes sans jamais être soupçonnés.

Hélas ! Son mentor ne manqua pas de remarquer cette connivence entre son protégé et la jeune fille. Sans la présence du père, Shahn savait qu'il devait prendre le relais dans l'éducation du jeune homme, mais il s'estimait incapable de lui parler de ces choses. Après tout, la pratique valait mieux que la théorie, songea-t-il. Avec la certitude de bien faire, il eut une idée pour l'aider à devenir un homme.

Un jour, Franz s'exerçait à jouer le solo de *Sicilienne* de Gabriel Fauré, mélodie qui l'avait envoûté après avoir vu Irina danser sur cette musique. Il était tellement concentré sur ces accords emplis de nostalgie et de mélancolie, qu'il ne remarqua pas que son maître avait quitté la pièce. Il poursuivit sans s'en soucier, jusqu'à ce qu'il revint accompagné de deux femmes : une jeune et une autre plus vieille. Du moins ce qu'il considérait comme vieille à l'époque... comme celle qui le faisait jouir à l'instant présent alors que son esprit était ailleurs. Dans le passé.

Sans plus d'explication, Shahn l'avait abandonné avec la plus âgée, qu'il trouvait répugnante avec ses lèvres trop rouges, une bouche usée par son métier. Elle lui avait souri d'un rictus aussi nauséabond que machiavélique. Son regard lubrique l'avait mis immédiatement mal à l'aise. Lorsque la prostituée avait enlevé son manteau, elle avait affiché une tenue affriolante, qui se voulait sexy, mais pas pour quelqu'un de son âge. Cette femme n'aurait pu réveiller des sensations que chez un homme désespéré, affamé.

Cette guêpière noire, cette chair défraîchie et boudinée, lui inspiraient le dégoût. Fière de ses atouts, hautaine, menton relevé, elle prononça des mots, un ordre, qu'il ne comprit pas. Ne sachant que faire, il posa son instrument sur un fauteuil et lui signifia, par des gestes de la main, qu'il ne parlait pas sa langue. Enfin, il se résolut de l'ignorer. Convaincu que son indifférence la ferait partir, il reprit son violon et son archet pour continuer sa pratique. En même temps, il se demandait quelle idée avait pu passer par la tête de son mentor pour l'avoir mis dans cette situation.

Avant qu'il ne puisse reprendre son violon, elle s'avança vers lui en hurlant. Hystérique, elle attrapa la main empoignant l'archet, qu'elle lui arracha pour le guider en dessous de la dentelle, vers un sein mou. Pétrifié, Franz ne sut que faire ni dire. Sa surprise émoustilla la prostituée, on l'aurait crue excitée de le voir choqué. Le défiant avec son archet, elle obligea ses mains à la caresser. Apeuré, il les retira immédiatement et, enflammée, la putain s'en servit de l'archet pour le frapper au bras, pour lui montrer qui commandait.

Terrifié, l'adolescent se réfugia dans une musique rassurante. La *Sicilienne* de Fauré. Ses notes limpides, l'amenaient vers une image apaisante : Irina.

Cette vision ne dura qu'un instant. La musique s'atténua et une flambée d'envies rageuses surgit en lui : se rebeller, prendre l'archet et le lui enfoncer dans le cœur pour détruire ce sein abject. Affolé par ces idées, il se réfugia à nouveau dans sa bulle, laissant un automate, une coquille vide face à la prostituée. Elle fit de lui ce qu'elle voulut, se faisant obéir à coups d'archet. L'humiliant.

Au retour de son maître, Franz n'osa pas lui en parler. Pourtant, Shahn demanda, l'air de rien, si ça s'était bien passé. Question à laquelle il aurait aimé répondre par un crachat à la figure et une avalanche d'insultes. Or, il ne dit rien et finit par acquiescer, dissimulant son malaise, son dégoût, sa détresse. S'il ne l'avait pas tant admiré, il l'aurait détesté. Mais il ne voulait pas le perdre ni se faire rejeter. Hors de question qu'il le remplace par un autre disciple à façonner !

Franz n'en parla pas à son père non plus, de peur qu'il le renvoie à Annsberg où ses rêves de grandeur auraient été écrasés pour de bon. Quel avenir avait-il là-bas ? Menuisier ? Musicien de rue ?

Comme son élève semblait apprécier l'idée ; ou en tout cas, n'avait pas exprimé de refus, Shahn avait continué à lui « faire plaisir ». Franz fut obligé de revoir la même femme automnale, entre haine et soumission ; à chaque fois, un résultat tout aussi catastrophique. Il avait dû subir à trois reprises ses vexations avant de quitter la ville.

Franz ne savait pas dire « non ». Il dut trouver une autre tactique. Afin de ne pas contrarier Shahn, le garçon avança qu'il les préférait plus jeunes. Remarque que le maître approuva, lui aussi habitué aux jeunes femmes. Le résultat fut nettement différent. Elles l'impressionnaient moins, aucune ne tenta les mêmes abus que l'autre. Certaines se moquèrent de sa peur, d'autres semblèrent plutôt compréhensives, ravies de ne pas vendre leur corps à un gamin. Surtout, il apprit à communiquer avec elles.

Ces échanges lui servirent à connaître les femmes, à savoir gagner leur confiance pour les amener à parler. Puis, il grandit et se transforma physiquement. Son talent se développa, tout comme l'assurance suffisante pour exiger de Shahn qu'il cesse définitivement de lui payer des filles.

Franz avait découvert qu'un refus de sa part conduisait à une réaction : déception ou remise en question. Peu importe, les deux généraient un sentiment de puissance et un plaisir sadique.

Irina n'avait pas quitté sa vie, même si les occasions de se voir s'étaient espacées petit à petit. Chaque fois qu'il la retrouvait, elle devenait son salut. Son phare. Sa bouée de sauvetage. Celle qui le reliait à son innocence. Chacun avait grandi de son côté, mais leur relation de camaraderie et de respect mutuel avait été très forte. Lors de ces retrouvailles, ni l'un ni l'autre n'avait cédé à l'appel des hormones.

Un jour, leurs chemins se séparèrent pour toujours.

Hormis les parenthèses offertes par Irina, une autre facette de Franz s'était développée, celle de ses *petits jeux*. Transformer sa propre peur en emprise, pour mieux humilier la victime désignée. Pour parvenir à ses fins, il lui arrivait de donner de son corps. Un baiser ne signifiait rien.

Être embrassé, touché, caressé ne le dérangeait pas, si le but ultime consistait à voir sa victime s'effondrer comme un château de cartes.

Il constatait, cependant, que cette insensibilité avait disparu récemment, il ne saurait dire quand. À la mort de Liesl ? Ou était-ce Andréa qui avait débloqué sa psyché pour lui offrir ces émois si longtemps refoulés ? Quelqu'un d'autre ?

À l'instant présent, le plaisir et la jouissance se trouvaient là. Décuplés de façon exponentielle dans un corps vidé de son essence, épuisé par ce mélange de sensations et de volupté. Son esprit, ailleurs. Loin. Bercé par cette mélodie qui l'avait protégé une fois.

Une terrible idée vint le hanter, qu'auraient fait ses mains s'il n'avait pas été attaché ?

29

Les mains posées sur le volant, Franz avait l'impression que ses poignets arboraient les marques de sa soirée interminable. Cette nuit dont il ne savait que penser après être parti comme un voleur. Il tira sur ses manches, pour couvrir ces traces imaginaires.

Il consulta l'heure sur le tableau de bord. Dans quelques minutes, il affronterait une nouvelle épreuve difficile, dans un tout autre registre.

Depuis son retour de New York, sa vie se déroulait en mode « avance rapide ». Comme si les plus atroces événements s'enchaînaient tellement vite qu'il n'arrivait pas à les intégrer dans sa mémoire. Surtout ceux de la veille. Il visualisait vaguement les circonstances dans lesquelles Karl lui avait donné la photo de sa cible.

En rentrant chez lui, après sa rencontre avec l'inconnue de la galerie, Franz put enfin reprendre le cours de sa vie. Dès qu'il aperçut la quantité de messages dans son répondeur, il constata que son maître, resté à New York, s'obstinait à s'occuper de sa carrière. La plupart des appels étaient de Shahn, qui lui avait laissé les coordonnées d'un agent pour gérer les nombreuses demandes liées à son retour, rien que de l'autre côté de l'Atlantique. Le jeune homme ne savait pas s'il devait s'en réjouir ou pas. Une seule certitude, il ressentait toujours l'envie de mener une vie normale. Comment se démener pour répondre à ses engagements inopinés sans provoquer la colère de Karl ?

Pour le moment, d'autres soucis l'attendaient : sa convocation au commissariat et... Lili.

Elle n'était pas encore partie. Il avait osé la contacter à nouveau. Une conversation téléphonique un peu moins maladroite que celle de New York. Il avait dû se montrer persuasif pour la convaincre de le laisser l'acheminer de Sankt Pölten à Vienne, d'où elle décollerait pour Paris. Une occasion en or pour discuter avec elle.

L'heure du rendez-vous s'afficha. Il faillit consulter sa montre pour vérifier qu'il n'avait pas une ou deux minutes d'avance. Aussitôt il toucha son poignet encore meurtri, il changea d'avis.

Il descendit du véhicule, traversa la petite cour jusqu'au pas de la porte marquée du numéro 24 et sonna en laissant son doigt appuyé pendant cinq secondes. Madame Bylen l'accueillit, affichant un air sévère, comme si elle avait quelque chose à lui reprocher. Franz se sentit redevenir enfant, tête baissée, son forfait accompli, tandis que les adultes tempêtaient autour de lui.

Lili apparut derrière elle, presque gênée. Sa mère connaissait plus ou moins toutes les relations tortueuses de sa fille, lesquelles se terminaient invariablement mal. Sauf que cette fois, elle avait enfin un nom et un visage à blâmer, aussi beau soit-il. Sa froideur était motivée par la méfiance envers ce type. Elle n'oublierait jamais l'appel de Lili quelques semaines plus tôt : « Si quelque chose m'arrive, Franz Schligg est le coupable » l'avait-elle prévenue. Avec le drame de Liesl, ses nerfs étaient mis à vive épreuve.

Elles s'embrassèrent dans un long adieu. Après lui avoir répété les consignes à respecter, sa mère lui chuchota à l'oreille « je ne l'aime pas », avant de la laisser partir.

Franz prit la valise, la mit dans le coffre, puis il ouvrit la portière à Lili. Une fois à l'intérieur du véhicule, il lui demanda, intrigué, ce qu'elle avait dit à sa mère sur lui, encore éprouvé par son regard réprobateur.

– Tout et rien, répondit sa passagère, d'un ton pas très convaincu.

Franz n'ajouta plus rien et démarra. Chacun de son côté ressentait une gêne vis-à-vis de l'autre. Le violoniste réalisait combien il était heureux de la revoir, mais hésitait à le montrer. Il avait aussi un tas de sujets à aborder avec elle, sans savoir par lequel commencer.

Lili se retrouvait dans la même situation et préféra attendre qu'ils soient à Vienne pour parler de sa rencontre avec Tchavo.

Tandis qu'il conduisait, du coin de l'œil, Franz la vit sortir un téléphone portable de son sac à main et consulter machinalement son écran. Il avait remarqué le même geste cinq minutes plus tôt. Il esquissa un léger sourire. Voilà pourquoi il n'en voulait pas de ces gadgets addictifs.

– As-tu gardé ton ancien numéro ? profita-t-il pour lui demander.

– Non, dans l'urgence j'ai pris un nouveau.

– Pourrais-tu me le donner ?

– Tu finirais par l'obtenir, de toute façon, répondit-elle, amusée. Donne-moi le tien, comme ça je t'appellerai et tu auras le mien.

– Je n'ai pas de portable. D'ailleurs, il faudrait que je m'en achète un, avança-t-il d'un ton également enjoué.

Lili considéra que le climat s'était détendu, mais le silence se réinstalla brièvement.

– J'ai vu une vidéo de toi, lança-t-elle.

– Tout le monde l'a vue sauf moi ! souffla-t-il d'un air las.

– Il n'y a pas eu un autre grand violoniste qui avait fait la manche dans le métro ?

Les deux rirent.

– Je ne faisais pas la manche ni une expérience sociale ! Je ne cherchais pas à attirer l'attention. Je voulais juste communiquer avec le vieillard.

– Ah bon ? C'est mignon.

– Nous ne parlions pas la même langue. Il m'a rappelé quelqu'un d'important pour moi.

Lili aurait aimé en connaître davantage. Pourrait-elle découvrir des éléments qui l'aideraient à comprendre la raison de ses actes ? Insidieusement, elle lui cherchait encore des excuses. Elle aurait aimé renverser la barrière invisible qui se dressait entre eux. Or, la mémoire de son amie le lui interdisait.

Lili culpabilisait pour chaque minute passée aux côtés du violoniste. Pourquoi se sentait-elle si attirée ? Pire encore, son côté fleur bleue voulait croire encore à la réciprocité de leurs sentiments, alors que cette intuition l'avait trompée une fois, lors de leur première rencontre. Elle préféra éviter de penser à cela.

– Cette vidéo a été la dernière chose que j'ai regardée avec mon portable…

Elle remarqua le visage du violoniste crispé, serrant les mains sur le volant. Il soupira et se tourna brièvement vers elle, soucieux.

– Excuse-moi, je ne t'ai pas demandé si tu as été blessée.

– Non, juste secouée. Mais j'ai su pour Teresa.

Franz ne pipa mot. Quelque chose clochait dans sa tête, comme si les derniers événements de sa vie avaient été effacés, vidés. Tout souvenir en rapport avec sa muse demeurait enfoui dans son subconscient. Étrangement, cela lui convenait bien.

Il détourna son attention de la route quelques secondes et s'attarda sur le genou de Lili, sur ce petit os saillant, voilé par son collant noir, qu'il eut soudain envie de caresser.

– Est-ce une coïncidence ? s'interrogea-t-elle, le tirant de sa rêverie.

– Que t'a-t-il dit, ce Tchavo ?

– C'est un gamin… il m'a expliqué pour la déchetterie, des malfrats… il voudrait s'en débarrasser, mais il y en a un qui lui fait peur…

– Karl ?

– Bref, toute cette histoire ne me regarde pas. Il m'a laissé un numéro de téléphone, tu le contacteras si tu veux.

– Pour quoi faire ?

– Pour écouter son grand plan pour se libérer de ce Karl.

Le violoniste lâcha un rire amer.

– Et un gamin peut avoir ce grand plan ? Pourquoi ne le fait-il pas tout seul ?

Lili ne dit plus rien, soucieuse de rester en dehors de cette histoire.

Ils traversèrent un nouveau moment de silence avant qu'elle ne réclame de la musique. Elle écouta plusieurs stations jusqu'à trouver son bonheur : une mélodie entraînante aux paroles douces. Le refrain s'accordait à l'humeur de Franz : *Happiest man on earth.* Il ne put s'empêcher de chantonner au rythme de la radio, étonnant sa passagère.

– Tu connais « Broken Back » ? demanda-t-elle.

– Oui.

– Je ne te voyais pas écouter ça.

– Pourquoi ? J'écoute de tout, affirma-t-il en souriant. Je cherche l'inspiration partout, pour étoffer ma composition.

– Tu as composée quelque chose ?

– Une symphonie ! répondit-il, exalté. Pour le moment je n'ai créé que les principaux éléments de chaque mouvement. Voudrais-tu l'entendre ?

Croyant rêver, Lili faillit se pincer. Elle vivait un instant génial avec lui. Est-ce qu'il était comme ça, dans son état normal ? Soudain, comme si le fantôme de Liesl se trouvait à ses côtés, elle ressentit de la honte. Elle soupira et ne se laissa pas vaincre par ses démons. Si Liesl était toujours en vie, elle lui aurait dit d'en profiter. On ne vit qu'une fois, répétait-elle.

Le violoniste fredonna un petit air doux.

– Ça, c'est ta partie.

– Tu m'as composé quelque chose ? À moi ? s'enquit-elle, flattée.

– Quatrième mouvement.

– J'arrive à la fin ?

– Le meilleur est pour la fin, assura-t-il, mystérieux.

Franz réalisait combien il appréciait sa compagnie. Elle avait le pouvoir de l'éloigner de ses tracasseries, de mettre ses problèmes en pause, alors qu'elle en faisait partie. Il n'avait qu'un seul désir pour l'instant : ne pas la froisser, tenter de réparer ses fautes. Parce que, maintenant qu'il creusait dans ses souvenirs, il se rappelait l'avoir trouvée agréable lors de leur première rencontre... pourquoi avait-il tout gâché ?

Cela relevait d'un miracle qu'elle fût là, à ses côtés ! Une seconde chance qu'il ne raterait pas.

À leur entrée dans Vienne, les embouteillages immobilisèrent le véhicule. Pendant un arrêt, Franz posa machinalement sa main sur le genou de Lili. Aussitôt qu'il s'en rendit compte, il l'enleva. Elle ne dit rien et lui ne s'excusa pas, non plus.

– Puis-je t'inviter à dîner ce soir ? proposa-t-il.

La jeune femme mit du temps à digérer l'invitation. Comme si elle avait oublié ses préjugés, elle fut inondée de questions superficielles et futiles. « Là comme ça ? » se demanda-t-elle. Qu'attendait-il, au juste ? Qu'elle s'habille pour l'occasion ? Était-ce juste un dîner entre amis pour discuter ? Perdue dans ses pensées, elle sentit encore la chaleur de sa main effleurer son genou. Elle voulait croire qu'il s'agissait d'un geste irréfléchi.

– D'accord, accepta-t-elle. Mais à une condition...

Sans détourner son attention de la route, il hocha la tête comme seule réponse. Elle interpréta ceci comme une invitation à poursuivre.

– ... j'aimerais que tu sois sincère avec moi et que l'on fasse abstraction de tout, dit-elle en ponctuant le mot « tout ».

De la musique pour ses sens. Franz acquiesça et trouva curieux qu'ils se retrouvent sur la même longueur d'onde. Puis, il réfléchit au fond de sa demande. Faire abstraction. Cela faisait un moment qu'il agissait ainsi. Dans sa quête pour oublier tout, Karl, ses crimes, et continuer à vivre normalement, son esprit évoluait à plusieurs niveaux. Le plus élevé faisait abstraction de toutes les horreurs commises.

Si au moins il pouvait rester avec celle qui comblait son espace vital à cet instant précis. Le bonheur avait frappé à sa porte une fois et il l'avait renvoyé de la pire façon. Cette seconde chance lui paraissait si invraisemblable. À ses yeux, Lili était une figurine en sucre, si fragile qu'elle pourrait se briser si l'on n'y prenait pas garde.

Ils arrivèrent enfin au Conservatoire. Franz descendit chercher l'instrument de Lili, la laissant attendre dans sa voiture. Lorsqu'il pénétra dans ces lieux et remonta l'escalier hélicoïdal, il eut le sentiment de revenir à sa maison après de nombreuses années. Ironiquement, il n'était parti que depuis quelques jours. Peut-être que la routine lui manquait. Peut-être qu'un certain entourage le comblait aussi : Shahn, Albert ou même Teresa ?

Teresa, celle qui avait payé le tribut le plus fort, alors qu'elle n'avait rien demandé. À peine avaient-ils échangé quelques mots, la plus belle balade de sa vie. Ces moments magiques l'avaient désignée comme la cible à abattre au moindre écart de sa part. Maintenant, il avait la certitude qu'elle ne serait jamais pour lui. Trop parfaite. Trop belle. Trop innocente ? Il n'en savait rien.

Il songea aux instants qu'il venait de passer avec Lili, discutant comme deux bons amis. Cette dernière n'était peut-être pas meilleure que Teresa, mais elle possédait une aura unique : elle le regardait avec une affection qu'il n'avait jamais ressentie. Lui-même ne trouvait pas les mots pour exprimer ce qu'il éprouvait pour elle.

Sur son chemin au dépôt, il profita pour saluer Marie, l'assistante de Shahn. Il voulait la remercier de lui avoir fourni les coordonnées pour contacter Lili depuis New York. S'il avait patienté jusqu'à une heure convenable pour appeler la musicienne, il n'eut pas cette considération pour la secrétaire. Il lui pria de réserver une table pour deux, le soir même, dans le meilleur restaurant de Vienne, celui où son mentor avait ses habitudes.

Tandis qu'elle attendait dans la voiture, Lili méditait. Ses sentiments étaient partagés. Le souvenir de Liesl n'arrêtait pas de la hanter. Elle se demandait ce qu'elle penserait de voir Franz à son service, si galant envers elle ? Pourquoi cet homme, qui par moments lui semblait magnifique, capable de générosité et de tendresse – un trajet d'une heure en voiture lui avait suffi à le constater –, possédait-il ce côté obscur ?

Elle aurait le loisir de le découvrir, puisqu'il avait promis d'être sincère. Elle y croyait. Franz la ramena chez elle et proposa de venir la prendre à vingt heures. Il ne lui restait pas beaucoup de temps pour se préparer. Une petite retouche de son maquillage, changer de haut et remplacer ses bottines par des escarpins. Rester chic mais sobre. Surtout ne pas lui donner l'impression qu'elle se mettait sur son trente-et-un en son honneur.

Il revint la prendre, ponctuel. Dès qu'il la vit apparaître, il afficha un sourire appréciateur. Intimidée, elle monta dans le véhicule, les yeux rivés au sol, ne sachant que dire d'autre à part demander où ils allaient.

– Tu verras, répondit-il mystérieusement.

Franz gara la voiture près de Stadtpark et l'emmena par les allées du parc où jadis il s'était promené avec Teresa. La nuit où Karl s'était présenté à lui. Celle où il avait commis le meurtre de trop. Toutes ces images vinrent le frapper avec violence et il fit un effort incommensurable pour les chasser de sa tête.

Ils s'arrêtèrent un instant devant la statue dorée de Johannes Strauss, où il n'avait aucune envie de s'attarder. Lili l'observa, sans pouvoir s'empêcher de penser au violon de laiton de Franz. Elle s'interrogeait sur la pertinence du moment pour poser ses questions, consciente que cela gâcherait leur soirée. Le cadre lui semblait idyllique, mais elle ne se voyait pas le fâcher au milieu des allées sombres.

Ils traversèrent un petit pont sur un canal et elle aperçut de l'autre côté de la rive un délicieux pavillon illuminé.

– C'est là que tu m'amènes ? s'enquit-elle, surprise.

Sachant qu'il s'agissait de l'un des meilleurs restaurants de Vienne, elle s'en voulait déjà de saborder leur dîner.

– Oui.

– Tu te souviens de ta promesse ? insista-t-elle en s'arrêtant.

Elle fixa ses yeux. En retour, il roula les siens en arrière, las.

– Attends que l'on soit assis, d'accord ? rétorqua-t-il.

Le cadre était sublime, tout comme l'intérieur épuré, décoré avec un goût exquis. Leur table se trouvait dans un coin discret face à une verrière d'où l'on appréciait le parc. Elle estima qu'elle aurait dû accorder plus de soin à sa tenue. Il la scrutait d'un air insondable, comme s'il devinait les questions qu'elle brûlait de poser : pourquoi l'avait-il humiliée ? Elle lui avait pardonné depuis. Elle rêvait d'oublier, mais elle ressentit dans son regard qu'il cherchait à se justifier, sans oser se lancer.

Finalement, elle ouvrit la bouche, mais il lui fit signe d'attendre. Le serveur s'approcha pour leur présenter le menu et le violoniste commanda du champagne pour commencer.

– Franz…

Dès qu'elle prononça son nom, il parut tendu.

– Écoute, je suis conscient d'avoir été un gros connard, je suis désolé, je suis comme ça. Enfin, je ne veux pas être comme ça… plus comme ça, bafouilla-t-il.

– Tous les hommes sont de gros connards, riposta-t-elle.

Soudain, il la regarda, incrédule. Elle le mettait dans le même panier que d'autres ? Cela le rassurait presque.

– Mais tu as un problème avec les femmes…

Il soupira, il s'attendait à pire remarque de sa part.

– Plus maintenant, répondit-il en plongeant ses pupilles dans celles de Lili. Peut-on changer de sujet ?

– Parle-moi de toi, alors ! clama-t-elle sans trop réfléchir.

Face à cette question, il sembla décontenancé.

– Que veux-tu savoir ?

– Je ne sais pas, sourit-elle.

Les moments passés à l'hôpital lui revinrent en tête, quand il lui avait confié qu'il était seul au monde.

– Donc, tu n'as pas de famille ?

Elle réalisa après coup la brutalité de sa question. Le serveur apporta les flûtes de champagne et prit leur commande. Il la laissa choisir les plats et s'occupa du vin. Quand le serveur fut parti, il répondit.

– Ma mère est morte à ma naissance et mon père est parti il y a presque trois ans.

– C'est terrible de grandir sans une mère ! s'exclama-t-elle spontanément.

Franz pensa à la mère de Lili et ne partagea pas cet avis.

– Si tu imagines que son absence m'a créé un problème avec les femmes, sache que j'ai eu la chance d'être élevé aussi par deux adorables grands-mères, poursuivit-il en souriant. Mais voilà longtemps qu'elles ne sont plus là.

– C'est la vie, rétorqua-t-elle, sans savoir quoi ajouter, songeant à sa mère et à sa grand-mère sénile.

– Oma Rosa, ma grand-mère maternelle écoutait beaucoup de musique classique. Après son départ, un mendiant était arrivé dans mon village, il jouait du violon. J'ai toujours pensé que c'est grâce à lui que je suis devenu violoniste.

Lili l'écoutait enchantée, elle appréciait cet aspect de sa personnalité. Elle se demandait comment il avait pu devenir le monstre qui l'avait blessée. Le meurtrier de son amie.

Leur entrée arriva. La présentation lui semblait si parfaite qu'elle ne voulait pas s'aventurer à la défaire.

– Oh ! C'est tellement beau que je n'ose pas le manger !

– Prends-le en photo et envoie-la à ta mère, lança-t-il.

Elle l'observa, circonspecte. Se demandant s'il était sincère ou s'il se moquait d'elle. Tout compte fait, elle sortit son téléphone portable et d'un clic captura la beauté de son assiette.

– Elle ne m'aime pas..., poursuivit-il, en référence à sa mère.

– Ça t'étonne ? Qu'il y ait des femmes qui te résistent ? se risqua-t-elle.

– Non, ça ne m'étonne pas, répondit-il en la fixant avec ce regard hypnotique qu'il maîtrisait bien.

Elle se sentit pétrifiée par cette paire d'iris bleu gris qui la fixait, pénétrant par-delà son âme. Il accompagna l'œillade d'un discret sourire, du coin de la bouche. Elle confirma qu'elle ne faisait pas partie de celles qui pouvaient lui résister.

– Donc, on peut dire que Jakob Shahn est ta seule famille ?

– On peut dire ça, oui.

– Comment est-ce qu'il t'a pris sous son aile ?

– Ah ! sourit-il, se remémorant. J'avais douze ans et deux ans de formation au violon. J'étudiais dans un pensionnat à Vienne. À cette époque, Jakob s'était mis en tête de former le plus grand violoniste, quelqu'un à son image, capable de lui succéder. Comme il connaissait mon professeur, il était venu à la fin du semestre écouter les meilleurs.

– Et tu figurais parmi eux ?

– Même pas ! Je n'ai pas été sélectionné.

Lili parut surprise.

– Mon professeur a préféré faire un tri et choisir ceux qui avaient une plus longue formation et plus de technique. Jakob leur a donné l'une de ses compositions. Il jouait un morceau et l'élève devait le répéter. Aucun n'a été à la hauteur. J'ai trouvé cette mélodie magnifique et je l'ai mémorisée. Lorsque mon père est venu me chercher, j'ai été tout fier de la jouer pour lui. Jakob se trouvait dans les parages et m'a écouté. Il s'est approché pour nous dire que c'était exactement ce qu'il recherchait, qu'il m'aiderait à devenir le meilleur. Il a tenu sa promesse.

– Très belle histoire, effectivement. Alors, tu as l'oreille absolue !

Le serveur se présenta pour desservir les assiettes. Lili remarqua que Franz avait coupé et découpé les aliments à l'infini jusqu'à créer une bouillie immonde abandonnée dans son plat.

– Tu n'as pas aimé ? Tu aurais dû commander autre chose.

Il sourit et porta son verre à ses lèvres, réalisant qu'il n'avait jamais évoqué ces souvenirs. Pourtant, ils lui rappelaient un passé insouciant, loin de l'horreur actuelle.

– Du coup, il était comment en tant que maître ? Strict ?

– Jakob ? Tu n'arrives pas à ce niveau sans discipline ni travail...

– C'est un homme à femmes aussi, affirma-t-elle spontanément. Est-ce que c'est lui qui...

Franz posa brusquement son verre sur la table, la mâchoire crispée. Lili comprit qu'elle touchait une corde sensible et s'efforça de changer de sujet, mais il poursuivit.

– Oui, c'est à cause de lui, répondit-il d'un ton sec le regard tourné vers le plafond.

– Pardon ?

– J'ai peut-être un problème avec les femmes... à cause de lui.

Lili sentit qu'elle avait déclenché une bombe à retardement. Nerveuse, elle feignit de porter son attention à son verre vide, dépitée. Elle ne pourrait faire semblant de le boire.

– J'avais quatorze ans... il m'a poussé à avoir des relations avec une prostituée de trois fois mon âge...

Elle le fixait, étonnée. Elle s'attendait à quelque chose de pire que ça, mais comprit que c'était grave pour lui.

– Mais quel enfoiré ! Le sale porc !

– Bon ! Arrête, n'exagérons pas, c'est du passé.

– Non, ce n'est pas du passé, regarde où ça t'a mené !

Outrée, elle ne contrôlait plus ses mots.

– Le plus grand violoniste, oui ! Mais pas que ! Il mérite la prison ce connard ! Tout autant que...

– Tout autant que moi.

Il posa ses deux mains sur la table et poussa la tête en arrière, regard levé au plafond, comme s'il cherchait à s'enfuir. Le serveur arriva à cet instant avec deux assiettes joliment dressées, versa du vin dans leurs verres et repartit aussitôt, sans s'enquérir si le repas se passait bien. Il était capable de ressentir la tension dégagée par ce couple.

Cette conversation avec Lili permit à Franz de percevoir les choses sous un autre point de vue. Il réalisait qu'il s'était laissé abuser par son mentor dans le seul but de lui ressembler ; qu'à force de s'enfermer dans son mutisme, il s'était éloigné de son père et avait commis des atrocités. D'abord par son comportement exécrable, puis par ses crimes.

Cette révélation fut si brutale, qu'il aurait voulu balancer le contenu de son verre, renverser la table ou hurler et insulter tout le monde. Mais il se retint. Un seul faux pas, il la perdrait elle aussi, pour toujours. Il était coincé, condamné encore à taire son désarroi sans se cabrer. Il s'efforçait de contenir sa rage, des larmes brûlantes qui voulaient s'échapper de ses yeux.

S'apercevant de sa détresse, Lili voulut lui prendre la main. Il la retira et se leva, sans une attention ni excuse pour elle, et sortit. Elle réfléchit deux secondes avant de se lever aussi et le suivre.

Elle le retrouva à l'extérieur, du revers de la main, il essuyait ses larmes.

– Excuse-moi, j'ai tout gâché !

Ils dirent la même chose à l'unisson. Ce détail détendit l'ambiance puisqu'ils ne purent éviter un rire nerveux. Il l'enlaça et la serra fort contre lui, à tel point que leurs cœurs battaient en harmonie. Si seulement ce moment pouvait se prolonger éternellement se dit-il, alors qu'il sentait sa chaleur et humait son parfum. Il l'embrassa d'un baiser qu'elle répondit avec autant de passion.

Ils quittèrent le restaurant, leurs mains entrelacées, en silence. Leurs lèvres avaient mieux à faire que de parler. Chacun se délectait du goût de l'autre, avides de prolonger ce rapprochement qu'enveloppait de volupté tout leur corps.

Ils s'enfuirent, au loin, dans les allées. Il la traînait par la main, pris d'un fou rire. Pour un instant, elle se retourna, soucieuse à la pensée de partir comme des voleurs.

– Ne t'inquiète pas, ils enverront la note à Jakob.

« C'est la moindre des choses », se réconforta-t-elle. Elle regrettait tout de même de ne pas avoir eu la chance de déguster ce plat qui semblait succulent. À présent, un autre type de festin attisait sa gourmandise.

– Viens chez moi, demanda-t-il, les mains en position de prière.

Il lut dans ses yeux noisette l'étonnement et le doute.

– Je te jure, je...

– Chut ! lança-t-elle en posant son index devant sa bouche.

Elle ne voulait rien entendre qui puisse la ramener à la réalité. Elle préférait continuer à vivre ce rêve. Il caressa sa joue et ses cheveux avec l'envie de la prendre là, tout de suite, et lui faire l'amour comme il ne l'avait jamais fait à une femme. Lui montrer qu'il était capable de tendresse.

Le chemin du retour leur parut si long, qu'ils s'arrêtèrent derrière un bosquet pour s'embrasser à nouveau. Poussés par une frénésie, victimes de leur désir, ils s'abandonnèrent à leur passion, se fichant du froid ou de l'humidité du gazon. Tout ce qu'il voulait : la sentir près de lui. Pour elle, vivre une folie.

Au milieu de leurs ébats, il insista pour l'inviter chez lui. Elle pensa à son futur départ : son avion décollait le lendemain midi. Tout compte fait, la nuit lui semblait suffisamment longue pour en profiter.

Ils se précipitèrent jusqu'à sa voiture. À l'intérieur, il se perdit dans sa bouche, puis explora à nouveau son intimité. Quelques minutes plus tard, rue Feilergasse, ils poursuivirent leur étreinte chez lui. Aucune ombre, aucun fantôme, aucune pulsion meurtrière ne viendraient détruire ces moments magiques. Du bonheur et des sensations inconnues. Des émotions que même Andréa n'avait jamais réussi à faire jaillir en lui. Il ne s'agissait pas de contrôler ni de montrer qui était le plus fort. Cette fois-ci, c'était bien une affaire à deux, une fusion de corps et de cœurs.

Lili ne fut pas déçue. Blottie contre lui, tête reposée sur son torse, bercée par ses battements de cœur, telle une symphonie, elle pensa à la mélodie qu'il lui avait composée. Ce geste l'avait amenée à succomber complètement à son charme. Non, elle ne commettait pas une bêtise, se rassurait-elle. On ne vit qu'une fois. Elle l'avait toujours désiré, elle l'avait haï, elle avait appris à le connaître et à l'aimer. L'aimait-elle vraiment ? Difficile à dire. Elle s'était juré de mieux utiliser ce mot. Non, elle ne l'aimait pas. Elle éprouvait de l'affection.

Il caressa son visage à nouveau et plongea son regard dans le sien. Comme si par ce geste, il prolongeait la connexion physique de leurs corps qui, eux, s'aimaient. Il cherchait à la remercier. La remercier pour sa confiance, pour sa patience, pour lui avoir offert cette chance de lui prouver qu'il n'était pas un monstre. Il n'y avait qu'une manière de l'exprimer réellement.

– Je veux te faire écouter quelque chose, susurra-t-il.

Il se leva et revint avec son violon. Elle s'assit sur le bord du lit, tandis qu'il prenait place à côté d'elle. Puis, Franz entoura son cou de son bras tenant l'archet. Dans cette étreinte, il se mit à jouer doucement le quatrième mouvement. Celui consacré à celle qui avait réussi à le sortir de ses abîmes, son phare, sa lumière. Elle se laissa emporter par la beauté de la musique et la manière dont il l'enlaçait. Subjuguée par cette position singulière, elle ne put malheureusement pas apprécier la mélodie à sa juste valeur.

– Merci, dit-elle, en embrassant sa joue.

Il posa son instrument sur la table de nuit et se lova contre elle. Ils s'aimèrent encore une fois avant de se perdre tous deux dans les bras de Morphée.

« La nuit porte conseil », se disait-elle. La conscience de Lili vint la tourmenter, noircir ses rêves pour lui rappeler les actes du violoniste. À force de chasser ses pensées, qui la harcelaient comme dans un cauchemar, elle finit par s'endormir. Puis, dans un demi-sommeil, elle se réveilla et le découvrit au-dessus d'elle, ses mains autour du cou, sur le point de l'étrangler. Elle luttait pour crier, mais aucun son ne sortait, l'air quittait ses poumons. Au prix d'un effort surhumain, elle hurla, enfin. Lorsque ses propres mains voulurent se battre contre celles l'étranglant, elle réalisa que c'étaient les siennes. Réveillé en sursaut, Franz le remarqua et bondit hors du lit, mains en l'air, comme pour signifier qu'il ne l'avait pas touchée. Ce faisant, il poussa son violon, qui tomba par terre, et recula d'un pas, écrasant accidentellement son instrument.

Elle se leva, terrifiée, les larmes aux yeux, morte de honte. Faisant fi de son pied, touché par une écharde, Franz regarda alternativement son violon cassé et Lili, sans savoir vers lequel accourir en premier. Comment avait-il pu être aussi stupide ? Son cœur le guida vers celui qui avait souffert le plus.

Il ramassa son instrument et l'entoura de ses bras comme un bébé, le contemplant pendant un long moment.

– Excuse-moi, c'est ma faute ! Je suis nulle !

Elle se confondait en excuses. Ses idées avaient pris le dessus sur ses sentiments. Elle s'en voulait et n'osait pas s'approcher.

Sa douleur à lui dépassait le violon abîmé : cet incident lui montrait qu'il avait beau chercher le bonheur, il ne le trouverait jamais. S'il réussissait à faire abstraction de ses crimes, Lili n'y parviendrait jamais.

Finalement, elle posa sa main sur son épaule. Il conserva son violon dans ses bras, ressentant un déchirement, la douleur d'avoir perdu un morceau de lui-même. Il s'en voulait d'avoir été négligent. Lili se détestait.

30

En silence, Franz se leva et quitta sa chambre. Lili demeurait assise sur le lit, sans savoir que faire. Convaincue qu'il était temps de partir, elle songea à ses vêtements. Ceux-ci se trouvaient éparpillés entre la porte d'entrée et la chambre, elle aurait du mal à les retrouver.

En même temps, des pensées idiotes envahirent son esprit troublé, où l'envie de prendre une douche se mêla aux images du film *Psychose*. Elle se donna une tape sur la tête, comme si par ce geste elle ordonnait à sa conscience de ne plus lui gâcher la vie.

Lili sortit de la chambre et remarqua au fond du couloir une porte. De la lumière s'échappait par les interstices. Elle soupira, soucieuse. La voie était libre, dès qu'elle serait habillée, elle pourrait partir. Vraiment ? Non. Elle s'en voulait, puisqu'elle comprenait le lien intime unissant un musicien à son instrument.

Lorsqu'elle retrouva son sac à main, elle s'empara de son téléphone. L'écran affichait quatre heures du matin et une batterie faible. Sous le feu de la passion, elle n'avait pas pensé à le charger. Son imagination lui joua un nouveau tour lorsqu'elle visualisa la scène contraire dans sa tête. Cette idée déclencha un rire léger qui eût le mérite de soulager ces moments où le sentiment de culpabilité pointait son nez pour la tourmenter.

Comment Liesl aurait-elle réagi de la savoir dans les bras de Franz ? Lili voulait croire qu'elle aurait approuvé.

« On ne vit qu'une fois » était son mantra. Or, à mieux réfléchir, son amie l'aurait prévenue de sa néfaste habitude de tomber amoureuse du mauvais type et qu'elle finirait par le regretter. Mais elle n'avait pas besoin d'elle pour cela. Lili connaissait ses faiblesses : « Je peux l'aider ! », « Par amour, il va changer », « Il a besoin de quelqu'un qui l'aime et le soutienne ». Toujours la même rengaine, prompte à donner une seconde chance, comme avec les autres.

« Non ! » refusait-elle fermement. Elle savait qu'avec Franz ce serait différent. Pourquoi ? « Parce qu'il m'a déjà fait souffrir ! » se répondait-elle, comme si cela pouvait la prémunir d'une nouvelle souffrance.

Perdue dans ses pensées, elle se rhabilla, brancha son téléphone pour appeler un taxi. Soudain, de la pièce du fond elle entendit les sons étouffés du violon. Elle abandonna son téléphone et s'approcha pour mieux écouter ces coups d'archet rapides, violents et harmonieux à la fois, comme une complainte. Un message. Une confession ?

Elle se maintint derrière la porte. La partie suivante lui parut d'une douceur et d'une beauté exceptionnelle, apaisante, un legato capable de bercer un nourrisson. Puis, comme pour réveiller son auditoire relaxé, la violence du martelé se poursuivit, couplée à des caresses d'une volupté mystérieuse, sensuelle et imposante. Enfin arriva le quatrième mouvement. Son morceau.

Elle frappa à la porte, qu'elle poussa sans attendre une réponse. La chambre semblait servir de studio de répétition puisqu'un molleton tapissait les murs. Quelques étagères croulaient sous des livres, des cartons et des amoncellements de partitions. Au sol, un pupitre renversé, deux étuis de violon et un amas cabossé en laiton, qu'elle avait déjà vu en meilleure forme. Au fond, sous la fenêtre, trônait un bureau. Dessus, le violon cassé par sa faute et un ordinateur portable affichant la page d'accueil d'un site de lutherie. Elle le trouva assis, un autre violon, entier cette fois, entre les mains.

– C'est très beau ! s'exclama-t-elle.

Il ne répondit rien. Elle ne savait que faire : lui annoncer qu'elle partait ? Ou s'excuser une nouvelle fois ? Elle s'approcha encore un peu plus et posa sa main sur son épaule. Délicatement, il la saisit et inclina son front. Puis, il se tourna vers elle et enlaça sa taille, enfouissant sa tête dans son giron.

– Tu as raison d'avoir peur de moi, lança-t-il d'une voix basse, comme un murmure.

Elle s'agenouilla face à lui et caressa son visage, découvrant ses yeux rougis de tristesse et gonflés de chagrin. Elle eut un pincement au cœur.

– Je n'ai pas tué qu'une fois, lâcha-t-il.

Le sang de Lili se glaça, elle ne voulait surtout pas entendre la suite, mais ne se voyait pas s'enfuir à cet instant.

– Liesl a été un accident, je te le jure ! Mais pas la deuxième...

Elle posa ses doigts devant ses lèvres, comme pour les sceller. La voix éteinte, elle le pria du regard de ne pas continuer. Il détourna sa tête et poursuivit :

– Je l'ai fait par curiosité. Ce meurtre m'a condamné.

– Stop, s'il te plaît.

Elle effleura sa joue, il attrapa sa main et la maintint collée à son visage.

– Le troisième, j'ai été obligé...

Lili serra ses yeux, comme si par ce geste elle s'interdisait d'entendre.

– Je ne sais pas ce que j'ai fait... Je deviens fou !

Puis, il se tut. Lili ne dit mot.

– Mais, je ne te ferai jamais rien à toi !

– Comment peux-tu en être si sûr ? demanda-t-elle avant d'assimiler toutes ces informations. Comment peut-on tuer par curiosité ?

– Je ne veux plus continuer ! implora-t-il comme si elle pouvait le délivrer. J'ai détruit ma vie par mon comportement stupide, négligent, comme j'ai détruit mon violon. Si je pouvais revenir en arrière, si je ne t'avais pas humiliée, si notre première soirée avait été comme celle-ci, tout aurait été différent...

« Certainement », songea-t-elle, aussitôt attirée par une photographie sur une étagère. Elle représentait un couple dans un paysage bucolique. Ses parents. Franz ressemblait beaucoup à son père. Sa mère, quant à elle, possédait une beauté éblouissante. Ils avaient l'air heureux, amoureux. Des futurs parents ? Cette pensée déchira son cœur.

– Je voudrais t'aider, rétorqua-t-elle, mais je ne sais pas comment. C'est difficile. Tu me mets dans une position compliquée !

Elle se tut, car elle ne souhaitait pas le bousculer, ne sachant pas quelle réaction attendre de lui. Ses yeux ne montraient ni folie ni charme hypnotique, elle ne voyait que la peur, la solitude et la détresse.

Lili réfléchit. Elle ne pouvait rien pour Liesl ni pour les autres victimes, mais elle pouvait prévenir des meurtres supplémentaires.

– Franz, tu as besoin d'aide.

– La tienne ?

– Oui, répondit-elle laconiquement, alors qu'elle avait en tête un psy. Pourquoi ne pas demander de l'aide à la police ?

– Je finirais en prison ou dans un hôpital psychiatrique...

« Certainement », pensa-t-elle, sans juger s'il méritait plus l'un que l'autre. À présent, elle éprouvait des sentiments pour lui et voulait l'épauler. Elle y tenait, quitte à sombrer elle aussi dans la folie.

– Ça vaudrait peut-être le coup que tu retrouves ce Tchavo ? lança-t-elle après une courte réflexion.

– Quoi ?

– Tu dis que ce type t'oblige à tuer. Je ne vois que deux solutions : soit tu en parles à la police, soit tu écoutes ce que le gamin te propose.

Seulement à cet instant, il vit naître une lueur d'espoir. Elle aussi. Ils s'embrassèrent à nouveau.

31

Dans la salle d'embarquement, Lili observait, songeuse, les atterrissages et les décollages à travers l'immense verrière. Elle regarda à nouveau le panneau d'affichage, lui confirmant qu'il lui restait encore une bonne heure à patienter, seule.

Après cette magnifique et étonnante nuit, elle s'attendait à des adieux plus chaleureux. Au-delà de la confession entendue, elle conservait une image forte de leur tendre partage, comme si quelque chose était née de cette rencontre, de leur fusion. Était-ce de l'amour ? Elle l'aurait cru, un instant. Voilà pourquoi elle imaginait des adieux plus... Romantiques ? Un long baiser. Une supplique. « Ne pars pas, Lili ! ». Ou un « Je viens avec toi ». Au moins un « Tu vas me manquer ». Elle aurait apprécié au minimum un « Fais attention à toi ! », ou un « Amuse-toi bien ». Cela lui aurait suffi. Or, elle n'eut droit à rien.

– Est-ce que ça te dérange si je te laisse ici ? lui demanda le violoniste, en s'arrêtant dans la zone *Dépose-minute*.

Évidemment que ça la dérangeait. Sans attendre sa réponse, Franz sortit du véhicule et descendit valise et violoncelle, les laissant sur le trottoir. Elle sortit du véhicule, perplexe. Il vint lui planter un baiser sur le front et partit sans un mot. Elle prit son chargement lorsqu'il revint sur ses pas. Le cœur de la jeune femme bondit.

– Pourrais-tu contacter ce Tchavo de ma part ? demanda-t-il.

Lili tarda quelques secondes à comprendre de quoi il parlait. Naïvement, elle s'attendait à un mot d'amour.

– Mais, je t'ai donné son numéro, rétorqua-t-elle.

– Je ne sais pas où je l'ai mis ! Est-ce que tu l'as recopié ?

Elle acquiesça machinalement, comment le lui refuser ? Elle prit ses affaires et avança jusqu'au comptoir d'enregistrement.

L'entracte romantique prenait fin. Pour combien de temps ? Une question significative envahissait ses pensées désormais tournées vers son violoniste. Qu'adviendrait-il de lui ? Elle sortit son téléphone portable et vérifia son application bloc-notes. Elle avait bien conservé le numéro du Tzigane.

Franz ne supportait pas les départs larmoyants, il avait déjà eu une nuit riche en émotions. Enfin sa conscience se libérait. Un poids en moins remplacé par un autre. Désormais, son cœur battait pour deux. A posteriori, il réalisa qu'il aurait pu se montrer plus chaleureux avec elle. Peu importe, il la reverrait sous peu : dans un mois, comme convenu pour l'échange, il devait assurer deux dates à Paris.

À présent, il devait se consacrer aux priorités de la journée, comme amener son violon chez son luthier et se présenter au commissariat. Il souffla, ennuyé, face à la perspective de ces tâches, l'une porteuse d'espoir, l'autre, de trouble.

Dans son imaginaire, il voyait une scène d'interrogatoire digne d'un film : une petite salle faiblement éclairée. L'inspecteur, fatigué, au bout du rouleau, exigeait qu'il avoue ses crimes. Que nenni ! L'avocat de Jakob Shahn l'avait rassuré par téléphone. Il ne s'agissait que d'une déposition formelle, inutile de venir assisté. Il lui avait conseillé tout simplement de rester factuel. Qu'avait-il à se reprocher, après tout ?

« Rester factuel », se répétait le violoniste tandis qu'il conduisait. Quelle version choisir ? Celle qui blesserait Albert (des nuits et des jours de folie sexuelle avec Liesl) ? Ou l'autre (ils s'étaient quittés en mauvais termes) ? Il lui fallait impérativement fixer une heure et un jour où ils se seraient vus pour la dernière fois.

En se remémorant les faits, les images du baiser au cadavre de Liesl l'assaillirent, le comblant de dégoût. Puis il se souvint de l'enterrement. Au cimetière, il avait confié à Neumann que ce samedi-là, il se trouvait avec Lili. Or, il réalisait qu'il n'avait jamais évoqué ce sujet avec elle. L'inspecteur lui avait-il demandé de le confirmer ? Qu'avait-elle répondu ?

Affolé, il regarda sa montre et le tableau de bord. Impossible de faire demi-tour pour revenir à l'aéroport reposer la question à Lili. Trop d'embouteillages, trop tard. Il ressentit enfin l'utilité d'un téléphone portable.

Il ne lui resterait qu'à évoquer des trous de mémoire, des oublis. Comment pourraient-ils espérer qu'il se souvienne avec précision d'une banale soirée ?

En attendant, il se devait d'apporter son violon chez son luthier comme on amène un blessé aux urgences. C'était toujours une agréable promenade que d'aller le voir dans le quartier de Stubenviertel, dont les sympathiques ruelles et places invitaient à la flânerie contemplative et à l'insouciance.

Il arriva enfin sur l'immense cour baroque de Heiligenkreuzerhof. Elle était entourée d'un ensemble architectural blanc au charme intemporel. Au rez-de-chaussée, Ugo Cremona tenait son atelier. Fier descendant d'une grande lignée de luthiers originaires de Crémone, ville lombarde considérée comme la capitale mondiale de la lutherie, il exportait son art à Vienne depuis plus de trente ans. Toujours fidèle au chevet des violons malades.

L'expert ne s'étonna pas de découvrir l'instrument dans cet état. Cremona en avait vu des pires. Il pestait intérieurement à chaque fois contre la négligence des musiciens. Des beaux violons réduits en miettes suite à des crises de colère, écrasés par la marche arrière d'un véhicule, ou dépecés par une épouse trompée, avide de vengeance. Autrement, la plus ordinaire des tragédies : le violon pulvérisé lors d'une simple chute. La faute à ces étuis dorsaux souples qu'il voulait bannir.

– Donc, vous lui avez marché dessus ? l'interrogea le vieil homme.

L'expert tentait d'imaginer ce type d'accident en même temps qu'il ajoutait mentalement cette anecdote à sa sempiternelle liste de drames.

– Pouvez-vous le réparer ? implora Franz tandis qu'il l'observait examiner attentivement l'instrument meurtri.

– Bien sûr. Le son va peut-être en baver, on ne sait jamais. Même s'il est coriace. Il me surprendra toujours ! répondit-il avec son fort accent italien lorsqu'il termina de l'ausculter.

Il s'était déjà exprimé sur ce ton. Un violon simple et ordinaire à première vue. Néanmoins, il avait constaté sa fabuleuse sonorité, sublimée par le violoniste. Quand Franz Schligg le jouait, ce violon valait plusieurs millions.

Cremona estima que la réparation serait longue et coûteuse. Le violoniste accepta. Le montant vertigineux, payé d'avance, ne lui fit pas peur. Il ne se contenta que d'une seule exigence : cette restauration devait être sa priorité numéro un.

Pas de souci. Cremona avait l'habitude des musiciens amoureux de leur violon, capables de payer des réfections parfois plus onéreuses que la valeur de leur instrument. Le prix de la passion, en quelque sorte.

⁂

« Voilà une chose de faite », se dit le virtuose, satisfait.

Une tâche plus pénible l'attendait : faire sa déposition concernant l'affaire Liesl. Non loin du Conservatoire, les locaux du commissariat de police de Landstrasse se situaient dans une vieille bâtisse jaunie par le temps. Il y fut accueilli par un jeune homme brun, les cheveux en brosse, dégaine militaire. Il se présenta comme Bruno Issyk, des affaires criminelles, chargé de l'enquête autour de l'accident de Wenzel Krotz.

Rassuré, le violoniste observa les lieux. Finalement, la scène lui paraissait bien moins glauque. Il fut conduit dans un insipide bureau bien éclairé, malgré les stores poussiéreux. Assis derrière un ordinateur, l'inspecteur

Neumann terminait un rapport. Ses doigts tombaient lourdement sur le clavier, imitant la démarche maladroite d'un éléphant.

Franz prit place face à lui et Issyk rapprocha une chaise. Les présentations passées, l'auditionné déclina son identité et observa l'enquêteur pianoter gauchement avec ses seuls index. Sa lenteur exaspérait le violoniste. Un instant, il envisagea d'en tirer un avantage puéril : au lieu de fournir des réponses courtes, il les formulerait longues, dans le seul but de l'ennuyer.

– Monsieur Schligg, vous savez pourquoi vous êtes là. Nous aimerions revenir sur la dernière fois que vous avez vu Mademoiselle Liesl Kruse, démarra le plus jeune. Elle a été aperçue pour la dernière fois le seize septembre. Pouvez-vous nous dire quand et dans quelles circonstances l'avez-vous vue ?

– Ce jour-là, nous avons quitté le Conservatoire après le concert et nous avons passé la nuit ensemble, répondit-il, récitant la phrase rabâchée pendant le trajet.

– Quand est-elle partie ?

– Le lendemain... je crois, précisa-t-il lentement, comme s'il hésitait quant à la date à donner.

– Pourquoi n'êtes-vous pas sûr ? demanda Neumann, curieux.

– Parce que... nous avons eu des moments torrides... et je ne sais pas quand elle s'en est allée.

Malgré l'assurance qu'il avait affiché lors de sa première phrase, Franz commençait à avoir du mal à choisir la version du mensonge à raconter.

– Vos câlins durent des journées entières ? s'étonna Neumann.

– Parfois, ça se peut. Pas vous ?

L'inspecteur hocha négativement la tête. Le plus jeune se couvrit la bouche, sans doute pour cacher l'esquisse d'un sourire, tandis que l'aîné des policiers revint à la charge.

– Donc vous ignorez quand elle vous a quitté ?

– Oui, je n'en ai aucune idée. Je dormais.

– Lors de notre première rencontre – intervint Neumann, levant ses mains entrelacées vers son menton, comme si par ce geste il se dégourdissait les doigts –, votre version me semblait différente. Mademoiselle Kruse était partie précipitamment, car, je cite, « vous n'aviez pas d'atomes crochus ». Et là, les atomes sont rentrés en fusion. Laquelle des deux versions est la bonne ?

Bruno Issyk se redressa sur son siège, comme saisi par une décharge électrique, et s'intéressa tout autant à son collègue qu'au violoniste.

« Rester factuel », se répétait le musicien dans son esprit, tandis qu'il le maudissait intérieurement.

– Il me semble que c'est ce témoignage-ci qui sera consigné, n'est-ce pas ? avança-t-il.

– Tout à fait, affirma Issyk.

– Dans ce cas, la version que je viens de vous donner est la bonne, rétorqua-t-il, s'adressant à Neumann.

Puis, en direction du plus jeune, Franz se sentit obligé d'expliciter :

– Lors de ma première rencontre avec Monsieur Neumann, j'étais loin d'imaginer ce qui arriverait à Liesl. Je ne voulais pas blesser Albert...

Le violoniste mentit avec une étonnante facilité. La sincérité coulait à travers sa voix et son regard de telle sorte que le policier n'insista pas. Pour une fois, il n'afficha pas un de ses gestes de trop grande réflexion, comme s'il avait avalé le morceau.

– Après ce soir-là, avez-vous revu Mademoiselle Kruse ?

– Non.

– Le dix-huit septembre, Monsieur Albert Carring s'est rendu chez vous aux alentours de midi. Il a affirmé vous avoir vu avec une femme dans le hall de votre immeuble. Il pense que c'était Mademoiselle Kruse. Est-ce que vous le confirmez ? poursuivit le policier.

Franz tituba. C'était le moment où son plan foirait. Ou pas.

– Je n'ai pas le souvenir d'avoir vu Albert ce jour-là.

Neumann comprit qu'il tentait de dévier le sujet. Il reformula :

– Étiez-vous accompagné d'une femme ?

– Oui.

– Qui était-ce ?

– Lili Bylen, ma fiancée.

Un silence s'instaura. L'auditionné hésita à donner des détails. Après tout, il ne se trouvait pas là pour qu'on lui fasse la morale sur son image de coureur de jupons. Neumann paraissait s'attarder anormalement devant l'ordinateur, son doigt caressait la petite molette de la souris. Le violoniste fut certain qu'il cherchait à comparer sa déposition avec celle de Lili.

– Le vingt-six septembre, poursuivit l'inspecteur, le jour où la famille de Mademoiselle Kruse a annoncé son décès à la direction du Conservatoire, il semblerait que vous ayez déclaré l'avoir tuée.

– Je... je ne me trouvais pas dans mon état normal, répondit timidement l'interrogé, il avait complètement oublié cet incident. La nouvelle m'a choqué, tout le monde sait que j'ai été le dernier à l'avoir vue vivante...

– C'est un peu fort comme réaction, non ?

Franz le dévisagea, les yeux écarquillés, ne sachant pas comment poursuivre. Neumann le poussait vers un terrain glissant.

– J'étais encore sous le choc, répondit-il avec le dernier joker qui lui restait sous la manche. J'avais été agressé quelques jours auparavant. Avec les médicaments et cette information, j'aurais pu dire n'importe quoi...

– Ah oui, cette agression, ponctua l'inspecteur.

Le musicien se montra moins fier, comme s'il voulait enfouir sa tête dans ses épaules. Le policier remarqua que l'évocation de cet incident le mettait mal à l'aise.

– Connaissiez-vous Victor Gans ? intervint Issyk, brisant le silence.

Franz desserra sa mâchoire crispée pour répondre, comme s'il lâchait un soupir dissimulé. On ne parlerait plus de Liesl ? Il était soulagé. Cependant, Neumann paraissait porter plus d'attention à son écran qu'à lui, et ce détail l'intriguait.

– C'était le gardien de mon immeuble.

– Quelle opinion aviez-vous de lui ?

– Je ne l'ai pas beaucoup connu, mais il me semblait compétent. Un homme honnête qui n'aurait jamais fait de mal à une mouche.

– Et pourtant ! tança Neumann, dirigeant son regard inquisiteur vers l'interrogé, comme s'il ne croyait pas lui-même ce qu'il avançait.

– Aviez-vous remarqué des perturbations avec la chaudière entre le seize et le vingt-septembre ? continua le plus jeune.

– Oui, même avant.

– Entre ces deux dates-là, aviez-vous fait part du problème au gardien ou êtes-vous descendu dans les locaux techniques ?

– Tout le monde s'en est plaint auprès du gardien, mais pourquoi aurais-je été dans les locaux techniques ? demanda-t-il, outré.

Pourtant, le souvenir du moment où il avait porté le corps de Liesl jusqu'à la chaudière surgit dans son esprit pour le tourmenter.

– Simple question, rétorqua Issyk.

Ce dernier prit un dossier, le feuilleta, et poursuivit.

– Vous êtes parmi les résidents à posséder les clés des locaux techniques de votre immeuble...

Franz acquiesça, certain du point qu'il voulait soulever. « La clé ! Quel idiot » se dit-il, tandis qu'il s'efforçait de maintenir un air serein. Le souvenir de l'avoir cassée dans la porte du sous-sol remonta dans son esprit.

– Sauriez-vous retrouver cette clé ? demanda le jeune officier.

– Il faudrait que je la cherche. Je ne sais même pas où j'ai pu la mettre. Je n'en ai jamais eu besoin.

– Rassurez-vous, répondit Issyk. Vous n'êtes pas le seul à l'avoir égarée.

Lorsqu'il entendit cela, l'oxygène retenu dans la trachée du violoniste put descendre jusqu'à ses poumons.

– Avez-vous quelque chose d'autre à ajouter ? demanda l'inspecteur.

– Non.

– Bon, je pense que c'est tout. Je vais lancer l'impression et vous la lirez. Si vous êtes d'accord, vous pouvez la signer. Bruno, peux-tu aller la chercher ? J'ai toujours du mal avec l'informatique...

Issyk se leva, nonchalant, et quitta le bureau. Franz et Neumann se regardèrent les yeux dans les yeux.

– C'est intrigant toutes ces disparitions, lança le policier, l'air de rien. Aucune trace de l'autre jeune femme, Émilie Noël. Vous la connaissiez ?

– Je croyais être là pour Liesl, répondit sèchement Franz.

– Bien sûr. Il y a une enquête conjointe avec la France pour la retrouver. Je me posais uniquement la question. Elle a été vue pour la dernière fois entre le vingt-trois et le vingt-quatre septembre dans une discothèque qu'elle avait quittée précipitamment.

Franz ne dit rien, puis réfléchit, il valait mieux qu'il ne nie pas l'avoir connue. L'expérience avec Albert lui avait appris qu'il fallait se méfier des témoins gênants.

– Je l'ai peut-être croisée un jour, se rattrapa-t-il.

– Avant ou après le vingt-trois septembre ?

– Honnêtement, je n'en ai aucune idée.

– Le vingt-quatre vous avez été agressé, n'est-ce pas ? Pourquoi ne pas avoir porté plainte ?

– Pourquoi vous me posez toutes ces questions ? s'énerva-t-il. Comme si la police allait s'occuper de ces sujets-là ! Combien de personnes sont attaquées sans que vous trouviez les coupables ? Et puis, pour quoi faire ? Vous les laissez en liberté ! Avez-vous identifié l'assaillant de Teresa ?

Après s'être emporté, le violoniste remarqua la présence de Bruno Issyk, bredouille.

– Tu n'as pas lancé l'impression ! interrompit ce dernier, s'adressant à Neumann d'un mauvais œil.

– Ah ! L'informatique et moi... Voilà, c'est fait ! J'ai vérifié.

Issyk quitta la pièce à nouveau.

– Monsieur Schligg, pour votre information, il y a bien une enquête pour retrouver l'agresseur de votre amie. Malheureusement, des voyous dans le métro, il y en a beaucoup. Par contre, dans votre cas, c'est plutôt inquiétant...

– Je ne sais pas de quoi vous parlez.

– Vous avez été battu et drogué.

– L'œuvre d'un petit ami ou d'un mari jaloux ? Une mauvaise rencontre ? Je ne sais pas, je veux juste oublier ça.

La porte s'ouvrit et Issyk arriva enfin avec la feuille qu'il tendit à l'auditionné. Tandis que le musicien la lisait, Neumann lança :

– En parlant de votre amie, vous retournez la voir à l'hôpital ?

– Je passerai un de ces quatre. Pourquoi ?

– Une des infirmières qui s'occupait d'elle a été découverte, étranglée.

Le violoniste n'eut pas besoin de feindre la surprise, puisqu'il ne connaissait pas les circonstances dans lesquelles elle avait été trouvée. Pire encore, tout souvenir autour d'elle restait flou dans son esprit. Il n'avait qu'une certitude, elle était morte.

Le plus jeune intervint :

– Ah oui ! Cette infirmière ! Terrible ! Son corps a été trouvé dans une blanchisserie interhospitalière.

– C'est affreux ! s'exclama le virtuose, un air de surprise exagéré, écrasé par le poids du regard scrutateur de l'inspecteur.

– Elle a été étranglée avec un câble ou un cordon fin, poursuivit Neumann. Dans les films, c'est une corde de piano, mais on voit rarement ça dans la pratique. Et si c'était celle d'un autre instrument, pour varier ?

– Vous insinuez une corde de violon ? intervint Franz, avec l'envie de lui clouer le bec. Vous rigolez ? Il n'y a pas assez de prise sauf si vous voulez étrangler un chat.

– Je n'insinue rien. Merci pour le détail, c'est vous l'expert, ponctua-t-il par un sourire.

Le violoniste parcourut la feuille, la signa et la tendit grossièrement aux inspecteurs, puis se leva. Le plus jeune en fit de même. Toujours assis, Neumann rajouta :

– Au fait, votre ami, Monsieur Carring dit vous avoir vu avec ladite infirmière...

« Albert, encore ! » s'énerva-t-il intérieurement.

– Une infirmière a cherché à soulager ma peine. C'était-elle ? Vous sous-entendez quelque chose ?

– Je ne sous-entends rien. La police enquête. L'infirmière a abandonné son poste et puis elle a été retrouvée morte. À ce stade, tout le monde est suspect.

– Ou innocent, jusqu'à preuve du contraire, intervint Issyk.

Franz se retourna vers Neumann, l'ombre d'une lueur de défi dans le regard.

– Le coupable se trouve peut-être à l'hôpital, avança-t-il, pour détourner leur attention.

– Laissez la police faire son travail, Monsieur Schligg.

32

Franz ressortit du commissariat épuisé, vidé par l'effort de maîtrise de soi. Indéniablement, trop de disparitions planaient autour de lui. Sans lien apparent... à part lui-même. Hormis ce détail significatif, la police ne disposait de rien pour le soupçonner, lui. Ou si ? Le violoniste savait que l'inspecteur Neumann le suspectait depuis le début et, faute d'indice ferme, le harcelait avec ses questions dans le but de l'attraper dans ses filets. Mais il ne réussirait pas.

Il espérait que Karl ne lui ait menti au sujet d'Émilie, il ne faudrait pas que son corps soit retrouvé un jour. À part ça, il était convaincu qu'il demeurait insoupçonnable. Sauf si, par hasard, quelqu'un les avait vus ensemble. Il pensa au bar à Grinzing où il avait ses habitudes. Au pire, il pourrait toujours invoquer son agression comme excuse pour brouiller les pistes. Mais qu'en était-il de l'infirmière ? Qu'en serait-il des victimes suivantes ? Qu'allait-il se passer lors du prochain meurtre ? Un jour, un détail l'incriminerait.

Dans une tentative pour chasser ces pensées, il revécut le moment le plus difficile, celui où Neumann avait évoqué ses aveux, lâchés à50 un moment de faiblesse mentale. D'ailleurs, lui-même ne savait plus très bien ce qu'il avait dit, Shahn évitait le sujet. En revanche, les ragots avaient fini par éclaircir ses doutes. Il ne voyait qu'Albert pour tout lui avoir raconté, comme un vil délateur. Comment avait-il pu ? C'était une accusation sérieuse ! Certes fondée, mais grave. Surtout venant de celui qui se proclamait son ami.

Il rentra chez lui, dans cet appartement qui lui parut soudain si grand et si vide. Comme si la présence de Lili lui manquait déjà. En se remémorant les instants de passion et de tendresse qu'ils avaient partagés, il s'apaisa.

Maintenant, il devait reprendre les rênes de sa vie. Le clignotant rouge du répondeur téléphonique le lui rappelait : douze messages non écoutés depuis hier. Certain qu'ils venaient tous de Jakob Shahn, comme la dizaine qu'il avait supprimés la veille, il n'eut pas envie de les consulter. Il n'avait pas la tête à ça. Pour l'instant.

Il s'était engagé sur des dates, mais avait-il vraiment envie de poursuivre sa carrière ? Que se passerait-il si Karl lui ordonnait un travail et qu'il se trouvait à l'étranger ?

Il chassa cette question ; pas la peine de s'y attarder. Il n'y avait qu'une façon de remettre ses idées en place et d'évacuer le stress cumulé lors de la déposition : courir. Depuis son retour il n'avait pas eu un moment de calme pour reprendre ses bonnes vieilles habitudes.

À peine dans la rue, prêt à entamer son jogging, le violoniste aperçut sur le trottoir avoisinant un garçon jouant des airs tziganes au violon. Tchavo.

Surpris de sa réactivité et étonné par sa stratégie – comptait-il rester là en attendant qu'il sorte ? Cherchait-il à gagner quelques sous et faire d'une pierre deux coups ? –, Franz accourut à lui. Le garçon ramassa aussitôt son étui, chargé de quelques pièces et un billet ; puis, d'un geste, il l'invita à le suivre. Le seul endroit aux alentours propice à la discussion était le *Swing*, le bar dans lequel le virtuose avait l'habitude d'emmener ses proies. Pourtant, le violoniste n'avait jamais remarqué qu'en journée il ouvrait en tant que simple café-bar.

– Alors, changé d'avis ? demanda le jeune, les yeux ronds, comme si on lui avait annoncé qu'il avait gagné le gros lot.

– Sur quoi ?

– Pour nous débarrasser de ces types.

Le virtuose faillit s'esclaffer. « Bien sûr ! ».

– D'abord, j'aimerais savoir qui tu es et quelle aide tu peux m'offrir.

– Je m'appelle Tchavo, c'est tout. Pour l'aide, c'est pas tout seul que j'y arriverai.

– Tu ne m'apprends rien. Que fabriquais-tu à la déchetterie ? Quel âge as-tu ?

– Oh là ! Trop de questions ! J'vais pas raconter ma vie ! Juste que j'aidais Wundt, le gardien, pour récupérer des trucs et les revendre. Après l'incendie des caravanes, tout le monde est parti sauf moi. Wundt me disait qu'il fallait que j'me fasse tout petit, y avait des gens louches. Et ça venait et revenait avec des voitures à dépecer ou des trucs à cramer.

– Étais-tu là quand ce Wundt a été assassiné ?

– J'ai entendu le coup de feu et m'suis caché, j'connais bien cet endroit. Quand chuis sorti, y avait plus de trace de lui. L'autre, il a même buté mon chien ! Et ça, y va l'payer cet enculé ! grisa-t-il, le visage soudain envahi d'une folie sauvage.

– OK, d'accord, calme-toi. Donc, tu es resté à la déchetterie tout ce temps ? Pourquoi ?

– Parce que ! J'ai mes habitudes, y a encore des trucs, et puis c'est parfait pour désosser des voitures volées. Puis d'autres gars se chargent de les revendre.

– Ah ! toi aussi, tu fais tes petites affaires...

– On se débrouille comme on peut. J'veux juste ramasser un pactole et partir loin.

– Et ces gens-là avec qui tu trafiques, ils ne peuvent pas nous aider ?

– C'pas des types à qui j'ferais confiance ! Vaut mieux ne pas les mêler à ça.

Franz ne dit rien, convaincu que l'écouter lui paraissait aussi dangereux et inutile que d'attendre sagement un ordre de Karl.

– J'les ai suivi pour savoir plus, poursuivit-il. C'est comme ça que j'ai pu intervenir quand l'autre con a voulu pousser Lili. Y avait fait le même coup plus tôt...

Teresa ! pensa le violoniste, une pointe de chagrin dans le cœur.

– On ne fait pas ça à une femme ! poursuivit-il. Lili, je l'avais croisée au Conservatoire quand j'vous ai rendu vos papiers. Elle était ici ce jour-là...

– J'ai du mal à te suivre. Tu étais là ? Ici ? Quel jour ? demanda Franz embrouillé par le surplus d'informations et la manière de parler saccadée du jeune.

– Ce jour-là, après vous avoir shooté, y z'avaient dit qu'ils vous ramenaient chez vous. Comme j'avais vos papiers, chuis venu. Ça m'intriguait qu'ils vous aient pas tué. J'ai pas eu besoin de voir comment vous alliez, puisqu'il y avait une ambulance et Lili qui insistait pour monter.

Étrangement ravi, le violoniste se découvrit heureux d'apprendre qu'elle avait insisté pour ne pas l'abandonner le jour de son agression. L'idée l'amena loin, dans des rêves de bonheur. Comment pouvait-elle tenir à lui ? Malgré tout le mal qu'il lui avait fait ? Il venait de comprendre, de s'avouer une vérité : il l'aimait.

– Alors ? le réveilla Tchavo, je vous montre où le trouver ?

– Qu'aurais-tu à gagner ? À part t'attirer inutilement des ennuis ? Pourquoi les suivre ?

– J'veux récupérer la déchetterie, j'veux pas avoir peur de les retrouver. J'veux les prendre par surprise... et les tuer !

Franz aurait éclaté de rire s'il n'avait pas vu cette lueur de folie furieuse dans ses yeux noirs.

– Parce que tu crois que c'est facile de tuer ? Ça te mine la vie pour toujours. Et puis, tu penses qu'il agit seul ? Peut-être que Karl est un pion lui aussi. Et si ce n'est pas lui, ce sera un autre ! Tu ferais mieux de t'éloigner, de te trouver un vrai travail. Tu joues très bien. Dans ce bar des fois il y a du jazz manouche, tu pourrais...

– J'ai pas envie de travailler, moi ! Je veux être libre de faire ce que je veux. Et ces types m'en empêchent.

– Bon, et donc tu les as retrouvés ?

Convaincu qu'il n'arriverait pas à le raisonner, le violoniste se résolut à le laisser parler.

– Comme vous, y z'ont une vie normale, un travail.

– Une vie normale ? Karl a un métier ?

– Dans un hôpital à Meilding, mais je n'ai jamais osé entrer.

Franz réfléchit. Teresa ! L'infirmière ! Ce n'était pas anodin.

– Il y fait quoi ?

– Chais pas, jamais mis un pied. Moi, j'attire l'attention, mais pas vous.

– Réfléchis ! Tu veux que j'aille frapper à toutes les portes pour le trouver ?

Le violoniste se souvint alors de l'instant où il s'était réveillé après le meurtre de l'infirmière, sur un divan d'examen, sa Némésis à ses côtés. Pourrait-il retrouver cet endroit ?

En avait-il envie ?

Poussé par la curiosité, Franz consentit à vérifier où se trouvait ce fameux hôpital où, selon les dires du jeune homme, Karl travaillait. D'autres centres de santé se trouvaient dans le quartier de Meidling, mais un pressentiment lui soufflait qu'il s'agissait de celui où sa muse était convalescente. Là où il avait commis son dernier meurtre, un souvenir effacé, un trou noir.

– D'accord, nous savons où le trouver. Et après ? demanda le violoniste, tandis qu'il conduisait.

– On peut découvrir son nom !

– Et après ?

– J't'ai dit, un moyen d'le piéger, y doit habiter quelque part.

– Pourquoi ne pas avoir relevé son numéro d'immatriculation ? C'est comme ça qu'il m'a retrouvé…

– Une voiture de location, voilà tout c'que j'ai dégoté !

« Ça ne sert à rien ! » se désolait le virtuose. Au moins, songea-t-il, il ne perdrait pas son temps et en profiterait pour s'enquérir de Teresa ou s'expliquer avec Albert. Ces deux raisons le motivaient à poursuivre, puisqu'il n'avait aucune envie de rencontrer Karl. À leur arrivée, ses craintes se confirmèrent : il s'agissait bien du même hôpital.

La raison première de sa visite venait de passer au second plan. Franz sortit du véhicule, le confiant aveuglement au jeune homme. Puis, se souvenant de ses « petites combines », il l'invita gentiment à l'attendre ailleurs, puisqu'il effectuerait d'autres visites.

– Pour voir qui ? s'étonna-t-il, les yeux écarquillés.

– La jeune femme agressée par l'attaquant de Lili.

– Tu rigoles ? Elle est là ? C'est dangereux, non ?

– Pourquoi ce serait dangereux, c'est un hôpital ! répondit le violoniste, énervé de ne pas avoir envisagé cette hypothèse.

Après avoir laissé Tchavo dans le parking, le musicien se dirigea jusqu'à l'aile où se trouvait Teresa. Dans son esprit, il tentait de retrouver les repères pour refaire le chemin inverse de l'endroit où il s'était réveillé. Sans succès.

Avait-il envie de la voir ? Pas plus que de revoir Karl. Non, il cherchait seulement à se rassurer. Il atteignit la salle d'attente, pratiquement vide, et poursuivit lentement son parcours jusqu'à la chambre. Soudain, le couloir lui parut un tunnel sombre et interminable, au fond duquel une porte jaune semblait battre comme un cœur, l'attirant et le repoussant en même temps.

Incapable d'avancer, il s'arrêta à mi-chemin et tourna ses talons pour revenir sur les bancs de la salle d'attente. Il y resta à faire les cent pas pendant quelques minutes qui lui semblèrent des heures. Il attendait son ami, car il n'osait pas approcher l'infirmière du bureau de renseignements non plus.

« Cette visite n'aura servi à rien », se dit-il, convaincu, plutôt vaincu. Sur le point de repartir, il croisa Albert, dont les relents de tabac révélaient qu'il venait de fumer un paquet entier. Le chef d'orchestre ne sembla pas surpris de le revoir. Il connaissait la versatilité du violoniste.

Dès qu'il l'aperçut, Franz ne put contenir un regard haineux envers Albert. Il s'approcha aussitôt et le pointa de l'index pour exiger des explications.

– C'est toi que je voulais voir, mon ami, fit-il avec une pointe d'ironie dans ses mots.

– Ça recommence ! soupira le chef d'orchestre avec dédain. Salut, Franz, ça va ?

– Qu'est-ce qui t'a pris de le dire à Neumann ? l'incrimina-t-il avec insolence.

– Dire quoi ?

– Tu savais que je n'étais pas bien ce jour-là !

– Tu n'es jamais bien ! balaya Albert, avant de réfléchir. De quoi tu parles ?

– Toi, mon ami, tu es allé raconter à Neumann que j'avais avoué...

Franz réalisa qu'il ne pouvait pas finir sa phrase.

– Tu sais... Liesl.

Soudain, l'Anglais parut surpris et plutôt embarrassé.

– Je vois, mais ce n'est pas ce que tu crois, précisa-t-il, flegmatique.

– Oh ! Bien sûr que non ! C'est ton pote Neumann, tu l'invites chez toi...

– Franz, arrête ! Je ne lui ai jamais dit cela. Il l'a appris par hasard lors d'un passage au Conservatoire. Shahn était furieux ! En revanche, si tu l'as vu chez moi, c'est parce que je veux suivre l'enquête. Je tiens à savoir ce qui est vraiment arrivé à Liesl et tu sais que toute information de ta part est importante.

Encore énervé par la déposition, Franz hésita à lui répondre, cerné par toutes ces questions au sujet de Liesl. Albert avait raison de se sentir en colère contre lui. Il lui avait déjà arraché Liesl. Aujourd'hui, par sa faute, Teresa aussi. Penser à sa muse parvint à le calmer. Il s'enquit sur elle.

– Teresa ? Elle va beaucoup mieux ! s'exclama l'Anglais, les yeux pétillants de bonheur. Elle s'est réveillée, elle peut parler. Tu veux la voir ?

Franz secoua la tête négativement. Parcourir le couloir jusqu'à sa chambre lui paraissait un supplice. Subitement, une image le frappa : *Les coquelicots* de Monet. Il les avait vus en partant de la salle où il s'était réveillé. Ensuite, il avait avancé dans un couloir pour atteindre les ascenseurs. Ils se trouvaient dans une cage éclairée par une baie vitrée. Dans cette aile, il n'y en avait pas. Cela lui donna une idée de l'endroit où il pourrait commencer à chercher.

– Franz ? insista Albert.

Mais le violoniste partit sans répondre. Le chef d'orchestre ne fut pas étonné. Il se garderait d'évoquer sa venue à Teresa.

Franz parcourut toutes les ailes de l'hôpital. Au cinquième étage, il identifia une cage de quatre ascenseurs éclairés par une grande fenêtre. Il arpenta de droite à gauche tous les niveaux à la recherche du Monet.

Lorsqu'il retrouva la fameuse peinture, une décharge électrique le traversa : mélange d'anxiété et d'appréhension. Il se retourna et lut la plaque sur la porte, comme s'il déchiffrait la clé d'un mystère, incrédule. Machinalement, il prit la poignée et la poussa, sans réfléchir.

Face à lui, assis dans un fauteuil, pieds sur le bureau, se trouvait Karl. Il était vêtu d'une blouse blanche, une revue médicale entre les mains. Il abaissa la publication pour diriger son attention vers son visiteur. Son visage ne décelait pas une once de surprise, mais plutôt de l'amusement.

Pétrifié, le musicien ne pouvait donner à ses jambes l'ordre d'entrer ou de partir en courant.

– V-v-ous êtes médecin ? bafouilla-t-il.

– J'avoue que là vous m'avez surpris, rétorqua-t-il d'un air exprimant le contraire. Entrez.

– Qui êtes-vous vraiment ? demanda Franz, sans bouger d'un iota.

Karl posa son magazine et se planta devant lui, imposant par sa présence et son regard froid. À nouveau, il l'invita à entrer. Impressionné, le violoniste se sentit obligé d'avancer d'un pas vers l'intérieur. L'assassin verrouilla la porte.

– Asseyez-vous, le somma-t-il.

Franz ne fit pas un geste. Karl n'insista pas et retourna derrière son bureau, s'installant à son aise sur le fauteuil.

– Qu'est-ce qui vous a fait revenir ?

Le violoniste ne répondit pas.

– Quelqu'un vous a mis une idée idiote dans la tête ? Ah ! Ce fameux Tchavo ?

– Je ne sais pas de qui vous parlez, mentit-il nerveusement pour dissimuler son étonnement, son regard tourné vers la sortie.

– Vous savez, je ne connais rien à la musique. Lorsque je vois une partition, je ne comprends rien. Mais vous, vous arrivez à la lire. Et bien, pour moi c'est pareil avec votre visage. Vous êtes un livre ouvert, facile à déchiffrer.

Franz écarquilla les yeux, détournant son attention de la poignée de la porte.

– Aussi incroyable que cela puisse paraître, je n'arrive pas à mettre la main sur ce gamin ! s'exclama Karl, en tapant le bureau d'un geste théâtral avec son poing.

Le musicien sursauta tandis que l'assassin se délectait de sa réaction.

– Pourtant je le pensais inoffensif. Tout comme vous. Il ne faut jamais sous-estimer le pouvoir de nuisance d'un insecte.

Comme si les terminaisons nerveuses connectant son cerveau à ses jambes s'étaient remises en état de marche, Franz recula d'un pas, prêt à s'enfuir.

– Alors, Madame Strauss a-t-elle envie de vous revoir ? poursuivit l'assassin en se relevant.

– Qui ça ?

– Vous ne lui avez même pas demandé son nom ? s'étonna son interlocuteur. Bref, maintenant que vous savez ce qu'elle aime, la prochaine fois vous pouvez inverser les rôles. Ensuite un sac plastique sur la tête fera l'affaire, sans aucune trace. Efficace.

Franz resta coi. Il venait de comprendre de qui il parlait. Comment savait-il ? Cette question l'embarrassa, tandis que l'idée de la revoir, pire encore, devoir la tuer le révulsa. La porte passa au second plan, il visait des réponses à présent.

– L'infirmière ! Elle n'était pas une femme au hasard ! Vous vouliez la tuer !

– Un obstacle à éliminer. Vous avez fait du bon travail, d'ailleurs. J'admire votre créativité, votre côté artistique ! Maintenant, il faut aller au-delà et surtout apprendre à vous contrôler. Si vous vous effondrez après chaque crime, vous n'irez pas loin.

– Devenir meurtrier n'était pas dans mon plan de carrière, répondit-il avec une ironie et un courage sortis tout droit de ses entrailles.

– Pourtant, vous avez tué une fois et vous avez recommencé, poursuivit Karl, posant son regard froid dans les yeux terrifiés du violoniste.

– Je ne peux plus continuer ! Je ne veux pas continuer ! se lamenta-t-il, au bord des larmes. De toute façon, la police commence à me suspecter ! Trois femmes disparues ou mortes autour de moi, ça attire l'attention !

– À vous d'être discret.

– Comment voulez-vous que je le sois ? Je viens de reprendre ma carrière de soliste ! J'ai des engagements ! Je ne maîtrise plus rien ! Comment vais-je faire ?

– Arrêtez de geindre comme un enfant ! admonesta un Karl nonchalant, mais avec une pointe d'exaspération dans sa voix. Continuez, c'est tout. Au contraire, ce fameux retour est plutôt intéressant. Pour la police, pourquoi ne pas profiter de votre nouvel ami politique ? Il a les relations qu'il faut pour faire traîner l'enquête. Enfin, pour l'infirmière, son amant éconduit avouera le meurtre avant de se suicider...

– Quoi ?

– Je vous ai déjà fourni trop de réponses à vos questions. Mais si vous tenez à le savoir, c'est un collègue pharmacien.

– Et pourquoi vous ne lui avez pas demandé à lui de la tuer ? interrogea-t-il, désespéré.

– Ah ! il ne l'aurait pas fait avec autant de lyrisme ! Vous avez été très bon !

– Qu'est-ce que j'ai fait ? Pourquoi je n'arrive pas à m'en souvenir ?

– En avez-vous envie ?

Franz ne dit rien. Il avait déjà trop de réponses, lesquelles soulevaient de nouvelles questions. Toutes ces morts avaient un lien avec une dette aussi ?

– Ces deux-là, ils étaient vos pions ?

– Oui.

– Tous vos pions sont amenés à mourir ?

– Lorsqu'ils ne sont plus utiles, ils deviennent gênants.

– Est-ce que je vais mourir ?

– Comme nous tous ! En ce qui me concerne, lorsque vous deviendrez une gêne, oui. Là, par exemple, vous commencez à me casser les burnes avec vos questions.

– Alors, tuez-moi ! lança-t-il, entre défi et supplique.

L'assassin s'avança jusqu'à lui, saisit sa gorge et le poussa violemment contre la porte.

– En êtes-vous sûr ? s'enquit-il tandis que la victime tentait d'enlever les mains autour de son cou.

Karl pressait de plus en plus fort.

– Étrange ! Vos réflexes n'ont pas le même discours que votre tête, poursuivit-il en triturant la carotide.

Leurs yeux se fixèrent l'espace d'une seconde. La peur se mêla à la haine dans le regard de Franz avant qu'un voile noir ne le couvre et l'envoie loin. Non, il ne voulait pas mourir.

Lorsque l'assassin le relâcha, le corps inanimé du violoniste s'écrasa sur le sol.

33

Le soir de sa première présentation à Paris, Lili reçut une composition d'une centaine de roses rouges. Ce cadeau surprise suscita la curiosité, peut-être la jalousie, parmi ses pairs. La réponse à ses interrogations ne se fit pas attendre. Elle découvrit son violoniste en chair et en os, fier d'elle, ravi de la voir. Le moment idéal pour lui avouer ses sentiments profonds avant de lui planter un baiser.

Leur passion les conduisit dans la chambre d'un hôtel luxueux, où elle lui offrit un autre type de spectacle tout aussi délicieux : un effeuillage d'une sensualité inconnue jusque-là. Lentement, langoureusement, elle enlevait cette sage robe sombre et trop longue. Elle se dévoila dans une sublime guêpière en dentelle noire, comme si elle savait qu'il viendrait ce jour-là.

Franz savourait le numéro, assis sur le lit, il brûlait de la posséder. Elle s'approcha de lui et déchira sa chemise sauvagement. Elle posa son pied délicat sur la jambe de son amant et l'invita à la dévêtir totalement. Il s'exécuta en faisant glisser doucement ses bas, tandis qu'il parcourait de sa langue sa cuisse, son genou, ses mollets jusqu'à ses orteils. Elle lui reprit le bout de soie, changea de pied et le lui offrit. Pendant qu'il s'affairait, elle prit ses poignets et les entoura avec le bas en soie, terminant par un nœud solide. Cela ne l'empêcha pas de la couvrir de caresses, de baisers. Elle l'aida à ôter le reste de ses vêtements et monta sur lui, pour fixer les liens aux barreaux du lit.

Soudain, leur étreinte devint plus brutale. Elle l'embrassait férocement, mordillait et tirait sur ses lèvres. La folie envahit son regard lorsqu'elle prit dans ses mains un archet en laiton, qu'elle s'apprêtait à plonger dans son cœur. Subitement, Lili disparut derrière un défilé de visages de femmes, toutes différentes. Chacune à leur tour frappait et enfonçait l'archet dans sa chair. Ces coups ne le blessaient nullement, au contraire, ils décuplaient son plaisir avec une intensité savoureuse.

Toutes les femmes de sa vie participèrent à cette orgie meurtrière : celles qu'il avait humiliées, celles qui l'humilièrent. Même ce lointain souvenir d'Irina, sans oublier Teresa. Elle s'attardait sur lui, en se badigeonnant les joues de son sang, telle une guerrière.

L'esprit et les sens du violoniste s'embrumèrent, comme si une toile d'araignée voilait ses yeux, ses oreilles et sa bouche.

« C'est quoi ce truc ? », murmura Franz, émergeant mollement de l'hallucination.

Peu à peu, il reprenait conscience, le cerveau ramolli. Il avait l'impression d'émerger d'un trou noir, ou d'un trou blanc. La couleur du néant. Un peu comme si le bouton pause eut été pressé en même temps que l'avance rapide.

Pour aggraver la situation, une nausée soudaine s'empara de son corps, à tel point qu'il ne tenta pas de se relever, sentant que le moindre mouvement le ferait vomir. Il regarda alentour. Malgré le voile cotonneux cernant sa vue, il crut reconnaître les lieux. Il se trouvait chez lui, dans son salon, sur son canapé. Que faisait-il là ?

À côté de lui, une présence l'observait, assise dans un fauteuil. Un mélange de haine et d'horreur envahit soudainement les pensées du violoniste. Il avait beau fouiller dans sa mémoire, ses souvenirs lui paraissaient confus. Flous. Quelques bribes d'images désordonnées. Lili. L'aéroport. Le luthier. Neumann. Puis, le néant.

– Qu'est-ce qui se passe ? marmonna Franz, remarquant ses bras et ses jambes immobilisés.

– Bonsoir, Monsieur Schligg, salua Karl. Êtes-vous à votre aise ? Je vous aurais mis dans votre lit, mais votre chambre est un sacré bordel !

Le violoniste plissa les paupières, espérant par ce geste atterrir rapidement, doucement, afin d'étouffer la sensation de vertige qui l'envahissait. Il essaya de se calmer par une respiration profonde. Un brin apaisé, il fut convaincu qu'il ne mourrait pas. Autrement, il ne se serait pas réveillé. Dommage, il aurait aimé poursuivre ce délicieux cauchemar.

– Que faites-vous là ? Que m'avez-vous fait ? demanda-t-il.

– Nous avons eu une petite conversation. Je vous ai donné quelque chose pour faciliter le dialogue. En revanche, les effets secondaires ne sont pas agréables. Je vous ai immobilisé pour votre sécurité, le réveil peut s'avérer brutal, parfois.

– Que m'avez-vous fait ? insista Franz, intrigué. Quelle conversation ? Pourquoi je ne m'en rappelle pas ?

Puis, un doute l'assaillit.

– Est-ce que j'ai tué quelqu'un ?

Karl sourit.

– Non. Pas encore. Mais ne vous attendez pas à ce que je sois toujours là pour intervenir. Maintenant que vous êtes un professionnel, vous pouvez réaliser le travail seul, n'est-ce pas ?

Franz ferma les yeux encore une fois, la sensation de haut-le-cœur s'intensifiait. Un professionnel ? Lui ? Seul ? Il préférait retourner définitivement à son cauchemar.

– Tenez, j'ai un cadeau pour vous ! annonça l'assassin, posant un téléphone portable sur le ventre du violoniste. Gardez-le près de vous, chargé.

– Je ne veux pas de ces trucs ! bougonna-t-il, se remuant pour le faire tomber.

– Pourtant, il faut que je puisse vous contacter. Vous tenez à poursuivre votre magnifique carrière. Je ne vais pas consulter toutes les programmations de spectacles du monde entier pour vous retrouver. Vous préférez les pigeons voyageurs ?

– Je refuse d'utiliser ces machins, c'est tout !

– Vous allez y arriver, n'est-ce pas ? En parlant de téléphone, vous n'écoutez jamais vos messages ? Ce cher Monsieur Krotz vous a invité gentiment à dîner chez lui.

D'ailleurs j'ai cru comprendre qu'il insistait, faute de réponse. Ce n'est pas très poli de votre part.

– Lâchez-moi !

Le captif releva la tête pour découvrir ce qui le retenait. Des sangles, comme celles utilisées dans les hôpitaux pour entraver les patients. Elles maintenaient ses chevilles, ses poignets étaient harnachés à son flanc.

– Vous aviez aussi une kyrielle d'appels de votre mentor, poursuivit Karl comme s'il ne l'avait pas entendu. Vous feriez bien de le contacter demain.

– J'aurais aimé les consulter moi-même, mes messages...

– Dommage ! Ils ont été supprimés. J'ai dû faire une mauvaise manipulation.

– Lâchez-moi !

– C'est vraiment regrettable, car il y en a deux que vous auriez aimé écouter. J'ai pris note, ne vous inquiétez pas ! Une certaine Lili est bien arrivée à Paris. Intéressant ! Vous croyez qu'elle sera en sécurité là-bas ?

– Ne la touchez pas !

– Bien sûr que non, je ne le ferai jamais ! J'évite de tuer des femmes. Je vous l'ai déjà dit.

– Vous avez tenté de l'agresser !

– Indirectement, peut-être, mais c'était de votre faute. De plus, vous m'avez fait perdre un voyou qui m'était bien utile. Enfin, j'en trouverai bien un autre. Quant à vous, prenez ce portable pour éviter ce genre de situation. Votre Lili est loin, mais votre amie Andréa est de retour. D'après son message, elle brûle d'envie de vous revoir.

Franz le fixa d'un regard rempli de haine. S'il avait pu, il lui aurait craché ou vomi au visage.

– La peur disparaît. C'est positif, ajouta Karl, taciturne. Vous avez du potentiel. Je préférerais vous voir comme un pair, plutôt qu'un simple pion. À vous de décider.

– Décider quoi ?

– D'obéir aux ordres et d'arrêter de chercher les ennuis.

– Je les ai cherchés quand, ces ennuis ?

Le violoniste formula à voix haute une question qui s'adressait à lui-même. Par sa position, il réalisa qu'il avait dû aller à leur rencontre.

– Et maintenant ? s'enquit l'otage.

– Maintenant, vous allez faire dodo, répondit l'assassin d'un ton glacial et patibulaire, donnant un air sinistre à ce mot.

Karl s'approcha de lui, une seringue à la main. Ahuri, Franz détourna la tête, comme s'il voulait l'enfouir dans le dossier du canapé. Il avait horreur des aiguilles. L'assassin sembla amusé par cette réaction, puis il remonta sa manche et injecta le liquide en même temps qu'il donnait ses dernières consignes :

– Demain vous accepterez l'invitation de ce cher Monsieur Krotz. Considérez cela comme un ordre. Au fait, vous aurez une sacrée gueule de bois !

⁂

Andréa était sublime, mais ce jour-là, elle fit moins d'effet à Franz. Il s'efforçait de ne pas la cataloguer comme autrefois : le type de femme qu'il détestait par sa suffisance. Comme si, soudainement, ses vieux démons refoulés refaisaient surface. Était-ce dû à la nervosité provoquée par cette rencontre ? Maintenant qu'il se jurait d'aimer Lili, comment éviter que la violoniste puisse le troubler ?

– Joli, le Weisbuch ! balança-t-elle, en allusion au tableau ornant le salon.

Elle se trouvait chez lui pour la première fois. Dans cet appartement imprégné des mauvais souvenirs : ceux de nombreuses humiliations, ceux de ses meurtres. Lili avait réussi à changer l'atmosphère, mais l'avait-elle guéri ? Il observa Andréa, se rappelant qu'il avait aussi ressenti la même chose avec elle. Ces femmes l'avaient-elles délivré ? Il n'en était pas sûr. Il craignait toujours une pulsion, une réaction. Surtout ici, seul avec elle.

– On y va ? proposa-t-il en revêtant son manteau.

La violoniste parut confuse. Il l'invitait à partir alors qu'elle venait d'arriver ? Sans un câlin ? Elle s'approcha de lui, posa sa main sur son cou avec ce regard et ce sourire capables de le dominer.

– Tu es sûr ? minauda-t-elle.

Avant qu'elle puisse poursuivre ses caresses, il lui attrapa fermement le poignet et l'éloigna de lui. Ses yeux d'acier se tournèrent vers la porte.

– Qu'est-ce que tu as aujourd'hui ? s'étonna-t-elle.

Elle avait raison de se sentir exaspérée. Si elle lui avait laissé un torride message sur son répondeur, c'était parce qu'elle avait une semaine de repos. Et qu'elle comptait la passer avec lui, à faire des galipettes dans son chalet. Qu'obtenait-elle à la place ? Une supplique. Au lieu d'accepter de s'envoler en l'air avec elle, Franz l'avait priée de l'escorter à un dîner mondain. Si elle n'avait pas tenu à le revoir, elle se serait sûrement rabattue sur quelqu'un d'autre.

Elle avait tout préparé pour une escapade de folie à Traunkirchen, mais se résigna à accepter cette singulière invitation uniquement pour revoir Franz. Autrement, pourquoi voudrait-elle rencontrer cet homme politique que Franz évitait de nommer ? Elle avait du mal à comprendre. D'après les confuses explications de son amant, il n'avait pas envie d'y aller non plus, mais se sentait obligé. Il prétextait même que c'était le seul moyen de se débarrasser de ce type.

Comme elle brûlait d'envie de le retrouver au lit, elle avait fini par accepter son invitation. Il lui avait demandé de venir chez lui. Coquine, elle crut que, devant la perspective d'une soirée soporifique, il compterait s'abandonner à un *quickie*, à trinquer du nombril. Même pas !

En plus, elle devait le conduire, puisqu'il disait ignorer où se trouvait sa voiture. Cela l'arrangeait, puisqu'elle pourrait décider de l'endroit où se terminerait la soirée. Et ce ne serait surtout pas dans ce sordide appartement ! Elle comptait ne plus jamais revenir dans cet endroit à l'ambiance glaciale. Un vrai tue-l'amour. La table basse en verre craquelé y était pour beaucoup, mais elle se garda de poser des questions, anxieuse et ravie de partir. D'autant plus que dans ce lieu sinistre, elle ne reconnaissait plus « son » Franz malléable à souhait.

Les Krotz habitaient une demeure dans les hauteurs de Hietzing, quartier bucolique à l'ouest de Vienne. À leur arrivée, Franz remarqua un garde discret qui ne fit pas de zèle et les laissa passer. Andréa lorgna son compagnon avec dédain, comme si elle trouvait cela ridicule.

Une jeune femme au sourire radieux les accueillit à la porte. Elle avait une mine réjouie, solaire, comme celle d'une future mère. En remarquant son ventre rebondi, Franz sentit son pouls s'arrêter. « Pas elle ! », s'exclama-t-il, priant pour qu'elle ne fût pas la cible. Qu'il n'ait jamais à choisir entre elle et une autre.

– Bienvenue ! Je suis Astrid, l'épouse de Wenzel. Quelle joie de vous recevoir ! Wenzel m'a tant parlé de vous, Monsieur Schligg, mais voir Andréa Steinger aussi c'est un honneur ! s'exclama-t-elle, visiblement émue.

– Le plaisir est pour nous, répondit poliment la violoniste, lançant un sourire de connivence à Franz. C'est pour quand, l'heureux événement ?

– Dans trois mois ! Si tout va bien.

« Si tout va bien » se répéta Franz dans sa tête, comme si cette phrase dessinait une cible sur son ventre, la condamnant elle et sa petite créature. Tout à coup, il se tourna vers son accompagnatrice et l'embrassa avec passion. Comme si ce geste pouvait lui redonner des forces et l'empêcher de défaillir. Surprise, Andréa ne comprit pas sa conduite – vu sa froideur initiale –, et accueillit son baiser la bouche fermée. Leur hôtesse parut un peu décontenancée, mais demeura souriante, imaginant un couple en mal d'enfant.

Comme s'il avait rechargé ses batteries, Franz se redressa, déployant son charme à nouveau, comme si de rien n'était. L'hôtesse de maison poursuivit ses louanges, maintenant qu'elle captait leur attention.

– Les deux meilleurs violonistes du monde, ensemble ! Vous formez un joli couple !

– Nous ne le sommes pas, répondit abruptement Franz lorgnant furtivement Andréa, ébahie.

Leur hôtesse sembla quelque peu déstabilisée par leur attitude. Elle les fit entrer en prenant leurs manteaux au passage. Tous les trois pénétrèrent dans le vaste salon décoré avec goût. Une grande verrière donnait sur un jardin faiblement éclairé par la lune. Quelques petites lanternes, disséminées le long des allées, peinaient à chasser les ténèbres.

– Veuillez excuser Wenzel, il est en réunion et n'a pas dû voir l'heure. Installez-vous, je vais le chercher.

Lorsque Astrid quitta la pièce, Franz s'efforça d'esquiver le regard noir de sa consœur. Il s'approcha de la verrière et se laissa bercer par la vue lénifiante des plantes extérieures.

Andréa hésitait entre jouer l'indifférence ou exiger des explications. Elle avait apprécié qu'il la prenne par surprise, mais son petit commentaire comme quoi ils n'étaient pas en couple l'avait fait déchanter. Elle entendait cette réplique comme un écho dans sa tête. Qu'était-elle pour lui ? Et lui ? Que représentait-il pour elle ? Depuis leur dernière rencontre, il avait dépassé le stade de simple conquête ou amusement. Des sentiments s'étaient mêlés au charnel. Si leur attraction avait été mutuelle, leurs sentiments devaient suivre cette réciprocité, elle en était persuadée.

Leur hôtesse sortit d'une pièce, en laissant les portes grandes ouvertes. Le sénateur Krotz, tout sourire, lui emboîtait le pas, suivi d'Hans Jürgens. Franz trouva que ce dernier avait moins l'air d'un crapaud. Il tenait à lui parler et se demandait comment y parvenir avec tous ces gens.

– Ah ! Monsieur Schligg, merci d'avoir répondu à mon invitation ! s'extasia l'homme politique. Quel honneur de vous recevoir en si ravissante compagnie ! Vous devez être Teresa ?

Franz roula les yeux vers le ciel. Il aurait dû s'y attendre. Andréa conservait son calme et son flegme, scrutant du coin de l'œil son amant. Avec un sourire malicieux, elle commençait à dresser une liste mentale des sujets à lui reprocher.

– Mais non, chéri ! intervint Astrid. Tu ne reconnais pas Andréa Steinger ? Nous l'avons déjà vue jouer !

– Jouer quoi ?

Astrid mima discrètement un archet frottant les cordes d'un violon imaginaire.

– Oh ! Veuillez m'excuser. Je ne sais pas pourquoi j'ai dit ça ! ajouta-t-il, lançant un clin d'œil coquin au virtuose, absorbé ailleurs. Permettez-moi de vous présenter mes collaborateurs et amis : Monsieur Hans Jürgens, que vous connaissez, et voici...

Une belle femme élégante, la petite cinquantaine, sortit du bureau, souriante. Elle observa l'invité, dissimulant sa surprise de découvrir cet inconnu qu'elle avait dominé pour le convertir en son jouet. Quant au violoniste, sa réaction fut moins discrète. Soudain, il parut plus tendu et ne put empêcher le rouge d'envahir ses joues. Une chaleur commençait à le suffoquer.

Cette réaction fascina la dame. Elle vint se présenter d'elle-même, sans le quitter des yeux.

– Sarah Strauss, enchantée, Monsieur Schligg, prononça-t-elle en lui serrant la main, la caressant fermement, avant de se tourner vers Andréa. Ravie de vous connaître, Mademoiselle.

– Sarah est tout simplement le cerveau de ma campagne ! lança Krotz. Ne dit-on pas que derrière un grand homme se trouve une grande femme ? Dans mon cas, il y en a deux ! ajouta-t-il en prenant son épouse par les épaules et déposant un doux baiser sur sa bouche.

– Tu ne vas pas ennuyer tes invités avec tes histoires de politique, Wenzel, avança Astrid.

Le sénateur lança quelques anecdotes sur des dîners précédents où ce sujet avait été abordé, confirmant que ce n'était pas le meilleur des thèmes de conversation.

Andréa remarqua que Sarah la dévisageait, jaugeant le moindre millimètre de sa personne. La violoniste soutint son regard, imperturbable. Son sourire dissimulait combien elle la trouvait désagréable. Elle regrettait d'avoir accepté l'invitation.

Franz crut comprendre que Jürgens devait partir. La maîtresse de maison lui demanda de rester malgré l'absence d'une certaine Senta. Sa femme ? Lui, marié ? s'interrogea-t-il. Peu importe, il avait à lui parler coûte que coûte, et se vit obligé de seconder l'hôtesse pour insister.

Ils s'installèrent autour d'une table soigneusement dressée. Astrid proposa d'asseoir le violoniste en face d'Andréa, à côté de Sarah, dont le regard vorace l'oppressait. Il avait du mal à sauver les apparences.

– Vous reprenez votre carrière de soliste ? l'interpella Astrid.

– Ah, magnifique ! intervint Sarah alors qu'elle se tournait vers son voisin de table. Je pourrai voir sur scène ce que vous êtes capable de faire de vos mains !

Lorsqu'il entendit ces mots, la chaleur reprit dans les entrailles du violoniste. Il ne put s'empêcher de revivre certains moments avec elle et sentit son cœur s'arrêter.

– Est-ce qu'il y a des rivalités entre vous ? lâcha Krotz, de façon maladroite, à l'égard d'Andréa.

La remarque eut le mérite de ramener son attention. Les deux virtuoses se regardèrent dans les yeux, comme dans une joute où chaque duelliste scrutait les mouvements de l'autre avant d'attaquer.

– Non. Elle a sa place et moi la mienne, rétorqua Franz tandis qu'il lorgnait la réaction de sa consœur.

Comme pour confirmer que la réponse lui convenait, elle lui lança une de ses œillades langoureuses. Épreuve réussie.

– Peut-être qu'ils veulent parler d'autre chose, intervint Astrid poliment.

– Oh ! Ce serait dommage de ne pas discuter de musique ! avança son époux. Vous savez, Astrid a fait le conservatoire, elle jouait même du violon. Pas comme vous, mais elle avait du talent ! Ah, ma chérie si tu avais écouté cette magnifique mélodie de Monsieur Schligg, sublime ! Quand est-ce que vous l'enregistrez, votre symphonie ?

– Tu as composé une symphonie ? demanda Andréa, circonspecte.

Franz aurait préféré à cet instant même se terrer dans un trou, car il était assailli de tous côtés : entre la main baladeuse de Sarah, qui en profitait pour se promener sur sa cuisse lorsqu'elle remettait sa serviette, et le pied de la violoniste, qui lui caressait la jambe.

– À New York, quand nous nous sommes rencontrés, il a interprété une mélodie sublime ! Dédiée aux femmes spéciales, conclut Krotz avec un clin d'œil malicieux.

– Tiens, tiens ! Est-ce que j'y suis dans ta symphonie ? demanda Andréa alors que son pied remontait plus haut et plus loin.

– Tu le sais bien, affirma Franz alors qu'il faisait mine de reposer sa serviette pour repousser la main de sa voisine de table et chatouiller le pied fouineur de la musicienne.

– Assez parlé de Monsieur Schligg, admonesta Astrid. Tu ne vois pas que tu le gênes ?

– Changeons de sujet de conversation, alors ! intervint Sarah. Aimez-vous la photographie, Monsieur Schligg ?

Lorsqu'il entendit cela, Franz se raidit sur son siège, évita le regard de son interlocutrice et celui d'Andréa.

– Je suis allée voir une exposition récemment, poursuivit Sarah. Celle d'un ami photographe. Il dénonce les effets du néolibéralisme économique...

– Ha ! Il ne me plaît pas, celui-là ! lança Krotz, enjoué.

– C'est une œuvre déchirante, mais on y trouve de très belles pièces. De celles qu'on veut ramener chez soi pour les accrocher au mur et les admirer. Les posséder, ponctua-t-elle en se tournant vers son voisin, le fixant des yeux.

– Elles devaient être très spéciales, ces photos, intervint Andréa remarquant son violoniste remuer sur son siège, visiblement mal à l'aise. Pouvez-vous nous les décrire ?

– Des vulgaires maisons ! balança Franz, sans réfléchir.

– Effectivement, si l'on peut dire, affirma Sarah. Comment le savez-vous, Monsieur Schligg ?

Tous les convives l'observèrent. Surtout Andréa.

– Euh... c'est la seule exposition qui correspond à ça... une dénonciation des « effets du néolibéralisme économique », s'aventura-t-il à répliquer, après avoir cogité, ce qui était déjà trop demander à son cerveau en pleine ébullition par cette chaleur suffocante.

– Vous vous y connaissez en photographie ? demanda Astrid.

– Un peu. Je vais fumer, Monsieur Jürgens, avez-vous des cigarettes ?

Jürgens acquiesça et se leva.

– Profitez du jardin, les invita Krotz. Vous m'excuserez, je vais aider Astrid à débarrasser.

– Discutez entre filles, glissa Franz, à destination d'Andréa et Sarah lorsqu'il quitta la table.

La jeune femme le foudroya de ses yeux de chatte, comptant sur une ardoise invisible le nombre d'affronts commis dans la soirée.

Les deux hommes sortirent dans le jardin. Jürgens fut le seul à s'en griller une. Bien que le niveau de stress permanent du violoniste méritât sa dose de nicotine, Franz ne tenait pas vraiment à fumer. Il gardait une mauvaise expérience de sa dernière tentative de reprise. Quoi qu'il en soit, il n'était pas là pour fumer, mais pour obtenir des réponses... et pour prendre l'air frais dont il avait besoin, vu l'ardeur manifestée par ses deux maîtresses.

Comme s'il avait lu dans les pensées du violoniste, l'homme crapaud alluma sa cigarette et lui en proposa une, qu'il refusa. Puis, il se mit à parler :

– En général, c'est lui qui vient à vous pour vous sortir d'un pétrin.

Franz acquiesça, curieux de savoir ce qu'il avait à cacher.

– Par contre, vous, vous vous êtes jeté tout seul dans la gueule du loup. Moi, il m'a cueilli. Il a attendu le moment propice pour que je sois noyé par mon vice.

– Lequel ?

– Ça ne vous regarde pas…

L'homme crapaud exhala de la fumée, la nostalgie s'affichait dans ses yeux globuleux.

– Tout ça est passager, poursuivit-il en pointant sa cigarette vers l'intérieur de la maison. Un jour je ne serai plus utile ici et je devrais faire votre travail de voyou, soit…

Un silence s'instaura entre les deux hommes. Jürgens le détailla avec une pointe de mépris.

– Je suis vraiment désolé pour votre amie, mais j'ai bien plus à perdre que vous. Malgré cela, je ne pourrais jamais faire ce que vous avez fait.

– Ou ce que je ferai, ajouta Franz, acerbe. Justement, il doit bien y avoir un moyen d'arrêter tout ça… se débarrasser de lui…

– Vous êtes bien naïf !

– Qu'est-ce que ces messes basses ? plaisanta Krotz en les rejoignant. Finalement, les dames ont préféré aider Astrid, voilà que nous sommes entre hommes, hein ?

Les deux le regardèrent d'un air circonspect.

– Mais, comme Hans le sait, je ne fume que des cigares.

– Parfait ! J'aimerais bien essayer, déclara Franz pour tenter de se débarrasser de lui.

– Ah ! Ça se déguste à la fin d'un repas avec un bon whisky ! Pour l'instant, le dessert nous attend, la spécialité d'Astrid !

– Dites, votre femme possède-t-elle encore son violon ? s'aventura à demander Franz dans une démarche ultime pour s'affranchir de leur hôte. Je serai ravi de jouer pour vous.

Le sénateur écarquilla les yeux, sidéré. Convaincu que ce serait une merveilleuse idée, il partit enthousiasmé, les laissant enfin seuls.

– Qui de ces trois-là est la cible ? poursuivit Franz.

Jürgens soupira profondément.

– Je n'en sais rien.

– Quel est votre rôle ?

– Ça ne vous regarde pas. Qu'est-ce que vous voulez exactement ? M'enrôler dans votre petite révolte ?

Franz fut étonné par sa réaction.

– Il m'a prévenu que vous poseriez des questions, que vous tenteriez de me persuader de me rebeller. Tout comme il m'a rappelé ce que j'avais à perdre si jamais je jouais au con. Il faut vous rendre à l'évidence : il nous tient, c'est tout.

– Et vous allez rester comme ça, à obéir ?

– Que puis-je faire d'autre ? Nous ne sommes que des pions qu'il domine par la peur. Laissez-le faire du mal à vos proches, à vous-même, et là vous aurez peut-être une chance de l'atteindre, lui. S'il n'y a que lui. Et après ?

Ils furent interrompus par leurs hôtes. La future mère portait un étui de violon, ravie et intimidée en même temps. Elle croyait son instrument trop vieux, trop ordinaire. Longtemps resté enfermé et certainement déréglé.

Franz leur consacra toute son attention, maintenant qu'il considérait stérile la conversation avec l'homme crapaud. Il rentra et se concentra sur le violon. Peu importait sa valeur, cet objet lui procurait un bonheur capable de l'apaiser, surtout dans ce genre de moments. Il l'examina et prit le temps nécessaire pour l'accorder sous l'admiration de son auditoire, sauf Andréa. Elle regardait les minutes passer avec ennui.

– C'est prêt ! lança-t-il.

Comme un aigle qui déploie ses ailes, il se leva, posa le violon sur son épaule, le coinça avec le menton et dédia sa prestation à sa consœur.

Lorsqu'il se mit à jouer, Andréa sentit chaque note exacerber ses sens les plus intimes : une sensualité violente, voluptueuse, orgasmique même. Il lui avait composé cela ? À elle ? À elle seule ! Tous les reproches, son attitude, sa froideur furent pardonnés pour toujours. Elle n'avait qu'une envie : en finir avec cette ennuyeuse soirée et faire l'amour avec lui.

Sarah Strauss le contemplait comme on voit filer un merveilleux oiseau échappé de sa cage, le trouvant tellement désirable avec son violon, avec cette pose, cette énergie. Elle le voulait à elle encore et pour toujours. Astrid écoutait fascinée, pendant qu'elle caressait son ventre rebondi, tandis que son mari lui susurrait à l'oreille que ce n'était pas du tout la même mélodie qu'il avait jouée à New York, interruption inutile que son épouse tenta d'éteindre par un geste discret. Elle n'arrivait pas à en croire les capacités de son violon dans les mains expertes d'un virtuose.

À la fin du concert improvisé, les trois femmes applaudirent enflammées.

– C'était magique ! Merci ! Vous avez beaucoup de chance, Mademoiselle Steinger ! annonça Astrid, émue jusqu'aux larmes.

– Et si vous nous jouiez quelque chose, Mademoiselle ? défia Sarah, en direction d'Andréa, comme pour l'amener à descendre de son nuage de bonheur.

– Je n'anime pas des soirées, moi, répondit sèchement la violoniste, ponctuée d'un charmant sourire.

Après cette pause salutaire, le dîner se poursuivit. La conversation fut monopolisée par le sénateur et ses anecdotes cocasses que personne n'écoutait vraiment. De son côté, Franz supportait les agressions lascives de ses deux voisines de table. Elles trouvaient toutes les deux amusant de l'enquiquiner avec le pied, pour l'une et avec sa main, pour l'autre.

Considérant sa mission accomplie, à la fin du repas, le violoniste s'apprêtait à proposer à Andréa de partir. Mais Krotz rappela sa promesse de lui faire goûter des Havanes de première qualité. L'homme politique insista tellement, que Franz finit par accepter, au grand dam de son amante, qui se demandait combien de bains de bouche seraient nécessaires pour enlever l'arôme pestilentiel du tabac. En revanche, elle n'était pas contre l'idée de prendre une douche ensemble afin d'éliminer toute trace imprégnée sur son corps. En attendant, elle se proposa d'aider la maîtresse de maison à débarrasser, pendant que les autres passaient au bureau servant de fumoir.

Leur hôte donnait un cours magistral sur les cigares : comment le sortir de sa boîte, le humer, le couper avec cet artefact dont la vue provoqua des frissons au violoniste. Puis, il procéda à l'allumage, expliquant pourquoi la distance est importante selon le type de cigare. Franz lorgna en direction de Jürgens, qui semblait aussi las que lui. Finalement, le prix à payer par l'homme crapaud était aussi désagréable que de tuer ou séduire une inconnue, pensa-t-il.

L'expérience tourna au fiasco lorsque le violoniste tira une première aspiration qui lui monta au cerveau et brûla la gorge, peut être même ses poumons.

– Erreur de débutant ! Il ne faut pas avaler la fumée ! Ce n'est pas une vulgaire cigarette, vous ne m'aviez pas écouté ? intervint Krotz, plutôt amusé.

Sauf que ce n'était pas vraiment drôle pour Franz, qui préféra sortir au jardin et échapper à la nauséabonde puanteur de tabac.

– Le hasard fait bien les choses ! Enfin je connais votre nom ! lança une petite voix derrière lui.

Sarah Strauss, s'approchait dangereusement. Franz n'osait pas la regarder, il ne lui manquait plus que cela pour empirer son état.

– Vous étiez parti comme un voleur. Ça vous a plu ? chuchota-t-elle à son oreille.

Il ne répondit pas, enfonçant sa tête dans ses épaules. Était-ce dû à la fumée ou à la chaleur, mais la présence de cette femme faisait remonter une sorte de peur enfouie au fond de lui.

– Seriez-vous partant pour une autre rencontre ?

– Là, je suis accompagné, cracha-t-il, comme s'il sortait d'une apnée.

– C'est un oui ?

– Je n'ai pas dit ça.

– C'est un non, alors ? fustigea-t-elle, une pointe de défi dans sa voix.

– Je ne me sens pas très bien !

Il se couvrit la bouche d'une main alors qu'un haut-le-cœur vint le secouer, puis il se retourna et remarqua Andréa de l'autre côté de la verrière. Pile à temps.

– Mais quel clown ! s'exclamait Andréa tandis qu'elle conduisait. Je ne le voyais pas du tout comme ça ! Et c'est lui le futur chancelier ? Enfin, s'il organisait un dîner avec chacun de ses électeurs, il perdrait tous ses soutiens ! Ne me fais plus jamais ça !

– Merci ! la remercia Franz, un baiser sur la joue. Sans toi, je n'aurais pas pu supporter.

– Tu la connaissais, cette Sarah Strauss ? demanda-t-elle lorsque la voiture s'arrêta à un feu rouge.

– Non, pourquoi ? répondit-il, une octave au-dessus de la normale.

– Je ne suis pas jalouse, tu sais ?

Andréa se tourna vers lui. Un sourire coquin se dessinait sur ses lèvres, qu'elle caressait avec sa langue, comme un félin se lèche les babines avant de dévorer sa proie.

– Alors, c'est vrai ce qu'on dit des femmes matures ?

Sa voix était mélodieuse, ses yeux envoûtants. Sa main coiffa les cheveux du violoniste juste derrière l'oreille, effleurant sa peau doucement jusqu'au cou, du haut en bas et inversement. Technique qui marchait aussi bien avec son chat qu'avec les hommes pour les amadouer. Pour Franz, elle lui permettait de tout oublier. Ses angoisses, son malaise. Elle était capable d'arrêter le temps et d'ouvrir les portes du nirvana. Elle n'avait plus qu'à en disposer, il était déjà à elle, un pied au septième ciel.

34

La nuit avec Andréa fut magique. Elle sut envoûter le violoniste et lui faire oublier les sentiments qu'il croyait réservés à Lili. Après tout, pourquoi s'abstenir de vivre tout ce qu'il avait évité pendant des années ?

Malheureusement, leurs câlins ne se poursuivraient pas jusqu'au chalet d'Andréa. Franz devait se préparer pour une série de représentations aux États-Unis dans des salles plus intimes. Le tout arrangé par son mentor. Shahn lui avait rappelé, à maintes reprises, qu'il fallait absolument les honorer s'il voulait assurer son retour. Franz, lui, ne pouvait penser à un futur quelconque. À quoi bon se projeter s'il n'était pas sûr de survivre à la fin de l'année ? Il avait décidé de reprendre sa carrière de soliste avec l'idée naïve que cela l'éloignerait de ses problèmes. Au final, ceux-ci finirent par se multiplier.

Ce maudit téléphone envenimait son existence, comme un portable ordinaire l'aurait fait, d'ailleurs. Il s'efforçait de le consulter deux fois par jour, la boule au ventre. Au moins, il n'avait pas eu de consigne avant son départ. Il s'attendait à trois semaines de liberté et de paix relative. Par acquit de conscience, il envoya un message à Karl avec toutes ses dates.

À l'aéroport, alors qu'il observait les gens autour de lui, cramponnés à leur téléphone, il hésitait par moments à sombrer dans la même addiction et à s'en servir pour communiquer avec Lili… ou avec Andréa. Un petit SMS pour extérioriser les idées qui traversaient son esprit.

Une envie de partager ses états d'âme. Comme si la solitude commençait à lui peser.

La solitude serait comblée lors de sa première escale à New York.

Pour son séjour, Franz s'installa dans la résidence de la Fondation Von Lichteneau pour les Arts et la Culture. Il s'entretint avec Anton Heissmann, chargé des relations publiques, pour chercher le précieux violon mis à sa disposition par la Fondation pour l'accompagner dans sa tournée.

Lors de ce voyage, il avait une autre idée en tête : revoir Virginie. Un visage connu et des échanges intéressants, pour ne pas dire surprenants. Voilà ce qu'il appréciait en elle.

Il ne tarda pas à monter la voir. Elle était toujours logée au dernier étage, dans les combles. La jeune photographe le reçut avec sa carapace de glace sous laquelle Franz décela une once d'enthousiasme. À peine la porte ouverte, elle s'empressa de le faire entrer pour éviter que l'épaisse fumée contenue dans sa chambre ne s'échappe. À l'intérieur, un arôme particulier entourait son chaos habituel.

– Il n'est pas interdit de fumer ici ? Surtout ce truc ? Le détecteur de fumée ne marche pas ? s'affola l'invité.

– Je l'ai mis ailleurs, répondit-elle sèchement.

Elle ouvrit la fenêtre et s'aida d'un magazine pour faire circuler l'air.

– Tu n'étais pas parti ? s'enquit-elle, l'examinant de son air glacial, un scanner dans les yeux.

Cette froideur eut pour effet d'apaiser le violoniste, voire de l'amuser.

– Je suis en tournée.

– J'ai vu ça, affirma-t-elle en s'approchant à quelques millimètres de lui, se dévissant le cou pour voir au-delà de son menton. Quelque chose a changé en toi.

– La cicatrice ?

– Non. Tes yeux. Ils ont une lueur, un éclat différent...

– Ah ! s'exclama Franz.

– Un jour quelqu'un m'a dit que le regard des hommes se métamorphose pour deux raisons : l'amour ou la mort. C'était un flic.

Soudain, il la trouva moins cocasse. Il s'étonnait de la capacité de cette fille à lire dans l'âme et il réfléchit à ses photographies. Permettaient-elles d'extérioriser sa vision particulière du monde ?

– C'est peut-être l'amour. Tu fais quoi avec les flics ? tenta-t-il de dévier la discussion.

– J'ai eu l'occasion d'accompagner un photographe forensique, j'en ai même pris quelques clichés. C'est pas mal. Au moins, c'est un public qui comprend mon œuvre, les flics. Ils disent que j'attrape avec ma lentille des détails que d'autres laissent filer.

– Tu devrais envisager une reconversion...

– Ce serait plus honnête que de me pavaner dans les expositions et me faire passer pour une artiste incomprise. Tu veux les voir ?

– Non.

– Pourquoi, tu as peur ? Tiens, ça me fait penser à une dont tu n'imagineras pas ce qu'elle est.

Elle s'assit devant son ordinateur, chercha un répertoire, double-cliqua sur une miniature et la photo s'afficha. Derrière elle, un Franz curieux se penchait sur l'écran.

L'image présentait un amoncellement de pierres poreuses, en apparence, comme des éponges noircies, dans un paysage désertique.

– Sais-tu ce que c'est ?

– Fascinant ! Des cailloux ? se moqua-t-il.

– Il s'agit des restes humains cuisinés à la soude pendant huit heures. Après, il ne reste plus de trace à part ces petites roches, de la graisse, en fait, et des os.

– C'est long comme moyen pour faire disparaître un corps, tu n'as pas trouvé de méthode plus simple ? lança-t-il de façon détachée.

– Pourquoi ? Tu penses aussi à te reconvertir ? demanda-t-elle, esquissant un sourire qu'il ne lui avait jamais connu.

Le violoniste ne répondit pas. Cette expression du visage le troublait plus que sa froideur. La fatigue du vol fut la meilleure excuse qu'il trouva pour se défiler.

Le lendemain, Franz se produisit dans une des salles plus intimes du Carnegie Hall. Le régisseur lui avait annoncé qu'il était attendu l'année prochaine, dans la salle principale. Annonce qui stupéfia le violoniste. Il hésitait entre rire ou pleurer. Comment se projeter aussi loin ? Il se rappelait les cailloux de la photo de Virginie, persuadé qu'il finirait comme ça.

L'unique avantage qu'il trouvait à son retour résidait dans le plaisir de se retrouver avec son public. À la fin de chaque prestation, il gratifiait son audience de sa sonate pour Teresa. Enfin, les fervents applaudissements le ressourçaient et il oubliait ses problèmes pendant un certain temps.

Après New York, il poursuivit sa tournée dans d'autres villes, ne restant qu'une ou deux nuits sur place. Il redoutait les jours de relâche, dans la crainte que Karl puisse lui commander un travail. À chaque fois qu'il consultait le téléphone, son cœur s'arrêtait de battre. Dès que ses mains s'en emparaient, il se mettait à concevoir des plans. Comment tuer sans faire trop de dégâts ? Comment se débarrasser d'un cadavre efficacement ? Il l'ignorait, et ne se voyait pas commettre un crime si loin. Surtout dans un pays où la peine de mort était encore valable.

Afin de soulager ses tourments, il décida de s'amuser comme naguère : charmer. La distance l'aida à faire abstraction de Lili. Chacune de ses tentatives le ramenait au bar de l'hôtel. Pas d'humiliation, pas d'amusement. Il ne voulait pas l'admettre, mais il cherchait uniquement de la compagnie.

Les derniers jours, il décida d'aller plus loin. Au bar, il séduisit une cible coriace : une ravissante brune au regard de braise. Finalement, elle céda et accepta de le suivre.

Dans l'ascenseur, elle prit les devants et l'embrassa fougueusement. Il accueillit ses caresses, sans réfléchir. Les portes s'ouvrirent, sans qu'il y prête attention, occupé par le baiser. Soudain, un braillement et des insultes s'entendirent, sans qu'il comprenne la raison. Il se fit éjecter de l'appareil par un énergumène, probablement enragé de voir la brunette avec un autre homme. Les portes se refermèrent et Franz, secoué, confus, entendit les cris de la jeune femme s'éloigner. Sans agir. Sans donner l'alerte.

Après tout, ce n'était pas son problème. Quelqu'un d'autre le ferait.

Grand moment de lâcheté.

Il emprunta l'escalier de service pour retourner dans sa chambre, seul, s'interrogeant sur son manque de réaction. En même temps, le sort de sa conquête éphémère le travaillait. Puis, son raisonnement le poussa à l'extrême : qu'aurait-il fait si l'une des femmes de sa vie subissait ce traitement ?

Il voulait croire qu'il les aurait défendues, mais il savait qu'il n'avait pas changé. Il serait toujours le même monstre méprisable. Finalement, la brunette avait eu de la chance. Si l'autre type ne l'avait pas malmenée, sa survie avec le violoniste n'était pas garantie. Il aurait, peut-être, commis l'irréparable.

Sa tournée finie, il revenait à New York rendre le Guarnerius prêté par la Fondation, puis il rentrerait à Vienne. Il venait de passer trois semaines intenses sans mauvaise nouvelle du pays. Ni de Karl ni de la police. Pourtant, il suivait à distance l'évolution des faits sordides autour de lui. Dans la presse, le cas de l'infirmière avait été traité comme un crime passionnel. Tandis que le meurtre de Liesl n'était qu'un détail, noyé par la popularité grandissante de Krotz.

D'ailleurs, ce dernier montrait un tout autre visage dans les médias. Franz ne s'était jamais intéressé à ces choses-là. Toutefois, en comparant le balourd rencontré à New York ou chez lui, et la bête politicienne des débats, le contraste était saisissant.

Quant aux investigations autour de Liesl, elles salissaient la mémoire de ce pauvre gardien d'immeuble qui n'avait rien demandé à personne. En effet, il apparaissait aux yeux du monde comme un pervers, en dépit des efforts de sa veuve, qui réclamait une enquête digne de ce nom.

Pour se changer les idées, il rendit visite à Virginie. Lorsque la photographe retrouva le violoniste, les traits tirés, elle lui balança :

– Tu me rappelles l'œuvre d'Andrés Serrano.

Franz ne comprenait pas de quoi elle parlait.

– Je te montrerais bien ses photos, poursuivit-elle, mais je ne crois pas que tu souhaites les voir. Pas celles auxquelles je pense, en tout cas. Bref, que veux-tu ? Tu te sens seul, c'est ça ?

– Disons que je m'ennuie, répondit Franz en s'invitant dans sa chambre.

– Est-ce que je suis un clown, pour t'amuser ? défia la jeune fille d'un ton sec.

– Non, répondit-il, tout sourire, s'asseyant sur son lit. Peux-tu me raconter plus de ton expérience avec la police scientifique ?

– Tu veux toujours savoir comment te débarrasser d'un cadavre ?

Elle lança cette question avec un flegme inquiétant. Sa voix dégageait une pointe de certitude qui faisait froid dans le dos. Il ne dit rien, étonné qu'elle n'ait pas oublié.

– Leur travail est minutieux, limite chiant. J'ai vu plus de choses intéressantes en accompagnant un reporter photographe au Mexique. Tu peux faire bouillir le corps dans la soude, mais ça, ce sont les narcos qui le font. Un cadavre abandonné en pleine nature se décompose facilement, rendant l'identification plus difficile. Tu as d'autres méthodes loufoques comme tenter de le brûler dans une vieille chaudière ou dans une machine à laver industrielle...

– Pourquoi tu mentionnes ces deux-là ? demanda-t-il, nerveux.

Les yeux de la photographe le sondèrent pendant un moment, puis elle s'assit devant son bureau et sortit une petite boîte en métal du tiroir.

– Ce sont des faits divers évoqués par la presse autrichienne ces derniers jours. Peu importe ! Les victimes, toujours des femmes ! rétorqua-t-elle, une pointe de colère dans sa voix.

Il sentit ces mots le frapper comme une gifle. Elle ralluma l'ordinateur et rechercha l'image des cailloux. De nouvelles photos s'affichèrent à l'écran, révélant un paysage désertique avec des bouts de tissu au sol, puis un entassement d'ossements noircis. Elle passa rapidement sur les autres clichés présentant des scènes bien plus atroces.

– J'ai pris tout ça au Mexique. Là-bas aussi des femmes disparaissent sans laisser aucune trace depuis des années. On n'a jamais retrouvé les coupables, même si tout le monde les connaît. Les mafias qui forcent des individus ordinaires à commettre des actes abjects, en les manipulant par la peur...

– Que ferais-tu dans ce genre de situation ?

– Moi, personne ne m'obligera à faire quelque chose si je n'ai pas envie.

– Et si on menaçait tes proches ?

– Je ne m'attache pas aux gens.

Il détourna son regard d'elle, pensif. Elle referma l'écran et tira de la boîte une sorte de cigarette roulée à la main qu'elle s'empressa d'allumer. Elle tira un coup et la lui proposa ; il refusa par un hochement de tête. Elle continuait à l'observer attentivement, esquissant une légère et très nuancée ombre de sourire.

– Ça fait quoi de tuer ? lança-t-elle sans ambages.

Elle maintint son regard direct, inquisiteur. Il percevait une pointe de malice sur ce visage quasi inexpressif. Il la dévisagea d'un air grave, abasourdi. Les pires scénarios traversèrent son esprit. Ce ne pouvait pas être possible !

– Qui es-tu vraiment ? l'interrogea-t-il en se levant, suspicieux.

– Mon vrai prénom, tu veux dire ?

– Non ! Tu sais bien de quoi je parle ! hurla-t-il, la voix rauque de colère, se retenant de s'approcher d'elle.

– Gleitje, répondit-elle calmement. Et crois-moi, j'en veux à mes parents depuis ma naissance.

– Arrête ! Tu es avec lui ? C'est lui qui t'a mise ici pour me surveiller ?

Elle le regardait d'un air circonspect et fit une passe, exhalant la fumée, fascinée par la démonstration de folie devant ses yeux. Elle regrettait de ne pas pouvoir en prendre une photo.

– Alors, pour faire court, répondit-elle. Je ne sais pas de quoi tu parles, mais je vais te dire qui tu es, toi. D'abord, prends ça, dit-elle en lui passant le joint.

Il hocha la tête négativement. Comme elle insistait pour avoir les mains libres, il s'en empara, l'aspira discrètement par dépit, puis subit une petite quinte de toux. La jeune fille cherchait parmi les quelques livres entassés sur l'étagère au-dessus du lit. Finalement, elle tira d'un exemplaire de *The teachings of Don Juan* une carte postale qu'elle lui tendit.

Dessus figurait un papillon Monarque, piégé dans une toile d'araignée ruisselante des gouttelettes de rosée matinale.

– Pour quoi diable je te fais penser à ça ? grogna-t-il, balançant la photo sans s'y attarder.

– C'est le genre de photo qui plaît à tout le monde. La plupart des gens ne voient pas la réalité dissimulée par la beauté apparente. Ce magnifique lépidoptère continue à se débattre, mais c'est inutile, il le sait. Il est condamné. Malgré tout, il a beau remuer ses ailes magnifiques, il s'enfoncera encore plus, se fatiguera pour rien.

Pendant un moment, Franz fixa son regard d'acier sur elle, grave, sans comprendre où elle voulait en venir. Il finit par s'affaler sur le lit et tira à nouveau sur le joint.

– Sais-tu que cette espèce effectue l'une des migrations les plus extraordinaires, sur plusieurs générations, revenant sur le chemin de ses ancêtres ? poursuivit-elle en lui demandant la cigarette.

– J'ai dit n'importe quoi, oublie, se morfondit-il, prenant sa tête entre ses mains.

– Je suis photographe, papillon, susurra-t-elle en s'asseyant à côté de lui. Je ne fais qu'observer et interpréter. À chacune de mes questions, j'avais une chance sur deux d'avoir tort. Tes gestes sont éloquents.

Il se tourna vers elle et put voir l'esquisse d'un franc sourire.

– Pas cool, ton histoire. Merde ! J'avais envie de baiser. Maintenant, je n'en ai plus...

– Tu croyais que j'étais venu pour ça ? rit-il nerveusement, reprenant des couleurs.

Elle donna un coup à la petite cigarette, puis la lui tendit, en silence. Il l'aspira profondément.

– Tu veux savoir ce que ça fait ? Ça fait mal, répondit-il en se prélassant.

Au milieu d'une ambiance aux arômes enivrants, Franz contemplait la minuscule poitrine nue de Virginie, la comparant dans son imaginaire à celle plus voluptueuse d'Andréa ou à celle, un peu moins généreuse, de Lili. Il pensa à ces trois femmes et la place qu'elles occupaient dans sa vie. Celles qui l'avaient guéri de ses démons.

– Tu regardes quoi ? demanda la jeune fille, une pointe d'ennui dans sa voix fielleuse.

– Que veux-tu que je regarde ? Il n'y a rien à voir ! répondit-il, adoptant la même froideur qu'elle.

– Tu sais que des fois tu peux être un vrai connard ?

– Pas que des fois, susurra-t-il, le visage éclairé par un sourire sincère, ravi de la découvrir capable de réagir avec des émotions humaines face à ce type de remarque.

Elle s'approcha de lui, scrutant l'intérieur de ses yeux comme si elle lisait au-delà de son âme.

– Donc tu es amoureux ? Pas de moi, j'espère !

Il répondit par un hochement négatif, toujours souriant.

– Pourtant, ça ne t'empêche pas de baiser avec une autre.

– Moi non, et toi ? Il n'y a pas d'amour entre nous ! Je croyais que ça t'allait bien comme ça.

La photographe se leva et prit rapidement son appareil. Le violoniste eut à peine le temps de tirer le drap vers lui pour se couvrir avant que le flash n'éclaire la chambre.

– Et alors, comment tu comptes t'en tirer, l'amoureux ?

– Je ne sais pas ! souffla-t-il, le regard perdu, conscient qu'elle faisait allusion à sa dette. Assumer, comme le con que je suis.

– Jusqu'à quand ?

– Jusqu'à ce que je trouve une solution.

Elle n'eut pas besoin d'intervenir, il comprit immédiatement la comparaison avec la photo du papillon : aucune issue.

– Enfin, jusqu'à ma mort.

– Faut croire, ou la prison…

– Est-ce que tu vas me dénoncer ?

– Tu me vois comme une balance, moi ? J'appellerai mon œuvre « Portrait d'un criminel », tu en penses quoi ? lança-t-elle en actionnant le déclencheur à nouveau.

35

Cette nouvelle confession le délesta d'un fardeau de plus en plus lourd à porter. Bien qu'un regard extérieur lui fût salutaire, l'admiration malsaine de la photographe le troublait. Comme elle ne chercha pas à obtenir des détails supplémentaires, il ne livra que le strict minimum. Il était persuadé que l'esprit tordu et visionnaire de la jeune fille rassemblerait les morceaux manquants.

Son cerveau commençait à s'imprégner de cette seule certitude : il ne trouverait pas de solution. Alors, que faire ? Les mots de Virginie le hantaient : « personne ne m'obligera à faire quelque chose si je n'ai pas envie ». Pourrait-il tenir tête à Karl ? Avec quelles représailles ? Devait-il entraîner d'autres innocents dans son propre sacrifice ?

Ces idées le torturèrent tout au long du vol de retour. Il appréhendait qu'à son arrivée ce maudit téléphone se mette à sonner. Il était si bien en Amérique ! Ce voyage lui avait donné l'intime conviction qu'il serait en sécurité loin de l'Autriche. À New York. En y réfléchissant, il n'aurait jamais dû s'affoler lorsqu'il y avait rencontré Krotz.

Puis, il se souvint de Teresa et de Lili, de leurs respectives agressions. Comment se débrouiller sans porter préjudice à d'autres dans sa fuite ou dans sa chute ?

Quelque part en lui, il tenait à maintenir cette petite étincelle allumée par Lili.

Elle méritait d'être heureuse. Surtout, elle méritait de vivre, en sécurité.

Dans quelques jours, il la reverrait, contraint d'assurer des représentations à Paris. La distance ne l'avait pas empêché de suivre ses débuts et de lui envoyer un discret bouquet de roses pour son premier concert.

Comme il s'y attendait, le malheur s'abattit sur lui dès son arrivée. Presque par réflexe, il se surprit à consulter ce maudit téléphone, à l'instar des autres passagers qui, l'avion à peine atterri, se jetaient sur leur portable.

Un SMS. Certain qu'il ne s'agirait pas d'un mot de bienvenue, il n'osa pas l'ouvrir. Il aurait aimé le supprimer. Mieux encore, il aurait voulu balancer ce téléphone et advienne que pourra. Vivre sa vie. Laquelle ?

Ces trois dernières semaines lui avaient rappelé pour quoi il avait voulu arrêter les tournées. La fatigue et la solitude. Il en avait déjà assez des tournées et en toucherait un mot à son mentor pour alléger son agenda.

Il prit un taxi pour rentrer. Dehors, les décorations de Noël tentaient vainement d'égayer le paysage, exacerbant sa mélancolie. Comme si la fin de l'année signifiait sa propre fin.

S'il devait commettre un nouveau meurtre, ce serait le dernier. Sauf si la police lui mettait le grappin dessus. Soit il sombrerait dans la folie. Ou les deux à la fois. De toute façon, s'il n'accomplissait pas sa tâche, Karl l'éliminerait. Quelle que soit la configuration, son avenir s'annonçait sombre.

Enfin arrivé chez lui, il eut le courage de lire le message. Juste à temps. Il venait d'apprendre qu'il disposait d'une heure pour se trouver au point de rendez-vous.

⁂

La grand-place devant la Rathaus, l'imposant Hôtel de ville de style néogothique, fourmillait des visiteurs du marché de Noël. Encore une bonne idée ! pensa-t-il ironiquement en se rendant sur le lieu de rencontre, dans les jardins arrière.

Il y attendit, tournant en rond et finit par s'asseoir sur un banc, tenté par une cigarette. Pas de celles qu'il fumait autrefois.

– Vous avez l'air fatigué ! Vous devriez vous reposer, lança Karl en s'installant soudainement à ses côtés.

– Quand ? maugréa-t-il.

– Bientôt, si vous accomplissez votre travail. Voici la cible, dit-il en lui tendant une photographie.

Le violoniste la prit en soupirant et examina avec tristesse la jeune femme. Vraisemblablement, le cliché avait été pris à son insu. L'angle était mal choisi et elle paraissait tellement ordinaire qu'il lui serait impossible de la reconnaître. En même temps, il n'en avait aucune envie. Les mots de Virginie vinrent percuter son crâne, l'instiguant à refuser. Or, il ne put émettre un « Non », et encore moins un « va te faire foutre ».

– Que dois-je faire ? se surprit-il à demander.

– La séduire...

Voilà qu'il pouvait continuer à respirer. L'assassin lui tendit une enveloppe.

– Tout est dedans.

Franz la tapota et l'ouvrit, intrigué par une légère protubérance. À l'intérieur : une fiche de renseignements, une carte servant de clé de chambre d'un hôtel et une fiole minuscule contenant un liquide transparent.

– Et ça ?

– Un facilitateur, pour le verser dans sa boisson.

– Je n'ai pas besoin de ça pour la séduire !

– Vous vous croyez irrésistible ? ricana-t-il. Elle sera difficile, je vous l'assure, conclut-il en se levant.

– Je ne vais pas la violer ! s'exclama Franz à haute voix, s'attirant les regards étonnés des passants.

– Vous préférez la tuer ? chuchota calmement l'assassin.

Un sourire diabolique se dessinait sur sa bouche.

– Repérez-la aujourd'hui, vous finirez le travail demain, conclut-il.

« Personne ne m'obligera à faire quelque chose si je n'ai pas envie ». Les paroles de Virginie résonnèrent à nouveau dans la boîte crânienne du violoniste comme un chœur d'opéra.

– Et après ? soupira-t-il, incapable de vomir ces mots de refus.

– Après, vous reprenez votre petite vie. Vous repartez à Paris, c'est bien cela ? Tenez, dit-il en lui tendant une carte. Rendez-vous à cet endroit dès votre arrivée.

Le violoniste la prit et tournoya ce minuscule bout de bristol entre ses doigts, noyé au milieu d'un océan d'incertitude, là où ses pensées périclitaient. Il perdait le contrôle de sa vie.

– Est-ce que j'aurai un travail là-bas ? demanda-t-il d'un air résigné.

Il n'obtint pas de réponse, Karl était déjà loin. Franz plia l'enveloppe et la mit dans sa poche avec la petite carte. Une idée vint le hanter soudainement : s'il l'avait prévu, s'il s'était procuré une arme, aurait-il pu le tuer ? Il serait emprisonné certainement. Mais, après tout, ne rendrait-il pas service à la société en la débarrassant de lui ?

À Paris, Lili profitait d'une pause pour se promener autour du quartier de la Maison de la radio, où elle répétait dans sa nouvelle formation. Tout se conjuguait pour son plaisir de découverte : la distance, un pays différent, une langue qu'elle comprenait à peine. Une expérience plaisante. À retenter dans le futur, tel qu'elle l'avait souhaité depuis sa plus tendre enfance. Partir. Loin de tout. Loin de tous.

Les premiers jours, elle téléphonait à sa mère quotidiennement. Puis les appels s'espacèrent et se raccourcirent. Pourtant, elle avait tant de choses à raconter ! Comme la sensation d'être libre, de respirer tranquillement, d'admirer les merveilles qui l'entouraient.

Ce fut pour elle un vrai soulagement de fuir Vienne et toutes ces histoires scabreuses.

Dès son arrivée à la Ville Lumière, elle sut que son violoniste viendrait. Elle le découvrit lorsqu'elle consulta le programme, s'étonnant qu'il ne lui en ait pas parlé. Ce sentiment ne dura que quelques minutes, connaissant l'oiseau. Possiblement un oubli ou voulait-il lui faire la surprise ? À quoi bon s'en soucier ? En fait, elle n'avait pratiquement pas pensé à lui, tellement cette nouvelle aventure l'absorbait. Malgré la météo, elle se délectait de marcher ou de prendre un vélo pour longer la Seine depuis le quartier de Passy jusqu'au Marais, où elle louait une minuscule chambre, rue du Petit Musc.

Le soir de son premier concert, elle reçut, ébahie, un magnifique bouquet de roses rouges faisant d'elle le centre des attentions. Ses consœurs de l'orchestre furent curieuses d'apprendre d'où venaient ces ravissantes fleurs. Pudique, Lili s'empressa de retirer l'étiquette pour décourager les éventuels fouineurs.

Le mot d'accompagnement lui parut si froid. S'il avait été écrit à la main, le sens aurait été tout autre. Cette courte phrase venait de lui et méritait plus d'émotion.

Son violoniste se trouvait loin et pourtant, elle le sentait si proche ; surtout lorsqu'elle se promenait à l'île aux Cygnes et s'attardait devant la réplique à échelle de la statue de la Liberté.

Elle songeait à lui – sans savoir que lui aussi pensait à elle... dans les bras d'une autre.

Puis, un matin, Lili fut étonnée de retrouver une rose rouge sur son paillasson. Cette fois, aucun message ne l'accompagnait. Elle fut intriguée, puisque l'arrivée de Franz était prévue dans quelques jours. Rêveuse, elle se demanda si elle avait un éventuel soupirant. Cela lui semblait tout à fait improbable que le violoniste se soit débrouillé pour lui faire cette surprise. Le geste la toucha, tout de même. Tout cela lui donnait envie de le voir, lui parler, du moins lui écrire quelque chose en retour.

À Vienne, Franz réfléchissait quant à la démarche à suivre.

Une question le taraudait depuis sa rencontre avec Karl. Machinalement, il sortit ce fichu téléphone portable de sa poche et s'en servit pour obtenir un renseignement, la petite carte avec l'adresse parisienne en main. La réponse de l'assistante de Shahn fut déterminante dans son choix. Somme toute, il ferait bien un peu de repérage.

Dans l'enveloppe, il trouva une fiche avec des lieux et des horaires. D'après ceux-ci, il avait une chance de croiser sa cible à quelques rues de là. Dans une école, à la sortie de classes.

Il se rendit à l'adresse indiquée et resta à l'écart. Le ventre noué au point de vouloir rendre tripes et boyaux, il observait les parents chercher leur progéniture. Il se détestait par avance, si d'aventure la proie s'avérait une innocente mère de famille.

Finalement, il la vit arriver.

Au milieu de cette cohue, il aurait été incapable de la reconnaître ; hormis par le ridicule chapeau en tricot vert olive et rouge qu'elle portait, identique à celui de la photo. Son visage souriait davantage, surtout après avoir récupéré son enfant. Il les suivit à distance, à quelques mètres, jusqu'à ce qu'ils entrent dans un immeuble situé près de la place de l'église Sankt Ulrich.

Franz s'apprêtait à vérifier si cette adresse était également marquée sur la fiche, lorsqu'il sentit une tape à l'épaule. En se retournant, un poing vint s'échouer dans son nez, qu'il prit aussitôt entre ses mains, comme si par ce geste il pouvait empêcher qu'il se casse à nouveau.

– Ça, c'est pour m'avoir balancé !

Devant lui se tenait un jeune Tzigane. Son visage donna au violoniste l'étrange sensation d'avoir rêvé récemment de lui.

– Tchavo ? tenta Franz, surpris.

Le violoniste examinait ses paumes, constatant qu'il n'y avait pas de sang.

– Oui, Ducon ! répondit-il d'un sourire presque malicieux. Allez, ça va, j'ai pas cogné fort !

– Pourquoi m'as-tu frappé ? Qu'est-ce que tu fais là ?

Confus, Franz le criblait de questions tandis qu'il tapotait son nez, persuadé que du sang devait se répandre quelque part.

– C'est une longue histoire ! J'ai faim, y a un café à côté.

Comme s'il sortait d'un cauchemar pour plonger dans un autre, Franz écoutait l'insouciant jeune homme bafouiller entre deux bouchées de sandwich. Tchavo lui parlait des faits qu'il était censé connaître, mais desquels il ne gardait pas le moindre souvenir. Depuis sa confrontation avec Karl, il avait la sensation de subir un véritable trou de mémoire.

– Franchement, j'vais gober ça ? T'as tout oublié ? Faut que j'raconte tout du début ? lança Tchavo, incrédule.

– Non, de la fin, plutôt, le pria-t-il, s'attendant au pire.

– Bah, je travaille pour lui !

Le Tzigane répondit d'un ton nonchalant, puis se goinfra d'une poignée de frites dégoulinantes de ketchup.

– Quoi ? s'exclama Franz.

– Bah, d'toute façon il m'a trouvé. À cause de toi, d'ailleurs. Mais il n'est pas si méchant que ça ! Il m'a même acheté un chien !

« Il est taré », se disait Franz en reposant sa tête sur ses mains, sans croire ce qu'il écoutait. Il fut un temps, dont il ne gardait aucun souvenir, où il avait eu l'espoir de compter sur un allié pour se délivrer de ses problèmes. Or, il réalisait qu'il avait lui-même conduit dans la gueule du loup.

– Tu ne travailles pas pour lui, il te manipule, affirma le violoniste. Qu'est-ce qui ne tourne pas rond chez toi ?

– Il me laisse tranquille et me paye en plus.

– Il te paye ? En échange de quoi ?

– Des p'tits trucs...

– Et si moi je te paye pour m'aider à nous débarrasser de lui ?

– Pas envie.

– Quel âge as-tu ? Tu crois que tout ça n'est qu'un jeu ? tempêta Franz.

– Y m'a dit que t'étais un assassin, fustigea Tchavo. T'as tué des femmes ! Alors, franchement, tu ne vaux pas plus que lui. Va faire la morale à quelqu'un d'autre.

Franz le contempla, circonspect, comme s'il venait de lui asséner un nouveau coup de poing avec ses paroles. Conscient que lui, il n'échapperait pas à ses problèmes, il ne pouvait pas laisser le jeune homme tomber dans la même horreur.

– Tu te retrouveras forcé de commettre des choses atroces, toi aussi ! l'avertit le virtuose.

– Moi, personne ne m'obligera à faire quelqu'chose si j'veux pas, affirma-t-il reprenant quasiment les mêmes paroles et avec l'assurance de Virginie.

« Plus facile à dire qu'à faire » se dit Franz, exaspéré.

– Puis, si ça chauffe, ajouta Tchavo, moi je sais disparaître. En tout cas, tout ça, c'de ta faute. En plus, j'étais inquiet, j'ai eu la trouille de ma vie ! Enfin, quand j'ai su que t'avais cafté, je me suis fait ta bagnole.

– Tu as volé ma voiture ?

– Démontée, plutôt. Mais j'ai attendu trois jours, quand même !

36

Franz laissa Tchavo finir son repas seul. Malgré la fatigue, il préféra marcher jusqu'au tramway, pour se calmer. S'occuper du vol de son véhicule venait s'ajouter à sa liste de tâches fastidieuses à régler avant son départ pour Paris. Pourquoi s'était-il empêtré dans ce bourbier ?

En passant à côté du Parlement, puis à nouveau par la Rathaus, il se demanda comment il avait pu se mêler aux intrigues de pouvoir, lui qui se désintéressait de la politique. S'il lui semblait que l'accident de Krotz avait servi à placer Jürgens dans l'entourage du sénateur, et pas seulement à dissimuler le meurtre de Liesl. Il se demandait quel rôle jouait Sarah Strauss dans ce puzzle ? Pourquoi avait-il dû la séduire ? Était-il prévu qu'il la retrouve dans ce dîner chez les Krotz, ce qui expliquerait pourquoi Karl avait insisté ?

Il atteignit finalement le Schotentor et son croisement. Arrêt obligé, du temps où son père vivait, car il aimait visiter la Votivkirche, l'église votive. Surtout à cette période de l'année où l'intérieur était décoré de poinsettias, les fleurs exotiques qu'il appréciait tant. Les étoiles de Noël, lui disait-il du temps où cette fête avait encore une signification pour lui. Franz avait oublié à quel point son père était pieux, et se méprisait une fois de plus de ne pas avoir suivi ses pas.

Perdu dans ses pensées, il arriva en bas de son immeuble. Avant de monter, il prit son courrier auprès du gardien, qui l'informa que quelqu'un l'attendait. Le jeune employé ne sut pas donner plus de renseignements, mais Franz n'en eut pas besoin.

– La voilà, pointa-t-il du doigt, comme si on ne lui avait jamais appris la politesse.

Franz se retourna et découvrit une ravissante femme d'âge mûr, très élégante, avec un fort arôme entre santal et jasmin. Sarah Strauss se présenta à l'encadrement de la loge du gardien. « Qu'est-ce qu'elle me veut ? » s'interrogea le violoniste, connaissant par avance la réponse. Il remercia le jeune homme et sortit jusqu'au hall pour appeler l'ascenseur, daignant octroyer un mince regard à Sarah. Il aurait voulu lui dire qu'il était trop exténué, mais aucun son ne surgit.

Elle s'avança, affichant un sourire presque maternel, s'approchant dangereusement, telle une mante religieuse.

– Je voudrais vous parler, maintenant que je sais qui vous êtes.

L'ascenseur arriva finalement et il ouvrit la grille avant de trouver les mots pour lui répondre. Elle profita de ce court instant pour se glisser à l'intérieur de la cabine.

– Je suis rentré ce matin, je suis extrêmement fatigué, souffla-t-il en pénétrant.

Franz pressait le bouton nerveusement, comme si cela pouvait accélérer la montée.

– Oh, vous n'allez pas me dire que j'ai attendu pour rien ? brava-t-elle, le fixant de son regard altier.

– Demain ? proposa-t-il avec un timide sourire.

Lorsqu'ils atteignirent son étage, il s'apprêtait à ouvrir la grille de l'ascenseur, décidé à la refermer avant qu'elle n'en sorte.

Elle caressait sa nuque en effleurant ses oreilles, avec la même touche magique qu'Andréa.

Il n'osa pas répondre, ses gestes ou ses yeux parlèrent pour lui, car elle ne semblait pas découragée. Quant à lui, il subissait ce regard de prédatrice. Elle le tétanisait et en même temps suscitait des sensations, des émotions qu'il n'arrivait pas à qualifier. Il s'extirpa, oubliant de fermer la grille. Elle le suivit et il s'attarda devant la porte, les clés glissaient de ses doigts nerveux. Enfin, lorsqu'il put l'introduire dans l'interstice de la serrure, elle fut directe :

– Donc vous êtes partant pour un nouveau rendez-vous.

– Je n'ai pas dit oui...

– Vous ne savez pas dire non ? surligna-t-elle, s'invitant chez lui dès qu'il eut ouvert, se délestant de son manteau qu'elle tendit au violoniste. Vous me proposez quelque chose à boire ?

Il accrocha les vêtements au portemanteau et s'exécuta, comme s'il ne pouvait rien lui refuser.

– Qu'est-ce que vous prenez ?

– Comme vous.

– De l'eau ? suggéra-t-il, car il n'avait pas envie d'alcool.

Elle le regarda entre défi et étonnement, comme la maîtresse qui demande à son élève de fournir un effort.

– Vodka ? Whisky ? proposa-t-il.

– Whisky on the rocks. Attendez-vous des visites ?

Franz ne sut que répondre. Une partie de son esprit se surprenait de ne pas avoir évoqué cette excuse dès qu'il l'avait rencontrée en bas. L'autre partie n'aspirait qu'à se reposer. Or, le temps de cette lutte interne suffit à son invitée pour comprendre que non, il n'attendait personne.

Il lui tendit son verre et préféra rester à l'écart, debout.

– Alors, vous êtes adepte du fantasme de l'inconnu ? demanda-t-elle, s'installant sur le canapé.

– Pardon ? s'étonna-t-il, médusé.

– J'avoue que vous m'aviez intriguée. Par votre style de séduction et que vous ayez consenti à jouer le jeu.

– Je n'ai pas eu le choix...

– Ça n'a pas eu l'air de vous déplaire. Qui aurait cru que vous étiez un grand violoniste !

– Qui aurait dit que vous étiez... vous êtes quoi au fait ? s'enquit Franz en prenant place dans le canapé. Bref, dans votre milieu, vous ne trouvez pas vos activités récréatives *dangereuses* ?

Elle éclata de rire.

– La politique est un nid de pervers et de libertins. Je suis une nonne comparée à d'autres ! Raison pour laquelle je me ressource dans d'autres milieux, dans les arts, comme la photographie. Ça vous intéresse, la photographie ?

– C'est une lubie...

– Maintenant, je vais m'intéresser à la musique, j'ai hâte de vous écouter.

– Je serai à Salzbourg dans quelques jours.

– Je le sais, fit-elle en s'approchant de lui. J'ai déjà mon billet. J'avais très envie de vous voir.

Elle ponctua ses mots en le fixant de ses prunelles brûlantes d'un désir tellement évident qu'il ne sut comment réagir. Sarah conserva un glaçon dans sa bouche et s'en servit pour caresser son hôte de la nuque jusqu'aux oreilles ; des frissons provoquèrent au violoniste un rire nerveux. Elle remit le glaçon dans le verre.

– Là, je suis fatigué, souffla-t-il d'une respiration haletante.

– Oui ou non ? Si vous n'avez pas envie, il faut me le dire.

Franz la regardait avec des yeux qui transpiraient la peur mêlée au désir, espérant qu'elle en déduirait la réponse. N'obtenant pas de retour, elle plaça sa main sur sa cuisse pour s'appuyer et poser son verre sur la table basse.

– Quelle était la question ? redemanda Franz.

Sarah demeura silencieuse, se tourna vers lui et glissa ses doigts sous ses vêtements pour mieux le caresser. Il la retint gentiment, ne voulant pas la vexer.

– Ce soir, je suis vraiment fatigué.

– Alors, je ne serai pas longue, le rassura-t-elle.

Elle releva son pull pour découvrir son torse nu et s'arrêta juste au-dessus du nez, le col roulé comme un bandeau sur les yeux.

– Vous n'avez pas dit non, murmura-t-elle en caressant ses lèvres avec l'index, soufflant un petit « Chut ! ».

– Je veux vous voir, dit-il en ramenant sa main vers le col roulé.

Elle répéta le « Chut ! », lui prit les poignets et le retira. Doucement, elle s'approcha, effleura ses lèvres et le poussa en arrière pour l'allonger sur le canapé. Il obtempéra, sans savoir que faire de ses mains : la repousser ou la caresser ? Celles de Sarah frôlèrent ses pectoraux jusqu'à son cou ;

ses lèvres suivaient le même parcours. Subitement, elle grimpa sur lui, provoquant un petit rire nerveux. Quand les mains du violoniste vinrent se poser sur elle, Sarah les éloigna délicatement, les amenant au-dessus de sa tête. Elle les maintint en place tandis qu'elle l'embrassait langoureusement. Soudain, il ressentit une sensation de froid, un bruit métallique de raclement suivi d'un clic.

– Qu'est-ce que vous faites ? s'étonna-t-il, découvrant ses poignets immobilisés. Pourquoi faites-vous ça ?

– Dites-moi que ça ne vous plaît pas, rétorqua-t-elle.

Il ne dit rien. Alors, elle prit un glaçon pour effleurer son torse et dessiner des cercles, l'obligeant à se cambrer de frissons.

« Ce n'est pas confortable », aurait-il voulu répondre si son souffle haletant le lui avait permis. Tandis qu'elle commençait à explorer avec le petit bout de glaçon l'intérieur de son jean, il tressaillit. Puis, elle le laissa fondre au creux de son nombril pendant qu'elle déboutonnait son pantalon pour lui offrir un moment de caresses et de jouissance à l'aide de sa bouche.

Elle finit sa petite gâterie, puis tira le pull qui couvrait ses yeux. Elle se délecta à contempler son extase. Un plaisir auquel Franz n'associait pas le visage de Sarah, mais celui de Lili.

Sarah se releva, remit ses vêtements et sa coiffure en place et reprit une dernière gorgée de whisky.

– J'avais dit que ce ne serait pas long. Ça vous donne envie de me revoir ?

– Relâchez-moi, s'il vous plaît.

– J'aime bien garder le contrôle et je suis joueuse, lança-t-elle en ramassant son sac à main.

Elle en tira une petite clé et la lui montra avec un sourire coquin, l'agitant. Elle annonça qu'elle la cacherait quelque part et se dirigea jusqu'au portemanteau, près de la porte d'entrée. Franz la laissa « jouer » jusqu'à ce qu'il se souvienne de l'enveloppe dans la poche de son manteau. Soudain, paniqué, il eut peur qu'elle ne la trouve, il se releva brusquement, tentant de remettre son pantalon. Il lui ordonna de s'en éloigner et de ne surtout pas toucher à son manteau.

Surprise par cette réaction, Sarah fit exactement le contraire, prise de curiosité. Elle fouilla dans la poche et tira l'enveloppe d'où glissa la photo avec la note, miraculeusement, la fiole était restée à sa place. Franz n'eut pas le temps de lui arracher ces bouts de papier. Elle recula jusqu'à la porte et brandit la clé d'une main menaçante, la poignée de l'autre main, prête à ouvrir.

– Restez où vous êtes ! C'est quoi ça ? tonna-t-elle en montrant la photo.

Le violoniste demeura figé, n'osant pas s'approcher davantage. Il se savait coincé, honteux et en même temps il la haïssait pour l'avoir mis dans cette situation.

– Rien. Ce n'est rien.

– On vous paye pour la draguer ?

– Bien sûr que non ! D'où sortez-vous ça ?

– C'est comme ça que vous m'avez approchée ? Une photo, une note ?

Franz demeura silencieux. Puis, après réflexion, répliqua :

– Pas tout à fait.

– Qui êtes-vous vraiment ? Qui vous envoie ?

– C'est plutôt moi qui devrais poser la question ! Je ne vous ai pas cherchée, je ne vous ai pas invitée ici ce soir !

– Quelqu'un vous a payé pour me séduire ?

– Non ! Je n'ai pas été payé, j'ai été obligé ! répondit-il en ponctuant ce dernier mot, ce que son interlocutrice n'apprécia pas.

– Qui vous oblige ? En échange de quoi ?

Franz la fixait d'un regard noir, en silence. Finalement, s'avouant vaincu, il décida de lui dire la vérité.

– De ne pas faire du mal à ceux que j'aime.

– C'est débile votre histoire, je n'y crois pas. Et ça ? l'interrogea-t-elle en montrant la photo.

– On m'oblige à la séduire aussi...

– Pourquoi ?
– Je ne sais pas.
– Je pourrais vous faire arrêter.
– Allez-y, je suis déjà menotté ! la nargua-t-il, avec le sentiment de ne plus avoir rien à perdre.
– Et vous le resterez ! répliqua-t-elle.

Sarah relâcha la photo et la note, prit son manteau et sortit en claquant la porte, sans qu'il puisse la rattraper.

« Merde ! » s'écria-t-il, accablé, alors qu'il vérifiait ses menottes. Il en eut la certitude, il ne s'agissait pas d'un jouet.

Tout le bienfait apporté par les caresses de Sarah partit en fumée. Sa fatigue disparut elle aussi, laissant place à une atroce migraine. Il passa la soirée à chercher sur Internet comment se délivrer. Malgré le pull et les charnières qui ne lui autorisaient que peu de marge, il réussit à trouver des tutoriels avec des méthodes pour ôter plusieurs types de menottes. Par contre, l'outillage préconisé consistait la plupart du temps en une épingle à cheveux, comme s'il en avait ! Il essaya avec un trombone, mais ses mouvements étaient tellement restreints que toute tentative de se libérer fut impossible. Il laissa tomber et s'étendit sur son lit pour dormir un peu.

À son réveil, une nouvelle idée vint assombrir son esprit : sa cible. Comment ferait-il ? Pire encore, qu'allait faire Sarah ? Il consulta l'horloge : huit heures. Peut-être que ce n'était pas si tôt que ça pour appeler la seule personne qui pourrait l'aider.

⁂

Un Albert contrarié le regardait avec une pointe d'exaspération. Il s'était précipité chez Franz, après que son ami eut évoqué au téléphone un très gros souci. Le chef d'orchestre le découvrit torse nu, un pull au bout des mains, dissimulant une paire d'impressionnantes menottes ; il se demanda comment il avait pu se retrouver dans cette situation. Franz le pria de l'aider à remettre le col roulé, puis d'essayer de le libérer avec le trombone. Alors qu'il s'exécutait, le violoniste perçut en lui un arôme, mélange de réglisse, de muguet et de jasmin qui lui rappelait sa muse.

– Ça ne marche pas avec un trombone. Soit tu commandes sur Internet une clé universelle, soit il faudrait que tu ailles voir la police.

– Albert, réfléchis ! Je ne vais pas me pointer comme ça dans un commissariat et je n'ai pas le temps d'attendre.

Finalement, l'Anglais le convainquit de solliciter directement l'inspecteur Neumann, présumant qu'il saurait rester discret. Lorsque celui-ci reçut l'appel, il crut d'abord à une blague et faillit l'adresser à ses confrères, mais Albert insista.

L'affaire Liesl était pratiquement close, par conséquent, le policier semblait ne plus avoir intérêt à s'y consacrer. En dépit de ses propres suspicions, sans preuves et sans le soutien de sa hiérarchie, l'investigation s'était arrêtée à l'évidence : le gardien de l'immeuble de Franz apparaissait comme le coupable idéal.

– Heureusement que nous avons ce modèle, annonça le policier en le délivrant. Menottes à charnière et double verrouillage, c'est ce qu'on utilise pour des prisonniers dangereux, non pas pour des jeux érotiques.

– Merci, gratifia platement Franz, le regard au sol, honteux, tandis qu'il se massait les poignets.

– Ça s'est passé quand ?

Franz releva la tête et hésita quelques secondes sur la réponse à donner.

– Hier.

– Vous n'auriez pas dû attendre si longtemps, ça aurait pu être préjudiciable. Souhaitez-vous porter plainte ?

– Bien sûr que non !

– Privation de la liberté, c'est un délit, le savez-vous ? La charmante personne qui vous a fait ça devrait le savoir. Connaissez-vous son nom ?

– Non.

Les deux le fixèrent, ébahis.

– Vous vous laissez menotter par une parfaite inconnue ? s'enquit Neumann.

Franz ne répondit pas et haussa les épaules. Albert le dévisagea, dépité.

– En parlant de clés, avez-vous réussi à trouver la vôtre ? Celle qui donne accès au sous-sol ? lança l'inspecteur, l'air de rien.

Le violoniste le regarda étonné, sans comprendre où il voulait en venir.

– Cela paraît mince comme piste, ajouta Neumann, mais nos équipes ont trouvé une clé cassée qui bloquait la serrure de la porte, alors que le corps n'était plus dans la chaudière. Étrange que le gardien ait fait ça, non ?

Instinctivement, le violoniste se frotta les poignets, comme s'il craignait de devoir porter des menottes à nouveau. Albert l'examinait, s'attendant à une réponse de sa part.

– Voulez-vous m'aider à la chercher ? proposa Franz d'un air innocent.

– J'ai déjà perdu assez de temps ce matin, tâchez de la retrouver au cas où la veuve réussirait à relancer l'enquête. Même si cet indice n'apporte rien, ce serait trop simple d'identifier ceux qui n'ont pas la clé, n'est-ce pas ?

– Êtes-vous en train de me dire quelque chose ? demanda Franz, les yeux ronds.

– Non, je réfléchissais à voix haute, répondit l'inspecteur, avec une pointe d'humour. Vous êtes deux dans cet immeuble à l'avoir égarée, mais le gardien en avait d'autres copies dans sa loge. Le coupable aurait pu utiliser l'une d'entre elles. Bref, tâchez de ne pas vous créer encore des problèmes.

Lorsque les deux musiciens restèrent seuls, le violoniste remarqua l'expression d'Albert : quelque chose le tracassait. Pendant un instant, Franz imagina qu'il évoquerait Liesl. D'emblée, il émit un souffle d'agacement.

– L'inspecteur a raison, Franz ! Qu'est-ce qui te prend ? Je croyais que tu avais une fiancée.

Le violoniste fut plutôt surpris d'entendre qu'Albert s'inquiétait vraiment pour lui ; même s'il dut faire preuve d'un effort mental incommensurable pour éviter de l'envoyer balader. Le fait qu'il évoque Lili déclencha des sensations dans son bas-ventre, lui rappelant le parfum qu'il avait senti.

– Comment va Teresa ? lança-t-il.

– Bien, répondit l'Anglais sèchement.

Pour une fois, Albert fut peu bavard la concernant. Il arborait le même sourire rêveur que le jour où il l'avait fait auditionner pour la première fois. Franz comprit qu'ils étaient ensemble. Étonnamment, il n'éprouva pas de jalousie à cette idée. Au contraire, il fut rassuré de la savoir dans de bonnes mains.

Une seule chose le rendait amer : il ne connaîtrait jamais ce bonheur avec Lili.

Albert parti, Franz prit une douche rapide et se prépara pour son rendez-vous. Il disposait encore d'un créneau pour rattraper sa cible pendant sa pause déjeuner. Comment faire pour l'obliger à boire le liquide ? s'interrogeait-il.

Lorsqu'il s'apprêta à sortir, Franz eut la surprise de découvrir Sarah sur le palier. Elle fut étonnée de le retrouver sans les menottes. Quant au violoniste, sa présence le mettait en rage.

– Écoutez, j'ai réfléchi, je voudrais qu'on discute, avança-t-elle, comme si elle reprenait une conversation laissée en suspens.

– Non !

– Vous allez à votre rendez-vous, c'est ça ?

– Ça ne vous regarde pas !

Franz marmonna sa réponse sans daigner la regarder. Il ferma la porte et passa devant elle, comme si elle était transparente. Il appela l'ascenseur.

– J'ai lu le papier, insista-t-elle. Je sais où vous vous rendez. Mieux encore, je connais la femme sur la photo.

Le violoniste continuait à l'ignorer, menton en haut, il tapait du pied, impatient, en attendant la lente remontée de la cabine. Lorsque l'appareil eut atteint son étage, il entra et rabattit la grille aussitôt, afin de lui interdire de le suivre. Avant d'appuyer sur le bouton 0, il la traita de menteuse. Pourquoi avait-elle omis ce détail la veille ?

– C'est l'épouse d'Hans Jürgens, le secrétaire de Wenzel, affirma-t-elle.

Elle capta l'attention du violoniste malgré son index appuyé sur le bouton de rez-de-chaussée. Franz rouvrit la grille et ressortit, perplexe. L'homme crapaud était marié et avait un enfant ? Pourquoi Karl lui avait-il ordonné de séduire son épouse ?

– Que voulez-vous ?

– On ne peut pas discuter ici, susurra-t-elle.

D'un signe de tête, elle lui signala la porte de son appartement. Il soupira, agacé, et se résigna à la faire rentrer chez lui ; mais en se maintenant suffisamment à l'écart d'elle, pour cette fois. Sarah tournait en rond et parlait toute seule, se posant des questions auxquelles le violoniste ne pouvait pas répondre. Que se tramait-il ? Pourquoi il avait été obligé de l'approcher ? Exaspéré, il rétorqua qu'elle baignait dans la politique, sans ajouter qu'il considérait ce milieu comme pourri.

– Ça ne rime à rien ! hurla-t-elle. Vous ne m'avez toujours pas dit qui vous a donné cette photo, qui vous a demandé de me séduire ?

– Un type pas très fréquentable.

– Et pourquoi vous ?

Franz serra la mâchoire. Il en avait déjà trop dit et la présence de cette femme l'insupportait.

– Ça ne vous regarde pas, finit-il par lâcher.

– Bien sûr que ça me regarde ! Des coups bas j'en ai connu, mais celui-ci n'a ni queue ni tête. Je me méfiais de ce Jürgens depuis son arrivée, mais pourquoi séduire sa femme ?

– Si je le savais !

– Depuis quand ce type vous menace-t-il ? En avez-vous parlé à la police ?

À toutes ses questions, le violoniste hochait la tête négativement pour seule réponse. Il consulta sa montre, irrité, persuadé que sa journée était d'ores et déjà gâchée. Comme s'il avait du temps à perdre ! Sarah continuait à radoter seule, lançant des élucubrations à voix haute pour l'aider à voir plus clair.

– Wenzel m'a raconté pour votre amie. Le jour de l'accident, elle était dans l'autre véhicule… dans le coffre.

Le visage du violoniste se décomposa un peu plus, certain qu'elle devinerait la vérité.

Au contraire, pour Sarah, cette réaction l'amena à se souvenir de leur dernier échange.

– Cet homme, a-t-il déjà fait du mal à un être cher ? s'enquit-elle, pensant à Liesl.

– Oui, répondit-il, l'agression sur Teresa à l'esprit.

Elle se tut un instant, compatissante. Sa proximité avec l'enquête lui avait permis de connaître tous les détails. Elle comprit que cela avait pu être un avertissement s'il n'obéissait pas. Néanmoins, elle n'arrivait pas à trouver de logique dans cette démarche.

– Je suis désolée pour vous, mais cela n'explique pas pourquoi vous deviez me séduire. Est-ce qu'il voulait que je vous fasse confiance, pour me faire du mal après ? s'interrogeait-elle comme si elle se parlait à toute seule. Non, vous seriez incapable de blesser une femme.

Franz l'observait, anxieux. Un instant, il souhaita même qu'elle appelle les autorités et le dénonce. Comme ça, il n'aurait pas à accomplir sa tâche.

– Allez voir la police, si vous voulez, lança-t-il, pour aiguiller ses pensées.

– Pour leur dire quoi ? Qu'un homme est venu me séduire parce qu'on l'a obligé ? Pour quel délit ? C'est vous qui devriez aller à la police !

– OK, j'y penserai. Vous partez ?

– Vous allez voir cette femme ? Pourquoi continuer à obéir ? Il faut que vous demandiez de l'aide !

– Je vous ai dit que j'y songerai. En attendant, c'est vous qui devriez vous méfier de vos fréquentations.

Elle le toisa, interloquée, sans comprendre ce qu'il voulait dire. Agacé, Franz reprit :

– C'est forcément lié ! L'accident de Krotz, notre rencontre...

– Moi aussi j'ai toujours trouvé cet accident suspect, répondit-elle, pensive. Beaucoup de choses ont changé depuis.

Puis, elle se tut.

– Je... je connais peut-être quelqu'un qui pourrait m'aider à voir plus clair, murmura-t-elle.

Le sang de Franz se glaça. Il eut un mauvais pressentiment.

– Vous m'en voulez pour les menottes ? minauda-t-elle, de la voix qu'elle avait réservée à leurs ébats.

D'un geste hautain, Franz ouvrit la porte pour lui signifier de partir.

– Je ne veux plus jamais vous revoir, même si j'y suis obligé ! tança-t-il d'un ton altier, avec un soupçon de colère.

Sarah sortit, la tête haute, sans dire un mot, tandis que la porte se refermait sur ses pas. Franz soupira profondément en s'appuyant contre celle-ci. Voici que la situation se compliquait davantage.

Il avait pris sa décision : il ne ferait rien. La priorité pour lui était Lili. Si Karl lui avait tendu la carte avec ses coordonnées, elle se trouvait dans sa ligne de mire. Par conséquent, il ne s'en prendrait pas à Andréa, Shahn ou Teresa, supputa-t-il.

Il consacra son temps à avancer son départ et passer un coup de fil indispensable au vu de sa situation : Maître Huber, l'avocat de Shahn. Il attendit. Son téléphone fixe n'arrêtait pas de sonner, mais il ne voulait pas répondre. Harassé, il le débrancha. La visite attendue n'arrivait pas et l'heure du départ approchait. Il se verrait obligé de décaler son vol. Dans sa précipitation, il avait cru que Maître Huber viendrait rapidement. Il regrettait de ne pas s'être rendu directement à son étude.

Le timbre de la porte retentit et Franz accourut, anxieux. Il y découvrit son mentor, Jakob Shahn. Celui-ci l'examina, circonspect, et le prit immédiatement dans ses bras, un geste chaleureux et involontaire.

– Franz, que se passe-t-il ? s'enquit-il face à son fils spirituel. Que veut dire cet appel à Maître Huber ? Pourquoi insistes-tu pour rédiger un testament avant ton départ ? Tu as l'air fatigué, je pense que tu devrais annuler ton voyage à Paris.

– Je pars ce soir. Huber ne va pas venir ?

– Bien sûr que non, Franz. Un testament ! À ton âge ? Tu m'inquiètes, c'est cette période de l'année qui te rend mélancolique ?

Si Shahn ne l'avait pas regardé affectueusement, comme le père qu'il n'était pas, Franz l'aurait congédié sans manières. Mais il ne pouvait pas se mettre en colère contre lui.

– La tournée aux États-Unis t'a épuisé. Tu n'étais pas prêt à ce rythme soutenu ? Mais pourquoi penser à un testament ?

– Parce que je voyage..., répondit-il, pas très convaincu. Est-ce que tu pourrais me promettre que si quelque chose m'arrive, Lili Bylen héritera de tous mes biens ?

Son mentor le fixa, bouche bée. Ce nom ne lui rappelait rien et cette annonce l'intriguait.

Il craignait par-dessus tout qu'il ne traversât une phase de dépression.

– Mais tu me le promets, hein ? insista le jeune homme. Tiens, c'est écrit ici, ajouta-t-il en lui tendant une enveloppe.

– Franz, je pense que tu devrais te reposer. Je vais tout annuler. Demain, je t'accompagnerai pour un bilan de santé.

Le violoniste rit.

– À mon retour si tu veux. Je vais bien, ne t'inquiète pas, ponctua-t-il par un sourire qui lui redonna un peu de l'éclat perdu. Mais là, il faut que je parte.

Le timbre de la porte sonna à nouveau, tous deux se dévisagèrent, intrigués. Franz se demanda si finalement, après avoir averti Shahn, Maître Huber avait pris sa requête au sérieux. Le violoniste se précipita pour ouvrir, mais ce qu'il trouva derrière dépassait de loin toutes ses attentes.

– Bonsoir, Monsieur Schligg.

Karl.

PARTIE 3

Haute performance

37

Derrière sa froideur, Karl se délectait en devinant la peur que le violoniste tentait de dissimuler sous des airs de défiance. Face au visage qui hantait ses cauchemars, Franz ne sut comment réagir. Il finit par lever le menton, sans baisser les yeux, prêt à exiger les raisons de sa présence. Mais il fut distrait par la voix de son mentor resté au salon.

– Huber ? demanda Shahn en s'approchant, intrigué par cette visite inopinée.

Un sourire se dessina aux coins des lèvres de Karl. Franz fut soudain inquiet pour la vie du vieil homme.

– C'est un chauffeur... il va me conduire à l'aéroport, répondit lentement Franz, lorgnant la réaction de son interlocuteur.

Karl haussa les sourcils.

– Depuis quand un chauffeur monte-t-il à l'étage ? Tu aurais pu me demander, insista Shahn.

Alors, Franz se tourna vers lui et le prit dans ses bras dans une brève, mais chaleureuse accolade.

– Au revoir, Jakob, susurra-t-il.

Le violoniste invita Karl à rentrer et poussa son père spirituel dehors. Shahn, décontenancé, lança un dernier regard inquiet vers son disciple avant que la porte ne se referme.

– Quels adieux émouvants ! s'exclama ironiquement Karl. Donc, vous partez ce soir ? C'est une manie chez vous d'avancer vos départs ? le questionna-t-il, nonchalant.

Franz ne répondit rien. Exaspéré, il bascula la tête en arrière, puis vers l'avant. Il n'osait pas imaginer ce qui l'attendait.

– Je ne peux pas m'en prendre à cette femme, murmura-t-il, le regard tourné vers le bas.

– Pourquoi ? interrogea l'assassin, concentré sur l'écran du smartphone tiré de sa poche.

– Elle a un enfant...

– Justement, à cause de vous, il va falloir passer par son gosse pour obtenir quelque chose, répondit-il sèchement, tandis qu'il pianotait un message.

Franz n'ajouta plus rien alors qu'il sentait son monde s'effriter. Il l'avait mentionné, sans imaginer que l'on puisse s'attaquer à un enfant.

– De toute façon, que voulez-vous à cette femme ? l'interrogea-t-il, sans obtenir d'autre réponse qu'un nouveau haussement de sourcils. C'est l'épouse de Jürgens, il travaille pour vous, pourquoi s'en prendre à sa famille ?

– Bravo ! Vous me surprendrez toujours ! s'exclama Karl avec son sourire maléfique.

Son hôte non désiré continuait à tapoter un message. Franz trouvait ce silence assez long, ignorant l'objet de sa visite ; même s'il avait envisagé les pires hypothèses.

– Pourquoi êtes-vous là ? s'aventura-t-il à demander finalement. Allez-vous me tuer ?

– À votre avis ? Est-ce mérité ? remarqua-t-il, glacial. Il s'agissait d'une petite tâche, poursuivit-il, le ton de sa voix radouci. Heureusement que je ne comptais pas que sur vous. Non, je sais que vous préférez un autre type de travail. Finalement, votre départ tombe à pic. Cette fois, vous avez intérêt à assurer, j'y veillerai.

– Et si je n'ai pas envie ? osa le défier Franz.

Karl s'esclaffa.

– Cela justifierait les adieux émouvants avec votre mentor, avança-t-il, le sourire pernicieux. Voyons, il ne va pas mourir. N'était-il pas un grand virtuose ? Puisqu'il ne joue plus, a-t-il toujours besoin de ses bras ?

– Vous bluffez...

– Oui, vous m'avez eu. Je pencherai plutôt pour achever le travail concernant votre petite amie. Bien sûr, je ne m'en prends pas aux femmes, mais un pion sur place n'y verrait pas d'inconvénient. Si vous avez la chance de la revoir, dites-lui que les roses sur le pas de sa porte viennent de vous. Il ne faudrait pas qu'elle se fasse des illusions sur un admirateur inexistant.

Franz n'ajouta plus rien, acculé. Quelle autre issue possible ? Il était trop tard pour se livrer à la police. S'il l'avait fait dès le début, il n'aurait pas eu à passer ces moments. Mais le voulait-il ? En était-il capable ? Trop tard pour le vérifier.

– Qu'attendez-vous de moi ? se résigna-t-il.

– Préparez-vous, nous partons. Habillez-vous classe. Avec un peu de chance, vous arriverez à temps pour assister à une soirée. Pitié, rasez-vous !

À l'aéroport, le violoniste espérait se dépêtrer de sa Némésis. Mais lorsque ce dernier le suivit jusqu'à l'enregistrement, il comprit qu'il serait du voyage.

Dans l'avion, Franz eut une pensée rassurante : en cas d'accident, il serait délivré de sa dette, de ses angoisses. Le monde serait libéré de Karl, tant pis pour les passagers. Il n'éprouvait pas l'anxiété du vol tant une seule question le tracassait :

– Qu'avez-vous fait à cette femme et son enfant ?

Sans répondre, Karl le fixa de son air impassible, posa des écouteurs sur ses oreilles et s'étendit aisément sur le siège, un livre à la main. L'ignorant, il plongea dans sa lecture.

Le violoniste s'adonna alors à la seule activité susceptible de le calmer : la musique. Il refusa l'offre de service à bord et installa ses partitions sur la tablette. Il mit un doux fond sonore pour l'aider à faire le silence dans son esprit et s'évader, guidé par les notes de sa symphonie. Tellement de possibilités de l'étoffer ! Il écrivit dans son cahier de compositions, oubliant pour quelques minutes qu'il se trouvait piégé. Au bout d'un moment, il finit par ressentir le poids du regard scrutateur de son voisin de siège. Agacé, il posa son crayon et se redressa pour constater qu'il était bien surveillé.

– Ce serait dommage que vous veniez à mourir, j'aime beaucoup votre musique, lança Karl sèchement.

– Moi ou un autre, vous seriez incapable de faire la différence, cracha Franz, méprisant.

– Si vous le dites...

Ils n'eurent plus aucun échange pendant le reste du vol. L'inquiétude envahissait le violoniste à mesure que l'avion entamait sa descente, il priait pour un crash qui ne se produisit pas. À leur arrivée, Karl l'invita à le suivre, lui assurant qu'il récupérerait ses bagages à l'hôtel.

– Plaza Athénée, vous avez des goûts de luxe ! ironisa-t-il.

Franz ne dit rien et le suivit, tête baissée, jusqu'au parking de locations. Dans le véhicule, il essaya à nouveau d'obtenir des réponses.

– Qu'avez-vous fait à cette femme et son enfant ?

– Si son sort vous intéresse tant, vous n'aviez qu'à la rencontrer.

Après un long silence, Franz tenta une nouvelle approche, il n'avait plus rien à perdre.

– Et ce Tchavo ? Je croyais que vous vouliez vous en débarrasser.

– Vous mettez le nez dans des choses qui ne vous regardent pas. Au fait, je vous remercie de m'avoir mené jusqu'à lui. Involontairement, bien sûr. Je n'ai eu qu'à vous interroger lors de votre petite virée à l'hôpital...

Franz eut du mal à comprendre cette remarque, et fit vaguement le lien entre leur dernièr échange chez lui, lorsqu'il s'était retrouvé à sa merci, l'esprit brouillé.

– Pourquoi ?

– Vous, qui êtes un voyou, vous devriez avoir deviné la raison : un rat en attire d'autres. Je n'étais pas sûr qu'il saurait se taire, vous avez confirmé mes soupçons. Maintenant, je vous conseille d'arrêter avec vos questions, vous aurez besoin de votre joli minois, ne m'obligez pas à l'abîmer.

Franz se tut. De nouvelles interrogations l'assaillirent tandis que la voiture roulait. Où se rendaient-ils ? Qu'attendait-il de lui ? Karl s'arrêta sur un chemin de gravillons, devant un luxueux pavillon blanc style Second Empire, en plein milieu d'un écrin de verdure. Un voiturier s'approcha pour ouvrir la portière.

– C'est ici, annonça Karl.

– Et que dois-je faire ?

– Vous familiariser avec votre cible.

– Avez-vous une photo ?

– Inutile, vous la connaissez.

Franz descendit et le véhicule repartit en trombe. Désormais, il se retrouvait seul. Comment entrer sans invitation ? Il ignorait le motif de la fête, néanmoins, il supposait que l'heure jouerait en sa faveur. La soirée bien entamée, les portiers feraient-ils preuve de moins de zèle ?

Il s'avança en adoptant un port altier, plein d'aplomb, sûr de lui. Après tout, il ne s'était jamais rabaissé à montrer patte blanche. Pourquoi serait-ce différent ici ? Face au portier, il lâcha son nom avec dédain. Sans attendre qu'il le retrouve sur la liste, le violoniste poursuivit son chemin jusqu'au vestiaire et tendit son manteau, tandis qu'il cherchait une invitée à qui s'accrocher pour passer inaperçu. En effet, le concierge venait de remarquer que son nom n'apparaissait pas.

Franz repéra une jeune femme vêtue d'une vaporeuse robe turquoise. Il supputa qu'elle quittait la fête. Seule. Il posa sur elle son regard hypnotique. Lorsque le contact visuel fut établi, il esquissa un sourire charmeur. Envoûtée, elle reconsidéra son départ et l'accosta, quelques secondes avant l'arrivée du concierge ; ce dernier finit par se raviser, concluant qu'ils se connaissaient.

Le violoniste la persuada de ne pas abandonner la soirée de sitôt, prétextant qu'il se sentait perdu, qu'il avait besoin d'un guide. Rôle que la jeune femme accepta volontiers de jouer dans l'espoir de finir dans ses bras.

Ensemble, ils pénétrèrent dans un vaste salon, avançant vers une terrasse couverte. Franz recherchait sa cible parmi les invités et simulait un vague intérêt pour son accompagnatrice. « PR » répétait-elle, imitant un faux accent américain, pour désigner son métier. Elle se présentait comme chargée de relations publiques pour une maison de Champagne de renommée internationale.

Il ne reconnaissait personne. Le violoniste craignait les représailles : un échec supplémentaire et il le payerait cher. Quant à la PR, elle vidait sa deuxième flûte de champagne, laquelle devait s'additionner à celles déjà bues. La jeune femme devenait dangereusement entreprenante et surtout très bavarde. Cette audace s'avéra utile dans sa quête, puisqu'en singeant son accent germanique, elle se remémora avoir échangé avec un groupe *d'Allemands* dans l'un des salons privés. À sa demande, elle lui montra le chemin.

Un petit comité de cinq personnes discutait bruyamment. Deux hommes d'âge mûr, debout, fanfaronnaient, tandis que trois femmes se prélassaient sur un immense sofa, riant de manière exagérée. L'une d'entre elles se tut en remarquant le couple qui venait d'arriver. Elle se leva pour les accueillir.

– Franz Schligg, quelle surprise ! s'exclama-t-elle.

– Le plaisir est pour moi, Madame...

Le violoniste tint sa langue lorsqu'il comprit qu'il ignorait le nom de l'ex-épouse du baron Ernst Von Lichteneau, principal mécène du Conservatoire. Elle devina l'impasse dans laquelle il se trouvait et sourit, en lui tendant la main.

– Appelez-moi Katinka ! Je n'ai plus de nom ! Pourquoi ça ne m'étonne pas de vous voir ici ? Vous avez repris votre carrière de soliste ?

– Effectivement, répondit-il.

– Vous avez bien fait ! Vous êtes né pour briller, assura-t-elle les yeux étincelants.

Se sentant délaissée, la jeune PR annonça son départ, espérant se faire raccompagner. Or, le violoniste l'ignora poliment et poursuivit la conversation. Katinka signala celle qui s'impatientait derrière lui.

– Nous ne sommes pas venus ensemble, glissa-t-il après s'être retourné. Je ne voudrais pas manquer l'opportunité de discuter avec vous, Madame.

Cette dernière rit aux éclats, tandis que la jeune femme à la robe azur les abandonnait avec une moue de déception. Katinka présenta Franz aux autres invités, leurs visages lui étaient inconnus, mais leurs patronymes ne lui étaient pas étrangers. Ils portaient des noms de marques bien connues dans l'industrie du luxe, tous des compatriotes.

Franz se retrouva à la marge de la conversation, qui portait sur leurs affaires. Le violoniste en fut ravi, cela lui permettait de fixer explicitement sa cible. Visiblement, cet intérêt soudain la rendait mal à l'aise.

Par chance, peu après, les deux couples manifestèrent leur désir de voir d'autres invités et les laissèrent seuls. Katinka se leva du canapé, le lorgnant avec une pointe de défiance. Elle possédait l'assurance fragile propre à une femme de son âge. Certainement pas du goût de Franz ! Toutefois, il se jouait des apparences et échangea d'autres mots cordiaux, dissimulant l'inquiétude qui triturait ses entrailles. Quel sort lui était réservé ? Pourquoi ?

– J'avoue me sentir un peu surprise par la manière dont vous me regardez ce soir, Monsieur Schligg.

– Je ne me serais jamais permis auparavant, devant votre ex-mari, susurra-t-il à l'oreille. Laissez-moi vous dire que je vous trouve ravissante ce soir !

– Le divorce me va bien ? Pourquoi avoir refoulé la petite jeune ? Vous pouvez vous le permettre ! Vous verrez quand vous aurez l'âge de mon ex-mari, il vous faudra de l'argent pour les attirer.

Franz lui répondit par un discret sourire accompagné d'une œillade pénétrante. Ses yeux gris la déshabillèrent et elle se sentit suffoquer, absorbée par une chaleur soudaine. Lui, il analysait les mots qu'elle avait prononcés avec amertume. Humiliée elle aussi par un type qui lui préféra une plus jeune, la jetant comme un mouchoir usagé.

Les hommes usaient de nombreuses façons de blesser les femmes. Finalement, Lili avait raison : tous des connards.

– Voulez-vous me raccompagner ? s'aventura-t-elle. J'ai peur de conduire seule la nuit.

« Comme excuse, il y a mieux », pensa-t-il, ce qui ne l'empêcha pas d'accepter. Ils sortirent et le voiturier avança un somptueux Audi coupé. Katinka laissa les clefs au violoniste, qui prit le volant et suivit les indications du GPS. Cap à l'ouest, vers les quais de la Seine. Le véhicule emprunta un chemin et s'arrêta à côté d'une péniche isolée. Pour uniques voisins, un quai vide et un bateau amarré, vraisemblablement inoccupé. L'endroit idéal pour commettre un meurtre.

– Vous ne trouvez pas dangereux, pour une femme seule comme vous, d'habiter ici ? lui demanda-t-il, d'un ton sincèrement inquiet.

– Vous dites ça pour l'autre bateau ? Il s'agit d'un club privé, il appartient à mon fils et n'ouvre que l'été. En cette saison, les péniches se font rares. Nous sommes dans un quartier calme. Trop loin des sites touristiques pour que des clochards ou des malfrats s'y installent.

– Je ne savais pas que vous aviez des enfants avec...

– Venez, entrez en attendant que je vous appelle un taxi, coupa-t-elle en traversant le pont pour accéder à la péniche.

La décoration intérieure, au style contemporain, s'accordait à la prestance et à la classe de sa propriétaire. Une grande pièce avec salon, cuisine et salle à manger où des palmiers et des ficus apportaient une touche de verdure apaisante, contrastant avec la froideur opaline des meubles. Un joli cocon, pensa-t-il, avec l'envie pressante de partir aussitôt. Même s'il la trouvait moins audacieuse que Sarah, il ne tenait pas à s'attarder.

– Je vous sers quelque chose ? proposa-t-elle, derrière le bar, se versant un verre de Campari.

Sans attendre la réponse de son invité, elle posa son verre sur le plan de travail et se mit à pleurer. Franz souffla avec une pointe d'agacement, se demandant comment réagir dans pareilles circonstances.

– J'étais mère célibataire avant de le connaître. Une erreur de jeunesse, comme on dit. Mais j'étais belle ! Il voulait de moi ! Pourquoi m'avez-vous approchée ? sanglota-t-elle. Je suis trop vieille !

« Ça, c'est certain » jugea Franz, en s'avançant pour la prendre dans ses bras, sans autre sentiment que de l'empathie. En effet, il comprit que cette femme n'attendait que de se sentir aimée et désirée, comme jadis. Humiliée comme lui-même en avait humilié d'autres. Vouée à un triste destin, puisque Karl l'avait visée.

Alors, il l'embrassa tendrement. Comme si par ce geste il pouvait se racheter de tout le mal qu'il avait pu infliger. Elle s'abandonna complètement, et lui poursuivit sans autre sentiment que de la pitié.

Il la prit sans craindre la moindre pulsion. Cela n'arriverait pas, il le savait. Il n'y avait pas d'amour, de passion, ni de *nécessité vitale*. Non. Avec Katinka il eut l'impression d'obtenir le pardon de toutes les femmes humiliées par sa faute.

Cette sensation fut exacerbée par l'image qu'il conservait d'elle : une grande dame, majestueuse. Autrefois, elle rayonnait aux côtés de son puissant mari lors des galas de mécénat. Puis elle avait fané à petit feu. D'une dame élégante et souriante elle était devenue triste et lasse. Un jour, elle avait disparu, remplacée par une autre. Plus jeune, plus belle, plus radieuse.

En définitive, il n'était pas le seul connard sur terre à humilier des femmes.

Estimant qu'elle avait besoin d'amour, il la rendit heureuse. Elle jouit et rit. Lui n'éprouva rien. Ni satisfaction ni dégoût. Seulement la sensation d'avoir accompli une bonne action, sans imaginer que son acte puisse troubler une autre, Lili.

– Je dois partir, dit-il en l'embrassant tendrement sur le front.

Se couvrant de ses draps soyeux, elle se leva et appela un taxi pendant qu'il se rhabillait. Il lui demanda une cigarette qu'il fumerait à l'extérieur. S'estimant comblée, elle ne proposa pas de le revoir. Il priait pour qu'il en fût ainsi.

Le lendemain, Franz partit de bonne heure dans le Marais, près du pont de Sully. Il parcourut une rue minuscule, inchangée depuis des temps immémoriaux. Au numéro 22, il composa le code du portail, celui indiqué sur la petite carte, puis traversa une cour. Il monta un escalier qui grinçait à chacun de ses pas, jusqu'au dernier étage. Les instructions se terminaient là, devant un long couloir parsemé de portes. Une rose rouge sur un paillasson lui désigna sa destination.

Pris de colère, il l'écrasa du pied comme il aurait voulu anéantir Karl. Il vérifia le nom sous la sonnette. C'était bien Lili. La savoir surveillée alors qu'il la croyait en sécurité déchira son cœur écorché. Il regarda une dernière fois sa montre avant d'appuyer sur le bouton : huit heures pile. Ni trop tôt ni trop tard. À quelle heure commençait-elle sa journée ? Un seul moyen de le découvrir : sonner.

À peine tirée de son sommeil, Lili se leva, intriguée. Elle l'aperçut par le judas, sans décoder ses propres sentiments : simple étonnement ou réel bonheur. Que faire ? Le laisser attendre encore une dizaine de minutes, le temps de s'apprêter rapidement ou l'accueillir là comme ça, au sortir du lit, décoiffée et vêtue d'un large t-shirt Hello Kitty en guise de chemise de nuit ? Elle chassa toutes ses pensées et ouvrit la porte. Pendant un court instant, son instinct féminin lui commanda d'afficher un air de dédain et lui reprocher son silence. Puis, elle comprit qu'avec Franz, le bouquet et les roses suffisaient.

– Je t'ai apporté le petit-déjeuner ! claironna-t-il, le visage illuminé par un sourire sincère, celui qu'elle aimait en lui.

Elle aurait été contente de le voir, si son attention n'avait pas été détournée par les pétales rouges piétinés au sol.

Dès qu'elle ouvrit la porte, il s'invita. Ses yeux bleu gris balayèrent les quatre murs de l'unique pièce du minuscule studio. Un petit lit défait, une petite table encombrée. À droite, un coin cuisine, à gauche, un coin salle de bains. Il fut étonné de la voir logée dans ces conditions.

– C'est petit ! s'exclama Franz.

– C'est juste un toit, répondit-elle sèchement.

Elle ramassa le cadavre de la rose pour le jeter dans la poubelle.

– Excuse-moi, j'ai marché dessus par mégarde, bafouilla-t-il.

Il ferma la porte derrière lui. Puis, ils se regardèrent en silence, enveloppés par l'arôme des viennoiseries et du café moulu. Machinalement, elle se mit à ranger le bric-à-brac sur la table pour poser le sac de victuailles.

Pour Lili, le temps écoulé depuis leurs derniers adieux à l'aéroport lui avait paru à la fois si court et si long. Elle était curieuse de savoir si la situation de son violoniste avait évolué. Toutefois, elle n'eut pas à l'interroger : le teint hâve et les traits tirés de Franz furent éloquents.

Lui, dès qu'il l'aperçut, voulut se perdre dans les yeux noisette de la violoncelliste, plonger dans ses bras et la caresser, se délecter du goût sucré de ses douces lèvres. Pourtant, il n'osa pas l'étreindre alors que tout son être le réclamait, avide de sentir sa chaleur. Le doute et la peur de commettre un faux pas bridèrent ses instincts. Apprécierait-elle une initiative de sa part ? Il éprouva des doutes : le considérait-elle comme le coup d'un soir ? Non. Ils n'avaient pas passé une nuit de sexe, ce fut une nuit d'amour. Il en était sûr. Et pourtant, la question semblait évidente : pourquoi l'aurait-elle aimé ? Quelle que soit la réponse, il tenait à profiter le plus longtemps des instants avec elle et éviter de parler de ses problèmes.

– Est-ce que ça te va si je prends une douche ? suggéra-t-elle en rompant le silence.

– Je peux te regarder ?

Elle le fixa ébahie, croyant à une blague malgré son sérieux. Pourtant, il avait l'air si nerveux, si anxieux qu'elle hésita à l'aider à s'exprimer. Au contraire, elle feignit l'incompréhension.

– Puis-je… t'embrasser ? balbutia-t-il timidement.

« Prends-moi ! » criait-elle dans sa tête. Elle s'avança et le serra dans ses bras, sans pouvoir s'empêcher de le voir comme une petite bête vulnérable et seule. Elle avait même oublié qu'elle sortait du lit et ne sentait pas aussi bon que lui. Son parfum capiteux l'avait captivée dès le premier jour, tout comme la clarté de ses iris saphir. Ce bouquet de sensations éclipsait le meurtrier au profit de la victime. Leurs lèvres s'effleurèrent, leurs bouches se dévorèrent tandis qu'ils s'unissaient dans une longue étreinte durant laquelle l'un ne laisserait pas l'autre partir.

Leurs ébats se prolongèrent dans le minuscule lit, dont l'étroitesse et le crissement provoquèrent des fous rires. Franz contemplait les tendres prunelles de sa belle, se désolant de n'en avoir pas profité plus tôt. Un soir d'été. Cette nuit maudite où son vice l'avait poussé à fermer les portes à l'amour.

Elle aperçut une profonde tristesse et une mélancolie enfouie dans l'infini de ses yeux. La marque indélébile de ses actions, sans doute. Lili les trouvait magnifiques, ces deux lagons dans lesquels elle voulait se noyer malgré tout.

Ils vécurent un pur moment de tendresse, la passion viendrait plus tard. Ils n'aspiraient qu'à réchauffer leurs cœurs. La tête du violoniste reposait sur l'épaule de Lili, tous deux respirant au même rythme. Son esprit à elle bouillonnait de questions sur l'avenir, tandis que lui, paisible, s'abandonnait dans ses bras, puis dans ceux de Morphée.

Au bout de quelques minutes, Lili consulta l'heure et se glissa hors du lit, affolée. Certes, elle n'était pas en retard, mais n'avait pas prévu non plus de grasse matinée. Au moins, elle en profiterait pour prendre sa douche, en espérant que le bruit des tuyauteries anciennes ne réveille pas son bel endormi.

Elle s'apprêta, choisit sa robe pour le concert du soir, la rangea dans une housse. Affamée, elle attrapa un croissant. Enfin, elle s'assit à côté de son violoniste et caressa ses cheveux, s'avouant la vérité : elle éprouvait bien des sentiments pour lui.

« Qu'est-ce qu'on va faire ? » se demandait-elle.

Soudain, une vibration suivie d'un vacarme réveilla Franz en sursaut. Ce maudit téléphone ! L'espace de quelques instants, le virtuose s'étonna de découvrir Lili et de se retrouver dans un lieu inconnu. Le sourire rassurant de la jeune femme le tranquillisa. Il se releva, désolé de s'être assoupi. À la vue de ses cernes, elle comprit qu'il accusait une grande fatigue.

– Quand es-tu arrivé à Paris ? s'enquit-elle.

– Hier soir, souffla-t-il en se relevant.

– Il est presque midi, on doit te chercher.

– Sûrement.

Il la contempla tendrement, attention vite détournée par une viennoiserie.

– Je n'ai pas eu l'occasion de passer une nuit tranquille depuis mon retour d'Amérique, ajouta-t-il entre deux bouchées.

– Peut-être ce soir...

– Avec toi ?

Pourquoi refuserait-elle ? Son sourire valida l'invitation et ouvrit la porte au dialogue. Elle avait des tas de questions en suspens.

– Alors ? s'enquit-elle.

Franz eut du mal à saisir ce qu'elle voulait. Lorsqu'il comprit, il réserva sa réponse à plus tard, le temps qu'il en trouve une. Que dire ? Qu'il était enfoncé jusqu'au cou et elle aussi ? Sans issue, un avenir sombre. Il trouva que les circonstances n'étaient pas convenables pour l'annonce qu'il lui réservait : dans l'éventualité de sa mort, il lui léguait ses biens.

À la place, une autre idée le tirailla :

– J'étais bien aux États-Unis ! Si nous nous y installions ?

Le cerveau de Lili tiqua en entendant « nous ».

– Là-bas, il ne nous poursuivrait pas...

Lili le voyait songeur et l'image de la rose écrasée vint tourmenter ses réflexions.

– Et s'il s'en prend à quelqu'un d'autre ? susurra-t-elle, le regard perdu.

« Il faut faire des choix, des sacrifices... », songea-t-il. Les vies de ceux qui lui étaient chers. Son mentor, Andréa, même Teresa valaient ce prix : recommencer à zéro avec Lili. Il chassa rapidement cette idée. Comment pouvait-il ? De toute façon, Lili était une fille normale, avec une existence ordinaire et une famille. Lui, un criminel, un meurtrier qui lui avait arraché son amie et l'avait entraînée dans un enfer.

– As-tu rencontré Tchavo ? insista-t-elle, intriguée par son silence.

Franz ne sut comment lui répondre. Les yeux ronds, tournés vers elle, il éclata de rire. Comment lui expliquer la situation ?

– Aux dernières nouvelles, il travaille pour Karl... tout comme moi...

Elle fut étonnée, mais préféra ne pas l'énerver avec ses nombreuses interrogations. Comment avait-elle pu placer une once d'espoir en ce gamin ?

– Est-ce que ce Karl t'a demandé de faire... des choses ? le questionna-t-elle, posément.

Il contemplait le plancher, à la recherche des mots, et avoua, honteux :

– Séduire des femmes, assister à un ennuyeux dîner chez les Krotz...

Elle faillit rire, soulagée. Pour un moment, elle avait craint qu'il ne lui avoue un autre meurtre. Elle gardait encore en mémoire sa confession : trois meurtres, dont un sous la contrainte. Combien d'autres suivraient ? Elle éprouvait un chaos sentimental : horreur, pitié, altruisme. Pourquoi l'aider ? Elle ressentait ce besoin depuis le jour où elle l'avait retrouvé dans son appartement, inconscient, blessé. Dans son souvenir, il agonisait, il aurait pu mourir sans son intervention. De ce fait, elle se sentait responsable de cette vie qu'elle estimait avoir sauvée. L'altruisme. C'était une idée, quelque peu absurde, la seule inculquée par son père. Pour sa mère, cela ne restait qu'une piètre excuse pour justifier leur abandon.

– Est-ce que tu m'en veux ? demanda Franz.

– Pourquoi ?

– Que je voie d'autres femmes ?

Elle avait envie de répondre que c'était rien, préférable à un meurtre. Aussitôt, il soupira profondément et reprit la parole.

– Je t'aime, Lili.

Après cette déclaration, il plissa les paupières et abaissa sa tête, n'osant pas découvrir sa réaction.

Surprise, même si elle le sentait, Lili ne put éviter une nouvelle avalanche d'interrogations. Que savait-il de l'amour ? Comment pouvait-il croire qu'il l'aimait ? Quelle valeur donner à ces mots qu'elle avait déjà tellement entendus qu'ils ne signifiaient plus rien ? Puis, elle réfléchit : c'étaient les paroles d'un homme condamné.

– Comment peux-tu m'aimer ? On se connaît à peine !

– Peut-être que ça sonne cliché, mais quand je te vois, je ressens... un *allegro piano fortissimo* ! dit-il en tapant sa poitrine, le regard pétillant. Je ressens des sensations contrastées. Je ne respire plus, mais mon cœur, il bat jusqu'à exploser de bonheur. Comme une sorte d'électricité, le même champ magnétique qui m'enveloppe quand je fais vibrer les cordes de mon violon !

Elle sourit, se reconnaissant en cette dernière métaphore. Il entrelaça ses doigts aux siens.

– Je voudrais te voir avant de m'endormir ainsi qu'à mon réveil. Sentir ta présence, la chaleur de tes mains, me perdre dans la lueur magique de tes yeux. Je donnerais ma vie pour te rendre heureuse, je donnerais tout ce que je possède pour me racheter, pour que tu me pardonnes, pour que tu oublies…

Elle se délectait de ses mots. Personne ne lui avait jamais dit ces choses-là, de cette manière. Or, sa dernière phrase la ramena à la réalité. Pardonner ? Oui. Oublier ? Non. Impossible.

Pourtant, elle aussi sentait ce quelque chose, ces papillons dans le ventre, cette envie de le voir, de l'aider, de le protéger. Mais sa raison l'interpellait : dans quoi voulait-elle s'embarquer ? Un meurtrier, certes avec des regrets, forcé de se plier aux ordres d'un maître chanteur.

Elle se souciait de lui, mais en même temps elle ne tenait pas à être mêlée à ces histoires. Quelle naïveté ! L'agression dans le métro, les roses… Elle l'était déjà.

Monnaie d'échange ? Il était obligé d'obéir, pour elle.

– Donc ?

La voix du violoniste la sortit de ses pensées. Elle l'examina, éberluée, sans comprendre le sens de sa question.

– Dénonce-moi, je ne t'en voudrai pas, avoua-t-il, désenchanté.

– Je ne peux pas. Je tiens à toi Franz.

– Tu m'aimes ? demanda-t-il, le regard éclairé.

– J'ai prononcé une quantité de je t'aime dans ma vie pour qu'on me jette comme une vieille chaussette ; ces mots ne signifient plus rien pour moi. Par contre, je tiens à toi, Franz. Plus que tu ne le crois.

Lorsqu'elle prononça cette phrase, il la prit dans ses bras et la serra fort.

38

Franz observait pour la première fois l'auditorium 360° de Radio France. D'ordinaire, de passage à Paris, il se produisait au Théâtre des Champs-Élysées. Son style Art déco lui convenait mieux que cette salle qu'il trouvait trop envahissante, trop moderne, trop boisée à son goût. Trop proche du public aussi. Dans d'autres circonstances, il aurait apprécié, mais au fur et à mesure qu'il se produisait sur scène, l'exercice le dégoûtait.

Sur place, son correspondant l'avait convié à se prêter au jeu de la promotion : accepter une courte interview pour une émission radio. Il hésitait sur les réponses à donner aux questions sur son retour. Il aurait aimé répondre par le sarcasme et partager son malheur, dire qu'il avait trouvé que c'était la meilleure solution pour échapper à un tueur à gages qui voulait faire de lui son pion, son bras meurtrier pour des cibles féminines. Tout ça pour payer quelques services rendus. Lesquels ? Oh, juste dissimuler quelques meurtres. Non, il ne pouvait pas dire ça ! Alors, il inventa des justifications bancales. De toute façon, il était convaincu qu'on voulait seulement le voir, l'entendre. Son état d'esprit n'intéressait personne.

Au sortir de l'entrevue, il put revoir Lili lors de la répétition générale. Depuis qu'il avait quitté sa chambre, il se sentait las. Il aurait aimé profiter de quelques minutes supplémentaires avec elle en attendant la nuit, qu'elle avait promis de passer avec lui.

Au programme des répétitions, le *Concerto pour violon en ré majeur op. 35* de Tchaïkovski et le *Concerto pour violon en ré majeur op. 77* de Brahms. Fidèle à lui-même, le virtuose prévint qu'il improviserait si l'envie lui en prenait, comme autrefois. Il avait déjà fait son choix : le morceau de sa symphonie dédié à Lili. Le public serait conquis, il en était sûr.

Lors d'une pause, son regard se posa sur sa compatriote. Discrètement, il lui fit signe de le suivre dans sa loge. En catimini, car il savait qu'elle ne voulait pas susciter de commérages ni attirer l'attention. Elle obéit.

Il s'avança en premier, jusqu'au bout d'un long couloir et l'attendit, dos à la porte, violon dans une main, archet dans l'autre. La jeune femme vérifia qu'il n'y avait personne à la ronde, se précipita sur lui pour l'embrasser. Possédés par la passion, ils poussèrent le battant, le refermant d'un coup de pied. Les lèvres collées sur Lili, Franz scruta autour de lui, à la recherche d'une surface pour poser son violon. Stupéfié, son attention se figea sur un intrus assis sur un fauteuil qui les observait discrètement.

– Bonsoir, Monsieur Schligg, visiblement vous n'avez pas reçu mon message ? l'interrogea Karl, stoïque.

L'assassin consulta sa montre et posa son regard ozone sur le violoniste. Pétrifié, le souffle coupé, Franz eut une pensée pour Lili. Que faire d'elle ? Gênée, cette dernière ne semblait pas remarquer le désarroi de son amant. Au contraire, elle sourit timidement et s'avança vers l'intrus, lequel demeurait assis.

– Un compatriote, ça fait plaisir ! Vous êtes son agent ? demanda-t-elle d'un ton amical en lui tendant la main.

Franz regardait la scène, outré. Il aurait voulu interdire à Karl de poser ses yeux de tueur sur elle, l'arracher de ses griffes.

– Tout à fait, Mademoiselle, répondit l'assassin, se relevant pour serrer fermement la main de Lili. Vous faites les présentations, Monsieur Schligg ?

Avachi, le violoniste serrait ses poings.

– Lili, peux-tu nous laisser seuls, s'il te plaît ? cracha-t-il.

Étonnée par le ton de sa voix, la jeune femme quitta la loge. Avant de fermer la porte, elle fixa l'autre homme, puis l'expression de Franz. Cela ne sentait pas bon.

La porte claqua, Karl esquissa un sourire froid. Il s'avança de très près, sans cesser de poser son regard intimidant sur les yeux gris pâle du violoniste.

– Elle est toute mignonne, votre copine, on dirait une petite souris, lança l'assassin sur un ton se voulant sarcastique.

– Qu'est-ce que vous voulez ?

– Elle était bien cachée votre petite souris.

L'assassin renchérit, percevant l'irritation suscitée chez son interlocuteur. Il le contourna, se dirigeant vers la porte.

– Quand j'avais commencé à vous surveiller, poursuivit-il, je croyais que vous persuader s'avérerait compliqué : seul, sans attaches, difficile à cerner. Sans votre virée à la déchetterie, la petite souris serait bien restée cachée dans son trou.

– Qu'est-ce que vous voulez ? répéta Franz, la pâleur de ses yeux virait au noir.

– Vous avez du travail ce soir. Rassurez-vous, ce sera après votre performance. Retrouvez-moi ici. Ne vous attardez pas à réclamer des applaudissements, c'est pathétique.

– C'est tout ? demanda Franz, l'index pointé en direction de la porte.

Karl sourit, sa cicatrice parut soudainement plus effrayante. Prêt à partir, main dans la poignée, il se retourna :

– Vous avez intérêt à assurer. Et je ne parle pas du concert.

Enfin seul dans la loge, debout, l'air hagard, Franz pensait à Lili. Il n'arrivait pas encore à surmonter la frayeur de l'avoir vue si près de Karl. Elle était en danger.

Inspirer. Expirer. D'habitude, ces exercices fonctionnaient, mais pas maintenant. Il envoya au diable la poursuite des répétitions ainsi que le câlin avec Lili. Seule la musique pouvait l'apaiser. Dvorak tombait toujours à pic pour le calmer. Il prit son instrument et frotta son archet pour tirer les premières notes de l'*Humoresque*. Telle une berceuse, la mélodie suffit à le rasséréner. Se concentrer dans le néant, là où personne ne le dérangerait. Il n'avait qu'une seule et unique priorité : le concert.

Pour l'autre engagement, il verrait plus tard. Cela devait s'agir d'une nouvelle femme à séduire, pensa-t-il. Tâche qu'il bâclerait pour rejoindre Lili rapidement… si elle le voulait. Il tenait à lui rappeler qu'elle avait le choix entre le livrer à la police ou… pas. L'option du lâche, puisqu'il n'avait pas le courage, lui. À ses yeux, se dénoncer équivaudrait à assumer ses actes. Or, il ne s'en sentait pas capable, pas plus que d'en finir avec sa vie. Il n'en avait pas le cran.

Non ! Ni l'un ni l'autre. Ni la mort ni la prison. « Alors, que faire ? » se désolait-il. Il s'arrêta de jouer et, en guise de défoulement, balança le violon. Aussitôt, des coups résonnèrent à la porte. Lili.

Franz contemplait l'instrument abîmé par terre, se maudissant. « Encore un », dirait son luthier. « Un petit incident » affirma-t-il lorsque Lili pénétra dans la loge. La jeune femme paraissait étonnée, les yeux rivés au sol.

Mieux qu'un violon ! Elle apparut comme le phare qui éclaire son chemin en pleine tempête, mieux que la musique ou les anxiolytiques. Elle était habillée pour le concert. Sa longue robe noire épousait sa taille à merveille, il ne put éviter de s'attarder sur son décolleté.

– Tu es très belle ce soir !

La jeune femme sourit, contourna l'instrument agonisant sur le plancher, qu'elle détailla avec une pointe de pitié et de curiosité. Elle s'approcha du violoniste, posa ses mains sur son visage pour le caresser. Elle aurait aimé lire dans ses yeux et obtenir des réponses. Le mystérieux visiteur l'intriguait. Elle était certaine qu'il devait s'agir du fameux Karl, mais préféra ne rien dire afin de ne pas le troubler davantage.

– J'aurai… des choses à faire après le concert, annonça-t-il.

– Je t'attendrai.

Il l'embrassa sur le front et la serra fort dans ses bras. Soulagé, il soupira. Une angoisse en moins. C'était déjà ça.

Plus tard, après avoir emprunté un violon convenable et s'être habillé en *pingouin*, Franz patientait au bout du couloir menant sur scène. Dans une salle ordinaire, il aurait pu guetter derrière les rideaux, observer les musiciens, surtout Lili.

Or, ici c'était impossible. Il se sentait littéralement au bout du tunnel, las, fatigué, inquiet. L'esprit ailleurs, en quête de concentration, il n'écoutait pas le régisseur à ses côtés. Enfin, le moment d'entrer en scène arriva et il traversa le long couloir pour se retrouver dans cette salle ronde, vertigineuse. Une salle où il se sentait surveillé de tous les côtés. Dès son apparition, des acclamations stridentes l'accueillirent. Il salua son public par une révérence et resta figé, à l'observer. Comment pouvait-il se dévouer alors qu'il y avait un intrus ? Un parasite qui lui pourrissait la vie. Une vie qu'il avait gâchée en commettant l'irréparable.

Les applaudissements retentissaient comme des boulets de canon et l'atteignaient comme des balles tirées par un peloton d'exécution. Subitement, il réalisa qu'il ressentait une appréhension jamais éprouvée auparavant ; même lors de son premier récital. La panique. Jamais au grand jamais il ne l'avait subie. Le trac, l'anxiété, le stress, il les connaissait. Ils étaient nécessaires, gérables. « Du bon stress » rappelait Shahn. En ce moment, c'était différent, son stress ne pouvait pas être bon, puisque provoqué par un indésirable dans l'assistance. La présence de ce type, son existence même, le sabotait.

Où se trouvait sa Némésis ? L'attention de tout ce monde l'effrayait. Il ressentit soudain la peur de cette scène, du public si proche. « Pas maintenant ! » se répétait-il dans un effort pour sauver les apparences, seul dans l'arène. Les applaudissements ne tarissaient pas et il tardait à se mettre en place. Attentifs, le chef d'orchestre et le premier violon scrutaient ses gestes, dans l'attente d'un signal qu'il ne donna pas. Terrifié, Franz revint sur ses pas et s'enfuit par le tunnel, provoquant la stupéfaction de l'auditoire et des musiciens. Lili hésitait à abandonner son pupitre pour courir vers lui.

Bien au fond, afin de ne pas être vu du public, Franz tentait de contrôler sa respiration. Entre-temps, le régisseur et d'autres assistants s'approchèrent de lui, l'énervant davantage. « Faites-les taire ! » clamait-il, les yeux fermés, faisant référence au public. Dans un dernier effort pour reprendre le dessus, il posa son violon entre son épaule et son menton et aspira. En soufflant, il commença à jouer quelques accords de Bach, ceux qui lui servaient d'échauffement. Leur effet immédiat fut saisissant. Il put reprendre le contrôle de sa respiration, comme si la musique agissait en tant que transe protectrice. D'un lever de pouce, il indiqua qu'il allait mieux.

Habitué aux demandes extravagantes de certains interprètes, le régisseur ne tarda pas à faire une annonce. Il exigea du public de garder le silence pendant le concert. Sur scène, Lili et les musiciens restèrent de marbre, malgré quelques soupirs d'agacement. Le chef d'orchestre bouillonnait.

Les notes de *Chaconne* suffirent à calmer Franz dans les coulisses. Finalement, violon à la main, il réapparut sur scène, poursuivant la mélodie entamée. Le concert reprit comme prévu. Subjuguée par son interprétation, l'assistance pardonna rapidement le contretemps. Seulement quelques étourdis transgressèrent la consigne de ne pas applaudir, mais cela ne le dérangea plus.

La disposition de la salle lui donnait une amplitude de mouvement, qu'il mit à profit pour se placer, le moment venu, en face de Lili pour jouer sa sonate. Elle l'écouta le cœur empli d'émotion, la trouvant encore plus belle que lorsqu'elle l'avait entendue chez lui.

Le concert fini, Franz tira sa révérence et s'éclipsa. Après un court silence, les ovations retentirent et son nom fut acclamé, mais il était déjà loin. S'arrachant le nœud papillon, il revint à la loge où Karl l'attendait, à nouveau assis sur un fauteuil.

– Vous n'aimez plus les applaudissements maintenant ? Que ça doit être insupportable ces artistes qui changent d'humeur fréquemment.

Franz le fulmina du regard.

– On y va ?

– Et si je refuse ? rétorqua le violoniste, armé d'une bravoure surgie de nulle part. Vous êtes tout seul ici, vous bluffez pour me manipuler. Vous croyez que je vais obéir par la peur.

– C'est la musique qui vous rend courageux comme ça ? interrogea l'assassin, qui sortit un pistolet pour le pointer sur lui. Étonnant, tout ce qu'on peut introduire malgré les mesures de sécurité, hein ? Où en étions-nous ?

Il ajusta un silencieux sur le canon tandis que Franz demeurait muet, figé. Lorsqu'il eut terminé, Karl tira sur l'étui vide du violon, à côté du violoniste. Ce dernier sursauta et hurla, sidéré :

– Mais vous êtes dingue !

Le tueur le visa froidement, l'index devant sa lèvre tordue.

– Vous allez me suivre en silence et sans faire de conneries, lança-t-il d'un ton ferme.

⁂

« Tuez-moi ! Tuez-moi ! » se répétait mentalement le violoniste, sans pouvoir cracher ces mots. Il marchait à côté de Karl, tête baissée, sans croiser personne. Ils se dirigèrent jusqu'au parking souterrain.

Devant une berline allemande, l'assassin l'invita à prendre le volant, lui rappelant les règles, ce qu'il risquait s'il jouait au con. Pour Franz, l'unique issue possible était que la foudre l'abatte. Il réalisait qu'il était déjà mort d'une lente agonie. Quoi qu'il fasse, il s'enfoncerait davantage, comme dans du sable mouvant. Les moments de normalité apparente qu'il avait pu vivre avec Lili, avaient fini par lui faire oublier qu'il était condamné. Qu'il s'était condamné.

– Où allons-nous ? Pourquoi avez-vous besoin de moi ?

L'assassin ne répondit pas, s'installa sur le siège passager et lui intima de mettre la ceinture de sécurité, son arme toujours pointée sur lui. Karl saisit une destination dans le GPS. Franz comprit qu'il devait le conduire jusque-là. Il posa ses mains nerveuses sur le volant et démarra. La voiture avançait et freinait brusquement.

– Vous le faites exprès ? maugréa Karl, agacé par sa façon de conduire. Dois-je vous rappeler que si vous échouez, si vous tentez quelque chose contre moi, si vous alertez la police ou si vous mettez fin à vos jours, d'autres paieront ? Je pense à la petite souris et à votre mentor.

Franz pila à nouveau, avant d'atteindre la sortie du parking. La voix tremblante, au bord des larmes, il demanda :

– Pourquoi me torturez-vous ? Qu'est-ce que je vous ai fait pour que vous me pourrissiez la vie ?

– La question serait plutôt : qu'avez-vous fait, vous, pour vous la pourrir vous-même ? Vous vous êtes mis sur ma route. J'ai cru pouvoir arriver à un arrangement équitable avec vous. Une occasion en or ! Continuer à vous livrer à vos *petits jeux* pervers, sans avoir peur des conséquences. Non, vous avez préféré jouer au con, à vous faire prier comme ce soir au concert.

– Assez !

– Vous n'avez pas tué qu'une fois, vous avez recommencé. Que cherchiez-vous ? Le plaisir ? Reprenez ce plaisir. C'est simple.

Les yeux du violoniste s'embuèrent de larmes, qu'il tentait de chasser sans succès.

– Ça n'a rien de personnel. Que vous le vouliez ou pas, je compte sur vous pour le travail de ce soir. J'ai des contrats à exécuter, et vous allez m'aider, ponctua Karl tandis que son arme tambourinait sur la boîte à gants.

Un nœud remontait de l'estomac de Franz jusqu'à étrangler sa gorge, l'empêchant de poser la question qui le taraudait : devait-il tuer une femme ?

À plusieurs reprises, le violoniste lorgna le pistolet lorsqu'il consultait l'écran de la navigation par satellite. L'espace d'une seconde, il se demanda si, aidé d'un coup de frein, il serait capable de le lui arracher des mains, puis de l'utiliser contre lui. Était-ce aussi simple que dans les films ? Il considéra cette option, mais conclut que si sa tentative échouait - ce qui risquait d'arriver - il le payerait cher.

Il n'en eut pas l'occasion. Ils atteignirent leur destination et il se gara sur une avenue qui jouxtait une voie ferrée. Les battements de son cœur s'accéléraient dans sa poitrine ; il se demandait quel genre d'aide allait-il fournir. « Encore une femme à séduire » voulait-il se convaincre, pour se rassurer. En descendant du véhicule, Karl lui ordonna de sortir du coffre une grosse valise de studio. Vide. N'étant pas photographes, ceci n'augurait rien de bon.

L'assassin lui demanda d'avancer jusqu'à l'entrée d'un immeuble moderne, le seul parmi un ensemble à l'architecture haussmannienne. Ils montèrent jusqu'au dernier étage, où un couloir menait vers l'unique porte. Karl lui tendit un trousseau. Instinctivement, Franz prit le mouchoir en tissu de son costume pour l'attraper.

Son cœur battait à la limite de l'implosion tandis qu'il tentait de trouver la bonne clé. Finalement, il ouvrit la porte. L'obscurité de l'appartement ne dévoilait rien, mais des bruits inquiétants ajoutés à ceux de ses propres palpitations augmentèrent son degré d'anxiété. L'assassin referma derrière lui et éclaira un immense loft au design contemporain. À leurs pieds, une bâche en plastique protégeait le parquet. La mâchoire du violoniste se crispa d'horreur lorsqu'il découvrit au sol le corps d'un homme saucissonné avec du ruban adhésif, la tête dans un sac en tissu noir. Tel un serpent, il remuait du peu qu'il pouvait, en gémissant.

– Comme promis, je suis revenu, annonça l'assassin d'un ton glacial.

Karl ponctua sa phrase d'un coup de pied dans le torse de la victime, qui se tordit de douleur, tandis que Franz observait, pétrifié. Un nœud à la gorge l'empêchait d'émettre le moindre son. L'horreur l'envahissait au fur et à mesure qu'il comprenait l'objet de sa présence. D'autant plus qu'il s'imaginait finir comme ce pauvre type.

– Monsieur Schligg, je vous présente *Chuck*, on va l'appeler comme ça, annonça Karl.

L'assassin découvrit le visage meurtri et bâillonné du jeune homme.

– Je vais faire les présentations, poursuivit-il, en soulevant la victime par les cheveux. Lui, c'est un grand violoniste, il s'occupera de vous. Une première !

L'individu tremblait alors qu'il remuait la tête négativement. Karl le relâcha et le frappa à nouveau.

Franz fixait les yeux du supplicié. Ils dégageaient un désespoir qui n'avait qu'une signification : il se savait perdu. Cette vision le renvoya à New York, les photos de Virginie. Il avait le regard d'un homme conscient de sa mort imminente. Un regard qui le hanterait le restant de ses jours.

– Puisque vous aimez les explications, Monsieur Schligg, continua Karl d'un ton pédagogue, vous allez être servi : *Chuck* est un *contrat*. Il a commis un certain nombre de conneries...

Le violoniste ne l'entendait plus, un acouphène vint l'épargner du discours ; surtout de la respiration haletante et des geignements du condamné. Une partie de son être l'abandonna. Il ne tenait pas à connaître les détails, mais il continuait à contempler la victime, qui, elle, écoutait les paroles de l'assassin. Il vit ses globes oculaires s'embuer de larmes et son corps s'agiter davantage, comme un poisson se débat hors de l'eau.

Au bout d'un moment, Franz secoua la tête dans l'espoir que ce geste évacue le bourdonnement. Puis, il examina sa Némésis, tentant vainement de lire dans son expression.

– Avez-vous compris ? conclut l'assassin.

Le violoniste le fixa, yeux écarquillés, mêlés de surprise, interrogation et effroi. Karl souleva à nouveau les cheveux blonds du jeune homme et pivota sa tête en direction du musicien.

– Être tué des mains d'un virtuose, quel privilège ! Ensuite, il s'occupera de votre chère petite maman...

Avant que l'assassin ne finisse sa phrase, le sol se déroba sous les pieds de Franz.

39

M*aman.*

À quoi ça sert une maman ?

Comme dans un souvenir lointain, enfoui au fond de son être, Franz se revoyait poser cette question à son père, alors qu'il s'apprêtait à l'accompagner une énième fois au cimetière.

Le détachement avec lequel il prononçait ses mots désolait Gustav. Il ne comprenait pas comment son fils paraissait incapable de ressentir une affection quelconque pour sa mère. Si au moins il avait vu les choses du point de vue de l'enfant, il l'aurait su. Comment pouvait-il s'attacher à une inconnue ?

Même si on lui avait martelé à l'infini que cette maman absente l'avait beaucoup aimé, elle ne lui manquait pas. Son père lui suffisait.

Ces visites représentaient à ses yeux une sortie hebdomadaire. Un terrain de jeu particulier avec des pierres tombales pour grimper et sauter. Parfois elles servaient à s'exercer à la lecture ou au calcul mental, en déchiffrant les inscriptions gravées dessus. Tout était prétexte à se trouver une occupation pendant que son père passait de longues minutes à contempler la dalle en granit.

Enfin, la visite se concluait quand il le rappelait pour se recueillir et poser le bouquet d'arums dans le vase funéraire.

Les arums. Les fleurs préférées d'Arla depuis qu'elle avait vu une peinture d'un peintre mexicain, Diego Rivera, lors de son premier voyage à Vienne.

« Elle aimait les arts », lui racontait sa grand-mère quand il se retrouvait chez elle. *Oma* Rosa, qui avait le mérite de décrire une personne plutôt qu'un fantôme. La vieille dame se plaisait à écouter la musique classique. Goût transmis à sa fille ainsi qu'à son petit-fils, prénommé Franz comme les génies appréciés par sa fille.

Une odeur âpre le chassa de la chaleureuse maison de sa grand-mère pour le reconduire au cimetière, où le répugnant parfum des arums lui brûla les narines et le ramena subitement à la situation à laquelle il voulait échapper.

L'arrière du crâne lui faisait mal, mais l'immonde effluve lui paraissait bien pire. D'un bond, il se releva.

– Sels d'ammonium, annonça Karl. Les sportifs l'utilisent pour se stimuler, mais il a d'autres usages. Je l'avais prévu pour *Chuck*, au cas où il n'aurait pas résisté à notre petite séance de torture. Mais lui, il a été courageux, n'est-ce pas *Chuck* ?

Franz se frottait l'occiput tandis qu'il observait son entourage, plus lucide qu'à son arrivée.

– Nous nous voulions discrets, poursuivit Karl. Vous avez fait du bruit en tombant. Il ne faudrait pas susciter les soupçons du voisinage. Les propriétaires de cet appartement sont censés être en vacances. D'ailleurs, j'ai perdu assez de temps, je vous réexplique une dernière fois. Vous êtes ici pour me rendre la politesse que je vous ai fait avec votre deuxième victime : l'achever, nettoyer et vous débarrasser du corps. Seul.

Le violoniste déglutit, consterné par ce qu'il entendait, il regrettait déjà son réveil.

– Je ne comprends pas ! Pourquoi est-ce que vous ne le faites pas vous-même ?

– Vous croyez que j'ai parcouru cette distance uniquement pour jouer la nounou de service ? J'ai d'autres chats à fouetter ce soir et déjà perdu assez de temps à cause de vous. Puis, ça va vous endurcir, n'est-ce pas ?

Désespéré, Franz se prit la tête entre ses mains.

– Je ne peux pas ! Je ne peux pas ! Je ne veux plus tuer !

– Pensez à ce pauvre gars, il ne demande qu'une chose : que cela s'arrête.

Le jeune homme remuait, dans un faible effort pour se libérer. Franz riva son regard vers lui et aperçut aussi le reste de l'ampoule qui l'avait ranimé. Cherchant à tout prix à maintenir ses cinq sens en alerte, il plongea pour la ramasser et l'aspirer avec une pointe de dégoût.

– Après cela, poursuivit Karl, vous allez revoir votre petite conquête d'hier soir et vous assurer que sa mort ait l'air d'un accident.

– Katinka ? susurra le violoniste, consterné. Pourquoi ?

– Limitez-vous à obéir. Comme moi.

– Je ne peux pas, je n'y arriverai pas ! Donnez-moi quelque chose pour oublier, si je le fais, je ne veux pas savoir !

– Navrant ! Un vrai junkie. Occupez-vous de lui. Je verrai ce que je trouve.

Karl s'éloigna au fond de l'appartement. Franz examina le travail qui l'attendait et figea son attention sur la grosse valise qu'il avait remontée. Avant que l'assassin ne disparaisse dans un couloir, l'apprenti meurtrier commença à réfléchir, se demandant comment repartir avec la cargaison.

– Et la voiture ?

– Je pars avec, répondit Karl, faisant demi-tour. Fouillez dans son portefeuille, sur la table. Vous trouverez de quoi emprunter une de celles en libre-service dans la borne sur l'avenue.

– Quoi ?

– Des véhicules en libre-service.

Franz ne saisissait pas de quoi il parlait, mais cela avait peu d'importance. Maintenant que l'assassin était reparti, il s'agenouilla auprès du jeune homme et lui enleva le bâillon.

– Qui est ce type ? Pourquoi vous a-t-il fait ça ? chuchota le violoniste, impressionné par son visage tuméfié.

– Aidez... moi ! répondit l'autre, dans un souffle d'agonie.

– Je ne peux pas ! sanglota Franz, ému par la désolation de sa voix.

Il se demandait comment agir. Sur l'îlot de la cuisine, il aperçut un bloc en hêtre avec des couteaux. Karl n'était pas encore revenu et une folle idée traversa son esprit. Dès qu'il réapparaîtrait, il les lui balancerait, un à un. Il se releva, dégagea le plus gros du socle, le cœur battant au plus fort. Cette occasion ne se représenterait pas. Il se retourna, le hachoir en main, prêt à le lancer.

Pas assez rapide. Il découvrit l'assassin au fond du couloir, pointant son arme sur lui. Sans la moindre trace d'inquiétude sur son visage. Franz, quant à lui, tremblait sans savoir comment s'en sortir. Relâcher le couteau ? Ne pas bouger ?

– J'espère pour vous que c'est l'outil que vous avez choisi pour l'achever. Autrement, vous commettez une grosse connerie.

– Aidez... moi..., gémit le supplicié, s'attirant l'attention des deux hommes.

Soudain, un bruit semblable à l'expulsion d'un bouchon de champagne retentit. La lame s'envola dans les airs pour venir ricocher sur la tête de la victime avant de toucher le sol. Franz réprima un cri d'horreur. Stupéfié et par réflexe, il prit son poignet endolori pour constater que sa main était intacte. Au sol, le martyr gémissait et pleurait pour que cela s'arrête. Karl vint lui asséner un coup de pied dans le nez, puis s'adressa au violoniste d'un ton patibulaire.

– Avez-vous compris les ordres ?

Franz acquiesçait nerveusement tandis que l'assassin s'approchait dangereusement, arme à la main. Menaçant. Furieux, ses yeux crépitaient d'une rage contrastant avec son impassibilité habituelle. Lorsqu'ils furent face à face, il le frappa d'un coup de crosse à la tempe.

Le cerveau en compote, après un brouillard barbouillé d'étoiles, Franz revint à lui. Instinctivement, il palpa son crâne entre l'arcade sourcilière et l'oreille. Du sang. Par ce geste, il sentit que son poignet le faisait souffrir. Les images de la scène vécue récemment repassaient dans sa tête successivement, comme pour lui rappeler la gravité de sa situation. Cela aida son esprit à se mettre rapidement en route, car il réalisait qu'il se trouvait dans un bourbier sans nom.

Il consulta sa montre : presque minuit. En se relevant, il remarqua des boîtes de médicaments posées sur lui. « Au moins, il y a pensé ! » songea Franz en les examinant. « Du Tramadol, ça pourrait le faire », se dit-il en avalant un cachet de cet antalgique puissant pour atténuer les douleurs qui l'assaillaient, espérant ainsi s'armer du courage pour finir sa tâche. Ce serait si simple s'il se suicidait. Aurait-il le cran de le faire ? Non. Et il s'en voulait pour ça. L'horreur ne s'arrêterait qu'avec sa propre fin et pas autrement, mais il n'arrivait pas à se donner la mort.

Chuck ne faisait plus grand bruit, mais il se trouvait bien là, à côté de lui. Son visage n'avait plus de forme humaine, sa respiration se résumait à un léger râle saccadé, seul signe de vie. « Personne ne devrait mourir comme ça », se lamenta-t-il. Devait-il tout abandonner et lancer un appel anonyme à la police ? Seulement s'il pouvait s'assurer que Lili serait à l'abri.

À nouveau, la peur l'envahit. Celle qui le forcerait à obéir, car il ne voyait pas d'autre choix. Son poignet endolori ravivait le choc du coup de feu tiré, lui arrachant le hachoir avec une force démentielle. Le tout en une ou deux secondes. Karl ne jouait pas.

Alors, il ne lui restait qu'à utiliser la seule capacité lui permettant d'exécuter sa tâche : faire abstraction. Éloigner tout sentiment, toute émotion et autre questionnement existentiel. Ailleurs. Loin. Et accomplir le travail attendu par Karl. Froidement. Comme un assassin.

Franz regarda autour de lui à la recherche d'un objet avec lequel tuer proprement la victime. Son attention se figea sur une poche en tissu à carreaux remplie de sacs en plastique. Il en attrapa un et s'en servit pour enrouler la tête de *Chuck*. Le jeune homme n'était plus en mesure d'entendre les excuses que le violoniste exprimait tout bas.

« Elle ne souffrira pas, je te le promets » le rassura-t-il au sujet de sa mère, sa prochaine victime.

Il attendit que l'air s'épuise et que le sac plastique adhère au visage du jeune homme. Son regard se tourna vers un portefeuille et un smartphone posés sur la table. Lorsqu'il s'en empara, il était verrouillé. Il se souvint d'avoir vu Lili ou Albert faire un petit geste avant de consulter le leur.

Franz tenta au hasard trois combinaisons : une sorte de Z à l'endroit et en sens inverse. Réponse incorrecte. Face à la menace d'un blocage, il réfléchit. « Chuck ? » Il dessina un C. Bingo ! Dans le répertoire de contacts, il rechercha *Maman*. Un numéro s'afficha et il appuya sur le bouton d'appel.

– Christian ? souffla une voix féminine après plusieurs sonneries. Tu es bien arrivé ?

Silence. Franz sentit la respiration angoissée de la femme à l'autre bout de la ligne.

– Katinka ? Franz Schligg, désolé de te déranger à cette heure-ci.

– Franz ? Je ne comprends pas, Christian est avec toi ? Que fait-il à Paris ? Comment le connais-tu ?

– C'est une coïncidence, nous nous sommes rencontrés aujourd'hui, répondit-il d'un ton rassurant tandis qu'il lançait un coup d'œil furtif vers le corps du fils. Une histoire de fous ! Il m'a prêté son téléphone… Bref, je sais que c'est tard, mais puis-je passer te voir ?

– Je ne comprends toujours pas, qu'est-ce qui lui arrive ? Il était censé partir hier… est-il avec toi ? Pourquoi veux-tu me rencontrer ce soir ?

– Il m'a demandé un service. Je passe te voir, j'arriverai dans une petite heure, ce ne sera pas long. Peux-tu me redonner ton adresse ?

Nul ! Il le savait. Pas le moment de se lamenter. Il verrait bien si Katinka avait décidé d'appeler la police ou si elle attendait patiemment son arrivée. Pour l'instant, il fallait *nettoyer* les lieux : mettre le corps dans la valise, enlever la bâche et… déloger le projectile incrusté quelque part. Il suivit ses pas pour revenir sur sa position avant de recevoir le tir. Il observa tout autour, à la recherche d'une balle encastrée. « Il fallait que ça soit sur le frigidaire ! » constata-t-il tandis qu'il cherchait avec quoi la ressortir et dissimuler le trou. Le magnet avec des numéros utiles ferait l'affaire.

Le plus simple avait été fait. Acte suivant : s'occuper du corps. Il découpa les liens du jeune homme, le sac plastique toujours sur la tête. Il n'osait pas s'attarder sur le visage du mort, dont l'aperçu lui paraissait suffisamment terrifiant. Avec difficulté, il tenta de le faire rentrer dans l'énorme malle, ne comptant que sur la force d'un seul bras. Il évitait de forcer sur son poignet, car, naïvement, il songeait déjà à son prochain concert.

Il enleva la bâche, la replia et la dissimula avec le cadavre. Enfin, il la referma, attrapa le torchon et frotta tout ce qu'il avait touché. Qui habitait là et pourquoi Karl avait-il choisi cet endroit ? Il ne le saurait jamais et peu lui importait.

Avant de partir, il trempa d'eau le bout de tissu et le passa sur son crâne pour éponger le sang séché sur ses cheveux. Ensuite, il le fourra dans ses poches tout comme le téléphone et le portefeuille de la victime, puis il roula le bagage jusqu'à l'entrée et quitta l'appartement.

Lorsque les portes de l'ascenseur se refermèrent, son esprit fit un effort surhumain pour éviter de se souvenir du jour où il avait voulu se débarrasser de Liesl. C'était la deuxième fois qu'il prenait l'ascenseur accompagné d'un cadavre. Heureusement, il ne croisa personne.

Il s'aventura dans la rue, tirant l'immense valise avec difficulté.

Non loin de là, il aperçut la borne avec les voiturettes en libre-service mentionnées par Karl, et en emprunta une. Il n'osa pas imaginer comment il aurait pu se débrouiller autrement.

Il enveloppa son poignet avec le torchon et réussit, avec beaucoup d'efforts, à soulever et caser la malle. Finalement, il monta dans le véhicule et saisit l'adresse de sa cible.

Le temps s'écoulait rapidement. Sous peu, il aurait moins d'aisance à conduire. Se faire arrêter pour un simple accident avec une voiture empruntée sous le permis d'un autre pouvait passer. Transporter une valise avec un cadavre martyrisé ? Non.

Katinka le reçut. L'angoisse était visible dans ses yeux bleus. Elle était habillée d'un peignoir, le visage démaquillé, sentant le parfum des produits de beauté. En la voyant, Franz comprit pourquoi Karl lui avait confié la tâche de la séduire. Ni son appel nocturne ni sa visite ne suscitèrent la méfiance chez sa future victime. Au contraire, sa voix, son regard, ses gestes dégageaient cette préoccupation que seule une mère peut afficher vis-à-vis de sa progéniture, surtout lorsqu'elle pressent le danger.

Pas le moment de se lamenter, de regretter, ni de s'interroger. Il avait un travail à accomplir. Après, il reprendrait un ou deux cachets supplémentaires de Tramadol pour dormir et tenter d'oublier tout cela.

– Qu'est-ce qu'il se passe ? s'enquit-elle.

Il tenta de la rassurer avec un sourire charmeur, l'enlaça doucement par les épaules et proposa de se préparer un verre lui-même, pour ne pas l'importuner. Elle acquiesça, tournant en rond dans son salon, confuse.

– Que t'a-t-il dit ? insista-t-elle. Pourquoi n'est-il pas parti hier ?

– C'est curieux, je le connaissais sans savoir qu'il était votre fils, déclara Franz derrière le bar, pic à glace à la main.

– Donc il est toujours à Paris ? Pourquoi vous a-t-il laissé son téléphone ?

Katinka ressemblait à un fauve en cage, tandis que le violoniste écrasait en poussière quelques cachets dans sa boisson.

– Christian a dû régler une affaire en urgence et n'avait personne d'autre vers qui se tourner. Il a préféré se fier à quelqu'un qui vous connaît, expliqua-t-il.

– Quoi ?

Elle s'affala sur le canapé, abasourdie. Elle déblatéra sur les problèmes de son fils, ses dettes, ses mauvaises fréquentations, son propre échec en tant que mère. Pas assez présente, pas assez à l'écoute, trop occupée à vivre sa vie, à profiter de sa jeunesse qui lui échappait. Franz ne l'écoutait pas. S'il l'avait entendue, ces lamentations l'auraient agacé. Comme si l'absence d'une maman était l'unique explication viable à l'évolution défavorable d'un enfant...

Assez parlé ! Il devait l'amener à accepter la boisson, autrement lui-même ne serait plus en mesure d'exécuter sa tâche.

– Christian est victime d'un chantage, affirma-t-il, l'air grave. On l'oblige à faire des *choses* pour payer ses dettes.

Ébahie, elle attrapa sa tête entre les mains, et balbutia des mots inintelligibles. Franz s'approcha d'elle, un verre de Campari dissimulé dans le dos.

– Il faut alerter la police ! sanglota-t-elle.

Les yeux de Katinka recherchaient ceux du violoniste comme s'ils offraient une issue de secours.

– Justement, on l'a menacé de s'attaquer à vous. Il m'a demandé de vous mettre en sécurité, conclut-il, en caressant ses cheveux. Prenez, ça va vous calmer.

Consternée, elle accepta la boisson sans réfléchir et avala le liquide d'une traite. Katinka savoura l'arrière-goût qu'elle gardait dans ses lèvres. Campari. Elle fut touchée qu'il s'en soit souvenu. Elle en avait bu la veille, quand tout allait mieux. Elle l'observa attentivement, se releva et effleura le front de son visiteur.

– Vous êtes blessé ! Et lui ? Lui est-il arrivé quelque chose ?

Franz la dévisagea, tentant de la charmer avec le peu de moyens dont il disposait, pour l'amener à oublier sa question. Il l'enlaça et consulta sa montre. Dans combien de temps les pilules écrasées mélangées à de l'alcool feraient-elles effet ?

– Il faut partir, préparez-vous.

Elle s'éclipsa nerveusement dans sa chambre et il en profita pour monter sur le pont à la recherche du treuil. Il activa un bouton vert et l'ancre commença à remonter. Le bateau tangua, lui donnant une légère sensation nauséeuse.

Il revint à l'intérieur du salon, où Katinka l'attendait, habillée, s'appuyant sur une chaise, comme si elle avait failli perdre l'équilibre.

– Où étiez-vous passé ? demanda-t-elle.

– Je prenais l'air.

Elle se tint la tête, prise d'un vertige, et porta ses doigts à sa bouche, un goût étrange sur ses papilles.

– Le bateau bouge ? Je ne me sens pas très bien.

Il la serra dans ses bras. Lui aussi éprouvait une légère sensation de malaise, celle d'être aspiré par un tourbillon.

– Oui, ça remue. Partons.

Le violoniste lui donna la main pour l'aider à remonter sur le pont, où elle s'appuya maladroitement à la passerelle, victime à nouveau d'un étourdissement. Franz soupira, exaspéré : l'attente lui paraissait interminable. Il aurait souhaité qu'elle se soit endormie, qu'elle ne souffre pas.

Il chassa toute pensée de son esprit en même temps qu'il la poussait dans l'eau. Puis, il vérifia autour de lui. Personne. Un plongeon et des éclaboussements brisèrent le calme apparent, accompagnant le bref combat de sa victime contre la noyade, qu'il ignora. Pas le temps. Pas le moment. Il se lamenterait plus tard.

Il remonta sur le pont, attrapa une corde pour attacher l'ancre à la valise laissée sur le quai. Le treuil accomplirait le reste pour l'immerger, et si possible l'abandonner dans les profondeurs. Quand on la retrouverait, si cela arrivait, il serait loin. Du moins, il l'espérait.

Le dégoût envahit son être et son âme. Il avait hâte de prendre deux cachets supplémentaires, croyant qu'ils l'aideraient à oublier. Mais il n'avait pas encore terminé et éprouvait de plus en plus de difficultés à tenir debout.

Nettoyer. Déposer le véhicule. Se débarrasser de la carte dans un caniveau. Respirer, enfin.

40

Les yeux rivés vers l'extérieur, pensive, Lili contemplait la magnifique vue. Un peu plus tôt, elle se serait régalée du dernier scintillement de la tour Eiffel. Spectacle dont elle ne se lasserait jamais d'apprécier la beauté.

À cette heure tardive se dressait devant elle une ville éteinte, en suspens. Une ville morte ? Au moins, cette image changeait ses idées et vidait sa tête.

Elle rentra du balcon, impressionnée à nouveau par la grandeur de la chambre : ample et confortable par rapport à son petit studio. Au lieu de faire les cent pas, elle s'affala dans un fauteuil et ralluma l'écran plat pour zapper de chaîne en chaîne.

Rien ne l'inspirait. Elle avait pris le portable, lu les messages, tentant d'en décortiquer le sens. Surtout le dernier. Il devait être en rapport avec l'appel d'Albert quelques heures auparavant. Inquiet, il cherchait Franz. Sur le coup, elle n'avait pas compris pourquoi il lui avait téléphoné, à elle. Puis, elle réalisa que son mensonge n'en était plus un : pour le chef d'orchestre, ils formaient un couple.

Un flot d'informations inondait son cerveau. Sans aucun doute, elle s'était embarquée dans une sale affaire. Dans l'immédiat, appeler la police ne lui paraissait pas la plus judicieuse des idées. Alors, que faire ?

Que fabriquait-il ? Où était-il parti ? Elle avait envie de hurler toutes les questions qui la taraudaient. Mais il lui fallait conserver son sang-froid et analyser la situation calmement.

Malheureusement, elle était de plus en plus convaincue que cet homme la tourmentait davantage que tous ses ex réunis. Et en dépit de tout cela, elle tenait à l'aider. Parce qu'elle savait que si elle l'abandonnait, il se retrouverait seul. De plus, elle partageait son secret. Elle était devenue complice malgré elle, aveuglée par un prétendu amour.

Des nouveaux coups à la porte la sortirent de sa rêverie. Service cinq étoiles aux petits soins, même les plus étonnants, pensa-t-elle, tandis qu'elle attendait les premières lueurs du matin pour appeler sa mère et vérifier que sa famille allait bien.

⁂

Le calme et le repos furent interrompus par des voix, des ombres. Franz n'aspirait qu'à un seul but : dormir. Plonger dans l'obscurité totale et le silence. Et par-dessus tout, qu'on cesse de le déranger avec des questions idiotes. Combien de pilules avait-il avalées ? Était-ce bien cette boîte-là ? Rien de plus ? Des interrogations pour lesquelles la seule réponse fut une suite de grognements.

Avec un peu de chance, après cette nuit, il oublierait tout.

Son sommeil fut coupé à d'autres moments. Les mêmes questions lui furent réitérées, une main sur le front, l'autre sur son poignet endolori. Ses paupières semblaient si lourdes, qu'il s'avérait incapable d'ouvrir les yeux. Le reste de son corps mou comme s'il flottait dans la vase. Au moins, il se trouvait dans un endroit confortable et chaud, tout le contraire du banc public sur lequel il s'était assoupi.

Peu à peu les effets se dissipaient. La bouche sèche et pâteuse, il se réveilla au milieu d'un calme apparent. Une paix trop fragile, il le savait. Cette quiétude lui permit de supporter le flot d'images qui l'assaillit. Il observa ses actes perpétrés durant la nuit d'une manière détachée, comme si, spectateur, il visionnait un film. Il constatait, dérouté, que le meurtrier, qui n'était autre que lui, n'avait éprouvé aucune émotion lorsqu'il avait commis ses crimes.

Contrairement à ses attentes, ses souvenirs n'avaient pas disparu et lui procuraient encore des frissons. *Chuck*-Christian, avec un sac plastique teinté par le sang, luttant inexorablement pour respirer, puis sa position grotesque dans la valise, Katinka tentant vainement de se maintenir à flot, ses cris étouffés par l'eau.

Tout ce qu'il avait évité de voir sur le moment revint, violent comme une gifle. Ces images et ces sons déchiraient son âme. Comment ignorer le désarroi de cette femme ? Il aurait préféré lui épargner toute souffrance, mais il n'avait pas eu la patience d'attendre la narcose.

À présent, il détourna son regard du plafond et le planta sur la grande fenêtre. Les rideaux rouges laissaient la lumière du jour s'insinuer dans la pièce par un mince filet. Perdu dans ses pensées, Franz ne savait pas comment affronter celle qui lui tenait compagnie, assise à sa gauche. Finalement, il osa la dévisager. Il découvrit, surpris, comment un visage exprimait à la fois la joie et la colère.

Lili s'éloigna pour passer un discret appel, pendant que le violoniste observait autour de lui, confus. Il avait cru reconnaître sa chambre d'hôtel, sans comprendre comment il y avait atterri ni par quel miracle son ange gardien se trouvait là.

– Ça va ? demanda-t-elle enfin, la voix cassée, le sourire forcé. Qu'as-tu fait hier soir ?

– Rien, assura-t-il, d'un ton faiblard.

Lili paraissait prête à insister, mais ses reproches s'éteignirent lorsqu'on toqua à la porte.

Un inconnu pénétra dans la suite, examina le violoniste, lui posa les mêmes questions qu'il avait vaguement entendues au cours de la nuit, avec le même accent. Il s'agissait du docteur dépêché par l'hôtel.

« Qui vous a donné du Tramadol ? Combien en avez-vous pris ? » En guise de réponse, Franz marmonna les mêmes monosyllabes, tandis que ses yeux cherchaient le soutien de Lili. Elle évitait de croiser son regard.

– Vous avez fait peur à votre amie, conclut-il avec un sourire rassurant. Pensez à boire et à manger, reposez-vous. Je vais vous prescrire des analyses pour votre foie. Prenez rendez-vous avec un médecin, ponctua-t-il, signalant la tête et le poignet.

Tête baissée, Lili le raccompagna jusqu'à la porte. Lorsqu'elle revint, son visage bouillonnait. Une lutte interne se livrait en elle, hésitant entre exploser ou exprimer ce qu'elle avait sur le cœur.

– Tu te soucies vraiment de ma sécurité ? hurla-t-elle, en colère. Pourquoi m'as-tu fait sortir à une heure du matin ? Te chercher dans la rue, sur un banc public ! Comme un clochard !

Franz s'assit sur le lit, les yeux braqués sur elle, incrédule.

– J'ai fait ça ?

Consciente de sa réaction, elle s'excusa de s'être emportée sous le coup de l'émotion. D'une voix plus calme, elle poursuivit :

– J'étais inquiète. Tu étais bizarre au téléphone. J'ignorais ce que tu avais. Tu marmonnais. On aurait cru que tu étais ivre, tu tenais à peine debout. C'est le personnel de l'hôtel qui a insisté pour appeler le médecin. Comme tu réagissais, il ne t'a pas envoyé à l'hôpital. Ils ont l'habitude, apparemment... Bref, que s'est-il passé hier soir ? D'où sort cette blessure à la tête ?

Elle accompagna les paroles d'un geste doux envers lui, mais il arrêta sa main. La douleur à son poignet le ramena à la réalité ; il avait un concert à assurer. Il dressa dans sa tête une liste de préparatifs pour ne pas déshonorer sa performance : pommade ; bracelet de maintien ; une bonne dose d'aspirine, peut-être même un peu de Tramadol.

– Quelle heure est-il ?

– Midi. Franz, dis-moi que s'est-il passé ?

– Je suis désolé, s'excusa-t-il, s'approchant d'elle. Excuse-moi de t'avoir poussée à sortir dans la nuit. Je n'étais pas dans un état... normal. Merci.

Lorsqu'il voulut l'embrasser, elle s'écarta brusquement.

– J'ai dit quelque chose ? ajouta-t-il, intrigué par sa distance.

Il s'aperçut de la lutte interne qu'elle menait, partagée entre l'envie de parler ou de se taire. Elle se rassit sur le lit, à ses côtés, et l'étreignit. Elle en avait besoin pour le préparer à encaisser la nouvelle.

– J'ai reçu un appel de Vienne, Jakob Shahn a eu un accident…

Sous le choc, Franz demeura figé. Tout ça pour ça ? Qu'il ait réussi ou pas, Karl avait mis sa menace à exécution.

« Le fils de pute ! »

Il faillit exploser. Le calme venait de s'envoler. Il resta coi quelques secondes avant de crier à pleins poumons. La rage avait emporté la somnolence, le voile nuageux se dissipa. Spectateur, il revit ses meurtres en accéléré, écœuré par sa propre froideur.

Conscient de ses actes, il ne put s'empêcher de pleurer à chaudes larmes.

⁂

Son dernier concert à Paris laissa un goût amer au violoniste. La sensation d'oppression et de panique ressentie la veille en raison de la présence supposée de Karl n'y était plus. Ce qui lui fit défaut cette nuit-là fut l'amour du public. Il en avait besoin. Il ne reçut rien.

« Le virtuose qui refuse les applaudissements » titrèrent les médias. Pour cette deuxième représentation, le public fut prié, dès son entrée à la salle, de ne pas troubler la concentration du Maestro. Franz avait du mal à comprendre les conséquences de son accès de panique de la veille.

Il fut déconcerté, comme si ce manque d'effusion était une vengeance collective. Les spectateurs s'étaient ligués contre lui pour juger ses crimes et le condamner à leur indifférence. Malgré tout, il s'était donné à fond. Il avait quintuplé ses efforts pour dissimuler la douleur sur son poignet affaibli. Il savait que son coup d'archet manquait de souplesse. Le public l'avait-il remarqué ? Était-ce à cause de cela qu'il ne réagissait pas ?

À la fin de sa prestation, il quitta la scène en essuyant une larme.

Lili le raccompagna jusqu'à l'hôtel. Pendant le trajet, ils n'échangèrent aucun mot. Elle n'insista pas sur ses agissements de la veille, convaincue que l'accident de Shahn était lié. Qu'importe ! Elle lui offrirait son soutien. Sa chaleur. Son amour.

Il l'invita dans sa chambre. Au centre de la pièce se dressaient une table ronde, un chariot à côté. La table était ornée de bougies et d'une rose rouge dans un soliflore. Le chariot contenait des plats couverts de cloches argentées, un seau glacé de Champagne et une bouteille d'eau.

– Surprise ! entonna Franz avec un regain d'enthousiasme perceptible dans sa voix, mais pas sur son visage.

Sur la table, Lili aperçut une petite boîte carrée décorée d'un ruban, aux couleurs d'une prestigieuse marque de bijoux. L'excitation mêlée à la curiosité la poussait à accepter ce cadeau, tandis que sa conscience lui implorait de le refuser. Au moins par principe.

– Qu'est-ce que cela signifie ? demanda-t-elle.

– Ça me fait plaisir, susurra-t-il, un sourire léger, sincère et avenant.

Elle aimait cette facette de Franz, son expression d'innocence. Bon gré, mal gré, Lili s'empara du paquet et l'ouvrit maladroitement. À l'intérieur molletonnée de la boîte, elle découvrit un magnifique bracelet serti de diamants, représentant la figure d'un serpent se mordant la queue.

– Un Ouroboros, rappela Franz. J'ai trouvé la forme originale. Ne le prends pas mal, je ne savais que choisir…

En effet, le bijou lui parut étonnant, d'autant plus qu'elle l'avait remarqué lors de ses promenades dans les Grands Magasins. Quoi de plus relaxant que de regarder d'inutiles et belles parures qu'elle ne porterait jamais ? Ce bijou lui avait tapé dans l'œil non seulement par son originalité, mais par son prix. Sur l'étalage, seuls quelques joyaux affichaient un montant vertigineux. Celui-là n'en arborait aucun. « Si vous demandez, c'est que vous n'avez pas les moyens de le payer ! » aurait pu lui annoncer la vendeuse.

– Je ne peux pas l'accepter ! se sentit-elle obligée de répondre.

Franz rit, la tristesse partait peu à peu de son visage.

– Ça fait tellement cliché comme attitude « Oh, non ! Je ne peux pas l'accepter ! » l'imita-t-il d'un ton moqueur.

– Franz, si je porte ça dans la rue, on va m'arracher le bras, me le voler ou...

– J'aurais dû prendre un collier, susurra-t-il, songeur, comme s'il se parlait à lui-même, sans prêter attention à ce qu'elle venait de dire. En fait, je voulais t'offrir une bague, mais je ne connais pas ta taille...

– Une bague ? Pour quoi faire ?

– Je ne sais pas... pour te demander en mariage ?

Lili le fixa, interloquée.

– Je vais mourir de toute façon. J'ai gagné pas mal ma vie, je voudrais que tout ce que je possède te revienne. Tu en feras ce que tu voudras ! Si tu ne souhaites pas m'épouser, tiens, je te lègue tous mes biens, annonça-t-il, en lui tendant une enveloppe.

Sidérée, la jeune femme se prit la tête entre les mains. Elle devenait trop lourde à porter. Comment ce beau début romantique avait pu tourner à une mauvaise blague ?

– Je te mettrai en sécurité, ajouta-t-il. Je dénoncerai Karl à la police et...

– Je ne veux pas de ton argent, je ne veux pas que tu ailles en prison, répliqua-t-elle, les yeux embués de larmes.

– Je ne compte pas aller en prison...

– Je ne veux pas que tu meures !

– Moi non plus, je ne veux pas mourir... souffla-t-il, l'esprit ailleurs.

Ils passèrent une nuit à s'aimer de tendresse, plus que de passion. L'un dans les bras de l'autre, chacun avec un bracelet au poignet : Lili portait son bijou, Franz celui de maintien. Le lendemain, il laissa sa violoncelliste dormir, sereine. Il devait s'envoler pour Vienne, où elle le rejoindrait ultérieurement. En attendant, il consacrerait son temps de solitude à réfléchir. Quelle stratégie adopter avec la police ?

Après l'atterrissage, il se dirigea immédiatement à l'hôpital de Meilding, qu'il retrouva avec méfiance. « Encore ici ? » Ces lieux portaient une aura de malheur. Une forte appréhension l'envahissait à chaque fois qu'il se trouvait dans cet endroit. À nouveau, il devrait affronter les couloirs, la boule au ventre, avec le vague souvenir d'y avoir commis une atrocité. Une autre angoisse l'accablait à présent. Il ignorait dans quel état se trouverait son mentor, son père spirituel.

Écrasé par les murs funestes de l'hôpital, il comprit enfin pourquoi son père lui avait épargné sa maladie : pour ne pas le voir dépérir lentement.

La mort. Le grand départ, comme Gustav préférait l'appeler. Il évitait toujours ce mot. On ne mourait pas, on partait... ailleurs. Après son décès, Franz avait compris que le prochain à l'abandonner serait Jakob, et qu'il devrait s'y préparer. Or, qui est prêt à affronter la mort ?

Quand Lili lui avait annoncé l'accident, il avait imaginé le pire. Maintenant qu'il le savait stable, Franz voulait le voir de ses yeux.

Il fut accueilli par Teresa. Malgré la lumière dégagée par son visage et son sourire timide, elle semblait effacée. Ses magnifiques cheveux roux avaient été coupés très court, lui ôtant un peu de sa magie. Tous les deux se contemplèrent un moment, le violoniste admirait ses envoûtants yeux émeraude comme au premier jour. Il déduisit qu'elle accompagnait Albert. Étonnamment, cette idée ne suscita la moindre jalousie en lui, comme cela aurait pu se produire dans une autre vie.

Tous les deux se saluèrent mollement. Il aurait aimé s'enquérir d'elle, sur sa santé, comment récupérait-elle... mais il préféra éviter d'aborder ces sujets-là. Pendant ces quelques instants, il aurait aimé connaître les pensées de celle qu'il avait considérée comme sa muse. Il trouvait son regard puissant, au point qu'il en détourna le sien.

Albert apparut, l'air grave. Dès qu'il aperçut le violoniste, il vint l'entourer de ses bras dans une étreinte fraternelle.

– Il va beaucoup mieux, mais il reste très affaibli, le consola l'Anglais. Un problème de freins, il s'est écrasé contre un poteau.

– Tu as affolé Lili, reprocha Franz, le regard tantôt perdu, tantôt en direction de Teresa.

– Tu sais, les secouristes n'ont pas été très rassurants...

– Merci, Albert.

Cette fois-ci, le ton de sa voix fut sincère, apaisé, malgré le semblant de reproche. Le violoniste dévisagea le couple, comme s'il s'attendait à ce que son ami justifie la présence de la rousse. Rien. L'Anglais prévint qu'il serait au Conservatoire, au cas où il le chercherait. Franz lorgna sa muse à nouveau, pensif, réalisant qu'elle était la seule de ses inspirations vivantes à ne pas avoir écouté sa sonate.

Après leur départ, le violoniste pénétra dans la chambre de Jakob Shahn. Ses blessures témoignaient de la violence du choc : le visage parsemé d'ecchymoses et de coupures, un bras et une jambe dans le plâtre. Le voir si diminué le frappa de stupeur. Cet homme qu'il admirait tant, qui l'avait toujours impressionné par son élégance et par son assurance, à la santé de fer, comment pouvait-il lui paraître soudain un vieillard ?

Ému par cette image fragile et vulnérable, par ces dommages dont il se savait responsable, Franz approcha une chaise, s'assit à ses côtés, prit sa main valide pour y poser sa tête et pleurer.

– Franz ? émit faiblement le vieil homme.

– Excuse-moi ! sanglota le jeune violoniste.

– Mais de quoi ? Ce n'est rien, ça ! poursuivit-il dans une petite voix. Un simple accident. On dit que c'est l'âge ! Tu crois ça ?

Son ton sembla léger, mais Franz continuait à se lamenter en silence. Ses hoquets secouaient la main de son mentor.

– Ça va aller, lui rassura ce dernier. Que s'est-il passé à Paris ?

– Pardon ?

Franz essuya ses larmes du revers de la main, scrutant la chambre à la recherche d'une boîte de mouchoirs.

– Panique scénique ?

– Il fallait bien que cela m'arrive un jour, répondit-il en esquissant un sourire nerveux.

L'émotion disparut aussitôt. Il avait honte de l'admettre devant son maître.

– Ça nous arrive à tous à un moment, c'est naturel. C'est humain. Tu as été stupéfiant, à ce qu'il paraît, s'efforça de continuer Shahn.

– Repose-toi, nous parlerons quand tu iras mieux.

– Mais je vais mieux ! Veux-tu aider Albert à assurer l'intérim ?

– Oh non !

– Non, tu as raison. Tu as bien fait de reprendre ta carrière de soliste. Tu es né pour briller...

Cette remarque le poussa à lâcher sa main, puis à fermer ses poings quelques secondes. Le temps que son esprit cessât d'associer cette phrase à celle glissée par Katinka lors de leur rencontre.

– Je n'ai pas pu m'occuper de tes annulations, gémit son mentor.

– Ne t'inquiète pas... j'assurerai.

– Ça te changera les idées. Ne perds pas ton temps à venir me voir.

– Je ne veux pas que tu restes seul ici.

– Ne t'occupe pas de moi. Je suis vieux, c'est ce qu'ils disent. Prends mon Strad, sème ton art. Réclame tes applaudissements, tu les mérites !

Franz rit au milieu des sanglots. Il resta à le veiller encore un moment. Il comptait y passer la journée, jusqu'à ce que Shahn lui signale qu'un médecin l'attendait sur le seuil de la porte. Le violoniste se retourna et son sang commença à bouillir.

« Comment ose-t-il ? »

À la vue de l'assassin, Franz n'eut plus aucun égard pour son mentor. Il lâcha sa main et se releva. Seuls ses yeux rougis trahissaient des émotions qu'il n'aurait pas pu dissimuler. En revanche, il n'avait plus peur de lui. Comme si ses derniers meurtres avaient forgé une carapace pour le protéger.

Il fit un effort colossal pour s'interdire de se jeter sur lui, de le frapper, de crier, de l'insulter. Il ne céderait pas à l'impulsivité. Mais il comptait se venger de manière intelligente, de sorte que Karl ne voie rien venir.

Franz avança jusqu'à lui et les deux se défièrent du regard. L'un, glacial, imperturbable et calculateur. L'autre, impavide, dépourvu d'émotion.

– Suivez-moi, lança Karl.

Le violoniste obtempéra, scrutant tous les détails qu'il pourrait utiliser pour tisser son plan. Analyser sa cible, sa démarche, sa taille, sa corpulence. Mémoriser les lieux, le couloir, ce bureau qui lui semblait familier. Toutes ces informations qu'il exploiterait au bon moment.

– Vous êtes vraiment médecin ? Pourquoi me révéler votre identité ? s'interrogea Franz, après avoir lu un nom sur la plaque devant la porte de son cabinet.

Les deux entrèrent. Karl s'installa sur son fauteuil derrière le bureau, à ses aises, pivotant doucement de gauche à droite, mains entrelacées, index en pyramide. Le violoniste restait près de la porte, le toisant.

– À présent, dit Karl, vous savez que mes menaces ne sont pas des paroles en l'air.

– Pourquoi un médecin jouerait-il au gangster ?

– Je vous retourne la question, Maestro. Pourquoi un virtuose jouerait-il à planter des archets dans le cou des femmes ?

Franz encaissa, sans broncher. Il aspira et retint son souffle quelques instants avant de répondre :

– Nos raisons ne sont pas les mêmes.

– Certes, les vôtres sont bien plus effrayantes.

Le violoniste baissa le regard, comme s'il avait honte de reconnaître qu'il avait raison.

– On est quitte, rétorqua-t-il, j'ai déjà donné.

– Votre travail est remarquable, ce serait dommage de s'en priver...

– Vous comprenez quand je vous dis que je ne veux plus le faire ? insista-t-il, agacé.

– Trouvez-vous des pions.

– Je ne me rabaisserai pas à devenir comme vous ! répliqua-t-il, crispé, puis, en reculant, il marmonna : vous êtes stupide... je me vengerai...

– Parfait, évitez de me prévenir. Surtout quand votre mentor doit rester ici pendant sa convalescence.

– Je n'ai pas peur de vous.

Karl tapa bruyamment le bureau en se relevant. Cette fois-ci, Franz ne sursauta pas. Comme une panthère approche de sa proie, l'homme à la blouse blanche s'avança lentement, menaçant. Devant son pion, il sourit du coin de la bouche et poursuivit :

– Excellent ! Vous avez un nouveau travail. Rassurez-vous, toutes ces commandes, c'est exceptionnel. Effet de saison, on dirait.

Franz contractait ses poings. Il ne semblait pas l'avoir entendu, perdu dans ses réflexions, contemplant le vide sidéral.

– Puisque Noël approche, je vais vous faire un cadeau, ajouta Karl, d'une voix calme, presque amicale. Après cette tâche, vous aurez le choix : vous suicider ou continuer.

Ces mots le firent revenir à l'instant présent. Franz ne put s'empêcher de rire, sidéré.

– Quelle générosité ! Et qu'aurai-je en échange si je continue ?

– La vie sauve pour vous et votre entourage. De l'aide pour vous débarrasser des corps de manière définitive.

– Tôt ou tard, mon nom sera associé aux victimes, répondit Franz après avoir fait semblant de considérer la question.

– Prenez des pions, alors. Quel meilleur moyen pour brouiller les pistes ?

Le violoniste soupira profondément. Avait-il vraiment le choix ?

– Qui est la cible ? demanda-t-il, résigné.

– Vous souvenez-vous de Madame Strauss ?

Franz sentit son estomac se nouer, pourtant il se doutait que cela devait arriver un jour ou l'autre.

– Pourquoi avoir tant attendu pour la tuer ?

– Je ne décide pas de sa vie, contrairement à la vôtre... tout comme celle de votre mentor tant qu'il sera ici.

– C'est Krotz le commanditaire ?

– Dois-je vous rappeler la règle numéro un ? Elle s'applique à vous autant qu'à moi.

– Êtes-vous payé pour ça ou vous menace-t-on ? s'enquit le violoniste avec curiosité.

Karl ne dit rien et esquissa un sourire sournois.

– Vous avez laissé la petite souris seule à Paris, encombrée d'un bracelet en diamants ? Ça peut attirer les voyous.

Franz ne baissa pas la garde et soutint le regard de l'assassin en silence. L'esprit vide, refoulant sa peur, sûr qu'il s'agissait encore d'une provocation.

– Je ne sais pas comment localiser Madame Strauss, répondit-il, de mauvaise foi.

– Comme ça tombe bien ! Elle se trouve à Salzbourg. N'avez-vous pas un concert à y donner ? Hôtel Sacher, juste en face du théâtre où vous devez vous produire. Dépêchez-vous, il ne faudrait pas que cela traîne.

Cette demande risquait d'entraver les plans du violoniste. Ou les accélérer. Il noterait tout ce qu'il avait observé, puis attendrait le moment idéal pour...

Pour faire quoi au juste ?

Pour agir d'une façon ou d'une autre. Le temps lui manquait cruellement et sa priorité était de mettre Lili en sécurité et d'organiser le transfert de son mentor vers un autre hôpital. Ensuite, Sarah. Que faire avec elle ? Pourrait-il la convaincre de disparaître ? Trouver une solution ensemble ?

Plus tard, au Conservatoire, Franz admirait la verrière éclairant l'escalier hélicoïdal. Il se souvenait des moments vécus à cet endroit, comme s'il s'agissait des souvenirs d'une autre vie. Il avait tout pour se sentir heureux et il n'en avait pas profité. Une pensée le tourmenta : il avait bien cherché ce qui lui arrivait.

Machinalement, il monta jusqu'au bureau d'Albert où il fut surpris de retrouver Teresa. Seule. Elle s'apprêtait à souffler dans sa flûte. Sur le pas de la porte, il la contempla, hésitant entre avancer ou faire demi-tour. D'une voix timide, elle l'invita à entrer.

– Albert me laisse pratiquer ici, se justifia-t-elle. J'ai repris depuis peu, mais je sens que j'ai beaucoup perdu...

Le violoniste ancra ses yeux dans les perles béryl de la jeune femme. Ses mots l'avaient touché, attristé, même. Il savait de quoi elle parlait. Dans une moindre mesure, il venait de le vivre avec son poignet. Rien de pire pour un musicien que de ne plus être à la hauteur. De plus, si sa muse avait perdu ses capacités, c'était par sa faute.

– Merci, Franz.

Il la dévisagea, désarçonné, sans comprendre ce remerciement intempestif.

– Merci de tes visites pendant ma convalescence à l'hôpital.

En entendant ces mots, il eut envie de s'excuser, de lui avouer qu'il était le seul à blâmer de son agression. Après une lutte interne, il demeura silencieux.

– Le jour de mon réveil, j'ai senti ta présence, ta voix. Tu disais « J'en fais quoi », poursuivit-elle, comme si elle cherchait loin dans ses pensées.

Le violoniste l'observa froidement. Cette phrase ne lui disait rien, mais une intuition lui ordonnait de ne pas fouiller dans les tiroirs fermés de son esprit. Il comprit alors qu'elle parlait du jour de l'assassinat d'Agnès, l'infirmière.

– Je ne sais pas de quoi tu parles, répondit-il, sèchement.

– Pardon, j'ai dû halluciner. Il paraît que c'est normal de mélanger ou d'inventer des souvenirs avec toutes ces drogues, ajouta-t-elle, gênée.

Ils se contemplèrent à nouveau, mal à l'aise.

– Tu as l'air changé, dit-elle.

– Toi aussi, soupira-t-il.

La jeune femme passa sa main sur sa courte chevelure, regrettant la perte de sa longue crinière de feu. Franz attrapa la poignée de la porte, prêt à partir et lança :

– Teresa, j'aimerais te montrer quelque chose.

Il lui tendit la main et lui fit signe de le suivre. Elle s'étonna de cette singulière familiarité, mais posa sa flûte et se leva pour le suivre.

Dans le bureau du Directeur, tête entre les mains, bras posés sur le sous-main rempli de dossiers, Albert subissait le monologue de Marie, l'assistante de Shahn. Il fut sauvé par l'irruption soudaine de Franz et Teresa. L'Anglais se redressa ; la visite du violoniste ne l'étonna pas. Cependant, le voir accompagné de son amie le déstabilisa, comme si leur rivalité d'autrefois le frappait de plein fouet.

Depuis l'annonce du décès de Liesl, la jeune flûtiste lui était apparue comme une fée, venue pour le réconforter. À partir de ce jour, ils avaient commencé à se fréquenter. Albert était convaincu que le départ du violoniste avait facilité leur rapprochement.

En peu de temps, Albert avait découvert que Teresa représentait exactement celle qu'il avait idéalisée, la femme de sa vie. L'accident avait raffermi son attachement pour elle.

Pour cette raison, il n'était pas à l'aise de savoir Franz près d'elle. Il craignait que le violoniste, par jeu, défi ou orgueil, ne tentât de la lui arracher afin de prouver qu'il était le plus fort.

Sa méfiance était d'autant plus justifiée qu'à l'hôpital, plus tôt, il avait remarqué la réaction de sa belle à l'arrivée du violoniste : elle avait été déstabilisée. Rien que d'y penser, il enrageait.

– Je viens chercher le violon de Jakob, annonça Franz.

Albert lança un regard inquisiteur en direction de Teresa, comme pour lui demander ce qu'elle faisait là. Les yeux émeraude de la jeune femme pointèrent vers le virtuose. L'Anglais comprit qu'il l'avait invitée. Pour quelle raison ?

Franz prit possession de l'instrument, examina l'état des cordes et de l'archet, puis commença à enduire ce dernier de colophane et leur parla, comme s'il reprenait une conversation :

– Lors de mon séjour à New York, j'ai écrit une symphonie.

Chaque mouvement est dédié à certaines personnes, ajouta-t-il, lançant une œillade fugace vers Albert, qui ne saurait jamais qu'un morceau était consacré à Liesl. Teresa, tu m'as inspiré une sonate qui a eu beaucoup de succès en Amérique !

La jeune femme rougit de surprise, devant l'admiration de Marie et la crispation empreinte de jalousie d'Albert. Elle prit l'une des chaises devant le bureau, la tourna vers le violoniste et s'assit.

L'Anglais se leva et se plaça à côté d'elle, lui tenant la main, comme si par ce geste il pouvait la retenir.

Franz s'exécuta. Tous ceux qui l'écoutèrent furent éblouis par cette merveilleuse musique. Sublimée, Teresa se demandait comment sa petite personne avait pu inspirer ce chef-d'œuvre. Indéniablement, pour Albert, cette démonstration ne pouvait s'agir que d'un coup tordu. Son soi-disant ami voulait prouver sa supériorité. Semer la discorde. Gagner le cœur de Teresa pour toujours. Comme s'il venait de marquer son territoire.

41

Avant de se rendre à la Westbanhof, la gare de l'ouest, Franz déposa le violon abîmé à Paris au chevet de Cremona.

Cette fois-ci, le luthier fut moins étonné en apprenant l'histoire derrière cet incident. Des violons balancés par terre suite à un accès de rage, il en avait déjà entendu parler ; mieux encore, cela devenait son fonds de commerce. Rien de plus ordinaire.

L'expert en profita pour le rassurer quant à l'état de son instrument fétiche. Il ne manquait plus qu'une couche de vernis et il pourrait le récupérer à son retour.

Franz put rayer au moins une tâche dans sa liste mentale. Maintenant, il devait se concentrer sur son agenda chargé : il avait plusieurs dates à assurer. Le lendemain, à Salzbourg, le surlendemain à Linz et, après un jour de repos, Shahn avait prévu trois représentations à Vienne. Après cela, il pourrait envisager une pause, si c'était encore possible.

Quels seraient ses engagements pour l'année suivante ? Il n'en savait rien tellement l'avenir lui apparaissait brumeux.

Pour l'instant, le futur proche l'inquiétait : il avait moins de 48 heures pour s'occuper de Sarah. Que faire ? La tuer de sang-froid ou l'inclure dans son plan ? Encore fallait-il en avoir un !

S'il parvenait à l'épargner, s'attirerait-il d'autres ennuis ? Pourquoi mettre un prix sur sa tête ? Que savait-elle ?

Pourquoi avait-il dû l'approcher bien plus tôt ? Le commanditaire s'était-il ravisé ? Toutes ces questions le dépassaient. Trop complexe et sombre, cette histoire. Pour une fois, il considérait judicieux de suivre la fameuse règle numéro un.

Néanmoins, il ne pouvait pas s'empêcher de penser à un quelconque complot politique, comme dans les films, où les ordres venaient à coup sûr d'en haut. Dans ce cas, la police serait-elle utile ?

À la gare, il aborda le premier train au départ pour Salzbourg. Même si ce train rallongeait son itinéraire, il souhaitait éviter l'attente. Cela lui permettrait de souffler en regardant le paysage enneigé. Se souvenir du temps où il arpentait cette ligne, plus jeune, pour revenir à la maison. D'abord accompagné de son père, puis seul. Adulte, il avait préféré la voiture et avait espacé ses visites.

Pendant le trajet, il tentait de réfléchir aux possibilités s'offrant à lui. Dans l'éventualité de contacter la police, jusqu'où avouerait-il les faits ? Que dire sur l'affaire Liesl, sa première victime, et l'accident de Krotz ? Peut-être pourrait-il en profiter pour la mêler à une histoire abracadabrantesque : elle était devenue la cible des criminels en raison de ses mauvaises fréquentations ? Et lui ? Une simple victime collatérale.

Tandis que cette idée trottait dans son esprit et lui semblait une bonne stratégie, capable de le rendre insoupçonnable, il songea à Lili. Que penserait-elle ? À coup sûr, elle ne serait pas d'accord. Et elle aurait raison. En fait, il n'avait jamais réfléchi à ce qu'elle ressentait vraiment. Au-delà de l'amour, de l'affection ou d'un *je tiens à toi*. Qu'éprouvait-elle vraiment ? Comment pouvait-elle accepter de l'aimer sachant qu'il avait commis des atrocités ? Contre son amie, qui plus est. Celle qu'elle disait considérer comme une sœur.

Sur le coup, il prit conscience de la nature malsaine de leur relation. D'une manière ou d'une autre, elle allait souffrir. Que pouvait-il faire ? Aspirer à une vie normale après avoir tué de pauvres innocents lui parut soudain illusoire. Brusquement, il comprit qu'il devrait payer pour ses crimes... même s'il ne voulait pas les assumer.

Après Linz, le train fit sa quatrième halte. Une panne matérielle prolongea l'arrêt de quelques minutes, ce qui lui donna le temps de voir le nom de la station : Wels. Là où jadis il prenait sa correspondance pour rentrer à la maison.

Sur un coup de tête, il attrapa ses affaires et descendit.

Peut-être par nostalgie, par inquiétude pour l'avenir ou tout simplement par une envie soudaine, il souhaita revoir son village natal. Cela ne lui prendrait que quelques heures tout au plus. Le temps suffisant pour réfléchir.

Dans ses souvenirs, Annsberg était une petite bourgade, pleine de vie au milieu des montagnes. Aujourd'hui, le village avait l'air morose. En quittant la gare, il s'aventura dans l'ancienne rue principale. Le peu de commerces subsistant se trouvaient fermés ou étaient devenus des banques, des agences immobilières. Avant de faire un pas de plus, il ressortit la feuille avec les horaires des trains, certain qu'il ne s'y attarderait pas. Ces quelques minutes lui suffirent à comprendre pourquoi il détestait cet endroit.

– Schligg ?

Franz se retourna pour vérifier qui l'avait appelé. Il découvrit de l'autre côté de la rue un homme bedonnant, la soixantaine. Celui-ci le saluait d'un air stupéfait. Le violoniste traversa pour le retrouver, déduisant qu'il devait l'avoir connu dans son enfance. Même si lui-même n'avait pas de souvenir de cet individu, tout comme de la plupart des gens du village.

– Je vous connais ? s'enquit-il, poliment.

Muet d'émotion, le vieillard tarda à s'exprimer. Finalement, d'un geste amène et joyeux, il le prit dans ses bras.

– Vous êtes le fils de Gustav ? Franz, le musicien ? J'ai cru avoir voyagé dans le temps ! Vous lui ressemblez beaucoup !

– Et vous êtes ?

– Paul Adenauer, je tiens le bar. Évidemment, tu ne m'as jamais connu ! poursuivit-il d'un ton amical. Je me souviens très bien de toi, avant que tu partes à Vienne. Comment oublier cet été-là ? Tous les jours, tu restais là dans ce coin de rue, à côté d'un mendiant qui jouait du violon.

Soudain, le regard de Franz s'illumina.

– Vous le connaissiez ?

– Viens prendre un verre !

Le violoniste lança un dernier coup d'œil aux horaires, puis remit la feuille dans sa poche et le suivit. Le barman, enjoué, discutait de l'évolution de la commune, des histoires et des gens qui n'évoquaient rien à Franz. Puis, ilse plaignit de ces jeunes, de leur exil vers les grandes villes, ne laissant dans le bourg que les *vieux*, qui partiraient eux aussi, mais pour l'autre monde.

Adenauer servit deux verres et montra avec fierté des travaux que Gustav, le père de Franz, avait réalisés dans le bar, amenant la question qui devait tomber tôt ou tard :

– Cela fait quelques années que Gustav ne vient plus ! Comment va-t-il ?

– Il est mort, répondit le jeune homme abruptement, après une courte hésitation.

Franz utilisait ce mot pour la première fois pour parler de la perte de son père.

– Non ! Vraiment ?

Le vieil homme soupira et garda le silence pendant quelques instants, comme s'il faisait son deuil.

– Je m'en doutais. On ne le voyait plus. Mais il était bien plus jeune que moi ! Quand ? Comment ?

– Il y a trois ans. Cancer.

Le barman se servit à nouveau et trinqua à sa mémoire.

– Incroyable ! Il paraissait si sain, si fort ! Voilà pourquoi il faut profiter de la vie, mon garçon ! À la tienne !

Ils burent leur verre jusqu'à la dernière goutte.

– Comment se fait-il qu'il ne soit pas enterré ici avec ta mère ? J'imagine qu'il l'aurait voulu.

– Certainement, répondit Franz, honteux de ne pas avoir cherché à s'occuper de ce genre de détail. Je me trouvais loin... je n'ai pas pu revenir à temps. Quelqu'un a arrangé les obsèques à Vienne...

– Quel dommage ! s'exclama-t-il sans se rendre compte de la blessure que ses mots ouvraient.

– De toute façon, ils sont morts tous les deux, asséna Franz froidement. Qu'ils soient ici ou ailleurs ne change rien.

Comme s'il n'avait pas entendu, le vieil homme proposa de l'emmener sur la tombe de sa mère. Le violoniste hésita, puis accepta. Bien sûr qu'il le voulait, il était là pour cela, même s'il ne se sentait pas prêt.

Ils quittèrent le bar et marchèrent en silence en direction du cimetière, à l'extérieur du village. Adenauer s'arrêtait par moments, essoufflé. Franz profitait de ces pauses pour rechercher tout autour de la route des perce-neige ou une autre fleur champêtre qui aurait survécu au froid. Comment venir sans un présent, sans les arums qu'elle aimait tant ? Est-ce qu'au moins il y avait un fleuriste dans cette ville fantôme ?

Il décida d'avancer sans attendre son guide, se demandant si ses souvenirs seraient assez vifs pour lui indiquer le chemin. Il poussa la grille, traversa une allée de dalles revêtues d'humus et de givre, puis s'arrêta au milieu de deux pierres tombales encore ornées de chrysanthèmes. Une discrète sépulture, sale et abandonnée, dont la plaque semblait s'effacer, noircie par les effets du temps. Franz imagina l'attitude que son père aurait eue en voyant cela. Il aurait été anéanti de la découvrir dans cet état. Alors, il saisit un mouchoir et s'accroupit, tentant de frotter l'inscription pour que le souvenir de sa mère ne disparaisse pas. Ce faisant, il se remémorait une image du passé : Gustav, qui nettoyait le sépulcre comme chaque dimanche, et lui, se demandant « à quoi bon ? ». Voilà qu'il reproduisait les mêmes gestes.

Lorsque l'épitaphe fut visible, il la contempla. À sa mort, Arla avait le même âge que Lili. Il faillit penser qu'il était inouï, injuste, immoral qu'une femme aussi jeune pût s'éteindre. Mais le souvenir de Liesl et d'Émilie envahit son esprit. Oui, c'était possible ! À cause de monstres comme lui. Il avait tué sa mère en venant au monde, sa première victime. À quoi bon souffrir pour donner naissance à un monstre ? Voilà son vrai visage : un monstre. Cette idée le noya dans un nouveau chagrin. Pourquoi s'était-il infligé cela ?

Pudique, le vieillard regarda ailleurs lorsqu'il le vit pleurer, mais posa sa main sur son épaule. Il attribua cette hyper sensibilité à sa condition d'artiste.

Après avoir versé quelques larmes, gêné par la présence d'Adenauer, Franz s'éloigna à grands pas. Le vieil homme le rejoignit au pas de course.

– Est-ce qu'il y a quelqu'un d'autre que tu souhaiterais visiter ?

Le violoniste fit non de la tête. Il prétexta qu'il ne voulait pas rater le prochain train, il avait encore une correspondance à assurer.

Sur le chemin du retour, il pensa au mendiant et s'aventura à poser la question au tenancier. Que savait-il de lui ?

– C'est vrai que tu étais gosse, répondit-il. Une sale histoire, cette affaire !

42

Au milieu de la rue commerçante, dans un recoin sale et poussiéreux, traînait un chapeau miteux. Un vieux *Homburg* qui avait connu des jours meilleurs. Il gisait à terre, impatient d'accueillir ne serait-ce qu'une pièce. Une toute petite pièce, quelle que soit sa valeur, pour se sentir moins vide.

Avec un peu d'argent, le propriétaire du chapeau cesserait de torturer les passants avec les plaintes qui s'envolaient de son violon. La douleur et le désespoir creusés par son ventre affamé se répandaient comme une onde de choc à travers sa musique mélancolique.

Or, les gens n'aiment pas les choses tristes. Le vieil homme aurait pu jouer quelque chose d'allègre et entraînant, il en était capable, mais pour cela, il avait besoin d'une force dont il ne disposait plus. De l'énergie et la vitalité que seuls la joie et le bonheur peuvent fournir, bien que le charme du violon demeure dans le chant plaintif de ses cordes. Pour l'heure, les mélodies maussades qui en sortaient servaient à masquer les râles de son estomac famélique, lequel n'attendait plus rien.

Dès lors, il ne pouvait s'empêcher de mettre une part de sa souffrance dans sa musique. Comme un châtiment, sa morosité pénétrait inconsciemment l'âme des passants. En guise de protestation, ces derniers se vengeaient à leur façon de ce déluge plaintif. Ils ne lui donneraient rien du tout, même pas un bouton rouillé.

Convaincu de la véracité de son raisonnement, le vieillard fut surpris par un cliquetis. Habitué à jouer les paupières closes, concentré sur sa musique, il ouvrit grand les yeux, séduit ; il avait cru ne jamais entendre ce son.

Son attention fut attirée d'abord par le chapeau où trois pièces de monnaie l'attendaient. Puis, tout doucement, il leva son regard pour le plonger dans les yeux bleu gris d'un enfant.

– Je voulais m'acheter des bonbons, mais je n'en ai pas besoin, se justifia-t-il. J'aime beaucoup votre musique et comment vous jouez du violon.

Sans l'avoir écouté, le mendiant se jeta sur les pièces avec avidité, comme s'il s'agissait de nourriture. Il les contempla pendant un moment et se demanda ce qu'il pourrait s'offrir avec ça, avant de réaliser que ce n'était qu'une simple aumône. Tout de même, il voulut remercier l'unique personne qui avait manifesté un intérêt pour sa musique, mais l'enfant était déjà parti.

Le vieillard revint alors à ses pièces. En les regardant, le vide de son ventre fut comblé, tout autant que celui de son âme. Il avait renoué avec l'espoir. Il pourrait supporter encore une nuit à la belle étoile, couvert des journaux qu'il ramassait dans les poubelles et en gardant son violon près de lui.

Le lendemain midi, le même gamin réapparut et resta longtemps à l'écouter. Il admirait les doigts qui glissaient sur les cordes avec agilité et grâce, tandis qu'un archet ébouriffé venait s'y frotter.

Le répertoire s'égaya, les passants s'y attardèrent. Certains s'essayèrent à de timides pas de danse, tandis que d'autres balançaient leur tête ou leur corps au rythme de la musique.

L'ambiance fut telle qu'une dame parée de bijoux se sentit obligée de mettre un billet dans le chapeau. Lorsque le mendiant s'en rendit compte, il cessa de jouer pour contempler sa récompense et remercier sa bienfaitrice. Cette dernière était déjà bien loin, stationnée devant la vitrine d'une joaillerie. Il s'aperçut que le petit garçon était toujours là, à ses côtés, et l'observait de ses yeux expressifs et chaleureux.

– Je n'ai plus d'argent. Est-ce que je peux continuer à vous écouter ?

Le vieillard ne répondit rien, lorgna le billet avant de le ranger dans une poche de sa veste rapiécée. L'enfant scrutait chacun de ses gestes, curieux.

– Dis-moi, petit, cette femme est ta mère ?

– Je n'ai pas de maman.

Le mendiant resta silencieux pendant quelques instants.

– À ton âge, moi aussi, j'étais orphelin de mère. Mon père était un ivrogne !

– Mon père est un saint !

L'adulte faillit s'esclaffer, mais décida de ne pas le contrarier avec ses moqueries. Il reprit son instrument et se mit à jouer une mélodie enjouée, remplissant de bonheur le cœur de ceux qui l'écoutaient.

Une autre dame passa par là et lança une poignée de pièces dans le chapeau. Le mendiant s'arrêta et lui fit une révérence.

– Et si toute votre vie vous avez été pauvre, comment ça se fait que vous avez un violon ? raisonna l'enfant.

– Je n'ai jamais dit que j'ai été pauvre toute ma vie ! grommela le vieillard. Cette merveille est un *Excelsis* ; il ne peut pas se comparer à un Stradivarius, mais l'important est qu'il me convienne à moi. D'ailleurs, il a un son extraordinaire. Ce type d'instrument est unique ! On en fabriquait dans mon village natal.

– J'ai toujours rêvé de jouer du violon. Mais papa n'a pas assez d'argent pour m'en acheter un.

– Tu dis qu'il est un saint, demande-lui un miracle !

Pendant ces quelques instants de bavardage, le chapeau se remplit de pièces de monnaie et des billets. Les passants, attendris par le petit garçon, se montraient généreux.

Le lendemain, à la même heure, le mendiant jouait un répertoire plus hétéroclite. Il fut surpris de revoir l'enfant. Ce dernier avait un sac contenant quelques victuailles : un sandwich, des pommes et une barre chocolatée. Ému par sa gentillesse, le vieil homme l'accepta de bon cœur.

– Si vous mangez ça, vous pourrez garder l'argent et vous trouver une chambre pour ne plus dormir dans la rue.

Le mendiant ne dit rien et continua à jouer des mélodies qui lui sortaient du cœur. C'était sa manière de remercier son bienfaiteur dont il ne connaissait pas le nom et qui revint les jours suivants pour l'écouter et rapporter à chaque fois de la nourriture. Il restait une bonne heure avec lui ; l'observait, l'étudiait, ébahi par la maîtrise avec laquelle il manipulait ce bel instrument.

Un jour, le vieillard aperçut l'enfant et son paternel, ils portaient des planches en bois. Lorsqu'ils passèrent à côté du violoneux dont le chapeau au sol regorgeait de monnaie, le garçon se figea et posa les planches par terre.

– Regarde, papa ! C'est le monsieur dont je t'ai parlé !

Le mendiant tira une révérence qui fut rendue par un salut de la main.

– Je voudrais avoir un violon comme le sien ! s'exclama le petit garçon.

Son père lui expliqua calmement que cela n'était pas possible pour le moment, car il voulait en priorité lui trouver une bonne école à Vienne. Et, pour cela, il devait travailler beaucoup.

Dans son élan, le garçonnet faillit toucher l'instrument lorsqu'il le pointa du doigt. D'un sourire embarrassé, l'adulte s'excusa pour la conduite de son fils et se sentit obligé de gratifier le musicien de quelques pièces qu'il gratta au fond de sa poche.

– Veuillez pardonner mon petit Franz, parfois il est très agité.

Le vieillard refusa la monnaie et tendit le violon à l'enfant.

– Laissez-le essayer. Qui sait s'il cache un talent inné ?

Tout excité, le petit Franz reçut l'instrument et, lorsqu'il l'eut entre les mains, tenta d'imiter la pose ainsi que les mouvements du mendiant. Il glissa l'archet sur les cordes et émit une cacophonie stridente avant que son père ne le lui retirât gentiment, de peur qu'il l'abîme. Non seulement c'était l'unique moyen de survie du vieillard, mais il imaginait que la réparation serait coûteuse.

Ces secondes pendant lesquelles Gustav – le père – entendit ces sons, à première vue sans beauté, furent suffisantes pour lui faire sentir ce que l'amour d'un parent ne peut pas manquer : il y vit la passion, le talent, la dévotion. Surpris par le respect avec lequel Franz l'avait pris, il saisit la complicité naissante entre son fils et le violon. Comme s'ils ne faisaient qu'un.

Malgré cette expérience maladroite, le jeune garçon ne fut pas déconfit : au contraire, il avait hâte de recommencer. En guise de réconfort, le vieillard lui avoua qu'à ses débuts, il avait fait bien pire.

Mais Franz n'avait pas besoin d'encouragements ; il était tout simplement heureux. Gustav aussi, qui fut certain d'avoir perçu le talent prometteur de son fils, convaincu qu'il serait parmi les meilleurs. Sans pouvoir l'expliquer, malgré les grincements assourdissants, son cœur avait ressenti une belle mélodie, ce qui le remplit d'un sentiment de fierté. Il le regrettait d'autant plus que le coût de l'instrument et des leçons serait difficile à assumer.

Dans une semaine, Franz fêterait son dixième anniversaire, puis partirait en pensionnat à Vienne pour y poursuivre ses études. Gustav aurait voulu lui offrir quelque chose de significatif. Malheureusement, il n'avait pas les moyens d'acheter un violon.

Quelques jours plus tard, Gustav fut appelé à restaurer un vieux secrétaire ; une antiquité digne d'intérêt, propriété d'une jeune veuve qui habitait dans le centre-ville. Le travail fut simple, mais les projets de la dame étaient autres. Elle en profita pour faire durer la visite, le consulta sur l'état de ses meubles et, par de petits bavardages innocents, chercha à le retenir. Après avoir jeté un coup d'œil à l'extérieur, Gustav s'aperçut que la nuit tombait et commença à se soucier de son fils, seul à la maison. Ses préoccupations s'accentuèrent lorsqu'il comprit les véritables intentions de la jeune femme au lascif regard d'émeraude.

Depuis la mort d'Arla, l'amour de sa vie, il lui était resté fidèle, refusant une quelconque compagnie féminine. Ce ne serait pas ce jour-là qu'il briserait sa promesse. Ainsi, il repoussa galamment ses avances et décida qu'il était temps de partir.

Indignée, enragée, la jeune veuve s'emporta, menaçant de se venger de l'outrage. Elle n'avait pas l'habitude de se faire éconduire. Elle l'insulta ainsi que la mémoire d'Arla, chose que Gustav ne toléra pas. Lui, on pouvait l'envoyer au diable, mais pas sa défunte épouse.

Bien décidé à fuir cette infernale maison bourgeoise, il prit sa caisse à outils et partit la tête haute malgré les injures. Néanmoins, même quand il eut traversé le seuil de la porte, la mégère ne lâcha pas. Surpris par le vacarme, le voisinage sembla s'intéresser à la querelle et se montra discrètement par la fenêtre.

Embarrassée, la furie se tut.

Gustav s'éloigna de l'avenue principale, emprunta une petite ruelle et tenta d'apaiser sa colère. Il compta jusqu'à dix, souffla et se décida enfin à reprendre le chemin du retour. Tout à coup, sur le coup de l'émotion, sa main trembla ; sa caisse à outils glissa d'entre ses doigts et s'écrasa bruyamment au sol. En hâte, il s'abaissa pour ramasser ses instruments. Dans la nuit silencieuse, il n'entendit que le râle de sa respiration agitée qui s'intensifiait jusqu'à ce qu'il réalisât qu'il y avait quelqu'un d'autre derrière lui.

– Personne n'a jamais osé me rejeter ! Personne n'a jamais osé m'humilier de la sorte ! Je suis importante, moi ! Toi, tu n'es qu'une merde ! Tu vas le payer très cher !

Instinctivement, Gustav s'empara du premier ustensile qu'il vit : une gouge de menuisier bien acérée. Il se leva d'un bond et, poussé par une pulsion meurtrière, l'enfonça dans le cou de la harpie.

Un cri déchirant retentit et se finit par des gargouillis. Parmi le voisinage, ceux restés à l'affût de la querelle commencèrent à s'alarmer et à sortir.

Comme s'il se réveillait d'un cauchemar debout, Gustav réalisa la portée de son acte lorsqu'il contempla le corps à terre, se vidant de son sang, et l'outil ayant servi d'arme.

C'était impossible... il ne pouvait pas être l'auteur d'une chose pareille. Comment ? Pourquoi ?

Accablé par l'horreur et la honte, il regarda l'arme, sans comprendre comment elle était parvenue dans sa main. S'il était arrêté, qui s'occuperait de Franz ? Il ne pouvait pas aller en prison et le laisser seul. Son fils ne devait jamais savoir que son père avait commis le plus grave des péchés, le pire des crimes !

Dans la rue commerçante, des habitants commencèrent à envahir le pavé, tandis que Gustav se précipitait pour ranger ses instruments dans la boîte. Il la referma, l'entoura de ses bras comme s'il s'agissait d'une bête blessée et se releva pour s'enfuir au pas de course. Lorsqu'il se retourna, il se retrouva nez à nez avec le mendiant, qui le fixait, abasourdi. Le jeune père baissa la tête, ne se sentant même plus digne de le regarder dans les yeux, le contourna et s'échappa.

Un groupe de badauds s'engouffra dans la ruelle et découvrit la respectable dame au sol, le sang ruisselant de son cou, ainsi que le clochard à ses côtés, tétanisé. Quelques secondes suffirent pour que d'autres spectateurs s'agglutinassent eux aussi autour du cadavre, clamant une justice qu'ils décidèrent d'expédier d'eux-mêmes. Ils supputèrent que le mendiant était le coupable. La foule s'emporta contre lui. Parmi eux, certains s'impliquèrent dans le lynchage en simple spectateur, criant vengeance haut et fort. Les femmes, plus prudentes, appelèrent la police.

Unique témoin du meurtre, le vieillard ne chercha même pas à se défendre ni à expliquer ce qu'il avait vu. Si quelques jours plus tôt il n'avait pas rencontré le père de son jeune admirateur, il ne se serait pas mêlé de cette affaire. Mais sachant l'enfant orphelin de mère, il ne souhaitait pas qu'il devienne comme lui : seul, délaissé, abandonné. Ainsi, fut-il roué de coups. À la fin, deux corps gisaient sur le pavé, éclairés par la douce lueur du réverbère de la rue principale.

Au fond d'une impasse, au loin, des larmes coulèrent des yeux du vrai coupable, déchiré par son impuissance. Deux meurtres. Deux vies pesaient sur son âme. Pour rien. Pour de simples mots qui s'envolent comme le vent.

Il attendit dans sa cachette que les dépouilles fussent emmenées et la foule dissipée pour s'approcher du lieu du drame. La chaussée était glissante ; l'eau n'avait pas réussi à enlever toutes les traces. Les remords lui lacérèrent tant les entrailles qu'il dut s'appuyer contre le mur pour se soutenir. Ses jambes fléchirent et il regarda de plus près ce morceau de pavé, où le sang avait coulé par sa faute.

La nuit devint encore plus noire. Seuls quelques réverbères assuraient un service minimum. Il était si tard qu'il ne put que songer à son fils. Il l'avait délaissé toute la soirée ! Lorsqu'il revint dans sa cachette pour reprendre sa caisse à outils, il remarqua le violon au fond de l'impasse, sur un tas de cartons, à demi couvert de journaux. L'étui, fermé, reposait à côté.

Sans comprendre le sens de cette disposition, il ouvrit le boîtier par curiosité. À l'intérieur se trouvait tout l'argent ramassé par le mendiant et sa musique. Gustav eut une pensée pour son fils, son souhait de jouer du violon, son avenir. Non. Il ne pouvait pas, ce serait du vol. Il préféra imaginer que, faute d'héritier, le vieillard aurait voulu que ses biens revinssent à Franz.

Gustav rentra à la maison. Son fils dormait sur le canapé devant la télévision restée allumée. Après l'avoir posé dans son lit, il passa la nuit dans son atelier à nettoyer la gouge et la caisse à outils.

Les traces de son meurtre effacées, vint le tour du violon. Une cure de jouvence l'attendait. Il ferait le nécessaire pour dissimuler son état, sale, usé. Délicatement, il y appliqua une fine couche du vernis pour bois précieux.

Puis, il tenta de remécher les crins de l'archet, mais ce fut peine perdue. Un jour, il l'amènerait voir un vrai spécialiste. Finalement, il décrassa l'étui, changea la doublure et cira l'extérieur.

Lorsqu'il s'apprêta à ranger l'instrument, une minuscule inscription dans l'archet lui sauta aux yeux. Il distingua une gravure presque effacée : *Excelsis*, qu'il gratta pour la faire disparaître.

Le violon avait une nouvelle allure, il ne subsistait plus aucune trace de sa vie de misère. Gustav était convaincu qu'il serait idéal pour les débuts de la carrière grandiose à laquelle son fils était destiné. Il y songeait déjà.

Le lendemain, Franz revint de l'école, la mine déconfite de ne pas avoir retrouvé le mendiant. Certain que son père en connaîtrait la raison. Lorsqu'il lui demanda où était-il passé. Sur le coup, Gustav hésita. Bien sûr, il ne lui avouerait pas la terrible vérité… mais il sentait qu'il lui devait une réponse digne.

– Il est parti… ailleurs.

– Mais pourquoi n'est-il pas resté ici ?

– Parce que c'est à Vienne que les violonistes triomphent, Franz.

43

« Nid de barbares ! » se désolait le violoniste une fois installé dans le train. Le sentiment d'indignation fut vite remplacé par un autre : le malaise. Toute son enfance passée parmi des assassins qui, eux, avaient pu jouir d'une vie ordinaire, sans avoir de comptes à rendre à personne, sauf au destin. Il en éprouvait un mélange d'écœurement et d'envie.

D'après le tenancier, les participants et les témoins de la rixe s'étaient couverts les uns les autres. La police locale n'avait pas fourni beaucoup d'efforts non plus pour trouver les coupables de la mort d'un clochard, même si l'arme du crime de la jeune veuve n'avait jamais été identifiée. À l'époque, sa famille, plutôt intéressée par l'héritage, n'avait pas poussé l'enquête. Quant au violon, personne ne s'en était occupé. Il avait disparu sans laisser de trace. Pour Franz, ce détail fit l'effet d'une douche froide. S'agissait-il du même instrument que le sien ?

Le violoniste n'arrivait pas à se sortir cette idée de la tête. Pourtant, durant son explication, Adenauer avait perçu son trouble et s'était empressé de le rassurer : ni Gustav ni lui-même n'avaient pris part au massacre. Au contraire, le vieil homme lui avait assuré qu'il ne se passait pas un jour sans qu'il se désolât d'avoir été un témoin silencieux et de ne pas avoir réagi. Selon ses mots, ce fut un non-événement que les habitants avaient réussi à oublier rapidement, aidés certainement par un sentiment de honte collectif.

Comme il n'avait plus eu d'incident aussi spectaculaire que le meurtre de la jeune veuve, la population fut apaisée : « pas de meurtrier parmi nous ».

Franz se fichait de ce que pouvait ressentir ce peuple fruste, coupable d'avoir épanché sa sauvagerie sur le mendiant – comme si cette idée pouvait l'excuser de ses propres actes. Non, le plus déstabilisant dans cette histoire restait le violon. Quoi qu'il en soit, il avait été volé.

Quant au sien, la première fois qu'il l'avait amené chez Cremona, le luthier lui avait permis de connaître son pedigree : un *Excelsis*, comme celui du mendiant.

« Très bonne manufacture ! Fabriqué à Mittenwald, mais il reste un violon ordinaire ! » avait affirmé l'expert à un très jeune Franz qui avait trouvé cette coïncidence amusante.

Le changement de train à Wels le sortit de sa rêverie et mit fin à cette parenthèse désenchantée. À quoi bon chercher ? Il venait d'un village de criminels et chérissait un violon volé. Après tout, se retrouver sur le point d'assassiner sa sixième victime semblait faire partie d'une suite logique.

En fin d'après-midi, il arriva à Salzbourg, les idées un peu plus claires sur la démarche à suivre. En premier lieu, il discuterait avec Sarah ; puisqu'elle connaissait sa situation, elle pourrait coopérer et disparaître d'elle-même ? Comment refuser alors que sa vie en dépendait ? Maintenant, il lui fallait penser à un plan B : comment l'éliminer et se débarrasser du corps ?

À l'hôtel, lors de l'enregistrement, il demanda au réceptionniste qu'on fasse parvenir un message à Sarah Strauss. L'employé l'informa qu'il pourrait la retrouver dans le bar. Franz s'y précipita, étui de violon en main.

Il pénétra dans le salon cosy, meublé des fauteuils club en cuir marron et aux murs tapissés de rouge. Devant la baie vitrée avec vue sur la rivière Salzach, sa cible s'entretenait avec un individu. Franz crut le reconnaître comme l'un des hommes d'affaires qui accompagnaient Katinka pendant la fête à Paris.

Le violoniste s'avança, sans dissimuler la méfiance que cette rencontre intempestive lui inspirait. Était-ce plus qu'une coïncidence de le retrouver avec la victime désignée ? Dans le cas contraire, ce type devenait un témoin gênant si jamais on faisait le rapprochement avec les disparitions de Katinka et, éventuellement, de Sarah.

Cette dernière l'aperçut et l'observa longuement avec dédain avant de se décider à congédier l'autre homme. Celui-ci, guère surpris de retrouver le virtuose, échangea avec lui une brève salutation sans mentionner leur rencontre à Paris et fila.

Pendant ce temps, Sarah le lorgnait avec intérêt.

– Je croyais que vous ne vouliez plus jamais me parler, même si vous y étiez obligé. L'êtes-vous ?

Pris de court par son attitude, Franz hésita quant à la réponse à donner. Il détourna son regard d'acier quelques instants avant de le poser sur elle à nouveau, avec un regain d'assurance, prêt à l'envoûter comme il en avait le secret.

– J'aimerais discuter avec vous, en privé. Puis-je vous inviter à dîner, ce soir ? lança-t-il.

– Ce sera un plaisir, mais nous pouvons parler ici, maintenant.

Le violoniste s'assit sur le siège vide à côté d'elle sans soustraire ses yeux de sa proie.

– Qui est ce monsieur ? demanda-t-il.

– Mais vous êtes curieux en plus ! Ou est-ce de la jalousie ? Est-ce qu'on vous a encore demandé de me séduire ?

– Non. Mais puisque vous êtes là... vous connaissez ma situation et j'ai besoin de votre aide.

Sarah Strauss le dévisagea, bien décidée à ne pas lui laisser prendre le dessus. Au moment où elle remarqua l'étui de violon, elle esquissa un geste d'autosuffisance.

– Jouez pour moi.

– Demain. Vous avez votre place pour le concert ? répondit-il avec son sourire charmeur.

– Je parle d'un récital privé. Jouez pour moi uniquement.

– D'accord, mais pas n'importe où. Avec ça je risque de faire du bruit, ponctua-t-il en signalant l'instrument. Demain matin, au théâtre ?

– J'ai une journée chargée, je vous accorde une heure. Dix heures ?

– Vous me concédez une heure ! s'exclama-t-il d'un ton moqueur. C'est plutôt le contraire !

– Non, je ne crois pas. Elle tient, votre invitation à dîner ?

Franz se leva du siège.

– Oui. Je vous attends dans une heure, à l'accueil.

– Chambre 1002, répondit-elle, tournée vers ses dossiers qu'elle commençait à ranger dans sa serviette en cuir.

Le violoniste se retira et médita les options offertes par le destin. Il discuterait avec elle pour tester sa réceptivité. Pourrait-il lui avouer qu'elle était sa cible ? Non, mauvaise idée : cela l'effrayerait.

Une partie de lui exigeait de l'éliminer une fois pour toutes. Ensuite Karl baisserait sa garde et il mettrait Lili et Shahn à l'abri. Enfin, il se dénoncerait... ou pas. Choquée, une autre facette de son esprit voulait le secouer pour l'amener à raisonner. Comment pouvait-il penser à tuer de nouveau ? N'avait-il pas trop de remords qui le hantaient ? Toutes ces voix dans sa tête le convainquirent qu'il était désormais atteint de folie. Il n'y avait qu'un seul moyen de les faire taire.

Il s'enferma dans sa chambre, prit le Stradivarius de Shahn et le contempla, admiratif. Un instrument magnifique, mais sa valeur n'était pas comparable à celle, sentimentale, de son violon maudit. Peu importe, il avait besoin de jouer pour se calmer.

La sourdine mise en place, il ouvrit les portes du balcon et s'extasia devant le panorama. La rivière, les lumières de la ville surplombée par la forteresse médiévale de Hohensalzburg offraient un cadre apaisant. Il plaça le violon entre son menton et son épaule. Son archet se mit à glisser au son de la *Sonate n° 12* de Paganini, qu'il s'efforça de jouer en dépit de la puissance de l'instrument. Des passants dans la rue le remarquèrent immanquablement et il se vit obligé d'arrêter, de crainte de provoquer le même attroupement qu'à New York. En définitive, si Sarah tenait à son concert, ce serait au théâtre. Et s'il devait perpétrer un crime, ce serait là-bas aussi.

En attendant l'heure du rendez-vous et à défaut de pouvoir jouer, il préféra une petite balade au calme, pour remettre à plat ses idées ou pour oublier la bêtise qu'il s'apprêtait à commettre. Avant de quitter sa chambre, il s'empara du téléphone et pianota un mot doux pour Lili, qu'il n'eut finalement pas le courage d'envoyer. S'il commençait, il n'arrêterait plus, il le savait.

Au moment de traverser le hall, un coup d'œil à la pendule de l'accueil indiqua qu'il lui restait un peu de temps pour se promener sur les quais. Soudain, il entendit une petite voix particulière avec un accent slave. Elle l'appelait d'une manière qu'il pensait avoir perdue dans les méandres de sa mémoire.

– Franz !

Il se retourna et fut agréablement surpris. Justement celle dont il avait besoin en ces moments. Le ciel avait-il envoyé un ange ? Comment était-ce possible ? Un ange roux aux iris verts, visage de porcelaine.

– Irina ?

Les années avaient épargné son visage de poupée russe. Elle conservait sa beauté de ballerine dansant sur scène, celle qu'il avait admirée dans sa jeunesse. Comme si le train pris ce matin l'avait transporté à nouveau dans le temps : d'abord avec l'escale dans son village, puis par cette agréable rencontre avec la seule amie d'un temps révolu.

Son sourire radieux répandait le bonheur sur son passage. Sa présence chassait tous les tourments. Comment ne pas se concentrer sur celle dont les yeux d'émeraude lui rappelaient que lui-même fut, à une époque, heureux, insouciant... innocent.

Elle le prit chaleureusement dans ses bras, se réjouissant de l'avoir reconnu.

– Je suis contente de te voir !

Puis, elle se lança dans un monologue avec ce charmant accent russe qu'il aimait. Elle avait cette façon de parler rapidement, dans tous les sens. Il avait hâte de tout apprendre sur elle. Qu'était-elle devenue et qu'est-ce qui l'avait conduite à lui ? Il était hors de question de transformer ces retrouvailles en interrogatoire dans le hall de l'hôtel. Alors, il l'invita à l'accompagner dans sa promenade. Après tout, Salzbourg à cette période de l'année offrait tant de possibilités, qu'il ne pouvait pas se contenter de lui proposer une balade sur les quais. La douce fraîcheur de la nuit paraissait idéale pour se perdre dans les ruelles du centre-ville, lui faire découvrir quelques surprises.

Une ambiance festive les accueillit sur le Marché de Noël de Residenzplatz, illuminé comme un ciel étoilé. Irina s'arrêta devant un stand de boissons chaudes. Au même instant, un attroupement se formait à quelques mètres d'eux. Enjoué comme un enfant, Franz l'attira vers la manifestation d'où surgirent intempestivement des monstres poilus dotés de cornes et de tête mi-chèvre et mi-démon. À leur vue, la jeune femme ne put retenir un petit cri de surprise tandis que son compagnon riait à gorge déployée.

D'autres bestiaux surgirent de la foule, animée par un bruit de cloches qui rendait toute conversation impossible. La procession des *Krampus* se poursuivait. Certains jouaient des farces aux passants : un diable noir aux dents acérées attrapa le bonnet d'Irina et le balança. Franz s'accroupit pour le ramasser en même temps que le monstre taquin. Ce faisant, il observa le terrifiant masque en bois et pensa à Karl.

Son *Krampus* était apparu au moment même où il comptait effacer les traces de son premier crime. Karl, un démon surgi du néant pour le punir. Il avait toujours voulu rendre coupable Lili, alors que c'était lui-même le seul fautif.

Revenant à l'instant présent, lorsqu'il remarqua une Irina hilare à ses côtés, il s'interrogea. Pourquoi n'était-il pas resté le même garçon qu'elle avait connu ? Impossible. Trop d'amertume, trop de colère enfouie, trop de choses gardées en lui.

– Tu es venue pour danser ? s'enquit-il pour se changer les idées.

– Oh ! Non, j'ai arrêté ça pour le moment.

Un sourire rayonnant fut suivi d'une caresse sur son ventre. La nouvelle le ravit, mais ne sut pas l'exprimer autrement qu'en insistant pour s'asseoir au chaud. Ils s'attablèrent dans un stand fermé. Elle prit un chocolat chaud, et lui du *Glüwein*.

– Je suis venue pour accompagner mon époux. Mais j'en ai un peu marre de revoir le même spectacle tous les soirs.

– Il est danseur ?

– Non, violoniste dans un orchestre.

Elle répondit avec son sourire resplendissant, mais Franz ressentit un goût amer. Elle avait fait sa vie, elle était mariée et enceinte. L'heureux élu ? Un violoniste. Pourquoi un violoniste ? Une autre question fusa à sa place :

– Pourquoi ne m'as-tu jamais cherché ?

– Et toi, pourquoi ne m'as-tu jamais recherchée non plus ?

Elle avait raison, pourquoi ne l'avait-il pas fait ? Pourquoi n'avait-il jamais tenté de la revoir ? La célébrité, la reconnaissance, les voyages l'avaient obnubilé. Il aimait n'être nulle part et profiter à sa manière de ces femmes à ses pieds, du violon et de vivre sous l'aile protectrice de son mentor. Avec tout ça, pourquoi penserait-il à elle ?

– Et toi, qu'est-ce que tu deviens ? lança-t-elle à son tour.

Il aurait voulu lui parler de sa vie, mais s'interdit d'évoquer ses problèmes, pas la peine. Elle était heureuse, dans un monde où il aurait pu avoir une place s'il avait été moins stupide.

– Je ne sais pas où j'en suis, se limita-t-il à répondre.

Elle le dévisagea un long moment. Il eut l'impression qu'elle lisait ses soucis sur son visage, mais elle ne posa qu'une seule question :

– Est-ce que tu as quelqu'un dans ta vie ?

– Oui, enfin je crois. Je l'espère. Je ne sais pas. C'est compliqué, balbutia-t-il.

– C'est toujours compliqué, le rassura-t-elle l'air serein.

– Pourquoi as-tu épousé un violoniste ? demanda Franz après un silence.

– Parce que j'ai un faible pour les violonistes, répondit-elle en souriant. Il me rappelait quelqu'un que j'ai beaucoup aimé et à qui je n'ai jamais eu le courage d'exprimer mes sentiments.

– Pourquoi tu me dis ça ?

– Ah ! parce que tu crois que je parlais de toi ? s'exclama-t-elle avec un faux étonnement.

Sa réaction provoqua un rire sincère. Ça lui faisait du bien de la voir épanouie. Il aurait souhaité ce même bonheur pour Lili. Peut-être qu'elle aussi avait besoin des bras d'un autre violoniste pour être heureuse. Avec lui, dans sa situation, leur relation était vouée à l'échec.

Cette plongée dans son passé lui permit de relativiser son futur. Il pouvait en être sûr : il méritait ce qui lui arrivait. Il devait payer. Comment et envers qui ? Aucune idée. Seule certitude : il se devait d'arrêter les dégâts.

Abandonner l'idée de tuer Sarah lui semblait l'option la plus sensée. Cependant, il lui fallait identifier le moyen de protéger Lili. Plus il réfléchissait, plus il se persuadait de l'importance de discuter avec sa cible, la convaincre de disparaître momentanément, le temps de faire croire à sa mort. Ensuite, il se chargerait de mettre Lili en sécurité et alerterait la police.

Franz pensait à l'éventuel échec de sa requête.

Pourquoi une femme si occupée, comme Sarah le prétendait, accepterait-elle de s'éclipser ? « Au pire, je donnerai de mon corps », pensa-t-il, convaincu qu'elle ne refuserait pas. Cette idée aurait pu le faire rire s'il ne la voyait pas comme une mante religieuse. Une corvée. Enfin, pour en arriver là, il aurait dû discuter avec elle. Or, il venait de saboter volontairement sa propre invitation à dîner.

Il raccompagna Irina et après moult hésitations, se ravisa à frapper à la porte de Sarah. Il supposa qu'elle serait furieuse. Il valait mieux attendre le lendemain, il l'adoucirait avec sa musique. Puis, il trouverait un moyen de la convaincre de suivre son plan.

Il partit dans sa chambre et évita de consulter son téléphone portable, préférant plonger aussitôt dans un sommeil placide. L'esprit en paix.

Le lendemain, il faillit louper à nouveau son rendez-vous. Il se prépara rapidement, sans avoir le temps de boire un café ou d'avaler quoi que ce soit, prit le violon et courut frapper à la porte de Sarah. Pas de réponse. Peut-être l'attendait-elle dans le hall ? Elle n'y était pas non plus. Sur le point de se renseigner à l'accueil, il l'aperçut au loin. Elle venait d'échanger quelques mots avec le concierge et se disposait à emprunter une issue de service.

« Ça y est, elle est fâchée ! » pensa Franz à juste titre. Il s'élança à sa poursuite et pénétra *in extremis* dans l'ascenseur menant au parking. Elle le toisa du regard, sans émettre la moindre salutation.

— Vous avez oublié votre concert privé ? demanda-t-il.

— Et vous, le dîner d'hier soir, répondit-elle sèchement.

— J'ai eu un contretemps.

— Elle était jolie, votre contretemps.

L'appareil ouvrit ses portes. Franz lui lança un de ces sourires charmeurs dont il avait le secret afin de l'adoucir, mais cette fois-ci il n'obtint pas l'effet escompté. Après quelques pas, Sarah Strauss stoppa net, son visage présentait un soupçon de colère.

— Écoutez, il faut que j'y aille. Vous me ralentissez.

Visiblement, elle avait du mal à trouver sa voiture. Franz marchait avec elle, incrédule. Que faisait-elle dans cet endroit peu adapté à la clientèle huppée du palace ?

— Pourquoi n'avez-vous pas appelé le voiturier ? demanda-t-il, pragmatique.

Ses paroles furent noyées par le crissement des pneus d'un véhicule qui tournait.

– Écoutez, poursuivit-il. Je suis désolé pour hier soir, mais il faut vraiment que je vous parle.

– Plus tard si vous voulez, mais là, partez ! tança-t-elle, exaspérée.

Soudain, la panique l'envahit.

– Que... ?

44

Ce jour-là, Lili rentrait à Vienne le cœur rempli d'interrogations. Depuis son départ de Paris, Franz n'avait pas donné de ses nouvelles. Rien d'étonnant à cela, il ne l'avait jamais fait auparavant. Or, elle sentait qu'un lien s'était créé entre eux depuis leur dernière nuit ensemble, et s'attendait à plus de contact. Par ailleurs, étant donné les circonstances, son état mental la préoccupait.

Comme elle avait récupéré son numéro de portable, elle lui avait envoyé quelques messages comme on jette des bouteilles à la mer. Aucun ne suscita le moindre retour ou réaction, résultat qui l'attrista, même si elle connaissait l'oiseau. En revanche, elle avait reçu de nombreux appels d'Albert. Apparemment, il cherchait désespérément à localiser Franz sans donner plus de détails.

Elle fut d'autant plus surprise de retrouver le chef d'orchestre à l'aéroport pour l'accueillir, la mine sombre. Elle eut une mauvaise intuition. Trop d'attentions à son égard n'étaient pas un bon signe.

L'Anglais prit ses bagages et l'invita à le suivre au parking, en silence. Ce n'est qu'une fois installé dans sa voiture, les mains au volant, qu'il put s'exprimer.

– Je ne voudrais pas t'inquiéter davantage, mais c'est étrange ! Franz ne s'est pas présenté à son concert à Salzbourg, hier soir. Ce soir il devait se produire à Linz, mais on n'a aucune nouvelle de lui. J'ai appelé l'hôtel à Salzbourg. Ses affaires sont toujours dans sa chambre, alors qu'il devait la quitter ce matin...

Lili l'écoutait attentivement. Son esprit n'entrevoyait que des choses affreuses. Une tragédie ? Était-ce en rapport avec une tâche qu'il devait accomplir ?

– En plus, il a disparu avec un violon très précieux, poursuivit-il. A-t-on voulu le dévaliser ? Shahn sera anéanti !

– Pour Franz ou pour son fichu violon ?

– Pour Franz, évidemment ! Quelle question !

– Est-ce qu'il faut attendre pour informer la police ?

– Non, on y va. Avec ces histoires d'assurance, il vaut mieux donner l'alerte dès maintenant.

Albert tentait de relativiser la situation, même si l'angoisse le consumait. Il avait été détestable lors de sa dernière rencontre avec Franz. Ce jour-là, la jalousie l'avait rongé si fort qu'il lui avait souhaité du mal. Il avait honte de l'admettre, mais supposer qu'il pouvait encore lui enlever sa Teresa avait remué une rage interne.

Avec cette disparition, il avait l'impression que par une étrange ironie du destin ses désirs avaient été exaucés. Il s'en voulait.

Lili se demandait s'il fallait dire ce qu'elle savait. Si d'aventure Franz avait choisi de s'éclipser. Avait-il réussi à se débarrasser de Karl… ou si ce type l'avait fait disparaître.

Machinalement, elle caressa son bracelet et ne put s'empêcher de penser à son état mental lors de leur dernière rencontre. Une idée terrible trottait dans sa tête : et s'il avait décidé de mettre fin à ses jours ? Rien que de songer à cette éventualité, elle sentit son cœur se tordre tout comme son estomac.

« Non, pas ça ! » priait-elle.

Albert vit sa passagère se raidir et fut ému de voir une larme couler sur sa joue. L'entendre pleurer en silence brisait son cœur. Il aurait voulu la rassurer, mais ne pouvait formuler aucun mot. Le sentiment de culpabilité vint le ronger à nouveau. Il se mordait les doigts d'avoir été tellement content de le voir partir, souhaitant dans son for intérieur qu'il ne foulât plus jamais le sol du Conservatoire ni s'avisât de jouer sa sonate pour Teresa à nouveau.

Pendant le trajet, Lili consultait son téléphone portable. Elle pianotait un texto pour prévenir sa mère qu'elle ne rentrerait pas tout de suite à Sankt-Pölten. Après l'avoir envoyé, elle lut la liste de messages et appels émis pour Franz. Comme s'il pouvait refaire surface. Un mot, un signe, qu'elle puisse recevoir quelque chose indiquant qu'il allait bien.

À cet instant, elle eut une idée. Dernière touche d'espoir ? Ou au contraire, présage de désespoir ?

– J'aimerais qu'on fasse les démarches tous les deux, annonça Albert comme s'il avait à se justifier de l'amener au commissariat avec lui.

– Bien sûr, répondit-elle, sortant de sa rêverie.

– Puis-je savoir depuis quand vous êtes ensemble ?

– Depuis un moment, lança-t-elle, laconique.

Lili remarqua qu'Albert tentait d'établir un lien et en même temps, qu'il n'osait pas. Ils se connaissaient depuis son arrivée au Conservatoire, mais pour elle, il restait le chef d'orchestre. À présent, elle sentait que l'étiquette « fiancée de Franz » dressait une barrière entre eux. De toute façon, elle n'avait aucune envie de discuter de sa relation avec lui.

Au commissariat, elle observait avec étonnement et défiance l'air incrédule, mais concerné, de l'inspecteur Neumann.

– Et donc vous avez des raisons de croire qu'il s'agit d'une disparition inquiétante, résuma-t-il.

– Je vous ai déjà expliqué pour l'hôtel et pour les concerts, insista Albert. Par ailleurs, il avait un violon estimé à plus d'un million d'euros.

– Je vois, acquiesça l'inspecteur, fixant Lili. Avez-vous quelque chose à ajouter, Mademoiselle Bylen ?

– J'aimerais vous parler en privé, lança-t-elle d'un ton dépité, sans croiser le regard d'Albert.

L'Anglais les laissa seuls, compatissant. Lili mit du temps à s'exprimer. Il lui fallait chercher au fond de son esprit les mots exacts pour ne pas nuire à Franz. Après avoir maintenu les yeux rivés vers le sol, elle les releva vers Neumann, lequel attendait patiemment ses explications. Devant son silence, il tenta de la rassurer, en affirmant que dans ces circonstances, toute information serait utile.

Lili se frotta les épaules, décidée à parler, comme si elle ne l'avait pas entendu.

– J'aimerais vous dire quelque chose, mais je souhaite que cela reste non-officiel. Ce n'est peut-être rien, peut-être que ça n'a pas de valeur...

– Je vous écoute.

– Je crains pour sa vie, avoua-t-elle en se tortillant sur son siège, perdue.

« Tu es en train de commettre une grosse bêtise ! » lui dictait sa conscience, comme si pour une fois elle tenait à partager et valider ses sentiments pour Franz. L'inspecteur l'examinait avec un mélange de curiosité et de sympathie. Enfin, il allait découvrir les morceaux d'un puzzle laissé inachevé. Il posa son stylo sur la table, entrelaça ses doigts, et l'observa, pensif.

– Allez-y, je ne prendrai pas de note. Parlez-moi de ce qui vous tracasse.

– Il était un peu dépressif ces derniers jours... comme sous le coup d'un danger de mort.

– Pouvez-vous être plus explicite ?

– C'est une longue histoire, je ne connais pas tout. Je crois qu'il est victime d'une sorte d'extorsion...

L'inspecteur haussa les sourcils. Il exultait presque à l'idée de savoir ses soupçons fondés.

– Il se sentait acculé par un individu qui l'obligeait à faire de *choses*...

– Quel genre de *choses* ?

– Je l'ignore, mais ce type l'avait menacé de s'attaquer à son entourage. Comme Jakob Shahn a eu un accident, Franz était dévasté... certain qu'il avait été provoqué...

L'inspecteur se frotta le nez et se tint le menton, contemplatif.

– C'est grave ce que vous avancez. Pourquoi n'a-t-il rien dit ?

– L'intimidation, la peur qu'on s'en prenne à ses proches...

– Dont vous. Il aurait pu demander à vous mettre sous protection. D'ailleurs, je vais m'en occuper pour vous, mais il faudra une déposition officielle.

Lili soupira. L'idée la rassurait et en même temps l'inquiétait. Elle secoua la tête en signe de refus. Après une pause, l'inspecteur revint à la charge.

– Savez-vous quand a commencé cette extorsion ?

– Non ! répondit-elle brusquement.

– Y aurait-il un rapport avec l'enlèvement et la mort de Mademoiselle Kruse ?

– Je ne sais pas.

L'officier remarqua que ces deux dernières questions avaient reçu une réaction nette, tandis que pour les autres, son interlocutrice avait mis du temps à répondre, comme hésitante.

De son côté, la jeune femme était décidée à protéger Franz du mieux qu'elle le pouvait. Cependant, un sentiment d'amertume s'empara d'elle lorsqu'elle réalisa que cela aurait été tellement simple, tellement facile de parler à la police plus tôt. Lili s'en voulait de ne pas l'avoir fait. Franz aurait pu en bénéficier, ne pas souffrir. Elle se remémorait ce jour où il lui avait déclaré sa flamme. Il l'avait implorée de le dénoncer. Tout aurait pu s'arrêter là. Mais non. C'était encore de sa faute. Elle se détestait tout comme elle haïssait cette petite voix de sa conscience pour la rendre coupable de tous les maux sur Terre.

Leur entretien terminé, l'inspecteur Neumann lui proposa de réfléchir à une déposition pour tentative d'extorsion. Il promit qu'en attendant, il entamerait les recherches. Elle quitta son bureau et retrouva Albert dans le couloir, debout, portable à la main, visage confus.

– Le sénateur Krotz, tu connais ? Il souhaite qu'on aille le voir.

Lili mit du temps à comprendre les mots d'Albert. Comme si, autour d'elle, son monde tournait à la vitesse de l'éclair. Le chef d'orchestre semblait tout aussi dérouté ; il parlait dans le vide tandis qu'il conduisait. Elle n'aurait pas su dire s'il se plaignait ou s'il s'inquiétait d'avoir à gérer cette situation seul. On aurait même cru qu'il blâmait Shahn d'être souffrant.

La jeune femme lui prêtait une oreille peu attentive, perdue dans ses pensées. Pourquoi cette urgence pour voir un homme politique dont ils ne connaissaient rien ? À part son lien avec le sordide accident auquel Liesl était indirectement mêlée…

Tout au long du trajet, elle demeurait sur la défensive, craignant qu'il parle de Liesl. Mais il ne le fit pas. « Tant mieux ! » respira-t-elle, soulagée. Étrangement, maintenant qu'elle tenait à Franz, elle transposait sa propre animosité envers l'Anglais. Quand elle pensait à tout le temps et l'énergie qu'il avait consacrés à remuer ciel et terre pour faire la lumière sur la disparition de Liesl. Elle lui en voulait d'avoir attendu une tragédie pour manifester un réel intérêt pour son amie, autre qu'une relation purement charnelle.

Albert stationna le véhicule dans la rue déserte, sur les hauteurs de Hietzing. Là où l'on devinait de discrets manoirs au charme rustique dissimulés derrière les grands grillages et les murets moussus. À l'entrée, ils furent fouillés par un garde du corps, geste troublant pour la jeune femme. Son esprit bouillonnait et tentait de trouver le rapport entre cette visite et la disparition de Franz. Le gardien prit sa radio et informa de leur arrivée. À quelques pas, au portail, un autre gorille les attendait et Wenzel Krotz en personne vint les accueillir, s'excusant des mesures de sécurité, qu'il jugeait lui-même excessives.

– Je ne pourrai jamais m'habituer à ça ! se justifia-t-il, tout sourire.

Le sénateur discourait sur le sujet, comme s'ils discutaient depuis un moment alors qu'ils n'avaient même pas fait les présentations. Albert prit les devants pour demander des explications.

– L'assistante de Monsieur Shahn m'a aiguillé vers vous, répondit Krotz.

D'emblée, les deux musiciens comprirent qu'effectivement il y avait un rapport avec la disparition de Franz. Albert espérait que Shahn n'ait pas été mis au courant, il était trop fragile pour supporter un autre sujet d'inquiétude. Machinalement, il consulta son téléphone. Aucun appel.

Lili les suivait, comme un fantôme. Ni Albert ni Krotz ne l'avaient incluse dans leur conversation, l'ignorant quasiment. Elle toussota pour signaler sa présence.

– Oh ! Pardon ! Mademoiselle, vous êtes la fiancée de Monsieur Schligg ? s'enquit le politicien. Vous devez être Teresa...

La réaction des deux visiteurs fut la même : ils se figèrent, glacés, et répondirent à l'unisson un « Non ! » catégorique. Lili n'osa pas dévisager Albert, mais sentit le poids écrasant de son regard condescendant.

– Excusez-moi ! Je ne sais pas pourquoi j'ai dit ce prénom, ajouta Krotz pour tenter de se rattraper maladroitement. Toute cette situation me met sur les nerfs...

– Quelle situation ? demanda Lili, agacée.

Krotz ignora sa remarque et les accompagna jusqu'à un petit salon où d'autres individus discutaient autour d'un grand bureau ministre. Le sénateur fit brièvement des présentations, Lili comprit qu'il y avait tout autant de policiers que de collaborateurs divers, dont son assistant particulier. Son attention se figea sur celui-ci. Elle se souvint de l'appel de Franz, depuis New York. Il lui avait raconté sa surprenante rencontre avec le sénateur et révélé que son assistant s'avérait l'un de ses agresseurs à la déchetterie. Elle soutint le regard de Jürgens, qui ne put ignorer cette vigilance.

– Est-ce qu'on peut savoir ce qui se passe réellement ? interrogea Albert.

Le sénateur invita la moitié de l'assemblée à quitter la pièce. Parmi les personnes qui partirent, Lili crut reconnaître le jeune policier qui avait pris sa déposition sur la disparition de Liesl.

Puis, d'un air sinistre, Krotz balança :

– Je vais exiger de vous une absolue discrétion sur ce que j'ai à vous confier.

Albert et Lili acquiescèrent.

– Une de mes plus proches collaboratrices et bras droit, Sarah Strauss, a été enlevée à Salzbourg...

Les deux musiciens se regardèrent sans dire un mot ; chacun avait compris la situation.

– Il semblerait qu'elle était accompagnée de Monsieur Schligg au moment des faits...

Instinctivement, Albert prit la main de Lili, en signe de soutien, mais elle l'esquiva sans commisération. Elle continuait de fixer ce Jürgens qu'elle tenait comme l'un des coupables. Elle se retenait pour ne pas crier la complicité entre ce type et ce fameux Karl.

– Vous n'avez pas l'air certain, avança Albert.

– Les ravisseurs m'ont contacté. Je n'ai pas beaucoup d'éléments. C'est après avoir averti la police que le lien a été fait avec Monsieur Schligg. D'après les témoignages à l'hôtel et la vidéosurveillance, il était avec elle lorsqu'ils ont été agressés dans le parking de l'établissement.

– Et personne n'a réagi ? Elles servent à quoi les caméras ? s'exclama Lili, irritée.

– Une seule personne ne peut pas tout voir, Mademoiselle, intervint un autre homme resté dans la salle. Ces images sont exploitées après les faits. Grâce à elles, nous avons pu identifier le véhicule où ils ont été emmenés. Il a été abandonné avec de nombreux indices en cours d'analyse.

– Donc, vous n'avez rien ! s'énerva Lili.

– Nous allons les retrouver, rassurez-vous, poursuivit-il.

Albert, comprenait l'exaspération de sa consœur. En même temps, il se demandait dans quelle affaire il venait de s'embarquer contre son gré. L'attitude de la violoncelliste lui faisait pitié. Tous ces soucis pour un homme qui la trompait dans ce parking avec une autre femme. Il revint aux faits. Que savait-on du violoniste ?

– Les ravisseurs, ont-ils mentionné Franz ? interrogea-t-il.

– Non, répondit le politicien, mais son intonation manquait de fermeté.

Albert et Lili demeurèrent silencieux quelques instants.

– Je me trouve devant un dilemme, poursuivit le sénateur. Sarah a participé à la collecte des fonds pour ma campagne. Un scandale de blanchiment vient d'éclater également et il touche l'un de mes plus grands soutiens financiers. Tout cela commence à faire du bazar. Tant que nous ne savons pas si les deux affaires sont liées, je souhaiterais une absolue discrétion. J'ai une équipe de négociateurs chevronnés, ne vous inquiétez pas pour votre ami.

– Si je comprends bien, vous nous demandez de ne pas ébruiter la disparition de Franz ? formula Albert.

– Moi, je ne comprends rien ! lança Lili, le regard noir en direction de Jürgens. J'ai besoin de respirer, quelqu'un peut me montrer le chemin ? Non, reste ici Albert...

– Hans, tu peux l'accompagner ? proposa Krotz.

Jürgens se leva, un rictus sur le visage. Il aurait pu saluer la démarche de la jeune femme pour obtenir ce qu'elle voulait. Ses yeux accusateurs le fixaient depuis son arrivée et il devinait qu'elle dissimulait plus que son air innocent ne laissait transparaître.

Lorsqu'ils se trouvèrent dans le jardin, défiante, elle lui lança :

– Dites-moi où il est !

– J'ignore de quoi vous parlez.

– Ne jouez pas avec moi, c'était vous à la déchetterie !

Il la regarda d'un air circonspect, à la limite de l'étonnement. Décidément, elle était bien informée.

– Je vais vous donner un conseil, Mademoiselle : restez en dehors de tout ça. Et non, je n'en ai aucune idée.

– Vous travaillez aussi pour ce Karl, l'accusa-t-elle. Avec tous ces policiers, ça vous ferait quoi si je vous dénonçais ?

– Votre démarche est louable, Mademoiselle, mais vous risqueriez de vous attirer des ennuis ou de passer pour une hystérique. Je vous le répète, je n'en sais pas plus que vous et, croyez-moi, je suis dans la même situation que votre fiancé.

– Non, vous n'êtes pas du tout dans la même situation ! Dites-moi alors comment contacter ce Karl !

– Mais qu'est-ce qui vous fait penser qu'il est impliqué dans tout ça ?

– Qui d'autre ?

Il haussa les épaules. Lili faillit s'emporter et provoquer une scène. Albert sortit à ce moment, accompagné par le sénateur Krotz.

– On vous tiendra informés, poursuivit le politicien. À leur prochain coup de fil, on tentera de savoir pour Monsieur Schligg. Toute cette agitation ne tombe pas au bon moment : mon épouse est dans un stade de grossesse avancé et souffrante...

En entendant ces mots, Lili eut un sourire avenant, même si son estomac se tordait. La vie continuait. Elle le félicita pour l'heureux événement à venir.

Lorsqu'ils sortirent, Albert tenta d'interroger la jeune femme, dont le comportement avec l'assistant de Krotz l'avait intrigué.

– Tu as l'air de le connaître, ce Monsieur Jürgens...

– Pas du tout ! Je suis juste à cran, se défendit-elle.

– Moi aussi ! soupira Albert. Il faut que j'aille voir Shahn, il ne faut pas qu'il sache...

– Ce n'est pas parce qu'il est à l'hôpital qu'il doit être coupé du monde.

– Je ne voudrais pas que son état s'aggrave.

Lili ne dit rien. Elle pestait, furieuse. La seule personne qui aurait pu lui donner des informations restait muette. Elle désespérait de trouver des réponses, mais ne savait à quelle autre porte frapper. D'un geste quasi automatique, elle ressortit son portable pour consulter ses appels et, dans un éclair de clairvoyance, se souvint de Tchavo. Franz lui avait dit qu'il travaillait pour Karl. Elle avait son numéro de téléphone quelque part dans les messages envoyés le jour de son départ pour Paris.

Elle tapota un texto et attendit, plaçant tous ses espoirs en son appareil. Puis, elle réfléchit.

Elle avait mieux que ça.

– Dépose-moi chez moi, s'il te plaît, demanda-t-elle à Albert.

45

Elle le narguait. Liesl l'observait avec un sourire tordu, malsain, jouissif. Comme si par cette attitude elle se délectait par avance du calvaire qui attendait le violoniste. Pourquoi ne pouvait-il pas s'insurger ?

Franz se sentait comme un animal offert en sacrifice. Sa première victime devenait son bourreau, prête à lui enfoncer l'archet en laiton dans le cœur. Alors qu'il tentait de détourner le regard, il découvrit son père en triste spectateur. Au loin, sa mère. Ou était-ce Irina ? Ou bien Teresa ? Toutes ? Que faisaient-elles là ?

« Pardonnez-moi ! » implora-t-il, honteux que Gustav apprenne son secret : son fils était un meurtrier. Liesl se pencha sur lui et le lécha lascivement, comme une chienne. Enfin, elle se précipita sur lui, l'étouffant avec ses mains, puis sa bouche.

Cette suffocation le ramena vers une horreur distincte et bien plus terrifiante, car réelle. Du moins, elle lui paraissait plus vraie que son cauchemar.

La douleur était bien là et non pas un pur produit de son esprit. Or, son présent s'avérait tout aussi délirant qu'un mauvais rêve. Difficile de lister tout ce qui le troublait, comme si, graduellement, malgré l'étourdissement, ses sens tentaient de reprendre le dessus. Même si quelque chose l'en empêchait. Était-ce le noir total dans un espace confiné, à devenir claustrophobe ? Ou la difficulté à respirer ? Ou ne plus sentir dans ses membres que la douleur ?

Le tout accompagné d'une sensation vaseuse, démultipliée par une enivrante odeur d'essence et le bercement monotone des roues.

Peu à peu, il comprit qu'il se trouvait dans le coffre d'une voiture. Et en très mauvaise posture : attaché comme une bête qu'on amène à l'abattoir, une cagoule sur la tête et un bâillon entre les dents.

« Ça y est, c'est mon tour » prédit-il, accablé d'horreur et de désespoir. L'image de *Chuck*-Christian, ligoté sur la bâche plastique au sol, l'assaillit. Maintenant, c'était à lui. Karma ou juste retour des choses, se surprit-il à songer, résigné. Puis, une force rejaillit en lui. Non ! Il ne pouvait pas finir comme ça, même s'il le méritait. Que penserait Lili ? Il n'avait pas été capable d'envoyer un message, ne serait-ce que pour lui avouer combien il l'aimait. Lui dire qu'il aurait vraiment voulu un avenir avec elle, bien que le seul futur envisageable fût la prison ! S'il mourait, elle ne connaîtrait jamais la sincérité de ses sentiments.

Dans cet élan, le souvenir récent de sa rencontre avec Irina vint le hanter. Après tout, s'il disparaissait, ce serait la meilleure chose pour Lili. Comme Irina, elle trouverait quelqu'un d'autre et serait bien plus heureuse.

En fait, il comprenait pourquoi il n'avait jamais réussi à envisager la seule issue possible, le suicide. Il appréciait la vie, malgré la misère dans laquelle il s'était lui-même engouffré.

Il ne voulait pas mourir.

Peut-être par crainte d'aller en enfer, malgré sa repentance. Que n'aurait-il pas donné pour voir Lili une dernière fois ? Il pourrait lui dire combien il l'aimait ! La valeur qu'elle représentait à ses yeux : celle qui avait réussi à le sauver de ses démons. Il aurait souhaité la retrouver afin qu'elle pût se défouler, l'insulter, se venger de tout ce qu'il lui avait infligé. Aucune de ses victimes n'avait souffert le dixième de ce que Lili avait pu endurer à cause de lui.

Tiraillé par ces sentiments contrastés, entre lutter ou se laisser vaincre, son instinct de survie fut le plus fort. Il décida de réunir l'énergie restante pour tenter de bouger, donner des coups de pied, signaler sa présence. Mais ses membres ankylosés l'empêchaient de défaire ses liens ; dans un espace trop réduit pour changer de position, il ne pouvait rien faire.

Au fait, que lui reprochait-on ? Il était avec Sarah, pourquoi Karl aurait-il douté qu'il accomplisse sa tâche ? Avait-il perdu trop de temps ? Son esprit confus tentait de rassembler les pièces manquantes du puzzle pour comprendre ce qui avait pu se passer. Comme si le temps s'était arrêté dans ce parking. Il suivait Sarah, lorsqu'une fourgonnette blanche avait vrombi vers eux. Après coup, les souvenirs devenaient de plus en plus brumeux. Une douleur atroce, provoquée par une décharge électrique. Les cris de Sarah. Puis, plus rien.

Et si tout ceci était un rêve ? Encore un ? « Réveille-toi ! » ordonnait-il avec le faux espoir de revenir à Paris. Tout juste au moment où, rendant visite à Lili dans son studio, il s'était endormi dans ses bras. Comme il aurait aimé se réveiller avec sa douce ! Que tout ceci ne soit que le produit de son esprit dérangé ! Il se réveillerait de ce cauchemar, mettrait son mentor et sa dulcinée en sécurité et se livrerait à la police. Mieux encore, et s'il rêvait de tout cela depuis la mort de Liesl ? S'il pouvait recommencer, il ne l'aurait jamais fourrée dans la chaudière, n'aurait jamais été à la déchetterie. Ou bien, depuis sa première humiliation ? Ou à partir de celle de Lili, avant qu'il ne devienne un meurtrier ? En définitive, s'il devait revenir en arrière, ce serait à ce moment-là. Il s'y voyait avec elle, attablés en train d'écouter du jazz. S'il avait pu tomber amoureux de Lili à cet instant-là ! Elle l'aurait changé. Elle avait toujours eu ce pouvoir en elle.

Ils auraient été heureux.

Mais le destin est cruel et le bonheur une fantaisie, il en était convaincu. De toute façon, il était trop tard pour réparer sa vie et ses propres dégâts.

Le véhicule ralentissait. Franz sentit la chaussée différente, comme s'ils roulaient sur une route hors bitume, peut-être une épaisse couche de neige. Allaient-ils l'abandonner dans un terrain vague ? Là où personne ne retrouverait son cadavre à part les vers, les rats ou les rapaces. Là où il aurait dû se débarrasser de Liesl.

Un claquement de portes. Du monde s'affairant à l'extérieur. Du bruit autour du coffre. Il hésita quant à sa réaction : tenter stupidement d'opposer une résistance, donner des coups de tête et de pieds ? À part se défouler, cela ne servirait à rien : il ne pourrait pas s'échapper, et la sanction serait redoutable. Finalement, il décida de faire profil bas et, malgré la peur, de feindre l'inconscience.

À l'ouverture du coffre, des mains l'agrippèrent pour vérifier son pouls au cou et l'en extraire. Ils étaient au moins deux : ceux qui le portaient. Il entendit d'autres pas. Trois personnes ? Quatre ? Une voix autoritaire s'éleva et son cœur s'arrêta.

– Vous êtes vraiment des tarés, il est où votre chef ? Parce que là, ça ne va pas du tout. Pourquoi l'avez-vous amené ? Il n'était pas dans le contrat ! Qu'est-ce que vous lui avez fait ?

« Contrat ? » se demanda Franz, ébahi. Mais ce n'était pas cela le plus étonnant. Pourquoi Sarah Strauss parlait ?

– Ce n'est qu'un bonus pour nous, dit une autre voix.

Sarah sembla satisfaite de voir apparaître ce nouvel individu.

– Puis, si jamais ils ne veulent pas payer, ça peut servir de moyen de pression.

– Non, vous allez le libérer avec moi, ordonna-t-elle d'une voix ferme.

– Bien sûr, va falloir payer alors.

« Salope ! » Le violoniste ne comprenait plus rien. De toute façon, il n'arrivait plus à entendre leur conversation ; ils s'éloignèrent et il fut transporté dans un endroit froid et humide. Une cave ? Après l'avoir mis sur une chaise, ses ravisseurs lui arrachèrent la cagoule et le bâillon. Quelques gifles arrosées d'un jet d'eau fraîche l'obligèrent à ouvrir les yeux.

Ce qu'il découvrit autour de lui l'effraya d'autant plus qu'il ne comprenait pas la situation. Il se trouvait dans un lieu sombre, à peine éclairé par une ampoule. Vraisemblablement, un garage ou un atelier. Du moins il espérait que tout cet outillage ne servait qu'à du bricolage et non pas à torturer. En face de lui, séparés par une table ou un plan de travail, se trouvaient deux hommes, le visage masqué par des passe-montagnes. Ils ne parlaient pas et semblaient attendre quelqu'un. Leur chef ? Celui qui s'entretenait avec Sarah ?

Enfin, deux individus supplémentaires pénétrèrent dans la pièce, l'un d'entre eux portait le violon.

– Ça vaut cher, ça ? demanda l'un en pointant l'étui.

Médusé, Franz ne put s'empêcher de lâcher un rire nerveux. Il ne comprenait toujours pas ce contrat mentionné par Sarah ; mais si l'objectif de sa présence se résumait à un rapt crapuleux, cela devenait presque rassurant.

– C'est invendable ! gloussa-t-il.

– Qu'est-ce qui est si drôle ? grogna le ravisseur, accompagnant ses mots d'une nouvelle gifle.

Soudain, réalisant que sa situation n'était pas meilleure que de se trouver entre les mains de Karl. Il hésita entre répliquer par une insulte à leur ignorance, ou plutôt en profiter pour qu'ils se fassent prendre. N'importe quel luthier digne de ce nom le reconnaîtrait et alerterait la police sans aucun doute. Bien qu'il ait perdu la notion de temps, il avait une certitude : lorsqu'on remarquerait son absence aux concerts, on se lancerait à sa recherche. Ou du moins, à celle du violon.

– Oui, il vaut cher, rétorqua le violoniste, plus sérieux cette fois.

– Et toi, tu vaux cher ?

Franz les regarda un moment, sans savoir que répondre. Ils voulaient une rançon ? Pour lui ?

– Je n'ai personne qui m'attend...

– T'es pas célèbre, toi ?

– Pas du tout. Vous me connaissez, vous ? lança-t-il en même temps qu'il aurait aimé les traiter d'ignares.

– Tu sais qu'on peut te découper en petits morceaux pour les obliger à payer la rançon pour la vieille ?

– Pourquoi moi ? Découpez-la, elle !

– T'es rigolo, toi ! conclut le ravisseur, accompagnant ses paroles d'une claque. Tu vas nous faire gagner un bonus. Toi, dit-il en désignant l'autre tenant le violon. Tu t'en occupes.

Tous sortirent, le laissant seul. Malgré ses membres engourdis, la position lui paraissait nettement plus confortable que dans le coffre. Franz essaya de se libérer de ses liens, mais avec son poignet encore sensible, il ne pouvait faire grand-chose. Il se contenta de tenter de remuer les mains derrière son dos afin de relâcher les cordes.

Des pas retentirent à nouveau, et l'un des ravisseurs revint avec un plateau qu'il posa sur la table. Franz l'observa, terrifié. L'objet de sa réaction ne fut pas la bouteille d'eau ni le sandwich, mais un petit plat en acier. Il contenait une seringue préparée et une plaquette de médicaments.

– C'est pour quoi faire, ça ? demanda-t-il en le signalant avec la tête.

– Pour vous faire dormir, confia le geôlier d'une voix étouffée par la cagoule. Perso, j'aime pas faire les injections, j'ai déjà raté là, ajouta-t-il en touchant son épaule douloureuse. Prenez les cachets.

– Combien de temps allez-vous me garder ici ?

Sans obtenir de réponse, le malfrat lui approcha la bouteille qu'il s'empressa de boire, assoiffé. Le ravisseur fit de même avec le sandwich, mais Franz ne prit qu'une bouchée pour apaiser sa faim et refusa le reste. Une grosse boule au ventre l'empêchait d'avaler quoi que ce soit. Le geôlier n'insista pas et signala le petit plateau métallique. Dépité, le violoniste ouvrit la bouche pour accueillir les sédatifs avec une mine de dégoût.

– T'as pas intérêt à les cracher, le menaça le malfrat.

Ce dernier lui donna de l'eau et vérifia qu'il les avait bien ingérés.

Complètement découragé, Franz se demanda si ça valait le coup de continuer à tenter de se détacher et comment finirait tout ceci. Il haïssait Sarah, pour l'avoir mis dans cette situation. Mais, en même temps, il se rappelait qu'elle avait exigé qu'on le libère. Quoi qu'il en soit, il espérait qu'elle se chargerait de le sauver de ce pétrin.

Ses pensées furent interrompues par son gardien toujours présent et assis sur un tabouret ; ce dernier en avait profité pour sortir le violon de l'étui. Comme s'il le défiait, il tambourinait légèrement sur la table de l'instrument. Ensuite, il le prit et se mit à pincer les cordes comme celles d'une guitare, avec un certain sens du rythme. Indigné, Franz fut tenté de l'aviser de ne pas le toucher. À la place, il l'écouta attentivement, sans croire ce que son oreille lui signifiait. Il divaguait sûrement.

– Vous ignorez ce que vous avez dans les mains ! marmonna le violoniste, sans trop de conviction.

Le geôlier s'empara de l'archet et le glissa sur les cordes. Un son terrible jaillit et il le reposa aussitôt sur la table.

– La vache ! s'exclama ce dernier.

– Il craint terriblement l'humidité, remettez-le dans l'étui ! s'empressa d'ordonner Franz.

« Si au moins le violon pouvait se sauver ! » songea-t-il alors qu'il se sentait de plus en plus somnolent.

L'individu s'exécuta et le rangea. Puis, il se leva et se dirigea vers la porte sans prendre l'étui. Après une rapide inspection de la serrure, il revint. Franz l'observait sans intérêt, se demandant dans combien de temps feraient effet les narcotiques, seule évasion envisageable dans sa position.

Le ravisseur s'approcha, lui fit signe de se taire et retira sa cagoule. Alors qu'il se sentait sombrer, le violoniste ne put s'empêcher d'écarquiller les yeux, consterné. Dans un éclat de rage, il s'emporta :

– Espèce d'enfoiré ! Tu aurais pu le tuer !

Tchavo lui fit signe de garder le silence. Le jeune Tzigane dévisagea la porte par-dessus son épaule, comme s'il craignait qu'on vînt les interrompre.

– Chut ! Du calme ! J'vais tout expliquer !

L'esprit troublé, Franz s'interrogeait sur cette apparition. Rêve ou hallucination ? Son cerveau déformait-il la réalité ? En si peu de temps il avait traversé de nombreux cauchemars. De loin, celui-ci paraissait le pire. Quelques minutes plus tôt, dans la noirceur du coffre, il supputait que Karl se trouvait derrière tout ça. Puis, il avait découvert avec étonnement que Sarah manigançait quelque chose. Finalement, il avait été rassuré lorsqu'il avait compris que les malfrats cherchaient uniquement à s'enrichir. À présent, toutes ces hypothèses se mélangeaient en une seule réalité sans queue ni tête.

– Mais d'abord, qu'est-c'que tu m'racontes ? Pourquoi tu m'traites d'enfoiré ?

– C'est toi qui as trafiqué les freins ! Jakob Shahn, mon mentor, a eu un accident à cause de toi !

– Hum ? Mercedes SLK, bleu métallisé ?

Malgré l'impulsion d'adrénaline engendrée par cette découverte, le violoniste luttait contre la narcose pour l'insulter. Du moins, cela le défoulait de tout le stress accumulé.

– « Personne ne m'obligera à faire quelque chose si je n'ai pas envie », poursuivit Franz en imitant sa façon de parler. Tes actes ont failli tuer un homme !

Tchavo le contempla un moment, dubitatif, comme si son cerveau carburait à fond pour intégrer cette dernière information.

– Qui dit que c'moi ? le défia-t-il, même s'il ne semblait pas convaincu.

– Ne joue pas au con ! Qui d'autre ? Karl te l'a demandé pour me menacer ! Tu en es fier ?

– Franchement, l'mec aurait pu s'rendre compte qu'les freins ne marchaient pas et arrêter d'rouler...

L'entendre déblatérer des insanités avec nonchalance énerva le violoniste. D'autant plus qu'il ne pouvait plus lutter contre le sopor et se sentait couler inexorablement dans un océan agité. Mais il refusait de se laisser partir sans aucune réponse. Même s'il oubliait tout au réveil, il tentait de s'accrocher pour connaître la vérité.

– Tchavo, que fais-tu là ?

– C'est c'que j'allais dire. En fait...

Ils furent subitement interrompus par des bruits en provenance de la porte. Quelqu'un essayait d'entrer. Tchavo remit la cagoule et ouvrit. Dépité, le violoniste dodelina sa tête en arrière, commençant à se laisser bercer par le sommeil après ce bref regain de vitalité.

– Sortez !

Une voix féminine et autoritaire ordonnait au jeune homme de quitter la pièce. Lorsqu'il l'entendit, Franz se redressa, incrédule. Encore une hallucination ? Quoi qu'il en soit, la voir commander l'un des malfrats ne lui disait rien qui vaille. Pire que ça, il ne souhaitait pas se retrouver dans cette position à sa merci.

– Non ! Ne me laisse pas seul avec elle ! rugit-il, s'adressant à Tchavo.

Intimidé par la fermeté de Sarah, le jeune homme n'osa pas la contredire ni la dévisager. Il resta quelques secondes, debout, interdit. Elle insista et il finit par quitter la pièce, lançant un dernier coup d'œil vers le prisonnier. Franz secouait la tête aussi frénétiquement que ses forces le permettaient.

Sans comprendre la réaction du violoniste, elle ferma la porte et s'en approcha. Paumes vers le bas, elle remuait les mains en signe d'apaisement.

– Franz ! Du calme ! Vous n'avez rien à craindre ! Je vais tout arranger, le rassura-t-elle.

– Ne me touchez pas !

Arrivée près de lui, elle déposa un doux baiser sur son front et caressa son visage. Une vague de terreur le submergea tandis qu'il luttait pour garder les paupières ouvertes. La situation était assez alambiquée comme ça.

– Vous n'auriez pas dû me suivre, poursuivit-elle en le détachant. Pourquoi avoir insisté ?

– J'aurais dû vous tuer plus tôt ! lâcha-t-il d'une voix ramollie.

Il parlait comme dans son sommeil, ne contrôlant plus rien. Ni pensées ni paroles.

– Qu’est-ce que vous racontez ? Ne dites pas de sottise, je vais tout vous expliquer, mais cela a un prix…

– J’aurais dû te tuer ! l’interrompit-il, sombrant définitivement dans un état léthargique.

46

À Vienne, Lili consultait son portable fiévreusement. Les appels de sa mère ne l'intéressaient plus. Pour l'instant, elle l'avait exclue de sa vie. Son curseur affectif se positionnait loin de sa famille. Très loin. À regret, elle n'avait pas non plus jugé utile d'évacuer son anxiété auprès de sa mère, sa confidente.

Cette dernière ne comprendrait rien. Elle n'avait jamais oublié le message de sa fille ce jour-là. Le jour où Lili avait décidé de discuter avec Franz chez lui.

« Si quelque chose m'arrive, c'est lui le coupable », avait-elle prévenu. Aux yeux de Madame Bylen, cet avertissement avait pris tout son sens lorsque la vérité sur Liesl éclata. Surtout quand le violoniste s'était avéré être le dernier à l'avoir vue en vie.

Lili revivait les mots d'adieu à Sankt Pölten, avant son départ pour Paris : « Je ne l'aime pas », avait été sa sentence après l'avoir rencontré.

Sa mère ne comprendrait jamais son attachement soudain pour Franz, Lili en était convaincue. D'ailleurs, elle-même s'étonnait la première. Comment changer à ce point ? Était-il coupable de sa métamorphose affective ? Avait-il semé en elle une graine susceptible de faire naître son côté sombre ?

Au milieu de ces envahissantes pensées, son portable vibra. Elle se précipita sur lui comme si son sort en dépendait. Il ne s'agissait pas de Tchavo, mais de quelqu'un d'autre. Plutôt inattendu.

Un frisson parcourut son échine pendant qu'elle consultait le message. Un rendez-vous auquel elle décida instantanément de foncer, tête baissée. Alors qu'elle se rhabillait pour sortir, elle s'octroya quelques minutes de réflexion.

Fallait-il prévenir quelqu'un ? Sa mère ? L'inspecteur Neumann ? Pour quoi faire ? Elle les inquiéterait pour rien.

Tout de même, elle comprit qu'elle s'apprêtait à prendre des risques inutiles, voire idiots, et opta pour décaler l'invitation. Ce serait selon ses propres règles, après avoir demandé une protection.

Quelques heures auparavant, à la sortie du commissariat, Lili craignait que Franz eût décidé de disparaître de lui-même. À présent, elle connaissait une partie de la vérité. Cette situation lui semblait trop étrange pour que ce fameux Karl et tous ses acolytes n'y soient pour rien. Dans sa tête, elle tentait de rassembler les éléments à sa disposition. Ses pensées la ramenaient sans cesse à la déchetterie.

Franz lui en avait parlé. Tchavo aussi. C'était évident, un élément clef. Certainement un repaire de truands. Et si Franz se trouvait là ? Son cerveau carburait à toute allure. Comment retrouver cet endroit ? À défaut de Tchavo, elle ne voyait que Jürgens pour répondre. Pourquoi n'avait-elle pas eu le courage de le dénoncer ? Elle en connaissait la raison. Personne ne l'aurait crue et on l'aurait traitée d'hystérique, comme Jürgens l'avait prédit. Afin localiser ce lieu, il ne lui restait qu'une seule solution : creuser dans ses souvenirs.

Sur l'autoroute du nord. Une grande cheminée. Un bidonville abandonné.

Tiraillée par ses sentiments et ses craintes, elle reposa son manteau sur la patère. Le lendemain lui paraissait si loin. Tout ce temps perdu ! Mais ce serait certainement plus judicieux. Elle se demandait si la police s'affairait vraiment à retrouver son violoniste. Dans son imaginaire, ils poireautaient, jouaient aux cartes en attendant que les ravisseurs se manifestent d'eux-mêmes.

Pour se relaxer, elle alluma la télévision, s'affala sur le fauteuil et se laissa distraire par une émission sans intérêt. Au bout d'un moment, alors qu'elle était perdue dans ses pensées, son portable vibra à nouveau. Encore un message troublant. Après tout, en l'ignorant elle risquait de rater la seule occasion d'avoir plus d'informations.

Elle se releva, remit son manteau, attrapa son sac et y glissa un couteau de cuisine. Mince soulagement. Elle claqua sa porte et sortit dans la rue. À peine le portail franchi, la peur la fit sursauter.

Un homme, grand, cicatrice sur la lèvre, au regard perçant, l'interpella de sa voix profonde. Il ne lui était pas inconnu. Elle l'avait déjà aperçu, à Paris. Ce jour-là, ses instincts s'étaient mis en alerte. S'agissait-il du responsable des tourments de son violoniste ? Elle avait feint la naïveté, dans le but de l'approcher, le voir, mémoriser ce visage. Un jour, elle en trouverait l'utilité, avait-elle estimé.

Malheureusement, maintenant que ce moment se présentait, elle se blâmait d'avoir sursauté et chercha au fond de ses entrailles la force de l'affronter.

– Je vous conduis ou souhaitez-vous qu'on discute chez vous ? prononça-t-il d'un ton aimable.

– Je préfère un lieu public, répondit-elle en s'efforçant de paraître froide, soutenant son regard bleu ozone.

Elle désigna d'un mouvement de tête un café de l'autre côté de la rue. Elle y avait ses habitudes et connaissait le propriétaire. En quelque sorte, elle se sentirait protégée, du moins, elle le croyait. En rentrant, elle salua le serveur, comme si par ce geste elle marquait son territoire, et commanda deux *espressos*. Son accompagnateur braqua ses yeux froids sur elle, tandis que la violoncelliste s'efforçait de regarder ailleurs ; le temps de se préparer mentalement à l'affronter.

– Donc, vous souhaitiez me voir ? avança-t-il.

– Cela vous étonne ? lança-t-elle, ne sachant comment entrer en matière.

– Non, cela ne m'étonne pas. Quoi de plus ordinaire qu'une femme jalouse fouille le portable déverrouillé de son cher et tendre ? Évident, quand on ne fait pas confiance.

– Je veux que vous me le rendiez ! ordonna-t-elle, Franz en tête.

Karl sourit.

– Pour rendre quelque chose, il faudrait l'avoir…

– On ne parle pas de quelque chose, mais de quelqu'un.

– C'est pareil. Vous n'avez pas compris ce que je viens de vous dire.

– Vous l'avez enlevé !

Il esquissa un mystérieux sourire, amusé par son emportement. Pour se donner une contenance, elle haussa le menton et figea son attention sur sa cicatrice. Cette position lui conférait un air de défi, en même temps qu'elle luttait pour supporter son regard intimidant.

– Vous faites fausse route, Mademoiselle.

– Je sais que c'est vous.

– Si cela vous plaît de le croire.

Ils se jaugèrent en silence. Comme si le gong marquait la fin du premier round. Elle se ressourçait en puisant dans sa colère pour écraser sa peur et mieux l'affronter. Elle prit sa tasse et but une gorgée, humant l'arôme du café pour s'apaiser.

Karl appuya les coudes sur la table et entrelaça ses doigts pour y poser son menton. Il continuait de la dévisager attentivement, comme s'il perçait l'armure qu'elle essayait difficilement de se forger.

– Votre entêtement est admirablement inutile, Mademoiselle. Je crains que vous ne connaissiez pas réellement votre amoureux. Il n'a jamais tenté de vous enfoncer un archet dans la gorge ?

Lili sentit son sang se glacer comme si son cœur avait décidé de pomper de l'azote liquide. Dans un effort incommensurable, elle ne laissa rien paraître et maintint sa posture. Elle n'avait jamais connu les détails sur la mort de Liesl. Franz lui avait toujours parlé d'un *accident*.

Puis, en y réfléchissant, elle fut rassurée. C'était inconcevable, voire impossible de tuer quelqu'un avec un archet, à plus forte raison en l'enfonçant dans la gorge. Certaine que cet homme tentait vainement de la déstabiliser, elle décida de répliquer par le bluff.

– Je le connais très bien, affirma-t-elle en s'approchant de lui.

Cette proximité l'enivra momentanément d'un léger arôme à la bergamote, mélange de brutalité et de noblesse.

– Je sais tout sur lui, poursuivit-elle en chuchotant. Il a déjà tué, plusieurs fois. Je suis au courant du genre de tâche qu'il accomplit pour vous. Je l'ai même aidé, à Paris.

– En voilà une surprise, répondit-il, pas surpris du tout, mais plutôt en l'examinant froidement. Une pâle et pitoyable copie de *Bonnie & Clyde* ? Si j'avais su, c'est vous que j'aurais recrutée.

– Justement. Rendez-le-moi. Laissez-le tranquille et j'exécuterai ce que vous lui demandez.

Il rit à nouveau. Et cette fois son rictus parut jovial.

– J'en prends note, bien que je doute fortement de vos capacités. Surtout celles de séduire une femme. Ma foi, vous êtes extrêmement divertissante, Mademoiselle, mais vous ignorez où vous mettez les pieds.

Lili ne répondit pas, déterminée à tenir tête en imitant le sourire pernicieux de son interlocuteur.

– L'amour pousse à commettre de graves erreurs, poursuivit-il. La dernière fois qu'une femme a voulu prendre la place de son amant pour le protéger, elle l'a payé très cher.

Saisissant qu'elle s'engageait dans une voie dangereuse, Lili se décida à changer de sujet.

– Pourquoi a-t-il été enlevé, alors ?

– Par stupidité ou malchance. S'il avait exécuté sa tâche plus tôt, d'autres ne l'auraient pas devancé. Il s'est retrouvé au mauvais endroit, au mauvais moment, avec la mauvaise personne.

– Quelle tâche ? Tuer cette femme ?

Pendant quelques secondes, la violoncelliste voulut croire que ce retard s'expliquerait par la recherche d'une solution alternative. Franz avait donc repoussé le moment fatidique. Cette idée la soulagea... l'encouragea même.

– Vous avez raté votre contrat, alors. Ça vous fait quoi ? le défia-t-elle. Vous restez les bras croisés ?

– Je n'échoue jamais.

Un silence s'installa et l'atmosphère devint plus lourde. L'arôme de bergamote disparut, ainsi que la noblesse du parfum ; il ne persistait que celui de la brutalité.

– Vous voulez le revoir ? Payez la rançon !

– Laquelle ? Comment ? On n'a pas été contactés. Ce type, Krotz tient à tout contrôler, lâcha-t-elle avec dédain.

Dans son désespoir et sa colère, elle avait oublié que l'homme politique leur avait demandé la discrétion. Mais, après tout, pourquoi s'en remettre à lui, d'ailleurs ?

– Servez-vous de lui pour payer la rançon, insista Karl. Menacez-le de faire éclater un scandale. Il n'a pas envie que l'on sache d'où sort l'argent réservé à sa campagne.

– Je ne vous comprends pas.

– Je vous ai déjà fourni assez d'informations. Que me donnerez-vous en échange ? demanda-t-il en posant un billet sous sa tasse. Pour le café, c'est moi qui vous invite.

La jeune femme était perdue. Son esprit s'efforçait d'intégrer ce qu'elle venait d'entendre.

– Je ne vous suis pas. Je vous ai dit que je prendrai sa place.

– Je vous ai communiqué un bon tuyau. Ce joli bracelet conviendrait, conclut-il, signalant l'Ouroboros.

Lili caressa instinctivement son poignet. Vainement, elle avait tenté de dissimuler sous sa manche le bijou offert par Franz. Elle ne pouvait plus s'en séparer.

– D'accord. Il est à vous... si vous me le rendez.

– Votre ami vaut si peu ?

Elle l'enleva et le posa sur la table.

– Il vaut plus que ça. Ce bracelet et mes services. Uniquement si vous me le ramenez.

Karl rit ouvertement.

– Vous n'imaginez pas dans quoi vous vous embarquez, Mademoiselle. Vous ne disposez pas de ses qualités. Si vous échouez, vos proches en pâtiront. En êtes-vous consciente ?

La jeune femme se tut. Elle ne savait plus que faire.

– Avez-vous peur ?

– Pourquoi aurais-je peur de vous, si j'arrive à dormir avec un assassin ?

Mais la vérité était autre. Elle comprit enfin son engagement sur un chemin dangereux, sans la certitude que cela sauverait Franz. Quelle idée !

Elle pensa à sa famille, qu'elle venait de vendre au prix de l'amour.

Décidément, demain elle irait voir l'inspecteur Neumann. En attendant, elle se résolut à détourner son attention.

– Où se trouve la déchetterie ?

– Que voulez-vous y faire ? Vous avez beaucoup d'imagination, Mademoiselle, répondit-il en se levant. Je vous dis à bientôt, alors.

Lili resta prostrée sur sa chaise, anéantie. Dès qu'il eut quitté l'établissement, elle éclata en sanglots pour relâcher toute la tension accumulée.

47

Entre les vagues qui l'emportaient vers le néant, Franz tentait de se maintenir à flot, mais la surface ne le rassurait pas. Des *Krampus* l'entouraient avec des déguisements terrifiants. Le plus hideux de tous, un diable au faciès noir et dents acérées s'approcha dangereusement de lui. Son souffle pantelait sur son visage, tel une danse envahissante. Le monstre enleva son masque dévoilant une répugnante Sarah Strauss. Elle se jeta sur lui pour l'embrasser langoureusement, sa langue s'engouffrait jusqu'au plus profond de son être et l'emplissait de dégoût.

Il se réveilla en sursaut, écœuré par la pestilence de la Sarah de son cauchemar. L'humidité de la pièce accentuait ces relents fétides. Une fois l'horreur dissipée, une sensation nauséeuse l'enveloppa et il fut incapable de se relever. Il se découvrit allongé sur un matelas à même le sol. Son premier geste fut de bouger ses mains et ses pieds. Au moins, il n'avait plus de liens, se rassura-t-il, heureux de retrouver la liberté de mouvement. Seule son épaule le faisait encore souffrir, sûrement à l'endroit où Tchavo disait avoir raté l'injection. Toujours allongé, il palpa son épaule et ôta sa chemise. Avec effort, il tenta de relever la tête pour voir de plus près. Son esprit farceur renvoyait des images terribles, comme s'il allait retrouver un morceau d'aiguille enfoncé dans sa chair meurtrie. Rien. Il n'avait rien à part un petit hématome. « Que ça ? », pensa-t-il entre déception et soulagement.

Puis, il observa le plafond tacheté, réalisant que le pire était à venir.

L'odeur de moisi envahissait son cachot et ses narines. Un faisceau de lumière naturelle s'immisçait par une minuscule fenêtre. Il faisait jour. Quel jour ? Il l'ignorait. Franz avait perdu la notion du temps en même temps que sa liberté. En poursuivant son inspection, il aperçut au fond de la pièce un robinet d'où tombait une irritante gouttelette dans un seau. « Super ! » pesta-t-il, sarcastique.

Après une profonde aspiration, il essaya de se relever et s'étala comme un mollusque informe sur le matelas. « Pas tout à fait ça » pensa-t-il au bout de la troisième tentative infructueuse. Sa tête tournoyait, et ni ses bras ni ses jambes n'avaient la force de le soutenir. Cette situation lui évoqua étrangement une image de son enfance : Bambi retombant les pattes écartées lorsqu'il voulait marcher sur le lac gelé. Dans son souvenir, comme détaché de sa propre mémoire, il retrouvait un petit garçon innocent et rieur, regardant ce film à la télévision. Un gosse qui avait su accepter l'absence de sa maman. Il aurait tant aimé le prévenir : ne grandis pas ! Si tu le fais, tu deviendras un monstre.

Ce voyage vers son passé avait été nécessaire pour mieux appréhender sa réalité, son présent. Quelles possibilités s'offraient à lui ? Faudrait-il tenter le coup et s'échapper ? Comment ? Par la porte, ce serait un peu naïf. Par la fenêtre ? Trop petite et difficile à atteindre. Il ne voyait aucune issue possible. De plus, dans l'éventualité où il puisse s'échapper, que ferait-il ensuite ? La neige l'attendait à l'extérieur. Il faisait froid. Il n'avait plus de manteau ni de chaussures. Inutile d'essayer, il n'irait pas loin. De toute façon, il était convaincu que la mort l'attendait et angoissait de ne pas savoir quelle forme elle prendrait.

Alors qu'il s'apprêtait à tenter une énième fois de se lever, la porte s'ouvrit sur Sarah Strauss. Cette apparition lui fit le même effet que dans son cauchemar : horreur et dégoût. De son côté, elle lui sourit tendrement. Elle s'approcha et s'agenouilla à ses côtés. Franz retomba sur le matelas. Il aurait voulu reculer, mais il ne put que détourner la tête. Ses yeux se posèrent instinctivement sur la fenêtre, comme s'il pouvait s'évader rien que par le regard.

Sarah passa sa main sur le front du violoniste et lui chuchota amoureusement :

– Mon pauvre chéri, ça va aller.

Puis son ton devint dédaigneux :

– Ce taré a forcé sur la dose.

– Lâchez-moi ! Dégagez ! marmonna Franz relevant ses mains pour marquer une barrière entre eux.

– Je suis désolée, je n'ai jamais voulu ça. Pourquoi m'avez-vous suivie avec tant d'insistance ?

Pour seule réponse, le violoniste lui lança un regard noir par lequel il espérait exprimer tout son ressentiment, se retenant de lui cracher dessus.

– Ne craignez rien, tout ceci n'est pas vrai, affirma-t-elle.

– Ah oui ! rétorqua-t-il, énervé, animé par un regain de force. Qui sont ces types ? Un taser, des drogues, des liens, le coffre ! Trop vrai pour moi !

– Vous n'étiez pas censé être là. Ils devaient laisser des indices pour que l'on s'imagine le pire.

– Je ne vous suis pas.

– Ma vie est menacée ! Vous me l'avez fait comprendre. J'ai discuté avec un ami, et je crains que cela ne s'aggrave. Je suis mouillée jusqu'au cou. La seule issue possible était de disparaître.

Le violoniste la regarda avec méfiance et peur. Le mot « ami » ne le rassurait pas du tout.

– Karl ?

– Qui ?

Il hésita à répondre, mais remarqua son visage et déduisit que ce nom lui était inconnu. Sarah se releva abruptement et prit un ton moins amical :

– Écoutez, c'est compliqué et vous en savez déjà trop. Indéniablement, on a voulu me faire du tort, me faire payer les fautes des autres. Je dois disparaître ou m'éloigner définitivement. Je ne sais pas ! Mais votre présence ici change la donne !

– Je n'ai pas demandé à être enlevé !

– Non, techniquement ils auraient dû vous tuer. Il ne fallait pas de témoin. Or, quelqu'un leur a mis en tête qu'ils pourraient se faire de l'argent avec vous et votre violon. Ces tarés n'ont pas respecté leur part du contrat !

Franz avait du mal à comprendre. Ses problèmes auraient pu être résolus plus tôt ? Toutefois, l'idée de mourir ne lui plaisait pas.

– J'ai négocié pour vous. Fuyez avec moi. Disparaissons ensemble !

Il la contempla, les yeux écarquillés d'incrédulité, tandis qu'il se retenait de rire. Pire que dans son cauchemar ! Elle se pencha tout près de lui et caressa sa joue d'un geste tendre. Leurs lèvres étaient séparées de quelques centimètres.

– Je tiens à toi...

– Ne me parlez plus jamais comme ça ! rugit-il en retirant la main de Sarah, outré par sa soudaine familiarité et par l'évocation des mots qui ne devaient appartenir qu'à Lili.

Elle le dévisagea, offusquée, retenant sa colère.

– Je vous offre une issue ! D'après ce que j'ai compris, vous trempez aussi dans de sales affaires.

– Et si je refuse ?

– Vous en savez trop, maintenant.

– Je n'ai pas demandé à savoir ! Je n'ai pas demandé à être là ! hurla-t-il, sidéré.

– Bon, écoutez, je vous laisse réfléchir.

Sarah se dirigea vers la porte, frappa deux coups. Avant de sortir, elle se retourna vers lui.

– Je me demande si les insanités que vous m'avez dites, avant de vous endormir, étaient l'effet du narcotique...

– J'ai dit quoi ? Qu'est-ce que j'ai dit ? cria-t-il en se relevant.

Mais sa tête tourbillonnait et il chancela.

Les insultes qu'il aurait voulu lui lancer restèrent dans sa bouche lorsque la porte se referma. De toute façon, cela aurait été une très mauvaise idée. Encore confus, il se prit le crâne entre les mains, comme si, par ce geste, il s'arrêterait de tourner. Il n'avait qu'une seule certitude : la mort l'attendait. Comment et donnée par qui ?

Alors qu'il se maudissait pour ne pas avoir accompli sa tâche plus tôt, il envisagea l'offre de Sarah, la seule issue possible. Après, il se chargerait de la tuer. Cette fois-ci, il disposerait d'une raison valable. Après, ce serait fini. Pour toujours.

Une question vint le tarauder : qui était cet ami dont elle parlait ? Si ce n'était pas Karl, qui d'autre ? Combien de tarés tiraient les ficelles de ce jeu absurde ?

Des coups à la porte l'arrachèrent à ses pensées. Celle-ci s'ouvrit et deux hommes encagoulés se pointèrent. L'un d'entre eux, dont la dégaine lui évoqua Tchavo, portait un plateau avec une bouteille d'eau et un sandwich. Il le posa au sol et, avant de ressortir, lui fit un signe que le violoniste ne put déchiffrer. Allait-il revenir ? Peu importe ! au moins, Franz avait quelque chose à balancer pour se défouler. Il ne pouvait plus se retenir et sa rage explosa.

⁂

Les heures ou les minutes suivantes – il ne savait plus –, Franz regardait sa main, allongé sur le matelas. La musique l'avait abandonné. Il était incapable de se passer les notes de sa symphonie ni d'aucune autre mélodie. L'exercice ne l'avait pas aidé non plus. Tourner en rond dans un endroit si exigu l'irritait davantage.

Pour ne pas devenir fou, il occupait son cerveau à compter les lignes de sa paume, imaginant ce qu'une chiromancienne en déduirait. Sa ligne de vie était-elle courte ? Son destin y était-il écrit ?

La porte s'ouvrit brusquement. Tchavo.

– Oh, là, ça chauffe ! pouffa ce dernier.

Dépité, le violoniste se prit la tête entre les mains, curieux et angoissé à la fois par le sens de ces mots. Le jeune homme découvrit le plateau et son contenu éparpillé sur le sol.

– Faut manger ! Chuis désolé, j'vous ai fait gober trop d'médocs.

– Au contraire, tu aurais dû m'en donner plus ! Dis-moi tout, que fais-tu là ?

– Tu fais pitié ! lança-t-il, en ramassant le sandwich et la bouteille pour les reposer sur le plateau. J'avais parlé des types un peu louches avec lesquels j'faisais des p'tites affaires ? Bah, ils cherchaient du monde pour un job et...

– Et ?

– L'ami Karl m'a encouragé...

Le sang de Franz se glaça. Il comprit que quoi qu'il arrive, l'étau se resserrait. Peu importait qui tirait sur les ficelles de sa propre marionnette, les cordes seraient coupées d'un instant à l'autre.

– C'est lui derrière tout ça ?

– Non, ça chuis sûr. Bref, c'toujours une histoire d'gros sous. Elle est un peu parano, la meuf, elle croit qu'il y a un contrat sur sa tête...

– Il y en avait bien un ! soupira Franz.

Cette conversation lui semblait tellement surréaliste qu'il sentait pouvoir tout avouer.

– Ah ! C'vous qui... ? Franchement, vous êtes dégueulasse ! Vous méritez tout ça !

– On m'y oblige ! Et je n'avais aucune intention de le faire.

En prononçant ces mots, il se rappela qu'il avait envisagé de lui demander de disparaître. S'il avait su qu'elle planifiait son propre kidnapping !

Même s'il reconsidérait l'offre de Sarah, le jeune homme restait un témoin. Et Karl serait au courant de sa décision.

– Que va-t-il se passer ? demanda l'otage, résigné.

– Ché pas ! On va changer d'cachette.

– Est-ce qu'ils ont essayé de vendre le violon ?

– Pas encore. Ils vont s'faire prendre, c'est ça ?

Franz préféra ne rien dire et regretta que ses yeux eussent pu montrer une lueur d'espoir en formulant sa question.

– Pourquoi fais-tu ça ? Pour qui travailles-tu, vraiment ?

– Pour moi.

Tchavo répondit d'un ton sérieux et peu habituel, suivi de gestes brusques ; comme s'il venait de se souvenir d'un objet qu'il cherchait dans ses poches. Aussitôt, il scruta la porte d'entrée, soucieux.

– Tu gâches ta vie, tu le sais ? poursuivit le violoniste sans remarquer ce changement d'attitude. Bref, c'est ton problème, je m'en fiche. Par contre, s'il te plaît, rends-moi un seul service quand tout sera fini. Quoi qu'il arrive, contacte Lili. Dis-lui que je l'aime et que j'ai toujours pensé à elle.

Le jeune homme signifia son accord par un branle de tête. Il aurait voulu ajouter quelque chose de léger, de rassurant, mais il n'y croyait pas non plus.

– En fait, c'est un peu ma faute, avoua Tchavo, comme s'il devait s'excuser.

Franz, avait compris. Il hocha la tête, en silence.

– Des fous furieux, j'les connais. On n'sait pas à quoi s'attendre avec eux. J'ai pensé qu'ils allaient vous tuer et prendre la bonne femme. J'ai dit qu'vous étiez célèbre, qu'votre violon valait cher et qu'on pouvait s'faire un p'tit bonus. Pour une fois, ils m'ont écouté.

– Est-ce que je dois te remercier ?

Soudain, la porte s'ouvrit et trois hommes au visage couvert pénétrèrent. L'otage remarqua qu'ils avaient des cordes et un sac en tissu noir.

– Pourquoi t'as enlevé la cagoule, Ducon ? dit l'un d'entre eux à Tchavo.

Le jeune Tzigane resta impassible et répondit, insouciant, par un haussement d'épaules. Le malfrat qui l'avait interrogé lui donna une baffe et le prit par le menton, d'un air menaçant.

– Tu le connais, c'est ça ?

Le violoniste regardait la scène avec un mélange d'appréhension et de curiosité. De toute façon, il ne pouvait rien faire. Il se savait condamné, mais il ne l'aurait pas imaginé pour le jeune homme.

– Il me disait qu'il peut payer lui-même sa rançon..., répondit Tchavo.

L'air ébahi, Franz n'en croyait pas ses oreilles. Payer pour sa vie ? Pour quelle vie ? Certainement pas. Mais son avis n'intéressait personne, il en était bien conscient.

– ... faut juste qu'il récupère son ordi chez lui pour faire le virement, y connaît pas ses codes d'accès...

Franz n'en rajouta pas, toujours interloqué, se demandant ce qu'il avait en tête. Sûrement rien. Le malfrat sembla réfléchir, tenant toujours Tchavo par le menton.

– On verra ça plus tard... mais toi, je t'ai à l'œil, conclut-il par une tape. On y va !

Le chef leva la main en direction de deux autres. À ce geste, ils s'empressèrent de saisir l'otage. Franz se débattit, mais finit attaché et bâillonné, puis les hommes de main le soulevèrent. Avant qu'on ne lui glisse un sac en tissu noir sur la tête, il supplia du regard le jeune Tzigane de ne pas oublier sa promesse.

⁂

Cette nuit-là, Lili ne put fermer l'œil. Son esprit la tourmentait à ressasser son entrevue avec Karl, convaincu d'avoir vendu son âme au diable. Vendu ? Non, elle l'avait offerte, sur un plateau d'argent et enveloppée de papier cadeau. Cerise sur le gâteau, son cœur y était aussi : le bracelet.

Dès qu'elle fut rentrée chez elle, elle ne cessa pas d'y penser. Pour une fois, la voix de sa conscience demeura bien muette. Elle qui s'interrogeait sur la signification de l'amour, venait de le comprendre. Tout donner. Même sa vie.

La jeune femme se demandait comment elle avait pu se sacrifier pour un type qu'elle connaissait à peine. Quelqu'un pour qui la passion et la tendresse étaient nées de la haine. Pire que ça : du meurtre de sa meilleure amie !

Elle le savait, Franz ne la rendrait jamais heureuse. Pourtant, elle se serait dévouée corps et âme pour qu'il le soit.

Le lendemain matin, Lili se dirigea vers le Conservatoire. Albert lui avait donné rendez-vous pour l'accompagner, à sa demande, chez Krotz.

Ce lieu lui évoquait des souvenirs contrastés. Beaux et mauvais. Lointains et, pourtant, si proches. Au pied de l'escalier hélicoïdal, elle releva machinalement la tête sur la verrière. Son imagination lui joua des tours : elle crut apercevoir Franz au dernier étage. Il se penchait fugacement. Comme ce jour-là, à sa sortie du dépôt, quand il avait avoué la mort de Liesl. L'endroit où leur histoire avait commencé.

Elle s'apprêtait à frapper à la porte du bureau de Jakob Shahn, lorsque celle-ci s'ouvrit. Teresa quitta la pièce en la saluant poliment. Bien qu'elles aient fait partie du même orchestre, les deux jeunes musiciennes se connaissaient à peine. Pour cette raison, la violoncelliste trouva étrange son attitude. Elle sentit une pointe de curiosité dans son regard et remarqua un front plissé par la préoccupation. La tristesse dans ses yeux reflétait la sienne.

L'observant s'éloigner, Lili repensa à la bourde du politicien, qui les avait confondues. Elle se souvint alors de ce fameux coup de fil de Franz depuis New York. Elle comprit enfin pourquoi il s'était inquiété pour la rousse quand il avait appris sa propre agression. Avait-il eu une liaison avec elle aussi ? Après tout, savoir que d'autres femmes papillonnaient autour de lui, ne l'étonnait guère. Andréa ne tarderait pas à se manifester.

La violoncelliste retrouva Albert assis, les coudes appuyés sur le somptueux bureau en acajou, la tête alourdie par les soucis. Dès qu'il la remarqua, le chef d'orchestre se leva pour l'accueillir chaleureusement. Depuis le début de cette épreuve, l'Anglais s'était efforcé de paraître rassurant envers elle. Il lui donna quelques informations, mais, voulant les entendre de Krotz, la musicienne fit la sourde oreille.

Il prit sa veste et tous les deux descendirent, retrouvant Teresa dans le hall. Albert s'approcha d'elle, lui chuchota tendrement quelques mots à l'oreille et l'embrassa. À l'écart, Lili les observait avec une jalousie soudaine. Comme si leur bonheur l'énervait. Puis, elle se sentit coupable d'avoir éprouvé cela. Comment était-ce possible ?

Était-ce de l'envie pour elle-même ou pour son amie morte ? Liesl n'était pas du genre à s'étaler sur ses peines de cœur, mais elle lui avait avoué, un jour, qu'elle aspirait à susciter chez son amant des sentiments plus forts qu'un simple *plan cul*.

En voiture, Albert se désolait pour Shahn, anéanti par la nouvelle. Lili ne l'écoutait pas. Au mieux, elle soupirait en silence. À présent, elle ne pouvait ressentir une quelconque empathie pour le vieil homme, responsable à ses yeux des malheurs de son violoniste. Il fallait bien un coupable. Quelqu'un d'autre. Pas Franz. Cette pensée en tête, elle caressa son poignet machinalement, oubliant que le bracelet n'était plus là.

Brusquement, un constat l'abasourdit. Elle ne se reconnaissait plus, comme si elle devenait peu à peu un monstre.

La rencontre avec le sénateur ne fut pas aussi cordiale que la précédente. Visiblement agacé par cette visite inopinée, il accepta néanmoins de les recevoir. Son domicile était toujours envahi d'individus : collaborateurs, policiers, négociateurs. Tous quittèrent le bureau, les laissant seuls avec Krotz et Jürgens.

– Cette entrevue n'était pas prévue dans mon agenda, savez-vous ? annonça Krotz aussitôt. Je vous accorde quelques minutes. Je suis très occupé, et pas que pour cette affaire. Hans a communiqué à Monsieur Carring tous les éléments nouveaux. Que voulez-vous d'autre ?

– Je souhaiterais vous parler en privé, lança-t-elle, évitant de croiser le regard de l'homme crapaud.

– Nous le sommes. Allez-y, Mademoiselle. Je vous écoute, répliqua l'homme politique.

La jeune femme défia l'intrus avec son regard. Il la fixa en retour, un mélange de dédain et de curiosité dégageait de ses yeux globuleux. Elle se tourna brièvement vers Albert, gêné par cette situation. L'Anglais voulait la soutenir, mais il ignorait ce qu'elle cherchait.

– Allez-vous payer la rançon pour votre collaboratrice ? demanda-t-elle.

– Vous vous êtes déplacés jusqu'ici uniquement pour me poser cette question ? rétorqua Krotz avec mépris.

– Avec quel argent ? poursuivit Lili d'un ton ferme.

– Où voulez-vous en venir, Mademoiselle ?

– Vous avez des fonds de campagne. Vous pouvez nous aider à libérer Franz.

Albert se montra tendu, et prit la main de la jeune femme.

– Mademoiselle Bylen, je ne peux pas en disposer comme bon me semble. Pourquoi ne pas vous tourner vers vos mécènes ?

– Vous nous avez demandé d'être discrets, n'est-ce pas ? Souhaitez-vous que l'on en parle publiquement ?

– Votre idée, Mademoiselle, c'est exactement ce que j'avais conseillé à Monsieur Krotz, ajouta Jürgens devant une Lili confuse. C'est délicat, puisque ce capital n'est pas tout à fait disponible.

– Ma carrière et mon honneur sont en jeu, avança le politicien. Je ne peux pas toucher à cet argent. Une partie risque d'être saisie vu les soupçons sur leur provenance. Croyez-moi, face aux menaces, j'ai aussi hésité. Sarah est une proche collaboratrice, je ne doute pas une seconde de sa probité. Mais certains de ses contacts sont suspectés de blanchiment. Elle n'a pas de famille et dans les circonstances actuelles, il est difficile de demander de l'aide à mes sympathisants.

– Mais c'est un cas de force majeure ! insista Lili. Vous attendez quoi ? Qu'on vous envoie leurs doigts ou leurs oreilles par la poste pour agir ?

– Non, Mademoiselle. C'est pour cela que j'ai mis des négociateurs pour arriver à un arrangement. S'il faut toucher à cet argent, ce sera une infime partie, mais je ne peux pas disposer de plus. Je ne peux pas payer pour votre fiancé.

– Alors, je vais devoir me tourner vers les médias, menaça Lili.

– Je ne peux pas vous l'interdire, mais cela pourrait faire échouer les tractations. Maintenant, veuillez m'excuser, mais je dois vous laisser.

Lili soutint le regard des deux hommes, Albert n'intervint pas. Ce dernier ne savait que dire ni ajouter face à son obstination. Il lui avait déjà précisé que l'assurance du violon pourrait leur permettre de payer la rançon, mais ceci prendrait du temps. Toutefois, il admira la détermination de la jeune femme. Elle montrait une force de caractère insoupçonnée jusque-là. « L'amour fait déplacer des montagnes », songea-t-il, souhaitant plus que tout au monde que son ami puisse revenir, sain et sauf, et voir ce dont elle avait été capable.

– Tu devrais rentrer à Sankt-Pölten auprès de ta famille, proposa Albert en remontant dans la voiture.

– Non, tu n'as pas à t'occuper de tout ça. Tu as déjà assez de responsabilités.

Albert posa des yeux tendres sur elle.

– Il a beaucoup de chance d'avoir quelqu'un comme toi.

L'Anglais faillit ajouter que Franz ne la méritait pas, mais se contint. Étant donné les circonstances, ce genre de remarque serait malvenue.

Lili fut profondément touchée par ces mots qui l'aidèrent à surmonter l'échec de sa démarche. Insidieusement, elle avait obéi aux ordres de Karl. Il ne lui restait qu'une seule chance d'agir pour son violoniste. Elle se garda de mentionner son futur rendez-vous avec l'inspecteur Neumann.

Au commissariat, elle annonça ne pas vouloir faire de déposition concernant les menaces d'extorsion. Pour l'instant. Elle souhaitait uniquement s'entretenir avec le policier, en privé et de manière informelle. Ce dernier proposa une balade dans les allées du parc Arenberg, non loin de là. Malgré la fraîcheur, un beau soleil invitait à la flânerie.

– Ça fait du bien une petite promenade, lança-t-il, pour briser le silence, humant la senteur d'herbe mouillée.

– Avez-vous de nouveaux éléments ?

– Je pense que vous êtes mieux informée que moi, maintenant que le sénateur dispose d'une équipe aux petits soins.

– Cela ne vous empêche pas de chercher de votre côté.

– En effet. Une brigade dédiée s'apprête à suivre la trace du paiement de la rançon. Finalement, la modernité apporte de bonnes choses...

Le policier prit une bouffée d'air frais avant de s'étendre sur des aspects technologiques, qu'il comprenait tout autant qu'elle. Zéro. N'étant pas intéressée, elle revint à la charge.

– Trouvez-vous normal que ce Monsieur Krotz veuille tout gérer, tout contrôler ?

– Non. En même temps, pourquoi les ravisseurs ne vous ont-ils pas contactée, vous, Mademoiselle, ou Messieurs Carring et Shahn ?

– Comment pourrais-je le savoir ?

– Je m'interroge. J'ai beaucoup réfléchi à ce que vous avez révélé, au sujet de l'extorsion. Pourquoi tardez-vous à demander de la protection ?

– Je souhaiterais que l'on protège ma famille plutôt...

– C'est vous qui êtes menacée, me semble-t-il.

La jeune femme pensa à sa conversation avec Karl. Soudain, elle comprit pourquoi Franz l'avait suppliée de le dénoncer. Comment avouer sa situation à la police ? Sans avoir rien à se reprocher pour le moment, elle éprouvait déjà des difficultés.

Pourtant, Lili avait cru pouvoir parler à l'inspecteur de sa rencontre avec Karl, mais en fut incapable. L'impression que tout ce qu'elle dirait ou ferait mettrait en péril ses proches la torturait. Avant de pouvoir répondre, une larme s'échappa de ses yeux. Un soupir de gêne de son interlocuteur se fit entendre. Subitement, elle se ressaisit. Interdiction de passer pour une hystérique !

– Je crois savoir où il pourrait être retenu, avança-t-elle.

– Expliquez-vous.

– Je suis certaine que tout ceci a un rapport avec ce dont je vous ai parlé hier. L'affaire Liesl, la disparition de Franz. Le seul dénominateur commun est Krotz et son entourage.

– Êtes-vous en train de me dire que la mort de votre amie est liée à cette affaire d'extorsion et qu'elle concerne Wenzel Krotz ? Vous faites de graves accusations, Mademoiselle.

– Je n'accuse pas, mais je trouve étrange ! lâcha-t-elle sans mesurer les conséquences.

– Et quel rapport avec votre fiancé ?

– Je ne sais pas ! répondit-elle après un long moment de réflexion.

Lili réalisa enfin que, dans son désespoir, elle n'aidait pas Franz. Au contraire, il avait intérêt à ne pas réapparaître, au vu des dégâts causés.

– Donc, cet endroit où vous croyiez qu'il est retenu...

– La déchetterie !

– C'est-à-dire ?

– Ce jour-là, quand on s'est vus à l'hôpital. Franz avait mentionné avoir été agressé ailleurs, dans une déchetterie.

– Que faisait-il là-bas ? demanda l'inspecteur.

Neumann rapprochait cette démarche à une volonté de détruire des preuves. Dans son esprit, où les affaires étaient bien rangées dans des tiroirs, il associa les dates correspondantes à la disparition d'Émilie.

– Je l'ignore ! poursuivit-elle, confuse. En fait, c'est son assaillant qui me l'a dit...

– J'ai du mal à vous suivre.

– Il était menacé ! L'attaque de Teresa Baden et la mienne ont été des avertissements pour lui, ou des punitions. Allez savoir ! J'ai été sauvée in extremis par un jeune homme qui est aussi mêlé à cette affaire. Un jeune Tzigane qui se trouvait à la déchetterie quand Franz a été agressé.

L'inspecteur Neumann l'observa quelques instants, se demandant quelle était la part de vérité et la part d'invention. Des femmes hystériques échafaudant des histoires invraisemblables sous le coup de l'émotion, il en avait déjà vu passer. Mais ce qu'elle avançait ressemblait à la pointe d'un iceberg.

– Mademoiselle, tout ce que je découvre dans cette conversation est que vous disposiez d'éléments qui auraient dû être fournis à la police plus tôt. Et que votre ami baigne dans des affaires louches. Est-ce que c'est à cause de lui que Madame Strauss a été enlevée ? Ou pire encore, a-t-il participé à son rapt en l'attirant au parking ?

– Non ! Pas du tout ! Je n'ai aucune preuve, mais je vous ai communiqué tout ce que je sais. Toutes les pistes doivent être explorées et, jusqu'à présent, vous n'aviez rien ! conclut-elle au bord des larmes.

Lili réalisait que dans son désespoir, elle en avait peut-être trop dit et enfoncé Franz plus qu'il ne le fallait. Il la haïrait. Si jamais il revenait.

Peu importe, pourvu qu'il soit en vie.

⁂

L'inspecteur Neumann mouillait sa moustache dans une imposante tasse rouge, ornée d'un gros chat noir aux grands yeux verts. Il buvait son thé à la cannelle très chaud, quasi brûlant. Après avoir bu un peu – afin de ne pas renverser son breuvage sur quelqu'un ou sur quelque chose, comme cela avait pu arriver dans le passé –, il se rendit au bureau de son jeune confrère, Bruno Issyk. Ce dernier suivait l'enquête sur l'enlèvement.

– Du nouveau ? demanda-t-il.

– Les gars ont *shortlisté* quelques sites correspondant à la description donnée.

Après avoir tiqué sur le mot étrange prononcé par son collègue, l'inspecteur s'étonna qu'avec si peu d'éléments ils aient pu trouver autant de résultats sans bouger de leur siège. De son temps, il serait parti avec son binôme parcourir cette fameuse autoroute à la recherche d'une cheminée. Aujourd'hui, tout se gérait derrière un écran, se lamentait-il.

– Et qu'en est-il de la rançon ? s'enquit-il.

– Il semblerait qu'ils se soient accordés sur une somme pour les deux.

– Le sénateur payera pour les deux ? Quelle générosité !

– Apparemment, pour l'autre otage c'est un *prêt*. Krotz va certainement piocher dans la réserve de ses comptes de campagne.

– Et que fait la brigade antifraude avant que cette petite fortune ne s'envole ?

– Ça traîne…

– Si une partie de cet argent *présumé sale* est utilisée pour une *bonne cause*, j'aurais tendance à croire qu'il s'agit d'un coup monté…

– Tu vois des coupables partout, répondit le jeune avec dédain. L'investigation se chargera de le déterminer. Nous manquons de preuves. Pour l'instant, la priorité est de sauver des vies. Et là, ton tuyau tombe bien. Il tient ça d'où, ton indic ?

– De son intuition, dit-il en terminant sa tasse. Tu penses quoi du violoniste ?

– Pardon ? lança Issyk, qui, pendant chaque pause de son collègue, tentait de se concentrer sur son écran.

– Franz Schligg. Celui qui a été enlevé avec Sarah Strauss, la conseillère de Wenzel Krotz. Tu te souviens que le même Krotz avait été victime d'un accident il y a quelques mois ? Et que le corps d'une femme avait été retrouvé dans l'autre véhicule ? Devine qui a été le dernier à avoir été vu avec elle ?

– Schligg ?

– Exact ! Comment expliques-tu ça ?

– Tu veux que je te dise quoi ? Coïncidence ? Qui dit que la fille n'avait pas traîné avec des types louches ? Tout ce milieu côtoie des gens pourris jusqu'à la moelle et qui cachent bien leur jeu. Tu sais que le nom du mécène, von Liechteneau, risque d'apparaître dans cette affaire de blanchiment ? À cause de son ex-épouse et du fils de celle-ci. Ils vivaient en France. D'ailleurs, le corps de la pauvre femme a été découvert flottant dans la Seine. Au premier abord, elle se serait noyée après avoir glissé du pont de sa péniche...

– Un accident ? Bien sûr. Au fait, le violoniste n'était-il pas rentré de Paris avant de se faire enlever ?

– Tu t'obstines à le lier à tout ! Il y était pour donner des concerts, non ? Trouvons-le d'abord, après tu auras tout le loisir de lui poser des questions. Pour l'instant, cette affaire-là est entre les mains de la police française.

L'inspecteur s'apprêtait à rejoindre son bureau, lorsqu'un subalterne annonça à Issyk qu'ils avaient réduit la liste à trois sites correspondant à la recherche. Neumann se retourna, une idée en tête.

– Tu veux les trouver ? Tiens, faisons du vrai travail de flic. Tu passes trop de temps devant ton écran, lâcha-t-il, lui proposant d'aller voir ces sites de plus près.

Le jeune homme ne sembla pas apprécier la remarque de son aîné, mais accepta de l'accompagner. En cas d'échec, ce qui risquait fort d'arriver, il aurait le plaisir de lui rappeler qu'il valait mieux consacrer son énergie à des pistes concrètes.

À la suite d'un premier site sans cheminée et complètement délabré, puis d'un autre rasé, ils se disposèrent à visiter le dernier. Neumann se demandait sur quels critères ses collègues avaient déterminé la liste.

– Voilà ce qu'on obtient avec si peu d'éléments, lança Issyk.

– Voilà ce qu'on gagne quand on ne bouge pas le cul de sa chaise ! répondit le plus expérimenté.

Au volant, Neumann aperçut au loin le long conduit en brique rouge. Il fut certain qu'ils auraient perdu moins de temps s'ils avaient cherché par eux-mêmes dès le départ. Ils prirent la sortie et suivirent des petites routes avec un seul cap : la cheminée. Étonné, le jeune coéquipier ne prononçait pas un mot, sentant l'adrénaline monter en lui. Le plus âgé s'interrogeait plutôt sur ce qu'un type comme le violoniste viendrait faire là.

Ils empruntèrent un chemin de terre jusqu'à la grille d'un bâtiment industriel. Derrière, une berline stationnée et des traces de pneus mélangés à de la terre et de la neige.

– Au moins, il y a quelqu'un ici. D'ailleurs, cette voiture ne cadre pas avec le décor, jugea Neumann sur un ton suspicieux.

Bruno Issyk vérifia le chargeur de son arme de service et la plaça dans son holster avant de quitter le véhicule. Son coéquipier, plus expérimenté, se contint de rappeler à cet intrépide qu'ils ne faisaient qu'une enquête de routine, pas une descente.

– Dans les recherches, précisa Issyk, ce site apparaît comme abandonné. C'était une ancienne fonderie.

– On verra bien.

Les deux hommes s'approchèrent de la cabane à l'entrée du bâtiment principal. La porte était ouverte, mais les lieux semblaient vides. Elle donnait accès au hangar attenant, dans lequel ils pénétrèrent furtivement, et s'annoncèrent, à la recherche de quelqu'un susceptible de leur répondre. Sorti d'une allée de rayonnages vides et crasseux, un individu apparut, l'air surpris.

Issyk expliqua la raison de leur présence et posa quelques questions de routine. Neumann observait ses réactions : le type paraissait tendu et lorgnait sans cesse les entrailles de l'entrepôt. Sachant bien que sans mandat, ce serait difficile de fouiller à l'intérieur, il profita de l'attention accordée par le gardien à son partenaire pour se glisser entre les allées. Pendant sa progression, il se redemandait ce qu'un type comme le violoniste aurait pu fabriquer ici.

Au fond, il découvrit une vaste salle où se trouvait le fourneau alimentant la cheminée. Autour de lui, d'autres couloirs et deux portes métalliques fermées. Son odorat l'informa que le foyer n'avait pas été allumé récemment. Il aspira profondément l'air humide et tenta de prêter attention aux éventuels bruits. Le vacarme produit par les pas précipités de l'intendant et de son partenaire ne le laissèrent pas le temps de se concentrer. Son jeune coéquipier le dévisageait sévèrement.

– Qu'est-ce que vous faites ? questionna l'individu.

– Ah, oui, j'oubliais. Ça ne vous dérange pas si je jette un coup d'œil ? répondit Neumann, nonchalant, son fait accompli. À moins que vous ayez quelque chose à cacher, lança-t-il avec un grand sourire.

Issyk cilla pour le rappeler à l'ordre, mais l'interrogé sembla se figer un instant, lorgna furtivement l'une des portes au fond, puis se ressaisit.

– Allez-y, inspecteur, fouillez, répondit-il.

Neumann s'avança vers les deux portes. Verrouillées toutes les deux. Le jeune flic pestait contre son attitude cavalière tandis qu'il tâtait instinctivement ses poches, à la recherche de son téléphone portable qu'il avait senti vibrer.

– Vous avez la clé ? demanda le policier.

Le gardien hocha la tête négativement.

– Qu'y a-t-il à l'intérieur ? renchérit Neumann.

– C'est du matériel, des machineries et tout ça...

– Et vous faites quoi ici, alors ?

– Du gardiennage. Je viens juste de commencer, c'est ce que je disais à votre collègue...

Bruno Issyk toussota d'impatience. Il n'avait pas apprécié les manières de son coéquipier, mais il ne dit rien, distrait par son téléphone. Ce dernier affichait plusieurs appels perdus et un réseau instable. Il remercia l'intendant pour les informations et invita Neumann à regagner leur voiture.

– Tu sais bien que nous n'avons pas de mandat pour des perquisitions ! râla Issyk dehors.

– Nous n'en avons pas besoin s'il nous y invite, n'est-ce pas ?

– Tu lui as forcé la main !

L'inspecteur Neumann prit note de la plaque d'immatriculation et sollicita son coéquipier, qui était déjà au téléphone, pour lancer une petite recherche. Puis, il pista les traces des pneus. Elles paraissaient récentes. L'une d'entre elles attira son attention. Contrairement aux autres, insinuant un demi-tour, elle se poursuivait jusqu'à l'arrière du bâtiment. Son exploration fut interrompue par un Issyk agité, l'interpellant d'un geste de la main. L'inspecteur revint sur ses pas.

– Du nouveau ?

– Le violon est apparu ! On croirait qu'ils ont choisi le luthier exprès pour se faire piéger.

– C'est-à-dire ?

– Le type était spécialisé en instruments de valeur, il l'a reconnu et alerté la police sans que les receleurs ne voient rien venir.

– Et donc ?

– On les a arrêtés et ils sont interrogés depuis un moment. Ils circulaient dans une voiture volée.

– Et celle-ci ?

– Volée aussi. Il y a autre chose. Les suspects ont saisi l'adresse du luthier dans leur GPS. Devine quel est le point de départ ?

– Ici ?

– Exact !

– As-tu appelé des renforts ?

– C'est fait. Je suggère de poursuivre la fouille. Cette fois, équipons-nous, ajouta-t-il en sortant le gilet pare-balles du coffre. Il est peut-être question de vie ou de mort.

La tension montait pour les deux policiers. Pour le plus âgé, cela faisait des lustres qu'il ne s'était pas retrouvé dans une position aussi stressante.

Au contraire, le visage de son jeune partenaire mêlait excitation et satisfaction. Comme s'il prenait enfin la mesure de l'exaltation du terrain.

Tous deux pénétrèrent dans le bâtiment, sur leurs gardes, sans trouver trace de l'intendant. Ils avancèrent lentement vers la salle du foyer. L'inspecteur Neumann progressait vers les portes du fond.

Soudain, un coup de feu retentit.

48

Le long voyage dans le coffre représenta un nouveau supplice pour le violoniste. Le peu de volonté restante ainsi qu'un bâillon le retenait de vomir dans le sac en tissu enveloppant sa tête. Les secousses mêlées à la puanteur de renfermé, d'essence, ou de désodorisant pour automobile, suffisaient à le rendre malade. Or, il n'y avait pas de place pour la nausée, car une grosse boule dans le ventre l'oppressait jusqu'au cœur.

Avec un état mental en vrille depuis sa capture, Franz ne voulait plus penser à la suite des évènements. D'ailleurs, il réalisait qu'il n'y figurait pas. Il n'était plus rien. Un poids mort à la merci de ces gens. La présence de Tchavo aurait pu lui donner un mince espoir, mais son attitude étrange l'angoissait davantage.

Au bout d'un moment, le véhicule s'arrêta. Un claquement de portes. Des aboiements lointains. Des voix s'élevant haut et fort. Sarah ? Peu importait, il ne distinguait rien et tout ce petit monde semblait oublier qu'il fallait le sortir. Ou pas ? Peut-être qu'il serait abandonné là, enfermé, ou que la voiture serait jetée dans un canal. Alors que Franz était plongé dans ces pensées pessimistes, mais réalistes, le coffre s'ouvrit et il sentit sur sa tête le canon d'une arme. On lui intima de ne pas bouger pendant qu'on lui détachait les jambes.

Franz se demanda, pour un instant, si une balle dans la tête ne représentait sa meilleure option. Rapide. Efficace. Indolore.

Il lui suffirait d'un mouvement brusque et tout serait terminé pour lui, sauf s'ils ne comptaient vraiment pas le tuer. La capuche le rassurait, ils le voulaient vivant. Un geste de sa part lui attirerait un coup de crosse. Ne désirant pas aggraver sa douleur inutilement, il ne tenta rien et se limita à obéir, comme un chien docile.

Escorté par les ravisseurs, il marchait avec difficulté vers l'inconnu. Au moins, il avait récupéré ses chaussures, mais il avait froid. Il sentit d'abord un sol vaseux au milieu d'un terrain ouvert aux bourrasques, puis un endroit fermé et bétonné. Au loin, il entendait Sarah pérorer.

Ils avancèrent. Leurs pas faisaient écho, lui donnant l'impression d'un espace vaste et vide ; ensuite, il distingua un lourd grincement et leur marche résonna différemment. Une chambre ? Une seconde porte métallique claqua et il fut projeté à terre. Puis, sans autre indication que l'arme braquée sur la tête à nouveau, il comprit qu'il devait s'immobiliser.

Dans la pièce attenante, la voix de Sarah s'élevait, se plaignant des lieux, de la saleté, des rats. Elle parlait d'un certain contrat. Elle le mentionna aussi, mais il ne put écouter, distrait par un pincement au pied. L'individu qui attachait ses chevilles, fredonnant une chanson, venait d'insérer un objet dans sa chaussure. Tchavo.

« À quoi il joue ? » se désola le violoniste. Après un instant de réflexion, il saisit enfin le message caché dans le refrain seriné : *Back Door Man*. Une autre issue ? Comment l'atteindre ?

– Pourquoi tu chantes ? Dépêche-toi, faut qu'on y aille ! le houspilla celui qui tenait l'arme pointée sur son crâne.

– Ça m'détend, répondit le jeune homme, insouciant.

Dès qu'il eut terminé, Franz entendit des pas quitter la pièce et le noir se fit plus noir. Le violoniste rampa tel un serpent jusqu'à la porte. Voilà son point de repère. Maintenant, il ne lui restait plus qu'à se détacher, trouver l'autre porte et s'évader. Cela semblait si facile dans sa tête.

Au moins, il disposait de la place pour essayer de défaire les liens. Les mains ligotées au dos, il pivota ses poignets et étira ses doigts le plus loin possible, afin d'attraper chaque bout de corde. Puis, tira sur ceux-ci. Doucement. Lentement. Pas trop, au risque de resserrer le nœud. Recommencer. Gratter le nœud. S'arrêter. C'était pénible pour ses épaules et son poignet encore sensible, mais il fallait continuer. Au bout de quelques essais infructueux, il laissa ses bras reposer un peu, puis reprit, enhardi. Aussi longtemps qu'aucune vibration de pas ne se faisait pas entendre, il avait le loisir de se concentrer sur sa tâche. Rattraper l'autre bout de corde, puis remuer. S'efforcer de le dénouer jusqu'à un complet relâchement.

« Enfin ! » aurait-il pu crier de bonheur lorsque les attaches tombèrent et qu'il recouvra sa liberté de mouvement.

Il enleva l'étouffante capuche et le bâillon en tissu pour respirer profondément, même s'il haletait encore. En récupérant son souffle, les odeurs de renfermé, de poussière et de suie le troublèrent. La déchetterie. Il s'interrogeait sur les intentions de ses ravisseurs derrière ce choix ; mais il ne voyait qu'une seule réponse : quel meilleur endroit pour se débarrasser de leur corps, une fois la rançon encaissée ? Il ne comprenait pas comment Sarah pouvait être aussi naïve et stupide.

Après avoir massé ses poignets et étiré ses épaules, il ôta les cordes autour de ses chevilles et sortit le petit objet de sa chaussure. Un crochet de serrurier.

Il se releva tant bien que mal et longea le mur. Ses paumes caressaient la paroi à la recherche de l'autre porte ou d'un interrupteur. Rien. Après quelques pas, sans doute à l'extrémité de la pièce, il sentit la forme d'un verrou. Sa seule et dernière chance, si au moins il pouvait se servir de l'outil providentiel. Comment se débrouiller dans le noir ? À tâtons. Mêmes consignes : patience et concentration. Tenter un mouvement. Puis un autre. Comme lorsqu'on cherche à perfectionner ses accords. Ne pas désespérer.

« Surtout ne pas laisser tomber le crochet », se disait-il, tandis que son cœur battait si fort qu'il l'empêchait d'anticiper une éventuelle irruption.

Au bout d'un moment, il entendit un cliquetis et sut que c'était gagné. Il tourna le verrou et poussa à l'extérieur. La lumière du jour l'aveugla immédiatement et il mit la main en visière pour se protéger, tout en avançant. Une rafale le fit frémir, il s'aperçut que sa chemise était trempée de sueur et ressentit le froid intense. Sous la force du vent, la porte claqua bruyamment. Il sursauta, de peur que ce tapage n'alerte les ravisseurs. Mais un autre son le terrifia davantage.

Les grognements d'un chien le paralysèrent. Franz réalisa que la bête était attachée. Il frotta ses yeux, sa vision brouillée lui permit de distinguer péniblement une grosse masse noire s'excitant à mordiller la corde qui le retenait. Rapide, le molosse se libéra et fonça droit sur lui. Les bras en avant, le violoniste tenta de se protéger, voyant déjà ses membres arrachés par les puissantes mâchoires du canidé.

Subitement, le bruit caractérisé d'un coup de feu étouffé retentit, l'animal glapit et s'écroula lourdement à ses pieds.

Franz ouvrit les yeux et vit au sol le rottweiler mort. Puis, il releva le front pour découvrir quelque chose de bien plus inquiétant. À choisir, il aurait préféré être dévoré par le chien.

Karl.

En rage contre le destin acharné sur son sort, Franz se laissa tomber à genoux. Les yeux embués de larmes, implorant qu'on l'achève. Tout de suite. Que cela se termine.

– Plus tard si vous voulez, répondit Karl d'une voix froide. Debout, vous avez un travail à finir.

Avant que Franz puisse saisir le sens de ces mots, une porte s'ouvrit. Un bruit de pas rapides résonna et Tchavo se précipita vers l'animal.

– Putain ! Mon chien ! hurla-t-il.

– Tu en auras un autre, assura le tueur, avec un ton d'ennui.

Ahuri par la tournure des événements, le violoniste dévisagea le jeune homme agenouillé, le cadavre de la bête entre les mains. En lui fournissant le crochet, n'avait-il pas prévu qu'il se retrouverait nez à nez avec le molosse ?

Un second individu sortit de l'entrepôt et s'arrêta net, impressionné par le nouveau venu.

– Que se passe-t-il ?! Qui êtes-vous ?

– Le patron m'envoie finir le travail. Vous avez reçu votre virement. Où sont les autres ?

– Ils sont partis à Vienne…

– Faire quoi ? l'interrogea l'assassin, une pointe d'agacement dans la voix.

Nerveux, sans émettre un son, le ravisseur lorgna Franz. L'otage découvrit enfin le visage de son ravisseur : un type ordinaire. À son regard fuyant, il comprit qu'il ne l'aurait jamais exécuté. Après tout, Karl avait raison lorsqu'il affirmait que la capacité de tuer n'était pas une faculté répandue. La conscience en prenait un coup. Un poids difficile à porter. Visiblement, ce type manquait d'aptitude.

– Ils sont partis vendre le violon, rétorqua l'individu.

– Ah, oui ? C'était dans le contrat, ça ?

Karl n'attendit pas de réponse et lui fit signe de rentrer avec l'otage. Seul Tchavo resta dehors avec le chien mort. Ils pénétrèrent dans une autre pièce, plus encombrée, où une Sarah exaspérée tournait en rond, un portable à la main, qu'elle balança, furieuse, sur la table pour le reprendre de suite.

– Bref, je vais téléphoner dehors ! annonça-t-elle, s'acheminant vers la porte extérieure, sans faire attention au groupe. C'est quoi tout ce remue-ménage ? Vous êtes qui, vous ? s'exclama-t-elle lorsqu'elle remarqua le troisième homme.

– Changement de plans, intervint celui-ci. La police arrive. Ils s'attendent à vous retrouver en position d'otage.

La présence de l'inconnu l'alarma, mais pas autant que la vue fantomatique du violoniste. Elle esquissa son prénom avec les lèvres, en silence. Abasourdie, elle reculait jusqu'au fond de la pièce, répétant aussi bien dans sa tête qu'à voix haute que ce n'était pas prévu au contrat. Sans dire un mot, l'assassin tendit un rouleau de chatterton au ravisseur, qui comprit la consigne et se retourna contre son ex-patronne. Il la força à s'asseoir sur une chaise pour l'attacher.

L'esprit ailleurs, le violoniste scrutait le petit chaos autour de lui, cherchant dans le fouillis quelque chose pour se sauver, même s'il n'avait plus de force. Il releva la tête et riva ses yeux dans ceux de Sarah. Ni lui ni elle ne montrait la fierté d'autrefois.

– Qu'allez-vous faire de lui ? s'enquit-elle avant de se faire museler.

– M'en occuper, répondit Karl.

– Je vais mourir, comme toi, salope ! l'interrompit Franz, à bout.

– Tututut, admonesta le tueur en claquant la langue contre son palais. Un peu de respect pour la dame !

Il accompagna sa remontrance d'un geste menaçant. Le violoniste fit un pas en arrière, le défiant du regard. Karl le toisa pendant un instant, le sourire tordu, puis se tourna vers Sarah. Elle et son ancien complice, le ravisseur, l'observaient, décontenancés par l'allure qu'il dégageait.

– Le Maestro a raison. Pas pour l'insulte. Je ne me serais jamais permis, Madame. Mais pour l'autre assertion, il a tout bon. D'ailleurs, il était là pour s'en occuper. Il aurait dû vous supprimer plus tôt, à Salzbourg. Visiblement, il aime improviser. Monsieur l'artiste décide quand et comment, n'est-ce pas ?

Un air de désespoir, mêlé à la rage, s'abattit sur la femme lorsqu'elle comprit que la situation lui avait échappé. Dépité, Franz fixait le sol où un rat se faufilait. Il le suivit des yeux jusqu'à un tas de décombres. Le rongeur le guida vers un objet familier. Enfin l'ébauche d'une issue.

S'il pouvait s'en emparer, à la moindre distraction de Karl, il l'attaquerait pour mettre fin à ce cauchemar. Même si cette idée lui paraissait suicidaire, il devait la tenter, car elle représentait sa seule alternative.

Le ravisseur semblait tout aussi intimidé par Karl. Le violoniste supputa que dans l'hypothèse d'une offensive, il ne l'empêcherait pas.

Subitement, Tchavo pénétra dans la pièce et examina la scène, étonné ; comme s'il avait raté un épisode de sa série préférée. Le chagrin de la perte de son chien paraissait bien loin. D'un air grave, il les avertit qu'un véhicule inconnu approchait. Tous se regardèrent. Diverses nuances d'inquiétude pouvaient se lire sur chacun de leur visage.

– Bravo, Messieurs ! Nous avons la police vraiment à nos trousses, annonça Karl, impassible.

– On fait quoi ? demanda le ravisseur.

– Vous allez les recevoir, répondre aimablement à leurs questions et attendre qu'ils partent. Toi, poursuivit Karl en désignant Tchavo, tu vas te cacher comme tu sais le faire. S'ils s'approchent trop, tu interviens.

– Avec quoi ?

– Avec ton intelligence, répliqua l'assassin, sans lui accorder plus d'attention.

Les deux hommes s'apprêtaient à quitter la pièce, lorsque Karl lança au ravisseur :

– Armez-vous ! Pas de conneries si vous voulez voir votre argent.

Entre-temps, le violoniste en avait profité pour s'emparer de l'objet révélé par le rat. Quelle mauvaise plaisanterie du destin ! L'archet en laiton. Il le parcourut de ses mains, remarquant la tige maladroitement redressée, tordue lors de la mort d'Émilie. Après tout, le violon était revenu dans son appartement, mais pas l'archet, comme s'il devait l'attendre là où il avait signé son pacte avec le diable.

– La police est là ? murmura Franz, comme s'il venait de se réveiller, sans réaliser qu'il avait parlé suffisamment fort pour que Karl l'entende.

– Justement, reprit l'assassin, il faudra agir vite et en silence. Je vois que vous avez déjà trouvé l'arme...

– Pourquoi le ferais-je ? brava-t-il.

Franz regardait l'archet attentivement, dans toute sa longueur, comme s'il retrouvait un vieil ami. Étrange sensation qu'il éprouvait.

Imperturbable, Karl sortit de sa poche un bracelet en forme de serpent se dévorant la queue. Abasourdi, le violoniste reconnut celui qu'il avait offert à Lili.

– Magnifique pièce, n'est-ce pas ?

Sarah observait, figée par la peur. Confus, anéanti, Franz tenta de réfléchir, mais son cerveau ne fonctionnait plus. Il tendit le bras, archet à la main, tremblant.

– Vous croyez que je suis seul ? avertit l'assassin, décelant les intentions du violoniste.

– Non, répondit le musicien après un soupir. Mais je refuse de vous obéir.

Franz pensa à ses victimes, puis à Lili. Son esprit trouble imaginait les pires scénarios possibles dans lesquels elle souffrait le martyre par sa faute. Comment Karl s'était-il emparé du bracelet autrement que par la violence ? Sa tristesse anéantit son cœur. Comment pouvait-il battre sans celle qui n'était plus ?

Enfin, il avait trouvé le courage qui lui manquait tant. Il dirigea l'archet vers lui-même, prit l'extrémité à deux mains. Soupira et posa la pointe dans un creux vulnérable de son thorax.

– Pardonne-moi, Lili ! susurra-t-il.

De toutes ses forces, Franz tenta de percer sa chair. Lorsque la pointe entra, déchirant sa peau, il persista à appuyer malgré la douleur.

Aussitôt, Karl saisit l'homme par les épaules et l'entraîna violemment contre la paroi. Franz hoqueta, le souffle coupé par la surprise. L'assassin agrippa l'archet pour le lui enfoncer dans les côtes. Leurs regards s'accrochèrent : l'un bardé d'indifférence, l'autre consumé par la haine, la douleur et l'horreur. Ce monstre aux yeux perçants, secs, glacials, était son *Krampus*. Le vrai.

Suffoquant, le violoniste lança furtivement un regard noir à Sarah, qui contemplait la scène, impuissante, les larmes aux yeux. L'assassin appuya son index à quelques centimètres de la blessure.

– Pour votre information, le cœur est là. Ceci dit, joli coup, pile entre deux côtes. Plein de lyrisme ! Félicitations ! conclut-il.

Karl l'attrapa à nouveau et le projeta au sol. Le violoniste retomba sur le dos, les bras en croix, l'archet tordu et à demi enfoncé dans le thorax lui coupant le souffle. La respiration difficile et douloureuse, il se demandait combien de temps il mettrait à mourir.

Les pupilles tournées vers cette maudite porte qui s'obstinait à rester fermée, il espérait voir les policiers surgir d'un moment à l'autre. Il comprit que, malgré tout, il ne voulait pas mourir. Peu importait ce qui l'attendait dans la vie, il ne voulait pas mourir sans avoir revu Lili une dernière fois. Dans son désespoir, il l'avait crue morte. Or, ce cœur qu'il avait raté et continuait de battre lui signifiait le contraire.

Finalement, la porte grinça, mais en voyant Tchavo revenir, tous ses espoirs s'envolèrent. La police ne viendrait pas.

Les deux complices s'étonnèrent de retrouver ce macabre spectacle.

Incrédule et attristé, Tchavo examina le corps du violoniste, la tache écarlate autour de l'archet planté dans son buste colorait sa chemise autrefois blanche. Elle lui rappelait la minuscule lésion qu'il lui avait infligée au moment de son enlèvement, l'injection administrée sous le coup du stress. Que faisait-il dans ce parking ?

Il aurait voulu l'épargner, il avait échoué. À présent, il se sentait coupable de ce gâchis. Vainement, il tentait de s'excuser, scrutant ce corps meurtri.

Il se figea sur les yeux gris, presque transparents, de la victime. Agonisant, en larmes, il le fixait. Cherchait-il à lui transmettre un message ? Tchavo se souvint alors de la supplique du violoniste. Il voulait qu'il retrouve Lili pour lui dire qu'il avait pensé à elle. Puis, un souvenir plus lointain. Il se voyait discuter avec Franz, lui parler de ses petites affaires à la déchetterie tandis que le virtuose l'invitait à se trouver un travail honnête. Vivre de sa musique.

– Ils sont partis ? leur demanda Karl.

– Oui, répondit le ravisseur d'une voix tremblante, lançant un coup d'œil furtif vers l'homme à terre.

– Parfait ! Tuez la dame, s'il vous plaît.

L'individu le regarda d'un air pantois. Convaincu que le même sort l'attendait, les mains tremblantes, il s'empara de son arme rangée à l'arrière de sa ceinture. Avant qu'il ait pu tirer, il s'écroula à son tour, un trou au milieu du front.

– Finalement, je ne lui faisais pas confiance. Il ne reste que toi, rappela Karl, en direction de Tchavo. Crois-moi, ce n'est pas faute d'avoir cherché une autre solution.

Interdit, le jeune homme se raidit et lorgna le violoniste.

Karl perçut sa réaction et, en guise de mise en garde, se tourna vers celui-ci. À l'article de la mort, Franz respirait avec difficulté, aussi pitoyable qu'un poisson sorti de l'eau. L'assassin poursuivit à son intention :

– Je vous avais prévenu qu'en cas de désobéissance, si l'intimidation ne fonctionnait plus, je vous donnerais une mort lente et douloureuse. Paradoxalement, c'est vous-même qui vous l'êtes infligée. Je vais apporter ma petite touche.

Franz le regardait avec le peu de lucidité qui lui restait, terrifié et rempli de haine. Le tueur visait les mains du violoniste tandis qu'il tournaillait le bout du canon dans un sordide *Am Stram Gram*. Il tira. Franz grimaça, incapable d'émettre un son autre qu'un faible râle.

Karl se tourna vers Tchavo, figé comme une statue, les yeux écarquillés.

– La dame s'impatiente. Achève-la, ordonna-t-il.

Ahurie, les larmes aux yeux, la prisonnière se sut perdue. Tchavo détourna la vue vers Franz, comme pour s'excuser ou lui demander la permission.

Le corps du violoniste convulsait, sa main valide s'agitait comme si elle cherchait à s'emparer de quelque chose. Tchavo l'observait, peiné.

– Je ne peux pas ! répondit le Tzigane, avec une nonchalance forcée. Pourquoi pas toi ? T'as une arme !

– Je ne tue pas des femmes et je ne répète pas mes ordres.

Des cris hystériques détournèrent leur attention. Sarah avait enlevé son bâillon et hurlait à l'aide. Le jeune homme demeura immobile quelques secondes, respira un bon coup et s'approcha d'elle. Avec des mots réconfortants, il l'étreignit. Prenant le menton d'une main et le front de l'autre, il fit un geste rapide et brisa sa nuque. En même temps, il lui demandait pardon.

Le silence de l'assassin lui parut suspect. Il remarqua aussitôt Karl ramasser l'arme du ravisseur, certainement pour brouiller les pistes, songea-t-il, n'imaginant pas ses véritables intentions.

– Ce n'est pas personnel, susurra Karl, le visant.

Une détonation retentit, mais à sa grande surprise, Tchavo se trouva indemne. Au lieu de le viser à nouveau, le tueur asséna un coup de talon ravageur sur le violoniste. Le jeune homme comprit qu'il lui devait la vie. Dans un dernier effort, Franz avait dû agripper le pied de Karl de sa main valide, suffisamment pour détourner le tir.

Tchavo profita de cette distraction pour se ruer sous la table, la soulever et la balancer contre Karl avant de s'enfuir. Mais l'assassin repoussa l'attaque et tira à nouveau. Nourri par l'adrénaline, le jeune Tzigane se précipita jusqu'à la porte, certain d'avoir esquivé les coups de feu. Dans sa cavalcade, il sentit un liquide chaud, gluant, couler le long de son oreille. Il percuta les inspecteurs. Paniqué, il balbutiait des propos confus.

Neumann lui tendit un mouchoir et lui ordonna de ne pas bouger. Il prit sa radio et appela une ambulance tandis que l'inspecteur Issyk s'avançait avec précaution dans la pièce. Nouvel échange de tirs.

Une plainte de douleur suivie du claquement d'une porte. Silence. Inquiet pour son coéquipier, l'inspecteur sortit son arme et se précipita. À peine le seuil franchi, il le retrouva par terre, touché au bras. Issyk l'informa que le suspect venait de se sauver par la porte arrière. Neumann l'enjamba pour s'engouffrer dans la pièce où il découvrit trois corps. Son premier geste fut de rectifier son appel radio : le nombre de victimes allait crescendo.

Il se précipita vers Sarah en premier, même si la position de son cou n'augurait pas de chances de survie. Il ne s'attarda pas sur l'autre homme, occis d'une balle dans la tête, puis accourut vers le violoniste, sidéré par la mise en scène.

L'esprit ailleurs, dans le tunnel entre la vie et la mort, Franz ne le sentit pas vérifier ses signes vitaux. Seule sa douleur accompagnait ce corps meurtri, dans cet endroit où il n'aurait jamais dû mettre les pieds.

Si seulement il n'avait pas tué. S'il avait assumé ses fautes.

Pourtant, sans ces meurtres, il aurait poursuivi ses *petits jeux*. Il aurait continué à idolâtrer Teresa. Aurait-il découvert ses sentiments pour Lili ? Aurait-il connu le plaisir avec Andréa ou la complicité avec Virginie ? Oui. Non. Peut-être. D'ailleurs, son cadavre ferait une belle photo. La photographe aurait apprécié le décor.

« Papa, pardonne-moi ! »

« Maman, que tu es belle ! »

– Lili…

49

Lili respira un bon coup avant de pousser la porte de l'atelier de Cremona, le luthier. Elle venait récupérer le violon de Franz.

Tandis qu'elle attendait, elle soupirait d'ennui. La Lili gentille et polie d'autrefois aurait simulé une pointe d'intérêt. Or, le radotage du vieil homme ne l'emballait pas. Pourtant, elle décelait un étrange mélange de fierté et de tristesse dans les phrases de l'artisan.

Apparemment, ce serait lui qui avait alerté la police lorsque les malfrats s'étaient pointés avec le Stradivarius de Jakob Shahn. Elle remerciait leur stupidité. Le luthier s'emporta dans une diatribe vantant son expertise en lutherie, sa coopération régulière avec la police dans des affaires de trafic d'art, puis, remarquant la douleur apparente sur le visage de la jeune femme, il se tut. Mais pas pour longtemps.

« Quelle tragédie ! Mais quelle tragédie ! » répétait-il avec son accent italien qu'elle trouvait de plus en plus agaçant.

Depuis la terrible annonce, elle sentait une boule de colère dans son ventre, elle se tordait à chaque fois qu'elle pensait à son violoniste. Elle parcourut des yeux la minuscule pièce et son attention se figea sur le plan de travail. Divers instruments désossés attendaient leur réparation, mais ce fut une singulière pique de violoncelle qui attira sa curiosité. Elle s'approcha pour la toucher, imaginant l'instrument qui l'avait porté. Son cello lui manquait tant qu'elle ressentit à nouveau cette petite boule lui tordre les entrailles.

Le vieil homme lui tourna le dos, poursuivit son monologue en même temps qu'il décrochait soigneusement un violon suspendu. Il l'admira, souriant, satisfait du travail accompli.

– Vous l'essayez ? demanda-t-il en le lui tendant.

Tirée de sa rêverie, la pique de violoncelle toujours dans sa main, Lili la posa sur la table et demanda, étonnée.

– Pour quoi faire ?

– J'ai besoin de savoir si la réparation convient au maître.

Lorsqu'elle entendit le mot « maître », elle étrangla un sanglot et faillit préciser que ce n'était pas possible, avant de se raviser. Si elle mentionnait Franz, elle se mettrait à pleurer, ce qu'elle voulait éviter à tout prix. Elle devait rester forte, ou du moins l'afficher.

Avec un sourire forcé, elle s'en saisit. Ses souvenirs du violon dataient d'un temps qu'elle aurait qualifié d'immémorial. Elle avait été conquise dès le début par le violoncelle, et n'avait accordé que peu d'intérêt à son petit-cousin.

Elle l'attrapa par le manche, posa la base sur sa clavicule et le maintint avec sa mâchoire. Jusque-là, elle se rappelait les consignes. Puis, elle s'empara de l'archet, sentant la prise en main plus simple et souple qu'avec son violoncelle. Enfin, elle interpréta sa version du *Cygne*, de Camille Saint-Saëns.

– Magnifique ! s'exclama le vieillard lorsqu'elle eut terminé. On dirait qu'il vous a adoptée.

– On dirait, oui, répondit laconiquement la jeune femme.

La petite boule dans son ventre s'apaisa. La musique lui avait fait du bien. Jouer de cet instrument avec une âme particulière lui avait redonné la force et la vitalité manquantes.

Avant de se rendre chez Cremona, Lili avait affronté une épreuve difficile : revenir dans l'appartement de Franz.

Un grand vide l'avait envahie lorsqu'elle avait pénétré dans le salon. Pour dissiper cette impression, elle s'était attardée sur la gravure du violoniste de Weisbuch. Impossible d'oublier les sensations que cet endroit provoquait en elle. Curieusement, le seul souvenir qui avait surgi fut celui de la première fois qu'elle était venue. À cet instant-là, elle aurait tout donné pour le voir apparaître. Le voir rire, se moquer d'elle et de sa naïveté. L'humilier même, comme il l'avait fait. Elle aurait tout donné.

Elle s'était dirigée vers la chambre du fond, celle où il avait confessé ses crimes. Là où se trouvait ce qu'elle était venue récupérer : le cahier de compositions, sa symphonie.

Avant de le chercher, elle remarqua la photo sur l'étagère, celle avec les parents de Franz. Un couple amoureux. Une future mère, éphémère. Elle était très belle. Rousse. Radieuse. Souriante. Lili avait trouvé que ses yeux verts en amande lui paraissaient curieusement familiers. D'autres clichés la montraient de plus près et elle y décela une petite ressemblance avec quelqu'un qu'elle avait beaucoup croisée ces derniers jours : Teresa.

Soudain, elle s'était rappelée du coup de fil de Franz depuis New York, au cours duquel elle avait évoqué son agression dans le métro. En retour, il lui avait demandé des nouvelles de la flûtiste. Sur le moment, elle n'avait pas compris. Puis, elle s'était souvenue de la méprise de Krotz, lors de leur rencontre. Qu'avait dit Franz sur Teresa pour que le sénateur retienne son prénom ?

Elle avait retrouvé le cahier sur le bureau et l'avait serré contre son sein, au souvenir du morceau, gravé à jamais dans son âme.

Il contenait quatre mouvements. Quatre femmes ? Des victimes ? Des amantes ? Était-ce une confession ?

Elle avait baissé son regard et remarqué un bloc-notes avec un nom, une adresse.

Lorsqu'elle s'était interrogée sur ce qu'il avait en tête au moment d'écrire ces lignes, Lili s'était redressée et avait soupiré profondément. En exhalant, elle avait découvert le violon en laiton. Les événements récents étaient venus se mêler dans son esprit : sa récente conversation avec Karl, puis la folie de Franz au retour de l'hôpital. Tout s'était enfin remis en place.

Franz aurait tué d'un coup d'archet dans la gorge, d'après Karl. Insensé, avait-elle pensé, mais pas impossible avec l'archet de ce violon.

Alors, elle avait compris.

Désormais, elle s'était fixé un objectif.

Lili se sentait enfin prête, confiante. Du moins, en apparence.

Elle avait attendu. Elle l'avait cherché. Elle l'avait trouvé.

Maintenant ou jamais.

Elle l'avait guetté. Il était là.

– Docteur Essig ! s'écria-t-elle.

La jeune femme attira l'attention de l'homme qui attendait devant l'ascenseur.

– Votre secrétaire ne prend plus de rendez-vous, poursuivit-elle en marchant vers lui. Je me demande à quoi vous occupez votre temps.

Karl la toisa avec dédain. Lorsqu'elle se plaça à sa gauche il remarqua la crispation de la musicienne, dissimulée par un faux sourire. Il s'approcha dangereusement d'elle et se pencha pour chuchoter à son oreille :

– Vous êtes surprenante, Mademoiselle. Hâte de payer votre dette ?

Les portes de l'ascenseur s'ouvrirent. Un homme, visiblement impatient, occupait la cabine. À l'extérieur, sans bouger, l'assassin examinait minutieusement la jeune femme, qui, elle, dévisageait l'homme pressé. Ce dernier les somma d'entrer.

– Je veux récupérer mon bracelet, lança-t-elle à voix haute sans se soucier de l'autre individu.

Elle se plaça dans l'extrémité de la cabine, près des commandes. Sa main frottait machinalement son poignet, là où elle avait porté son bijou. Karl la talonna, fit mine de l'ignorer, appuya sur le bouton du deuxième sous-sol et se plaça à l'opposé. Leur compagnon de voyage les observait alternativement du coin de l'œil, jusqu'à ce qu'il atteignît son étage et sortît. Tous deux poursuivirent leur descente.

– C'est de votre faute ! s'emporta-t-elle, enfin.

Karl avança, tout près d'elle. Lili se raidit, dos collé aux parois de la cabine. Avec le pouce et l'index, il attrapa fermement son menton et le dirigea vers lui, pour suivre son regard. Elle ne put le soutenir, intimidée par ces iris d'ozone. Elle tira une manche de son pull tricot, en guise de repli sur elle-même.

– Qu'est-ce qui vous le fait croire, Mademoiselle ? rétorqua-t-il calmement, lâchant son menton.

Elle ne répondit rien. Les portes s'ouvrirent. Lili s'extirpa de la cage, remplit ses poumons d'air et poursuivit ses allégations :

– Je sais que c'est vous. Franz a été trouvé dans la déchetterie. C'est curieux, non ? C'est là que vous l'aviez agressé !

L'assassin sortit lui aussi, il la détaillait d'un air glacial, hochant la tête, un sourire sardonique.

– Son exact opposé ! s'exclama-t-il, la fixant des yeux. Vous êtes fascinante, Mademoiselle. Est-ce que je vous inspire de la peur ?

Lili baissa à nouveau le regard, secoua la tête et fit un effort incommensurable pour qu'il ne distingue pas l'émotion dans sa voix, même si son corps la trahissait avec des tremblements.

– Du tout ! Je sais que vous ne me ferez rien... Vous avez besoin de mes services.

– Au contraire, je m'en passerais bien. Mais puisque vous tenez tant à votre bijou, je vais vous le rendre. Suivez-moi.

Lili recula jusqu'à frôler le mur et fixa la porte, hésitante.

– Dans un parking sombre, je ne suis pas assez idiote, le défia-t-elle.

– Content de le savoir. Attendez-moi ici, alors.

– Non, vous allez vous enfuir.

– M’enfuir ? Vous êtes vraiment divertissante, Mademoiselle. On fait quoi, alors ? demanda-t-il en croisant les bras.

Elle prit une grosse bouffée d’air tandis qu’elle caressait son avant-bras.

– Vous allez marcher devant moi et je veux voir vos mains, le somma-t-elle.

– C’est un ordre ou une menace ?

– Vous sentez-vous menacé ?

– Non. Amusé, plutôt.

– Tant mieux.

Il poussa la porte menant au stationnement et marcha d’un pas assuré jusqu’à une berline noire. Elle le talonna, nerveuse. Brusquement, il s’arrêta et se retourna vers elle. Surprise, Lili sursauta.

– Si vous cherchez à vous venger, vous avez mis du temps, opina-t-il, d’un ton quasi-pédagogue.

Lili mit les mains devant elle et recula, bégayant la même rengaine : « Je veux mon bracelet ! ». Karl avança d’un pas à nouveau vers elle, intimidant.

– Comment comptez-vous faire ?

– Avec son intelligence ! répondit une autre voix.

Tchavo surgit de l’arrière de la voiture, un pistolet pointé en direction de Karl. L’assassin analysa la situation avant de lâcher avec dédain :

– Le gros rat a retrouvé la petite souris. Et maintenant ?

– Ouvrez le coffre, ordonna-t-elle.

Sans s’inquiéter de celui qui le braquait nerveusement, le tueur se tourna vers la jeune femme apeurée et la jaugea. Elle baissa le regard, troublée, anxieuse. Elle tira sur ses manches à nouveau. Soudain, d’un mouvement rapide, Karl l’attrapa et la retourna pour l’emprisonner, le bras autour de son cou. Il s’adressa ensuite au Tzigane :

– Lâche l’arme, Tchavo.

Terrifié, le jeune homme obéit, sortit de sa cachette et posa le pistolet par terre. Lili gémissait, sanglotait. Dans une tentative pour se dégager, elle agrippa l’avant-bras de son agresseur, essayant vainement de l'éloigner de sa gorge. Elle implorait par des « Pitié ! Ne me tuez pas ! » timorés.

L'étreinte se relâcha légèrement. Lili profita de cet instant pour se servir de son talon pointu pour écraser de toutes ses forces le pied de son assaillant. Suivit un autre coup au tibia. Profitant de la confusion, elle réussit à se dégager avec ses coudes, puis tira de sa manche un objet pointu qu'elle planta dans l'œil de son adversaire. Enhardie, dans un cri de rage, elle se retourna aussitôt et lui asséna un coup de pied à l'entrejambe.

– Tire ! Tire ! hurlait-elle à Tchavo.

Incrédule, stupéfié par ce qu'il venait de voir, le jeune Tzigane demeura figé.

L'espace de quelques secondes, Lili vit l'homme à terre, visage couvert de sang. Elle étouffa son humanité, son empathie, des éventuels regrets. Poussée par l'adrénaline, elle avait décidé de ne lui laisser aucune chance. Elle se jeta sur le pistolet et, déterminée, légèrement titubante, s'approcha de Karl pour ne pas le louper.

Un coup de feu retentit.

Affolé, le jeune homme regarda autour de lui, certain que le bruit avait dû alerter.

Le cœur battant la chamade, Lili s'avança encore plus et tira une dernière fois, à bout portant.

Ils pouvaient enfin partir.

Tandis que Tchavo conduisait la voiture volée, ni l'un ni l'autre n'avaient échangé un mot. Chacun assimilait la scène qui venait de se dérouler. Pour sa part, Lili était en larmes. Elle avait des nausées, une grosse boule au ventre l'empêchait de respirer, même si ses pleurs l'aidaient à relâcher la tension. Elle avait du mal à rassembler les faits, réaliser son exploit : elle venait de tuer un homme.

Malgré tout, elle se sentait fière !

Fière, mais perplexe. Toute sa colère cumulée avait enfin jailli. Tant d'humiliations, tant d'exactions endurées. Ironiquement, elle avait enfin pu mettre en pratique tout ce à quoi elle s'était entraînée à force de rencontrer des connards. Et grâce à qui ? Liesl, encore et toujours. Son amie l'avait encouragée à prendre des leçons d'autodéfense, de boxe ou de tir sportif. « Ça ne sert à rien » avait-elle pensé, des lubies qui l'avaient pourtant aidée à penser à autre chose, à l'époque.

Paradoxalement, ces activités n'avaient été d'aucune utilité à la survie de son amie. Lili regreta le caractère malsain de sa situation : son amie avait voulu la venger et elle, qu'avait-elle fait ? Venger son meurtrier. Le destin est parfois cruel.

Le véhicule s'arrêta en lisière d'une route, au bord d'un canal. Ils descendirent. Tchavo pouvait souffler. Avec crainte, il reprit le pistolet, qu'il nettoya avec un mouchoir avant de le lancer dans l'eau. L'objet sombra dans les profondeurs sous leur regard attentif.

– C'était quoi c'machin que t'y as enfoncé dans l'œil ? s'aventura-t-il à lui demander.

« Une pique de violoncelle », répondit-elle. Elle la tenait dans ses mains. « Magnifique pièce », se dit-elle, avant de le lancer à son tour.

Un silence s'installa.

– Merci. Tu n'étais pas obligé, ajouta-t-elle.

– Non. Mais j'me sentais un peu responsable.

Tête baissée, regard rivé au sol, Tchavo donnait des coups de pied aux cailloux tandis qu'il revivait son dernier échange avec le violoniste, son regard de supplique pour la retrouver. L'aurait-il fait sans lui avoir tendu la main, ce jour-là, dans le métro ? Il l'avait sauvée une fois, ce n'était pas pour qu'elle se trouve à nouveau en danger.

– Ce n'était pas ta faute..., ajouta-t-elle.

– Si. J'me sens responsable d'toi, j'veux dire, affirma-t-il en relevant la tête, les yeux étincelants. C'est con, mais quand tu sauves la vie d'quelqu'un, y a comme un truc étrange qui t'lie. Je n'allais pas t'laisser poursuivre seule.

– Ce n'est pas con du tout, répondit-elle.

Il enfouit la main dans sa poche, sortit le bracelet et le lui tendit.

– Tiens, il était dans la boîte à gants. Putain, ça doit valoir cher !

– Trop. Je te l'aurai donné si je n'en avais pas besoin.

– T'inquiète pas, j'veux pas. Mais j'veux bien son portefeuille.

Avant de s'enfouir, Tchavo avait fouillé rapidement le cadavre et avait confié le portefeuille à Lili. Pour combler sa curiosité, elle l'avait examiné dans la voiture. Le jeune homme prit tout ce qui lui serait utile, puis s'en débarrasserait dans le canal.

– Tu vas faire quoi, maintenant ? demanda-t-il.

– Partir. Ailleurs.

Ils observèrent l'objet couler. Lili pensait à ce qu'elle y avait trouvé. La photo d'une femme avec une fillette. Elle préféra ne pas y penser. Elle avait perdu sa capacité d'empathie.

Au moins, elle pouvait être sûre d'une seule chose : elles ne le reverraient plus.

Tant pis.

⁂

Malgré la prise de risque, Lili était résolue. Impossible de partir sans le revoir.

Mais à présent, elle était une criminelle. Pléthore de sensations, plus ou moins étranges, l'envahirent. Était-elle pourchassée ? Traquée ? Elle avait l'impression que son forfait était gravé sur son visage. Pourtant, elle savait qu'elle n'avait pas à s'inquiéter. L'enlèvement de Franz lui avait appris que la réalité ne ressemblait pas aux films. Elle pouvait respirer, elle disposait d'assez de temps.

La petite voix de sa conscience ne se manifestait plus. Elle était morte avec son innocence. Et cela lui convenait. À sa place, une force avait jailli de ses entrailles, assez puissante pour l'aider à affronter son destin. Seule.

À présent, elle comprenait son violoniste. La prison ? Jamais ! L'unique solution ? Fuir. Elle se comparait à Franz. Comment justifier son geste ? Accident ? Pulsion ? Curiosité ? Obligation ? Non, pour elle, c'était la vengeance.

Comment en était-elle arrivée là ? Par l'annonce qu'elle attendait depuis qu'elle avait appris la disparition de son violoniste. Il avait été retrouvé. Enfin ! Mais grièvement blessé. Quand elle sut que sa main avait été atteinte, elle avait senti son monde s'effondrer. Pour elle, pour lui. Il ne le supporterait jamais.

Elle avait veillé sur lui, pensant au futur. Sa seule compagnie suffirait-elle à l'aider à surmonter sa perte ? Non. Elle s'était mis en tête de protéger son violon et sa symphonie. Elle imaginait qu'il voudrait les détruire. Elle aurait fait pareil.

Elle aurait pu rester à ses côtés pour toujours si elle n'avait pas reçu l'appel de Tchavo. Blessé à l'oreille, il lui avait raconté le déroulé des faits et lui avait transmis le message de Franz alors qu'il se savait condamné. Une rage inouïe avait envahi son être, lui insufflant une idée folle. Son violoniste avait été détruit, elle devait détruire le coupable, même si elle devait se sacrifier. En cas d'échec, elle mourrait, en cas de réussite, elle serait obligée de tout quitter. Surtout lui. Avait-elle le choix ? Non.

Elle s'en voulait de l'abandonner au moment où il avait le plus besoin d'elle. Cruel, mais nécessaire.

Elle se rendit à l'hôpital. Il se trouvait alité, inconscient. Elle constata avec tristesse les ecchymoses sur son visage, se rappelant celles qui avaient attendri son cœur, quelques mois plus tôt. Des blessures semblables l'avaient rapprochée de lui, mais aujourd'hui elles l'éloignaient. Elle aurait voulu sentir ses lèvres une dernière fois, mais un masque à oxygène le lui interdisait. Elle se contenta de lui déposer un baiser sur le front et glissa une lettre dans sa main valide.

Franz émergea d'un cauchemar pour un autre. Il détestait les hôpitaux. Les blouses blanches et les infirmières l'effrayaient désormais. Mais il ne pouvait rien faire. Sans forces ni énergie, sa situation n'avait pas changé depuis sa séquestration. Enfermé. Immobilisé. Une proie à la merci de quiconque.

Il sentit un bandage autour de sa main meurtrie, celle qui ne tiendrait plus jamais un archet. Il la releva à hauteur de ses yeux et sa douleur à l'âme s'intensifia. Il n'était plus violoniste. Il n'était plus rien. Pourquoi l'avait-on laissé vivre ?

Alors qu'il s'était vu mourir, il avait eu le choix entre deux femmes, deux bras accueillants : sa mère, celle qu'il n'avait jamais connue, et Lili, celle qui le connaissait. Sa Lili fut le phare qui éclaira son chemin de retour parmi les vivants.

Il remarqua une présence à ses côtés. Son mentor, assis dans un fauteuil roulant. Les yeux vitreux de Jakob Shahn rencontrèrent les iris quasi transparents de son fils spirituel, ébahi par tant de tendresse.

Des larmes coulèrent sur les joues de l'ex-violoniste. Comment pouvait-il mériter cet amour ? Il avait honte qu'on le voie comme ça. Il n'était plus digne de son attention. Pourquoi ce grand virtuose daignerait-il lui rendre visite alors qu'il n'était plus rien ? Franz s'attendait plutôt à retrouver ce regard sévère, méprisant, qu'il lui lançait lorsque, jadis, il commettait une faute ; plutôt que cette mélancolie.

Difficile de concevoir que Shahn était tout simplement heureux de le savoir en vie. Le reste n'était que superflu.

Pas pour Franz. Il remarqua les mains de son mentor : ses longs doigts de virtuose caressaient une enveloppe.

Malgré son accident, rien ne pouvait l'empêcher, lui, de jouer du violon, pensa-t-il, envieux. Shahn crut qu'il réclamait la lettre et la lui tendit.

Bien que ce bout de papier ne l'intéressât pas, Franz l'attrapa, s'interrogeant sur sa provenance. Des menaces de Karl ? Jusqu'à quand le tourmenterait-il ? Que lui voulait-il encore, maintenant qu'il l'avait détruit ?

Il exigea d'être seul pour l'ouvrir. Avec une seule main, il eut du mal à en extraire la carte de « Bon rétablissement » illustrée d'un stupide tournesol. Derrière l'image, un mot griffonné par une main délicate et amoureuse. Il sut qu'elle venait de Lili. Il ôta son masque, pour sentir son odeur. Son essence y était imprégnée. Des larmes de joie coulèrent de ses yeux. Elle était vivante ! Pourquoi n'était-elle pas là ?

« Maintenant je suis comme toi. Nous sommes égaux. Ton cauchemar n'est plus. Pour notre bien, je dois partir. Je t'aime. »

Il la lut à plusieurs reprises, perplexe. À la énième relecture, il la broya de sa main valide et la balança, furieux. Il avait compris. Il l'avait perdue et ne la reverrait plus jamais. Qu'avait-elle fait ?

Désormais, il se retrouvait seul.

« Tu mérites ce qui t'arrive », se répétait-il inlassablement.

50

Les heures et les jours suivants, Franz dut supporter tant bien que mal les attentions de ses visiteurs. Albert n'expliquait pas l'absence soudaine de Lili et s'obstinait à affirmer qu'elle l'avait veillé. Il n'y croyait pas et l'exécrait pour ses mensonges. Le voir, en homme entier, heureux avec Teresa, contribuait à sa haine. Même son ex-muse ne lui inspirait plus rien. À présent, il la trouvait si banale, tellement ordinaire. Ses yeux, son sourire, même sa courte chevelure rousse ne lui faisaient plus aucun effet. Au point d'en oublier les notes de sa sonate.

Comme un malheur n'arrive pas seul, Andréa s'ajouta à la liste de visiteurs à son chevet. Celle-là, il la détestait par-dessus tout, puisqu'elle pourrait continuer à jouer du violon. Il ressentait sa présence comme une agression. Comme si elle cherchait à le narguer. Il s'étonnait de lui avoir écrit quelque chose. Son morceau à elle, oublié lui aussi.

Face à tous ces intrus, il n'avait que deux exigences : qu'on lui prête un smartphone et qu'ils déguerpissent. Il n'attendait qu'une seule personne : Lili.

Était-elle vraiment sérieuse dans sa lettre ?

Le cauchemar de Franz n'était pas fini pour autant. Lorsque sa condition le lui permit, la police s'empressa de recueillir son témoignage. Ignorant tout de l'enquête, comme il refusait de parler à Albert et à son mentor, il se sentit pris au dépourvu.

C'est alors – et sans surprise – qu'il reçut l'inspecteur Neumann dans sa chambre. Il était accompagné de son collègue, Bruno Issyk, le bras en attelle. Franz reconnut en ce dernier l'officier qui avait pris sa déposition sur l'affaire Liesl, quelques semaines plus tôt. Il s'en était tiré ce jour-là, il ne se sentait pas si confiant à présent. Il s'attendait à ce que le policier montre une attitude plus triomphante et le rende responsable de son propre enlèvement et de sa mutilation.

Pourtant, Neumann l'observait d'un air étrange, mélange de curiosité et de compassion, une attitude qui finit par énerver l'ex-violoniste. « Je fais pitié à un flic ! » se lamenta-t-il.

– Monsieur Schligg, je suis ravi de voir que vous allez mieux, claironna l'inspecteur.

Franz répondit par une moue. Il aurait aimé l'entendre développer sa notion d'*aller mieux*.

– En meilleur état que lorsque je vous ai découvert…

– C'est vous qui m'avez retrouvé ? demanda l'intéressé, à la fois étonné et curieux de l'apprendre.

« Pour une fois que son flair sert à quelque chose ! »

– Oui. Retrouvé et de peu, j'ai cru vous perdre, en effet. Vous avez eu beaucoup de chance.

Encore une fois, l'ex-violoniste aurait voulu une explication à propos de ce qu'il entendait par *chance*. Le plus jeune intervint pour expliciter les circonstances de leur présence à la déchetterie. Franz supputa que leur indic devait s'appeler Tchavo, qui d'autre aurait fait le lien ?

Puis, ce fut le moment qu'il redoutait le plus : raconter sa version des faits. Il remonta dans le temps jusqu'au dîner chez les Krotz, pour évoquer Sarah Strauss. Des témoins pourraient corroborer qu'ils s'étaient croisés à ce moment-là. Puis, il parla d'un hasard, leur rencontre fortuite à Salzbourg et leur rendez-vous raté. La raison ? Une autre femme, Irina. « Parfait, un autre témoin ! » pensa Franz, réalisant qu'il ignorait son nom d'épouse.

Tout cela pour justifier, honteux, que le jour du rapt, il cherchait à s'excuser auprès d'une Sarah vexée. Un malencontreux concours de circonstances dont il n'était qu'une innocente victime.

Jusque-là, les deux policiers semblaient gober ses paroles. À son étonnement, Franz se rendit compte qu'il n'avait pas menti. Il était bien une victime ! Même s'il avait omis les consignes concernant l'élimination de Sarah. D'ailleurs, il s'en voulait de ne pas l'avoir liquidée plus tôt. Puis, sa conscience lui rappela qu'il ne voulait plus tuer.

Il revint à l'instant présent. Pour le reste, il n'avait pas à mentir pour dire qu'il ne savait pas grand-chose.

– Je ne me souviens de rien. J'ai été drogué, attaché, enfermé…

– Qu'avez-vous entendu sur Madame Sarah Strauss ?

Franz hésitait. Était-ce le moment idéal pour l'incriminer ?

– Il y avait un mot qui revenait… un *contrat*. Elle discutait avec mes ravisseurs, elle semblait leur donner des ordres…

Des frissons parcoururent son échine. Il visualisait une image d'horreur : Sarah, venue le hanter dans ses rêves.

– En effet, tout pointe vers un enlèvement organisé par Madame Strauss elle-même, reprit Neumann. Vos déclarations concordent avec celles des suspects arrêtés. Nous avons capturé deux ravisseurs, le violon a pu être récupéré.

Franz soupira. Peu lui importait.

– D'après eux, ils étaient quatre à participer à l'enlèvement, mais il y a un truc qui me turlupine…

Pendant quelques instants, Franz retint sa respiration.

– Ils affirment que deux complices se trouvaient à la déchetterie. Or, nous en avons affronté trois. Un a été retrouvé mort. Les deux autres ont pris la fuite. J'ai pu voir l'un d'entre eux, un jeune Tzigane, blessé à la tête. Le troisième homme a tiré sur mon confrère. Vous êtes le seul témoin à pouvoir le décrire.

Franz comprit, sans surprise, que Karl s'en était tiré. Tchavo aussi. Il fut rassuré pour ce dernier.

Soudain, la lettre de Lili revint en force dans ses pensées. Serait-il possible qu'à eux deux ils aient pu vaincre Karl ?

Il se rappela les mots écrits sur la carte et se sentit pathétique.

« *Ton cauchemar n'est plus.* »

Il ne comprenait pas comment ce monstre avait pu être vaincu par Lili ? Sa Lili ? Penser à elle dessina un léger sourire sur son visage, suivi d'une grimace de douleur. Son morceau – le quatrième mouvement –, avait été effacé de son cœur... laissant sa place au désespoir.

Face à un interlocuteur fixant le néant, le policier reformula sa question. Franz se réveilla de sa mélancolie.

Comment décrire Karl ? Un *Krampus*. Des images infernales frappèrent son esprit : le chien, l'archet, l'*Am Stram Gram* et son issue fatidique. Sa main perforée. Il ne put retenir ses larmes.

Les policiers patientèrent avant de réitérer une énième fois leur demande.

– Il était grand, comme vous, répondit-il, désignant Neumann d'un mouvement de tête. Les cheveux comme vous, ajouta-t-il en s'adressant au plus jeune. Blond. Yeux bleus, perçants. Cicatrice à la bouche, sur la lèvre supérieure, à droite, conclut-il signalant l'endroit de son index.

Neumann prit note. Le signe distinctif lui rappelait un corps non identifié sauvagement assassiné dans un parking. Son flair lui suggéra de demander une comparaison balistique. À coup sûr un autre règlement de comptes. Tout comme le carnage découvert à la déchetterie.

– Il y a quelque chose que je ne comprends pas, poursuivit l'inspecteur, déclenchant la peur de Franz. Pouvez-vous nous expliquer comment il se fait que Madame Strauss ait été retrouvée attachée à une chaise tandis que vous ne l'étiez pas ? termina l'inspecteur.

L'ex-violoniste le regarda, outré. Issyk repassait les détails dans son esprit, à la recherche d'un élément manquant. Avant que le jeune policier ne puisse intervenir, Franz s'emporta :

– Parce que vous croyez que j'ai tout planifié ? Que c'est moi qui ai fait toute cette mise en scène uniquement pour tuer une femme ? Qu'au lieu de l'enfourner dans une chaudière, j'ai imaginé ce scénario pour me débarrasser d'elle dans une déchetterie, avec une bande de brigands, même si cela impliquait de me mutiler ? Non ! J'ai seulement tenté de m'enfuir ! Mais cela n'a servi à rien ! conclut-il, essoufflé par l'effort et la douleur.

Neumann réalisa qu'il avait stupidement oublié les éléments corroborant les dires du témoin. Les cordes, le bâillon, le crochet... Son jeune coéquipier, agacé, ne manquerait pas de lui reprocher.

– Une dernière question, ajouta Neumann, sans s'excuser, à nouveau foudroyé par le regard noir de son confrère. Madame Strauss a été tuée sur le coup, le cou brisé. L'un des ravisseurs, d'une balle dans le crâne. L'autre, a été blessé, mais on avait visé sa tête. Une mort immédiate, mais pas vous. Pourquoi vous faire subir une lente agonie ?

– Que voulez-vous que je vous dise ? grogna Franz.

– Voulez-vous savoir comment nous avons retrouvé cet endroit, Monsieur Schligg ?

L'intéressé haussa les épaules. Il voulait surtout qu'ils dégagent.

– Votre fiancée, Monsieur Schligg. Mademoiselle Bylen nous a indiqué ce lieu.

Franz et Issyk écarquillèrent les yeux, abasourdis.

– Elle m'a aussi dit que vous étiez victime d'une extorsion. Est-ce que cela a un rapport avec le fait qu'ils ne vous aient pas tué immédiatement ? renchérit Neumann.

Issyk ne dissimula plus sa curiosité et les observa comme un chien à l'affût.

– Mais de quoi parlez-vous ? Je ne comprends rien ! Demandez-lui ! Où est-elle ? C'est encore de ma faute si elle a disparu ? hurla-t-il, avec le peu d'énergie restante, sa main valide sur son poumon endolori. Trouvez-la, pour qu'elle vienne me le dire en face !

– Excusez-moi d'insister, mais avez-vous été victime d'une extorsion ? relança Neumann.

L'interrogé lorgna Issyk, comme s'il cherchait du soutien, mais ce dernier paraissait tout aussi intéressé. Franz savait qu'avouer un quelconque chantage impliquerait de reconnaître ses crimes, car tout mènerait inexorablement vers Liesl. Comment n'avaient-ils pas encore fait de rapprochement ? Il hésita quant à sa réponse : s'il refusait de parler en l'absence d'un avocat, il se dénonçait d'office. Il n'avait qu'une seule issue :

– Je suis fatigué, j'ai besoin de repos.

– On va se revoir, Monsieur Schligg. Reposez-vous, conclut Neumann.

« C'est de ma faute ! Entièrement de ma faute ! »

Le sénateur Krotz s'était déplacé au chevet du seul survivant du massacre, victime de feu sa collaboratrice.

– Sarah ! Comment a-t-elle pu me trahir comme ça ? se lamentait-il. J'aurais dû m'en douter ! Elle m'avait posé des questions sur vous, maintenant que je réalise. Elle était obsédée depuis que vous étiez venu chez moi. Comment ne pas me sentir responsable ? C'est exactement ce que j'ai dit à la presse et à la police !

L'ex-violoniste se serait bien passé de cette visite. D'ailleurs il s'efforçait de ne pas l'écouter. Le politicien poursuivait son discours, que Franz jugeait inintéressant, se vantant de sa remontée dans les sondages, ainsi que de la levée de nouveaux fonds visant à remplacer l'argent perdu pour la rançon, les élections à venir et même la grossesse de sa femme. Des futilités qui n'intéressaient pas le musicien, qui fixait les yeux globuleux d'Hans Jürgens. Son cauchemar n'était-il pas terminé ?

– Je ne pardonnerai jamais ce que Sarah a fait ! Réunir de l'argent sale pour ma campagne ! Cela aurait pu me détruire ! Mais toute cette affaire et son dénouement m'ont attiré de la sympathie et même de nouveaux sponsors. Incroyable !

– Vous m'en voyez ravi, répondit Franz avec un ton d'ennui, en même temps qu'il se creusait les méninges pour trouver un moyen de l'éloigner pour s'entretenir avec Jürgens.

Comme si le destin l'avait entendu, son vœu fut exaucé par une sonnerie. Après un « Oui, ma chérie », le politicien quitta la chambre, les laissant seuls. Les deux hommes se jaugèrent, en silence.

– Est-ce que c'est fini ? demanda Franz.

Jürgens soupira et demeura muet. L'ex-violoniste trouva soudainement qu'il avait moins l'air d'un crapaud. Sa présence le mettait mal à l'aise, mais il était curieux de connaître son rôle.

– Pour vous, oui, c'est fini, affirma Jürgens.

– Et pour vous ?

– Non.

Cette négation catégorique le laissa sur sa faim.

– Quelle est cette histoire ? l'interrogea Franz.

– Une qui ne vous regarde pas, une qu'on subit, même s'il n'est plus de ce monde...

À la manière de ponctuer ce « Il », Franz comprit qu'il faisait allusion à Karl.

– Mais il n'était qu'un pion au service d'un pouvoir au-delà de votre imagination, ajouta-t-il. Une puissance qui place des pièces sur un échiquier à plusieurs niveaux, en pariant sur le guignol parfait pour couvrir ses agissements.

– C'est Krotz le guignol ? Et Sarah, quel était son rôle ?

– Son influence sur lui n'était plus du goût de nos commanditaires. Il fallait la sacrifier. Elle a été manipulée pour que sa mort ou sa disparition soient liées à la découverte de l'argent sale. La rançon a permis de le blanchir, en quelque sorte.

– Et vous, dans tout ça ?

– Moi, je ne fais qu'obéir aux ordres. Ma vie n'est pas en jeu, mais celle de ma famille l'est. Il m'avait donné un aperçu de ce qui leur arriverait si je m'opposais.

Franz se souvint de la femme qu'il avait suivie sous les ordres de Karl, avant son départ pour Paris. L'épouse de Jürgens.

– Est-ce qu'ils vont bien ? Votre famille ? s'enquit-il, sincère.

Son interlocuteur soupira avant de répondre.

– Profitez de votre chance, Monsieur Schligg. Moi, le commanditaire me connaît, pour m'avoir placé là où je suis. Vous, je ne pense pas qu'il sache qui vous êtes. La règle numéro un s'applique à lui également. Moins on connaît la position des pions, mieux on se porte.

Cet instant fut interrompu par l'entrée d'un Krotz enthousiaste.

– Je suis papa ! C'est une fille ! Oh mon Dieu ! J'ai assisté à l'accouchement par téléphone !

– Félicitations, répondit Franz, sourire forcé, content de le voir partir.

Resté seul, l'ex-violoniste se questionna sur son devenir. Il ne resterait pas éternellement dans cet hôpital. La visite tant attendue ne viendrait jamais. Lui, il croupirait. Enfermé à nouveau. Si ce n'était pas la prison ou un asile psychiatrique, on lui trouverait une autre cage. Il avait entendu Shahn et Albert discuter. Ils envisageaient de l'envoyer dans une maison de convalescence. Comme s'il était démuni ! se désolait-il. Personne ne lui demandait son avis. Pourquoi s'entêtait-on à lui dire qu'il avait besoin d'aide pour surmonter son traumatisme ? Quel traumatisme ?

Le jour de sa sortie, Andréa se proposa de l'accompagner dans un établissement à Traunkirchen, près de son chalet. Elle était convaincue que le climat et la possibilité d'alterner avec un lieu proche et connu lui seraient bénéfiques.

Elle gardait un petit espoir de le reconquérir, même s'il avait une attitude exécrable, qu'elle mettait sous l'effet du choc. Incrédule, elle venait de découvrir sa liaison avec Lili.

Celle qui ne jurait que par des relations charnelles, dénuées de sentiment, réalisait qu'elle l'aimait. Le reconquérir ne serait pas simple, mais elle voulait prendre le risque.

En venant chercher Franz dans sa chambre, elle trouva un étonnant spectacle. L'ex-violoniste n'était pas prêt. Loin de là. Il se trouvait au fond de la pièce, torse nu, la cicatrice de sa blessure s'affichait sur ses pectoraux comme un troisième téton. Il avait ôté tous ses bandages, même ceux sur sa main qu'il levait, face à lui. Un flash de lumière éclaira soudainement la pièce en même temps que le tintement d'un obturateur retentit.

Abasourdie, Andréa hésita quant à l'attitude à adopter. Franz semblait ne pas se soucier de sa présence, tandis qu'une très jeune femme, blonde et maigre, appareil photo à la main, la détaillait d'un air glacial.

– Oui ? demanda cette dernière, comme si Andréa les dérangeait.

– Qui êtes-vous ? Que faites-vous là ?

– Une œuvre d'art ! s'exclama-t-il enfin, en admirant les fils de suture sur sa paume.

– Virginie, photographe, salua-t-elle sèchement.

Andréa regarda son ex-amant, perplexe. Celui-ci lui fit signe de partir. Confuse, la violoniste se retira, à la recherche d'Albert ou quelqu'un qui puisse lui expliquer cette intrusion.

– C'est ton amoureuse ? s'enquit la photographe, lorsqu'ils furent laissés seuls.

– Non, répondit-il, sourire aux lèvres, s'approchant d'elle.

– Elle est folle de toi, affirma-t-elle avec sa froideur habituelle.

Un robot aurait pourtant présenté plus d'émotion. Ses yeux de givre le sondaient. Elle dirigea son index vers son thorax, puis caressa les contours de sa cicatrice.

– Tu as de la chance que je sois dans le coin.

– Non, c'est toi qui as de la chance, rectifia-t-il, toujours avec un sourire malicieux, le premier depuis une éternité.

– Oui, c'est vrai. T'as bien fait d'insister, je me demandais qui laissait ces messages étranges sur mon blog...

Il s'inclina et la surprit à vouloir trouver ses lèvres. Elle recula d'un pas, lui aussi. Son sourire avait disparu.

– J'aimerais que tu restes, la supplia-t-il.

Le regard distant de la jeune fille s'empreignit d'une once d'émotion. Le même qu'il avait connu le jour de leur première rencontre.

– Je ne suis ni infirmière ni psy...

– J'ai besoin d'une amie.

Un léger sourire se dessina sur le visage de la photographe.

– J'ai un voyage de prévu. Quand tout ça aura cicatrisé, poursuivit-elle désignant la tête, viens me voir. Je ferai de toi le sujet de mon œuvre, mon inspiration. Ma muse !

À sa dernière phrase, prononcée d'un ton solennel, Franz ne put s'empêcher de s'esclaffer. Elle lui avait, en quelque sorte, redonné goût à la vie. Pourquoi devait-elle l'abandonner, elle aussi ?

51

Si Franz s'était empressé de suivre Andréa, c'est parce qu'il avait une idée en tête. Elle était la seule à pouvoir l'aider à retrouver Lili.

Il monta dans la Porsche Cayenne, surpris de trouver Brullen dans la place arrière, enfermé dans une cage de voyage. « Enfin, elle prend soin de sa petite bête », pensa-t-il en même temps qu'il se comparait au félin. Emprisonné.

Dès qu'elle démarra, il insista pour qu'elle le conduise à Sankt Pölten. Malgré les nombreux refus d'Andréa, il finit par avoir gain de cause. La violoniste voulait lui éviter une peine supplémentaire, sachant qu'ils trouveraient une mère furieuse, attristée par le départ soudain de sa fille, juste avant Noël.

Comme Andréa l'avait prévu, l'accueil de Madame Bylen fut hostile. Elle ne remarqua même pas sa présence tellement elle s'était empressée d'accabler l'ex-violoniste d'insultes.

Ainsi, Franz obtint sa réponse. Un tel cirque ne pouvait être feint. Lili ne se trouvait pas là.

Dans sa diatribe, celle qui ne serait jamais sa belle-mère l'accusait de tous les maux : de la manipulation à l'enlèvement de sa fille. Elle lui reprocha même de l'avoir poussée à partir pour Paris. Par sa faute, Lili l'avait quittée, sa propre mère ! Il lui avait volé sa fille !

Ces paroles glissèrent sur Franz comme de l'eau sur les plumes d'un canard. Une seule phrase le toucha : « Si quelque chose m'arrive, c'est lui le coupable », aurait prononcé Lili.

Bouleversé, Franz se demanda quand elle avait pu lui dire cela. Il ne voyait que le jour où il l'avait ramenée à Vienne. Ce merveilleux trajet qui les avait rapprochés. Elle était partie la peur au ventre ! Il réalisait, attristé, que Lili ne s'était jamais sentie en sécurité à ses côtés.

Cette conclusion finit de broyer son cœur. La compagnie d'Andréa devint plus énervante. Franz ne voyait qu'une seule issue. Il se souvint à son dernier acte en homme entier, à la déchetterie : sa tentative de suicide. Aurait-il le cran de recommencer ?

Ils reprirent la route, en silence. Au bout de quelques kilomètres, tête collée à la vitre, Franz regardait alternativement la route, puis Andréa. Il s'imagina lui prendre le volant, brusquement. Ils feraient une sortie de route, quelques tonneaux, le véhicule exploserait, comme dans les films, et ils mourraient. Un meurtre de plus, mais il gagnerait la paix éternelle.

Soudain, le chat miaula et ses idées noires finirent par s'envoler.

– Arrête-toi, s'il te plaît ! ordonna-t-il.

Elle obéit. À la première sortie, elle stationna le véhicule sur le bas-côté. Il ignora ses questions et descendit pour s'installer sur le siège arrière, à côté de la cage de Brullen. Enfin, il lui fit signe de redémarrer.

Elle reprit la route, lui priant tout simplement de ne pas sortir le félin. Aussitôt qu'elle eut terminé sa phrase, Franz ouvrit la cage, prit le chat et le caressa. Andréa soupira en désespoir de cause. Elle doutait de sa propre patience.

À l'arrière, le félin fut ravi de trouver une place confortable et se lova sur les jambes de l'ex-violoniste ronronnant de plaisir. Voilà tout ce dont il avait besoin. Brullen l'empêchait de réfléchir, de ressasser sa frustration, sa déception, sa solitude. Il l'aida même à méditer. Et s'il se donnait une chance avec elle ? Pourtant, il savait que le chalet ne représentait qu'une escale. Il serait à nouveau enfermé. Otage un jour, otage toujours.

En arrivant au chalet, Andréa oublia rapidement le silence du voyage. D'une voix tendre, elle l'informa que tout était prêt, y compris un bon repas chaud. Elle avait confié les clés à une amie pour que tout soit mis en route.

Il ne l'écoutait pas. En sortant de la voiture, il déposa le félin sur le sol enneigé. Ses pas le guidèrent vers Andréa, qui sortait leurs affaires du coffre. Franz aperçut à l'intérieur un étui de violon, à côté de deux sacs de voyage.

Déçu et frustré, il le contempla avec un mélange de rage et d'étonnement. « Comment pouvait-elle lui faire ça ? » Andréa ne comprit pas sa colère, jusqu'à ce qu'il s'emporte et hurle, sidéré :

– Pourquoi tu l'as pris ?

Elle le regarda, ébahie, puis tourna la tête vers le coffre et saisit la raison de son courroux.

– Excuse-moi, je n'ai pas pensé...

– Non ! Tu ne penses pas ! Lâche-moi ! Pourquoi tu m'as amené ici ?

– Je voulais...

– Ton jouet est cassé ! hurla-t-il en désignant son poumon avec sa main bandée. Mets-toi ça dans la cervelle ! Je suis troué, je ne sers plus à rien !

– Franz, je tiens à toi.

Pourquoi ces mots revenaient-ils souvent ?

– Arrête avec ça ! Ne dis plus jamais ça ! Je ne t'aime pas ! Je ne t'ai jamais aimée et je ne t'aimerai jamais !

Essoufflé, il ramena à nouveau sa main vers sa poitrine. Contrarié de ne pas pouvoir manifester son exaspération sans éprouver de la douleur, il se dirigea vers les rives du lac. Avec l'intention de se calmer plutôt que de s'y jeter.

Derrière lui, Andréa essuyait une larme. Pour la première fois de sa vie, elle ne savait pas comment contrôler un homme.

– Laisse-moi t'aider, s'il te plaît, supplia-t-elle en s'approchant de lui.

Il se tourna vers elle. La vue de tant de tristesse fendit son âme, il se calma. Sans dire un mot, il rejoignit le chat qui se frottait allégrement contre la porte du chalet.

À l'intérieur, elle s'affaira pour que son amant soit à son aise. Franz, observait la mezzanine, l'endroit où il avait passé des moments splendides qu'il ne souhaitait pourtant pas revivre. Pas maintenant. Pas comme ça. Malgré tout, il avait besoin de bras pour l'entourer. Ceux d'Andréa ou de quelqu'un d'autre, peu importe. Il ressentait un froid insoutenable que seuls la chaleur, l'amour, et le réconfort pouvaient soulager.

Il demeura debout, apathique, tandis qu'elle finissait de décharger, tentant de cacher son violon derrière un sac de voyage.

– Tu as faim ? Tu veux te reposer ?

Il hocha la tête, négativement.

– Laisse-moi t'aider ! l'implora-t-elle, l'enveloppant de ses bras.

Il les sentit plus délicats et tendres que lors de leurs ébats précédents. Sans passion. Cela n'enlevait rien à l'état de lassitude dans lequel il se trouvait. Ses lèvres bougèrent, mais aucun son n'en sortit. Elle comprit ce qu'il voulait : un câlin.

Plus tard, l'incertitude et l'angoisse le tirèrent de son sommeil. Franz quitta le futon avec précaution, pour éviter de la réveiller, elle ou le matou, niché entre eux deux. Il descendit.

En bas, il trouva le violon, dissimulé derrière un meuble. Il s'en empara et poussa la porte de la véranda pour sortir dans la nuit noire, frissonnant par l'air glacial. Alerté par le bruit, Brullen le rattrapa.

L'ex-violoniste prit l'instrument pour l'admirer. Un magnifique Guarnerius, porteur du poids de son histoire. Franz le huma et le caressa avec le sentiment de retrouver sa maîtresse, tandis que des larmes perlaient sur ses joues. Il le reposa, saisit l'archet et le positionna contre son thorax, de la même manière qu'à la déchetterie. Que lui était alors passé par la tête ?

Avec des efforts maladroits, il essaya de le serrer avec sa main blessée, mais seuls pouvaient bouger, douloureusement, le pouce et l'auriculaire. De sa main valide, il empoigna le violon et s'efforça de frotter les cordes, sans succès. Après une nouvelle tentative infructueuse, il voulut recommencer. Accrochant désespérément l'archet dans son bandage, il put tirer péniblement un son immonde, mais salutaire.

Attristé, il contempla les eaux du lac, comme sur un écran. Il se revit sur scène. Adulé. Applaudi. Admiré. Il interprétait le magistral Premier mouvement du *Concerto pour violon* de Dvorak. Assis au premier rang, son mentor, Jakob Shahn, s'extasiait. Albert dirigeait l'orchestre.

Teresa jouait de sa flûte, mais il y avait une place vide, celle de Lili.

« Tu es fini. Tu n'es rien. Tu es seul. Comme une merde ! Rejeté, comme les filles que tu as répudiées. Ça fait mal. Ça donne envie de disparaître ! » pensa-t-il.

Ne sentant même plus le froid, il rangea soigneusement l'instrument dans son étui, puis contempla les eaux calmes, éclairées par la lune. Il était si près d'une issue, mais incapable de s'y résoudre.

« Lâche ! »

Il n'avait plus envie de vivre, mais ne souhaitait pas mourir dans d'atroces souffrances non plus. Le chat vint s'enrouler entre ses jambes, comme pour l'inviter à rentrer. Franz ramassa l'étui de violon et regagna le chalet. Dans la cuisine, sur le plan de travail, il aperçut ses médicaments.

Il s'empara des boîtes, sortit les cachets du blister et les mit dans sa bouche, se servit un verre d'eau et les avala. Il le regrettait déjà ! Sa main trembla et le verre lui échappa, se brisant au sol. Le chat sursauta, feula et courut s'enfuir dans la mezzanine.

Par terre, Franz trouva ce qui l'aiderait à accélérer sa fuite. Il ramassa le plus gros morceau de cristal et se trancha les veines de sa main blessée. Quand le liquide vermeil se mit à couler abondamment, il se demanda comment s'y prendre pour l'autre poignet.

Andréa le surprit, affolée.

– Franz ! Qu'est-ce que tu fais.

ÉPILOGUE
(Quatre années plus tard)

Batopilas, État de Chihuahua, Mexique

Le voyage en train avait été éreintant. On lui avait conseillé de s'arrêter dans la station suivante, afin de profiter du merveilleux spectacle naturel offert par le canyon au coucher du soleil. Mais s'il s'y risquait, il n'était pas sûr de pouvoir revenir. Les horaires manquaient de fiabilité.

Il réservait le tourisme pour plus tard. L'Autrichien poursuivit son chemin et descendit à Creel, d'où il arpenterait au bord d'un pick-up une route sinueuse jusqu'au petit village minier de Batopilas. Un périple aussi long que l'expédition en train. Le bourg se trouvait au fin fond du canyon, quelque part dans la Sierra Tarahumara, au nord du Mexique. Son chauffeur voulut engager la conversation dans un mélange haché d'anglais, d'allemand et d'espagnol impossible à comprendre, d'autant plus que la radio inondait l'habitacle d'une musique bruyante et monotone.

Son enquête l'avait conduit jusqu'à ce pays lointain, dans cette petite localité bigarrée, bordée par une douce rivière du même nom.

Un compatriote vint l'accueillir. Le visiteur se sentit moins dépaysé, ravi de pouvoir communiquer dans sa propre langue.

Ils marchèrent quelques mètres pendant lesquels son contact lui parlait des raisons qui l'avaient conduit, une vingtaine d'années plus tôt, dans ce coin de la planète : travailleur humanitaire pour une ONG autrichienne, il était venu aider les communautés des Indiens Tarahumara. Après une coupure budgétaire, il avait décidé d'y rester et de poursuivre sa tâche, récoltant des fonds grâce au soutien d'un pianiste de renom, amoureux du pays, puis récemment de sa propre fille. D'ailleurs, pourquoi la cherchait-il ?

Le visiteur se présenta comme un ami de longue date. Sans éprouver la moindre suspicion, l'hôte le conduisit jusqu'à une modeste maison en pisé. Au pas de la porte, il actionna la cloche, claironnant qu'il était accompagné.

La porte s'ouvrit et le visage de Lili pâlit de surprise.

– Maman, c'est qui ?

La petite voix d'un bambin s'éleva derrière elle. La jeune femme prit une grande inspiration.

– Papa, tu peux emmener Paco jouer dehors ?

Lorsqu'ils se retrouvèrent seuls, la mine grave, sans savoir comment réagir, Lili maintenait la tête haute, mais crispée.

– Vous souvenez-vous de moi ? lui demanda-t-il, enfin.

– Comment vous oublier, Monsieur Neumann ? Que faites-vous par ici ?

– Et vous, que faites-vous ici ?

– On me cherche ? demanda-t-elle d'un ton innocent.

– Oui, répondit-il, après un bref silence suivi d'un autre plus long.

– Après tout ce temps ? Que me veut la police ?

– La police ne vous recherche pas, Mademoiselle.

Lili éprouva une vague de sentiments contrastés. Oui. Elle avait fui. Une fugue inexplicable pour tous ceux qui la connaissaient, y compris sa propre mère. Pour plusieurs raisons. Elle savait qu'elle devrait s'expliquer un jour. Était-ce le moment ?

– Je ne comprends pas, répondit-elle. Vous n'êtes plus dans la police ?

– Non, j'ai pris ma retraite il y a deux ans. Mais nous ne sommes pas là pour parler de moi.

– Je suppose que vous n'êtes pas en vacances non plus...

– Monsieur Schligg m'envoie.

Lorsqu'elle entendit ce nom, son regard étincela et elle sentit son cœur battre d'émotion. Après tout ce temps ! Lui, qui devait la détester pour l'avoir abandonné au pire moment ! La recherchait-il ?

Le quitter lui, sa patrie, sa mère, avait été un déchirement. Poussée par la vie qu'elle portait, Lili avait décidé de partir. De protéger son enfant des conséquences de son meurtre. De son propre père.

Afin de se racheter, elle avait repris contact avec son père, cette figure qu'elle croyait perdue par la distance et le temps. Après tout, leur histoire se ressemblait. Lui, avait préféré se donner aux autres, à ceux qui se trouvaient dans le besoin, tandis que sa mère avait pensé à sa progéniture. À lui offrir une vie confortable, quitte à l'éloigner de son père.

Le sentiment altruiste n'est pas simple à concevoir ni à expliquer. Il avait fallu une situation extrême pour que Lili puisse enfin comprendre le choix de sa mère. Son père, elle croyait l'avoir oublié, faute de contact. Pourtant, il l'avait reçue les bras ouverts. Heureux. Protecteur. Prêt à l'aider. Elle avait vécu ces quatre dernières années comme une renaissance.

Lili revint à l'instant présent :

– Je ne comprends pas...

– Je pense qu'il est le seul à reconnaître mes qualités d'enquêteur, répondit-il, le sourire en coin. J'ai été surpris de le voir débarquer chez moi, à sa sortie d'hôpital psychiatrique. Vous avez su qu'il avait été interné ?

Lili hocha la tête négativement, attristée par son égoïsme. Pendant sa grossesse, elle avait voulu s'éloigner de tout ce qui serait susceptible de troubler le bébé. Plus tard, absorbée par son fils, elle avait tenté d'oublier Franz, sa mère, l'Autriche. Devenue un monstre, elle les avait sacrifiés pour le bien de son fils.

– Après l'élection de Wenzel Krotz, j'ai été mis au placard. Les affaires le touchant lui, et par conséquent Monsieur Schligg, ont été rapidement *résolues*. Peu après, j'ai pris ma retraite. Cela va sans dire, je peux vous affirmer que ces enquêtes ont été bâclées. Votre témoignage, par exemple, aurait changé la donne. Je déplore qu'aucun moyen n'ait été mis en œuvre pour vous retrouver...

Lili l'écoutait, les yeux écarquillés, ne souhaitant pas revenir sur leurs derniers échanges. Ce qui l'intriguait plutôt était cette recherche commanditée par Franz.

– Pourquoi me cherche-t-il ?

Neumann la considéra quelques instants. Puis, il sortit un calepin de sa poche, amena son index à sa bouche et tourna soigneusement les pages.

– Ah, le voilà ! Vous lui avez pris son violon et une partition, révéla-t-il, scrutant sa réaction.

– Oui, c'est vrai, répondit-elle, la mine déconfite.

– Accessoirement, il vous aime.

Le regard triste de Lili s'illumina, en même temps qu'elle ressentit la peur. Pouvait-elle reprendre contact avec lui ? Comment lui annoncer ?

– Et il me semble que vous lui avez pris autre *chose* dont il n'a pas connaissance...

⁂

New York, État de New York, États-Unis

C'était une agréable matinée ensoleillée. Idéale pour se balader dans les allées de Central Park. Au bord du lac, au milieu de joggeurs et des flâneurs, Albert se promenait en famille. Ils cherchaient une aire de jeux pour leurs enfants.

Il s'offrait une petite pause salutaire pour méditer. Plusieurs options d'avenir se présentaient à lui. À Vienne,

Jakob Shahn se retirerait sous peu et l'avait encouragé à prendre sa place. Un grand honneur, qu'il hésitait à accepter. L'Anglais se trouvait de plus en plus sollicité en tant qu'invité auprès de prestigieux orchestres dans le monde. Face à ce dilemme, il avait préféré s'octroyer des vacances.

Il profiterait de son séjour pour obtenir des nouvelles d'un vieil ami. Un ami perdu de vue, mais jamais oublié. Accablé par sa tentative de suicide, Albert lui avait proposé aide et soutien moral pendant son internement. Franz avait tout refusé, préférant couper les ponts et s'envoler, à sa sortie, vers d'autres cieux.

Le chef d'orchestre avait tenté de le contacter, mais toutes ses sollicitations avaient été rejetées.

Il n'insista plus.

Albert savait que Franz allait bien. Il enseignait même dans une prestigieuse école new-yorkaise, où sa réputation n'était plus du tout la même qu'à Vienne. Il semblait s'être assagi, au contact d'une étrange photographe, dont l'œuvre sordide l'avait stupéfié. Elle s'était fait un nom avec ses clichés consacrés aux blessures du violoniste. Bien qu'il trouvât le concept abject, il reconnaissait l'étrange beauté des photos. Il finit par comprendre leur sens : une création artistique évoquant la cicatrisation d'un esprit tourmenté, jusqu'à la guérison.

Les heureux parents trouvèrent enfin des balançoires et des toboggans pour les deux petits. Le portable d'Albert sonna et il prit l'appel, s'éloignant pour répondre, à la recherche d'un coin plus calme. Après une brève conversation, il raccrocha et surprit une mélodie distante. Le jeu lui fit immédiatement penser à Franz.

La musique s'arrêta, puis recommença, de manière différente. Avait-il rêvé ? Le morceau se répétait, comme un exercice. Il se laissa guider par les gammes et tomba sur un petit attroupement de jeunes. Au centre, il aperçut son ami, un violon dans les mains. Albert resta bouche bée, ravi de le découvrir avec cet instrument qu'il chérissait tant.

À part une courte barbe en bouc, il n'avait pas changé. Au contraire, il avait le même air majestueux que lors de leur première rencontre, aux portes du Conservatoire.

Le violoniste parlait à son auditoire. Lorsqu'il aperçut son vieil ami, Franz prit congé de son public et vint le voir. Son visage ne reflétait aucune expression particulière. Si Albert devait le définir en un seul mot, ce serait : apaisé. Ils se saluèrent comme s'ils s'étaient quittés la veille.

– Je t'ai reconnu à ton jeu ! s'exclama Albert, enthousiasmé. Que fais-tu là ?

– Je ne jouerai plus jamais comme avant, répondit Franz, songeur. J'aime enseigner. Une fois par mois, je donne des conseils à ceux qui ne peuvent pas se payer des cours.

– Franz, je suis content que tu aies pu refaire ta vie…

– Je ne l'ai pas refaite. Je vais à peine la commencer, conclut-il en souriant.

Ce fantôme du passé ne pouvait plus l'atteindre. En partant pour l'Amérique, Franz s'était délesté des souvenirs douloureux, restés au pays.

Il avait accepté de vivre avec ses regrets et sa culpabilité jusqu'à la fin de ses jours.

Le moyen d'expier ses fautes se présenterait un jour, mais, en attendant, il poursuivait sa guérison.

Une convalescence rendue possible par la distance et la compagnie de la seule personne à partager sa vision du monde. Virginie répondait à son besoin. Pas de sentiments, à part une amitié complice qui leur convenait. De toute façon, la jeune photographe, un esprit libre, souhaitait vivre sa vie comme bon lui semblait.

Cela convenait à Franz, car malgré tout, son cœur continuait à battre pour Lili. Loin de lui en vouloir, il comprenait même les raisons de son abandon. Il avait besoin de savoir qu'elle se portait bien et pour cela, avait chargé la seule personne qu'il jugeait capable de la trouver : Neumann.

Depuis qu'il avait reçu la plus belle nouvelle imaginable, son existence avait pris un nouveau tournant. Une révélation qui aurait pu le détruire avant, mais plus maintenant. Il était prêt.

Alors qu'ils discutaient, Teresa les rejoignit, en tenant la main à deux bambins.

Surprise de revoir le violoniste, intimidée par son charme resplendissant, elle ne put réprimer un léger rougissement. À la vue des enfants, Franz songea à celui qui l'attendait, dans une terre inconnue. En paix, il sourit.

Un mot de fin

Merci à toi, humble lecteur !

J'espère que les péripéties de Franz t'ont fait passer un agréable moment.

Cette histoire m'accompagne depuis belle lurette. Elle m'a été inspirée par mon amour pour la musique, surtout celle du violon. Durant mon adolescence, j'ai suivi des cours de français à l'Alliance française de Chihuahua, dans le Mexique, mon pays natal. L'Alliance partageait les locaux du Centre Culturel de la ville, un bel immeuble ancien, où des concerts de musique classique étaient proposés de temps en temps. Après mes cours, j'aimais y rester pour écouter la musique, observer les musiciens, voyager dans mon esprit, imaginer des histoires.

D'autres sources d'inspiration sont venues étoffer mon imaginaire : les tristement célèbres disparues de Juárez, les artistes contemporains et la lecture d'une biographie de Franz Liszt, illustrée par le portrait d'Henri Lehmann. De fil en aiguille, l'idée de ce roman avait commencé à prendre forme.

J'ai voulu rendre hommage, à la fin de mon histoire, à mon pays d'origine et à ma région de cœur, le Chihuahua, là où l'histoire est née dans ma tête. L'écriture de ce roman a été aussi une épreuve de persévérance. D'abord par l'épaisseur de l'intrigue, puis par l'écriture dans une autre langue. Pour parvenir à mettre le mot de fin, j'ai eu la chance de bénéficier du soutien de ma famille, amis et même d'inconnus. Des lecteurs qui sont venus me lire dans le seul but de m'aider à m'améliorer.

Ce soutien a été possible grâce à la communauté bienveillante de Scribay, une plateforme de publication et entraide pour les scribouillards.

Je tiens à remercier tous ceux qui se sont aventurés dans mon récit, tous ceux qui m'ont soutenue tout au long de l'écriture, de la correction et maintenant cette phase de publication. Merci à tous ceux qui ont cru en mon histoire et à tous les contributeurs d'Ulule.

J'aimerais nommer chaque personne qui m'a apporté de leur temps et de leur cœur, mais je devrais rajouter une bonne centaine des pages. Ainsi, je ne vais nommer que celle dont le soutien m'a poussée jusqu'au bout. Merci à Élodie – Didi Drews, la première fan de cette histoire sur Scribay, sans qui j'aurais baissé les bras : merci Didi pour ta lecture enthousiaste, ton humour et tes commentaires analytiques. Tu m'as donné confiance en moi alors que je doutais de mes capacités à écrire une histoire en français. Cette histoire t'est dédiée, car tu m'as inspiré plusieurs chapitres avec tes personnages préférés. Merci à toi !

Je tiens aussi à remercier une petite fée qui m'a toujours apporté son soutien, son écoute et son avis sincère et honnête. Merci Anaïs d'être là, tu n'as pas hésité à donner de ton temps et je ne saurais jamais comment te remercier. Et un grand merci à toi, Robin, pour ton amitié et ton aide.

Enfin, je tiens à te remercier, toi qui lis ceci.

Envie de connaître mon univers ? Je t'invite à visite
mon blog http://www.gefroideval.wordpress.com

Si tu as envie d'échanger, coup de cœur, coup de gueul
ou tout simplement par curiosité, sache que ma boîte ma
sera toujours accueillante : gefroideval@gmail.com

¡Hasta la vista!

Printed by Amazon Italia Logistica S.r.l.
Torrazza Piemonte (TO), Italy

56813902R00298

Un mot de fin

Merci à toi, humble lecteur !

J'espère que les péripéties de Franz t'ont fait passer un agréable moment.

Cette histoire m'accompagne depuis belle lurette. Elle m'a été inspirée par mon amour pour la musique, surtout celle du violon. Durant mon adolescence, j'ai suivi des cours de français à l'Alliance française de Chihuahua, dans le Mexique, mon pays natal. L'Alliance partageait les locaux du Centre Culturel de la ville, un bel immeuble ancien, où des concerts de musique classique étaient proposés de temps en temps. Après mes cours, j'aimais y rester pour écouter la musique, observer les musiciens, voyager dans mon esprit, imaginer des histoires.

D'autres sources d'inspiration sont venues étoffer mon imaginaire : les tristement célèbres disparues de Juárez, les artistes contemporains et la lecture d'une biographie de Franz Liszt, illustrée par le portrait d'Henri Lehmann. De fil en aiguille, l'idée de ce roman avait commencé à prendre forme.

J'ai voulu rendre hommage, à la fin de mon histoire, à mon pays d'origine et à ma région de cœur, le Chihuahua, là où l'histoire est née dans ma tête. L'écriture de ce roman a été aussi une épreuve de persévérance. D'abord par l'épaisseur de l'intrigue, puis par l'écriture dans une autre langue. Pour parvenir à mettre le mot de fin, j'ai eu la chance de bénéficier du soutien de ma famille, amis et même d'inconnus. Des lecteurs qui sont venus me lire dans le seul but de m'aider à m'améliorer.

Ce soutien a été possible grâce à la communauté bienveillante de Scribay, une plateforme de publication et entraide pour les scribouillards.

Je tiens à remercier tous ceux qui se sont aventurés dans mon récit, tous ceux qui m'ont soutenue tout au long de l'écriture, de la correction et maintenant cette phase de publication. Merci à tous ceux qui ont cru en mon histoire et à tous les contributeurs d'Ulule.

J'aimerais nommer chaque personne qui m'a apporté de leur temps et de leur cœur, mais je devrais rajouter une bonne centaine des pages. Ainsi, je ne vais nommer que celle dont le soutien m'a poussée jusqu'au bout. Merci à Élodie – Didi Drews, la première fan de cette histoire sur Scribay, sans qui j'aurais baissé les bras : merci Didi pour ta lecture enthousiaste, ton humour et tes commentaires analytiques. Tu m'as donné confiance en moi alors que je doutais de mes capacités à écrire une histoire en français. Cette histoire t'est dédiée, car tu m'as inspiré plusieurs chapitres avec tes personnages préférés. Merci à toi !

Je tiens aussi à remercier une petite fée qui m'a toujours apporté son soutien, son écoute et son avis sincère et honnête. Merci Anaïs d'être là, tu n'as pas hésité à donner de ton temps et je ne saurais jamais comment te remercier. Et un grand merci à toi, Robin, pour ton amitié et ton aide.

Enfin, je tiens à te remercier, toi qui lis ceci.

Envie de connaître mon univers ? Je t'invite à visiter mon blog http://www.gefroideval.wordpress.com

Si tu as envie d'échanger, coup de cœur, coup de gueule ou tout simplement par curiosité, sache que ma boîte mail sera toujours accueillante : gefroideval@gmail.com

¡Hasta la vista!

Printed by Amazon Italia Logistica S.r.l.
Torrazza Piemonte (TO), Italy

56813902R00298